A Décima Segunda Transformação

Da Autora:

Filha do Amanhecer
A Décima Segunda Transformação

Pauline Gedge

A Décima Segunda Transformação

Tradução
Angela Fandy Monteiro

Rio de Janeiro | 2012

Copyright © 1984, Pauline Gedge

Título original: *The Twelfth Transforming*

Capa: Raul Fernandes

Editoração: DFL

Texto revisado segundo o novo
Acordo Ortográfico da Língua Portuguesa

2012
Impresso no Brasil
Printed in Brazil

CIP-Brasil. Catalogação na fonte
Sindicato Nacional dos Editores de Livros, RJ

G264d	Gedge, Pauline, 1945-
	    A décima segunda transformação/Pauline Gedge: tradução Angela Fandy Monteiro. — Rio de Janeiro: Bertrand Brasil, 2012.
	    518p.: 23cm
	
	    Tradução de: The twelfth transforming
	    ISBN 978-85-286-1559-3
	
	    1. Romance canadense. I. Monteiro, Angela Fandy. II. Título.

12-0909	CDD: 819.13 CDU: 821.111(71)-3

Todos os direitos reservados pela:
EDITORA BERTRAND BRASIL LTDA.
Rua Argentina, 171 — 2º andar — São Cristóvão
20921-380 — Rio de Janeiro — RJ
Tel.: (0xx21) 2585-2070 — Fax: (0xx21) 2585-2087

Não é permitida a reprodução total ou parcial desta obra, por
quaisquer meios, sem a prévia autorização por escrito da Editora.

Atendimento e venda direta ao leitor:
mdireto@record.com.br ou (0xx21) 2585-2002

Aos meus filhos, Simon e Roger.
Com amor.

Livro Um

1

A imperatriz Tiye deixou seus aposentos acompanhada de quatro Seguidores de Sua Majestade e de seu principal arauto. Sob as tochas que se alinhavam na passagem entre os aposentos e as portas do jardim, encontravam-se os guardiães do palácio, com cimitarras em bainhas de couro, saiotes brancos e elmos em azul e branco, contrastando com a pele morena. À medida que ela passava, as lanças eram empunhadas à frente, e as cabeças, inclinadas em reverência. O jardim permanecia sem iluminação, uma sufocante escuridão intocada pelas estrelas cintilantes no céu do deserto. O pequeno séquito correu pelo caminho e ingressou na propriedade do faraó, passando ao longo do muro nos fundos do palácio.

Diante das extravagantes portas duplas, pelas quais o faraó frequentemente saía para caminhar no jardim ou para olhar as colinas do oeste, Tiye ordenou que seu séquito esperasse e, com o arauto, irrompeu pela galeria adiante. Conforme ela caminhava, seu olhar, sempre dirigido à confusão de imagens pintadas nas paredes, deslocou-se para o friso abaixo da linha do teto. O nome de autoridade real do faraó, inscrito a ouro em cedro perfumado de Amki, era repetido continuamente. *Nebmaatra: O Senhor da Verdade é Rá.* Em toda a propriedade ocupada pelo palácio, nao havia como escapar dessas palavras.

Tiye parou, e o administrador do faraó, Surero, levantou do assento próximo à porta e fez uma reverência.

— Surero, por favor, anuncie à Sua Majestade que a Deusa das Duas Terras está aguardando — disse ao arauto, e Surero desapareceu, surgindo momentos depois para conduzi-la à sala. O arauto acomodou-se no assoalho do vestíbulo, e as portas fecharam-se à medida que ela seguia em frente.

O faraó Amenhotep III, Senhor de Todo o Mundo, estava sentado em uma cadeira ao lado de seu divã de pele de leão, nu, exceto pela tira de puro linho que cobria os quadris e pela peruca azul-clara, presa em um coque por uma serpente dourada. A suave luz amarela das centenas de lamparinas espalhadas pelo aposento nos suportes ou nas mesas baixas deslizava como óleos preciosos sobre seus ombros largos, a frouxa protuberância de seu abdômen e a intensa palidez de suas coxas robustas. O rosto não estava pintado. O queixo, outrora quadrado, vigoroso, estava agora perdido nas rugas da pele flácida; as faces, magras e contraídas, eram consequência dos dentes perdidos e do mal que acometia as gengivas. O nariz havia achatado à medida que envelhecera, acompanhando a flacidez da parte inferior do rosto. Somente a testa grande, firme, e os olhos negros ainda dominantes, mesmo sem *kohl*,* revelavam o jovem elegante, vistoso, que havia sido. Um pé repousava sobre um banquinho enquanto um criado, com a caixa de cosméticos aberta ao lado e o pincel na mão, se ajoelhava para pintar a sola com hena vermelha.

Tiye olhou ao redor. A sala cheirava a suor, forte incenso sírio e flores velhas. Embora um escravo se deslocasse silenciosamente de uma lamparina a outra, aparando os pavios, as brasas deixavam escapar uma fumaça cinzenta que ardia a garganta e tornava a sala tão sombria que Tiye mal pôde discernir as gigantescas figuras de Bés, deus do amor, da música e da dança, que formavam círculos silenciosa e desajeitadamente em todas as paredes. Eventualmente uma centelha iluminava a língua vermelha estendida, ou o umbigo prateado no ventre intumescido do deus anão, ou percorreria rapidamente suas orelhas leoninas, mas, naquela noite, Bés era uma presença invisível. Os olhos de Tiye retornaram ao divã, amarrotado e coberto de folhas secas de mandrágora e de lótus esmagados, e então notaram uma pequena figura de cabelos negros, deitada sob os lençóis, respirando calmamente enquanto dormia.

— Bem, Tiye, sua presença ocasionou demasiados problemas esta noite — disse Amenhotep, cuja voz ecoava mau humor pelo teto invisível. — Veio seduzir-me de novo? Lembro-me perfeitamente de você vestida de azul, uma coroa de miosótis, na primeira noite em que entrou neste quarto.

Tiye sorriu e repentinamente se ajoelhou diante dele, beijando-lhe os pés.

— Os cortesãos ficariam horrorizados se hoje me vissem com algo tão antiquado — provocou, levantando-se diante dele, completamente serena. — Como está a saúde do faraó esta noite?

---

* *Kohl*: pó cosmético utilizado no Oriente para escurecer as pálpebras. (N.E.)

— A saúde do faraó já esteve melhor, como você bem sabe. Minha boca dói, minha cabeça dói, minhas costas doem. Os magos têm passado os dias cantarolando à minha porta, e apenas os tolero porque devo ao Egito toda a oportunidade de curar-me, mas os tolos cantam para ouvir o som das próprias vozes. Finalmente, eles foram beber a merecida cerveja e consultar seus pergaminhos de fórmulas mágicas. Você acha que tenho um demônio dentro de mim, Tiye?

— Você esteve com o demônio no corpo a vida toda, meu marido — retrucou. — Isso você sabe muito bem. Aquilo no cântaro é vinho?

— Não, é uma infusão de mandrágora, negra e de sabor repugnante. Prescrevi a mim mesmo. Descobri que não só atua como afrodisíaco, algo que qualquer garoto de doze anos sabe, mas também como forma de aliviar a dor. — Olhou para ela com malícia, e ambos riram.

— A princesa Tadukhipa está trazendo Ishtar, de Mitanni, para curá-lo — disse Tiye alegremente. — A deusa curou-o anteriormente, lembra-se? Tushratta ficou muito satisfeito.

— Certamente o ganancioso rei de Mitanni ficou satisfeito. Devolvi-lhe sua preciosa Ishtar coberta de ouro, além de uma grande quantidade em barras. Tornei-o rico novamente, dessa vez pela filha dele. Espero que ela valha todo o dispêndio. — Afastou o pé do criado. — A hena está seca, e a outra sola está pronta. Saia. Você também! — gritou para o aparador das lamparinas. Quando os criados se retiraram, atravessando o vasto piso de mosaico, e as portas se fecharam silenciosamente, Amenhotep acalmou-se. — Bem, minha Tiye, o que tem em mente? Não veio aqui para fazer amor com um deus velho e gordo de dentes apodrecidos.

Ela rapidamente dominou a ansiedade que o assunto sempre lhe causava. Astuto e frio, esse homem divertia-se de forma impiedosa com todas as falhas humanas, até com as próprias, e ele, melhor do que ninguém, compreendia a ironia na descrição de si mesmo. Em Soleb, na Núbia, seu sacerdote o cultuava com incenso e cantos noite e dia, e milhares de velas ardiam diante de uma estátua colossal de Amenhotep, o deus vivo, uma imagem que não envelhecia ou adoecia.

— Quero conversar com você em particular, Hórus. — Tiye apontou para o garoto. — Por favor, mande-o embora.

As sobrancelhas de Amenhotep ergueram-se. Levantou da cadeira e deslocou-se até o divã com agilidade surpreendente, puxando os lençóis e acariciando gentilmente o flanco nu da criança adormecida.

— Acorde e vá — disse ele. — A rainha está aqui.

12   Pauline Gedge

O garoto suspirou, virou-se de costas e abriu os olhos negros, circundados de *kohl*. Ao avistar Tiye, afastou-se da mão do faraó, ajoelhou-se e, sem uma palavra, retirou-se.

— Ele é mais velho do que aparenta — observou Amenhotep, sem nenhum sinal de defesa. — Tem treze anos.

Tiye sentou-se na ponta do divã, encarando-o friamente.

— Apesar disso, você sabe muito bem que ele é proibido. Essa, de todas as antigas leis, é a mais severa, e o homem que leva tamanha maldição a seu lar é recompensado com a morte; ambos, ele e o amante.

Amenhotep encolheu os ombros.

— Eu sou a lei. Além disso, Tiye, por que essa proibição a preocuparia? Cá entre nós, você e eu violamos todas as leis do império.

Inclusive aquela contra assassinato, pensou Tiye. Em voz alta, disse:

— São os boatos supersticiosos que me preocupam. Seu apetite é lendário, e os rumores, durante todos esses anos, somente têm contribuído para enaltecê-lo diante dos súditos e dos vassalos estrangeiros. Mas isso... isso provocará maus rumores, desejos incontroláveis e hostilidade contra você quando antes havia apenas estima e temor.

— Não me importo com eles, com nenhum deles. Por que deveria? Sou o deus mais poderoso que o mundo já viu. Com apenas uma palavra minha, homens vivem ou morrem. Procedo conforme me apraz. E você, Grandiosa de Dupla Plumagem, senhora de poder ilimitado, esfinge com seios e garras, por que se incomoda com essa pequena indiscrição?

— Não me incomodo, tampouco me alegro. Simplesmente relato a você o temperamento de seu povo. Embora os cortesãos não façam caso, todos os outros farão.

— Sebek* com eles, então. — Sentou-se no divã e recostou-se, respirando fortemente. — Fiz você à imagem do homem que eu poderia ter sido. Não quis ser esse homem. Enquanto você governa, contento-me em perseguir tudo o que eu desejo e que ainda não tenha conquistado. A imortalidade em um cântaro de vinho, talvez. A fertilidade latente no corpo de uma mulher. A essência de minha masculinidade naquele garoto. Os deuses não possuem esses prazeres, nem o Egito. Quaisquer que sejam.

— Eu sei — disse ela baixinho, e, por um momento, ele retribuiu o sorriso. Entreolharam-se com familiaridade, fruto de anos de perfeita

---

* Sebek: deus-crocodilo, originalmente considerado um demônio, já que os crocodilos eram temidos em uma nação tão dependente do rio Nilo. (N.E.)

compreensão, e Tiye desconsiderava tudo, exceto o homem imprevisível detrás daquele corpo arruinado, um homem que ela sempre amaria. Finalmente, suspirou e entregou-lhe a taça com infusão de mandrágora, ponderando cuidadosamente suas próximas palavras nos segundos concedidos pelo pequeno gesto.

— O Filho de Hapu morreu há bastante tempo — disse ela.

Ele bebeu, fez uma careta e, em seguida, começou a rir.

— A única morte que foi capaz de me chocar. Ele já estava tão velho quando subi ao trono que eu acreditava que ele havia compelido os deuses a conceder-lhe imortalidade. A magia deles o manteve por dois reinados antes do meu. Nenhum profeta, desde o amanhecer do Egito, teve tantas visões, tantos sonhos.

— Ele era um camponês de uma choupana no Delta. Não tinha o direito de controlar assuntos importantes como a sucessão.

— Por que não? Como oráculo da esfinge e arauto de Amon, ele era tão qualificado como qualquer outro. E suas previsões concretizaram-se por cerca de oitenta anos.

— Todas exceto uma, Amenhotep.

A boca do faraó crispou-se, e ele moveu-se impacientemente pelas folhas secas e pelas flores apodrecidas.

— Enquanto eu viver, continuarei em perigo; portanto, não, antes que você pergunte, não libertarei aquele garoto.

— Por que você não pode chamá-lo de seu filho?

— Meu filho está morto — falou rispidamente. — Tutmósis, o caçador, o habilidoso manejador da cimitarra. Há nove anos, a roda da biga que quebrou e o lançou à morte destruiu a sucessão direta no Egito.

— Você é um homem teimoso, que ainda venera o que poderia ter sido — esforçou-se para rebater, sabendo que ele reagiria com desprezo a qualquer indício de nervosismo em sua voz. — Não é do seu feitio guardar ressentimentos contra o destino. Ou seria rancor contra o Filho de Hapu, que falhara ao não prever o fim de Tutmósis? — Ela inclinou-se em direção a ele. — Amenhotep, por que sua tristeza ainda não se amenizou? Por que não aceita que o rapaz no harém é nosso filho, o último varão de nossa linhagem e, portanto, destinado ao trono do Egito quando você morrer?

Sem olhar para Tiye, Amenhotep segurou a taça com infusão de mandrágora com ambas as mãos.

14   Pauline Gedge

— Quis matá-lo quando o oráculo me revelou o que vira na taça de Anúbis. Aquele dia está gravado em minha memória, Tiye. Ainda posso sentir o cheiro do lótus úmido que havia sido colhido e colocado sob meu trono e ver o Filho de Hapu a meus pés, com o Olho de Hórus resplandecendo no peito. Eu estava com medo. O próprio Filho de Hapu advertiu-me para que a criança fosse estrangulada, e eu, de fato, tinha dado a ordem, mas algo me impediu. Talvez não me sentisse ameaçado o suficiente. *Como pode este filho, este minúsculo verme de três dias, vir a prejudicar-me?*, pensei naquele momento. E Hapu contestara-me:

— Olhei duas vezes na taça e interpretei o presságio. Não há dúvida. Ele crescerá para matá-lo, ó Poderoso Touro. — Amenhotep cuidadosamente apalpou suas faces intumescidas e recuou. — Mas eu tive compaixão. Em vez disso, tranquei-o no harém.

— Onde ele foi mantido em segurança, porém somente até que Tutmósis fosse assassinado.

As sobrancelhas de Amenhotep ergueram-se. Ele pôs a taça de volta à mesa e girou as pernas sobre a beira do divã. Tiye sentiu a coxa macia dele entre as suas.

— Sei que você frustrou essa tentativa — sussurrou ele, com os olhos repentinamente iluminados. — Contudo, por mais que tentassem, meus vigias nunca poderiam ter a total certeza disso. Assim como não poderei descobrir decerto se foi você quem envenenou Nebet-nuhe.

Tiye não vacilou:

— Compreendi seu pânico quando Tutmósis morreu — declarou tão segura de si quanto pôde. — Você permitiu que o Filho de Hapu o convencesse de que se tratava de um complô premeditado por um garoto de dez anos que nunca havia saído do harém, cujos guardiães eram substituídos a cada semana, e ao qual nunca havia sido autorizada uma única amizade masculina. No entanto, não havia conspiração alguma. Hapu estava simplesmente afirmando seu poder sobre você.

— Não. Ele estava tentando, uma vez mais, persuadir-me a fazer o que eu fora fraco demais para realizar antes.

Tiye encostou a cabeça no braço dele.

— Se você realmente desejasse matar seu filho, teria continuado até conseguir. Mas, no fundo de seu coração, ó Deus do Egito, não importa o quanto despreze o garoto, você reconhece que é seu descendente.

A Décima Segunda Transformação   15

Ele será rei quando seu fim chegar, e eu preferiria ver você proclamá-lo príncipe agora e enviá-lo a serviço para Mênfis a enfrentar a batalha que me caberá se você morrer sem herdeiro oficial. Se ele tivesse casado com a irmã logo após a morte de Tutmósis, a transição após o falecimento seria serena, e eu ficaria em paz.

Ele sentou-se em silêncio. Apenas sua respiração perturbava a intensa tranquilidade da sala. Em algum lugar, na escuridão, uma lamparina estourou e apagou-se, e o mau cheiro impregnante do óleo perfumado intensificou-se.

— Mas eu queria Sitamun. E consegui. Tutmósis treinou tão bem a irmã que, aos dezesseis anos, ela era uma recompensa gloriosa demais para se resistir.

— No entanto, não sobrou nenhuma filha real solteira, somente um filho. Além disso, seus dias estão contados.

Aproximou-se e tocou a face dela.

— Eu a ensinei a mentir bem para todos, menos para mim — murmurou. — Agora constato que sua franqueza é um terror. Todavia, não me iludo. Supondo que, de fato, ordene a soltura daquele... daquele eunuco efeminado que gerei, e que o Filho de Hapu esteja com razão, e se ele usar a liberdade para me matar?

Tiye rapidamente decidiu entrar no jogo.

— Então, ficaria satisfeito em saber que o oráculo estava certo, apesar de que a ideia de um jovem meigo e inofensivo como seu filho ser capaz de tramar um assassinato, ainda mais o do próprio pai, vai além da minha compreensão. Além disso, meu marido, se, por um desesperado acaso, o príncipe conseguisse matá-lo, e então? Os deuses apenas lhe dariam as boas vindas na Barca de Rá um pouco mais cedo. Seu filho será um faraó, não importa o que faça.

— A menos que eu mande executá-lo imediatamente e termine com essa disputa de uma vez por todas — disse friamente. Sua face assumiu uma expressão cortês de tranquilidade, e Tiye não pôde distinguir se estava furioso ou se simplesmente a provocava com um lembrete de sua onipotência.

— Muito bem — disse ela com alegria, mas ciente de que suas mãos suavam frio. — Exerça seu poder de faraó, Majestade. Eu mesma cuidarei para que a ordem seja executada. Sou uma súdita leal. Sei obedecer.

Então, quando sua morte chegar, eu me recolherei às minhas propriedades particulares com a consciência tranquila por ter cumprido com meu dever. Quem se importará se a decisão da sucessão for designada a homens inferiores que banharão o Egito com seu próprio sangue na briga pelo Trono de Hórus? Certamente não me preocuparei que o Poderoso Touro não tenha deixado descendente real!

Ele a fitou por muito tempo antes de assentir lentamente com a cabeça.

— O argumento da disputa imperial — murmurou. — Cuidado, minha arrogante Tiye, finalmente estou a ouvir. Não me jogue mais na cara a mistura amarga de meu orgulho com minhas perdas. Com a morte de Tutmósis, os deuses exigiram um severo pagamento pela fortuna e pelo poder que usufruí em toda a minha vida — deu um leve sorriso. — Eles deveriam me apoiar no Tesouro Real. Eu agora admito. Vou mandar libertá-lo. Fiz tudo, consegui tudo e, se for eliminado pela doença ou pela faca de um assassino, terei de morrer. Posso, pelo menos, poupá-la do aborrecimento de um bando de chacais vociferando se eu morrer sem herdeiro oficial. Contudo, não pense que você poderá lhe entregar Sitamun. Preciso dela.

Sem forças, com um alívio que preferia não demonstrar, Tiye deixou escapar:

— Estava pensando em Nefertiti.

Uma vez mais, de modo surpreendente, ele gargalhou. Virou-se e aproximou-se, agarrando e apertando a garganta de Tiye. O cordão de ouro com o pingente de esfinge fazia uma dolorosa pressão sobre sua pele, mas ela sabia que era melhor não demonstrar medo nem resistir.

— Uma tradição de família — disse ele, ofegante, sacudindo-a, apertando forte sua garganta. — Mais uma vez você confia o trono a um bando de aventureiros de Mitanni. Porque é isso que você é, todos vocês são. Servos leais da Coroa, merecedores de toda a recompensa, mas que os deuses se compadeçam de qualquer faraó que se ponha em seu caminho.

— Por três gerações, minha família tem servido ao Egito com abnegação. Hórus, você é injusto — gaguejou. — Meu pai não o compeliu a tornar-me imperatriz. Ele não tinha esse poder. Você mesmo elevou-me à divindade.

De repente a soltou, e ela tentou estabilizar a respiração calmamente.

— Eu amei Yuya. Confiei nele. Amo e confio em você também, Tiye. É a dor. Às vezes, não posso suportá-la. Cássia, óleo de cravos, mandrágora, nada ajuda de fato

— Eu sei — disse ela, levantando e posicionando-se entre as pernas do faraó. — Somente isto existe. — Colocando as mãos nos ombros dele, fez uma reverência e o beijou. Ele suspirou suavemente, trazendo-a à altura dos joelhos, sua boca logo deixou a dela à procura dos mamilos pintados. *Tanta coisa mudou, Amenhotep, mas isto não*, pensou ela, passiva no prazer do momento. *Apesar de tudo, ainda adoro e venero você.*

— Nefertiti? — suspirou ela, gritando em seguida, enquanto ele a mordia.

— Se você desejar — respondeu ele, um tremor de deleite em sua voz. Puxou a peruca dela e cravou ambas as mãos em suas longas tranças.

Pouco antes do amanhecer, ela o deixou dormindo, sereno, livre da dor por algumas horas. Desejava ficar e cantar suavemente para ele, embalá-lo e acalentá-lo, mas, em vez disso, apanhou sua peruca, ajustou a esfinge em volta do pescoço machucado e saiu, fechando as portas vagarosamente em seguida. Surero e o arauto dormiam, um inclinado sobre o banquinho, o outro encostado na parede. As tochas que se alinhavam na longa passagem tinham se apagado, os guardiães foram rendidos, os novos rostos estavam abatidos pela necessidade de descanso, mas mantinham os olhos alertas. Ao frescor efêmero de uma noite de verão associava-se uma lânguida luz cinza. Tiye erguera o pé para cutucar seu arauto quando ouviu um movimento e virou-se.

Sitamun havia entrado pelo corredor e encontrava-se parada ali, hesitante, com uma roupa de linho branca e esvoaçante, um manto curto em fina seda pregueado em volta dos ombros delgados. Estava sem peruca, os cabelos castanhos caídos sobre a face, um diadema de prata na testa. Amuletos de prata enganchados nos braços, e camafeus e esfinges pendendo sobre o peito. Tiye, exausta e saciada, teve a assustadora impressão de estar vendo a si mesma no passado. Por um segundo, ficou congelada de medo e sentiu uma dolorosa saudade do tempo que havia passado, do tempo que nunca mais poderia voltar. Em seguida, caminhou em direção à filha.

— Ele não necessita de sua presença esta noite, Sitamun — mencionou, e, ao soar de sua voz, o arauto levantou-se. — Ele adormeceu agora.

Ao notar decepção e ciúme no rosto arrogante da filha, Tiye sufocou a sensação de triunfo puramente feminino. *Não é digno que eu sinta prazer em contrariar Sitamun*, pensou com arrependimento, enquanto a jovem hesitava. *Tal mesquinharia pertence a concubinas idosas em grandes haréns, não a uma imperatriz.* Ela sorriu afetuosamente. Sitamun não respondeu. Depois de um instante, Tiye fez uma reverência e desapareceu pelas sombras inertes.

De volta a seus aposentos, Tiye comeu ao som dos músicos do alaúde e da harpa, que a acordavam todas as manhãs, e, então, mandou chamar Neb-Amon. Ele esperava pela convocação e entrou rapidamente, um homem gracioso e rechonchudo, em uma toga comprida de escriba, a cabeça raspada, o rosto impecavelmente pintado. Ele pôs no chão sua carga de pergaminhos e fez uma reverência com os braços estendidos.

— Meus cumprimentos, Neb-Amon — disse Tiye. — Está muito quente para recebê-lo em meu trono; portanto, eu deitarei. — Ela assim o fez, colocando o pescoço contra a curva fria do encosto de marfim, enquanto Piha a cobria com um lençol, e o criado começava a abaná-la com penas azuis. — Também fecharei meus olhos, mas meus ouvidos permanecerão abertos. Sente-se.

Ele sentou-se na cadeira ao lado do divã, enquanto Piha se recolheu para o canto.

— Não há quase nada que mereça a atenção de Vossa Majestade — disse Neb-Amon, remexendo os papéis. — De Arzawa, os rumores habituais sobre invasões realizadas pelo Khatti e, claro, uma carta do Khatti protestando contra o ataque de Arzawa à fronteira. Eu mesmo posso responder a isso. De Karduniash, um pedido por mais ouro, após as saudações habituais. Não aconselho que o Grande Hórus lhes envie algo, pois já têm recebido muito de nossa parte. Sob os pedidos, estão ameaças implícitas de que tratados serão firmados com os cassitas ou com os assírios, caso o faraó não demonstre amizade.

— O faraó providenciará manobras militares para o leste — murmurou Tiye. — Isso deve ser suficiente. Algo de Mitanni?

— Sim. Tushratta está retendo o dote até que a cidade de Misrianne seja dele oficialmente, isto é, até que o documento de propriedade esteja em seu poder. Ele recebeu ouro e prata. A princesa Tadukhipa chegou a Mênfis. A notícia foi recebida esta manhã.

Os olhos de Tiye se abriram de repente e, em seguida, fecharam-se novamente.

— Então, realmente haverá um acréscimo no harém — murmurou ela. — Após toda a disputa e o rapto de embaixadores, as promessas vazias e os insultos, a pequena Tadukhipa está no Egito. — *Gostaria de ver Mitanni apenas uma vez,* pensou de repente. *A casa de meus ancestrais.*

Quem sabe se aquele novo rei, Tushratta, poderia ser um parente meu distante? Que estranho! — Algo mais?

Neb-Amon fez uma pausa.

— Ainda não há confirmação oficial, Majestade, mas espalha-se um boato de que um novo príncipe surgiu apoiado pelo povo na região do Khatti. Parece que o Khatti vai se recuperar da pilhagem de Boghaz-keuoi, apesar de tudo.

— Talvez, embora um inimigo que consegue invadir a capital de um país não seja repelido tão rápido. Sobretudo se ele estiver sendo abastecido com munição e alimentos às escondidas. — Tiye virou a cabeça e fitou Neb-Amon, mas seu olhar estava indefinido. Ela demonstrou desagrado: — Sabemos que Tushratta tem se aproveitado do caos no Khatti para fortalecer sua própria posição ajudando a classe de vassalos que se rebelou. O equilíbrio de forças entre Mitanni, o Egito e o Khatti era delicado e agora está descontrolado.

— O Khatti não possui muitos recursos no momento.

— E o enfraquecimento do Khatti significa o fortalecimento de Mitanni. Devemos observar a situação cuidadosamente. Não podemos permitir a expansão de Mitanni, tampouco que o Khatti se torne muito arrogante. Temos tratados com o Khatti?

Neb-Amon assentiu com a cabeça.

— Sim, mas são antigos.

— Podemos utilizá-los, se necessário. Há alguma informação sobre a personalidade desse príncipe? Qual é seu nome?

— Os policiais do deserto estão dizendo que ele é jovem, forte e implacável o suficiente para assumir os riscos necessários a fim de se tornar o governante do Khatti. Ele venceu uma revolta no palácio, Majestade. Seu nome é Suppiluliumas.

Tiye riu:

— Um bárbaro! O Egito negociará com ele facilmente, se necessário. Diplomaticamente, decerto. Mais alguma coisa?

Havia pouco mais naquele dia. Carga da Alashia, bois novos da Ásia, ouro das minas núbias e a entrega de vasos de Keftiu.

— Envie-me um vaso mais tarde. Quero ver a qualidade — disse Tiye. Você pode ir agora, Neb-Amon. O faraó cuidará de qualquer documento que se faça necessário. — Neb-Amon juntou os papéis imediatamente e fez uma reverência ao sair.

20   Pauline Gedge

Após tomar banho e vestir-se com uma roupa de linho limpa, Tiye mandou chamar o arauto.

— Convoque meus guardiães. Vamos até o harém.

Saíram pela passagem do terraço do palácio, Tiye cercada de soldados e um porta-leque de cada lado. Embora ainda faltassem algumas horas para o meio-dia, o átrio estava repleto de crianças, que brincavam nas fontes. Servos e criados, ao virem-na passar, abaixaram o rosto. A ámpla praça pavimentada, que conduzia à sala de audiências de Amenhotep, estava igualmente repleta de funcionários das embaixadas estrangeiras, cujos aposentos se distribuíam pelo complexo do palácio. Eles esperavam pelo momento em que o faraó e os ministros poderiam recebê-los. Ao ouvirem o grito de alerta do arauto, também se inclinaram em reverência enquanto Tiye passava. Tão logo as portas, severamente vigiadas, entre a área pública e os degraus do harém, foram fechadas, o barulho desapareceu gradualmente. Quando o pequeno grupo virou à esquerda, sob as colunas da entrada de acesso aos aposentos femininos, Kheruef, o administrador-chefe de Tiye e Guardião da Porta do Harém, apresentou-se. Sua roupa curta de linho esvoaçava na corrente de ar que soprava pelas portas abertas dos jardins até os fundos do palácio. Tiye estendeu uma das mãos.

— Você terá outro aposento para mobiliar e escravas para comprar — disse ela, enquanto ele beijava as pontas de seus dedos. — A princesa estrangeira Tadukhipa chegará em poucos dias.

Kheruef sorriu de modo cortês.

— A princesa Gilupkhipa ficará muito feliz, Majestade. Desde o assassinato do pai e a ascensão do irmão ao poder, ela está impaciente por notícias de Mitanni. Tadukhipa é sua sobrinha e trará um clima de familiaridade aos aposentos de Gilupkhipa.

— Considerando que Gilupkhipa tem sido uma esposa real por quase o mesmo tempo que eu, acho difícil entender por que ainda lamenta os desconfortos e os perigos de um país incivilizado — observou Tiye com indiferença. — No entanto, não quero debater sobre as mulheres de Mitanni do faraó. Eu vim para encontrar o príncipe.

— Ele acabou de se levantar e está no jardim, próximo ao lago, Majestade.

— Bom. Cuide para que não sejamos importunados.

Sozinha, Tiye caminhou pelo bem-ventilado corredor. À direita e à esquerda, as portas estavam abertas. Passou pelas pequenas salas de recepção, nas quais as mulheres recebiam os membros de suas famílias e os administradores, e pelas salas menores, mais íntimas, onde, nas tardes de inverno, reuniam-se em volta dos braseiros para fofocar. A partir da galeria principal, havia outros corredores, pelos quais se alinhavam estátuas de granito das deusas Mut, Hathor, Sekhmet, Ta-Urt, diante das quais as mulheres paravam e acendiam incensos, orando pela beleza, pela fertilidade, pela juventude e pela saúde de seus filhos. Esses corredores conduziam aos aposentos das esposas do faraó, que viviam na mesma ala, no interior do complexo do palácio. Os aposentos das concubinas espalhavamse por toda a parte do extenso harém. À medida que passava, Tiye era gradualmente envolvida pela atmosfera peculiarmente sufocante. Risos e conversas estridentes ecoavam ao redor. Havia o ruído de tornozeleiras de bronze, o tilintar dos acessórios de prata e o brilho de roupas amarelas, escarlates e azuis desaparecendo pelos corredores. Em algum lugar, no final da passagem que conduzia aos berçários, uma criança doente gemia. Tiye sentiu um forte cheiro de incenso que emanava de uma porta entreaberta e ouviu uma cadência musical de orações estrangeiras, sírias, talvez, ou da Babilônia, que o acompanhava. Em outra porta, avistou um corpo nu, braços estendidos, e ouviu o lamento de uma flauta.

Eu odeio o harém, pensou Tiye pela milionésima vez, quando irrompeu na deslumbrante luz do sol e começou a atravessar o lago das mulheres. *Os meses que passei aqui, como uma criança de doze anos, amedrontada e determinada, uma como todas as outras esposas, foram os mais frustrantes de minha vida. Ter minha mãe aqui como um Ornamento Real em nada ajudou. Ela comandava as outras mulheres como um comandante de divisão fazia com suas tropas, com chicote e blasfêmias. Também odiava me ver correndo nua pelos gramados todas as manhãs bem cedo, quando as outras mulheres ainda estavam imersas em seus sonhos perfumados. Se Amenhotep não tivesse se apaixonado por mim, eu teria me envenenado.*

Deixou de lado seus pensamentos quando o avistou, seu último filho vivo, sentado de pernas cruzadas em uma esteira de papiro à beira do lago, na sombra de um pequeno dossel. Ele estava só e inerte, as mãos em repouso sobre o saiote branco, os olhos fixos na constante oscilação da luz nas pequenas ondas. Próximo a ele, um grupo de árvores proporcionava uma sombra refrescante, mas ele pedira que o dossel fosse erguido no resplendor total da luz do sol. Tiye aproximou-se resolutamente, mas apenas no último instante ele realmente ergueu os olhos e a viu. Levantando-se, prostrou-se na grama e, em seguida, retomou sua posição.

Tiye acomodou-se a seu lado graciosamente. Ele não olhava para a mãe, parecia envolvido em um sereno ensimesmamento enquanto seus olhos continuavam a observar a superfície da água. Sempre quando ela o visitava, um sentimento de perplexidade e de alienação apoderava-se dela. Nunca o vira comportar-se a não ser passivamente, mas, após os dezenove anos, ela ainda não saberia dizer se essa calma significava uma suprema arrogância, uma estoica aceitação do destino ou a marca de um homem sincero. Sabia que as mulheres do harém o tratavam com um misto de afeto e desdém, como um animal de estimação indesejado, e costumava imaginar, ao longo dos anos, se seu marido reconhecia que tais influências poderiam, pouco a pouco, corromper o rapaz. Mas era evidente que ele sabia. A degradação da humanidade era uma rota que ele conhecia muito bem.

— Amenhotep?

Vagarosamente, ele lançou-lhe um olhar brando, suave, e os lábios grossos curvaram-se em um sorriso, aliviando, por um momento, a protuberância do queixo demasiadamente comprido. Era um homem feio. Somente o nariz delgado e aquilino o livrava da feiura irreparável.

— Mãe? Você parece cansada hoje. Todos parecem cansados. É o calor. — Sua voz era viva e clara como a de uma criança.

Tiye não queria conversar, mas, por um momento, as notícias que ele lhe trazia a desarmaram, e achou que não conseguiria escolher as palavras e apresentá-las delicadamente. Hesitando apenas por alguns instantes, ela disse:

— Há muitos anos sonho em contar-lhe isto. Quero que dê instruções a seu administrador e a seus criados para empacotarem tudo o que desejar levar com você. Você deixará o harém.

O sorriso não vacilou, mas os longos dedos pardos sobre a resplandecente roupa de linho contraíram-se.

— Para onde vou?

— Para Mênfis. Você será nomeado sumo sacerdote de Ptah.

— O faraó morreu? — O tom não passava de indagador.

— Não, mas está doente e sabe que deve nomeá-lo seu herdeiro. Um herdeiro legítimo sempre serve como sumo sacerdote em Mênfis.

— Então, ele está morrendo. — Seus olhos a abandonaram e fixaram-se no céu. — Mênfis é bem próxima de On, não é?

— Sim, bastante. Você verá as poderosas tumbas dos ancestrais e a cidade dos mortos em Saqqara, e Mênfis, por si mesma, é uma maravilha. Você viverá no palácio de verão do faraó. Isso o agrada?

— Decerto. Posso levar os músicos e os animais de estimação comigo?

— Tudo o que desejar. — Estava um pouco irritada com a falta de reação dele e julgou que ainda não compreendera totalmente que haveria uma completa mudança em suas condições. — Sugiro que você esvazie seus aposentos aqui — continuou ela, incisivamente. — Você não retornará para eles. Além disso, sendo Avezinha de Hórus no Egito, deve se casar e não espere que a futura rainha do Egito resida em nada menos que um palácio próprio.

Pela primeira vez, ele esboçara uma reação! A cabeça dele volveu rapidamente, e, por um rápido segundo, ela percebeu um vislumbre de satisfação em seus olhos.

— Terei Sitamun?

— Não. O faraó reserva-se o direito de mantê-la.

— Mas ela é minha irmã inteiramente real. — Torceu a boca e franziu a testa. *Ele está satisfeito ou desapontado porque não terá direito a ela?* Tiye queria saber.

— Meu filho, acabaram-se os dias em que a sucessão ocorria apenas para o homem que casasse com uma mulher de sangue puramente real. Hoje, a escolha é realizada pelo próprio faraó ou pelo oráculo de Amon.

Os lábios de Amenhotep torceram-se em escárnio.

Sou a última opção do Filho de Hapu. Estou alegre por ele estar morto. Eu o odiava. Foi você, mãe, quem fez pressão sobre o faraó a esse respeito, não foi? — Ele ergueu as mãos e tocou o elmo de couro branco que usava, puxando as abas, de forma pensativa. — Quero Nefertiti.

Tiye ficou surpresa:

— Nefertiti é minha escolha também. Ela é sua prima e será uma boa companheira.

— Ela visita-me algumas vezes e traz os babuínos do meu tio. Foi à biblioteca em meu nome e trouxe-me pergaminhos para analisar. Conversamos sobre os deuses.

24   Pauline Gedge

Então, Nefertiti é mais sagaz do que eu imaginava, pensou Tiye.

— Foi bom da parte dela — disse Tiye em voz alta. — Você servirá em Mênfis por um ano. Posteriormente, retornará a Tebas e se casará; além disso, erguerá seu próprio palácio. Eu o ajudarei, Amenhotep. Sei que não será fácil para você, após tantos anos de cativeiro.

Alcançou a mão dela e a acariciou.

— Amo você, minha mãe. Devo isso a você. — Seus dedos delicados afagaram o pulso dela. — O faraó gostaria de me ver antes de eu partir?

— Creio que não. A saúde dele é precária.

— Mas o temor que ele tem de mim é suficientemente vital! Que seja. Quando eu parto?

— Em alguns dias. — Levantaram-se, e ela, impulsivamente, inclinou-se e beijou-lhe as faces macias. — O príncipe Amenhotep pretende iniciar o próprio harém?

— No futuro — respondeu de forma solene. — Mas eu mesmo devo escolher as mulheres, quando estiver pronto. Devo ficar ocupado em Mênfis.

— Então o deixarei para que dê suas instruções. Que seu nome viva para sempre, Amenhotep.

Ele fez uma reverência. Momentos depois, quando olhou novamente para ele, ainda estava parado onde o havia deixado, e ela não conseguiu ler sua expressão.

Antes dos compromissos oficiais vespertinos, Tiye enviou uma mensagem a seu irmão Ay, solicitando-lhe que delegasse suas atribuições aos assistentes e esperasse por ela na casa dele. Em seguida, assistiu inquieta a duas audiências, ouviu o relatório diário do Inspetor do Tesouro Real e, distraidamente, recusou a fruta que Piha lhe oferecera durante uma breve pausa nos procedimentos. Sua mente ponderou a respeito das mudanças no destino do filho e da nova carga de responsabilidade que a liberdade dele traria a ela. Então, ficou impaciente para discutir o assunto com Ay. Antes que o último ministro se retirasse da sala de audiências, ela deixara o trono e rapidamente requisitara a liteira para sair.

A casa de seu irmão ficava quase dois quilômetros ao norte do palácio, pela estrada do rio. Esperava por ela quando os porta-leques abaixaram a liteira, e Tiye penetrou a pequena sombra do jardim. Ay ajoelhou-se na grama.

— Fiquem na entrada até que eu chame — ordenou aos criados, depois seguiu adiante para receber em seus pés o beijo de Ay, antes de sentar na cadeira que estava pronta para ela. Ay acomodou-se em sua própria cadeira.

— Sei que pareço cansada. — Sorriu ao observar a expressão dele.

— Quase não dormi na noite passada. Tomarei um pouco daquele vinho com água e descansarei aqui com você. Este lugar nunca muda, Ay. A casa envelhece graciosamente, as mesmas flores de que gostava quando criança ainda florescem, e as árvores continuam intencionalmente desiguais como sempre. Você e eu, juntos, desvendamos tantos mistérios aqui no decorrer dos anos...

Ay acenou, um criado encheu a taça dela e retirou-se.

— Posso supor, pelo contentamento de Vossa Majestade, que encontrou o faraó de bom humor? — indagou sorrindo.

Tiye pôs a taça sobre a mesa e fixou seus olhos nos do irmão.

— Está feito — disse ela. — O faraó libertará o príncipe. Minha vitória final sobre o Filho de Hapu. Que Sebek triture os ossos dele! Ainda não consigo acreditar que ele está realmente morto. Tantos cortesãos estavam tão certos de que ele era ajudado pelos próprios deuses e era imortal...

Ay apanhou seu abanador incrustado de pedras preciosas e espantou a grande quantidade de moscas que voejavam sobre sua pele úmida.

— Discutimos bastante sobre a possibilidade de provar que estavam errados — murmurou ele com indiferença. — Quando Amenhotep será libertado?

— Assim que possível. Quero que você prepare um destacamento dos soldados da Divisão de Ptah para acompanhá-lo a Mênfis quando eu determinar. Você deve providenciar que Horemheb assuma o comando. Ele é jovem, mas muito capaz.

— Ele ficará feliz por voltar a Mênfis. Qualquer um ficaria. Tebas é um buraco nojento, cheio de mendigos, camponeses e ladrões. Nesta época do ano, o mau cheiro que emana do outro lado do rio flutua pelos meus sicômoros e murcha as flores. Muito bem, Tiye, escolherei os homens cuidadosamente. Estou muito satisfeito. O mundo está esperando para homenagear seu filho.

— Que os deuses o recompensem pelos anos desperdiçados — desejou ela suavemente. — O faraó também gostaria de firmar o contrato de casamento entre Amenhotep e Nefertiti. Ele não abrirá mão de Sitamun.

Eu não esperava que ele o fizesse, mas não importa. Tenho mantido minha promessa à família. Preservei nossa influência, e sua filha e meu filho farão o mesmo. Nada mal para os descendentes de Maryannu, o guerreiro de Mitanni que fora trazido ao Egito como prisioneiro de guerra por Osíris Tutmósis III.

Eles permaneceram em um silêncio cordial por alguns instantes. Na infância, quando fora prometida, mas não ainda entregue ao faraó, Ay tinha sido seu mentor, ensinando a Tiye o que vestir, o que dizer, como manter o interesse do rapaz que fora destinado a se tornar seu marido. Ele contou a ela os gostos e as aversões do faraó, os pontos fracos, o que preferia nas mulheres, lembrando a ela, dia e noite, que não se podia prender um homem apenas com o corpo. A corrente deveria ser moldada com inteligência e humor, uma mente rápida e um coração astuto. Aos doze anos, quando finalmente ficou diante de Amenhotep, de peruca e com maquiagem, Tiye deparou com seus olhos negros e encontrou algo que não fazia parte dos ensinamentos de seu irmão. Eles haviam se apaixonado. Amenhotep nomeou-a imperatriz, e, mesmo que ele procurasse outras companhias para sua cama, o elo permaneceu. Tiye não o havia enganado. Ela viera de uma linhagem forte, imbuída de um impulso para o poder e para a dominação que não arrefecera por gerações, de forma que sua família, plebeia, sem uma gota de sangue real nas veias, tinha sido bem-sucedida em se tornar o poder por trás de todos os tronos desde os dias de Osíris Tutmósis III. Cada faraó, desde então, fora cuidadosamente avaliado pela família; suas forças, testadas; suas fraquezas, compensadas e exploradas. O próprio pai de Tiye tinha sido Comandante dos Carros Reais, estribeiro-mor do rei e principal instrutor de artes marciais do jovem Amenhotep, uma tarefa pela qual ele criara laços com o garoto. Sua mãe fora confidente de Mutemwiya, rainha e Senhora-Chefe do Harém de Amon. Bens, riqueza e prestígio haviam se acumulado ano após ano, como os depósitos de lodo do opulento Nilo, mas tais primazias poderiam ser arrebatadas para deixá-los todos tremendo na fria rajada da penúria, caso o faraó assim o quisesse. Consequentemente, tudo era levado em consideração, e cada passo exigia um exame cauteloso.

— Nefertiti é mal-humorada, inquieta e muito voluntariosa — disse Ay, rompendo o silêncio. — Contudo, nenhum de seus defeitos é percebido; é extraordinariamente bela e tem sido mimada por todos, desde as amas e os tutores até os oficiais de minha própria cavalaria. Se ela também é ambiciosa, ainda precisamos verificar. Aos dezoito anos, já me culpa por não estar casada nem ser mãe.

— Você deve contar-lhe que, em breve, ela conseguirá as duas coisas. Com certeza, ela se revolta contra todos neste momento porque está entediada e ansiosa. Rapidamente aprenderá disciplina no palácio.

— Não conte com isso — disse Ay abruptamente. — Ela é minha filha, eu a amo, mas meu amor não é cego. Talvez, se a mãe estivesse viva, se eu não tivesse estado tão ocupado...

— Não importa — interrompeu Tiye. — Os defeitos de uma rainha são escondidos por maquiagem, joias e protocolo. — Ergueu a roupa de linho suada e começou a se abanar. — Se Ísis não chorar logo, vou morrer com este calor. Sou uma deusa. Certamente posso enviar um sacerdote ao santuário dela para intimidá-la.

Um suave ruído de pés descalços sobre a fria cerâmica do terraço a interrompeu, e ela virou-se. Mutnodjme, a filha mais nova de Ay e meia-irmã de Nefertiti, surgiu da escuridão da sala de recepção do pai e foi saracoteando na direção deles, nua, exceto por uma gargantilha de ouro e por uma fita escarlate pendendo de sua trança. Em uma das mãos, segurava um cacho de uvas pretas; na outra, um pequeno chicote. Atrás dela, dois anões corriam, também nus; um arrastava toalhas, o outro, um leque de plumas vermelhas de avestruz. Eles pararam ao avistar a rainha e começaram a murmurar agitadamente entre si, ambos fazendo caretas cômicas. Mutnodjme aproximou-se de Tiye, fez uma reverência e depois se levantou para dar um beijo casual na face de Ay.

— Já está tarde — admoestou Tiye, notando as pálpebras suadas da garota e a face enrubescida. — Você dormiu a manhã inteira?

Mutnodjme ergueu as uvas e as mordeu, limpando o suco nos cantos da boca com as costas da mão pintada com hena.

— Houve uma festa na noite passada na casa de May e Werel. Depois disso, saímos para andar de barco, pegamos tochas e liteiras e passeamos pelas proximidades de Tebas. Quando percebi, já era de manhã. — Ela refletia enquanto mastigava. — As prostitutas na rua dos bordéis começaram a usar colares com pequenas contas de argila pintadas de diferentes cores. Acho que será a próxima moda na corte. Tenho de conseguir alguns. A senhora está bem, Majestade?

— Estou — disse Tiye, escondendo seu deleite.

— Então o Egito é afortunado. Vou tomar um banho antes que minha pele vire couro neste calor. Deuses! Rá está impiedoso este verão! — Jogou o restante das uvas sobre a mesa, bateu o chicote languidamente nos anões e partiu. Tiye a observou passar da sombra à brilhante luz do sol, os músculos sob as harmoniosas curvas dos quadris. Os anões andavam a trote, seguindo-a, gritando com vozes estridentes e batendo um no outro.

— Tenho pena do homem que se casar com essa aí — observou Tiye. — Ele precisará ser rigoroso.

— Ela já deveria estar casada — contrapôs Ay. — De qualquer forma, quando Nefertiti se casar com o herdeiro, Mutnodjme estará próxima demais do trono para se entregar a qualquer um cuja lealdade à família possa ser suspeita. Sua própria lealdade vai para quem quer que possa diverti-la.

— Horemheb seria capaz de contê-la muito bem — ponderou Tiye. — Imagino se ele poderia ser induzido a casar-se com ela. Mas sinto-me pouco inclinada a forçá-lo. Ele é um bom comandante e aceita subornos abertamente, e não em segredo, como um ministro da Coroa deveria fazer.

— Seria melhor preservá-la até que Nefertiti e o príncipe estejam seguramente casados — contestou Ay. — Ainda há Sitamun, eu sei, mas o faraó não desistirá dela até que esteja morto. É sua ligação com Tutmósis, seu filho, e com o próprio passado.

Tiye notou a perspicácia e o tom rude do irmão.

— Você fala muito desrespeitosamente de meu marido — repreendeu calmamente.

Ele não pediu desculpas.

— Falo sobre a necessidade política, sem malícia — replicou ele. — Nós dois sabemos que, se o príncipe fosse autorizado a escolher Sitamun, em vez de Nefertiti, como primeira esposa, a falta de perspicácia política e o ciúme de Sitamun em relação a você fariam com que você fosse relegada à posição de nobre viúva sem poderes tão logo o faraó morresse. Sitamun não permitiria que você se aproximasse dos ministros e não se preocuparia com eles. Caso Amenhotep, mais tarde, queira se casar com a irmã, ele poderá, mas não até que Nefertiti seja a primeira esposa.

Houve um momento de silêncio enquanto Tiye revolvia as palavras em sua mente. Ela e Ay entraram nessa discussão muitas vezes, o que sempre se assemelhou a um exercício mental, uma defesa contra o enfado das tardes muito quentes de verão, mas agora as considerações eram todas muito verdadeiras, e as alternativas, vitais. Ela observava os babuínos de

Ay, sentados de cócoras na grama seca do outro lado do jardim. Eles bocejavam e grunhiam um para o outro, coçando a pele sob as coleiras adornadas com joias, ou coçando uns aos outros em busca de piolhos.

Finalmente, ela disse:

— Se algo acontecer com Nefertiti antes de o contrato de casamento ser firmado, prefiro ver Mutnodjme a Sitamun ocupando o lugar ao lado de meu filho. No entanto, esperaremos e tentaremos não ficar ansiosos. Queria que você a persuadisse a remover a trança e a deixar o cabelo crescer. Ela tornou-se uma mulher já há quatro anos.

Ay esboçou um sorriso com mágoa.

— Desisti dessa batalha. Mutnodjme gosta de ser diferente. Gosta de chocar seus inferiores e de provocar os semelhantes. Dita tudo o que está na moda em Tebas.

— Enquanto permanecer preocupada com a moda, ela não se ocupará de jogos mais perigosos. — Ao levantar-se, Tiye bateu palmas, e, imediatamente, Ay ajoelhou-se. Um bando de criados surgiu da calma escuridão da casa. Tiye acatou a reverência do irmão levantando ambas as mãos para um beijo. — Enviarei Kheruef para você quando eu estiver pronta. Que seu nome viva para sempre, Ay.

— O vosso também, Majestade.

Apesar da confiança aparente que sempre demonstrei, não acreditava realmente que este dia chegaria, pensou Tiye enquanto caminhava para a entrada, de onde seus liteireiros se levantavam para reverenciá-la. *Amenhotep está livre. O Egito tem um príncipe herdeiro, e o resto é um mero detalhe. Esta é minha maior vitória, e estou feliz.*

2

A ordem de Tiye espalhou-se pelo palácio e pelos aposentos militares como um vento no deserto, de forma que, três dias após ela ter dado as boas notícias da liberdade ao filho, Amenhotep pôde partir para Mênfis cercado de toda a pompa devida a um herdeiro. Durante esse ínterim, os homens que mediram a altura do rio relataram um pequeno aumento de nível, e uma multidão tão aliviada quanto excitada formou-se nos degraus do palácio para dar uma olhada no príncipe, que ali apareceria como um rumor que ganha vida. Tiye sentou no trono de ébano, sob o dossel incrustado de pedras preciosas, e os criados diante dela abanavam-na vagarosamente. Sitamun estava a seu lado, vestida de amarelo; a coroa emplumada a que tinha direito como primeira esposa tremia a cada suspiro. Ay caminhava lentamente entre a barcaça dourada *Vislumbres do Aton* e o contingente de soldados em formação que suavam à espera do embarque do príncipe. Contra o sol, vestida em linho branco e com maquiagem excessiva, Mutnodjme batia o chicote com desânimo na palmeira acima dela enquanto os anões arfavam a seus pés. Estava quente demais para brigarem.

Um pequeno grupo de sacerdotes de Karnak, chefiado por Si-Mut, o Segundo Profeta de Amon, estava preparado com incenso e sistros para abençoar com orações a passagem do príncipe. Ao olhar de soslaio o rosto suado e cirunspecto de Si-Mut, Tiye sentiu uma pontada de saudade de seu irmão Anen, que fora Segundo Profeta de Amon havia apenas um ano, antes de a febre o consumir.

— Dê-me o leque — disse rispidamente ao porta-leque e começou a espantar, com irritação, as moscas que pousavam em seu pescoço macio e tentavam sugar o sal em volta de sua boca e dos olhos com *kohl*.

Ay aproximou-se e fez uma reverência.

— Majestade, instruí Horemheb a hospedar o príncipe em Mênfis até todos os criados e guardiães do palácio terem sido investigados. Não é muito provável, agora que o faraó decretou essa mudança oficialmente, mas ainda pode haver alguém que deseje fazer-lhe o favor de tentar prejudicar Amenhotep.

— Ou mesmo o faraó pode arrepender-se da decisão — contrapôs em voz baixa. — Ficarei ansiosa até que o ano estatutário termine e ele esteja, uma vez mais, sob minha vigilância aqui em Malkatta. Fique por perto, Ay.

Um burburinho de vozes exaltadas foi seguido por um profundo silêncio quando os soldados e a carga se aproximaram. Horemheb foi a passos largos na direção do trono. As braçadeiras de prata que o proclamaram Comandante dos Cem reluziam à medida que se movia; o elmo azul, a que ele tinha direito como um condutor de biga, projetava um rosto bonito que, apesar de jovem, já apresentava marcas da maturidade precoce imposta pela profissão que escolhera. Como protegido de Ay, sabia que estava destinado a fazer carreira no exército e na corte, mas não confiava apenas na generosidade de seu mentor. Os homens sob seu comando tinham aprendido que, apesar de sua disciplina ser enérgica e severa, seu julgamento era sensato. Ele ajoelhou-se para beijar os pés da rainha.

— Você compreende a importância dessa responsabilidade, Horemheb — disse Tiye enquanto fazia sinal para que ele ficasse de pé. — Espero que você me envie relatórios objetivos e frequentes.

Ele inclinou a cabeça mas não respondeu.

Ela voltou-se para o filho, levantando-se e descendo os degraus para abraçá-lo, e percebeu, com surpresa, que Nefertiti se mantivera de pé ao lado dele, alta e feminina, de amarelo, os cachos de sua peruca até a cintura, presos com miosótis de lápis-lazúli, a cor do cabelo dos deuses.

— Envie-me notícias de suas ações com a maior frequência possível — disse Tiye enquanto seus braços envolviam Amenhotep. Ele concordou com a cabeça, faces ainda coladas, e retirou-se sorrindo. E, então, Tiye percebeu o olhar fixo do filho para o palácio atrás deles. De repente, uma máscara pareceu cair das feições alongadas e amareladas, e ele voltou-se abruptamente. Tiye lançou um olhar furtivo para trás. Meio escondido por uma das colunas cobertas com lótus que ficavam na parte frontal da sala de recepção, acompanhado apenas de um criado, seu marido observava. Um murmúrio de surpresa resvalou na multidão, e a cabeça de Tiye girou novamente, a tempo de ver seu filho beijar a boca escarlate de Nefertiti.

— Que seu nome viva para sempre, prima — disse em voz alta, brincando com um cacho de cabelo reluzente, enquanto ela sorria, os olhos

32   Pauline Gedge

apertados contra o sol. — Venha visitar-me se seu pai permitir. Sentirei falta de nossas conversas. — Ultrajada por essa gafe, Tiye olhou para Ay.

— Que seus passos sejam vigorosos, Príncipe — desejou Nefertiti a Amenhotep atrevidamente, e ele virou-se e subiu a rampa, desaparecendo na sombra da pequena cabine. Horemheb ordenou, e as cortinas foram baixadas. Si-Mut começou a cantar, a fumaça do incenso subiu, e os soldados assumiram suas posições ao longo da balaustrada. Os remos foram impulsionados, ditando o ritmo, e a barcaça com os pequenos galhardetes azuis e brancos afastou-se suavemente dos degraus e cruzou o lago, na direção do canal e da autonomia do rio.

À medida que o barco desaparecia, Tiye segurava firme o leque, desejando acertá-lo no rostinho viçoso de sua sobrinha, mas, em vez disso, abanou-o vigorosamente contra as próprias pernas. Antes que a garota pudesse afastar-se mais, Tiye tomou uma rápida decisão:

— Nefertiti, seus pertences serão empacotados e levados ao palácio o mais breve possível — disse rispidamente. — Deixe seus criados com seu pai, envie-os para Akhmin ou venda-os, tanto faz. Providenciarei criados para você. Está na hora de aprender a comportar-se como esposa, e não como presunçosa concubina.

— Ainda não sou nenhuma das duas, tia Majestade — respondeu Nefertiti, destemida. — Amenhotep beijou-me. Eu não o beijei.

— Você bem sabe que deveria ter recuado e se ajoelhado para mostrar que estava tanto honrada pela atenção quanto desconcertada pela demonstração pública. O que há com você? — *E o que há comigo?*, perguntou-se. *Por que estou tão irritada com esse pequeno deslize de meu filho, que certamente está repleto de uma alegria difícil de reprimir? Estou temerosa de que minha influência sobre Amenhotep se enfraqueça agora que não depende mais do meu afeto?* Ela deu um sorriso inexpressivo para Nefertiti e sentiu o ciúme desvanecer-se.

— Sei o que deveria ter feito — desculpou-se Nefertiti, com um leve tom de desafio —, mas meu primo me surpreendeu. Foi um gesto de grande generosidade, e estou honrada.

Os sacerdotes colocaram-se à beira do lago, e Si-Mut atirava flores na água enquanto a multidão se dispersava. Mutnodjme havia se aproximado de Tiye e acompanhava a discussão com interesse.

— É assim que você deve se sentir — disse Tiye, relutante. — Vamos esquecer isso. Você também poderia começar a assumir algumas das responsabilidades de uma princesa, Nefertiti. Enviados do arrogante príncipe do Khatti chegaram ontem, e, hoje à noite, o faraó vai dar a eles uma amostra da hospitalidade egípcia. Contamos com a presença de vocês. É uma pena que Tey ainda esteja em Akhmin. Gostaria de vê-la.

— Mamãe não consegue suportar Tebas no verão, Majestade — Mutnodjme interrompeu. — Ela só se sente em casa nas antigas propriedades da família. Mas comparecerei à festa. Nefertiti e eu podemos ser dispensadas agora?

Tiye assentiu com a cabeça, e as duas garotas fizeram uma reverência. O chicote de Mutnodjme estalou perto dos anões sonolentos, que saltaram a seus pés com gritos estridentes de fúria. Passando a mão pintada de hena em sua cabeça raspada e jogando a trança com fitas por cima dos ombros, ela rumou em direção à barca de Ay, ancorada sob os sicômoros no fim dos degraus do embarcadouro. Nefertiti acenou para o cortejo de mulheres e seguiu. Retornando ao palácio, Tiye, com um suspiro inaudível, notou que a coluna que escondera o corpo silente de seu marido estava vazia.

A excitação da partida de Amenhotep logo foi ofuscada pela chegada da princesa Tadukhipa. O rio estava mais profundo e fluía rapidamente, arrastando tudo em suas margens como um cavalo desgovernado. Embora não tivesse começado a transbordar sobre os campos ressecados, as espinhosas acácias, com suas raízes suspensas nas margens, já estavam com um verde pujante. O ar ficara mais denso, porém não mais frio. Respirar exigia um esforço quase consciente, e todas as tarefas eram frustradas pela atmosfera enervante. Doenças irrompiam entre as crianças no harém.

Sentada no trono de ébano e ao lado de seu marido, Tiye assistiu ao desembarque da princesa. Apesar de o dossel oferecer pouca sombra e de Tiye ser constantemente abanada com penas escarlates de avestruz, suas roupas de linho estavam molhadas de suor, e o chão de mármore rosa e preto queimava-lhe os pés. Amenhotep permaneceu imóvel, em posição de reverência, com o mangual e a cimitarra em seu colo. O suor acumulado sob a borda da Coroa Dupla escorria de modo incontrolável de sua fronte. Tiye pensou que ele talvez estivesse cochilando. Diante dela, a água fria e escura ondulava sedutoramente nos degraus do embarcadouro. Do outro lado do rio, o ruído de Tebas abrandou-se, abafado pelo calor; os milhares de pessoas que se alinhavam na margem leste pareciam fundir-se em uma miragem tremeluzente. Em volta de Tiye, a corte do faraó esperava com as perucas resplandecentes e as roupas de linho deslumbrantes, agitando os leques preguiçosamente e trocando conversas desconexas. Tiye sentiu-se indisposta e fraca. Afastados, à esquerda, Ptah-hotep, Si-Mut e outros sacerdotes de Karnak permaneceram em grupo sob o próprio dossel; finas nuvens de incenso os encobriam e aumentavam o desconforto. As esposas do harém, Gilupkhipa entre elas, sentaram-se à direita na grama, sob a sombra do muro do palácio. Os criados movimentavam-se com bebidas geladas e travessas de guloseimas, e os gatos e macacos corriam entre eles.

Finalmente, ouviram o anúncio do arauto, e Tiye ergueu os olhos, dirigindo-os para o clarão. *Vislumbres do Aton*, de volta para casa após a viagem a Mênfis, adentrara o canal e margeava cuidadosamente os degraus do embarcadouro, a vela enrolada e os remos em ritmo ponderado. Depois de passar em frente aos olhares curiosos da população de Tebas, as cortinas de seda da cabine foram abertas e presas com ilhoses. Os músicos da corte rufaram os tambores e começaram a tilintar e a tanger. O barco esbarrou nos degraus do embarcadouro; as bandeiras imperiais desbotadas e molhadas, cujos lados dourados refletiam o amarelo no chão, tremulavam debilmente. Os escravos correram para posicionar a rampa, uma agitação fez-se visível no interior da cabine, e Tadukhipa surgiu. Assim que deixou a cabine, as mulheres que a acompanhavam levantaram um dossel sobre sua cabeça, uma curiosa estrutura rígida, arqueada, de cetim branco, ornada com a cabeça de algum deus bárbaro sorridente. Amenhotep, respirando com dificuldade, ergueu-se, reuniu todos os símbolos de seu reinado e esperou.

Tiye examinou a princesa. Tinha o rosto miúdo, moreno, e olhos pretos, aguçados, cobertos por um leve capuz amarelo-ouro, cujas borlas se moviam em torno do pescoço. Usava pequenos sapatos de brocado, pouco visíveis por baixo de uma longa saia com muitas cores extravagantes e adornada com ouro e um xale do mesmo tecido cobria tudo, exceto os braços. Dos seis outros barcos saiu um grupo de mulheres espalhafatosas, o séquito da princesa.

Tadukhipa seguiu lentamente, ajoelhou-se para beijar os pés de seu marido, hesitou, deu uma olhadela tímida, porém interessada, em Tiye e, em seguida, também beijou seus pés. Apesar do pequeno dossel flutuante, ela sentiu-se mal nítida e instantaneamente com o calor que a acometera, e Tiye observou a excessiva transpiração no rosto da princesa.

Amenhotep acenou friamente para o arauto.

— Em nome de Amon, o Todo-Poderoso, e de Aton, o Todo-Formoso, eu, Nebmaatra Hek-Waset, deus desta terra, dou as boas-vindas a Tadukhipa, princesa de Mitanni e filha de meu amigo e irmão, o rei Tushratta. Bem-vinda a Tebas — gritou o homem, cujos assistentes se mantiveram firmes diante dele. — Que este casamento seja um sinal de boas relações entre nós.

Amenhotep levantou-se. Em seguida, inclinando-se, ergueu Tadukhipa do chão, um gesto que lhe custou muito. Tiye havia se levantado com ele. Imediatamente, sentiu o cotovelo do faraó deslizar por seu braço e percebeu o que ele queria. Então, discretamente, deixou que se apoiasse nela.

— Meu pai envia cordiais saudações — disse Tadukhipa, de maneira hesitante, um forte sotaque egípcio. — Ele me coloca com total confiança em suas augustas mãos. Também lhe envia a deusa Ishtar, porque lamenta a doença de Vossa Majestade. Ishtar está feliz por visitar novamente a terra que tanto ama. — Virando-se, estalou os dedos para o escravo atrás, e um manto preto deslizou do objeto que ele segurava, revelando uma pequena estátua dourada. Todos fizeram uma reverência. Com mãos trêmulas, Tadukhipa entregou-a a Amenhotep.

Ele não crê, mas mesmo assim deseja que Ishtar detenha o poder que ele procura, pensou Tiye, observando-o entregar o cajado, o mangual e a cimitarra ao Guardião das Insígnias Reais e passar os dedos suaves sobre a deusa. *Eu também desejo.* Seus próprios dedos apertaram o braço do faraó, um gesto de posse e de medo. *Não quero que isso termine*, pensou em desespero. *Hoje ele luta para recuperar sua juventude como um cego que esfrega cinzas nos próprios olhos. Isto não é um casamento diplomático. É sua última chance contra a morte. Ó Amenhotep! Todas as*

36 Pauline Gedge

promessas de nossa juventude resultaram nisso. Um deus velho tremendo sob o resplandecer de uma eternidade impiedosa e uma deusa velha finalmente destituída de toda a ilusão.

— Ptah-hotep! — resmungou o faraó, e o sumo sacerdote aproximou-se rapidamente para pegar Ishtar. — Ponha a deusa no santuário de meus aposentos e cuide para que lhe sejam ofertados comida, vinho e incenso. Prestemos nossos agradecimentos a Amon pela chegada segura de minha esposa.

Um altar móvel fora colocado na frente do terraço; ao lado, chamas contorciam-se em uma enorme cuia de pedra, quase invisíveis ao sol do meio-dia. Com Tiye ainda a seu lado e Tadukhipa à esquerda, Amenhotep desfilava vagarosamente em procissão atrás dos sacerdotes, enquanto toda a corte acompanhava os Seguidores de Sua Majestade, que cobriam a retaguarda. Um touro amarrado fora colocado no altar e gemia por baixo da mordaça, seus olhos pretos revolviam-se. Os címbalos soaram, e os sistros começaram a retinir. Por um momento, Amenhotep teve de ficar parado e suportar o canto dos sacerdotes reunidos, e Tiye, sentindo a aflição do faraó, orou para que ele não desfalecesse.

Ptah-hotep ergueu a faca. Um tambor começou a rufar. Um grito emergiu dos milhares de bocas quando a faca desceu e o sangue esguichou para dentro do cântaro posto embaixo da garganta do animal. Ele ainda se contorcia quando os acólitos cortaram sua barriga e os intestinos saltaram para dentro da tina preparada para recebê-los. A multidão começou a aplaudir e a gritar. Outros sacerdotes habilmente dividiram a oferenda em partes iguais, e Amenhotep, concentrando-se para esse último esforço, segurou cada uma delas e atirou-as ao fogo. Os dançarinos iniciaram a apresentação.

— Deixe Ptah-hotep queimar os antílopes e os gansos — sussurrou Tiye para Amenhotep, abafada pela algazarra. — Isso é permitido. Deixe Kheruef levar a garota para o harém. Você deve descansar.

Ele consentiu. Tomando a mão de Tadukhipa, sorriu para ela, cuidando para não abrir demais a boca e mostrar os dentes apodrecidos na imperdoável claridade da luz do dia.

— O Guardião da Porta do Harém terá prazer em servi-la — disse —, e sua tia Gilupkhipa há muito espera para falar com você. Vá.

Não esperou para vê-la partir. Apoiado em Tiye, caminhou lentamente pelo terraço e pela abençoada escuridão da sala de audiências. Atrás dele, ouviam-se os gritos de júbilo dos cortesãos, que brigavam para conseguir o sangue do touro que lhes era oferecido. Com os dedos vermelhos, eles ungiam testas, peitos e pés para agradecer o sacrifício que traria boa sorte.

Naquela noite, uma cerimônia de boas-vindas foi realizada para Tadukhipa. Sentada ao lado do faraó no assoalho do salão de banquete, parecia uma boneca, muito maquiada, falava apenas quando se dirigiam a ela, resistindo timidamente aos olhares de assédio das centenas de cortesãos e convidados que enchiam a enorme sala. À direita de Amenhotep, suntuosa com a coroa de dupla plumagem, Tiye vigiava os criados para que Tadukhipa não fosse negligenciada, mas a preocupação era maior com seu marido, que escorregava na cadeira, com os olhos muitas vezes fechados, respirando com dificuldade e esforçando-se para transmitir refinadas observações à nova esposa. Ao lado de Tiye, os dedos de Sitamun reluziam sobre a pequena mesa dourada coberta de flores. Ela comia e bebia com uma concentração inabalável, parando somente para inclinar-se sobre sua mãe e oferecer um bocado de alguma iguaria a Amenhotep. Uma brisa intermitente soprava da superfície escura do lago por entre as colunas, mas o ar permanecia estático, impregnado de odores dos alimentos e do óleo perfumado que gotejava das perucas dos convidados.

Entre as mesas cheias do corredor, dançarinas nuas faziam uma reverência e balançavam as tornozeleiras, os fios prateados nos cabelos brilhavam quando elas passavam pelas tochas. Graciosamente, as dançarinas inclinavam-se e apanhavam quinquilharias, peças de ouro, bilhetes com ofertas de emprego ou propostas arremessados pelos homens, cujos gritos obscenos competiam com os tambores e as harpas dos músicos da corte do faraó. Tiye distraiu-se por uns instantes e observou a princesa Tia-Há levantar-se das almofadas em que se sentava entre as esposas do faraó e, deixando cair a longa veste azul que a envolvia, desnudar-se até os pés. Amenhotep resmungou. Tia-Há fez uma reverência, atirando-lhe um beijo e jogando o cabelo para trás à medida que o corpo se soltava e começava a ondular com o ritmo veloz da música.

— Essa mulher nunca morrerá — disse ele com admiração. — Ela tem demasiada fertilidade de Hathor. Você gosta de dançar, Princesa?

Tadukhipa ficou tímida, os olhos espantados voltados para o faraó, enquanto o grupo de convivas começava a assobiar e a aplaudir Tia-Há.

— Aprendi as danças do templo para Savriti de Muitas Armas — disse ela. — Se desejar, dançarei para Vossa Majestade.

— Esta noite, Tadukhipa — respondeu gentilmente, observando a aflição dela. — Você tem a beleza frágil de uma centáurea-azul, delicada demais para os olhos dessa multidão bêbada. — Ele deu uma palmadinha em seu braço e voltou-se para Tiye. — Suppiluliumas não perdeu tempo em enviar representantes, mas o embaixador do novo príncipe do Khatti é incivilizado, obviamente não passa de um soldado aventureiro. — Ele acenou com a cabeça para onde o homem estava sentado, entre os outros dignitários estrangeiros, os pés descalços apoiados sobre a mesa, os braços ao redor de duas dançarinas que havia capturado, os cabelos longos embaraçados e a barba comprida esvoaçante enquanto ele falava rapidamente com Ay, que estava sentado em uma almofada ao lado, ouvindo de modo cortês.

— O povo do Khatti nunca se preocupou com a etiqueta — respondeu Tiye, os olhos fixos no soldado risonho —, eles mal aprenderam as regras elementares da diplomacia. A arrogância e a força os tornam perigosos. Deixe que este homem seja entretido por Ay, de soldado para soldado. Ay fala a linguagem das casernas e descobrirá rapidamente o que Suppiluliumas quer do Egito. Além do ouro, claro. Seria inteligente conceder audiência ao embaixador de Mitanni amanhã e apurar o que Tushratta pensa a respeito dele. Ele está diretamente envolvido.

Sitamun inclinou-se para a frente, limpando os lábios vermelhos com um guardanapo de linho.

— O povo do Khatti vive para a guerra — opôs-se. — As invasões os mantêm sãos. As revoltas no palácio são motivo de comemoração, e matar lhes dá um apetite voraz. Não é de admirar que não tenham tempo para atividades culturais. Com os babilônios, pode-se, ao menos, manter uma conversa, pois são sofisticados o suficiente para desfrutar o jogo da política, mas esta gente aqui não. Eles compreendem somente a linguagem da lança.

Após uma nova salva de palmas, Tia-Há voltou para as almofadas e calmamente se vestiu, antes de se sentar e pedir vinho.

— Só um tirano pode ser intimidado com ameaças e encorajado com vagas promessas — respondeu Tiye à filha. — Ay me trará informações quando estiver pronto. Enquanto isso, devemos assegurar que o estrangeiro receba tudo o que desejar.

Sitamun sorriu e umedeceu os dedos no vinho.

— Dê a ele Mutnodjme — falou de forma arrastada. — Os dois têm a mesma essência. O meu senhor está se retirando?

Amenhotep levantou-se, e, imediatamente, a festança no salão resumiu-se a uma onda de sussurros. O Guardião das Insígnias Reais também se levantou, erguendo, bem acima da cabeça, os símbolos preciosos da caixa que carregava consigo para todos os lugares. O faraó acenou com a cabeça para o arauto.

— Mani, aproxime-se! — bradou o homem.

O embaixador egípcio de Mitanni deixou as almofadas e seguiu a passos largos até o trono. Era um homem magro, digno, de cabelos brancos e ombros curvados. Prostrou-se com facilidade e permaneceu com o rosto voltado para o chão frio. Tiye sentiu, no próprio corpo, a dimensão das frágeis condições de seu marido antes que ele falasse.

— Mani, amante dos deuses e fiel servidor do Egito — disse finalmente, impostando a voz para soar profunda e poderosa —, pela destreza e dedicação com as quais você tem desempenhado suas tarefas e como sinal de nossa contínua aprovação, eu o recompenso com o Ouro dos Benefícios. Levante-se.

Mani assim o fez, mantendo as mãos firmes à medida que o faraó despojava-se das joias que o ornavam, atirando cada peça ao homem circunspecto. Braceletes, anéis, brincos e o pesado amuleto de ouro caíam em saraivadas no chão. Mani fez uma reverência. O povo começou a gritar. Amenhotep, com um ar de enfado, fez sinal para os criados e deixou o trono. Tiye acenou com a cabeça para Kheruef, que se aproximou de Tadukhipa com sorrisos e uma firme sugestão de que ela também deveria se retirar.

— A senhora já recebeu alguma notícia de Mênfis? — perguntou Sitamun.

Tiye desviou os olhos de seu marido, esforçando-se para permanecer ereta à medida que ele se arrastava pelas portas do salão.

40 Pauline Gedge

— Não, somente um comunicado dos guardiães do Nilo para informar que Horemheb e o príncipe chegaram bem.

Sitamun esvaziou o cálice e, esfregando uma das mãos no peito coberto de óleo, puxou um cacho da peruca, no qual começou a passar o óleo.

— Acho que, quando o nível do rio começar a baixar, acompanharei Nefertiti a Mênfis — disse ela, sem olhar para a mãe. — Será uma mudança agradável. Sempre tento estar próxima de minhas propriedades quando as uvas começam a brotar, de forma que possa ter uma noção do que esperar da colheita. Não se pode confiar nem nos criados, como a senhora bem sabe. De qualquer forma, estou construindo três navios no estaleiro de Mênfis e quero estar presente quando forem lançados ao mar.

Tiye inclinou-se lentamente na direção de Sitamun, e os olhos azuis da jovem moviam-se para encontrar os da mãe.

— Não, Sitamun, você não irá — disse Tiye enfaticamente. — Seu irmão não é para você. Você deve ficar longe dele. Quando o faraó morrer, analisarei a situação. Se Ay e eu considerarmos necessário, Amenhotep poderá ter você, mas, até lá, você se dedicará a seu pai. Você já tem poder suficiente.

Sitamun ergueu as sobrancelhas e estremeceu.

— É difícil dedicar-me a um homem que faz amor toda noite com aquele garoto e passa os dias bebendo — disse ela contrariada, franzindo os lábios de uma forma que, com frequência, lembrava Tiye. — Minha vida é incrivelmente enfadonha. Na minha idade, mãe, você já tinha se tornado imperatriz havia muito tempo e era a mulher mais poderosa do mundo.

Tiye observou o brilho do ouro em pó salpicado nos cachos úmidos que caíam na testa de Sitamun. Um sutil descontentamento era visível no rubor das faces arredondadas e reluzentes da filha, e as grossas sobrancelhas pintadas de preto franziam-se em uma expressão de desagrado. *Meu rosto já apresentava sinais de teimosia quando eu tinha a idade dela?*, perguntou Tiye a si mesma. Levantou-se, e novamente o ruído dos convivas desapareceu.

— Não gostaria de puni-la, Sitamun, portanto seja paciente. Nefertiti será imperatriz, mas é possível que você venha a se tornar a segunda esposa.

— Já sou a segunda esposa de um faraó e não desejo passar o resto de minha vida sendo a segunda esposa de outro. Mereço ser imperatriz.

Não pense que me punirá do mesmo modo que fez com a princesa Nebet-nuhe no harém. Tenho um criado que prova a comida a meu serviço.

Tiye agarrou os ombros rígidos e nus de Sitamun.

— Eu era uma criança e fui levada por um pânico sem fundamentos — disse com desprezo. — Você é demasiado inteligente para ver a situação com tanta ingenuidade, Sitamun. Agora vá para a cama. Arauto! Diga a Tia-Há que me encontre no jardim, caso ela esteja sóbria o suficiente. Quero nadar. Durma bem, filha! — Ela deixou o salão pela porta dos fundos, sem olhar para a infinidade de cabeças inclinadas, e, conforme os guardiães fechavam as portas, ouvia o chicote de Mutnodjme estalar e um dos anões gemer de dor. O restante das pessoas permaneceu absorto pela música e pelos risos bêbados.

Tiye acordou repentinamente no meio da noite, molhada de suor. Uma lamparina apagada estava suspensa ao lado do divã, e a mão respeitosa de Piha tocou seu cabelo.

— Kheruef espera do lado de fora — murmurou a criada. — Hórus mandou chamar Vossa Majestade.

Gemendo, Tiye sentou na cama e tentou alcançar a taça de água fresca que ficava na mesinha de cabeceira ao lado. Piha segurou o vestido enquanto Tiye o colocava e penteou-lhe as grossas tranças castanhas.

— Estava sonhando com a lua refletida nas águas de Akhmin — murmurou com sonolência. — Ay era criança, e meu pai estava em pé no barco com seu bastão. Esse sonho tem significado, Piha?

— Não sei, Majestade. Devo preparar seu banho?

— Não, estou muito cansada. Bebi vinho em demasia, eu acho. Espere-me acordar e abra as cortinas das janelas. Mal posso respirar aqui dentro.

Do lado de fora, Kheruef fez uma reverência silenciosa, e os guardiães do harém rapidamente se posicionaram ao redor da imperatriz. Em silêncio, caminharam pelos corredores vazios, atravessaram o jardim particular de Tiye e adentraram os aposentos do faraó através de uma porta falsa. À medida que se aproximavam do jardim do harém, Tiye, pisando silenciosamente a grama primaveril, ouvia os suaves murmúrios que aumentavam e provinham do outro lado da parede, bem como o lamen-

42   Pauline Gedge

toso gorjeio de uma única harpa que encantava a noite. Olhando para cima, ela observou que a silhueta do lugar era distorcida por vultos e sombras que se moviam. As mulheres haviam subido para o terraço em razão do calor e deitaram-se nas almofadas para pegar as leves brisas provenientes do norte. Lá embaixo, onde os canteiros de flores e o gramado cediam lugar aos degraus do embarcadouro e às palmeiras, o rio corria rapidamente, cujas águas gorgolejavam constantes e sonolentas e batiam devagar na enseada, onde sapos coaxavam sombriamente. O ar da noite estava úmido, porém mais frio do que durante o dia, e Tiye o inalava profundamente enquanto retornava ao palácio, sentindo os últimos vestígios de sono abandonarem seu corpo.

Dentro do sombrio labirinto do Esplendor do Aton, nos aposentos privativos do faraó, o ressequido ar noturno de Rá ainda perdurava, fétido e impiedoso. O séquito parou e manteve-se afastado. Os guardiães abriram as portas, o arauto a anunciou, e ela adentrou o quarto do faraó.

Ele estava apoiado nas almofadas, a boca semiaberta, os olhos inchados e apertados contra a pouca claridade de algumas lamparinas de alabastro que brilhavam calidamente à sua volta. Moscas zumbiam e pousavam em seu corpo flácido e nu, mas ele parecia não as perceber. Um cântaro de vinho estava próximo, e a taça no chão vazia. Tiye aproximou-se rapidamente do divã e fez uma reverência.

— Hórus, onde está seu porta-leque? — perguntou angustiada, pegando o leque entre os lençóis e abanando-se suavemente.

Ele sorriu e reanimou-se com a suave batida do leque de crina de cavalo, e as moscas subiram em uma nuvem raivosa.

— Devo negar às moscas do Egito o direito de regozijarem-se com o sangue de seu deus? — perguntou brandamente, com voz rouca. — Elas são tão predadoras e famintas quanto meus cidadãos. Na verdade, minha Tiye, não as notei. Mandei os criados embora horas atrás. Até os seus passos me perturbavam.

— Devo mandar buscar água, roupas limpas e, porventura, alguma fruta? — Ela passou os olhos pelo aposento, e não havia sinal do garoto.

— Não. Quando você sair — respondeu abruptamente, suspirando, sem prestar muita atenção ao que havia. Esperou que o faraó contasse por que mandara buscá-la. Naquele momento, ele virou-se no divã e enterrou a cabeça raspada entre as almofadas. — O óleo está no prato em algum lugar sobre a mesa — disse ele, com a voz abafada. — Massageie-me, Tiye. Não posso tolerar o toque de um criado esta noite.

Em obediência, ela tirou os anéis e o manto que a cobria e, pegando o prato, ajoelhou-se sobre os lençóis ao lado dele. Colocando um pouco de óleo na palma da mão, ela o espalhou nas largas costas do faraó e começou a trabalhar a carne dócil, amaciando e golpeando, sentindo os músculos tensos de dor sob seus dedos. Por muito tempo não houve ruído, com exceção da respiração ofegante do faraó. O aroma doce e nauseante do óleo elevou-se às narinas de Tiye, trazendo de volta as lembranças de noites que o passado havia relegado à memória, e, como se tivesse lido seus pensamentos, ele disse:

— Ninguém jamais fez isto como você, Tiye. Lembra-se de nossos primeiros anos juntos, quando eu mandava buscá-la todas as noites, e o óleo estava à sua espera? Esta noite minha mente está repleta daqueles momentos. Por um instante os esqueci, quando deixei de me surpreender com seu corpo e procurei outros; sinto-me tão atraído por você novamente...

Essas palavras a confundiram, mas ela ficou sensibilizada. Apesar de suas costas começarem a doer, e seus pulsos a reclamar, ela obrigou-se a manter as mãos deslizando sobre aqueles ombros enormes, descendo a lombar. Seus olhos contemplavam a vivacidade resplandecente e os traços familiares do corpo do faraó.

— A pequena princesa fez o que pôde para agradar-me — continuou ele após uma pausa, e o batimento cardíaco de Tiye acelerou com o tom ímpar e deprecativo de sua voz. — Ela dançou no mais belo ritmo, vestida somente com as joias. Cantou para mim as músicas nativas de seu país. Beijou-me e acariciou-me, mas foi embora e nada levou consigo, a não ser o relato de minha própria impotência para espalhar pelo harém. Tentei, mas, hoje, sou como Osíris, mutilado e desmembrado. A juventude e a inocência da princesa não me excitaram. Causaram-me um súbito suor de medo. — Resmungando, levantou-se para encará-la, e, nos olhos negros, ela percebeu algo que nunca vira antes, a vulnerabilidade de um animal em sacrifício implorando pela vida. Por um segundo, a consciência de seu poder sobre ele veio à tona como uma impetuosa onda de triunfo, mas logo recuou e a fez padecer de compaixão.

— A princesa foi criada como uma criança real — replicou ela suavemente. — Ela sabe que há um limite para a quantidade de comentários que poderá fazer no harém e se submeterá a ele. Você gostaria que eu encontrasse o garoto?

Os olhos do faraó ergueram-se com um deleite sarcástico.

— Não, creio que não. Tive a flor da juventude o suficiente por um dia. Suas mãos são mágicas. Eu me sinto melhor.

As palavras poderiam ter sido uma despedida, mas ela sabia que não eram. Ele ficou ali esperando, pedindo silenciosamente para ser resgatado, e ela deitou-se sobre ele com um sorriso.

3

Um ar de ansiedade pairou sobre o palácio nos meses seguintes. Apesar das palavras tranquilizadoras de Tiye, não demorou muito até que toda a corte soubesse que Amenhotep fora incapaz de consumar seu casamento com a pequena princesa de Mitanni. Isso, mais do que qualquer outro sinal, convenceu os cortesãos de que o deus não viveria muito, pois seu apetite sexual era lendário. No entanto, ainda que os dias fossem um tormento de dores e febres, das repugnantes decocções dos médicos preocupados e das intermináveis ladainhas dos magos, o faraó agarrara-se à vida e encontrara forças para observar a debilitação gradual de seu corpo com um mordaz humor negro. Não mandou chamar Tadukhipa novamente, e ela lidou com esse fracasso pessoal com um silêncio tímido e digno. O garoto, a primeira esposa e a filha-esposa preenchiam suas noites. O rio transbordou e, mais uma vez, deu vida à terra penetrando o solo ressecado, afrouxando e estimulando o solo fértil. As doenças também voltaram à região. No harém, nas cabanas dos pobres, na cidade e nas fazendas, mulheres lamentavam à medida que os caixões dos cegos, dos mutilados e daqueles definhados por pragas eram carregados para os túmulos.

As cartas finalmente começaram a chegar de Mênfis. Tiye, sentada no trono, ao lado da cadeira vazia do faraó, o queixo apoiado na palma da mão pintada e o olhar fixo nas próprias sandálias douradas, escutava cuidadosamente seu escriba pessoal, que lia os pergaminhos em voz alta. As cartas do filho eram breves, bajuladoras e tranquilizadoras. Estava bem e esperava que a mãe, eternamente linda, também estivesse. Ele amava a vida cosmopolita de Mênfis, sobretudo a diversidade de religiões que havia por lá. Desempenhava suas tarefas no templo de Ptah com seriedade e atenção. Por trás das palavras, Tiye notou um estranho sentimento de solidão, um desejo ansioso de voltar para o ambiente familiar do harém, mas considerou natural que um jovem, ao ganhar a liberdade pela primeira vez em dezenove anos, sentisse falta da segurança daquele ventre materno. Também percebeu que Amenhotep nunca perguntava sobre a saúde do

46   Pauline Gedge

pai. A única demonstração de afeto registrada naqueles papiros amarelados, sem considerar as ternas palavras dirigidas a Tiye e as perguntas ocasionais sobre Nefertiti, era para Horemheb. Amenhotep fazia questão de descrever as gentilezas do jovem comandante. Tiye achou patético e alarmante seu filho não ter mencionado outro amigo.

Ela começou a se interessar mais pelos pergaminhos informais que chegavam regularmente do próprio Horemheb, descrevendo animadamente como o príncipe tinha se estabelecido em sua nova vida. Horemheb não mentia e descrevia como seu amigo real ficara satisfeito em ser conduzido pela cidade em uma biga dourada para que as pessoas o reverenciassem. Amenhotep visitara On duas vezes, participando dos cultos nos templos de Rá-Harakhti e do Aton e discutindo religião com os sacerdotes do sol por um longo período nas noites frias. Os sacerdotes de Ptah suprimiam a irritação com Amenhotep, que desempenhava suas tarefas no templo distraidamente e estava sempre disposto a criticá-los. Aprendera a tocar alaúde e estava compondo as próprias músicas, as quais cantava para Horemheb e suas concubinas. A voz do comandante era suave, porém verdadeira.

Tiye ouvia, analisava, ponderava. Depois entregava as cartas para Ay, em seu escritório no palácio, onde ele supervisionava o tratamento dos cavalos do faraó e inspecionava a Divisão do Esplendor do Aton. Ela interceptava e lia as cartas que Amenhotep escrevia para Nefertiti antes que fossem lacradas outra vez e enviadas à garota, mas não havia novidades. As palavras do príncipe à sua noiva variavam apenas um pouco das dirigidas a Tiye. A única diferença eram alusões a inúmeras conversas sobre o culto a Amon e sua condição de protetor de Tebas, as quais ele e Nefertiti evidentemente tiveram enquanto ele ainda morava no harém.

Nefertiti mudara-se para um complexo de aposentos contíguo ao de Tiye. Ela não parecia se incomodar com o fato de seus criados terem sido demitidos, e os escravos vendidos. Para aqueles que cuidavam de seu conforto, ela era uma patroa ríspida, obcecada por detalhes, não tolerava erros e nenhum dia se passava sem que lágrimas fossem derramadas nos aposentos dos criados. A petulância da sobrinha não preocupava Tiye, pois fora justamente essa capacidade de comandar que lhe despertara interesse. No entanto, a garota era arrogante e tinha dificuldade para aprender.

Acompanhando a tia desde audiências até cerimônias solenes ou passando as tropas em revista, seguida pelas criadas, pelos porta-leques e pelos maquiadores, Nefertiti muito ouvia e nada fazia. Com sedosos cabelos negros, levemente grisalhos, olhos amendoados, pele morena acetinada e boca sensual, ela sabia que sua beleza era inigualável na corte. Um dos porta-leques também levava um pequeno espelho de cobre, em cujo fundo lustroso Nefertiti olhava fixamente no decorrer do dia, até nos momentos mais impróprios, a fim de se reafirmar. Tiye frequentemente pensava, com irritação, que nenhuma ruga aparecera desde a última aplicação de maquiagem.

Tiye conhecia a sobrinha desde que nascera. A mãe de Nefertiti, primeira esposa de Ay, morrera ao dar à luz, e Nefertiti fora criada com amor, mas sem a atenção de Tey, segunda esposa de Ay e mãe de Mutnodjme. Tey, uma mulher distraída e nervosa, mas surpreendentemente linda, preferia a vida nas propriedades da família em Akhmin à exigente tarefa de educar as duas garotas e entreter o poderoso marido, mesmo que, à sua maneira, ela amasse a todos. Em Akhmin, ela desenhava joias, ditava cartas longas e desconexas para a família e flertava inocentemente com homens de seu séquito. Enquanto caminhava ao lado da silhueta pura e imóvel da sobrinha, Tiye pensara, mais de uma vez, que era uma pena que nem Nefertiti nem Mutnodjme houvessem herdado a força de Ay. Pelo menos Nefertiti era diligente em ditar respostas às cartas de seu futuro marido e, quando falava dele, o que não era frequente, usava palavras extravagantes de afeição e desejo.

Em um dia repleto de um verde exuberante, quando os botões de flores em todos os lugares da vasta propriedade do faraó se abriam, as mulheres do harém pegaram os barcos e, entre risadas e conversas em voz alta, perambularam pelo rio Nilo, sob a luz do sol. Deitada em seu divã, Tiye desejava juntar-se a elas, mas, em vez disso, submetia-se impacientemente ao toque impessoal de seu médico. Ela o convocara com relutância após diversas crises de náusea e uma prolongada fadiga, mas agora, arrependida, irritava-se com a perda de tempo. Por fim, terminou o exame e voltou-se para ela, sorrindo.

— Vossa Majestade não está doente. Está grávida.

Tiye sentou-se, pálida, agarrando o lençol com as mãos.

— Grávida? Não! Você deve estar enganado. É tarde demais, estou muito velha! Diga-me que cometeu um erro!

O homem fez uma reverência, movendo-se em direção à porta.

— Não há erro. Cuidei de Vossa Majestade em todos os partos.

— Saia!

Quando as portas se fecharam, ela atirou-se do divã, derrubando a mesa de marfim e chutando o santuário que estava ao lado.

— Não suportarei isto! Não! — gritou aos criados, que se encolheram. — Estou velha demais! Velha demais... — Sentou-se em uma almofada no chão, agora hesitante e mal-humorada, o peito ainda ofegante, seus membros tremendo. — Gostaria de saber — murmurou de maneira ácida — o que o faraó dirá.

Amenhotep nada disse. Riu a ponto de precisar segurar a barriga intumescida e deixar as lágrimas correrem, manchando de *kohl* suas faces. Riu da ironia da notícia e de seu secreto orgulho masculino.

— Então ainda existe vida em minha semente divina! — riu furtivamente, enquanto Tiye assumia ares de superioridade, contrariada diante daquela alegria. — E uma fertilidade primaveril no seu corpo hibernal. Os deuses devem estar rindo também. — Com um impulso revigorado, ele ergueu-se do divã, jogando os lençóis e ficando em pé ao lado de Tiye. Ela esquecera o quanto o faraó era alto. Ergueu a cabeça e encontrou os olhos dele ainda cheios de água. — Você está feliz, minha Tiye?

— Não, não estou nada feliz.

Segurou o rosto dela com as mãos.

— Que faraó fecundo eu sou! Devemos consultar o oráculo da esfinge imediatamente quanto ao futuro da criança. — De imediato, suas feições tornaram-se astuciosas. — E se for um menino? Saudável e forte? Eu poderia, então, reconsiderar a sucessão.

Tiye afastou-se dele.

— Penso que o oráculo não deve ser consultado até o nascimento — vociferou —, e qualquer questionamento sobre a sucessão também pode esperar.

— Gosto de deixá-la furiosa. — Sorriu malicioso, como se fosse um menino. — Eu me sinto melhor hoje como não me sentia havia meses. Vamos sair na barcaça *Vislumbres do Aton* e juntar-nos às mulheres do harém no rio. Eu me sentarei ao sol, e você poderá me atormentar e espantar as moscas.

Tiye, de fato, consultou um oráculo, mas em benefício próprio, não para saber sobre a criança em seu ventre. Ela ficou diante do profeta no pequeno templo da esfinge, localizado no alto dos rochedos do oeste, segurando as oferendas nas mãos, enquanto o homem entornava a água na taça negra de Anúbis. Observando sua hesitação, ela desejou, pela primeira vez, que o Filho de Hapu ainda estivesse vivo. Embora o odiasse como um rival nas predileções do faraó, como um adversário político, ele era incomparável como oráculo. Fora um árbitro imparcial dos mistérios, interpretando o que os deuses lhe mostravam sem se importar com sua segurança pessoal. Suas visões o tornaram grandioso. Tiye podia vê-lo naquele pequeno santuário, um lugar assolado pelo constante gemido dos ventos do deserto, a bela cabeça inclinada sobre a taça em completa concentração, sua face arrogante escondida pelos cachos que pendiam da estranha peruca feminina que ele sempre usou. Ao erguer-se para fazer o pronunciamento, não havia admiração ou subserviência em seus olhos. *Talvez por isso tivesse tanta aversão a ele*, refletiu ela, impaciente e desconfortável com o silêncio. *Ele poderia reduzir-me ao nível do mais baixo camponês somente com o olhar. O pior era que eu sabia que ele não agia dessa forma intencionalmente.*

O oráculo cobriu a taça e virou-se, acenando para os acólitos. Os garotos pularam para enrolar as cortinas que haviam encoberto o sol. A luz invadiu a sala, e Tiye piscou ao fitar o azul brilhante do céu e o tom bege das montanhas que tremeluziam quentes e vibrantes.

— E então? — clamou ela impacientemente.

— Vossa Majestade não tem nada a temer — respondeu, os olhos baixos. — O parto será normal, e sua vida, longa.

— Um parto normal pode ser difícil e demorado ou rápido e fácil. O que você quer dizer?

— Quero dizer que a senhora dará à luz sem complicações.

— É tudo? E o sexo da criança? Os deuses mostraram a você?

Ele encolheu os ombros, mantendo as mãos erguidas, com as palmas corpulentas para cima.

— Não, Divina.

Apesar de querer atirá-las nele, Tiye pôs as oferendas cuidadosamente a seus pés. Deixou o templo sem dizer uma palavra, acompanhada pelo séquito, andando a passos largos na tarde repleta de pássaros. Parou somente para fitar a esfinge por um momento, cujos olhos calmos observavam atentamente a morada empoeirada dos mortos e a extensão parda do rio bem abaixo. Tiye entrou em sua liteira para o longo caminho sinuoso até o vale. *O Filho de Hapu não teria sido tão covarde,* pensou ela, ofuscada pelo vento forte e seco do deserto que agitava a saia e os cachos da peruca, fazendo com que se enroscassem na coroa de serpente. *Ele teria me dado a cor dos olhos da criança, assim como o sexo, e teria dito quanto tempo falta antes de ela chorar pela primeira vez. Acabei de oferecer três diademas de ouro e um bracelete de ametista para um homem cujo erro, não importa o que aconteça, não posso comprovar. Gostaria de saber se Amenhotep tem melhores resultados quando consulta o Oráculo de Amon em Karnak e pede para saber por quanto tempo mais viverá.*

A gravidez inesperada da imperatriz causou uma pequena agitação em Tebas. Nas ruas, os mendigos pararam de importunar os transeuntes e sentaram-se à sombra das construções, apostando se o Egito teria um novo príncipe ou uma nova princesa. Havia muitos cidadãos prontos para pôr dinheiro em suas mãos gatunas, mas a maioria do povo de Tebas simplesmente encolhia os ombros e esquecia o assunto, sem se interessar pela realeza que habitava as construções pardas ao lado do rio. Malkatta era simplesmente uma tumba como as outras ao redor, uma tumba para deuses vivos, mas nunca vistos. Somente os ministros do faraó, com os linhos perfumados e os rostos pintados, tinham contato direto com a população, movimentando-se entre ela como abutres estridentes que anunciavam a pilhagem. Era impossível demonstrar qualquer interesse pelo nascimento de uma criança que a maioria nunca veria, por uma mulher que nada tinha em comum com o povo de Tebas.

No palácio, contudo, o assunto era alvo de fofocas e de comentários pelos cortesãos maledicentes. Os olhos daqueles que especulavam sobre um novo rei e uma nova administração se voltaram brevemente para um faraó que recobrara forças com a promessa de uma nova vida e para uma deusa que ainda poderia surpreendê-los. A corte tornou-se sentimental. O culto a Mut, deusa-mãe de Khonsu e consorte de Amon, desfrutava uma popularidade renovada. Para esculpir modestas imagens do pequeno Hórus mamando no seio de sua mãe, Ísis, escultores eram procurados por clientes ricos que desejavam compartilhar o retorno da juventude de seu governante. Joalheiros vendiam centenas de amuletos a mulheres que desejavam estimular a própria fertilidade.

Ao ser informada sobre esses episódios pelos espiões que fiscalizavam o harém e os gabinetes dos ministros, Tiye ficou aborrecida, embora tenha achado graça. Entretanto, não podia negar a melhora na saúde de seu marido, o novo interesse pelos assuntos do governo e a própria sensação de bem-estar. O otimismo reinava. O ar estava carregado com o aroma da plantação que amadurecia rapidamente para a colheita e da exuberante fragrância das flores de verão, cujo impetuoso perfume perdurava noite e dia na cálida corrente de ar do palácio. Somente nos horários mais frescos antes do alvorecer, quando o sono deixava de ser calmante e se tornava entorpecedor, as apreensões de Tiye retornavam, e ela acordava de repente, o bebê inquieto no ventre. Então, ela deitava e observava o contorno da luz vermelha e as intensas sombras que o braseiro lançava no teto. Ouvia o uivo dos chacais do deserto, o frenético zurro de um asno e a voz de uma mulher desconhecida que gritava e soluçava, som arrastado pelo vento como o eco de outro Egito, obscuro e repleto de uma tristeza misteriosa. Nesses momentos, de tão lenta e ilimitada quanto a própria eternidade, a alegria que prevalecia na corte parecia algo frágil e artificial, pronta para desaparecer a qualquer instante. Tiye tentava lutar contra o desespero que a acometia enquanto se aconchegava sob os lençóis, mas, como não tinha causa perceptível, ela caíra, uma vez mais, em um sono profundo.

Tiye deu à luz um menino no final de uma tarde quente. Seu trabalho de parto foi rápido e tranquilo. Era como se o perfume das frutas da colheita egípcia tivesse inundado o palácio, compartilhando sua abundância com a rainha. No primeiro choro da criança, um murmúrio de aprovação e alívio preencheu os aposentos, e Tiye, exausta e satisfeita, aguardava ser informada sobre o sexo do bebê. Saindo da pequena multidão, Ay abriu caminho à frente do médico e murmurou:

— Você ganhou um menino. Parabéns! — Então, ela sentiu os lábios do irmão tocarem-lhe as faces úmidas. Pegando sua mão, puxou-o para o divã, agarrando-se a ele, enquanto os privilegiados vinham, um a um, cumprimentá-la. Ay sentou-se impassivelmente e observou as pessoas enfileiradas que faziam uma reverência e se punham eretas, sua mão envolvendo a de Tiye. Entretanto, muito antes de o último cortesão fazer uma reverência, ela adormeceu.

Após uma consulta meticulosa, os oráculos determinaram que o filho real deveria chamar-se Smenkhara. O faraó aprovou e foi pessoalmente dar a notícia a Tiye. Ele se sentou na cadeira ao lado do divã, comendo figos verdes e amolecendo-os com vinho.

— Convém que essa criança, esse símbolo de um novo começo, tenha um nome nunca antes usado em nossa casa — disse ele. — E, decerto, é mais do que conveniente que ele seja oferecido a Rá, já que o sol é adorado universalmente. Gostaria de saber qual será o nome da próxima criança. — Provocou, tirando uma semente de figo do meio dos dentes escuros com a unha comprida e avermelhada.

— Hórus, você me surpreende! — riu, atraída pelo entusiasmo do faraó, aliviada dos próprios temores, pronta para crer no inacreditável. — Ou seu novo filho ou a presença de Ishtar devolveu a você a juventude.

Ele sorriu alegremente.

— Ambos, eu acho. Decidi transferir a corte para Mênfis no próximo mês para evitarmos a pior fase do verão, como eu costumava fazer. Tiye, deixe o bebê sob os cuidados das babás e venha comigo.

— Mênfis. — Ela recostou-se e fechou os olhos. — Como adoro essa cidade. Você e eu em almofadas sob as palmeiras, apreciando as abelhas e jogando Cães e Chacais. Gostaria de saber se os embaixadores também desejarão se mudar.

— Dê todas as mensagens que puder para que entreguem a seus reizinhos e livre-se deles por um tempo. Dite mensagens que exigirão muito debate, de forma que permaneçam afastados pelo maior tempo possível.

— Essa é uma ideia realmente maravilhosa — disse Tiye, sonolenta e satisfeita, sem abrir os olhos. — Há tanto tempo não nos permitimos um prazer desses. Mas, perdoe-me, Hórus, devo descansar primeiro.

Ele levantou-se da cadeira e curvou-se para beijá-la na face.

— Fique boa logo, Tiye, e iremos a Mênfis e nos sentaremos nos degraus do palácio para olhar a floresta verdejante sob o mais agradável Rá.

Ela esperava que Amenhotep mencionasse a presença de seu filho em Mênfis, mas ele somente pousou uma das mãos em sua fronte, um toque surpreendentemente gentil para um homem tão forte. Então, Piha abriu as portas, e ele se foi. Ela ouviu o anúncio do arauto dissipar-se à medida que o faraó percorria os corredores, o som cada vez mais indistinto, até se fundir com o canto dos passarinhos do outro lado da janela.

Sorriu com a lembrança dos dedos frios do faraó em seu rosto. *Ah, não importa*, pensou, interrompendo a razão por um momento, examinando apenas seu coração e o dele, percebendo duas crianças inebriadas pelo poder ilimitado que o destino pusera em suas mãos e pelo amor até então intocado pela falsidade ou alterado pela intimidade.

A explosão de vigor e excitação que dominara a corte com o nascimento de Smenkhara logo se desvaneceu, pois parecia que o faraó havia colhido o último fruto de um corpo debilitado e de um desejo indomável. Um mês mais tarde, fora novamente assolado pela febre, e um abscesso rompeu em sua gengiva, causando-lhe uma angústia insuportável. Tiye não o viu por muitos dias, a pedido do próprio faraó, apesar de ter convocado os médicos e de ter ouvido seus relatos dissimulados e polidos. Ele mantinha-se vivo com todas as suas forças, deitado no divã em uma escuridão que aos poucos se tornava sufocante à medida que a estação de Shemu lentamente chegava ao fim com seu calor intenso.

O garoto permanecia ao lado dele durante as longas noites, imóvel e em silêncio, enquanto seu amante agitava-se e resmungava sobre pessoas que faleceram antes de ele ter nascido e acontecimentos que já haviam entrado para a história. Amenhotep não o deixava ir, apesar de não ter forças para tocá-lo, o que Tiye conjecturou enquanto ouvia os médicos, frustrada por causa das esperanças que ela e seu marido haviam compartilhado e culpada porque a alegria pela vinda de um novo filho provocara nele uma ânsia breve e gloriosa de viver além das próprias forças.

Havia outra razão para sentir-se culpada, uma que reconhecia com pesar. A cada anoitecer, permanecia diante do grande espelho de cobre e, quando o sol, ao se pôr, iluminava a sala de vermelho e coloria sua pele de um bronzeado extraordinário, ficava maravilhada com a nova força de viver que Smenkhara lhe dera. Sabia que nunca tivera a beleza serena e incomparável de sua sobrinha e, por muitos anos, não havia se preocupado com isso. Seu poder de atração residia em sua vitalidade, em sua sensualidade natural e verdadeira. Cuidadosamente, examinou seu corpo, pequeno e comum, os quadris bem-formados, a cintura fina, não mais que o normal, e os seios, nem pequenos nem grandes, definitivamente começavam a tornar-se flácidos. Seu pescoço era longo e gracioso. Era algo que a envaidecia, porém Tiye não mais se orgulhava de um corpo que ainda era útil, que lhe dava prazer, mas que não podia competir com os prazeres de sua mente sagaz e ardilosa. Criticamente examinou o rosto. *Aqui*, pensou, *demonstro minha idade. Minhas pálpebras estão demasiado encobertas. As rugas em minhas faces, do canto dos olhos até o queixo, devem ter sido marcadas pela esfinge vingativa que uso entre meus seios. Minha boca, que Amenhotep chama de voluptuosa e de que tanto gosta, é grande demais e, quando não sorrio, vira para baixo de forma muito inconveniente. No entanto...* Ela sorriu para a imagem suavemente refletida como ouro fundido. *Sinto-me renascida, e meu faraó luta contra a morte.* Seus olhos deslizaram pelo espelho.

— Leve-o embora! — vociferou à Piha. — Diga aos músicos e aos dançarinos que venham. Não estou cansada o suficiente para dormir.

Ela esperava se divertir, mas não conseguiu. Os músicos tocaram, os jovens dançaram impecavelmente, mas Tiye sabia que nada poderia desviá-la da crescente distância que a separava do marido.

O mês de Mesore passou, impiedosamente quente. O dia de Ano-Novo aproximava-se, sinalizando o começo do mês de Thoth, deus da sabedoria, quando Amon deixou o santuário em Karnak e viajou na barca de ouro para o templo ao sul, em Luxor, o qual Amenhotep estivera construindo durante os últimos trinta anos. Era comum que o faraó acompanhasse o deus a Luxor e, durante os catorze dias de festival, assumisse a identidade de Amon e originasse uma nova encarnação.

A duas semanas da abertura do festival, Tiye convocou Ptah-hotep e Surero.

— Surero, a Festa de Opet aproxima-se. Você é o administrador do faraó, está com ele todos os dias. Ele está em condições de viajar a Luxor?

Surero respondeu, hesitante:

— Ele senta-se no divã e alimenta-se. Ontem, caminhou um pouco no jardim.

— Não foi isso que perguntei! Ptah-hotep, sei que você passou um longo período com ele esta manhã. O que acha? — não se preocupou em esconder o desdém, pois sabia que o sumo sacerdote não gostava dela. Era um homem severo e prático, que protegia, enciumado, a sorte de seu deus e, em toda a vida, suspeitara da leviandade com que Amenhotep tratava Amon por trás dos rituais solenes e das máscaras da tradição. Uma consorte devota teria sido capaz de mudar isso, mas Tiye reconhecia que ele a considerava uma plebeia e, sobretudo, uma plebeia estrangeira, apesar de sua família ser influente e rica. Por isso, o sacerdote não esperava que ela compreendesse os laços que ligavam Amon ao faraó. Pior, ela apoiara o faraó na proposta de elevar Rá e sua manifestação física na terra, o Aton, a uma posição de proeminência ainda superior. Tiye tentara explicar a Ptah-hotep que a medida nada significaria à maioria do povo egípcio, porque os veneradores de Rá, como o Disco Solar Visível, consistiam somente de um pequeno culto de sacerdotes eruditos e uns poucos plebeus. A intenção era fazer uma mudança política inteligente, destinada a promover um sentimento de unidade entre os estados subordinados e as nações subjugadas ao império. Todos os homens, independentemente de sua devoção, veneravam o sol. Promover o Aton asseguraria relações cordiais entre o Egito e os reinos estrangeiros independentes e os tornaria mais flexíveis para discutir tratados e comércio. Embora a ameaça a Amon, que Ptah-hotep havia tão claramente temido, não tenha se concretizado, os costumes religiosos dissolutos e a irreverência frívola de uma corte entediada acentuaram sua desaprovação. Mais camponeses do que nobres iam para Karnak, e as oferendas eram vulgares. Tiye observava friamente enquanto o sumo sacerdote se preparava para responder à pergunta.

— A Divina Encarnação passou bem esta manhã, Majestade. Ele está falando sobre o jubileu.

Ptah-hotep a surpreendeu. As mãos de Tiye, que repousavam sobre os braços do trono, comprimiram-se sobre a boca sorridente das grandes esfinges.

— Os planos para a celebração de mais um reino bem-sucedido foram descartados quando meu marido ficou doente alguns meses atrás. Ele já abençoou o Egito com dois jubileus. Isso é, com certeza, suficiente.

Ptah-hotep visivelmente se deleitava com a surpresa da rainha.

— O faraó ordenou que eu preparasse os mesmos ritos do primeiro jubileu, que foram colocados na biblioteca — respondeu com alegria solene. — Ele deseja comemorá-lo na Festa de Opet.

Se meu irmão Anen estivesse vivo, eu saberia disso há muito tempo, pensou, irritada. *Eu estaria preparada.*

— Surero, isso é verdade? Diga-me francamente: isso não sobrecarregará a saúde do faraó?

— Ele já se afeiçoou a essa ideia, Majestade. Está certo de que, desta vez, irá recuperar-se totalmente. Deseja realizar uma exibição pública para os súditos e as autoridades estrangeiras.

Ah, pensou Tiye outra vez. *Ele se antecipou a mim.*

— Ptah-hotep, você está dispensado — disse ela de forma abrupta, e o homem taciturno fez uma reverência e retirou-se. Quando ele saiu, Tiye relaxou e recostou-se. — Amenhotep acredita que sua doença prolongada deixou os irmãos reais, de outras partes do império, nervosos ou talvez gananciosos, Surero? É esse o motivo pelo qual ordenou um jubileu?

— Creio que sim, Majestade. Questões de Estado estão fora da minha alçada, pois me atenho apenas às questões do palácio. No entanto, o faraó comenta frequentemente sobre a necessidade de negar a fraqueza em prol de uma estabilidade duradoura, para que seu filho possa herdar uma instituição sólida.

— Seu filho mais novo, suponho.

Surero pareceu constrangido.

— Creio que sim, Divina Deusa.

— Muito bem. Não permita que o sumo sacerdote complique os rituais desnecessariamente. Acho que o faraó superestima as próprias forças. — *Não é de admirar que ele não permita que eu o veja,* pensou, a mente competindo com as palavras. *Ó sábio faraó! Assim recomeçamos!*

— Majestade, não tenho poderes sobre o sumo sacerdote. Somente o faraó e o oráculo podem lhe dar ordens.

— É verdade, mas você está perfeitamente apto a dar sugestões diplomáticas a Ptah-hotep. Ele não gostaria que soubessem que está, de forma deliberada, enfraquecendo a saúde do faraó. Refresque minha memória, Surero. Caso exista um Hórus no Ninho, não é necessário que ele participe da celebração do jubileu com o faraó?

— Sim, é dessa forma.

— O faraó sairá ao ar livre hoje?

— Ele se sentará no jardim quando Rá se puser.

— Bom. Você está dispensado.

Não importa, disse a si mesma enquanto passava da sala de audiências para as salas privativas dos ministros, fazendo perguntas e pronunciamentos e dando pareceres, acompanhada de Nefertiti e do filhote de macaco a três passos de distância. *Bem antes de o pequeno Smenkhara atingir uma idade em que sua ambição possa tomar uma forma coerente, o faraó estará morto, e Amenhotep será rei. Por que estou tão angustiada? Deixe-o comemorar o jubileu, deixe-o desfrutar do jogo de manipular o futuro. Ele sabe tão bem quanto eu que isso resultará em nada. Não, meu próprio futuro é o que me causa dor. Meu bebê é uma força que desconheço. Mas meu filho mais velho é tão maleável que faz uma reverência a meu simples respirar.*

— Majestade, é inteligente mandar ouro à Assíria de Eriba-Adad, tendo em vista que essa região está ameaçada por Kadashman-Enlil, com quem temos tratados de amizade? Os babilônios não ficarão furiosos e, por sua vez, não nos ameaçarão?

Tiye concentrou-se no presente para responder a Nefertiti. A garota tentava entender a forma confusa como a tia se movimentava pelos labirintos da política externa, e Tiye fez o máximo para reconhecer esse esforço.

— Não, Alteza. Sem nosso ouro, a Assíria poderia ser derrotada, e o reino babilônio sairia perigosamente fortalecido. Se enviássemos soldados a Eriba-Adad, estaríamos lutando diretamente com Kadashman-Enlil. Dessa forma, a Assíria pode comprar soldados e armas sem que a Babilônia se sinta insultada por nós. Você entende? — Sem aguardar uma resposta, pegou o braço de Nefertiti, e elas pararam. — Aqui é o gabinete de Menna. Viemos discutir o fluxo de mais terras para o faraó no próximo ano e o pagamento a Keftiu pelos vasos de vidro que Surero encomendou. Deixarei isso com você. De modo geral, não a incomodaria com tais detalhes, mas os passaria a Menna, como Inspetor das Terras da Coroa e Vizir do Norte. No entanto, como você se tornará uma consorte, deve inteirar-se de tudo.

— Mas Vossa Majestade possui assistentes que se reportam à senhora sobre tais transações todos os dias.

— É verdade, mas esses homens são continuamente subornados. Isso não me incomoda, mas é importante ser capaz de distinguir uma transação totalmente corrupta de uma aceitavelmente desvirtuada. Você apenas conseguirá fazê-lo depois de ter conversado diretamente com os ministros. Vamos entrar. Eu não falarei.

Após Nefertiti ter desempenhado seu papel com tranquila eficiência, apesar de entediada, Tiye levou-a para se banhar em seu lago particular. Era meio-dia, e Rá estava em seu apogeu, emitindo uma luz branca ardente sobre a água. As duas mulheres banharam-se com prazer no lago coberto de lírios. Por um instante, elas boiaram e mergulharam, enquanto os criados esperavam na margem gramada com toalhas e dosséis preparados, e o macaco corria de um lado para o outro. Tiye nadou, desfrutando a fluidez acetinada da água em seus ombros e lábios, mas Nefertiti estava de costas, com os olhos fechados, agitando-se nas marolas de Tiye, as mãos moviam-se como carpas sob a superfície.

Mais tarde, sentaram-se lado a lado sob o dossel de Tiye, os cabelos grudados nas costas, a água pingando nas peles morenas e escorrendo pelas colunas.

— A Festa de Opet será boa este ano — disse Nefertiti, retirando delicadamente a grama seca de sua coxa úmida. — Daqui a dois meses, o príncipe retornará de Mênfis.

— Ele parece gostar de você — retrucou Tiye. — Você deve ser cuidadosa com a forma como se aproxima dele, Nefertiti. O afeto por você lhe dá grande poder sobre ele. Os contratos de casamento estão prontos para a ratificação do faraó.

Os olhos acinzentados, agora pálidos sob o resplandecer do sol, fixaram os de Tiye.

— E estou pronta para ser para Amenhotep o que a senhora, Majestade, tem sido para o Poderoso Touro. — Ela sorriu com grande doçura, mostrando os pequenos dentes brancos, e começou a assobiar para o macaco, que correu e começou a lamber os braços úmidos de Nefertiti.

— É mesmo? — perguntou Tiye de maneira áspera. — Tamanha promessa de devoção só lhe trará méritos. Seu pai ficará satisfeito. — Nefertiti lançou-lhe um olhar discreto por baixo das sobrancelhas grossas e escuras, e Tiye percebeu que fora compreendida. — Há uma festa hoje à noite para o prefeito de Nefrusi — prosseguiu. — Ele vai receber o Ouro dos Benefícios a meu pedido. Sua cidade fica exatamente no limite de nossa fronteira com a Síria, e ele tem feito um bom trabalho ajudando Horemheb a manter a paz na fronteira. Quero que você faça as honras em meu lugar, Nefertiti, de forma que eu possa passar a tarde com o faraó. Seu pai e Sitamun vão compartilhar o trono com você.

Nefertiti apenas assentiu com a cabeça. O macaco havia adormecido, esparramando-se sobre seus joelhos.

— Horemheb retornará a Tebas quando o príncipe voltar?

— Por quê? — perguntou Tiye rispidamente.

A garota estremeceu.

— É que ele e o príncipe se tornaram amigos. Amenhotep poderia sentir-se sozinho sem ele.

Então você não está tão segura de seu poder sobre meu filho como eu havia pensado, refletiu Tiye, *mas é astuta o suficiente para perceber. Horemheb deve vir ou não?*

— Se achar que há necessidade de convocar o comandante para meu filho, eu o farei — disse em voz alta. — Aceite meu conselho, Nefertiti: nunca tente influenciar um homem por meio dos amigos. Ou ele interpretará mal e ficará enciumado, ou você perderá sua confiança e, portanto, ganhará seu desprezo. Os homens não são como as mulheres. É sempre melhor abordá-los diretamente.

Nefertiti enrubesceu, mordendo o lábio, e Tiye apiedou-se.

— Amenhotep tem grande afeto por você — concluiu amavelmente. — Você não precisa de Horemheb como intermediário.

Ela disse a Nefertiti que fosse se deitar e depois se dirigiu ao berçário, onde Smenkhara estava deitado nu, vigiado por dois Seguidores de Sua Majestade, os membros minúsculos relaxados no lençol, as narinas tremulando enquanto dormia. Tiye fez rápidas indagações aos homens e à ama de leite, curvou-se para beijar o cabelo preto e ralo que brilhava com a transpiração da tarde e foi para o próprio divã. *Sitamun deve ser observada bem de perto*, pensou sonolenta, conforme se virava para o lado e se preparava para adormecer. *Ela não tomará qualquer iniciativa até o faraó morrer, mas seu direito ao príncipe, como filha real e legítima, é muito forte. Ela é ardilosa o suficiente para recorrer a todas as antigas leis da precedência se tiver oportunidade.*

60   Pauline Gedge

O faraó estava sentado à beira do lago ornamental, atirando migalhas de pão para um bando de patos roucos, quando Tiye atravessou o jardim mais tarde naquele dia. O sol havia se escondido atrás da muralha que protegia os fundos do palácio da areia, dos rochedos do deserto e dos mortos que habitavam os caminhos. Raios de luz vermelha refletiam no gramado, ainda coberto por um calor que golpeava as canelas de Tiye e espalhava ardor até seu abdômen. Surero ajoelhou-se aos pés do faraó, enquanto Apuia, o camareiro, se curvou sobre seu ombro no assobio ritmado do leque de plumas de avestruz. Tiye podia ver o resplendor da água sendo entornada na taça que Amenhotep erguia para ele.

A alguns passos de distância, o garoto estava deitado de bruços, o queixo repousava em ambos os pulsos, cobertos com braceletes, e a curva suave de suas costas estava completamente embebida em luz rosa. Conforme Tiye se aproximava, percebeu que ele estava observando a passagem vagarosa e árdua de um escaravelho dourado pelo denso gramado.

Escravos e criados amontoavam-se atrás da cadeira do faraó. Ao brado de seu arauto, eles viraram e abaixaram o rosto em reverência. Amenhotep acenou para Tiye se aproximar, e Kheruef cuidou para que a cadeira dela fosse colocada ao lado da dele. Ela sorriu para o faraó e abaixou-se sob o dossel.

— Sim, estou melhor, antes que você pergunte — disse ele, arremessando o último pão envelhecido aos pássaros que se abalroavam para beber água. — Veja, nem estou suando. Rá penetrou gentilmente meus ossos hoje. Surero contou-me que ele achava que você apareceria. Não tente me dissuadir do jubileu, Tiye. Eu o celebrarei.

O garoto pegara um galho seco e agora perturbava o escaravelho, empurrando o inseto por trás, de forma que ele tropeçava e virava de costas para baixo.

— Estou alegre de vê-lo tão bem, meu marido. Não pretendo tentar dissuadi-lo do jubileu. Será uma jogada diplomática perfeita. Apenas desejo que se lembre de que agora tem um herdeiro legítimo que deve estar presente nos rituais.

Sorriu para ela de modo cortês.

— Decerto. Ele será carregado ao meu lado em um cesto.

— Amenhotep, o decreto foi criado. Permita-o vigorar. Se você transformar Smenkhara no legítimo herdeiro e se, porventura, vier a falecer durante a infância dele, haverá um longo período de regência no Egito, com todos os problemas que isso acarretará.

A Décima Segunda Transformação   61

Ele estremeceu e, depois, sorriu para ela de modo irônico.

— Pobre Tiye! Completamente incapaz de reinar! Meu coração chega a pesar por sua causa!

Contra sua vontade, ela riu.

— Então, imagine que eu também morra antes de o bebê atingir a maioridade.

— Você? — Ele rejeitou o prato de guloseimas que Apuia oferecera.

— Você se alimenta de bajulação e de poder. Enquanto houver algo para manipular, você não morrerá.

— Dessa forma, considere que você dará a Amenhotep uma razão a mais para odiá-lo.

— Ah! Agora chegamos ao ponto! Mas por que eu deveria me preocupar com o amor ou o ódio de qualquer homem? Eu sou o faraó. Eu sou o deus de Soleb, o deus de Tebas, o deus de Todo o Mundo. Mesmo os outros deuses prestam-me homenagens. Aquele eunuco não é nem meu filho, que dirá um deus embrionário.

— Posso ver que, com sua saúde recuperada, os temores voltaram — sibilou Tiye em voz tão baixa que somente ele pôde ouvir. — Muito bem. Faça como desejar. Mas o decreto permanece.

— É claro que permanece. Não posso me dar o trabalho de desfazê-lo. Você não se preocupou em descobrir o que o oráculo dizia sobre o bebê? — Ele pôs uma mão balofa sobre o joelho coberto de açafrão. — Ele será faraó. Não há dúvida.

— Tampouco há dúvida de que o sucessor do Filho de Hapu está muito preocupado em agradar seu chefe real e pouco preocupado em falar a verdade! — retrucou Tiye.

Um grito de raiva fez com que se voltassem para o garoto. O escaravelho finalmente conseguira escapar do galho e, abrindo a carapaça iridescente, levantou voo. O garoto correu atrás dele, largando o galho. Tiye e Amenhotep observaram o voo excêntrico do enorme inseto até que, de repente, ele se iluminou, bamboleou e pousou na esfinge verde que estava entre os seios de Tiye. O garoto veio saltando na direção do inseto, sem perceber que tinha companhia, e a fúria contida de Tiye atingiu o alvo. A mão da imperatriz ergueu-se e deu um forte tapa na face bronzeada do garoto, que cambaleou para trás.

62   Pauline Gedge

— Como se atreve a cair sobre minha pessoa real? — gritou. — Ponha-se de pé! — Ela percebeu o veneno nos olhos negros e redondos quando ele caiu na grama.

Amenhotep gargalhou.

— O sol refugia-se de uma esfinge — observou ele friamente.

— Interessante. Tenho de consultar os oráculos a respeito do que isso significa.

— Significa que Rá não deseja dividir sua Barca Sagrada com você, ó, meu marido recalcitrante. Levante-se, menino bobo — disse Tiye gravemente quando o inseto fugiu. Ela se levantou, e os porta-leques saltaram para se colocar em posição. Dando um beijo na testa do faraó, adornada pelo elmo, enquanto o séquito dele a reverenciava, ela o deixou.

Por uma hora, Tiye caminhou pela sala de audiências, o escriba, de pernas cruzadas, sentado no chão, ao lado do trono, a caneta de junco sobre o papiro, enquanto ela tentava preparar uma carta a Horemheb, que manteria o filho em Mênfis sem lhe ferir os sentimentos. A tarefa tornou-se impossível, e, ao final, ela instruiu o comandante a simplesmente explicar a Amenhotep que as chances de subir ao trono poderiam correr risco se ele aparecesse em Malkatta. *Afinal*, pensou, enquanto o escriba reproduzia rapidamente, *ele não é uma criança. Ele é completamente capaz de compreender os temores do pai.* Quando o pergaminho foi enrolado e lacrado, e o escriba e o arauto haviam saído, ela desabou em uma cadeira, exausta. Piha e Kheruef esperaram pacientemente nas sombras por novas ordens, mas ela permaneceu sentada, deixando os olhos percorrerem a sala. O som da festividade que Nefertiti presidia com serenidade graciosa, fingindo regiamente ignorar os olhares de admiração sempre dirigidos a ela, chegou aos ouvidos de Tiye em explosões de música e risos à medida que a brisa seca da noite fluía do salão de banquete, através dos jardins, até seus aposentos. *Queria saber se o faraó se preocupará em interceptar a carta*, pensou. *Provavelmente não. Guardo poucos segredos dele, e ele sabe quais são. Queria que Ay estivesse aqui. Gostaria de tirá-lo da festa, sentar-me com ele no chão dos meus aposentos, beber cerveja, fazê-lo contar-me as piadas ultrajantes que costumava espalhar quando eu era mais jovem, e ele era ainda cocheiro do faraó.*

Um feixe de luz surgiu na porta, e, sobressaltada, Tiye percebeu o quanto havia escurecido. Huya, o assistente de Kheruef no harém, fez uma reverência ao entrar, precedido pelo porta-tochas.

— Fale — disse ela distraidamente.

— Majestade, procuro Kheruef. Duas esposas babilônias do Grande Hórus estão brigando. Se fossem Tehen-Aton, eu poderia colocar minhas mãos nelas, mas estão acima do meu posto. Temo que firam uma à outra.

Tiye acenou com a cabeça para Kheruef.

— Não me importo que elas se matem, mas talvez você deva ir, Kheruef. Piha, traga uma lamparina. Eu também poderia caminhar um pouco pelo lago antes de dormir. — Ela havia esperado ficar em paz, mas não conseguira. A algazarra da festa a perseguia, e, quando os convidados começaram a sair, embriagados e lascivos, fazendo barulho nos jardins do palácio, ela retirou-se para o refúgio dos aposentos.

4

A Festa de Opet, que começou no dia de Ano-Novo, e o terceiro jubileu do faraó foram comemorados com ritual e solenidade adequados. No sétimo dia da festa, Amon deixou seu santuário em Karnak, saindo à luz do dia em meio aos gritos arrebatadores do povo, repousando no relicário e sendo carregado na barca dourada. Os sacerdotes, vestidos de branco, purificavam o chão com leite e vinho, os quais se misturavam e escorriam pelo chão cor-de-rosa. Os leques de plumas de avestruz protegiam o deus da claridade do dia. À medida que os sacerdotes we'eb transpiravam e padeciam sob seu fardo, cambaleando em direção à Barca Sagrada, que balançava contra os degraus do embarcadouro do templo, outros sacerdotes cantavam louvores a Amon. Ele ainda era poderoso e gracioso, o orgulho do Egito, o deus que havia conduzido o grande guerreiro Tutmósis III para além das fronteiras e o abençoado, fazendo com que formasse um império, enchendo as mãos de riquezas. Príncipes estrangeiros orgulhosos rendiam-se diante de sua encarnação, Amenhotep, e os milhares que se reuniram para observá-lo viajar os três quilômetros em direção a seu outro lar, em Luxor, batiam o pé e bradavam louvores.

Enquanto Amon lentamente descia para o barco revestido de ouro, os escravos, na margem, suspendiam as cordas do reboque, e, no meio do rio, a nau imperial também envidou esforços. Ao comando, o barco começou a deslocar-se na água, as flâmulas de Amon nos quatro grandes mastros defrontando-se com o templo em miniatura, que se agitava ao vento. O sol resplandecente iluminava a estátua em ouro do faraó, cujo remo simbolicamente conduzia o deus a Luxor. A multidão na margem do rio dispersou-se e começou a acompanhar o barco, atirando coroas de flores na esperança de que alguma pudesse cair exatamente no pescoço de Amon-Rá, em seu disfarce de cabeça de carneiro com chifres curvos e queixos dourados, na proa e na popa. Pequenos esquifes circulavam na água, cheios de cidadãos de Tebas excitados, pedindo bênçãos, agitando

A Décima Segunda Transformação   65

penas de ganso ou levantando cabeças de ganso para que o deus, escondido pelas cortinas, longe do alvoroço profano à sua volta, pudesse saber do fervor dos veneradores.

Atrás do barco do deus, seguiam barcos menores, levando sua esposa, Mut, e seu filho, Khonsu. Muitas mulheres da corte embarcaram para acompanhar a encantadora deusa. Os tambores rufavam continuamente, os músicos tocavam, e os cantores do templo entoavam canções. Os mascates na margem, atrás das tendas temporárias, sacudiam talismãs e amuletos, gritavam para encorajar os indecisos e insultar aqueles que sacudiam a cabeça com impaciência e passavam direto por eles. Os vendedores de alimentos e bebidas lucravam mais, porque muitos na multidão vinham de longe e ficavam horas parados ali nos melhores lugares; por isso, tinham sede e fome.

Os degraus do embarcadouro em Luxor também estavam cheios, mas de uma multidão nobre e silenciosa de oficiais e sacerdotes. O próprio faraó, sentado no trono e protegido do sol, apreciava de perto o barco carregado de joias. Ele vestia a pele de leopardo de sumo sacerdote com o símbolo da própria divindade, o rabo do leopardo pendia entre suas coxas. Se estava entediado, não demonstrou, embora Tiye, sentada a seu lado e observando sua face pelo canto dos olhos, pudesse ver os músculos de seu queixo se tensionarem com um bocejo ou com um espasmo de dor. A Barca Sagrada tocou levemente os degraus do embarcadouro, e mais sacerdotes we'eb correram para levantar o relicário. Uma vez mais, o leite derramou-se pálido na pedra, e o vinho pingou, precioso e tentador, no gramado. Amenhotep levantou os pés, e o criado ajoelhou-se para retirar os calçados, de modo que não contaminasse o santuário com quaisquer impurezas.

Nos recintos do templo, do outro lado do harmonioso pórtico de mais de cinquenta colunas de papiro, que conduziam ao santuário que o Filho de Hapu preparara segundo as especificações do faraó, Amenhotep, com a ajuda de Ptah-hotep e Si-Mut, realizou a ação de graças do sangue. Cantou louvores com decoro apropriado e, mais tarde, despiu-se de tudo, exceto da Coroa Dupla e de uma tanga. De maneira insegura, ensaiou alguns passos da solene e misteriosa dança estabelecida durante séculos de tradição. Tiye apreciava, dividida entre a ansiedade, receosa de que ele pudesse desmaiar, e a admiração por sua implacável força de vontade.

66   Pauline Gedge

Aliviada, sentou-se ao lado dele para comer, durante a festa, na presença de Amon, embora o ruído da multidão do lado de fora e o mau cheiro do sangue quente lhe tirassem o apetite.

— Cumpri meu dever por mais um ano — disse-lhe o faraó, ainda ofegante e suado, enquanto tomava um gole de vinho. — Amanhã, daremos início às comemorações do jubileu enquanto Amon ficar aqui. — Ele apontou para o deus, que agora ocupava o trono que estivera vazio por mais de um ano. Os pés dourados de Amon foram encobertos por flores, alimentos e incensos, e a fumaça cingia o leve sorriso em seu rosto, a dupla plumagem da coroa brilhava sob a luz das tochas. — Como tenho pena de seu harém! Pobres esposas e dançarinas! Todas morrem virgens. — Não era segredo que o faraó raramente se preocupava com as mulheres do deus, escondidas ali e em Karnak. — Terei o prazer de me sentar a seu lado na barca real, querida Tiye, no esplendor róseo do nascer do sol.

Ela suportou sua provocação com prazer.

— E vou deleitar-me apreciando você erguer os pilares *djed* no salão do jubileu.

Eles sorriram. Tiye detestava o nascer do sol, e Amenhotep, a indigna, porém amplamente simbólica, tarefa de arrastar as cordas.

Não era Tiye quem esperava na escuridão do santuário de Luxor pelo faraó vestido como deus para o ritual de doação da semente real. Sitamun, entediada ao pé da estátua, comia tranquilamente fatias de melão com mel, enquanto seu pai, na antessala, lutava contra a doença que o acometia, e o médico dava-lhe uns goles da infusão de mandrágora que apressadamente havia preparado.

Na aurora de verão da manhã seguinte, Amenhotep e Tiye foram levados a Karnak na barcaça *Vislumbres do Aton*. A Festa de Opet terminara, e o jubileu estava começando. Maquiados e cobertos de joias, eles sentaram-se lado a lado, em silêncio; ele, porque os dentes estavam cerrados pelo tremor da febre que agitava novamente seu corpo enfraquecido; ela, por ainda estar um pouco sonolenta. A jornada que estavam fazendo simbolizava todo o movimento do faraó em direção à reencarnação e ao nascimento como deus e era reencenada a cada jubileu. *Qual dos meus filhos pode ser considerado a encarnação do deus?*, imaginava Tiye vagamente, enquanto Rá rompia o horizonte, tremeluzindo, já impiedosamente preparado para devorar a Terra.

A Décima Segunda Transformação   67

— Por favor, não comemore mais jubileus — murmurou no ouvido de Amenhotep, para que os sacerdotes que os acompanhavam não pudessem ouvir.

— Preciso dormir. Isto é uma tortura — resmungou ele. De repente, ela sentiu sua mão ser envolvida pela mão dele, trêmula e escorregadia de suor.

Mais tarde, no magnífico salão que ele construíra para seu primeiro jubileu na fronteira com Malkatta, a coroação também foi reencenada. As deusas do sul e do norte, Nekhbet e Buto, ergueram a coroa sobre sua cabeça. Ptah-hotep colocou, mais uma vez, o mangual, o cajado e a cimitarra em suas mãos. Os cortesãos e os embaixadores estrangeiros assistiram com o devido respeito enquanto o Egito e todas as nações súditas lhe foram entregues. Todavia, Tiye não ficara satisfeita em ver o pequeno Smenkhara ser carregado no cesto por um sacerdote constrangido. Amenhotep estava visivelmente aflito. Sua respiração ofegante irritava os ouvidos de todos os presentes. Os dignitários, com os olhos inexpressivos, seguiam cada movimento titubeante do faraó, murmuravam. *Parecem uns chacais*, pensou Tiye, com um rubor de fúria protetora. Loucos para receber um corpo para estripar. Ela sentou-se ao lado de seu senhor, sob o baldaquim dourado feito de tecido resistente ao sol. As esfinges, seus inimigos confinados e agonizantes do Egito sob seu domínio, seu corpo tenso com o sofrimento do marido à medida que, de hora em hora, os discursos eram feitos, as oferendas trazidas pelos homens que se moviam lentamente para beijar os pés do faraó e entregar-lhe as oferendas, garantindo que ele viveria para todo o sempre. *Se o faraó não fosse tão teimoso, o jovem Amenhotep estaria a seu lado recebendo os adornos, facilitando-lhe os momentos*, pensou Tiye, sua cabeça doendo sob o peso do grande disco solar de Hathor e das plumas prateadas da coroa. Sentia os olhares das pessoas reunidas moverem-se rapidamente do faraó para ela, frios, especuladores, avaliativos, e mais de um nobre ergueu-se dos pés do faraó para pressionar ardentemente seus lábios contra os dela. O gesto era mais do que cortesia. Era um reconhecimento de sua posição como governante do Egito, uma promessa de lealdade futura à próxima administração.

O faraó não deixou o trono quando, já no fim do ritual, chegou a hora de serem erguidos os pilares *djed*. A seu sinal, Ptah-hotep, em nome do deus, puxou as cordas que levantavam as altas espirais de madeira com as três vigas. O séquito gritou "Estabilidade!" e curvou-se para prestar

68   Pauline Gedge

homenagem aos símbolos de um imutável estilo de vida, mas as vozes não tinham convicção, e o vento noturno, invadindo o salão, parecia trazer o arrepio ameaçador do desconhecido.

Após o esforço de presidir os dois festivais, o faraó foi para a cama com as já habituais febres e a dor de dente. Após receber uma carta de Mênfis, anunciando que o jovem Amenhotep voltaria em um mês, Tiye decidiu não planejar as boas-vindas formais para o filho. Ela bem sabia que uma cerimônia pública e grandiosa para o herdeiro poderia transformar-se em uma aclamação histérica por parte de uma corte cansada de um Hórus que não morria. Havia preparado uma pequena recepção — apenas para ela, Ay e Nefertiti — nos degraus do embarcadouro do palácio quando foi informada de que o barco de seu filho atracaria em breve, mas sua saudação foi adiada. O príncipe, que primeiro seguira diretamente para o cais lotado de Tebas, não cruzou o rio antes de subir em sua biga e ser conduzido lentamente pelas ruas estreitas e cheias de excrementos. Tiye ouviu, espantada e perturbada, o relato de Horemheb depois de ter finalmente se levantado da cadeira para receber o beijo do filho e tê-lo mandado com Nefertiti verificar a ala do palácio que havia sido reservada para ele. Ficou ainda mais irritada ao ver Mutnodjme sair do barco atrás de Amenhotep, com as fitas brancas esvoaçantes amarradas à trança, o chicote em volta do antebraço e os brincos balançando.

— Você não deveria ter permitido! — gritou com raiva para o jovem comandante, enquanto ele a encarava na sala de audiência. — Que demônio o possuiu para que ele se exibisse diante dos cidadãos como uma prostituta e, pior, arriscando sua pessoa real?

Horemheb abriu a boca para responder, a cicatriz em seu queixo sobressaía lívida diante do insípido rubor de embaraço em seu rosto, mas Ay interrompeu-o suavemente:

— Majestade, é bastante difícil para um simples comandante contradizer um príncipe de sangue puro. Principalmente quando nenhum rumor sobre a determinação do príncipe em fazer o percurso a Tebas lhe chegara aos ouvidos até que Amenhotep ordenasse ao capitão que se dirigisse à margem leste. Ele não teve tempo de dissuadir meu sobrinho nem de impedi-lo de maneira mais incisiva. Ele não tem culpa.

— Claro que tem! — Tiye brigou com o irmão, mas o rosto permaneceu tranquilo.

— Deixe-o falar, Tiye.

Tiye bufou e acenou com a cabeça para Horemheb friamente. O jovem estendeu as mãos cheias de anéis.

— Majestade, seria perda de tempo tentar mudar o pensamento de Sua Alteza. Eu o conheço há tempo suficiente para saber que essa tarefa está além do poder de qualquer ser vivo; por isso, decidi colocar meus soldados em volta dele para protegê-lo da melhor maneira possível.

— Compreendo. Continue.

— Eu o protegi da melhor forma que pude. Solicitei todas as bigas que havia. Mas o príncipe recusou a escolta. Eu mesmo o conduzi. Ele insistia em ser visto pela multidão.

— Ele foi reconhecido? — perguntou Ay calmamente.

— Não, até que o arauto, seguindo na frente dos criados, anunciou os seus títulos. Mas o povo estava estranhamente quieto. Eles recuaram e desviaram o olhar, é claro; porém, quando ele passou, o povo não o saudou.

— Não me surpreende. É a primeira vez, em centenas de anos, que um membro da nobreza foi tão imprudente. Ele percorreu Tebas inteira?

— Sim, cada canto. — Os ombros estreitos de Horemheb baixaram, e Tiye compreendeu que ele estava cansado. Mas a ira dela ainda fervia:

— Posso ver que a disciplina adotada com meu filho foi negligente — disse de modo irascível. — Compreendo sua impotência, Horemheb, mas você não se lembrou de que a fúria de meu filho não é tão importante quanto sua responsabilidade para comigo, sua rainha? E quanto a Mutnodjme? Esse foi o último ato de loucura.

Horemheb ajeitou-se e aproximou-se do trono.

— Majestade, a senhora não imagina como o príncipe passou o tempo em Mênfis. Autorizei Mutnodjme a entretê-lo na esperança de que sua atenção pudesse ser desviada das pessoas de On, que o seguiam a todos os lugares. Ninguém é menos interessado em assuntos de religião do que sua sobrinha. O príncipe tem desfrutado a excentricidade dos anões dela e sua habilidade com o chicote.

— Minha vontade é deixá-la usá-lo em você. Não sorria. Eu o adverti antes de você partir que, caso seus relatos não fossem completos e confiáveis, você seria punido. Por que toda essa informação não foi incluída nos pergaminhos que você me enviou?

— Tentei ser claro, Majestade, mas foi difícil. O príncipe tinha seus próprios informantes, e acredito que minhas cartas para a senhora eram

70   Pauline Gedge

lidas regularmente por ele antes de serem lacradas. Meu selo não tem a autoridade do seu. Nem confio em mensagens verbais.

Tiye tamborilava os dedos nos braços do trono.

— Conte-me das pessoas de On.

— O príncipe reuniu muitos sacerdotes dos templos do sol. Eles discutem religião do amanhecer ao anoitecer. Seu filho aprimorou-se nesses assuntos e já se expressa com autoridade. Ele convidou muitos deles para Tebas.

— E qual foi a reação dos sacerdotes de Ptah?

— Estão enfurecidos, naturalmente.

Tiye observou Horemheb por um momento.

— O príncipe confia em você? —· perguntou finalmente.

— Sim, confia.

— Então pode continuar como seu segurança, mas você se reportará a mim todos os dias. Ay, mande May assumir o comando das patrulhas da fronteira no lugar de Horemheb temporariamente. Werel ficará muitíssimo feliz em transportar sua família a Mênfis. Horemheb, agora saia.

— Ele fez uma reverência e saiu. Quando as portas se fecharam, Tiye suspirou, com um misto de frustração e aborrecimento, e desceu do trono.

— Diga-me, Ay. Por que esse desfile sem sentido pelas ruas de uma cidade perigosa? Por que esse grupo de sacerdotes que ele arrastou para Malkatta? E qual é a intenção de Horemheb?

Ay cruzou os braços e começou a caminhar, os olhos encobertos e sonolentos, as largas sobrancelhas franzidas sob a borda do capacete amarelo.

— Se você não tivesse se preocupado tanto com a situação do faraó, teria sido capaz de responder a essas perguntas sozinha. O faraó sempre temeu a morte pelas mãos de seu filho, e você tratou do assunto como um cão que não larga o osso. Mas você se esqueceu de que o príncipe também vive aterrorizado e, até que o pai morra, não estará protegido dos caprichos de um velho que viveu toda a vida sob a influência do mais poderoso profeta que o mundo conheceu e que pode ainda acusar o filho de ter causado sua doença por magias. A louca jornada de Amenhotep por Tebas foi um meio de tornar o Egito ciente de sua existência, de insistir em seu direito de viver, no direito de vingança caso ele morra.

— Ora! Você fala por enigmas tolos! Acho que foi o doce sabor do poder iminente que o instigou. Ele se tornará tão arrogante quanto o tio.

Ay parou de caminhar e soltou os braços. A larga boca rompeu-se em um sorriso de cumplicidade.

— É desastroso que você não tenha sangue real nas veias, Tiye. Você e eu deveríamos ter sido marido e mulher.

— Uma mulher de sangue real legitimando o direito ao irmão como nos velhos tempos? Você imagina a si mesmo usando a Coroa Dupla?

Ele fez uma careta, ainda sorrindo.

— Somente em momentos de extremo tédio.

— E quanto a Horemheb? — Tiye desviou-se do olhar cálido e fixo do irmão. — Ele não soube lidar bem com a situação.

— Pelo contrário, ele se comportou com o bom-senso instintivo do soldado nato quando desconsiderou a solução impossível e concentrou-se na possível. E acho que você deveria considerar as razões dele para aceitar, de bom grado, Mutnodjme na presença do príncipe. De qualquer maneira, ela já voltou para casa. A prima perdeu o interesse. Minha filha não tem ambições, a menos que elas mantenham sua vida o mais cheia possível de conforto e novidades.

Tiye tocou os *ankhs* que pendiam do bracelete.

— Palavras, palavras — disse suavemente. — E sob todas elas está a grande felicidade do retorno de meu filho ao lar. Você e eu parecemos ratos paralisados pelo medo de falcões que nos sobrevoam e que não podemos ver. É hora de relaxar e fixar nossa visão na abundância das terras à nossa volta.

— Um belo discurso — murmurou ele secamente, e ela riu de sua própria ostentação e o dispensou.

Ao anoitecer, Tiye e seus criados foram à procura do filho. Os suntuosos aposentos de Amenhotep ainda estavam um caos, os criados apressavam-se em desfazer os baús e as caixas que vieram de Mênfis, e os funcionários do palácio entregavam a mobília que Tiye encomendara. Após uma olhada pelas portas de prata da sala de espera, ela saiu para o jardim e, por fim, achou-o sentado na grama à beira do lago, exatamente como ela sempre o vira no harém, as pernas cruzadas, uma multidão sentada ou deitada ao lado dele. Ela os examinou rapidamente enquanto o arauto ordenava que fizessem suas reverências. Nefertiti tinha o braço unido ao de Amenhotep antes de se ajoelhar em reverência à tia, e Sitamun estava reclinada agradavelmente sobre um cotovelo, a veste escarlate presa na insinuante elevação dos quadris. Amenhotep levantou-se e seguiu adiante sorrindo, os braços estendidos, tomando as mãos de sua mãe e beijando-a gentilmente na boca.

— Diga-me quem são esses homens cujos rostos estão cobertos de lama — disse ela com bom humor, enquanto Piha abria uma cadeira. — Sitamun, você não deve deitar-se entre as flores, publicamente, como uma pequena concubina. Piha, peça outra cadeira.

Sitamun lançou-lhe um olhar de aflição enquanto se erguia e puxava o manto de seda azul em volta dos seios com ambas as mãos nervosas.

— Mas o gramado acabou de ser regado — disse Amenhotep, com a voz viva e ritmada. — Sitamun regozijou-se. — Ele acenou com um braço para o séquito. — Minha mãe, estes são meus amigos. Pentu, sacerdote do templo de Rá-Harakhti em On. Panhesy, também sacerdote do sol, que tornei meu administrador. Tutu, o qual tão diligentemente anotou minhas palavras, e cuja caligrafia a senhora pôde admirar em minhas cartas. Kenofer, Ranefer... — Um a um, os homens levantaram-se e beijaram-lhe os pés, com uma mistura de reverência e desafio. Com poucas exceções, eles eram inconfundíveis por suas cabeças raspadas e longas vestes brancas do sacerdócio. Em volta do pescoço ou adornando os braços, estavam os emblemas do Deus do Horizonte, o falcão com o disco solar.

— Mahu — chamou Tiye, enquanto um homem levantava os olhos pintados de *kohl* —, o que está fazendo aqui? Você perdeu sua liderança sobre os mazoi? — *Então este é o guardião de meu filho*, pensou. *Chefe da polícia da cidade de Mênfis.*

Mahu sorriu com pesar.

— De forma alguma, Majestade, mas o príncipe tem considerado conveniente incluir-me, um humilde soldado, em seu círculo de amigos.

Um humilde soldado com uma inclinação não tão humilde para os segredos da rainha, pensou Tiye outra vez.

— E você, Apy? Está negligenciando os interesses do faraó para sentar-se no gramado de Tebas?

— Certamente não, Divina — respondeu o homem de forma apressada, fazendo uma reverência diante dela. — Apenas acompanhei o príncipe em sua jornada e aproveitarei essa oportunidade para relatar ao Inspetor das Propriedades Reais a condição das terras do faraó em Mênfis antes de retornar.

Tiye sentou-se, e o séquito relaxou. Amenhotep afundou-se no gramado, cruzando as pernas, e Nefertiti imediatamente sentou ao lado dele, joelho com joelho. Tiye pôs-se a imaginar o que havia interrompido, tendo observado diversas folhas de papiro espalhadas pela grama, juntamente com pratos contendo restos de massa e taças com vinho pela metade. Percebeu o plácido olhar de seu filho ainda fixo nela e dirigiu-se a ele:

— O que achou de Tebas, Amenhotep?

Ele conferiu à pergunta uma seriedade que não merecia.

— As ruas são imundas — respondeu por fim —, e os plebeus fedem.

O pequeno grupo deu uma risada, e Tiye reconheceu o tom familiar e bajulador. Amenhotep nem mesmo sorriu, mas continuou a manter nela o olhar fixo. Repentinamente, percebeu que ele a estava analisando, comparando-a em uma escala cujo significado era um mistério. Isso a deixou constrangida e, de repente, consciente de sua idade perante aquele grupo de jovens.

— Você achou que tinha de ir a Tebas pessoalmente após as histórias de Mutnodjme? — perguntou ela educadamente.

Ele baixou o olhar.

— Talvez.

— Também prefiro Mênfis — sorriu —, mas sempre tento me lembrar de que, sem os príncipes de Tebas nos tempos antigos, nosso país ainda estaria sob o jugo dos estrangeiros. Além disso, Tebas é o lar de Amon. Sob toda aquela sujeira e decadência está uma cidade nobre, orgulhosa. — Os jovens entreolharam-se. Amenhotep examinou as próprias mãos.

— O que a senhora diz é verdade, minha nobre tia — respondeu Nefertiti —, mas apreciemos Tebas e o rio que flui entre nós e a cidade.

— Tiye não pôde deixar de observar a animação da garota, o brilho nos olhos acinzentados, os gestos exageradamente graciosos. — Conte-me, Grandiosa, o que a senhora acha do novo embaixador do Khatti e de seu séquito? Que homens selvagens!

Com a mudança de assunto, o pequeno grupo dispersou-se e pôs-se a tagarelar. Tiye ficou um tempo ali, conversando frivolidades. Sitamun ainda estava de mau humor. Suas respostas eram monossilábicas, porém educadas. Por fim, Tiye os deixou e, quando deu as costas, sabia que continuariam a discussão que ela interrompera. Esquecendo-os, dirigiu-se aos aposentos do faraó. Imediatamente, as esteiras pintadas que cobriam as janelas foram levantadas, e, como as lamparinas ainda não haviam sido acesas, as sombras da noite estenderam-se gentilmente sobre o piso de

74 Pauline Gedge

cerâmica. Apuia servia ao faraó a refeição, e Surero estava pronto para ajudar. Os criados iam e vinham pela sala em silêncio, e, no canto, um único tocador de harpa dedilhava uma melodia melancólica. Não havia sinal do garoto, mas, quando se aproximou do divã e fez uma reverência, Tiye ouviu risadas no jardim e, então, olhou pela janela a tempo de vê-lo correr em disparada, os galgos do faraó o perseguindo.

— Veja, estou comendo — disse Amenhotep de forma bem natural. — A febre baixou, e meus dentes pararam de amolecer nas gengivas. Venha e sente-se no divã. Tia-Há esteve aqui na noite passada, trazendo-me marmelos e muitas novidades. Quer dizer que o eunuco voltou.

Tiye sentou-se a seus pés, recusando com a cabeça os pratos imediatamente oferecidos, mas aceitando o vinho oferecido por Surero.

— A qualificação de um homem não deve ser considerada apenas quando ele estende um arco ou atira uma lança, como você já me dissera diversas vezes — retrucou, sorvendo, com deleite, goles do líquido vermelho e fresco. — Seu filho não tem amor às artes militares, embora saiba conduzir uma biga de forma satisfatória. Imagino que, quando você o chama de eunuco, não está denegrindo suas tendências religiosas ou musicais.

— Bem, ele parece um eunuco — rosnou o faraó, engolindo delicadamente. — Com aqueles lábios grossos e os ombros inclinados para a frente. Suponho que você queira meu selo no contrato de casamento.

— Está na hora, Amenhotep.

— Sendo assim, devemos ver que tipo de eunuco ele é. — Ele levantou a taça, e os olhos cintilaram maliciosamente sobre as bordas enquanto bebia. — Eu li o pergaminho.

— É um contrato bastante comum.

— Devolva-o para mim amanhã. Colocarei meu selo. Você já pensou sobre um contrato para o pequeno Smenkhara?

— Não, mas suponho que você o tenha feito. Quando ele estiver com a idade de se casar, Sitamun estará velha demais para gerar herdeiros com sangue totalmente puro em suas veias.

— Mas não tão velha para dar a Smenkhara o direito ao trono, como nosso atual herdeiro, se casar-se com ela. — O faraó descartou as sobras da refeição e recostou-se. Apesar de sua alegria forçada, Tiye percebeu que um lado de sua face estava inchado e que uma fina película de suor escorria de seu lábio superior.

— Nesse caso, haveria uma guerra civil se Smenkhara reivindicasse seu direito, e certamente não haveria criança alguma — disse contrariada. — Seu filho e Nefertiti gerarão muitos filhos reais. O jogo perdeu a graça, Amenhotep.

— Sim — concordou inesperadamente, com os olhos fechados. — Decerto. Surero, faça entrarem os acrobatas sírios e acenda as lamparinas. Você já vai, Tiye?

A pergunta foi petulante, e ela levantou-se e lançou-lhe um olhar com simpatia, pois raramente se lamuriava.

— Tenho de participar de uma solenidade esta noite para a delegação alashiana — explicou. — O contrato estará com você amanhã, Hórus. Que seu nome viva para sempre!

Ele abriu os olhos, surpreso com a despedida formal.

— O seu também. Dê minhas condolências a Nefertiti.

Ele sempre consegue dar a última palavra, pensou, rindo interiormente enquanto saía.

5

Conforme o faraó prometera, o contrato foi selado e enviado aos arquivos do palácio. Nefertiti tornou-se princesa e esposa de Amenhotep no momento em que o anel fora pressionado contra a cera quente. O faraó ouviu, sem muita atenção, a minuta de Surero sobre a solenidade que seria realizada para o casal e, finalmente, ordenou que lhe trouxessem Smenkhara, com quem brincou durante o resto do relato de Surero.

O faraó não assistiu ao ritual simples de casamento real que se realizou poucos dias mais tarde em Karnak, mas Tiye não estava preocupada. Sabia que a ratificação do contrato era mais importante. Os plebeus não consideravam o casamento um compromisso religioso, e somente os deuses reais buscavam a bênção de Amon nas uniões que gerariam mais seres divinos. No entanto, Tiye teve o prazer de ver o filho e Nefertiti, resplandecente em prata e vestida de azul e branco, as cores imperiais, de pé, solenemente, de mãos dadas diante do santuário poderoso de Amon. Quando a cerimônia terminou, houve uma festa, oferecida a todos, mas Tiye, exausta, saiu assim que pôde. *Realizei muito em um curto período*, pensou ela, enquanto Piha deslizava o vestido amarelo sobre seus ombros e inclinava-se para vestir-lhe o traje de dormir. *Agora estou cansada. Preciso de um tempo para não fazer absolutamente nada.*

Ela decidiu visitar suas propriedades particulares em Djarukha, uma viagem que não fazia havia anos. A estação deixava-a agitada, de uma forma que compreendia muito bem. O nível do rio havia subido, transformando o campo em um lago imenso, tranquilo. Camponeses indolentes concentravam-se nos projetos de construção do faraó em Luxor, em Soleb e no Delta. O trabalho na sepultura continuava, a larga entrada agora estava coberta pelas águas da inundação. A semeadura havia começado, e, em breve, novas colheitas brotariam do solo úmido e negro, enquanto os abacateiros e as palmeiras espalhavam delicadas folhas verdes para Rá, caridoso e clemente. Os peixes eram abundantes no rio e nos canais; os ovos eram chocados nos ninhos ao longo das margens; e o próprio corpo de Tiye exaltava-se com a vitalidade da primavera.

— Venha comigo, Ay — insistiu enquanto sentavam lado a lado no terraço de sua sala de audiências. Na sombra de um dossel, eles desfrutavam a brisa perfumada e o reflexo do sol na água, além da viçosa colheita que se estendia entre os pardos rochedos e o sinuoso Nilo. — Ficaremos em Akhmin alguns dias e persuadiremos Tey a vir também. Não tenho nada para fazer. Nenhuma crise externa, nenhuma política para traçar, e o faraó está com boa saúde. Começo a fantasiar que posso sentir o cheiro de Tebas e certamente posso ouvi-la. Quero a quietude da pequena casa que Amenhotep construiu para mim há muito tempo.

Ay fitou-a e, em seguida, desviou os olhos, sabendo tão bem quanto ela o que havia causado o repentino desejo de viajar.

— Se lhe agrada, Majestade — disse ao acaso. — Mas tem certeza de que também não quer se ver longe deles? — Apontou para o pequeno grupo reunido na sombra do muro do aposento do príncipe. De onde Ay e Tiye estavam sentados, podiam ver o príncipe claramente, as pernas cruzadas no gramado como de costume, o saiote branco curto, pregueado acima dos joelhos magros, o elmo branco sacudindo enquanto ele gesticulava para o público ouvinte. Suas palavras não alcançavam Ay e Tiye, mas a autoridade nos movimentos abruptos das mãos e a confiança no rosto exaltado eram visíveis.

Tiye estalou a língua.

— Olhe para ele! — disse ela. — Vagueia pelos aposentos de braços dados com Nefertiti e aquela tagarelice dos sacerdotes, todos à sua volta, debatendo, debatendo, enquanto o sol se põe lá fora. Passa as noites tocando alaúde e ditando canções. O que há com ele? Deveria mergulhar na água com Nefertiti, correr nu sob os sicômoros, deitar-se com ela sob as estrelas. O que eles estão dizendo um ao outro com tanta paixão?

— Por que não pergunta a ele?

Ela virou a cabeça para olhá-lo.

— Não sei se quero saber — respondeu simplesmente. — A presença dele aqui já mudou o humor do palácio, mas não sei dizer como. Espero pela notícia da primeira gravidez de Nefertiti, mas essa notícia não chega. Somente os boatos de criados tolos que ignoro.

78 Pauline Gedge

— Você nunca ignorou um boato em sua vida — contestou Ay.
— Nem recuou diante da verdade, não importa o quão dolorosa pudesse ser. Por que você quer ir embora?

— Porque começo a me perguntar se meu jogo com o faraó não foi longe demais e se me sinto incapaz de desfazer um erro. Não se trata mais de um jogo. Lá está o futuro senhor do mais grandioso império do mundo com mais poder latente nas mãos do que os próprios deuses. Que espécie de faraó estou impondo ao Egito a fim de justificar meu ódio a um homem morto e mostrar meu poder sobre um homem vivo?

— Você está complicando demais — Ay a reprovou gentilmente.

— O trono é dele por direito. É a perspectiva da perda que a aterroriza, os rumores da impotência dele que a excitam, a possibilidade de o Egito permanecer em suas mãos para sempre. Chame-o e pergunte a ele o que ensina aos parasitas. Convoque minha filha e pergunte a ela se ainda é virgem. Por que você se retrai?

— Irei a Djarukha com meus músicos e amigos — disse ela rispidamente. — Lá me banharei sozinha, tirarei umas boas sonecas no calor do dia e pensarei sobre o que você disse. Eu me embriagarei ao pôr do sol e rirei à vontade por nada. Ah, sinta o cheiro do vento, Ay, tão cheio do perfume das flores! — Ela espreguiçou-se. — A estação de Peret sempre desperta lembranças em mim, boas lembranças. Deparo comigo mesma sonhando com a época em que papai e mamãe eram vivos e estávamos todos em Akhmin ou com os diversos verões que o faraó e eu passávamos no palácio em Mênfis, embriagados um com o outro.

— Eu sei — respondeu ele calmamente. — Essa é a única época do ano que imagino escutar a mãe de Nefertiti sorrindo entre as mulheres. Eu amo Tey com ternura e não quero reviver o passado, mas ele sempre volta a cada primavera.

Eles continuaram conversando sobre o passado, mas os olhos não se desgrudavam do grupo no gramado, e finalmente a conversa findou.

Tiye viajou para Djarukha por um rio que recuperara as margens, parando em Akhmin para incorporar Tey e os criados ao séquito real. Enquanto Tebas desaparecia, e eles deixavam as propriedades verdejantes dos nobres para trás, Tiye se permitiu entregar-se à atmosfera do Egito rural. Ela, Ay e Tey sentaram-se sob toldos no convés, apreciando os vilarejos sumirem de vista em meio ao verde deslumbrante das novas colheitas. O rio estava cheio de embarcações, tanto locais quanto estrangeiras, que seguiam o percurso entre Mênfis e Tebas. Tiye, tirando um cochilo, de olhos semicerrados, enquanto o escravo espantava as moscas, deixava os pensamentos vagarem pelos campos cobertos de palmeiras, pelos rochedos protetores e pelo deserto mais além, pelo Egito com aroma de Ma'at, imutável e pacífico, sob os gritos e clamores superficiais do comércio.

— Já me sinto mais calma — comentou com o irmão e Tey ao anoitecer, já satisfeitos após a última refeição, ouvindo o suave lamento dos cabos da popa e voltando as faces para a pungente brisa da noite. — Malkatta é o coração do Egito, mas é bastante fácil esquecer que o campo é o corpo. Sempre que deixamos o palácio seguimos para Mênfis, e as cortinas do barco escondem-nos dos camponeses. Nossa ideia de beleza passou a ser a formalidade dos lagos reais e dos canteiros alinhados como um desfile militar.

— Talvez Vossa Majestade queira chamar um escriba para ditar um poema — murmurou Ay secamente. — Exaltam-se as virtudes de uma vida simples. Os camponeses ficariam gratos em saber que o solo que eles irrigam com o próprio suor é maravilhoso.

— Ah, eu não acho — disse Tey, as mãos moviam-se nervosamente pelo caos de cosméticos, joias, pequenas ferramentas e pedras inteiras que levava consigo para todos os lugares. — Eles não têm conceito de beleza e ficariam aborrecidos se tentássemos ensinar-lhes alguma coisa. Olhe este pedaço de jaspe, Ay. — Ela mostrou uma pedra vermelha, cuja superfície o pôr do sol iluminava de modo sombrio. — Eu mesma a poli durante dias. Flores artificiais estão ficando na moda, e pensei em reproduzir o *karkadeh* vermelho, mas existe uma pequena imperfeição marrom no canto superior. Não apareceu de início. Fiquei arrasada.

Ay apanhou a pedra dos dedos brutos e ásperos da esposa.

— Não falei sério, Tey — disse ele, fazendo a pedra rolar entre o indicador e o polegar.

— Ah. — Ela pegou o jaspe de volta afavelmente e o atirou dentro da bolsa de couro que levava no quadril. — Tenho de prensar algumas flores de uva quando chegarmos a Djarukha. Estava pensando em um diadema em ouro e cornalina ou, talvez, mesmo em marfim, para Nefertiti, mas ela parece não querer nada, a não ser lápis-lazúli.

80 Pauline Gedge

Tiye deu uma olhada lancinante para ela, mas, como sempre, Tey havia falado de forma inocente e desatenta. A pequena cabeça, com uma peruca reta, dura e ultrapassada, inclinava-se sobre as mãos impacientes. Os olhos de Tiye miraram os do irmão, mas Ay observava a esposa com um sorriso indulgente. *Não há razão para tentar falar de Nefertiti com Tey*, refletiu Tiye. *Não devo me preocupar com elas. Além disso, não há mal em Nefertiti adornar-se com a pedra preciosa que molda o cabelo das divindades. É apenas uma questão de tempo até que ela própria seja endeusada, e ela sabe disso. As coroas que adornam minhas imagens têm a borda em lápis-lazúli.*

Em Djarukha, os três nadaram, comeram à vontade e passaram as noites com vinho e reminiscências. Enquanto Tey estendia sua coleção de flores de papiro e caminhava pela margem do rio com seu jovem segurança, Tiye e Ay permaneceram no frescor do salão de recepção, algumas vezes conversavam, mas quase sempre se perdiam nos próprios pensamentos. Ay estava ansioso para retornar às responsabilidades em Tebas. Tiye sabia disso, mas estava contente em alimentar a ilusão de que voltara a ser uma jovem deusa a quem o faraó, no florescer de uma arrogante maturidade, esperava no novo palácio à margem oeste. Ela dormiu longa e profundamente no aposento que dava para suas terras verdejantes, para seus pomares e videiras, e nenhum dos lindos espelhos de cobre saiu das caixas.

Eles retornaram a Tebas um mês depois, deixando Tey em Akhmin no caminho para casa. Uma vez de volta a Malkatta, Ay desapareceu para o escritório, e Tiye entrou no harém em busca de Tia-Há para saber das últimas notícias. Esse tempo longe da corte, apesar de breve, serviu para aumentar-lhe a percepção da mudança enquanto caminhava pelos corredores resplandecentes e ressoantes. Sabia que um novo vento estava soprando. Sacerdotes de vestes brancas reverenciavam-na enquanto passava. Rostos estranhos e jovens com braçadeiras dos escribas reais e inspetores do templo voltaram-se para ela em respeitosa admiração. Ao fazer uma curva, deparou com um soldado corpulento que, rapidamente, cobriu a face e ajoelhou-se em uma submissão desajeitada que tornava sua surpresa evidente. Ele vestia um saiote branco curto e um elmo branco sem adorno, e o peito largo estava nu, exceto por um pingente de Rá-Harakhti, deus do sol com cabeça de falcão. Do cinto, pendia uma pequena cimitarra, e, em uma das mãos, ele segurava uma lança. *O que um soldado do templo de On está fazendo aqui?*, perguntou a si mesma ao passar por ele lançando-lhe apenas um olhar, e os guardiães nas portas do harém abriram as portas para ela. Kheruef veio rapidamente encontrá-la, o capuz folgado cobrindo a cabeça raspada. Perguntando por Tia-Há, Tiye ordenou também que Ay estivesse em sua sala de audiências ao entardecer.

O interior dos pequenos aposentos femininos era frio e dominado por sussurros e sons de passos. A porta para o aposento de Tia-Há estava aberta, e uma onda de ar perfumado deu boas-vindas a Tiye enquanto ela entrava. Inclinado sobre uma mesinha de ébano, cheia de potinhos destampados de alabastro, estava o maquiador de Tia-Há, com uma espátula em cada mão. Ele e a ama fizeram uma reverência, e Tiye acenou para que se juntassem a ela. O cheiro forte de mirra, lótus e essências indescritíveis dominava o ambiente.

— O que você está fazendo? — perguntou Tiye curiosamente, aproximando-se. — O cheiro está me deixando um tanto zonza.

— Estou tentando escolher um perfume adequado, Majestade — respondeu Tia-Há, mergulhando em um pote o dedo pintado de hena e levando-o ao nariz. — Estou cansada de mirra, aloés e pérsea. Espero também vender alguns desses. Meus maquiadores dizem que é um bom ano para óleos preciosos. Alguns desses vieram de um carregamento de produtos transportados para mim do Grande Mar Verde em troca de tecidos. Você pode ir — disse ela, acenando com a cabeça para o homem, que deixou as ferramentas no chão e fez uma reverência para se retirar.

— Envie alguns a meus maquiadores — disse Tiye —, mas não a mirra. O palácio já está empestado de incenso dos sacerdotes.

Tia-Há ergueu as sobrancelhas, bateu palmas pedindo por guloseimas e afundou-se nas almofadas espalhadas desordenadamente pelo chão enquanto Tiye se sentava.

— Incenso que se espalha sem dar prazer, minha Deusa — retrucou.

— Muita seriedade e nenhuma frivolidade. Djarukha fica tão distante assim que seus espiões não a alcançaram?

— Não queria vê-los. Conte-me as fofocas, Princesa.

Tia-Há revirou os olhos negros.

— As fofocas no harém pingam como o suco de uma fruta, mas jamais revelam a polpa. E os criados da nobreza são muito calados.

82 Pauline Gedge

— Como somos velhas amigas — Tiye sorriu —, você me contará tudo.

Tia-Há suspirou. O criado aproximou-se calmamente oferecendo tâmaras e vinho.

— Vemos o príncipe tanto quanto víamos quando ele dormia nos aposentos próximos a este. Ele e a princesa, os sacerdotes e a rainha.

— Sitamun? — Tiye ficou alerta. — Tia-Há, existem boatos sobre Amenhotep e a irmã? Ela terminará morta por decreto real caso não seja cautelosa.

— Existem boatos, certamente, mas Sua Majestade nunca está sozinha com o príncipe. Ela é inteligente demais para isso.

— Você viu o faraó enquanto eu estava ausente? Ele sabe que existem comentários a respeito dela?

— Majestade — disse Tia-Há de maneira delicada, puxando uma tâmara negra e viscosa do prato e fitando-a pensativamente —, essas são perguntas de uma iniciante, de uma criança. Mesmo a pequena Tadukhipa, que caminha pelos corredores sem conversar com ninguém, a não ser com sua tia, sabe as respostas. A senhora está bem?

Não, pensou Tiye desesperadamente. *De repente, fiquei velha e cansada e não tenho forças para encarar uma nova administração.* Ela levantou-se.

— Talvez eu queira ser uma iniciante e uma criança novamente — disse Tiye rispidamente. — Seus perfumes me deram dor de cabeça, Princesa.

— Se quiser, posso espionar para a senhora — respondeu Tia-Há —, mas as mulheres de Kheruef o fazem melhor. Prefiro avaliar aquilo que já é conhecido. — Mordiscou a tâmara e, em seguida, pegou a taça. — A princesa Henut, de destemida dignidade, desentendeu-se há uns dias com uma das babilônias. Henut pertence a uma casta em decadência, Majestade. Ela sempre reverenciou Amon-Rá, e o incenso em seus aposentos incomodava um sacerdote. A babilônia tinha ficado irritada. Parece que o príncipe a visitou e acendeu um de seus próprios incensos para o deus babilônio. A mulher vangloriou-se diante de Henut, que a atingiu com um abanador de moscas. A babilônia foi tola o suficiente para dar um tapa no rostᴖ sagrado da princesa. Kheruef mandou chicoteá-la.

Tiye olhou fixamente para Tia-Há, os belos e grossos lábios em que alguns fios dos longos cabelos negros ficaram presos pelo suco de tâmara.

A Décima Segunda Transformação   83

— Você está dizendo que uma briga no harém foi causada por... por *religião*?

— Estou. Parece que Amon ainda tem seus heróis.

— Não posso acreditar!

— E tenho algo mais a dizer. — Tia-Há levantou-se e encarou a imperatriz. — O príncipe enviou um par de brincos de ouro para a babilônia quando soube da punição.

Tiye rosnou:

— Ah, deuses!

A hierarquia no harém era rígida. Tradicionalmente, era o Guardião da Porta do Harém quem atribuía punições e prêmios. Zombar dos costumes era não apenas imprudente mas também perigoso. Se as mulheres achavam que poderiam cortejar alguém, além do único homem a elas designado, haveria uma onda de subornos e ameaças, e o harém se tornaria uma turba indisciplinada. *Amenhotep conviveu com isso toda a sua vida*, pensou Tiye, incrédula. *Ele deve conhecer as regras dos costumes. Será que ele sentiu que a mulher babilônia fazia parte de sua família e tinha de ser protegida?* Ela deu meia-volta e saiu sem dizer uma palavra.

O príncipe estava sentado diante de uma janela aberta, um cotovelo apoiado no peitoril, os olhos no luminoso jardim banhado pelo sol do entardecer. A seus pés, sentado de pernas cruzadas com um pergaminho nas mãos, um escriba lia em voz alta. Tiye pôde ouvir a fala monótona do homem antes mesmo que dissesse quaisquer palavras. A escuridão no aposento era moderada graças a pequenos feixes de luz que passavam pelas fendas do telhado. Três dos quatro macacos, em coleiras adornadas com joias, saltavam e grunhiam uns para os outros quando escapavam dos tratadores, os guinchos ecoavam pelas colunas de madeira e pelo teto azul-escuro. Coroas de lótus, descuidadamente empilhadas no trono do príncipe, eram desfeitas com os golpes preguiçosos de um enorme felino sarapintado. Quando o arauto anunciou a presença de Tiye, Amenhotep afastou-se da janela, e o escriba parou de ler e fez uma reverência.

— Majestade, minha mãe! Então a senhora voltou! Djarukha continua maravilhosa? Está tudo bem por lá?

Ela pegou as mãos estendidas, frias e úmidas a seu toque, e, então, percebeu, chocada, que ele estava usando um saiote pregueado de sacerdote, amarrado abaixo do abdômen intumescido, e que tingira os grossos lábios com hena, como uma garota. Ela voltou-se para o escriba que, apressadamente, enrolou o pergaminho e retirou-se.

— Djarukha estava realmente maravilhosa, mas retornei com muitas perguntas para você, meu filho. — Como sempre, quando estava com ele, não desejava manter conversas formais. Ela rechaçava as normas da corte, preferia olhares sinceros que evitavam o tom vazio típico dos cortesãos.

— Senti sua falta, Majestade. O palácio não é o mesmo sem a possibilidade de encontrá-la em algum canto ou pelos jardins.

Ela sorriu despretensiosamente.

— Amenhotep, encontrei um estranho soldado hoje, um guardião do templo de On, se não estou enganada. Não há cerimônias religiosas acontecendo para trazê-lo do templo. Quaisquer alterações na criadagem do palácio devem ser consultadas ao faraó, a mim ou ao administrador, em nossa ausência. Creio que esse soldado é de seus guardiães.

— Um contingente chegou há algum tempo para proteger os sacerdotes que são meus amigos — respondeu sem constrangimento.

— Por que os sacerdotes precisam de proteção aqui, no próprio domínio de um deus?

Tomou-a pelo braço e a conduziu à janela.

— Que dia adorável! — exclamou ele sonhadoramente. — Observe os patos eriçando as penas e mergulhando o bico no lago. E como a água se derrama dos baldes dos jardineiros como prata derretida. Meus sacerdotes às vezes deixam os sacerdotes de Karnak zangados, mãe, porque ensinamos a supremacia de Rá. Eles queriam os próprios guardiães ao lado deles.

Tiye ficou aliviada e cruzou os braços adornados sobre o peito.

— Então é sobre isso que vocês discutiam! A supremacia de Rá. Que tolice! Os sacerdotes de Amon não vão mudar o pensamento por causa de um jogo de palavras. É recomendável que você tente dar continuidade à política de seu pai de incentivar uma religião universal no Egito. Isso funcionou bem nas negociações com estrangeiros. Os devotos de Amon estão habituados aos regulamentos da religião, e o próprio deus grandioso não está ameaçado por esse expediente.

Amenhotep aproximou-se até que seus ombros estreitos tocassem os da mãe.

A Décima Segunda Transformação   85

— Amon pertence a uma nova ordem — disse rapidamente. — Ele ascendeu a um grande poder no Egito, mas não é o poder supremo. Quando Tebas não passava de uma porção de cabanas de barro, e Amon era apenas a Grande Ave, um nada, uma divindade local presa em um vilarejo, o sol permanecia em sua visível glória enquanto o Aton governava todo o Egito. O Aton deve governar todo o Egito novamente. — A voz infantil havia adquirido propósito e força, e Tiye não ousou desconsiderar a confusão que a agitava.

— Onde você aprendeu tudo isso? — indagou ela.

— Eu sei. Eu sei desde que nasci. Contudo, mesmo se eu tivesse iniciado minha vida erroneamente, os antigos pergaminhos do primeiro jubileu do faraó teriam me esclarecido. Ma'at perverteu-se. Cabe a mim restaurá-la à plenitude.

— E, decerto, os sacerdotes de Rá estão muito ansiosos para ver Ma'at restabelecida.

Ele não percebeu ou fingiu não perceber o sarcasmo na voz de sua mãe.

— Decerto — confirmou ele gravemente.

— Amenhotep — disse ela, virando-se finalmente para encará-lo —, seu pai é Ma'at, em seu corpo, em sua pessoa, como faraó do império. Onde quer que ele esteja existem verdade, exatidão, costumes, tradição e lei.

— Assim a senhora diz. — Os lábios carnudos de repente se abriram em um sorriso, e Tiye foi inundada por uma raiva passageira.

— Não use esse ar de superioridade comigo, Amenhotep! Seja cauteloso com a forma com a qual encoraja os sacerdotes do sol! Você é o Hórus no Ninho e será, em breve, a encarnação de Amon no Egito. Karnak e Malkatta são seu lar, e os sacerdotes de On devem perceber isso mais cedo ou mais tarde. Continue com esse passatempo religioso, se desejar, mas lembre-se de que, quando o faraó morrer, os sacerdotes deverão ir para casa!

— A senhora não entendeu. — De repente, ele agarrou as mãos de Tiye e começou a beijá-las com tal fervor que ela se surpreendeu. — Mas um dia entenderá, Mãe Grandiosa, Divina Mulher, um dia seus olhos se abrirão. — Tão rapidamente quanto se apoderou dele, o curioso ataque foi embora. Ele soltou as mãos dela, endireitando-lhe os anéis, um por um, e sorrindo docemente. Ela estava tão confusa que só conseguia olhar para ele enquanto tentava se recompor.

— Amenhotep, quero que você fique longe do harém de seu pai — pediu Tiye. — Você é livre, pode começar a adquirir suas próprias mulheres.

Não precisa mais se sentir ligado ao que era tanto lar quanto prisão para você. Soube do que aconteceu entre Henut e a babilônia.

Ele suspirou:

— Majestade, a senhora ainda não entendeu por que eu orava com a babilônia, não é?

Houve um momento de silêncio constrangedor. Atrás deles, os macacos guinchavam, suas garras faziam um pequeno alarido, como se arranhassem a cerâmica do chão. Os criados conversavam, com os olhos no casal real, aguardando uma ordem. Os raios de sol mudaram de posição, e um gato, tendo abandonado as coroas de lótus, dormia dócil e relaxado.

Tiye estremeceu, perturbada.

— Entendo somente o que vejo, e isso é tudo o que se pode esperar — disse. — Espero obediência de você como um príncipe, Amenhotep. Nefertiti não o está satisfazendo? Por que não começou a comprar concubinas?

— Não desejo Tehen-Aton — respondeu. Embora o rosto comprido permanecesse com as feições calmas, sua voz, trêmula, tornava-se áspera de emoção. — Quando o faraó morrer, eu assumirei o harém.

— Isso é ideia de Sitamun! — Tiye sentiu as pernas enrijecerem e as mãos apertaram-se em fúria. — A rainha anda colocando ideias em sua mente ingênua. Isso eu não tolerarei!

— Mas ela é minha irmã de sangue real e minha por direito.

Tiye encostou a face na dele.

— Ela também é forte e esperta e tentará controlar você. Não percebe? Ela vai querer ser a primeira esposa para suplantar Nefertiti.

— Seus olhos estão azuis como um céu frio, como a deusa Nut quando abre a boca para engolir Rá ao anoitecer — disse ele delicadamente. — Gosto dela. Gosto de Sitamun também. Ela pôs todos os seus criados à minha disposição. Ela me venera.

— Nefertiti também venera você e é bela. Dê ao Egito um filho com ela, Amenhotep, e, se quiser ter Sitamun quando o faraó morrer, aceite-a como Esposa Real. — *Depois verá como ela é adorável*, pensou Tiye.

O olhar fixo do jovem recaiu, uma vez mais, na tênue luz que cobria o jardim. Ele inclinou-se sobre o peitoril da janela, e Tiye não pôde dizer se era um rubor de embaraço que se espalhava sob a face pálida ou se era o toque do sol ocidental que a tornava rosa-escuro.

— Um deus não gera filhos facilmente.

— Mas você ainda não é um deus. Deixe seu corpo brincar, meu filho, e sua mente ficará em paz por um momento. Mande os sacerdotes embora.

Ele não respondeu, e ela não mais o pressionou. Fazendo um sinal para o arauto, Tiye partiu.

Logo depois, faminta e insegura após a estranha conversa com o filho, sentou-se no trono, no meio do salão de recepção, e contou a Ay o que havia se passado entre ela e o príncipe.

— Quantos desses soldados estão no palácio? — perguntou ela.

— Uma centena, Majestade. Mas os sacerdotes excedem esse número.

— Uma centena! — A dor de cabeça que havia começado no aposento abafado de Tia-Há de repente se intensificou, fazendo-a estremecer. — Bem, temos de esperar que essa tolice acabe e que não demore muito até que o príncipe perca o interesse em assuntos que digam respeito ao despertar da infância, e não ao apogeu da maturidade. Não quero contrariá-lo ou magoar-lhe os sentimentos ordenando que voltem para casa. No entanto, esses sacerdotes irritam-me. Estão adulando um garoto que tem boa vontade, aproveitando-se dele. Isso vai além de um simples suborno.

— Um relatório de Mênfis aguardava por mim no escritório. Parece que o príncipe ofereceu um presente substancial ao templo do sol. No entanto, ele também enviou grãos e mel a Karnak.

Tiye relaxou.

— Então ele está simplesmente testando suas asas. Pobre Avezinha de Hórus! Amanhã, conversarei com Nefertiti, mas agora, querido Ay, quero sentar no trono entre as flores, comer e apreciar os entretenimentos.

— E o faraó? — A pergunta era sutil e cautelosa.

— Aparentemente, não piorou. Não quero encará-lo esta noite. Instruirei Kheruef para que envie Tia-Há.

— Horemheb disse-me que o faraó dobrou o número dos Seguidores de Sua Majestade.

— Mesmo agora o Filho de Hapu o controla!

— Ele não é tolo. Está consciente de que os olhos dos cortesãos estão voltados para Amenhotep, e ele não conhece o filho. Além do mais, não é de hoje que pais e filhos reais matam uns aos outros pelo poder. O próprio

Amenhotep dispensou todos os Seguidores nomeados para fazer sua segurança e agora utiliza somente os soldados do templo de On.

— Amenhotep procurou algum comandante militar além de Horemheb?

— Não. Ele seria um tolo se o fizesse tão cedo. O exército prende-se ao que é, não ao que será. Ele terá o comando em breve.

— Bom. — Levantou-se e tocou-lhe o braço. — Coma comigo esta noite nos aposentos do faraó. O pequeno Smenkhara está bem-protegido?

— Certamente, embora não acredite que Amenhotep já seja capaz de reconhecer um rival. Tudo está sob controle, Tiye.

Tiye não estava tão certa, mas preferiu não se preocupar. Sentia-se tão vazia quanto um cadáver esperando para ser embalsamado.

6

Com o passar dos dias, os cortesãos se acostumaram à presença dos sacerdotes de Rá perambulando silenciosamente entre eles. As mudanças nos costumes religiosos eram frequentes na corte. Embora a onipotência de Amon, de sua consorte, Mut, e de seu filho, Khonsu, fosse respeitada, as divindades inferiores e, às vezes, as estrangeiras caíam no gosto do povo por um tempo, para logo serem substituídas por novos deuses, que seriam cortejados e importunados.

Tiye estava aliviada, pois Amenhotep, após a rebeldia infantil, agora aceitava seu lugar. Raramente entrava no harém e, quando o fazia, era apenas para visitar as mulheres idosas do pai, que haviam sido gentis com ele. Quando fitava Tadukhipa ou outras jovens esposas do faraó, rapidamente se permitia desviar para alvos mais seguros. Ele era educado e gentil com Tiye, que, frequentemente, perguntava a si mesma se a distância imperceptível desenvolvida entre eles fora motivada por aquela estranha conversa ou se, naquela ocasião, ele tentara contar-lhe algo que ela não compreendeu e que o deixou cauteloso. Quando, na escuridão tranquila do amanhecer, ela despertava repentinamente e não mais conseguia adormecer, sentia a boca macia de Amenhotep pressionando-lhe as mãos com uma urgência que, por mais que tentasse, não podia interpretar.

No decorrer da inquietação dos meses de colheita e de calor, fim da estação de Shemu, Tiye viu a administração estabelecer um ritmo de governo que diferia pouco de quando era jovem. O faraó sobrevivia no mundo da invalidez crônica, já não saía para banquetes ou passeios no jardim, lidava apenas, indiferentemente, com uns poucos documentos oficiais que não podiam ser selados pela esposa e voltava-se, com fadiga, para seu garoto, seus mágicos e suas dançarinas nuas. Ele bebia regularmente, com a determinação de um fatalista que esconde tudo, exceto o presente. Nas visitas cada vez menos frequentes, Tiye quase sempre o encontrava bêbado, com febre e preguiçosamente incoerente.

Ela passava a maior parte do tempo no Escritório de Correspondências Estrangeiras resolvendo assuntos diplomáticos, pois Eriba-Adad, rei da

Assíria, havia morrido, e tanto o Khatti quanto Mitanni observavam os assírios feroz e avidamente, e o Egito com atenta lisonja. Ela e Ay passavam muitas horas discutindo as cartas que ditava para Suppiluliumas e Tushratta, misturando ameaças veladas com suborno e alusões à supremacia militar do Egito, uma atividade que Tiye sempre apreciara. Também fez a peregrinação anual a Soleb, na Núbia, além da segunda catarata, e adornou-se com o disco solar, a dupla plumagem, a serpente e os chifres de sua divindade no templo que o marido construíra para ela. Sua imagem colossal fitava-a friamente através da fina bruma de incenso, e os sacerdotes permaneciam indiferentes à sua volta, como um bando de pássaros brancos sem asas.

A jornada ao sul sempre a agradara, e, ainda hoje, a repetição solene do ritual não havia embotado o prazer que sentia em apreciar a confirmação da superioridade. Este ano, contudo, a apatia de mais um verão esgotava-lhe os nervos, e ela retornou sem inspiração a Malkatta para suportar o restante da estação.

Uma interrupção bem-vinda do tédio foi realizada pelo arauto da princesa, o qual comunicou que Nefertiti estava grávida. Amenhotep recebeu com elegância os cumprimentos formais da corte e as felizes saudações da família. Nefertiti envaideceu-se com a alegria das mulheres e passou muito tempo abrindo as pequenas oferendas do harém que choviam sobre ela. O faraó cedeu-lhe os serviços dos magos pessoais para que as palavras de proteção pudessem ser preparadas apropriadamente, e Tiye deu-lhe o amuleto da sorte que ela mesma usara quando estava grávida de Amenhotep.

O entusiasmo de Tiye, porém, logo se apagou. Estava demasiado quente para permanecer em estado de euforia. Às vezes, mandava que lhe trouxessem Smenkhara e as dóceis babás e sorria enquanto ele mexia em seus colares. No entanto, não era mulher que se vangloriasse da maternidade e, em vez disso, pegava-se imaginando como ele seria quando se tornasse um homem, um príncipe do Egito. Seria uma ameaça para o irmão, Amenhotep? Talvez a criança de Nefertiti fosse uma menina, uma esposa adequada para ele, caso nenhum filho real surgisse. Mas, se fosse menino, Smenkhara continuaria príncipe para sempre.

Todavia, caminhando pelos corredores de Malkatta, sentando-se no trono para ouvir os despachos e os relatórios ou presidindo as intermináveis solenidades, nas quais, logo abaixo, na sala de banquete, inúmeras línguas estranhas preenchiam a atmosfera, Tiye via o país, o império e a si própria à beira de um julgamento, como se Anúbis tivesse colocado todos os corações em uma balança sagrada no escuro corredor onde os espíritos dos mortos são avaliados. Ela não conseguia pensar em razões externas para essa impressão recorrente, porém, com a experiência de vinte anos no governo, não podia descartá-la.

Na manhã anterior ao início do mês de Thoth, Tiye refletia sobre as dificuldades de celebrar uma nova Festa de Opet sem um faraó capaz de realizar as cerimônias, e o Segundo Profeta de Amon foi anunciado. Piha jogou sobre ela uma coberta escarlate, e Tiye, surpresa pela visita, deixou que o profeta entrasse. Si-Mut entrou e fez uma longa reverência, a cabeça raspada reluzia com gotas de suor, as fitas de sacerdote presas na testa.

— Levante-se e fale — disse ela, sentando-se à mesa de maquiagem. — Contudo, lembro a você, Si-Mut, que geralmente não concedo audiências em meus aposentos particulares. — O maquiador abriu a caixa e começou a esfregar tinta amarela nas faces da imperatriz.

— Peço desculpas, Deusa, e imagino que minhas notícias já possam ser do seu conhecimento, mas, como a senhora não vai a Karnak há muitos meses, julguei que talvez não soubesse.

Tiye fechou os olhos enquanto o criado suavizava o verde nas pálpebras.

— Se eu quisesse ir a Karnak, não teria contratado um sacerdote para realizar minhas tarefas por lá. Qual é o problema?

— O príncipe Amenhotep, ontem, começou a cerimônia do novo templo dentro do recinto sagrado do Aton.

Tiye sentiu o pincel de *kohl* nas têmporas.

— Eu sei. Ele e os arquitetos há meses fazem planos de ampliar o santuário do Aton em Karnak. É um projeto de construção inofensivo e o faz feliz. — Ela abriu os olhos e apanhou o espelho enquanto o maquiador pincelava a hena vermelha. Atrás do próprio reflexo bronzeado, podia ver o rosto ansioso do jovem sacerdote.

— Esta manhã, Majestade, a princesa Nefertiti está realizando a mesma cerimônia.

— E daí? São os preparativos para o novo palácio que meu filho autorizou na margem leste.

92 Pauline Gedge

Si-Mut suspirou profundamente:

— Não, Majestade, não são.

Com dificuldade, Tiye controlou os lábios enquanto o pincel se movia suavemente sobre eles e os olhos estreitavam-se à medida que ela observava Si-Mut esforçar-se para esconder a própria ansiedade. Ela abaixou o espelho, e o maquiador começou a arrumar os potes. O cabeleireiro esperou ao lado, segurando a peruca preta encaracolada. Tiye virou-se.

— Você quer dizer que Nefertiti está construindo outro templo ao Aton?

— Sim, Sagrada.

— Saia! E chame Nen imediatamente.

Si-Mut fez uma reverência e, com os braços estendidos, dirigiu-se à porta. O cabeleireiro colocou a pesada peruca com cuidado sobre os grossos cachos avermelhados e salpicou óleo perfumado nas tranças. Tiye permaneceu em silêncio, sua mente trabalhava furiosamente. Quando Nen foi anunciado, ela levantou-se e falou antes que ele terminasse a reverência:

— Você é responsável por manter-me informada de todos os assuntos relacionados a Karnak, mas parece que tem usado o tempo para embriagar-se de vinho em minha mesa e deitar-se em seu barco no rio.

Diante desse tom mordaz, ele empalideceu. Seu olhar deslizou temerosamente para as mãos da imperatriz:

— Majestade, se eu sou acusado de negligência, desejo conhecer meu acusador.

— Eu sou o seu acusador! Você não me deu informações a respeito dos planos da princesa para Karnak.

Manteve os olhos nas mãos dela e disse com voz perplexa:

— Fiz um relatório para a senhora sobre os planos que o príncipe e a princesa tinham para a construção de um templo.

— Você não disse que a princesa estava construindo seu próprio templo. Os arquitetos devem ter perambulado pelos recintos sagrados, deve ter havido rumores. Não gosto de estar desinformada. Você está dispensado de meus serviços, e minha proteção será retirada. Volte para sua casa em Mênfis.

O momento em que ela podia tê-lo golpeado havia passado, e, com um evidente alívio, Nen levantou a cabeça

— Majestade, a princesa Nefertiti não autoriza que se fique perto dela, exceto os criados escolhidos pelo príncipe. Aqueles que a senhora contratou foram relegados ao segundo círculo. É muito difícil obter informações sobre as ações da princesa. É verdade que seus arquitetos estão ocupados em Karnak, mas sempre na companhia dos homens do príncipe. Todos eles têm usado os escritórios da rainha Sitamun.

Sitamun conhece meus homens, pensou Tiye. *Não seria difícil para ela esconder informações. Ela está pedindo para ser disciplinada. Sitamun sempre gostou de jogar, mas nunca soube a hora certa. Será que ela não percebe que é cedo demais para ser tão óbvia? Como o faraó e eu pudemos gerar alguém tão tolo?*

— Deixe-me. E deixe Malkatta também. Imediatamente. — Quando ele saiu, Tiye virou-se para Piha.

— Vou colocar os brincos de ônix e o diadema real hoje. Pendure um Olho de Hórus e um *ankh* ao lado da esfinge em meu cordão. Também usarei as novas gargantilhas de argila. Quando você terminar, solicite o barco real, os porta-leques e o arauto. Vou atravessar o rio.

O dia parecia um forno gigantesco, e o calor que atravessava as cortinas da liteira à medida que era transportada para o barco se intensificou quando Tiye desceu os degraus do embarcadouro de Karnak. Ptah-hotep e Si-Mut esperavam para beijar o chão que fervia sob seus pés. Tiye sempre achou Tebas mais quente no verão do que a margem ocidental, mais fétida na época da umidade, mais barulhenta durante as tumultuadas semanas de Opet. Não media esforços para dominar o desgosto pela cidade e não mais se sentia preocupada se Malkatta havia sido construída perto das casas dos mortos. Entre as canções de boas-vindas dos sacerdotes de Amon e o ruído dos sistros em suas mãos imaculadas, ela podia ouvir a agitação da vida cotidiana de Tebas. Os mascates gritavam nas ruas. Os jumentos zurravam, as charretes ribombavam, os músicos de rua faziam um som estridente e desarmônico, os homens e as mulheres discutiam, as crianças gritavam. O odor da cidade flutuava além dos muros de Karnak, atravessava os jardins sagrados. Uma combinação de sobras putrefatas e temperos em cozimento fez com que Tiye levasse um cacho da peruca, embebida em essência de lótus, ao nariz. Atrás dela, o barco balançava convidativamente na maré baixa do rio, o qual acrescentava o próprio mau cheiro de lama e de vegetação úmida ao ambiente. Ela suspirou e entrou na liteira, ignorando os sacerdotes aglomerados.

— Levem-me à princesa Nefertiti — ordenou antes que as cortinas adamascadas se fechassem. O suor jorrou por baixo da peruca, escorreu pelas costas e provocou uma comichão desconfortável embaixo dos braços.

Permaneceu em silêncio enquanto a liteira balançava ao longo das ruas pavimentadas, cruzando a cidade que era o lar de todas as divindades que o Egito cultuava. Enfim, os porta-liteiras puseram-na cuidadosamente no chão. Tiye levantou a cortina diante de um grupo de homens e mulheres que a observavam caminhar em pacífico silêncio. Os abanadores a seguiam. O grupo de pessoas desceu para a terra batida. De relance, Tiye viu um prato com tinta branca nos braços de um sacerdote do Aton, o monte de cordas finas aos pés, o touro parvo e submisso, como se aguardasse pela faca, e o solo seco e negro revolvido pelas escavações para as fundações. Do outro lado, a parte principal do templo de Mut emitia uma sombra estreita, e as colunas da direita e da esquerda, os pórticos e as avenidas, alinhados com as estátuas, tremeluziam no calor. *Que repousem*, pensou Tiye severamente, olhando para o grupo embaixo do amplo dossel ornado com borlas.

— A princesa — disse ela sucintamente ao arauto e observou-o caminhar até Nefertiti, que estava agachada, mas não em repouso, no chão abrasador. Naquele silêncio, os leques faziam um agradável sussurro, e as moscas pairavam como poeira negra no ar. Nefertiti levantou e aproximou-se lentamente de Tiye com uma beleza inalterada pelo ventre distendido, os olhos apertados contra a claridade. Tiye dispensou os abanadores e conduziu a jovem para o dossel.

— Estamos em Karnak, Nefertiti — disse sem preâmbulos. — Por que você está construindo outro templo ao Aton quando seu marido está aumentando o santuário que já existe?

— Porque tenho direito a um templo onde possa cultuar o deus sozinha — respondeu Nefertiti friamente.

— A tradição proíbe a construção de um templo para uma mulher comum.

— Em breve serei uma deusa, Majestade. Amenhotep está ansioso para me ver fazendo reverências em um templo que meu fervor me instigou a construir. — Ela fez uma pausa e, em seguida, acrescentou sarcasticamente: — Lembre-se, a senhora tem um templo todo seu em Soleb.

— Eu sou venerada em Soleb como a divindade que o faraó ordenou que eu deveria ser! Você é apenas uma princesa e pode nunca alcançar esse grau de imortalidade. Não somente os sacerdotes de Amon ficaram nervosos com essa demonstração de preferência pelo Aton como estão ofendidos por sua falta de discernimento.

— Não me faça um sermão sobre assuntos de cunho religioso, Sagrada — disse calmamente. — A senhora quase nunca põe os pés em Karnak, exceto para as inevitáveis cerimônias. Prefere ser venerada a venerar.

— Mas isso — Tiye apontou com desprezo para o terreno irregular — pode afetar a estabilidade de Ma'at no Egito.

— Não penso dessa forma. Amenhotep também está construindo para Amon em um lugar pequeno.

— Um gesto conciliatório?

— Talvez. Pelo menos meu marido demonstra mais reverência aos deuses do que o pai, que construiu Malkatta na margem ocidental e removeu sua pessoa divina de tudo o que é sagrado. O novo palácio de Amenhotep em Karnak cresce a cada dia.

Seus olhos encontraram-se, e Tiye pensou ter visto um brilho de sarcasmo no olhar límpido de Nefertiti. *Compreendo o desejo de meu filho de retirar de si lembranças que lhe são amargas,* refletiu ela à medida que examinava cuidadosamente a pureza da face maquiada de Nefertiti, *e é verdade que ele constrói para ambos, Amon e Rá-Harakhti. Assim, por que estou gélida de preocupação?*

— Sua devoção aos deuses a honrará, Nefertiti — disse em voz alta. — Mas nunca se esqueça de que os assuntos de Estado têm prioridade. Você ocuparia melhor seu tempo com assuntos diplomáticos.

— Eu já o faço.

Pela primeira vez, Nefertiti sorriu, e uma onda de fúria emanou nas veias de Tiye.

— Se você não pode amar meu filho, o mínimo que pode fazer é ter respeito por sua gentileza e inocência — disse ela friamente. — Você é uma criança fazendo brincadeiras tolas com ele. Trate de não usá-lo.

— Assim a senhora me insulta, Majestade — respondeu Nefertiti, e Tiye esforçou-se para manter a fúria sob controle.

Não será bom para mim perder a calma com Nefertiti em público, pensou Tiye. *Apesar de considerar seu comportamento imprudente, não devo dar à corte razão para comentários sobre discórdia em minha família.*

96 Pauline Gedge

— Acho esse templo ridículo e possivelmente perigoso — disse ela após um momento —; no entanto, se Amenhotep o deseja, permitirei que você prossiga. Se você for diplomática, Ptah-hotep e os outros sacerdotes acabarão aceitando. Não se exponha ao calor por muito tempo, criança. Você precisa de repouso e sossego. — Ela fez sinal para os porta-liteiras e caminhou firmemente em direção a eles. Ao reclinar-se nas almofadas e fechar as cortinas com deliberada dignidade, gritou: "De volta ao barco!" Depois, fechou os olhos enquanto a liteira era erguida. *Tudo me enfurece estes dias*, pensou. *Devo tentar ser razoável com Sitamun.*

Tiye encontrou a filha deitada no mármore frio do banheiro privativo recebendo uma massagem. A sala estava sombria, o piso agradavelmente úmido sob os pés, e o tilintar e o esguicho da água corrente davam a ilusão do frescor do inverno. Sitamun estava deitada de bruços, o queixo apoiado nas mãos enquanto o criado pessoal pressionava e massageava sua pele firme. Sonolenta, ela cumprimentou a mãe.

— Que honra, Majestade.

Tiye acenou com a cabeça, mas não respondeu. Ela observou as mãos respeitáveis trabalhando com os óleos na pele que reluzia suavemente como seda sob o luar. Sitamun em geral a aborrecia, algumas vezes a divertia, outras vezes provocava uma torrente de amor como pura primavera, e só ocasionalmente lhe despertava inveja. Hoje, a inveja estava lá, espontânea, uma emoção totalmente formada, enquanto ela observava o criado pentear a farta cabeleira negra, a fim de massagear o longo pescoço, as costas graciosas e a bela curva das nádegas da filha. Sitamun gemeu de satisfação, girando a cabeça para o lado com um gesto lento típico de Tiye, sorrindo levemente com a boca generosa típica da mãe, uma mulher de frescor orvalhado.

— Sei por que está aqui, mãe — disse Sitamun, os olhos semicerrados —, então não precisa repetir as advertências. Fiquei feliz por ceder os arquitetos para meu irmão e Nefertiti enquanto o novo palácio deles estava sendo construído. Na verdade, eu mesma devo me mudar para lá.

— Não me importo se você cedeu a Amenhotep os arquitetos — retrucou Tiye, aproximando-se. — Você sabia do templo de Nefertiti?

Sitamun ergueu a cabeça.

— Sim, decerto. Meus homens foram instruídos a manter-me informada sobre todos os aspectos da obra.

— Por que você não me contou a respeito?

Sitamun levantou os olhos preguiçosamente.

— Achei que todos soubessem. A ostentação de Nefertiti é um bom motivo para falatórios. Esperava que eu corresse para a senhora ultrajada com a notícia e me queixasse? Dificilmente esse seria o meio de manter boas relações com Amenhotep.

Tiye contraiu a mandíbula.

— E isso é mais importante para você do que meu descontentamento? — perguntou friamente.

— Sim, é. Estou tentando tornar-me indispensável para ele. — Sitamun virou de costas, e Tiye desviou os olhos da barriga côncava e dos seios rígidos. Os cabelos de Sitamun chegavam quase às sandálias douradas de Tiye. — Tenho sido Esposa Real, uma rainha, por nove anos, aprendi a agradar um homem caprichoso e insaciável. Ah, sei que o faraó me levou para a cama porque o fazia lembrar a senhora, mas foi minha habilidade que me manteve lá. Ponha-se em meu lugar, Majestade. Quando o faraó morrer, serei relegada ao harém para o resto da vida. A senhora não aceitaria tal destino, e eu também não. Não há mal algum no que estou fazendo. Gosto muito de meu irmão. — Ela flexionou uma das longas pernas enquanto os dedos do massagista se fincavam em suas coxas. — Ele me nomeará rainha. Talvez até imperatriz.

— Como você pode subestimar Nefertiti assim tão levianamente? Não vê que a ambição dela é tão grande quanto a sua?

Os olhos azuis de Sitamun giraram para encontrar os de Tiye.

— Certamente. No entanto, ela é mais jovem e menos experiente. Gostaria de nos ver na garganta uma da outra, não é, Deusa? Gostaria de controlar Amenhotep, mas é orgulhosa demais para competir com Nefertiti e comigo, porque sabe que perderia. A senhora tem somente o poder político para opor à juventude e à beleza, e Amenhotep é muito influenciado pela beleza.

— Você não teme a mim, Sitamun? — A pergunta foi quase inaudível.

— Sim, temo — respondeu sonolenta —, mas, enquanto meu pai viver, a senhora não ousará me tocar, e, quando ele morrer, terei a

98   Pauline Gedge

proteção de um novo faraó. De qualquer forma, não acho que a senhora me prejudicaria. Não é tão insegura a esse ponto. Se fosse me matar, já o teria feito há muito tempo, quando éramos rivais.

Tiye riu cruelmente.

— Éramos rivais apenas em sua mente presunçosa, Sitamun. Pelo menos use sua influência sobre o príncipe para manter esses sacerdotes do sol nos devidos lugares. Não gosto de suas tendências religiosas. Você não se importa com essa tolice do Aton.

Sitamun vagarosamente fechou os olhos e sorriu.

— Não, mas Amenhotep se importa. Ah, mãe, a senhora é a primeira-ministra do Egito há tempo demais. Vê problemas onde não existem. Ele está se divertindo, é só isso. Estamos todos nos divertindo. — Sitamun se sentou, fez um sinal para o criado pegar uma toalha, e Tiye entendeu que não havia mais o que conversar. Com um frio aceno de cabeça, foi embora.

Suponho que exista alguma verdade no que ela diz, pensou Tiye enquanto voltava para seus aposentos. *É fácil demais esquecer-se de rir, brincar, fazer bobagens por fazer. E certamente não é suposição quando me acusa de ciúmes. De fato desejo controlar meu filho, ser aceita por seu círculo de amigos, que ele seja condescendente para comigo. E conseguirei. Ela está errada em imaginar o contrário.*

Nas semanas seguintes, Tiye manteve cuidadosa vigilância sobre a construção frenética em andamento em Karnak e observou que o filho prestara total homenagem a Amon enquanto o templo ao Aton se erguia novo, cor-de-rosa-claro e no meio das terríveis torres de uma ordem mais antiga. Às vezes, parecia-lhe que Amenhotep estava rindo dos rituais que ele realizava, deliberadamente adornados, não do modo que seu pai ria, com o desprezo bem-humorado da sofisticação, mas com a fria discrição de alguém que se iniciava em mistérios mais profundos.

Ela procurou passar mais tempo com Amenhotep, caminhando com ele e Nefertiti, Sitamun e os parasitas, enquanto eles alimentavam os patos que invadiam os lagos reais, colhiam flores para trançar em colares ou mesmo quando faziam uma simples refeição ao entardecer no gramado, apreciando Rá penetrar a boca de Nut. Amenhotep raramente falava de assuntos religiosos, mas ela não sabia dizer se era porque estava inibido com sua presença. Ele falava bastante, com uma hesitação encantadora, das glórias e atrações da natureza, e era óbvio que os animais confiavam nele. Era seguido pelos macacos, gatos e galgos do pai. Quando inspecionava os cavalos nos estábulos, eles se aproximavam sem medo e lhe tocavam delicadamente com o focinho. Tiye sentia-se repelida e fascinada por uma inocência que parecia muito estudada para ser autêntica, uma franqueza que parecia ridicularizar a simples honestidade. Contudo, ficava tocada pela deferência que demonstrava. Escrevia para ela músicas que ele mesmo cantava, tocando o alaúde que dominava com tanta habilidade. Amenhotep dava-lhe o braço quando passeavam pelos jardins ou segurava-lhe a mão como um garotinho.

A corte passou a agir com falsa naturalidade. Flores artificiais, feitas de ametista, jaspe e turquesa, incrustadas com ouro, apareciam em colares, cintos e lóbulos de orelhas pintados de vermelho ou eram trançadas nas perucas, que pendiam até a cintura, tanto de homens quanto de mulheres. Nenhum cortesão com aspirações sociais desfilava pelos jardins sem um macaco no ombro, um cachorro ou ganso aos pés ou um criado ou dois carregando gatinhos em cestas. As mulheres reuniam-se nos gramados para bebericar cerveja e discutir as relativas habilidades dos respectivos jardineiros. Os campos do harém, em geral desertos até boa parte da manhã de repente se enchiam de concubinas com olhares sonolentos que cambaleavam dos divãs de cetim ao amanhecer para respirar e fazer exclamações diante do ar puro. O comércio de óleo sem perfume começava a aumentar.

Tiye observava os cortesãos transformarem Malkatta na extravagante imitação de uma estação de veraneio de cidadãos abastados à medida que seu filho se tornava o centro dessa nova diversão. Ela esperava que isso não durasse muito tempo. Seus olhos acompanhavam Amenhotep enquanto ele acarinhava os gatos, rolava no gramado com seus macacos e corria atrás dos patos que bamboleavam pelo caminho. Pela primeira vez, Tiye tentou imaginar, de fato, a Coroa Dupla na cabeça estranhamente deformada de Amenhotep. O fato de não conseguir imaginar a cena a preocupou. *Mas isso faz parte da infância*, disse a si mesma, *a liberdade de ser alegre e natural com os amigos. Amenhotep já não teve essa oportunidade antes? Ele se cansará disso logo. Assim deve ser.*

Na cama dos aposentos de Tiye, Nefertiti finalmente deu à luz uma furor entre os espectadores privilegiados ter esmaecido e eles terem continuado os regozijos com vinho, Amenhotep tomou a filha nos braços.

— Eu a chamarei Meritaton — disse ele, segurando-a firmemente enquanto ela contraía os braços e começava a chorar. — Amada do Aton é um bom nome. Ela é minha herdeira.

— Você não deseja consultar um oráculo antes de escolher o nome dela? — perguntou Tiye.

— Eu sou o principal Seguidor do Aton e conheço a mente do deus — respondeu solenemente. — Meritaton é um nome que lhe agrada muito.

— Você enviará uma mensagem oficial a seu pai?

Ignorando-a, ele entregou Meritaton à ama de leite e sentou ao lado de Nefertiti.

— Eu disse a você que seria fácil — comentou, passando o dedo na face úmida da princesa. — Em breve, você recuperará seu lindo corpo. Isso lhe agradará.

Nefertiti afastou-se educadamente.

— Se isso também agradar a você, Amenhotep — disse. — Posso dormir agora? Estou exausta.

Ele levantou-se imediatamente.

— Durma, então, afortunada. — Voltou-se para Tiye. — Majestade, tome uma taça comigo.

Tiye assentiu com a cabeça e foram para uma pequena sala de recepção contígua. Enquanto os criados se apressavam para acender as lamparinas e Kheruef colocava o vinho para ambos, Tiye deslizou na cadeira, e Amenhotep sentou-se no banco a seu lado.

— O faraó deveria ouvir essa notícia de um de seus arautos — disse ela com brandura. — Você não pode deixar de lado a hostilidade nessa ocasião?

Ele pegou a taça e começou a passar o dedo em volta da borda. Os anéis de prata brilhavam.

— Mãe, a esfinge — disse lentamente. — Mãe, a incognoscível, a todo-poderosa.

— Sua conversa é tola. Seu pai é um homem doente, e essa notícia é grandiosa.

Os lábios grossos de Amenhotep contraíram-se. Em um só gole, ele esvaziou a taça e ergueu-a a Kheruef para que a completasse. Seus olhos estavam cheios de alegria.

— Seu marido está realmente doente. Ele é um homem, nada mais do que um homem. Ele morrerá. Vá até ele você mesma com minha notícia.

— Você é cruel e impiedoso! Não há perdão em você? — gritou ela, chocada.

Ele olhou fixamente para o vinho sem responder. Então, ela disse mais calmamente:

— Uma filha é bom, Amenhotep. Ela será rainha para Smenkhara.

— A menos que eu tenha um filho. — Ele ficou atento e olhou para a mãe gentilmente. — É mais custoso dar à luz um filho do que uma filha, Majestade?

Tiye riu:

— Não faz diferença.

— Mas Smenkhara causou-lhe sofrimento.

— Isso porque não sou mais jovem.

Por muito tempo, ele a fitou, os olhos moviam-se de seu rosto para a esfinge que pendia do pescoço de Tiye, e para o rosto novamente. Então, disse:

— Você está errada. Você é imortal.

Será que, de alguma forma, ele acredita verdadeiramente que, por eu ser uma deusa, viverei para sempre?, imaginou Tiye. *O pensamento lhe agrada, ou, em vez disso, ele deseja que eu saia do caminho, para que o último da antiga administração possa ser eliminado?*, observou ela enquanto ele esvaziava a segunda taça e a colocava sobre a mesa.

— Eu sou, decerto, imortal em minha divindade — concordou —, mas meu corpo é completamente mortal! — Ele não sorriu e imediatamente pareceu mergulhar em um transe profundo, os olhos fixos no rosto dela.

— Eu me recordo de Tutmósis — irrompeu ele repentinamente.

O nome a chocou:

— Seu irmão?

— Você o trouxe para visitar-me. Ele veio uma vez, relutante. Ficou em pé na minha sala, o braço em volta de seus ombros, sorriu e não me fitou nos olhos. Ele estava bastante bronzeado, cheirava a cavalos e a suor e tinha poeira do pátio de treinamento nas sandálias. Ele disse...

— Sei o que ele disse — engasgou Tiye, despreparada para vivenciar a lembrança. Seu filho mais velho, tão alto, o toque da mão firme em seus ombros em um gesto de proteção, a respiração acalorada em sua face, os dentes alvos... Tutmósis estava sempre rindo como o pai. Sempre andando a passos largos, correndo, esbravejando na biga, um príncipe repleto da magia da divindade e da autoridade. A vida era mais simples naquela época. Tutmósis era um poderoso Hórus no Ninho, e Sitamun, sua princesa. *Eu deveria ter imaginado*, pensou Tiye emocionada, *que não duraria.* — Ele disse: "Irmãozinho, quando você crescer, eu o levarei para caçar leões."

— Sonhei com isso durante dias — disse Amenhotep, e, como sempre, a única evidência de sua aflição era o estalido da voz infantil. — Acordava toda manhã excitado, antes mesmo que meus olhos estivessem abertos, pensando: *Hoje ele virá. Hoje andarei em sua biga, verei o deserto e realmente olharei para um leão.* Mas ele nunca veio.

— Ele não era um jovem muito ponderado — contestou Tiye delicadamente. — Ele sabia que você era um prisioneiro e achava isso ridículo, mas simplesmente disse o que veio à mente porque estava constrangido.

— E, então, ele morreu. — Amenhotep levantou-se do banquinho e pôs-se de pé, cambaleando, o vinho que bebera tão rapidamente lhe subia à cabeça. — Foi meu destino viver, apesar de tudo, e tornar-me faraó. Sou tão indestrutível quanto você.

— Você tem uma filha maravilhosa, uma esposa adorável, um império esperando para honrá-lo — listou Tiye, misteriosa e estremecida. — O passado está embalsamado, meu filho.

— Sim. — De repente, a cabeça de Amenhotep pendeu para baixo. Ele pôs a mão sobre a mesa para manter o equilíbrio e, então, com uma rápida reverência, fez um ruído surdo no assoalho iluminado por lamparinas, a pisada desajeitada, os quadris macios balançando como os de uma mulher. Os criados saltaram para abrir as portas, as faces impassíveis. Lá fora, na escuridão, o arauto agrupou o séquito, e o segurança do templo de On pôs-se atrás dele.

Pena e desprezo encobriram Tiye, ofuscando, por um momento, o amor protetor que sempre sentira por Amenhotep. *Ele é como um mendigo insensato*, pensou enquanto dava ordens a uma acompanhante e seguia para os aposentos do marido. *Por que se lembrar de Tutmósis agora? Salvei a vida de Amenhotep, mas ele não me é grato. Desejava renascer do harém com poder vitorioso, como Rá, para ser como Tutmósis.*

A irritação, porém, esmaecia à medida que Tiye passava pelo longo trecho iluminado pelos archotes, ouvindo o ruído das passadas dos criados e dos risos indolentes dos cortesãos entretidos na diversão noturna. Somente amor e confusão permaneciam como resíduo amargo de um vinho azedo em sua língua.

Os aposentos do faraó estavam repletos de uma luz amarela quando Tiye foi anunciada, e as enormes portas duplas abriram-se grandiosamente. O garoto, nu e resplandecente em óleo morno, agachou no meio do chão, um tabuleiro de Cães e Chacais entre ele e uma pequena dançarina síria, que tinha flores de lótus frescas no cabelo. Outros dançarinos esparramavam-se pelo chão ou conversavam entre risadinhas, as cabeças próximas. Os músicos estavam de pé ao lado de um braseiro apagado, e o ruído dos tocadores de címbalos e alaúde entrelaçava-se aos sons das conversas. Ao pé do divã, três médicos examinavam o faraó calmamente, ignorando o barulho. O ânimo de Tiye elevou-se com a tagarelice esfuziante. *Ele está melhor*, pensou ao cruzar a sala, mas, à medida que se aproximava do divã e avistava o faraó, seu ânimo a abandonava. Amenhotep estava deitado de costas, respirando pesadamente. A pele, cinza e transparente, dava uma ilusão de firmeza às faces flácidas, e Tiye teve a impressão de ver os grandes ossos irromperem da superfície de sua carne. A boca estava ligeiramente aberta, deixando à mostra os dentes escuros com diversos buracos. Ela se inclinou para beijá-lo, e suas narinas foram assaltadas por um odor sufocante, adocicado, que lhe congelou o sangue. Ela não o sentia muitas vezes, mas, agora, reconhecia-o imediatamente como um precursor da morte.

— Amenhotep? — sussurrou.

Ele abriu um olho e tentou sorrir.

— Eu sei — comentou ele, a respiração zunia através dos lábios. — Nosso deus caçula tornou-se pai. Pelo menos alguém pôde ter filhos. — Sua pupila dilatou-se, sem foco, e Tiye pôs-se a imaginar o quanto ele estava drogado.

— É uma menina — disse ela, aproximando-se de seu ouvido. — Nefertiti está bem.

— Nefertiti cumpriu o dever dignamente. O eunuco está satisfeito?

Tiye sorriu brevemente.

— Você é um homem terrível, Poderoso Touro — sussurrou e beijou-lhe a têmpora. — Eu o amo muito. Posso perceber que não devo gastar minha compaixão com você. Acho que seu filho está satisfeito. Ele foi para os aposentos embebedar-se.

— Amenhotep é um felizardo. Faça com que eles me virem de frente, Tiye, para que eu possa vê-la.

Ela fez sinal, e os criados vieram correndo. Logo puseram o faraó em uma posição confortável e afastaram as almofadas de seu rosto. Agora, ele abria os olhos, e Tiye, como sempre, foi dominada pelo olhar em cuja profundidade, drogado como estava, um brilho firme de vitalidade ainda se revelava.

— Por que permite todo este barulho? — perguntou ela. — Você precisa dormir. Mande-os embora.

— Não. Essas são as coisas para as quais eu tenho vivido. Eu bebo a porcaria prescrita pelos médicos, e a dor diminui; eu aprecio os corpos estenderem-se e rodopiarem, e a música energiza minha pele; eu me vejo flutuando, sonhando com o vinho tinto que cai nas taças de pedras preciosas e com olhos azuis que falam de uma luxúria interminável... — As palavras degeneraram-se em incoerência e, em seguida, cessaram.

Tiye não pegou sua mão, não o acalmou, não o confortou. Sabia que ele não teria desejado isso. Sentou e fitou os olhos, a cacofonia de todo um salão de banquetes em volta, então se deu conta de que ele não mais a via. Levantou-se e acenou para os médicos.

— Qual é o estado dele?

O arauto ergueu as sobrancelhas e encolheu os ombros.

— Ele está com febre alta. As gengivas estão perfuradas por abscessos. Ontem, perdeu mais dois dentes. Por cinco anos, Majestade, tenho me dirigido à senhora com as mesmas palavras: o desejo de viver do faraó não é humano.

— Decerto não é! — disse ela de modo impertinente. — Você fala do próprio Amon. Dê-lhe tudo o que ele deseja e continue a informar-me. — Deixou os aposentos, ouvindo as portas moverem-se atrás dela com alívio, o alegre ruído cedendo ao chocante silêncio do corredor. Estava exausta e, enquanto caminhava, fantasiou que carregava consigo o odor da morte, agarrado nas dobras de sua veste como o pólen de alguma flor monstruosa.

A notícia da gravidade do estado do faraó espalhou-se rapidamente, e o silêncio da expectativa recaiu sobre Malkatta. Embaixadores estrangeiros não apresentavam credenciais. Ministros com os braços cheios de pergaminhos enfileiravam-se pelos corredores, na parte externa dos escritórios, como se não desejassem entrar. Cortesãos entediados passeavam nos jardins, sem ânimo para fofocar, os rostos voltados para os sons intermitentes da dolorosa morte de Amenhotep. Tiye, os olhos inchados e a mente entorpecida pela falta de sono, passava dos aposentos à relativa quietude dos jardins, preferindo ficar durante horas deitada na escuridão, ouvindo, junto com toda a Malkatta, os gemidos e risos macabros que chegavam distorcidos e sinistros através das janelas. De início, ela convocou seus próprios músicos para tocar, mas, ao soar das primeiras notas, ela se virou com aversão, uma vez que suas melodias funestas a tornavam cúmplice na orgia da morte do faraó. No final, não tentou dormir e sentou-se rígida ao lado de seu divã, enquanto seu escriba lia a seus pés.

A convocação finalmente veio, e Tiye sabia que, dessa vez, seria a última. Seu único sentimento era de alívio. Por muitos anos, a corte tentou seguir seu curso normal, apesar da tensão e da expectativa de más notícias nos aposentos do faraó. Os ministros haviam se acostumado a negociar com o faraó por intermédio de Tiye. Durante meses, seu lugar nas solenidades ficou vazio. Quando ele aparecia, os cortesãos ficavam chocados, às vezes ressentidos. Poucos podiam lembrar-se da época em que a voz e a presença física de Amenhotep impregnavam os arredores de Malkatta. Por muito tempo, ele fora apenas uma atmosfera pairando sobre eles, um deus invisível. *Sua morte causará mais do que pesar*, pensou Tiye, ao enviar o arauto para acordar o filho enquanto caminhava rapidamente pela intensa escuridão do palácio. *Haverá também descrença*. O barulho no aposento real encaminhava-se para uma explosão de clamor enquanto as portas se abriam para ela. Por um momento, Tiye parou e, então, virou-se para os Seguidores de Sua Majestade:

— Expulse-os.

Ela esperou, com os lábios cerrados, enquanto os soldados dispersavam a multidão espantada. A música diminuía aos poucos, e os músicos debandavam-se em passos rápidos, fazendo uma reverência apressada diante dela. Os dançarinos e os criados os acompanhavam. Uma plebe cambaleante, com olhos selvagens e corpos suados, desviava-se de Tiye, alguns caíam de joelhos assim que a reconheciam, outros se afastavam até que os soldados houvessem agrupado todos no corredor.

106   Pauline Gedge

Tiye olhou ao redor com a tranquilidade refeita. O chão estava coberto de cântaros de vinho vazios, grinaldas de flores rasgadas, bugigangas dos dançarinos, um manto amarelo, e até mesmo um pote quebrado de *kohl*, cujo interior estava úmido, escuro e grudento, permanecia sobre os ladrilhos azuis empoeirados. O menino levantou-se, em um movimento suave, do canto onde estivera agachado e aproximou-se dela com cautela, uma das mãos agarrando fortemente algo que brilhava entre os dedos encolhidos. Ele caiu ao chão. Silenciosamente, ela acenou com a cabeça para o soldado a seu lado, e ele ordenou que o menino se levantasse.

— Mostre-me — apregoou Tiye.

O menino ficou gelado, o olhar imprudente sobre ela.

— Ele o deu para mim.

A pequena mão abriu-se, e, na palma, estava um anel de ouro com o emblema real em turquesa. O soldado destramente o apanhou, e o menino lançou-lhe um olhar furioso.

— Ele me deu!

Passos rápidos ecoaram no corredor, e Ay adentrou acelerado, com Horemheb um pouco atrás. Tiye acenou diante das reverências e virou-se para Horemheb.

— Leve este menino. Despache-o para o Delta imediatamente, que ele faça o juramento aos policiais da fronteira. Coloque-o sob a vigilância de um capitão, que cuidará para que ele não fuja.

— Se ele fugir, impute-lhe cinco chibatadas e decapitação súbita — disse Horemheb severamente.

O menino começou a gritar obscenidades e dependurou-se no comandante, as unhas compridas alcançaram os olhos de Horemheb, e os pés descalços golpeavam o ar, mas o Seguidor em serviço interveio sem dificuldades. Após o atingir com um soco atordoante na fronte, tirou-o do chão e saiu, desaparecendo à meia-luz.

— Deixe-nos também, Horemheb — ordenou Tiye calmamente. Ela estava trêmula. Ele imediatamente fez uma reverência e saiu.

Somente então Tiye adquiriu coragem para encarar a enorme sala, através das silenciosas sombras agourentas, até o enorme divã ao lado do qual uma lamparina de pedra brilhava. Os médicos estavam de pé atrás do faraó, curvados e conformados. Com Ay a seu lado, Tiye cruzou a extensão do assoalho, e, enquanto se aproximavam do faraó, as portas se abriram novamente. Amenhotep e Sitamun entraram. Tiye nem mesmo os fitou de relance quando pararam ao lado do divã. Seus olhos pairavam sobre o marido inconsciente, que tossia e resmungava.

— E então? — dirigiu-se ela aos médicos.

— Temos feito tudo o que está a nosso alcance — disse um deles em um tom monótono de completa exaustão —, e ele recusou que os cânticos mágicos fossem entoados.

— Muito bem. Vocês podem sair.

Eles não recolheram a confusão de ervas, amuletos e unguentos que deixaram em cima da mesa; partiram tão rapidamente quanto as boas maneiras permitiam, e Tiye não pôde culpá-los. As últimas semanas de assistência ao faraó devem ter sido um pesadelo que jamais esqueceriam. Levando a mão à testa molhada do marido, ela murmurou o nome do faraó, que, mesmo inconsciente, sentiu dor com seu toque e a afastou. Toda a face estava inchada, o contorno dos lábios cobertos por uma espuma seca, seus olhos fechados derramavam lágrimas amareladas que formavam grumos nos cílios. Tiye retirou a mão.

Por muito tempo, os quatro permaneceram imóveis no silêncio sepulcral da sala, e Tiye entendeu, desesperada, que o faraó morreria como vivera, reservado, independente, com uma arrogante negação a tudo o que escapava de seu controle e um desprezo por todos aqueles que se ofereciam para suprir suas necessidades. Ele não recuperou a consciência. A agitação crescia mais espasmódica, os resmungos e as frases soltas estavam mais fracos e reduzidos. Um criado aproximou-se de Tiye em passos silenciosos e falou, desviando o olhar:

— O sumo sacerdote e os acólitos estão do lado de fora, Majestade. Eles trazem orações e incenso para a partida do deus.

— Deixe-os entrar

A sala foi preenchida lentamente por silenciosos homens com vestes brancas, carregando longos incensórios que incandesciam e fumegavam. Ptah-hotep aproximou-se do divã e ajoelhou-se, tomando a mão flácida do faraó para beijá-la, enquanto uma canção em tom baixo e afinada começava a soar. *Eu me pergunto se ele tem consciência disso*, pensou Tiye. *Acho que ele preferiria o som que eu emitia, mas deve compreender as minhas razões pelo que fiz. Deus você é e deus você sempre será, Amenhotep.* Ela olhou para o filho, mas nada conseguiu decifrar em seu semblante. Na luz tremeluzente, a mandíbula parecia mais comprida e mais estreita do que nunca, o nariz mais pontudo, os lábios grossos mais relaxados. Os olhos de Sitamun moviam-se rapidamente do pai aos sacerdotes aglomerados, e Tiye pensou ver impaciência nos longos dedos unidos diante dela.

Gradualmente, a sala encheu-se de uma fumaça adocicada, que arranhava as gargantas e espalhava-se por todos os cantos, dissolvendo o odor indolente de vinho envelhecido, perfume e suor. A luz pálida começava a penetrar pelas venezianas. Em algum lugar, além dos gramados e canteiros de flores, soavam o ruído distante de um tamborim e a tímida ululação de uma canção matinal. Uma criada seguia seu caminho para executar as tarefas diárias na cozinha ou no harém.

Naquele momento, Tiye repentinamente percebeu que contemplava um corpo morto. O faraó se fora, mas tal foi o feitiço que ele propagou que, por minutos, ela não disse nem fez nada, esperando os olhos dele se abrirem e procurarem os seus.

— Que seus passos permaneçam firmes, Osíris — murmurou ela, finalmente. — Que seu nome viva para sempre. Levantem as cortinas, abram as janelas — disse aos criados. — Está amanhecendo. — Moveram-se para obedecer-lhe, e Sitamun caiu rijamente de joelhos. Tiye havia imaginado que a garota renderia algum tipo de honra ao falecido, mas ela prostrou-se diante do irmão, pressionando a boca veementemente contra seus pés.

As luzes ficavam mais fortes à medida que Rá lutava com urgência para nascer. Sem pausa, os sacerdotes entoaram a Canção de Louvor, pela qual o faraó não se interessava havia muitos anos, e os olhos deles dirigiram-se ao jovem cujo olhar havia se direcionado à janela. Sitamun levantou-se e saiu. Os sacerdotes ajoelharam-se um a um, prestaram homenagem ao novo governante e, quando o cântico dos hinos terminou, também saíram. Ay ajoelhou-se rapidamente para beijar os pés divinos, e Tiye fez o mesmo por último, inconsciente de seus atos. Amenhotep não os percebeu, olhava fixamente para fora, para o jardim, onde o amanhecer terminava e a luz mudava de rosa para branco.

— De que maneira encantadora Rá completa sua transformação final — disse ele alegremente.

— Despacharei os arautos imediatamente — disse Ay para Tiye — e, se você desejar, instruirei o escriba do Escritório de Correspondências Estrangeiras a preparar os despachos aos impérios com que nos relacionamos. Sua presença não é necessária para isso.

Tiye assentiu com a cabeça.

A Décima Segunda Transformação   109

— Convoque os sumos sacerdotes para levá-lo embora — disse ela — e os criados para reunirem seus pertences. — Ay pegou seu braço, mas ela delicadamente se desvencilhou dele. — Eu irei até Tia-Há — disse ela. — Não ficarei de luto, Ay, ainda não. Simplesmente não posso crer que um deus, cujo *ka* penetrou todo o império por tanto tempo, tenha partido. Contarei a Kheruef.

A porta fechou suavemente, e ela e Ay olharam em sua direção, surpresos. Amenhotep havia saído.

No momento em que Tiye entrou nos aposentos da amiga, os gemidos de lamentação já haviam começado no harém. As mulheres dirigiam-se em bando para o jardim, retirando as vestes enquanto corriam para pegar um punhado de terra e jogar sobre suas cabeças. Tia-Há levantou-se da mesa de maquiagem, ainda com a volumosa veste de dormir, e a desordem da sala familiar e confortável amoleceu Tiye. Seus membros rígidos ficaram relaxados e começaram a tremer. Antes que Tia-Há pudesse se ajoelhar, Tiye alcançou suas mãos, puxando-a para a frente, e os braços de Tia-Há a envolveram.

— Traga vinho quente, e rápido! — disse ela rispidamente para o criado. — Sente-se em meu divã, Majestade. Como você está fria! — Em pouco tempo, Tia-Há pôs um manto de lã em volta dos ombros de Tiye e uma taça de vinho quente em suas mãos, sem resistência. Tiye bebeu agradecida.

— É o choque, Tia-Há — disse enquanto o álcool atingia o estômago e espalhava calor por seus membros. — Durante muito tempo, esperamos por isso. Devíamos estar prontos.

— Como alguém pode estar pronto para a morte de um Hórus como ele? Se desejar, chore, Majestade. Meus aposentos são um lugar bom e reservado. Ouça-as! As mulheres do harém não demonstravam tamanha emoção desde que a princesa Henut atacou a babilônia. Amenhotep vai para a Barca Sagrada em uma maré de deliciosa tristeza.

Tiye sorriu languidamente.

— Ele riria ao ouvi-la. Mas, não, Tia-Há, não chorarei. Acho que esqueci como se faz isso. O faraó não gostava de lágrimas. Considerava-as um sinal de fraqueza.

— E, para uma rainha, elas são. Você organizará uma nova administração para seu filho e cuidará da acomodação das delegações que chegarão para o funeral. — Ela ficou em silêncio e sentou-se, segurando a taça entre as mãos.

— Você cumpriu sua tarefa como Esposa Real com grande dedicação — disse Tiye, olhando para a cabeça abaixada e descabelada. — Gostaria que eu providenciasse com meu filho para que você seja libertada do harém, Tia-Há? Você poderia recolher-se às propriedades no Delta. Não me preocupo com as outras mulheres, mas você tem sido uma amiga estimada.

— Aposentar-me? — Os olhos provocantes de Tia-Há brilharam. — Ah, as exuberantes delícias do Delta! Os pomares, as vinhas perfumadas, os escravos jovens e vigorosos que pisam as uvas com tanto ardor, os músculos definidos. Seria um refúgio interessante. Contudo, acho que não. Gostaria de ser livre para poder ir e vir para além dos mercados de Tebas, mas passei a vida inteira aqui e perderia as fofocas, as brigas, as disputas de poder que formam redemoinhos através dessas portas duplas. Obrigada, Deusa, mas não.

Tiye acenou com a cabeça, relaxando sob a voz alegre de Tia-Há, e uma fadiga saudável a dominou. Ela não sentiu culpa quando o alívio ascendeu de um poço de sofrimento e tensão. O Egito estivera se preparando para esse dia por muito tempo.

— Acho que dormirei agora — disse ela. — Foi bom vir até você, Tia-Há. — Tiye levantou-se, dessa vez aguardou uma reverência antes de deixar o harém. Caminhando lentamente para os aposentos, ignorou as expressões de pesar formais à volta. *Nós nos saímos bem, você e eu*, pensou ela enquanto movia as pernas para cima do divã, e o sono corria para envolvê-la. *A vida tem sido agradável.*

Livro Dois

7

Durante os setenta dias de lamentação para o faraó Amenhotep III, enquanto seu corpo era embalsamado pelos sacerdotes, e seu magnífico túmulo era preparado, Malkatta ficou repleta de dignitários estrangeiros de todo o império, todos com palavras de condolências para a imperatriz Tiye e com a garantia de fraternidade duradoura para seu filho. Amenhotep sentou-se solenemente em um trono, mas as insígnias reais permaneciam nos braços do guardião, porque o novo faraó não estava autorizado a usá-las até a coroação. Ele prestava atenção afavelmente a toda palavra de lisonja e respondia a elas educadamente, embora os presentes tivessem a impressão de que seus pensamentos estavam distantes. Quando ele não estava na câmara de audiência do faraó, podia ser encontrado no berçário, debruçado sobre a cama da pequena Meritaton ou sentado com a esposa à beira do lago, falando pouco, ouvindo o escriba ler textos antigos. Tiye esperava que o filho dispensasse os sacerdotes do sol, confortasse os homens de Amon e visitasse os ministros do clero, mas ele não o fez. Ela queria saber se, continuando a se comportar como um príncipe, ele defendia a si mesmo contra a possibilidade de, mesmo agora, perder a realeza.

Nefertiti não possuía tais temores. Ela mandou trazer o diadema de serpente e passou a tarde examinando-o, enquanto o guardião permanecia em pé, silenciosamente, com receio de que ela pudesse danificá-lo por algum ato precipitado. No entanto, ela não ousava colocá-lo na cabeça. A garota passava longas horas apreciando a construção do palácio fora do complexo de Karnak, a qual Amenhotep autorizara, embora os arquitetos e artesãos temessem sua visita, uma vez que ela nunca estava satisfeita. Para o marido, era tão adorável e atenciosa como antes, mas, para aqueles que a observavam, as extravagantes demonstrações de afeição de Nefertiti não pareciam sinceras.

Algumas semanas antes do início dos rituais para o sepultamento do pai, Sitamun avistou o novo faraó caminhando elegantemente pelo gramado, as vestes de luto azuis transparentes esvoaçavam com a brisa

114 Pauline Gedge

leve. O rio atingira a altura máxima e agora recuava, e a terra árida já se apresentava coberta de brotos finos e verdes da nova colheita. O otimismo pairava no ar, e a corte regozijava-se com a possibilidade de novas intrigas, novas comissões a serem distribuídas e uma face inexperiente fitando-os por debaixo do peso da Coroa Dupla. Sitamun vestira-se cuidadosamente, usava quatro cordões de argila vistosamente pintados de dourado. A peruca era adornada com centáureas de turquesa e lápis-lazúli, e um único jaspe enorme pendia sobre a testa morena. As fitas prendiam a roupa azul sob os seios pintados e esvoaçavam até os pés calçados com sandálias douradas. Em volta dos ombros, pusera um manto curto panejado em vermelho. Os braceletes tilintavam nos braços, e os anéis brilhavam enquanto ela cumprimentava o irmão, os braços estendidos, a cabeça inclinada. Atrás dela, o séquito a acompanhava e jogava pétalas brancas.

Amenhotep sorria enquanto ela se endireitava.

— O luto cai-lhe bem, Sitamun. Combina com o azul de seus olhos.

— Meu faraó, meu querido irmão — disse, devolvendo-lhe um sorriso encorajador. — Deveria ter esperado para lhe dar a oferenda de coroação, mas queria que você a recebesse sozinho, de forma que apenas eu pudesse desfrutar seu prazer. Você me acompanha até o canal? — Sem esperar por uma resposta, deslizou o braço pelo dele, e seguiram em direção ao átrio. — O templo do Aton está a um longo caminho da inauguração — continuou —, e os próprios avanços da princesa estão vagarosos também. O atraso o deixa impaciente? — Ele respondeu à pergunta afetuosamente, sentindo a outra mão de Sitamun cobrir a dele. — A princesa Meritaton passa bem, fui informada — continuou ela, enquanto atravessavam o branco deslumbrante acima dos degraus do embarcadouro. As multidões sempre amontoadas desciam na frente deles.

— Passa bem. E ela já é muito linda. Acho que herdou os olhos estrangeiros de Nefertiti.

Passeavam sob a sombra das palmeiras e dos sicômoros ao longo da margem do canal particular que separava o palácio do rio. No ponto em que os degraus do embarcadouro se estreitavam e finalmente sumiam, um pequeno barco balançava com as ondas. A vela damasquina em azul e branco estava dobrada esmeradamente contra o mastro. O barco era feito de cedro, e Amenhotep podia sentir o perfume da madeira exótica. Os lados eram incrustados com ouro e brilhavam debilmente sob as árvores. Na proa, um enorme sol revestido de prata resplandecia, e, na popa, um Olho de Hórus de prata observava-os impassivelmente. No centro do convés, uma cabine fora construída, as mobílias eram decoradas com brocado da Babilônia, couro da Núbia e seda da Ásia, todos os equipamentos em azul e branco, as cores imperiais. Pequenas cadeiras dobráveis de cedro incrustadas com marfim espalhavam-se pelo convés. Um dossel de ouro estava dobrado contra a parede dianteira da cabine. Os escravos, de saiote e turbante azul e branco, alinhavam-se no corrimão e, à medida que Amenhotep dava um passo à frente, ajoelhavam-se no convés.

Sitamun acenava com o braço adornado com joias.

— Esta é minha oferenda para você, Hórus. Cuidei para que o Aton fosse brasonado nela. Aceite-a como minha humilde demonstração de respeito e amor por você.

Os criados sussurraram com admiração atrás deles. O olhar circunspecto de Amenhotep virou-se para a irmã.

— Aceito maravilhado — disse ele. — É solidamente construída. Uma oferenda magnífica. O administrador de suas propriedades deve estar transpirando de medo.

Todos riram respeitosamente com a discreta brincadeira, e Sitamun sorriu para ele.

— Sou mais rica do que qualquer outra mulher, exceto nossa mãe — retrucou friamente. — Portanto, posso dar com generosidade. Os tripulantes e os escravos são seus também.

Amenhotep voltou-se e abraçou-a calorosamente.

— Faremos uma pequena jornada imediatamente — disse ele. — O dia está perfeito. — Com seu aceno, os escravos deram partida, saindo da rampa e içando a vela. O faraó adentrou a cabine acompanhado de Sitamun. Os criados movimentavam-se atrás deles, espalhando-se pelo convés e colocando-se sob a tenda. — Direto para a grande curva — ordenou Amenhotep, e o pequeno barco deixou os degraus do embarcadouro e começou a deslizar pelo canal. Amenhotep recostou-se nas almofadas.

— Nada é mais agradável do que passar um dia no rio — disse sonhadoramente. — Se você olhar com cuidado, Sitamun, poderá ver ninhos de pássaros quase escondidos nos galhos das palmeiras. Adoro passar em meio à revoada de garças e íbis, tal brancura deslumbrante, tais pernas finas e delicadas! A vida é realmente uma coisa maravilhosa.

Sitamun, reclinando-se ao lado, permitia que sua veste azul esvoaçasse no vento morno que passava pela cabine.

— Olhe, Amenhotep — disse, apontando para a margem —, um crocodilo. — Os dois apreciavam o animal deslizar na água. — Eles gostam de
esperar próximo a Tebas. Às vezes, corpos vão parar no Nilo. Que terrível
morrer sem ser embalsamado, não ter lugar no próximo mundo.

— O destino do corpo não é importante — disse Amenhotep delicadamente. — Pelo poder do Aton, nascemos, e, por esse mesmo poder, o *ka*
sobrevive.

Oh, não, pensou Sitamun. *Se tiver de escutar mais um discurso
sobre o poder do sol, adormecerei.* Felizmente, o faraó não continuou o
assunto. Quando Sitamun buscou seus olhos, encontrou-os direcionados
para ela.

— O que você fará agora que seu Marido Real está morto? — perguntou em um tom alto e apressado, os olhos apáticos se movimentavam
pelo corpo de Sitamun com uma estima óbvia demais para ser insultante.

Sitamun retirou os cachos da peruca de cima dos seios e começou a
brincar com os colares.

— O que posso fazer, Hórus? Pertenço ao harém. Sou uma viúva.
Contudo, mesmo que pudesse partir, não o faria. Desejo servi-lo tão fielmente quanto servi Osíris Amenhotep. Tenho sido uma princesa, a consorte de um herdeiro, uma rainha. Se minha longa experiência de vida na
corte puder lhe ser útil, estou à disposição como você achar conveniente.

Ele acenou com a cabeça sabiamente.

— Você tem sido gentil comigo, Sitamun. Seus conselhos quanto a
questões de governo podem ser úteis, caso minha mãe não possa fornecer
as respostas, claro. Solte as cortinas, e discutiremos.

Sitamun ordenou, e o criado apressou-se para fechar as pesadas cortinas. Quando foram envolvidos pela escuridão acolhedora, pareceu a
Sitamun que os olhos do irmão ficaram mais fervorosamente luminosos.
As mãos lânguidas, de dedos longos, irrequietos, passavam por sobre o
abdômen macio, batendo uma na outra, puxando lentamente o saiote na
altura do tornozelo que ele vestia.

— Nessa penumbra, sua boca parece desmanchar-se por um tempo interminável — murmurou ele, a voz cálida. — Tenho planos de torná-la a
Grande Esposa Real. Tamanha beleza não deve ser desperdiçada.

Os sentidos repentinamente se aguçaram, Sitamun sentiu a palma do
faraó tocar-lhe o corpo, puxando as fitas que prendiam sua veste, acari-
ciando-lhe gentilmente os seios. Ele retirou-lhe a peruca, e o cabelo da

irmã caiu sobre os ombros. A imagem parecia preenchê-lo com súbita energia, e os lábios grossos, em forma de coração, desceram para encontrar os dela. Por um momento, o corpo de Sitamun rebelou-se, repelido pela feiura absoluta, mas ela fechou os olhos, invocando a coragem e a habilidade que usara diversas vezes com o pai, e achou a tarefa mais prazerosa do que imaginara.

Em seguida, Amenhotep recolocou a peruca de Sitamun gentilmente e pediu que levantassem as cortinas. No convés, os criados ainda conversavam e riam, e a água batia contra os lados dourados da embarcação. Amenhotep observava a irmã.

— Gostei disso — disse ele. — Você sabe mais sobre fazer amor do que Nefertiti. Talvez pudesse ensiná-la.

Incrédula, Sitamun esforçava-se para manter a expressão reservada, sem saber se ele brincava ou permitia-se um acesso de rancor contra a mulher. Ela compreendeu que nenhuma das duas opções era verdadeira e que ele simplesmente exprimia os pensamentos em voz alta. A esse respeito, Sitamun concluiu, enquanto amarrava sua veste e batia palmas a fim de conseguir algo para matar sua sede, que ele era perigoso.

A notícia da oferenda de Sitamun ao irmão, da viagem prazerosa e do tempo que passaram isolados dos criados percorreu as bocas ávidas de Malkatta, onde os setenta dias de luto para o falecido faraó deixaram a corte ansiosa para retornar aos assuntos normais. Dois dias depois, Nefertiti remoía-se com os rumores e, na terceira noite, confrontou Amenhotep nos aposentos. O ar estava frio, e os dois braseiros fumegavam nas extremidades da sala espaçosa. As portas do santuário do Aton estavam abertas, e o incenso que acendera enquanto fazia as preces ainda abrasava. Ele estava sentado, encostado no divã, joelhos no queixo, braços em volta das pernas, perdido no transe em que tão frequentemente entrava depois da conversa diária com o deus. A cabeça estava descoberta, e Nefertiti, aproximando-se rapidamente, ficou surpresa com a curiosa aparência. Estava bastante acostumada a sentir desprazer, mas descobriu que, quanto mais avistava o marido, mais se sentia atraída por ele. Continuava a não compreender, assim como quando o contrato de casamento fora selado, mas a necessidade de proteger a singular inocência do faraó aumentara. Aproximando-se dele, levantou a mão débil e beijou-a delicadamente. Ele levantou a cabeça, pestanejando, e moveu as pernas para a beirada do divã.

118   Pauline Gedge

— Hórus, você parece cansado — disse ela.

Ele assentiu com a cabeça.

— Não gosto das horas escuras, Nefertiti. Sinto-me seguro somente sob o calor de Rá, a luz que revela todas as coisas escondidas. A noite é cheia de sussurros, a menos que eu seja capaz de dormir completamente.

Nefertiti cerrou os punhos sob a capa de sua veste de dormir.

— E você se sentiu seguro por trás das cortinas do suntuoso barco que a rainha Sitamun lhe deu?

— Ah, muito. Sitamun não faz parte das trevas. Ela não pode ferir-me.

— O faraó, seu pai, está morto. Ninguém pode ferir você agora. No entanto, você pode ser usado. Não vê que Sitamun deseja usá-lo para se tornar imperatriz?

Ele se levantou abruptamente e começou a vagar pela sala. Nefertiti notou que ele sempre ficava dentro do limite em que a luz das incontáveis lamparinas penduradas nas paredes se projetava, tremeluzindo em todas as mesas.

— Sitamun tem o direito de tornar-se uma rainha com você — disse quase mal-humorado. — Eu amo você, Nefertiti. Você é linda e foi boa para mim muito antes de minha mãe ter me libertado do harém. Mas Sitamun é meu próprio sangue, minha irmã, minha esposa por direito.

— Contudo, um faraó não tem sido obrigado a realizar casamento com sangue totalmente real há *hentis*! A maneira de escolher um herdeiro mudou!

— Essa não é a questão. — Ele pegou um vaso verde de vidro de Keftiu e, distraidamente, começou a desenhar o contorno do ouriço-do-mar que o estampava. — Como chefe desta família, devo mantê-la unida. As trevas atuam contrariamente. Temos de unir forças. Temos de amar um ao outro com intensidade.

Ele já havia se dirigido a ela dessa maneira, e ela estava aterrorizada porque começava a entender totalmente suas intenções. Nefertiti perguntou bruscamente:

— Foi por isso que você fez amor com Sitamun por trás das cortinas do barco dela?

— Meu barco, Nefertiti. — Olhou carrancudo sobre o vaso e, então, colocando-o no chão, foi em direção ao divã, com as mãos unidas atrás das costas, a veste curta de dormir pendia sobre a barriga relaxada. — Esse é, em parte, o motivo. Ela também é linda.

— Como a beleza de Sitamun pode excitá-lo e, todavia, a minha o tem estimulado tão pouco? — Nefertiti tinha consciência de que estava em terreno perigoso e perto de derramar lágrimas de ciúme. — A impotência periódica de Amenhotep era um segredo que ela mantivera mais por orgulho do que por lealdade. Eliminara do pensamento por essa razão, visto que, quando ele se aproximava dela, cheio de desejo, estava tão apaixonado quanto qualquer mulher pudesse desejar.

Ele sentou-se a seu lado, colocando um braço sobre os ombros de Nefertiti.

— Querida Nefertiti! O que é a carne senão um caminho para o *ka*? Como pode se preocupar com a carne de Sitamun, quando você e eu compartilhamos a comunhão de nossos *kas*? Você é minha esposa, minha prima, minha amiga. É suficiente.

Não é suficiente caso signifique que minha posição como futura imperatriz esteja em risco, pensou Nefertiti furiosamente. Voltando-se para ele, começou a beijá-lo, envolvendo os braços ao longo do pescoço do faraó, mas seus lábios permaneceram frios e indiferentes, e, finalmente, ela afastou-se.

— Não se case com Sitamun, eu lhe suplico — murmurou. — Se você quer possuí-la, coloque-a no harém.

— Já decidi — falou brandamente. — Ela vai ser rainha com você. Ela é minha irmã! — Enfatizou as últimas palavras, e Nefertiti, repentinamente, percebeu a seriedade do assunto com o qual estava se defrontando.

— Sua irmã e esposa de seu pai — disse vagarosamente, o coração palpitava. — É claro. Essa é a razão pela qual Sitamun o excita. É por isso que você não faz esforço algum para preencher seu próprio harém. Você adquirirá todas as mulheres de seu pai, Amenhotep?

Pela primeira vez, ela o viu furioso:

— Não diga isso! — gritou ele, os lábios carnudos retraídos tremiam sobre os dentes, as mãos presas uma à outra. — Você é desrespeitosa! — Pasma, viu os olhos dele se encherem de lágrimas. — Aquele homem não era meu pai! Vá embora! — Ele a empurrou para longe, e Nefertiti jogou-se a seus pés, sem palavras. Fez uma reverência e virou-se para sair, mas ele a chamou, a voz aguda já amortecida. — Mais baixo, Nefertiti! Deite-se no

120   Pauline Gedge

chão! Você sabe quem é meu pai. Todos vocês sabem. Aproxime seu rosto do chão!

Fez conforme ele ordenou e, levantando-se, em seguida, saiu correndo do quarto. Em seus aposentos, a criada acendia as lamparinas.

— Você deveria ter feito isso antes! — gritou ela, aproximando-se da garota, e deu-lhe um tapa com toda a força que pôde reunir. — E por que meus lençóis não estão virados, e minha camisola estendida? — A garota correu, e Nefertiti jogou-se no divã. Juntando os lençóis com as mãos, o corpo rígido, entregou-se à sua fúria da rainha pelo medo de ter de encarar algo mais grave.

O dia do funeral de Amenhotep amanheceu límpido como uma pérola. Tiye tremia nos aposentos, enquanto Piha e outros criados a vestiam de azul, e o Guardião das Insígnias Reais aguardava na antessala com as coroas. *Hoje, oferecerei meu marido em sacrifício*, pensou com determinação. *Relembrarei os anos com gratidão.* Sabia que a procissão já se formava na estrada que conduzia para trás do vale, onde todo faraó era enterrado desde a época de Tutmósis I, Restaurador do Egito. As mulheres do harém movimentavam-se por lá, tagarelando e ajustando as vestes. As delegações estrangeiras, em suas vestes bárbaras, ansiosamente observariam o Inspetor do Protocolo e os escribas. Os ministros e outros cortesãos passariam o tempo fazendo apostas em jogos ou pegando guloseimas que os criados carregavam.

Kheruef apareceu à porta, usava um saiote azul de luto comprido até o chão e um turbante azul com uma faixa dourada.

— Está na hora, Majestade. Tudo está em ordem.

— Não quero esperar enquanto as mulheres são escolhidas.

— Elas estão prontas, e a rainha Sitamun está na liteira.

A multidão ficou silenciosa quando Tiye passou sob o pórtico que dividia Malkatta da cidade dos Mortos e se dirigiu à liteira. Embora a tradição de ser carregada ao lado da filha a incomodasse, não o demonstrou e, saudando Sitamun de modo cortês, reclinou-se na liteira. O esquife do marido já esperava bem adiante, apoiado contra a parede rochosa da tumba, guardado por centenas de sacerdotes de Karnak, que o acompanharam nas primeiras horas e o observaram ser carregado no trenó puxado pelos búfalos vermelhos em direção à tumba. Ao lado, estavam quatro canopos de

A Décima Segunda Transformação   121

alabastro branco, cujas tampas tinham o formato das cabeças dos filhos de Hórus. As dançarinas do templo também estavam lá, sentadas silenciosamente sob o dossel.

Ao sinal de Tiye, o cortejo começou a afastar-se na estrada à medida que o sol ganhava força. Na retaguarda da procissão, atrás dos membros da família e dos chefes militares, as mulheres do harém começavam a gritar, retirando a terra das cestas que carregavam e salpicando-a em suas perucas reluzentes. Logo depois, estavam os criados da cozinha e os supervisores da festa de sepultamento, que se realizaria fora da tumba quando a cerimônia fosse concluída.

O templo do Filho de Hapu aproximava-se à esquerda de Tiye, a imensa estátua de granito de seu antigo inimigo olhava serena e presunçosamente para o rio do outro lado. Nesse dia, não foi realizado o ritual, já que os sacerdotes caminhavam na procissão. Ela desviou os olhos e por um instante se divertiu com a ideia de mandar demolir o templo. Alguma desculpa podia ser encontrada, talvez que as pedras eram necessárias em outro lugar. Ela mesma quebraria o nariz da estátua, de forma que Hapu não mais pudesse cheirar, e faria buracos nos olhos, de forma que ele não pudesse enxergar. Em seguida, rapidamente descartou a ideia, pois o povo já estava reunido no átrio do templo, os braços cheios de flores ou pães ou mesmo colares de contas azuis baratas, trazendo as crianças cegas para serem curadas. *Que irônico*, pensou ela, *um profeta desorientado curar os cegos.*

À direita, o poderoso templo de seu marido lentamente se aproximava, as colunas ascendiam em direção ao azul do céu. Do outro lado, bem na faixa de terra fértil que era inundada a cada ano, estavam as duas torres que o Filho de Hapu projetara. Cada uma retratava Amenhotep, cerca de dez vezes mais alto do que um homem, e ambas olhavam com onipotência através do Nilo para Tebas e Karnak. O Filho de Hapu escolhera o quartzito vermelho para a escultura, respondendo apenas com um sorriso dissimulado àqueles que lhe perguntavam, cheios de temor, por que ele se envolvia com uma questão concernente aos engenheiros. Quando os monumentos foram erguidos e inaugurados, a razão tornou-se evidente, porque as estátuas cantavam ao amanhecer, uma canção nítida, ressoante, da mais pura qualidade. Ninguém sabia que magia o Filho de Hapu realizara para fazer as pedras ganharem vida, e até mesmo Tiye ficara impressionada. Os pedreiros e engenheiros da imperatriz não podiam dar resposta às suas perguntas irritadas. Os membros da corte que se levantaram dos divãs diante de Rá, nesse dia, ficaram na grama, ao pé da imagem, para ouvir o canto da magia.

A liteira balançava. Mais adiante, a conversa entusiasmada das mulheres havia começado. Sitamun comia um marmelo, segurando a fruta distante de sua roupa impecável, de forma que o suco não derramasse nela. Tiye permitiu que seus pensamentos fluíssem até que a procissão parasse para descanso. Quando os dosséis foram retirados, aqueles desafortunados o bastante para seguir a pé começaram a transpirar à medida que Rá se aproximava do apogeu.

Tiye olhou mais uma vez para a esquerda, onde uma larga avenida de esfinges conduzia a um rico templo mortuário, cujos terraços brancos se elevavam a três santuários lavrados nas próprias rochas. Fora construído por Tutmósis III, o qual também erguera outro, em versão menor, sem essa simetria excitante. Poucos devotos ainda caminhavam pela avenida, e a floresta de árvores de mirra que fora trazida de algum lugar misterioso e replantada ali era negligenciada. Dizia-se, às vezes, que Osíris Tutmósis não construíra o templo e que uma faraó o erguera antes de seu reinado terminar em confusão, mas Tiye não acreditava na lenda.

A procissão virou à direita, nas sombras dos rochedos, e emergiu, novamente, no esplendor da luz do sol, onde os sacerdotes já esperavam. O incenso elevava-se em espirais pelo ar límpido. O esquife, pintado, estava preparado. Tiye desceu da liteira e, junto com Sitamun e Amenhotep, aproximou-se do caixão. As cerimônias começaram.

Por diversos dias, os cortesãos alojaram-se, em variados níveis de conforto, em qualquer sombra que encontrassem, passando o tempo. Alguns foram caçar no deserto. Outros ditavam cartas, provavam vinhos estrangeiros ou faziam amor enquanto os sacerdotes de Amon cantavam. Os ânimos foram estimulados quando chegou o momento da Cerimônia da Abertura da Boca, pois todos sabiam da antipatia do novo faraó pelo pai. Os mais supersticiosos esperaram por alguma manifestação do deus morto quando o filho se aproximou com a faca na mão, realizando o ritual como herdeiro, com uma indiferença refinada. Uma onda de condolência apoderou-se de Tiye, que abriu o esquife e foi a primeira a beijar os pés envoltos em bandagens. Outras esposas do faraó seguiram o exemplo, as lágrimas escorriam no cuidadoso trabalho manual dos sacerdotes, mas

Amenhotep permanecia sob o dossel, os braços cruzados no peito esquelético, os olhos despreocupados na direção das pedras ao redor.

Com um sentimento de extremo alívio, o esquife fora finalmente colocado na câmara úmida e engolido pela escuridão. Tiye e Sitamun seguiram-no carregando flores e o presenciaram ser acomodado dentro de outros cinco sarcófagos. Pregos de ouro foram inseridos, e as flores, estendidas. Por todo o lugar, os archotes reluziam nos pertences do faraó, o ouro e a prata, as joias e as madeiras preciosas.

A noite chegou, o céu, violeta e azul-escuro, e a última solenidade para o faraó fora realizada com panos azuis que cobriam o chão. Almofadas foram espalhadas, as tochas, acesas, e, enquanto os guardiães dos mortos lacravam as tumbas e selavam o lacre de argila ainda úmida, o séquito regozijava-se com comida e vinho.

A festa de sepultamento continuou por toda a noite, até que o vale ressoou com os gritos dos convidados, bêbados. O amanhecer revelou uma confusão de ossos, migalhas, frutas pela metade, potes quebrados e corpos caídos, desajeitados e inconscientes. Tiye comera e bebera pouco, recolhendo-se à tenda somente para repousar, insone, ouvindo o tumulto. Logo antes do amanhecer, ordenou a liteira e, com alívio, voltou para Malkatta, indo diretamente para o Escritório de Correspondências Estrangeiras. As atividades do governo continuariam, e, até a coroação do filho, era sua obrigação manter-se ativa no poder. Não podia prever seu curso, já que ele demonstrara pouco interesse nas questões do Estado. *Talvez*, refletiu ela, corrigindo o escriba automaticamente enquanto os pensamentos fluíam, *ele fique contente apenas em usar a coroa, e, então, minha utilidade não chegará ao fim. Serão Nefertiti e Sitamun, duas esfinges inexperientes, que farão questão de um papel ativo para meu filho. Eu aceitarei cada dia conforme se apresente.*

Um mês mais tarde, Tiye realizou sua própria homenagem ao falecido marido. Em Karnak, dedicou uma mesa de oferendas a ele, os pés descalços, vinho e carne em suas mãos, enquanto Ptah-hotep derramava água purificada sobre a grande placa de pedra. O fogo foi aceso, e Tiye observava, com um nó na garganta e a visão turva, à medida que a carne oferecida em sacrifício era consumida pelas chamas. Esculpidos nas laterais da mesa estavam seus emblemas, a insígnia de um monarca ainda reinante e as palavras que escolhera para honrar publicamente a memória de Amenhotep: *A primeira Esposa Real. Ela preparou este monumento para seu amado marido, Nebmaatra.*

124   Pauline Gedge

— Para teu *ka*, Osíris Nebmaatra — sussurrou ela enquanto as lágrimas, por fim, rolavam nas faces pintadas. — Perdoe-me por essa demonstração de fraqueza; certamente as lágrimas não diminuem todo o amor, e eu o amei. — Voltou-se para a estela de madeira que encomendara, na qual ela e ele permaneceriam nos braços um do outro para sempre, ambos jovens e bonitos, com toda uma vida pela frente, como o próprio Egito, para o prazer de ambos. O fogo crepitava, e Ptah-hotep cantava para o deus morto. Tiye permitiu-se o luxo do pesar do qual havia preservado seu próprio *ka*. O sofrimento a consumia com a rigorosa promessa de solidão, e ela o alimentava. Não chorou pelo marido novamente.

8

A coroação de Amenhotep realizou-se perto do fim do mês de Phamenat. Como de costume, ele primeiramente recebeu a homenagem dos deuses do Norte, no templo de Ptah, em Mênfis, antes de retornar a Tebas para ser coroado. Como os ancestrais, sentou-se no grande trono no átrio do templo de Amon, em Karnak, o lótus do Sul e o papiro do Norte abaixo, para ser purificado com água e coroado com as coroas vermelha e branca de um país unido. O antigo manto ornado com joias foi colocado sobre os ombros frágeis, e o cajado, o mangual e a cimitarra, dispostos nas mãos. Ele parecia submeter-se a tudo com a mesma brandura que demonstrara no funeral, permitindo-se ser conduzido nas cerimônias quase como um animal rumo ao sacrifício. A única emoção que revelou surgiu com a leitura dos títulos pelo arauto. Eles eram muitos, incluindo não somente o tradicional Poderoso Touro de Ma'at e Sublime de Dupla Plumagem mas os títulos que ele próprio acrescentara: Sumo Sacerdote de Rá-Harakhti, o Sublime no Horizonte em Nome de Shu que Está em seu Disco Solar e Grande em sua Duração. No final das cerimônias, o Guardião das Insígnias Reais pôs o diadema de serpente na cabeça de Nefertiti, mas o disco solar e as plumas de imperatriz permaneceram na caixa de linho acetinado.

Amenhotep tampouco demonstrou interesse na apresentação das oferendas e na comemoração que se estendeu até o dia seguinte em Malkatta. Aceitou os caros adornos e as reverências de modo inexpressivo, enquanto Nefertiti e Sitamun exclamavam sobre a pilha de objetos preciosos que ficava mais alta à medida que a noite se aproximava. Logo após a coroação, o novo faraó tradicionalmente nomeava outros ministros, o jovem varria a poeira deixada pelo velho, mas, para a surpresa de Tiye, nenhum oficial foi aposentado. A devoção dos jovens que haviam se alojado no palácio com seu filho, quando ele retornou de Mênfis, ficou sem recompensa. Sentada com Amenhotep no salão que o marido construíra

126   Pauline Gedge

para seu primeiro jubileu, perguntou-lhe, quando a celebração estava por terminar, por que ele não fizera nenhuma mudança.

— Porque meu palácio em Tebas ainda não está pronto para habitar, meu templo do Aton não está pronto para meus pés sagrados, e não estou certo do que fazer — respondeu em meio ao murmúrio de centenas de conversas e do estalar dos címbalos dos dançarinos. — O Egito vai perfeitamente bem sob seu comando.

Tiye apoiou a taça e virou-se lentamente.

— Devo entender que você está me pedindo para servi-lo como regente?

Ele riu, um som tão raramente ouvido quanto a estridente gargalhada de seu pai, mas a felicidade de Amenhotep era um grito sufocador.

— Sim, minha Mãe Real, até o momento em que eu deseje governar por mim mesmo. Isso *era* o que você esperava que eu fizesse, não é?

Tiye fechou os dedos cobertos de anéis sobre os dele, e eles sorriram, entreolhando-se.

— Decerto, querido Amenhotep, mas estava completamente preparada para não fazer nada além de me aposentar e oferecer-lhe conselhos quando você precisasse.

— Estava mesmo?

Tiye nunca o vira tão feliz. Ela beijou-lhe a face enrubescida.

— Faraó Amenhotep IV — disse ela com admiração. — O trono foi conferido a você, afinal de contas. Faremos grandes coisas juntos, você e eu.

Ainda se sentia orgulhosa quando pôde, finalmente, se recostar em seu divã, agradecida, nas curtas horas da manhã. O palácio agora estava calmo. Ela deitou e regozijou-se do triunfo e da satisfação do dia enquanto o amanhecer passava lentamente entre as tiras das cortinas da janela. Tiye estava pronta para controlar o governo, indiretamente, por meio de pressões súbitas e de manipulações estratégicas, mas Amenhotep removera aquela necessidade. *Continuarei a governar*, pensou ela. *Que alegria essa experiência traz! Não havia percebido até hoje à noite como era assustadora a perspectiva de ceder o poder a meu filho.*

Alguns dias depois, Amenhotep embarcou na viagem costumeira pelo Nilo, para visitar os santuários acessíveis e ter seu reinado confirmado por todas as divindades locais. Recordando a falta de interesse do filho em outros rituais da coroação, Tiye suspeitou que ele viajara apenas para visitar On novamente. Ele deixou Malkatta no barco que Sitamun lhe dera, os demais barcos se enfileirando como contas de ouro em um fio de prata. Sitamun e Nefertiti acompanharam-no, e Tiye não deixou de notar que ele também levara a pequena Tadukhipa e várias das jovens esposas do pai. *Ele não está perdendo tempo em se apropriar das mulheres do harém que o atraíam*, refletiu ela, enquanto o observava partir, e surpreendeu-se com o desconforto provocado por aquele pensamento.

Na ausência de Amenhotep, a corte relaxou diante da rotina confortável. Os ministros e os subalternos não mais tiveram de se debater em um oceano de duplos significados espirituais, com medo de ofender por pura ignorância. Tiye também voltou em paz à rotina de muitos anos. Como Amenhotep se recusara a mudar para os aposentos faraônicos, preferindo a ala que ocupara como príncipe, até que o novo palácio, na margem leste, estivesse pronto, ela decidiu tomá-los para si, deixando os antigos aposentos para Nefertiti, Sitamun ou qualquer mulher que pudesse seduzir o faraó para que lhe desse os suntuosos aposentos de imperatriz. Ao deitar-se no divã que deslocara de seus aposentos para os aposentos luxuosos do marido, desejou ao homem que havia amado a continuação eterna das alegrias na terra que os deuses habitam.

Tiye também aproveitou a calmaria na corte para cuidar dos assuntos familiares que estivera negligenciando. Agora que a continuidade do bem-estar material da família e a posição como primeira nobreza no Egito estavam asseguradas com o casamento e a fertilidade comprovada de Nefertiti, Tiye decidiu tratar do maçante problema de Mutnodjme. A garota estava com quase dezessete anos, já ultrapassara a idade para o noivado e era tão conhecida na corte pela intimidade com os jovens cocheiros quanto na própria Tebas. Mutnodjme não foi encontrada por diversos dias, mas, quando finalmente apareceu, transpondo suavemente a cerâmica azul dos aposentos reais, batendo nas colunas negligentemente enquanto se aproximava, fez uma reverência com o costumeiro e impassível autocontrole. Tiye levantou-se e tomou o lugar reservado para ela. Por um instante, a tia a examinou. O couro cabeludo castanho ainda estava bem-raspado, exceto pela trança rebelde, que fora amarrada com fitas vermelhas e já passava de sua cintura estreita. As pernas torneadas eram extraordinariamente compridas; na cintura, amarrado de modo mais apertado do que nunca, um cinto do qual pendiam sinos de ouro. Grandes argolas com elos em jaspe pendiam das orelhas, e os pulsos estavam envoltos em braceletes de cobra com olhos de jaspe vermelho. Os enormes olhos amendoados tinham sob as pálpebras pesada maquiagem de *kohl* verde-escuro, e os lábios carnudos, característicos da família, estavam pintados com hena laranja. Ela usava uma veste preguueada até a altura dos joelhos e um manto casualmente jogado em volta dos seios.

— Você parece nua sem o chicote — disse Tiye.

Mutnodjme sorriu.

— Aquele tolo à porta tirou-o de mim — falou pausadamente. — Majestade, sinto muito atender a seus chamados três dias depois. Depet e eu fomos a uma festa na casa de Bek. Ele foi contratado para fazer parte do novo templo do faraó, você sabe, e tinha de partir para uma caçada em Assuã no dia seguinte. Depet e eu decidimos ir também. Requisitamos um barco de pesca, a tripulação de um ministro novato e a maior parte do vinho de sua cozinha. Mas não chegamos até Assuã.

— Não estou surpresa. Os barcos de proprietários particulares só podem ser tomados por oficiais do faraó em serviço especial, e presume-se que sejam pagos mais tarde, você sabe.

— Eu sei, mas todo mundo faz isso. O pobre coitado foi pago, não se preocupe.

— Com ouro?

Mutnodjme sorriu atraentemente.

— Não.

Tiye indicou a desordem de pergaminhos na mesa.

— Estive lendo dois anos de relatórios sobre seu comportamento, Mutnodjme. Meus espiões contam-me que você tem se vendido nos bordéis de Tebas.

— Então a senhora está pagando pela informação incorreta. Não tenho me vendido. Tenho oferecido meus serviços de graça. O que eu faria com mais dinheiro? Além disso, aceitar pagamento refletiria mal para a família.

Tiye fingiu uma gravidade que não sentia, dominando o desejo de rir enquanto os pés de Mutnodjme, com elegantes sandálias, começaram a movimentar-se para trás e para a frente.

— É uma questão séria, pois seu comportamento agora se reflete no faraó. Você é irmã de uma rainha. Decidi oferecê-la em casamento a Horemheb.

Mutnodjme deu de ombros.

— Sem dúvida é uma escolha inteligente. Faz o possível para manter-me distante de confusão. Horemheb é um ótimo soldado, Majestade, um chefe respeitado. Eu o respeito também. Desde que ele não exija obediência de mim, suponho que aprenderemos a gostar um do outro. Vou me dedicar a lidar com os criados e a comprar roupas da moda.

Agora Tiye realmente riu. Não esperava outra resposta da sobrinha.

— Então, terei o contrato preparado e tomarei as providências com Horemheb. Conte-me, Mutnodjme — disse, mudando de assunto por impulso —, como estão os comentários em Tebas a respeito do novo faraó?

Mutnodjme alongou-se e recostou-se na cadeira.

— As pessoas estão aliviadas, acho. Os rumores do garoto que meu tio levava para a cama as chocaram e as enfureceram. Os camponeses vivem sob as leis antigas. Veneram os deuses antigos — Osíris, Ísis, Hórus —, e a Declaração de Inocência representa mais para eles do que um pedaço de pergaminho a ser esfregado bem debaixo do nariz dos deuses quando eles morrerem. Um faraó que infringe a lei dos deuses transmite uma maldição para os súditos.

— Eles acreditam que tal maldição foi afastada pela morte de meu marido?

— Não sei, mas eles esperam um retorno à piedade com a ascensão de meu primo. Além disso, desde quando um faraó tem medo de opiniões de uma plebe ignorante? — Mutnodjme reprimiu um bocejo, e Tiye percebeu que o rumo da conversa a estava entediando. Com modos afáveis, Tiye a dispensou e, enquanto Mutnodjme se retirava, lamentou que, ao concedê-la a Horemheb, estava perdendo a melhor espiã disponível em Tebas.

A corte inteira reuniu-se para saudar Amenhotep quando ele desembarcou nos degraus do embarcadouro de Malkatta algumas semanas mais tarde, com aparência abatida, porém animado. Discursos foram feitos, e incensos queimados, mas a atenção de Tiye estava voltada para Nefertiti e Sitamun. A primeira estava pálida e em silêncio; a segunda, mais vivaz do que nunca, a voz forte e melodiosa atraía a atenção, os gestos graciosamente belos. Amenhotep sorriu afetuosamente para ela, fazendo-lhe carinho no braço e, por uma vez, até beijando-lhe inesperadamente os lábios, mas nenhum

130   Pauline Gedge

murmúrio de surpresa surgiu da corte já acostumada às inexplicáveis demonstrações públicas de afeto do faraó. Tiye deparou com o olhar do irmão, que levantou as sobrancelhas escuras astutamente.

A saudação formal de boas-vindas logo se dividiu em pequenos grupos de pessoas que se dirigiam à solenidade realizada próximo às fontes no átrio. Tiye, caminhando entre as mesas atrás de Amenhotep, ouviu as vozes da sobrinha e da filha ultrapassarem o volume das conversas ao redor. Os criados estavam de pé, com os rostos constrangidos, e diversos cortesãos haviam parado para ouvir o que elas diziam. Tiye também parou.

— Majestade, você grita e faz algazarra como um dos macacos do palácio, mas sua postura idiota será em vão — sibilava Nefertiti. — Sua juventude ainda não terminou, mas você é infértil.

Sitamun sorria complacentemente.

— E você, Majestade, é uma arrogante pretensiosa. O disco solar e as plumas são meus. Ponha-se no seu lugar e produza mais algumas garotas para manter-se ocupada. Ou aprenda a tecer para ajudar a passar as horas que ficará no harém. — Foi um insulto deliberado, porque somente os homens teciam, assim como apenas os homens faziam pão. Um suspiro alto surgiu daqueles que estavam presentes. Sitamun voltou a si, lançou um olhar penetrante para todos e correu em direção às fontes para tomar seu lugar ao lado de Amenhotep; Nefertiti mordeu o lábio, e os olhos acinzentados cintilaram. Quando se deu conta do olhar fixo de Tiye, sorriu de maneira cortês, virou-se e dirigiu-se para as almofadas à esquerda do faraó com toda a dignidade que pôde reunir. O grupo de pessoas interessado na conversa rapidamente se dispersou, lançando olhares apreensivos para Tiye, que soube manter o controle, enquanto Amenhotep acenava para ela e os músicos começavam a tocar.

Essa demonstração pública de animosidade entre as duas mulheres não foi a última. À medida que os dias passavam, elas deixaram de ser vistas juntas, de jantar na companhia uma da outra e, finalmente, até de falar uma com a outra, e logo a crescente animosidade se estendeu para os criados domésticos. Apesar de o faraó não ter determinado formalmente a decisão de conceder a Sitamun a posição de imperatriz, Tiye, com sucesso, incitou Amenhotep a instruir o Guardião das Insígnias Reais a entregar a ela a coroa de imperatriz. Tiye, bem distante da fase de se

A Décima Segunda Transformação   131

preocupar mais com as armadilhas do poder do que com o próprio poder, observou Sitamun ostentar o objeto resplandecente, pesado, com crescente ansiedade.

O próprio faraó parecia estar distante da atmosfera carregada à sua volta, passando o tempo entre os escritórios dos arquitetos e o lago ou o salão de jantar, parando frequentemente para alimentar os patos e outros passarinhos com o pão seco das cestas que os criados deixavam à mão onde quer que Amenhotep estivesse. Ocasionalmente ele se reunia com Tiye no Escritório de Correspondências Estrangeiras, e, em certa manhã, após uma briga particularmente desagradável entre as criadas das duas rainhas, ela decidiu adverti-lo quanto à perigosa situação que estava alimentando. Amenhotep ocupara um assento ao lado de uma mesa grande e, sob a luz que penetrava a sala através das janelas altas, alimentava com nozes um casal de macacos pequenos que pulava entre os pergaminhos. Ainda tinha predileção por um elmo branco, de couro ou de tecido, conforme a estação exigisse, mas hoje apenas o *uraeus* real, com a serpente e o falcão de proteção do faraó, eregia-se dourado no topo da cabeça. Usava a vestimenta de um vizir, um manto longo, sem pregas, preso com uma tira de tecido em volta do pescoço. Os colares consistiam em carreiras de escaravelhos de cornalina e sóis de prata girando pelo céu turquesa, e os dedos estavam pesados com os anéis. Os olhos castanhos estavam pintados com *kohl*, um tom de azul tão escuro que parecia o miolo de margaridas de borda azul. Uma gotinha de ouro tremeluzia em uma orelha, e o lóbulo da outra estava pintado de azul. Ele brincava com os macacos, que apanhavam a comida das mãos dele e que, ao ficarem satisfeitos, começavam a atirá-la ao chão. Amenhotep sorria para eles indulgentemente.

— É verdade que o faraó anterior a mim prometeu enviar estátuas de ouro a Tushratta? — perguntou, referindo-se ao pergaminho que Tiye segurava. — E que elas nunca foram enviadas?

— Sim, acho que sim. Tenho de pedir que os arquivos sejam vasculhados. Tushratta também escreveu uma carta para mim, lembrando-me da promessa do faraó, e, com ela, enviou-me uma quantidade de óleo de ótima qualidade. As relações entre o Egito e Mitanni sempre foram boas, Majestade, exceto por alguns desentendimentos em relação ao assunto "mulheres". Mitanni reteve esposas tanto de seu pai quanto de seu avô, forçando-os a fazer várias solicitações e a oferecer pagamentos cada vez mais altos. Seu pai divertia-se com o jogo. No entanto, esse assunto das estátuas deve receber atenção. É importante que a deusa Ishtar seja devolvida.

— Enviarei a Tushratta duas estátuas, porém de cedro revestido de ouro — disse Amenhotep, golpeando o macaco que pulava em seu ombro e dava pancadinhas em seu rosto —, porque não sei se ele prometeu estátuas de ouro maciço. Não quero que pensem que é um faraó sem palavra.

— Tushratta se sentirá insultado.

— Não. Ele saberá que eu as envio de boa-fé e, se eu falhar, escreverá novamente.

— Aqui está a carta de Alashia comunicando os carregamentos de cobre para o Egito e, em troca, solicitando prata e papiro. Meu filho — Tiye atirou os pergaminhos sobre a mesa —, não posso mais me concentrar na correspondência. Você está pronto para acabar com a tolice que dominou o palácio e nomear Sitamun formalmente sua imperatriz? Está ciente de que os membros da corte estão tomando partidos? Malkatta tornou-se um lugar de disputas.

Ele a fitou surpreso.

— Disse a Sitamun que ela podia ser imperatriz e instruí para que lhe concedessem a insígnia. Isso já é suficiente.

— Você sabe tanto quanto eu que tais gestos nada significam, a menos que tenham o suporte do decreto por escrito. Se eu convocar os escribas, você ditará esses termos e colocará o seu selo, entregando-os aos arautos para a proclamação? Depois, talvez todo o rebuliço desapareça. E, já que estamos na questão de decretos e documentos, Kheruef informou-me que você lavrou um contrato de casamento com Tadukhipa. É verdade?

Ele sorriu.

— Pequena Kia. Assim eu a chamo. Sim, é verdade. No entanto, não as tenho chamado para minha cama ultimamente.

— Por quê?

Ele desviou o olhar e ocupou-se com o macaco, coçando-lhe as orelhas e puxando-lhe as patas. Tiye teve de se inclinar para a frente para ouvir a resposta.

— Não sei — murmurou ele. — Se você deseja, mãe, nomearei Sitamun imperatriz.

Tiye gritou, e um escriba apressou-se, caindo ao chão e equilibrando a paleta sobre os joelhos.

— É o que *você* deseja, Amenhotep?

Novamente, afundou a cabeça nos tufos de pelo do animal. — Acho que sim.

Rapidamente Tiye ditou o documento, enquanto Amenhotep colocava o macaco no chão e parecia retrair-se, o corpo imóvel, as mãos relaxadas sobre a escrivaninha. Quando o escriba terminou, temendo que o faraó se afastasse e esquecesse o assunto, Tiye não esperou por ele para fazer cópias em hieróglifos. Ela pegou o papiro e logo o pôs diante dele.

— Seu selo, Amenhotep. — Ele retirou o anel do dedo, pressionou-o na cera e, em seguida, levantou-se e saiu antes que ela pudesse se restabelecer para reverenciá-lo. — Entregue isso aos arautos — ordenou. — Eles saberão o que fazer. — O escriba fez uma reverência e saiu, e Tiye afundou-se na cadeira ainda aquecida com um suspiro de alívio. Talvez agora houvesse paz.

A ratificação formal da decisão do faraó de fato provocou uma mudança surpreendente em Nefertiti. Com toda a graciosidade de que era capaz quando lhe convinha, ela fez notar que agora estava contente. Levou Meritaton para visitar a imperatriz em seus aposentos, carregando uvas recém-colhidas das propriedades do pai em Akhmin e caros recipientes das safras de vinho mais procuradas. Na excitação da conquista, Sitamun foi magnânima, e, antes que a tarde terminasse, ela e Nefertiti estavam rindo juntas ao toque de clarim enquanto Meritaton deitava na grama, chutando e balbuciando.

Ao mesmo tempo que se satisfazia em ver o fim das hostilidades entre as duas, Tiye não podia ignorar a pequena vibração de prudência em sua mente.

— É uma atitude inteligente — disse Ay, de modo rude. — Nefertiti é, afinal, um membro de nossa família, e não aceitamos uma derrota prontamente. Sitamun não deveria confiar nela.

— É difícil não confiar em Nefertiti quando ela exerce todo o seu charme — ponderou Tiye. — E minha filha é, de muitas maneiras, uma mulher simples. Ela aceitará a paz de Nefertiti.

E eu mesma lidarei com Sitamun caso ela tente interferir no governo, pensou Tiye. *Será mais fácil conduzi-la do que a Nefertiti, ávida por assumir o poder. Contudo, sinto muito. Preferia deixar o Egito com Nefertiti quando eu partir.*

A estação de Shemu trouxera o calor. Nefertiti e Sitamun retiraram-se para o terraço dos aposentos da imperatriz, ficando sob a sombra do grande dossel. Ficaram de costas para o cata-vento instalado para direcionar qualquer brisa do norte aos aposentos, os membros relaxados sobre os lençóis. Peças do jogo *sennet* com que se divertiam estavam espalhadas em volta delas, em meio a pratos de frutas, fitas, sandálias e mantos. Além delas, as criadas manejavam grandes leques de plumas de avestruz que refrescavam o ar sufocante. Sitamun mergulhava as mãos em uma tigela de água entre as pernas e molhava o rosto sem maquiagem.

— Queria que o faraó tivesse decidido ir para o norte — reclamou ela, fechando os olhos enquanto as gotículas pingavam nos seios descobertos. — Metade da corte foi para o Delta, e aqui estamos nós, ofegantes. O templo do Aton será construído estando ele presente ou não.

— Creio que, no fim das contas, ele irá — respondeu Nefertiti —, mas antes quer ver o santuário expandido e o átrio pavimentado. Os operários já devem tê-lo concluído, mas suponho que o calor desacelere tudo. — Ela movimentou-se, e uma escrava torceu um pano, enxugando-lhe delicadamente o rosto. — Se Tiye o tivesse pressionado, ele teria levado todos nós a Mênfis, mas ela diz que está muito ocupada no momento. Mutnodjme enviou-me uma carta. Ela disse que, enquanto a estava ditando, chovia. Chuva em Mênfis! Tão raro! E nós estamos perdendo!

Sitamun encolheu os ombros e deitou de costas.

— Osíris Amenhotep costumava mudar a corte inteira logo no primeiro dia de Shemu e não retornava a Tebas até o dia de Ano-Novo — disse ela. — Lembro que, uma vez, um banho teve início enquanto ainda estávamos nas barcaças, a um dia do cais. Todos amontoados para beijar os pés do faraó em ação de graças e, em seguida, após termos tirado nossas capas e saiotes, ficamos nus, lavados pela chuva. Foi um bom presságio. Anunciou um verão feliz. Tudo o que conseguimos em Tebas são tempestades de areia e um ocasional *khamsin* para aliviar o enfado.

Os olhos acinzentados e brilhantes de Nefertiti moveram-se do corpo voluptuoso de Sitamun para os rochedos a distância, que tremeluziam com o sol intenso.

— Estou organizando uma festa para hoje à noite nos jardins do harém — disse ela. Apenas para as mulheres. Ninguém dorme mesmo! Tomaremos banho no lago e apreciaremos os caminhadores do fogo à luz das tochas. Você virá, Majestade?

Sitamun virou a cabeça com desânimo.

— Caso o faraó não exija minha presença.

Nefertiti suprimiu a resposta que surgia nos lábios. Sabia muito bem que o faraó passava as noites com centenas de lamparinas à sua volta e inúmeros criados fatigados, estudando atentamente os planos dos arquitetos para o templo do Aton, rezando ou compondo canções. O calor de Shemu parecia cauterizar todo o desejo sexual dele.

— Bom. As crianças mais velhas também virão. Smenkhara está andando agora, sabia? Ele segue a ama de Meritaton nos passeios com a minha pequena. Parece não haver tanta doença no berçário este ano. Muitas febres, mas nenhum sinal de praga.

Sitamun respondeu a ela em um tom aborrecido e preguiçoso, e a tarde findou em silêncio à medida que as duas mulheres finalmente sucumbiram ao calor e adormeceram.

A festa de Nefertiti começou quando as cornetas proclamaram a meia-noite. A escuridão não trouxera a friagem, e, enquanto os criados espalhavam as esteiras sobre a vegetação da margem do rio, nas alaranjadas chamas gotejantes dos enormes archotes, as mulheres corriam para a água entre gritos e risadas. Tadukhipa, os longos cabelos presos em um coque no alto da pequena cabeça, manteve-se na parte rasa para que os criados a molhassem, pois tinha medo da água. Tia-Há sentou-se na parte rasa, submersa até o pescoço, e um escravo lavava-lhe o cabelo e oferecia vinho. Tiye, tendo chegado tarde com seu séquito, pôs sua cadeira ligeiramente afastada de todos.

Quando os músicos começaram a tocar, as mulheres saíram da água otegantes e jogaram-se nas esteiras para serem servidas e para que grinaldas de flores e contas azuis fossem jogadas sobre elas. Nefertiti não poupara despesas. A distância, no rio, um jogo de luz amarela intensificou se à medida que uma balsa era impelida para a margem. Quando parou, um pouco distante de um nadador, os escravos que a conduziam, nus, puseram-se de pé e começaram a dançar, chocalhos dourados nas mãos, nenúfares presos nas testas. A luz dos archotes brilhava na água escura. Os homens completavam sua rotação e imergiam na escuridão. De repente, as cornetas ressoaram, e as mulheres, vestidas com redes de pesca brilhantes, prateadas, emergiram da água. Subindo graciosamente na balsa, começaram a aspergir ouro em pó no ar, de modo abundante, formando um nevoeiro amarelo. Os criados do harém movimentavam-se entre os

136 Pauline Gedge

convidados com cântaros de vinho. Agora, pequenos barcos de madeira pintados de dourado apareciam no lago, carregando homens com varas de pesca douradas. Enquanto se aproximavam das mulheres sobre a balsa, começaram a se lançar sobre elas, as linhas finas das varas cortavam a noite como teias de aranha nas luzes de archotes que circundavam as mulheres. Os convidados, repousando na margem, davam gritos de estímulo e aplaudiam. Uma a uma, as mulheres vestidas com redes de pesca eram enganchadas e arrastadas, com esforço, para a beirada da balsa e empurradas para a água, para reaparecerem apenas segundos depois nos barcos.

— Essa foi uma boa ideia — disse Sitamun a Nefertiti. — Oh, olhe! Lá estão os homens colocando pedras no fogo para os caminhadores de Núbia.

Nefertiti fez um sinal para um escravo, e a taça de Sitamun foi lentamente enchida.

— Gosta de vinho, Majestade? — perguntou suavemente.

Sitamun acenou com a cabeça e bebeu.

— Está magnífico. Em que lugar do planeta você o encontrou?

— É da propriedade de seu pai no Delta. Uma excelente vindima. Rames, o administrador, despachou-o especialmente para esta noite.

— Você teve muito trabalho.

Nefertiti sorriu gentilmente, observando o rubor que o vinho trouxera às faces de Sitamun, a hesitação leve, ébria, nas palavras.

— Nada é trabalho demais quando se trata de meus amigos — disse ela. — Além disso, todos nós precisamos de alguma compensação por definhar aqui durante a estação de Shemu. Isso ajuda a passar o tempo.

Seu principal criado, Meryra, aproximou-se e fez uma reverência.

— A comida está pronta, Majestade.

— Então, sirva-nos. Estou certa de que você está com fome, Imperatriz.

Enquanto Nefertiti beliscava a comida em seu prato, Sitamun comia com prazer. A distância, no lago, os pescadores haviam puxado facas prateadas e, fazendo uma demonstração de destripar o peixe fêmea que pegaram, dançavam ao som estrondoso de flautas e tambores.

— Em pouco tempo, as pedras estarão aquecidas o suficiente para os caminhadores — disse Nefertiti. — Venha para um mergulho comigo, Majestade.

A Décima Segunda Transformação 137

Sitamun olhou para o lago, para onde muitas mulheres haviam retornado e gritavam com alegria pela embriaguez. Aquelas ainda na margem estavam ocupadas comendo e conversando. A superfície da água escura agitou-se de repente com uma brisa. Sitamun, ruborizada e suada, concordou. Elas largaram as vestes leves e caminharam de mãos dadas para a margem repleta de lírios, passando entre os convivas demasiadamente ébrios para reverenciá-las. Por duas vezes, Sitamun tropeçou, mas Nefertiti segurou-lhe o braço, guiando-a. Uma vez na água, Sitamun restabeleceu-se.

— Vamos nadar em direção à balsa — convidou Nefertiti, afastando os cabelos úmidos do rosto. — Mas pare quando não alcançar mais os pés, Sitamun. Você tomou muito vinho.

De repente, sentindo-se desafiada, Sitamun franziu os lábios grossos.

— Você só me adverte porque sou a melhor nadadora e vou superá-la! — insultou ela. — Ah, como está fria. Venha! — Ela se atirou na água e começou a nadar, dando braçadas habilmente em meio aos reflexos dos archotes. Nefertiti prosseguiu mais lentamente. À medida que se moviam para além da margem, as luzes dos archotes foram desaparecendo, até que as duas finalmente alcançaram a escuridão entre a luz na margem e os archotes que iluminavam o entretenimento a distância no lago. Nefertiti desacelerou as braçadas, batendo as pernas para manter-se à tona na água. Sitamun seguiu nadando, mas suas braçadas, agora, haviam ficado mais fracas, seus movimentos mais relaxados. Nefertiti a observou desaparecer na escuridão, virou-se calmamente e começou a nadar para a terra.

Não serei eu quem pedirá para parar, pensou Sitamun, os braços batendo, as pernas fatigadas. *Superei Nefertiti de todas as maneiras, e, se pensa que vai provar sua superioridade na água, ela perderá novamente. Meu coração está batendo forte. Bebi muito vinho.* Estremecendo ao respirar, olhou por cima do ombro e não avistou a silhueta de Nefertiti contra os archotes cintilantes. Lutando por mais ar, Sitamun olhou adiante. Nefertiti tampouco estava lá. A balsa havia esvaziado, os archotes queimavam em fogo baixo e começavam a gotejar. Nos pequenos barcos ao redor, as mulheres, em redes de pesca cortadas habilmente pelas facas dos homens, desfaleciam de maneira graciosa. Os homens mergulhavam na água um a um, e um vigoroso aplauso da margem alcançou as orelhas de Sitamun enfeitadas com argolas. Ela deixou as pernas afundarem na água, e, apesar de os

138 Pauline Gedge

pés procurarem o fundo, não puderam encontrá-lo. O pânico a atingiu, mas ela rapidamente o dominou. *Muito bem*, pensou, *flutuarei aqui, ganharei fôlego e, em seguida, nadarei de volta.* Ofegante, uma das mãos no coração, que batia forte, Sitamun começou a mexer as pernas para não afundar na água, olhando em volta.

Ela estava em um círculo de escuridão delimitado por archotes que pareciam infinitamente distantes. A água negra batia contra ela, muito mais fria do que nas partes rasas, aquecidas pelo sol. Acima dela, a lua flutuava na noite à medida que Sitamun tentava focalizá-la. Fechou os olhos enquanto a náusea golpeava seu estômago. *Vinho em demasia*, pensou outra vez. *Queria saber o que está abaixo de meus pés, escondido no lodo frio, na escuridão.* A cãibra lancetava-lhe a panturrilha, e ela puxou o joelho, conseguindo massagear a perna. Novamente observou a distância entre si e a acalorada alegria das mulheres, a perspectiva de nova agitação das águas causava um calafrio em suas veias. De uma só vez, vomitou um jato de vinho e a comida não digerida e, imediatamente, sentiu-se melhor, mas começou a tremer. *Tenho de voltar*, pensou ela lentamente, pressionando com os dedos firmes a cãibra, que atacava de novo. *Então tomarei um banho quente e farei uma massagem ou ficarei doente.*

Voltou-se para as luzes na margem e reunia forças quando um som abafado à direita a surpreendeu. Avistou um nítido distúrbio na superfície, e, por um momento, o rasto empurrou seu corpo com força. Sentindo pânico de novo, curvou-se para a frente e, antes que pudesse fazer qualquer coisa, sentiu braços envolverem suas coxas. Gritou, dando pontapés freneticamente, tentando soltar-se. Algo pressionava suas costas, e ela percebeu que era uma cabeça humana.

Chocada e repentinamente sóbria, Sitamun começou a lutar, os gritos perdiam-se na explosão de alegria proveniente da margem, onde os caminhadores de Núbia haviam começado a exibição. Suas mãos, desesperadas, encontraram cabelos, e ela os puxou com toda a força. Os braços perderam a força, e Sitamun rapidamente levantou um joelho para atingir o queixo do agressor. Contudo, como já se sentia fraca antes mesmo de ir para a água com Nefertiti, a joelhada apenas tocou uma das faces frias. Ela sentiu os pulsos serem circundados, alguém retirava seus dedos do flutuante entrelaçado de cabelo, e, quando a cabeça se libertou, a superfície do lago foi

A Décima Segunda Transformação   139

interrompida de forma abrupta logo à sua frente. Vislumbrou rapidamente uma boca aberta, ofegante, olhos encovados, um nenúfar danificado entrelaçado nos cabelos úmidos, emaranhados. Fincou os pés no estômago do homem, empurrando o máximo que podia. As mãos abandonaram seus pulsos, e, por um momento, estava livre, mas, antes que pudesse se concentrar para sair nadando, os dedos fecharam-se com uma força confiante em volta de seu pescoço. Sitamun sentiu-se sendo forçada sob a água. Agora, ela lutava com força maníaca, as unhas raspando a pele macia, os pés dando pontapés, os pulmões se esforçando e quase estourando, o coração acelerando escabrosamente. Por um momento, foi capaz de respirar e tirou proveito de um bocado da brisa que roçava como seda em seus lábios, mas seu espasmo de força frenética terminara. O homem ajoelhou em seus ombros, as mãos pressionaram o topo da cabeça de Sitamun, a respiração dele era curta, mas contínua, enquanto ele olhava na direção das luzes ao longo da vegetação. O último toque de Sitamun foi suave e leve como o de uma amante. Os dedos dela percorreram as coxas dele e repousaram com confiança ao lado dos joelhos. Ele forçou o corpo mais profundamente com os pés e saiu nadando.

Tia-Há reprimiu um bocejo.

— Um jeito maravilhoso de passar uma noite quente de verão — disse ela —, mas, se Vossa Majestade me der licença, acho que procurarei meu divã. — Tiye, sorrindo, acenou com a cabeça, e a princesa levantou-se, alongando-se suntuosamente. Seus criados começaram a enrolar sua esteira e a recolher seus adornos. A lua havia se retraído para um ponto brilhante no céu seco. Os archotes que estavam fumegando aos poucos se apagavam. As mulheres retornavam para seus aposentos, algumas abraçadas entre si, outras apoiadas em seus criados, outras movendo-se em êxtase, cambaleantes, mas sozinhas. Tiye examinou cuidadosamente o rio. À margem, Nefertiti estava sentada, ainda absorta em sua conversa com Tadukhipa. A balsa balançava e um dos archotes que fora amarrado se apagara. Os barcos haviam saído mais cedo. Então, Tiye notou algo ascendendo e decaindo com o marulho do lago, ligeira e intermitentemente iluminado pela claridade da margem. Tia-Há também o havia avistado. Ela virou-se para Tiye enquanto esta ficava de pé.

— Não consigo ver o que é — observou ela. — Queria saber se algum dos animadores deixou cair algo na água.

140 Pauline Gedge

— Kheruef — disse Tiye por cima do ombro —, despache um barco e traga o que quer que seja aquilo.

Kheruef apressou-se, e as duas mulheres caminharam para onde Nefertiti e Tadukhipa haviam prendido os nenúfares para que as rãs pulassem fora. Quando Tiye se aproximou, elas se levantaram e fizeram uma reverência.

— Tia Majestade, por que aquele barco está saindo? — Nefertiti olhou com desagrado. — Meus dançarinos retiraram-se, e a balsa será recuperada pela manhã.

A premonição tomou conta de Tiye enquanto ela observava o barco cruzar o rio, a vara subindo e descendo pela habilidade do escravo, aproximando-se do delicado fragmento, e ela não pôde responder. Um grito veio do barco quando um dos escravos se esticou e puxou seu companheiro para a beira. Dois deles levantaram algo disforme e obviamente pesado e começaram a voltar para a margem com uma descoordenada velocidade de aflição.

— É um corpo! — Tadukhipa suspirou de olhos arregalados. — Um dos dançarinos afogou-se!

Nefertiti estremeceu e virou-se, mas Tiye, com os joelhos repentinamente enfraquecidos, agarrou o braço da sobrinha. Kheruef e dois de seus subordinados prosseguiram com dificuldade e ajudaram a puxar o barco para a grama. Tiye não conseguia se mexer. Somente quando os homens deitaram o corpo de bruços e Kheruef começou a correr em sua direção, ela forçou as pernas a obedecer-lhe.

— Fique comigo — disse Tia-Há bruscamente para Tadukhipa, olhando o rosto pálido de Tiye. Ela caiu na esteira levando a pequena princesa consigo. A mão de Tadukhipa apoiou-se furtivamente em sua própria mão. Kheruef aproximou-se de Tiye e caiu a seus pés, o rosto pálido, as mãos fechando-se sobre sua cabeça em um gesto de aterrorizada submissão. Tiye aproximou-se dele, ainda segurando Nefertiti.

A mulher nua estava deitada como um animal desajeitado, um joelho dobrado, um braço arqueado envolvendo a cabeça, os cabelos negros molhados.

— Traga um archote — disse Tiye calmamente. Um dos escravos correu para atendê-la e reapareceu com as luzes. — Kheruef. Kheruef! Levante-se, seu tolo! Desvire-a! — Ele levantou-se, chorando, e com as mãos desajeitadas, trêmulas, agarrou um ombro e o monte macio de um quadril. Tiye largou Nefertiti. A garota estava com os olhos fixos, o lábio inferior entre seus dentes, todos os músculos tensos. O corpo rolou lentamente, e, então, Sitamun fitou o céu atrás deles. A água pingava de um canto de sua boca partida, e o cabelo atravessava a garganta como uma estola esfarrapada. Tiye colocou-se na grama, acariciando as faces frias com as mãos frenéticas, incrédulas. Um balbucio de gritos e conversas excitadas, amedrontadas, irrompeu.

— Traga o comandante Ay — ordenou Kheruef sucintamente — e, em seguida, um médico. Avise o faraó, mas não antes de Ay.

Tiye levantou a cabeça, submissa, e a apoiou em seus braços. Nefertiti começou a se lamentar, seus próprios braços esticados. *Por que ela está fazendo aquele barulho bobo?*, pensou Tiye com irritação. *Sitamun está adormecida. Ela estava boiando na água e adormeceu.*

— Sitamun — interpelou ela, a boca movendo-se junto à testa pálida. Em seguida, mãos cálidas levantaram-na, e os braços de Ay a envolveram. Novos archotes brilhavam nas mãos dos soldados que ele trouxera. Tiye sentiu alguém colocar um manto sobre seu ombro e, de repente, recobrou os sentidos. Ay agachou-se ao lado de Sitamun, as mãos ocupadas, auxiliando para suspendê-la, investigando cuidadosamente, os olhos ávidos. Um médico agachou ao lado dele, trocando com Ay palavras em voz baixa, as quais ela não conseguia entender. Tia-Há apareceu diante dela, e o vinho escorregou por sua garganta. Nefertiti ficara em silêncio, mas Tiye a avistou engolindo convulsivamente. Ay levantou-se.

— É tarde demais para fazer alguma coisa por ela — disse, e algo em sua voz fez Tiye olhar para ele, os sentidos morosos em alerta. — Ela está morta.

Olhando de lado, Tiye observou um lampejo no olhar entre Nefertiti e o criado Meryra, de pé, impassível, ao lado dela. Aconteceu tão rapidamente que ela queria saber se imaginara, mas notou que Ay vira também, e observou-o assimilando e interpretando o sinal no segundo que ele levou para se recuperar. Ay virou-se e vociferou ordens a seus subordinados:

— Reúnam todos os criados, escravos e dançarinos que estiveram aqui esta noite. Majestade, posso interrogar as mulheres?

Tiye ligeiramente com a cabeça.

— Pensando bem, seria melhor esperar até amanhã — objetou ela, surpresa em ouvir sua voz tão calma. — A maioria deles não está em condições de falar. Kheruef o ajudará.

142   Pauline Gedge

Houve uma agitação entre as chamas toscas dos archotes e alguém murmurou:

— Hórus está vindo!

Logo a multidão se inclinou na grama, os rostos comprimidos junto à terra, e Tiye entendeu imediatamente que não suportaria ver o choque que o filho levaria. Ela olhou pela última vez o rosto pálido, os olhos lustrosos que saltavam com uma aparência de vida sob as luzes dos archotes, e saiu.

Tiye caminhou por seus aposentos durante a maior parte da noite, perturbada demais para repousar. Aguardava Ay para solicitar uma audiência, mas o dia se transformou em tarde, a tarde na atmosfera sufocante de uma noite de verão, e ele não chegou. Ela não tentou convocá-lo, sabendo que ele apareceria quando estivesse pronto. Tiye fartou-se com um pouco de comida e autorizou Piha a providenciar seu banho, a vestimenta e a maquiagem, mas recusou receber tanto Tia-Há, que veio na hora do almoço, quanto Nefertiti, que pediu para ser recebida à noite. Tiye caminhou do salão de recepção até seu aposento, e, de volta, repetidamente, sua mente ocupava-se do exercício de decifrar um enigma. Sitamun era uma excelente nadadora. Bêbada ou sóbria, o lago não representava ameaças à mulher que fora uma destemida apreciadora de rios e lagos desde que começara a andar. Sitamun era imperatriz, e a rápida aceitação por Nefertiti de uma disputa perdida tinha se revelado bastante simples, bastante ávida. Ou não? *Estou interpretando mal o caráter de minha sobrinha por meio da visão vacilante de meu pesar? Sitamun estava muito bêbada, assim como a maioria das outras mulheres. Nefertiti estava sóbria? A festa foi ideia de Nefertiti. Um cenário perfeito.* Tiye repousou as mãos sobre os olhos e gemeu bem alto. *Queria que você estivesse aqui, Ay,* pensou enquanto parava em seu divã e escutava Piha mover-se calmamente atrás dela, acendendo as lamparinas. *Minha filha repousa sob os punhais dos sacerdotes mortuários. Meu filho trancou-se em seu próprio aposento, e seus soluços podem ser ouvidos do lado de fora daquelas pesadas portas duplas.*

Ay foi finalmente anunciado uma hora mais tarde e, ordenando que os criados saíssem, fechou as portas ao entrar. Seus olhos estavam pintados de *kohl*, e, pela primeira vez, Tiye percebeu seus fortes ombros curvarem-se em angústia. Eles se entreolharam através do brilho suave das lamparinas, até que Tiye fez um gesto para que Ay se sentasse e afundou-se nervosamente na beirada de seu divã. Apesar de muitas vezes não respeitar o estrito protocolo que envolvia uma audiência com a realeza, ele agora esperava que Tiye falasse em primeiro lugar, e ela foi forçada a respirar fundo.

— Não creio que eu queira saber — disse ela rispidamente.

— Você já sabe. Eu também. Todo escravo ou criado no palácio foi persuadido, ameaçado ou açoitado. Todas as esposas de Osíris Amenhotep e Tehen-Aton foram questionadas. Somente a princesa Tadukhipa teve algo útil a dizer.

— E o que foi?

— Ela viu Nefertiti e Sitamun entrarem na água juntas um pouco antes de a caminhada no fogo começar. — Ele estendeu uma das mãos para prevenir a explosão de choque de Tiye. — Não — disse ele com repugnância. — Minha filha não executou a tarefa com suas próprias mãos delicadas. A princesa a viu, um pouco depois, sendo enxugada por seu criado pessoal.

— Você alertou Tadukhipa?

— Disse a ela que nunca falasse o que viu, porque causaria constrangimento à rainha Nefertiti. Levou muito tempo para que a pequena entendesse!

Tiye olhou para as mãos que tinham se entrelaçado com pesar em seu colo. Cuidadosamente, ela as afrouxou.

— Paira sempre alguma dúvida.

— Decerto. Mas somente a sombra de uma sombra. A polícia do deserto encontrou um homem perambulando além das colinas esta manhã. Sua língua tinha sido cortada. Foi um milagre que ele não tenha se sufocado com o próprio sangue. Desnecessário dizer, ele não podia ler nem escrever. Era um escravo do palácio, o que se soube pela maciez de sua pele e mãos. Estava arranhado nos braços e na barriga. Eu mesmo o vi.

Seus olhos se encontraram.

— Ela não pode ser punida — murmurou Tiye.

— Claro que não. Mesmo que sua culpa possa ser provada, a qual não pode, ela é uma rainha e, como tal, está acima do direito comum. Não podemos nem mesmo prender o criado Meryra. Isso seria equivalente a admitir que acreditamos que Nefertiti está, pelo menos, implicada.

— Gostaria de ver os dois esfolados até que a carne caísse dos seus ossos — gritou ela amargamente. — O que posso dizer a Amenhotep?

144   Pauline Gedge

— Não há motivo para dizer-lhe nada, Majestade. Somente ele pode impor punição nesse caso, e não acho que ele vá fazer algo, a não ser ficar angustiado. Além disso...

— Além disso, todos nós somos culpados de atos similares de ciúme e medo — concluiu asperamente. — Nefertiti aprenderá discrição, como nós aprendemos. Deixe-me repousar em você, Ay. Estou amargurada e tão cansada que não posso mais pensar. Quero sofrer como qualquer mãe e, com você, posso deixar minha divindade de lado.

Ele aproximou-se e sentou-se ao lado dela. A cabeça de Tiye deslizou seu tórax com a calma de uma antiga familiaridade, e ele pôs os braços em volta de seu pescoço, como fizera tantas vezes na infância. A firme batida de seu coração confortou-a, e, pela primeira vez, desde que olhara para o lago na tarde anterior, sentiu o corpo relaxar e os olhos ficarem pesados. Ay beijou-a e, deitando-a cuidadosamente, cobriu-a com o lençol.

— Durma agora — disse ele. — Chamarei Piha e seus porta-leques. Não se sinta culpada, Tiye, por pensar que você podia ter evitado isso ao tentar manter o equilíbrio entre a minha filha e a sua. Se Sitamun tivesse sido mais esperta e menos segura de si, seria Nefertiti quem estaria deitada, na Casa dos Mortos, à espera dos embalsamadores.

Tiye murmurou, os olhos fechados, e ouviu-o sair e chamar os criados. *De todas as crianças nascidas de mim e Amenhotep, somente Sitamun e meu filho chegaram à maturidade*, pensou ela vagamente, já meio adormecida. *Agora, Sitamun foi-se. Ah, meu marido, será que todo o nosso fruto murchará e cairá? Tanto amor ao longo dos anos sem deixar rastro? Queria que você estivesse aqui em meus braços.*

9

O faraó não apareceu em público durante os setenta dias de luto por Sitamun, e parecia à corte que ele estava uma vez mais em uma prisão, dessa vez por escolha própria. As intimidadoras portas duplas que conduziam ao salão de recepção permaneciam fechadas. Ele não era visto no jardim ou nas construções, apesar de Tiye ser informada de que ele dera ordem para abrir novas pedreiras em Gebel Silsileh para fornecer rochas de arenito aos pedreiros. O camareiro, Parennefer, e o administrador-chefe, Panhesy, passavam com discrição pelos corredores do palácio, atendendo às necessidades de seu senhor. Tiye interrogava-os ocasionalmente, ansiosa por notícias do filho, e eles asseguravam a ela que o faraó estava bem, que sua tristeza estava quase superada e que ele se purificava em vestes grossas de linho e com cinzas de incenso diante do santuário do Aton.

— Por que é necessário que ele seja purificado? — perguntou Tiye a Panhesy, confusa. — E, se esse é seu desejo, com certeza somente Ptah-hotep tem autoridade para realizar esses rituais.

Baixando o olhar sério, o jovem fez uma reverência para ela e respondeu com o rosto entre os braços estendidos, carregados de prata.

— É o faraó homem quem se purifica, não o faraó deus em nome do Egito — disse timidamente, e Tiye teve de se contentar com essa resposta.

Como o marido, Nefertiti afastara-se das atividades da corte. Às vezes, caminhava apropriadamente pelos jardins, vestindo somente roupa branca, os cabelos negros suavemente brilhosos, os braços sem joias. Tiye observou, nas poucas ocasiões em que viu de relance a figura magra e ereta, que a beleza de Nefertiti era realçada pela naturalidade que transparecia. Tiye não sentia inimizade pela garota. Compreendia o ato perverso de Nefertiti com a sabedoria de uma governante para quem uma linha inflexível entre a virtude e a necessidade tenebrosa não existia.

Qualquer morte na família real precipitava rumor e falatório, particularmente entre as mulheres do harém. Tia-Há contou a Tiye que as

146   Pauline Gedge

insinuações corriam soltas, mas as mulheres estavam tolerantes. Elas acreditavam que tanto a rainha quanto a imperatriz haviam se apaixonado pelo faraó, e Nefertiti fora levada a destruir a rival por ciúme e paixão. Tais questões do coração eram trivialidades. As habitantes do harém compreendiam isso, e a conversa era afável. O único detalhe que lhes causava desconforto era a descoberta do escravo mutilado. Fazer intrigas por meio dos subordinados era comum, mas torturar o instrumento da liberdade de alguém, em vez de recompensá-lo, violava uma das leis tácitas do harém. Elas aprovaram a decisão de Tiye de curar o homem e trazê-lo de volta para o trabalho e consideraram essa atitude a única prova verdadeira de que a rainha era culpada.

Tiye ouviu atentamente as palavras da amiga. Ela sabia que, quando Sitamun fosse enterrada, o falatório perderia força. Era uma questão de esperar os morosos dias de luto.

O funeral da imperatriz foi um tributo comedido a uma mulher que ficara em segundo lugar em quase todas as disputas de que participara. Apesar de ter morrido ainda jovem, havia pertencido à antiga administração. Com poucos anos nos braços do estimado irmão, Tutmósis, ela fora forçada, após a morte repentina, a satisfazer um homem idoso e imprevisível. Desde então, ficara à sombra da mãe. Menos inteligente, menos vital, menos poderosa do que Tiye. Mesmo a ação de ganhar a coroa de imperatriz, uma tentativa de autodeterminação, concedera-lhe apenas uma vingança momentânea.

Somente aqueles ministros e cortesãos obrigados a assistir aos enterros reais formaram o cortejo, junto com os enlutados oficiais. O faraó saiu de seu período de meditação parecendo desajeitado e alarmantemente distraído e sentou-se em silêncio com Ay, Tiye e Nefertiti. Eles seguiram em suas liteiras sem trocar uma palavra. A procissão movia-se em fila atrás deles pelo mesmo trajeto que fizeram havia pouco em direção ao túmulo de Amenhotep III.

Os rituais foram realizados com o mesmo ânimo de digna simplicidade. Tiye temera o momento em que passaria pelos bens do marido para chegar à câmara adjacente, onde Sitamun ficaria. Contudo, no momento de despedir-se da filha no esquife, descobriu que os objetos foram distribuídos anonimamente em Malkatta desde a morte de Amenhotep. O trono que ele ocupara com o corpo magnífico, os tesouros resplandecentes sob os milhares de vestes, as caixas com inúmeras joias que podiam ter pertencido a um dos ancestrais. *Queria saber se a escuridão vai permanecer quando eu sair deste lugar*, pensou ela ao se aproximar para depositar flores a Sitamun, *se correntes fluirão entre pai e filha através dos olhos mágicos dos sarcófagos. Uma de suas rainhas veio a você, meu marido. Quanto tempo haverá antes de eu também ocupar estas câmaras úmidas?*

A solenidade que encerrou a longa cerimônia do dia foi conduzida com sereno decoro, e, logo que as boas maneiras permitiram, os cortesãos subiram nas liteiras e voltaram para Malkatta.

Tiye voltou para o palácio ao lado do faraó. Ele removera todos os pertences de Sitamun calmamente, com uma dignidade que surpreendeu a todos, e não conversou com Tiye enquanto faziam o percurso sob a ferocidade de Rá. Passaram pela Cidade dos Mortos, o grandioso templo funerário de Tutmósis III, tremeluzente como uma miragem paradisíaca à sua direita, e estavam quase diante dos muros do palácio quando Amenhotep deu uma ordem abrupta, e as duas liteiras, a dele e a de Tiye, viraram à esquerda. O grande templo do pai começou a ofuscá-los, faixas de sombra alternavam com a areia branca, mas as liteiras não viraram para a avenida de terra batida que os teria conduzido ao átrio. As duas estátuas colossais apareceram gradualmente, e as liteiras fizeram uma parada. Ele desceu, convidando Tiye a fazer o mesmo. Ela o seguiu enquanto ele caminhava em direção à estátua mais próxima. Por um segundo, Amenhotep levantou a cabeça, o olhar fixo percorria uma altura apavorante; então, tomou-a pelo braço de modo cortês e conduziu-a pela sombra pálida.

— Majestade — disse ele, com a voz ainda rouca pelas lágrimas que havia derramado, os olhos sob as pálpebras inchadas repousaram na face de Tiye, com uma aparência que era quase um pedido de desculpas. — Por setenta dias tenho rezado e chorado em meus aposentos, batendo no peito e esfregando a testa com cinzas do santuário, porque eu poderia ter salvado a vida de minha irmã, mas não o fiz.

— Amenhotep — protestou, tocando-o com delicadeza —, não foi sua culpa. Por que você se repreende? — A sinceridade tão genuína, mas mal-dirigida, de Amenhotep desarmou-a. Ela tocou-lhe o canto da boca com um dedo pintado de hena, como fazia frequentemente quando ele era criança, um sinal de discordância afetuosa. Ele a beijou e distraiu-se.

148   Pauline Gedge

— Ouvi dizer que Sitamun foi vítima da própria ambição, mas não é assim. Ela morreu porque fui um covarde. Agi errado aos olhos do deus.

— Como pode ser isso? Você é a encarnação de Amon-Rá.

— Eu sabia o que era obrigado a fazer, mas cedi. Os olhos do Egito estão cegos, os ouvidos de Sitamun detiveram-se com falsidade. Ela teria gritado para mim. Por outo lado, estou mais corajoso agora. Estou pronto.

Tiye reprimiu o suspiro que ascendia aos lábios.

— Você assusta as pessoas com seus mistérios — admoestou amavelmente. — Um rei deve se expressar claramente, de forma que o povo possa obedecer-lhe.

— Faltam ainda dois meses para Shemu findar e para a comemoração do dia de Ano-Novo — disse ele. — Quero que sigamos ao norte para Mênfis, apenas você e eu, com nossos criados. Você pode deixar a corte por tanto tempo?

O pedido provocou-lhe desconforto. Afastando-se, Tiye deixou o olhar passar das rachaduras no solo que se estendiam sob seus pés, para a linha das palmeiras cobertas de pó que delineavam o Nilo. *Por que me encolhi de medo de repente?*, pensou. *É natural que ele queira se distanciar da dor da perda por um período. Agora, apenas nós dois? Ele tem alguma coisa séria para discutir comigo? É o fato de estarmos a sós, juntos, que me alarma. Por quê?* Sentiu a respiração morna de Amenhotep em suas costas nuas, e a mão do faraó tocou, em súplica, seu ombro.

— Penso que Nefertiti pode assumir meu lugar por um instante — disse Tiye sem se virar. — Há sempre uma calmaria nessa época do ano, e, na verdade, gostaria de estar em Mênfis de novo. Já faz muito tempo. Desde que seu pai e eu... — A voz ficou arrastada, mas, em seguida, prosseguiu. — Muito bem, meu filho. Gostaria muito. — Era verdade. Mais do que qualquer coisa, queria escapar do miasma da morte que havia, por tanto tempo, pairado sobre o palácio, dos sussurros e das insinuações, do esforço de tentar desvendar, nos olhos dos homens, seus pensamentos ocultos.

— Bom! Em três dias, então, Tiye.

Ela virou-se para fazer uma reverência, mas avistou somente as costas do filho, o contrapeso do colar brilhava, a roupa macia roçava-lhe as panturrilhas. Quando a liteira de Amenhotep não era mais visível, encostou a face no pedestal da imagem do marido e fechou os olhos.

Deixaram Malkatta na manhã do terceiro dia no barco que Sitamun dera de oferenda a Amenhotep. Ele decidira chamá-lo *Kha-em-Ma'at*, outra forma de seu título Vivendo na Verdade, e fez com que os artesãos gravassem seu nome no elegante casco. Uma multidão descontente de cortesãos juntou-se nos degraus do embarcadouro para vê-los partir. Nefertiti sentou-se sob seus leques escarlates. Agora, com o término do funeral, ela começara a insinuar que a coroa de imperatriz deveria ser sua, mas seu marido fez-se de surdo. Smenkhara e Meritaton brincavam com as mãos e os pés na água, a qual formava ondas nos degraus do embarcadouro. Smenkhara demonstrava uma tímida fascinação, e Meritaton arfava e sorria enquanto a ama a mergulhava no frescor. Orações eram entoadas para a segurança do faraó, os cortesãos reverenciavam de mau humor, e a pequena frota da nobreza, os criados, os sacerdotes e os soldados escorregavam ao longo do canal para dentro do rio.

O vento predominante de verão, quando podia reunir a energia necessária para ventilar o calor intenso, vinha do norte, de forma que cada barco se eriçasse com os remos. Tiye debruçou-se na lateral do *Kha-em-Ma'at*, ouvindo os gritos de Pasi, o capitão, o ruído de pés descalços enquanto os marinheiros atendiam a suas ordens, e o gorgolejo dos remos à medida que faziam redemoinhos na água barrenta. Atrás dela, frutas, essências e vinho esperavam sob o dossel para abrir-lhe o apetite. Seu filho sentou-se, sonolento, em almofadas ao lado da mesa, o leque nas mãos, zunindo para si mesmo. As margens estavam desertas, passando como um pesadelo enfadonho, as vilas enlameadas, desabitadas. Os campos estavam pardacentos, e as folhas das palmeiras, murchas. Até o céu estava abandonado, os pássaros menores procuravam a sombra da vegetação ao longo do rio. Somente os falcões pareciam habituados ao calor. Planavam com as asas estendidas para pegar um sopro da corrente de ar, piando ocasionalmente quando os olhares penetrantes examinavam o solo infecundo de presas. Os porta-leques de Tiye esforçavam-se para mantê-la na sombra à medida que ela se inclinava, hipnotizada pela água turva que fluía turgescente sob seu olhar. *Em um dia ou dois estará azul*, pensou ela. *O primeiro sinal de que a esterilidade do Alto Egito ficou para trás. Ah, bela Mênfis! Coroa do mundo!*

150   Pauline Gedge

Na noite do quarto dia longe de Tebas, enquanto o barco real era amarrado à margem, Pasi foi ao dossel e fez uma reverência diante de Amenhotep.

— Eu esperava que pudéssemos parar o barco um pouco mais adiante, onde há uma vila e alguma vegetação, Poderoso Hórus — justificou —, mas subestimei a morosidade da correnteza e a força do vento. Desculpe-me por pedir que vocês passem a noite neste lugar.

Amenhotep sorriu e o dispensou, caminhando com Tiye para observar os outros barcos pararem e os criados afluírem em terra para armar as tendas, forrar a areia, acender os archotes e preparar a refeição noturna.

— É um lugar solitário, mas, de certa forma, belo — disse a ela, examinando a paisagem. — Não me lembro de ter passado por aqui na viagem a Mênfis.

— Provavelmente porque o capitão do barco em que vocês viajavam planejou muito bem para não provocar sua ira parando aqui — retrucou Tiye. — Pelos deuses! Quase posso ouvir meus pensamentos ecoarem nesses rochedos sombrios. Nem mesmo os camponeses foram tolos o suficiente para se estabelecerem aqui.

— Calma — murmurou Amenhotep.

Atracaram em uma área virgem, para onde o rio fazia uma pequena curva. Nas duas margens, os rochedos encontravam as águas, mas, ali, eles recuavam e erguiam-se em um movimento violento para o oeste, terminando no leste em precipícios muito misteriosos, pedras pontiagudas em cujas sombras a noite já havia rastejado. O sol estava quase indo embora, a borda vermelha iluminava o topo do rochedo negro, os últimos raios lançavam-se na areia imaculada. Exceto pelo alegre alvoroço das pessoas na margem, o silêncio apático era palpável e pressionava os intrusos com uma impaciência opressiva.

— Este lugar deve ser atingido por um calor terrível durante o dia — disse Tiye. — Que distância você acha que existe entre uma extremidade do vale e a outra, Majestade?

— Tão pura — suspirou ele, saindo da contemplação. — Nada além de pedra cortante e areia ofuscante, uma enorme taça para segurar o ouro diário de Rá.

Distante da margem, um grupo de criados repentinamente começou a rir. O som saiu das bocas apenas para retornar cem vezes mais alto, como se um exército invisível estivesse nos rochedos, zombando deles. A pele de Tiye arrepiou-se. Na parte inferior da rampa, estava o criado

A Décima Segunda Transformação   151

mutilado, sem língua, com um enorme pote de combustível para as lamparinas nos dois braços, enquanto o criado auxiliar gritava alguma ordem para ele. Tiye voltou para a cabine e deixou as cortinas baixarem ao entrar.

No decorrer do outro dia, o silêncio aterrorizante do vale ficou na lembrança. Três dias depois, chegaram a Mênfis, com um tumulto nas boas-vindas. Milhares de pessoas alinhavam-se na margem, outras se aglomeravam em desordem nos terraços dos armazéns ou mergulhavam na água para ver de relance os visitantes reais. Amenhotep sorriu com indulgência para eles, levantando o cajado e o mangual, enquanto descia a rampa e se inclinava para entrar na liteira à sua espera. Tiye pediu que sua liteira fosse trazida a bordo e segurou as cortinas firmemente antes de permitir que fosse carregada para a terra, pois acreditava que as faces dos deuses vivos não podiam ser expostas ao rude olhar dos camponeses. Ela permaneceu isolada até que estivesse segura atrás dos muros do palácio e subiu imediatamente para o terraço, para onde Amenhotep foi em seguida.

— Havia esquecido como é maravilhoso! — suspirou ela. — Que vista deslumbrante se tem do palácio! Tantas árvores, Amenhotep, tantas flores! Olhe para o sol refletido no lago que os antigos construíram. O templo sírio a Reshep ganhou um novo telhado, você pode se dar conta com uma rápida olhada através da folhagem. Nossos negócios com a Síria devem ser lucrativos para eles. Creio que existam poucas mulheres aqui no harém. Você as visitará?

Ele sorriu com reserva.

— Acho que não. Mas entrarei nos templos como costumava fazer quando eu era sumo sacerdote de Ptah. Você gostaria de um passeio de barco nos pântanos do Delta amanhã? É a apenas meio dia de distância.

— Seu pai e eu costumávamos caçar aves selvagens naqueles pântanos muitos anos atrás — disse em devaneios. — Eu gostaria muito. Você já percebeu como o barulho de Mênfis é diferente do irritante clamor de Tebas? Eu...

Ele distanciara-se e deleitava-se no calor do sol, a atenção não estava mais nas palavras da mãe. *Acho que não devo tocar no nome de seu pai,* pensou contrariada. *Bem, tentarei não mencionar, já que me convidou para vir, mas ele deve dominar esse ódio que não faz mais sentido.*

Por um mês, ela e o filho tomaram seus próprios rumos. O faraó passava a maior parte do tempo nas visitas à miríade de templos dos estrangeiros, os quais chamavam Mênfis de lar. E, embora ele tivesse recebido uma delegação do templo de Ptah, não visitaria oficialmente a cidade. A própria Tiye encontrou o prefeito de Mênfis e os chefes das rondas da fronteira, cujos soldados estavam alocados por lá. No agradável salão de recepções que seu marido tivera muito gosto em decorar, recebeu muitos mercadores ricos e diplomatas estrangeiros, cujos negócios os mantinham estabelecidos em Mênfis. Visitou o harém e considerou o lugar bem-dirigido, mas melancólico, semi-habitado e calmo.

Após cumprirem suas tarefas, Tiye e Amenhotep começaram a desfrutar passeios juntos pelas salas frias do palácio vazio ou caminhadas vagarosas pelos jardins. Nas tardes quentes, separavam-se e dormiam tranquilos sob o zunido dos leques e o tanger das harpas. Amenhotep, apesar de saber dirigir uma biga e atirar flechas, recusava-se firmemente a caçar. Os dedos de Tiye coçavam para segurar a atiradeira quando as nuvens de gansos, patos e outras aves aquáticas se erguiam vulneráveis ao redor. Era bom, no entanto, ficar no barco de caça, apreciando as leves folhagens que se encontravam com o intenso azul do céu, o qual não ostentava nenhum matiz bronze do verão do sul.

O tempo fluía tão placidamente quanto o vinho derramado nas taças que eles erguiam. Tiye não conseguia definir se era a influência das amargas lembranças passando às escondidas em cada canto do palácio ou se era a forma indolente dos dias despreocupados que apagavam todos os sinais de tensão de seu rosto.

Durante o crepúsculo, enquanto permaneciam sentados no terraço, olhando o jardim perfumado, Amenhotep virou-se e, calmamente, deu uma ordem ao criado. O homem saiu e voltou com o Guardião das Insígnias Reais. Ele carregava uma caixa pesada que Tiye conhecia muito bem.

— Saudações, Channa! — disse ela, surpresa. — Não sabia que você havia nos acompanhado.

Ele fez uma reverência, murmurando uma resposta respeitosa. Amenhotep ordenou-lhe que colocasse a caixa sobre a mesa e, depois, mandou que tanto Channa quanto o camareiro em serviço saíssem. O terraço logo ficou vazio, com exceção dos dois.

Amenhotep curvou-se e serviu vinho à mãe. Tiye manteve os olhos na caixa, o coração, repentina e exageradamente, acelerou a garganta seca. Apanhando a taça, ela bebeu rapidamente para esconder a agitação.

O faraó começou a falar com hesitação, mas ganhava coragem à medida que anoitecia e a escuridão ocultava-lhe o rosto.

— Aos pés de Osíris Amenhotep, admiti que a morte de Sitamun foi minha culpa — disse ele, e Tiye, incrédula, deu-se conta de que o ouviu pronunciar o nome do pai pela primeira vez. — Sabia, do fundo do meu coração, que o deus não desejava que eu a tornasse imperatriz. Deveria ter me casado com ela e permitido que fosse apenas uma rainha. Ela era minha irmã, e eu tinha o direito e a obrigação de casar-me com ela, mas outra relação foi mais forte. O deus me puniu por minha covardia ao destruir Sitamun. Se eu tivesse feito o que sabia que era apropriado, ela estaria viva. Não — disse suavemente enquanto Tiye tentava falar. — Não estou pensando na querida Nefertiti.

Ele inclinou-se para a frente e, levantando a tampa da caixa, retirou a coroa de imperatriz. O grande disco solar polido cintilava misteriosamente, e os chifres prateados de Hathor, arredondados, brilhavam à luz das estrelas. A dupla plumagem tremia sob as mãos nervosas enquanto ele posicionava a coroa sobre os joelhos desnudos.

— Sabia que deveria tê-la oferecido a você, e não a Sitamun — continuou —, mas duvidei do desejo do deus. Não agitei assim novamente. A coroa é sua.

Tiye sentiu o corpo enrijecer. As mãos agarraram os braços da cadeira.

— Meu filho! — exclamou, quando percebeu que poderia confiar em sua voz. — Sitamun morreu por causa da rivalidade com Nefertiti. Você não tem culpa. Você escolheu uma em vez da outra, exercitando seu direito de faraó.

— Ouvi os rumores — interrompeu. — As mãos humanas destruíram Sitamun, mas foi o deus que decretou que ela deveria sofrer. Devo ter seu apoio, Tiye.

Tiye começou a tremer e agarrou-se mais fortemente à cadeira.

— Deixe-me tentar entendê-lo — disse. — Você deseja um contrato de casamento firmado entre nós? Deseja que eu seja a primeira esposa e a imperatriz do Egito?

— Desejo. O documento pode ser redigido e lacrado aqui, antes de retornarmos a Malkatta.

— Nefertiti deveria possuir os títulos. — Ela não conseguia respirar, a garganta havia se dilatado, e as palavras surgiam quase como um grunhido.

154   Pauline Gedge

— Não. Amo minha prima, mas ela não é do meu sangue. — Amavelmente, ele pôs a coroa sobre a mesa. Tiye manteve os olhos no jardim sombrio, mas toda a sua atenção estava voltada para o pesado objeto. — Foi um desafio, um prêmio, um instrumento de sorte.

— Você está propondo um casamento apenas de formalidade, é claro. — Ela afastou as mãos dos braços da cadeira, enroscando-as no colo, e tornou a olhar para ele.

— Não. — Ele virou-se para encará-la, envolvendo a coroa nos braços. A lamparina colocada na mesa iluminava apenas um lado de seu rosto, deixando o outro mergulhado em sombra como um monólito parcialmente entalhado. — Tanta coisa tem me deixado confuso desde que me tornei velho o bastante para controlar meus pensamentos — disse calmamente. — Não sabia por que nasci, por que o Filho de Hapu profetizou contra mim, por que fui deixado sob os cuidados das mulheres do harém. Quando eu era criança, chorava frequentemente. Tinha sonhos estranhos. Cresci e passei a sentar-me no jardim do harém, apreciando as flores desabrocharem como asas de borboletas e as borboletas baterem as asas de leve como flores abertas. — Ele passou as mãos na face, e, apesar de Tiye nunca tê-lo ouvido falar com tal calma, os dedos pálidos do filho agitavam-se. — Caminhei pelas galerias dos aposentos das mulheres, escutando as orações das esposas estrangeiras, observando a reverência aos deuses que as trouxeram de todo canto do império. Comecei a entender que, sob todos os nomes — Savriti, Reshep, Baal —, elas estavam adorando um deus. Requisitei os pergaminhos do palácio e do templo e comecei a ler, mas não entendi nada até o primeiro jubileu do faraó. — A voz ficou áspera repentinamente, e Amenhotep fez uma pausa, engolindo e procurando as palavras. — Há milhares de *hentis*, os reis do Egito não eram as encarnações de Amon. Eles vinham do sol. Governavam como Rá na terra. Após a princesa de Tebas expulsar os governantes hicsos do Egito, eles passaram a considerar Amon, o deus local, seu totem. Como Tebas começara a ganhar poder e riquezas, Amon também os conseguiu. No entanto, os faraós esqueceram, desde então, que somente Rá dá a vida ao mundo inteiro e que o poder de Amon é determinado por Tebas. Por um instante, seu marido percebeu a verdade, mas foi como um fraco lampejo de luz em uma sala escura. Ele tentou dar ao Aton mais proeminência, mas foi mera demonstração. — Amenhotep aproximou-se, encontrando o olhar de Tiye. — Mãe, sou a encarnação de Rá. Nasci para restabelecer o poder do sol no

Egito. Meu pai é Rá-Harakhti, Deus do Horizonte no Amanhecer. Ao escolher seu corpo para me carregar, ele trouxe uma nova era, uma era gloriosa ao Egito.

— Seu pai foi Osíris Amenhotep, a encarnação de Amon na Terra! — Tiye quase gritou as palavras.

Ele sorriu gentilmente, quase em condescendência.

— Não, ele era apenas um homem, como meu irmão Tutmósis. Era necessário que Tutmósis morresse. Meu destino era tornar-me faraó contra todas as probabilidades, de forma que o sol pudesse ser glorificado.

Tiye não conseguia pensar. Uma confusão de emoções debatia-se dentro dela: choque, medo, fascinação, horror. A excitação causava-lhe dor, e ela colocou a mão firmemente sobre o seio.

— Não vejo necessidade de me tornar sua esposa — silenciou.

Ele inclinou-se sobre a coroa, os olhos mudavam de castanhos para amarelos à medida que se aproximavam da lamparina e captavam a luz.

— Amon ficou rico e forte — sussurrou ele. — Minha mágica deve ser ainda mais forte. Eles estão todos ao redor, os seres do mal, os demônios invadem-me à noite, golpeiam-me durante o dia. Aprendi muito com as mulheres que abriam santuários para os deuses estrangeiros. Magias, palavras que posso usar para me proteger. A maior proteção de todas, porém, é a união do corpo de uma criança ao de sua mãe. Tal união é considerada sagrada pelo povo do sol, além da Grande Curva de Naharin, no Khatti. Falei com as mulheres estrangeiras. Eu sei. Não é somente sagrado, mas, para mim, a encarnação do sol é imperativa. De seu corpo eu vim. É seu corpo que eu devo possuir.

Uma mariposa agitava-se dentro da lamparina incandescente. Tiye podia ouvi-la debater-se, as asas chamuscaram, os suaves olhos negros perderam o brilho, batia contra o alabastro, consumida por uma intoxicação mortal. A lua ascendia, um disco de prata inexpressivo, cuja luz iluminava o terraço e repousava descolorida a seus pés, uma leve mortalha. *Pense!*, repreendeu a si mesma raivosamente. *Pense! Ay, o que nós fizemos! Esta é a criança por cuja sobrevivência lutei severa e secretamente, por cujo direito de primogenitura arrisquei a ira do faraó, este fanático, este homem que está agora confirmado em uma posição de poder. Pode tal loucura ser controlada! Contida!* No entanto, alguma coisa muito remota em sua mente sussurrou: *E se o Filho de Hapu tivesse previsto isso, mas sua grandeza era tamanha para ser compreendida por*

*um faraó que não se preocupava nem um pouco com assuntos religiosos?
O Filho de Hapu queria meu filho destruído. Ele era o oráculo de Amon.
Foi por esse motivo que ele previu que o garoto cresceria para matar o
pai? Ele queria dizer seu pai Amon? O que devo fazer?*

Ela tentou falar, mas sua voz não saiu. Aguardando um momento, tentou de novo, buscando um tom suavizante:

— Amenhotep, o fato de um príncipe real casar-se com a irmã é apropriado e correto para que o descendente de um deus não seja um cidadão comum. É aceitável um faraó casar com suas filhas pela mesma razão. Tais uniões foram uma vez consideradas necessárias, quando as mulheres reais mantinham o direito de sucessão em seu sangue. Agora, porém, a sucessão é uma questão para os oráculos, e Amon confere divindade de acordo com seus pronunciamentos. Os casamentos entre irmão e irmã ou pai e filha são agora planejados apenas por questões de dinastia ou para a purificação do sangue real. — Sua voz havia se elevado e afinado. — Sob a lei de Ma'at, existem duas uniões que trazem maldições e punições e não são permitidas: uma é entre dois homens, e a outra é entre um homem e sua mãe. O que você está me propondo afetaria os princípios de Ma'at no Egito e incorreria na desaprovação de todos, desde os cortesãos e sacerdotes até os lavradores dos campos.

— Rá é onipotente — lembrou-a — e ofusca não somente Amon, mas também Ma'at, que deve ser restaurada em sua simplicidade antiga. A família de Rá é pequena, e seu poder deve ser preservado e compartilhado entre seus membros, deve se fortalecer para promover uma sucessão que nenhum homem ou deus ávido possa interromper. Como encarnação de Rá, respeito suas leis, que prevalecem sobre as leis de Ma'at, que foram deturpadas. Seu marido dormia com um garoto, e os cortesãos violam todos os dias as leis de Ma'at. Mas aqueles que obedecem a mim, o emissário escolhido do sol, não podem errar, e a família do Sagrado pode somente engrandecer Ma'at. — Em um ímpeto, ele empurrou a coroa na direção da mãe. — Você já é uma escolhida. Preciso de você.

— E se eu recusar?

— Você não recusará. Como ousaria? O círculo de poder à minha volta ainda não está completo, e as trevas penetram em mim. Você pode bloqueá-las, Tiye. Você e eu faremos filhos do sol.

Ela levantou-se, rígida e esgotada, e teve de se segurar nos braços da cadeira para não cair.

A Décima Segunda Transformação   157

— Pensarei sobre tudo o que você disse — murmurou —, mas agora eu preciso dormir.

— Você está tremendo. Piha! Traga um manto para a Deusa! — Ele também se levantou e, passando em volta da mesa, beijou-a no pescoço com a habitual delicadeza. — Durma, então, Imperatriz. Rá dissipará todas as dúvidas com o amanhecer. — Ele estava exultante, febril de alívio e de ansiedade, e caminhou esperançoso no terraço iluminado pelo luar como se um grande peso o tivesse abandonado.

Tiye foi para os aposentos pouco consciente de onde estava. Ficou muda e retraída enquanto Piha e outros criados a despiam, removiam-lhe a pintura do rosto, das palmas das mãos e dos pés, apagavam todas as lamparinas, com exceção da que ficava ao lado do divã, e a cobriram com um lençol. Ela deslizou sob as cobertas desajeitadamente, e os criados fizeram uma reverência ao sair. Piha encolheu-se na esteira no canto do quarto e logo respirava profundamente adormecida. Do outro lado da porta, o segurança andava arrastando os pés e tossiu uma vez levemente. Tiye sentou-se e deixou a testa cair sobre os joelhos dobrados. *Muito bem*, pensou. *Que alternativas eu tenho? Parece que o Egito não corre perigo com meu filho, porque só fala em restaurá-lo a alguma grandeza prístina. Se ele está louco, então é uma loucura que não ameaça a supremacia militar ou diplomática do império. Eu sou a regente. Controlo aquela supremacia e, se me tornar sua imperatriz, posso continuar no controle. Ele tem pouco interesse na administração e estaria livre para o encalço de sua insanidade religiosa um tanto inocentemente, enquanto mantenho este país seguro. Haveria um tumulto, decerto. Todo sacerdote me amaldiçoaria, todo cidadão protestaria. Quanto tempo isso poderia durar? Quanto tempo Tebas e a corte permaneceram escandalizadas com o garoto de meu marido? Não muito. Mas isso seria diferente. Não seria uma indiscrição real, mantida na escuridão dos aposentos do faraó. Eu ostentaria uma infração da lei de Ma'at na sala de audiências, com a coroa na cabeça, todos os dias. As delegações estrangeiras não pensariam nada a respeito. É verdade o que ele fala, que a realeza e os nobres estrangeiros frequentemente realizam casamento entre mães e filhos. É o Egito que ficaria agitado. Melhor recusar, insistir que Nefertiti use o disco solar. E se ele estiver certo? Quanto tempo faz desde que algum faraó realmente acreditou, do fundo do coração, que era Amon, o rei de Tebas? Tantas vezes Osíris Amenhotep e eu brincamos a respeito de nossa divindade,*

158   Pauline Gedge

*acreditando somente em nosso poder para nos tornarmos deuses. A vida
de meu filho tem sido estranha, inalterável, como ele disse. É possível
que Tutmósis tenha morrido pelas mãos de Rá? Que o Filho de Hapu estivesse aterrorizado com o que ele vira na taça de Anúbis? Talvez, essa
não é apenas uma questão de agarrar uma chance de continuar exer-
cendo o poder que meu marido me concedera, mas alguma coisa mais
terrível. Se eu tomar a decisão errada, o rancor de Rá recairá sobre mim?*

Cobriu-se com o lençol e, deslocando-se do divã, moveu-se lentamente até a janela. O ar frio soprava-lhe o rosto. O jardim estava silencioso e sombrio, a não ser pelo eventual archote de um soldado ou de um
criado que se apressava no cumprimento de alguma ordem. Ela considerou
as palavras do filho repetidamente, e, enquanto o fazia, a chama pura e
lívida de sua convicção começou a acender uma centelha contestadora de
luz melancólica escondida dentro dela. Sabia que era uma mulher embo-
tada, com a sensibilidade prejudicada por uma trajetória de vida de intrigas,
decadência e corrupção presentes na prática do poder absoluto. Nunca
ouvira questões do espírito serem mencionadas com tanta convicção e
acima das malhas do cinismo, da couraça corrosiva de decisões questioná-
veis tomadas a partir de interesses de necessidade política ou de estabilidade social. A certeza fervorosa de Amenhotep a sensibilizava. *E se ele
fosse realmente o precursor de um deus ciumento, que veio restaurar o
equilíbrio de Ma'at corrompido em séculos de erros?*

Adormeceu apoiada contra a janela, a cabeça no peitoril. Em algum
momento, de manhã, acordou com um sobressalto, sentiu a mão solícita de
Piha sobre o ombro e, cambaleando rumo ao divã, tirou mais um cochilo.

Por três dias travou uma contenda consigo mesma, e Amenhotep não
se aproximou dela. Ele remara até On para adorar seu deus no templo do
sol; passou muito tempo de joelhos diante do santuário portátil e brincou
com os macacos e gatos. Quando se juntou a Tiye para o jantar formal, fez
uso de todas as insígnias reais, a Coroa Dupla em sua cabeça, o cajado e o
mangual aos pés, a cauda de leopardo e a barba faraônica. Falou pouco, e
Tiye tampouco estava inclinada a falar. Observava o filho, de esguelha,
enquanto ele comia lentamente, levando as frutas e os vegetais de forma
delicada à imensa boca, os olhos fluindo com os pensamentos
distantes, o tórax relaxado crescendo e decrescendo com a respiração, o
deus do sol Rá-Harakhti com a cabeça de falcão que ele sempre usou em

volta do pescoço estreito, com o brilho penetrante dos raios de luz refletidos no rosto.

Ela acordou no quarto dia com a decisão já firme em sua mente. Vestida e maquiada, convocou o arauto e o segurança e encontrou o filho no terraço, jogando pão aos pássaros, que se moviam em círculos e pipilavam sobre sua cabeça. Sentado no degrau ao lado, o escriba lia uma carta em voz alta, que ela logo percebeu ser de Nefertiti. Tiye foi até ele desacompanhada, e, tendo ouvido o barulho das sandálias na pedra branca, ele virou-se e sorriu.

— Aceitarei a coroa — disse sem preâmbulos —, contanto que o acordo seja feito por escrito e lacrado com o selo faraônico. Faça-o agora, Amenhotep. *Ou mudarei de ideia*, pensou.

Ele fez menção de abraçá-la, mas, observando o rosto rígido de Tiye, hesitou e abaixou os braços.

— Pegue um novo papiro — disse ele em tom solene para o escriba. — Escreva o que direi.

Começou a ditar, e, de repente, Tiye não suportou ficar ali imóvel, ouvindo aquela voz aguda e infantil. O sol em sua cabeça já estava muito quente, e a pedra sob seu pé, muito fria. Com uma breve reverência, ela o deixou, gritando, enquanto procurava Piha e os porta-liteiras. Tiye estava quase correndo quando chegou ao lago ornamental, arrancou os braceletes, tirou os colares da garganta, puxou com força a peruca da cabeça e a arremessou para o lado. Com um grito, mergulhou, permitindo-se afundar, deixando que a água cobrisse a boca, os ouvidos, os olhos abertos. Quando não pôde mais prender a respiração, voltou à superfície e começou a nadar. *O que fiz?*, pensou. *O quê?* Saiu do lago somente quando os membros se recusaram a obedecer-lhe e, exausta, deitou-se no gramado sob o dossel, esfregando as gotas de água sobre a pele.

Amenhotep foi até a mãe naquela noite, anunciado pelo arauto, o qual, em seguida, ordenou aos criados que saíssem dos aposentos e se recolhessem. Ela moveu-se do divã e abaixou-se para beijar os pés descalços que foram repousar ao lado dela. Ele a cumprimentou, e, por um momento, entreolharam-se. Era mais alto que ela. *Tão alto quanto o pai*, pensou Tiye. Ele bebera vinho perfumado, e ela podia sentir o cheiro da essência de lótus em sua respiração. A boca estava pintada de hena, os olhos, com maquiagem pesada de *kohl*. As mechas soltas da macia peruca branca caíam-lhe sobre o pescoço.

— Você está com medo? — perguntou ele delicadamente, segurando-lhe a mão. Enquanto olhava para os longos dedos que brincavam com os seus, Tiye soube que não estava. Ela negou com a cabeça. Ele retirou a peruca, colocou-a com cuidado em cima da mesa e passou a outra mão sobre a cabeça raspada. A mandíbula longa e oblíqua e os olhos amendoados pareciam saltar com proeminência, conferindo-lhe um semblante feroz, mas o olhar era suave. Sob o transparente manto branco de que se despira, ele estava nu, o pálido quadril intumescido, as coxas roliças reluzentes à luz da lamparina. Tiye estava tanto repelida pela esquisitice quanto atraída por aquela parte dele que era ela própria. *O deus que amei está neste homem*, pensou, *assim como meu próprio sangue*.

Ela sentou-se no divã, e ele colocou-se a seu lado. Tomando-lhe a face com as mãos, Amenhotep virou a cabeça de Tiye para si. Nos olhos dele, uma luz febril ardia, uma centelha de vitalidade que deixava um rubor no rosto.

— Sitamun teria as mesmas cruéis rugas em poucos anos — murmurou ele, a respiração curta —, mas os olhos dela nunca teriam a profunda serenidade dos seus. Eu amo você, minha mãe. Abrace-me.

Uma sensação de irrealidade começou a dominá-la à medida que o abraçava. Era como se ela dormisse em outro lugar, em uma época diferente, tendo a visão de outro ser, vivendo no lugar de outro enquanto observava de uma posição privilegiada. Fez amor não com a paixão controlada do pai de Amenhotep, mas com a persistência resoluta que ela reconhecia como própria. Ele não parecia se incomodar se ela estava passiva, com um mau pressentimento, ainda perguntando a si mesma, quando a penetrava, que loucura havia cometido. A carne de Tiye retraiu-se antes mesmo que Amenhotep parasse de se mover dentro dela. Com a rápida intuição de que ele às vezes era capaz, recuou e deitou-se ao lado dela, respirando profundamente.

— Nenhum mal recairá sobre você, Tiye — disse, como se tivesse lido seus pensamentos. — Nenhum deus ousará julgá-la. Você está sob minha proteção.

Durante a semana seguinte, a última em Mênfis, procurou a imperatriz todas as noites, fazendo amor com o mesmo afeto, carinhoso, embora sem paixão. Com muita intimidade, uma reação similar surgiu de Tiye. O corpo desejava o toque hábil e familiar do falecido marido, e muitas vezes o rosto dele aparecia em sua mente enquanto ela e Amenhotep se moviam juntos, porém ela nunca recebera do marido a delicadeza solícita que o filho lhe demonstrava. Não dirigiria uma única palavra a ele, como se a conversa confirmasse o crime, trouxesse a severa realidade à situação na qual o sonho ainda se apegava, e ele ou compreendia ou preferia o silêncio.

Durante os dias, passeavam calmamente de braços dados nos jardins ou entretinham-se com jogos de tabuleiro sob as árvores. Amenhotep fez uma última visita a On, mas não lhe pediu que o acompanhasse, pelo que ela se sentiu aliviada. A nova e silenciosa eficiência dos criados não passara despercebida quando começaram a arrumar os pertences para o retorno a Malkatta.

A maior parte da viagem de volta foi feita de barco. Chegaram aos degraus do embarcadouro do palácio três dias antes do início da Festa de Opet. A notícia da chegada fora divulgada, e Tiye, quase desmaiando no calor que deixara havia aproximadamente dois meses, avistou do convés que todo o átrio e os dois lados do canal estavam apinhados de cortesãos. Nefertiti, as duas crianças e o irmão estavam afastados, sentados sob um dossel. Ptah-hotep, Si-Mut e um pequeno grupo de sacerdotes de Amon aglomeravam-se sob os próprios dosséis. Horemheb e os soldados estavam onde a rampa seria estendida; Mutnodjme parecia impaciente, arrancando galhos secos das árvores com o chicote, enquanto os anões, gordos e nus, atravessavam o canal com dificuldade.

Nenhum grito de boas-vindas saudou o barco enquanto flutuava ao longo do canal e colidia nos degraus do embarcadouro. A ordem de Pasi para atracar no cais ecoou solitária e clara pelas colunas do salão de recepção do outro lado do pátio repleto de gente. O faraó começou a descer a rampa, Tiye atrás dele, com a cabeça erguida, o disco solar e as plumas brilhavam. A aglomeração de pessoas agitava-se e foi ao chão, ainda em um silêncio sinistro. Ay e Nefertiti fizeram reverência e esperaram de pé. Ao encontrar a sobrinha, Tiye identificou um ódio sombrio em seu olhar. Aproximou-se firmemente, determinada a ver Nefertiti ceder, e teve a satisfação em olhar a garota ficar perplexa e desistir. Tiye sabia que esse segundo estabeleceria o tipo de relacionamento entre elas e suspirou aliviada.

— Vocês todos podem se levantar — bradou ele com uma voz estridente. — Nefertiti, deixe-me segurar Meritaton. Minha pequenina cresceu

162 Pauline Gedge

desde que me ausentei. — Acariciou a criança e seguiu, o séquito a postos ao redor, os macacos guinchavam com prazer e saltavam para as árvores; os gatos, soltos das jaulas, corriam para a sombra. Tiye sentiu uma pontada de ciúme quando Amenhotep, sorrindo, chamou Nefertiti para acompanhá-lo na caminhada, mas ela dominou o sentimento rapidamente enquanto seguia e acenava para Ptah-hotep.

— Sumo Sacerdote, compareça a meu salão em uma hora. — Ela virou-se para Ay. Venha comigo.

Acompanhada pelo Guardião das Insígnias Reais, os porta-liteiras e outros membros do séquito, ela entrou no aposento particular do falecido marido. Retirando a coroa da cabeça, ela a entregou ao guardião e ordenou aos criados que saíssem. Depois, com ânimo, dirigiu-se em passos largos ao trono e tomou seu lugar. Ay pôs-se em um silêncio hostil até que o último criado se afastasse e fechasse as portas. Quando Tiye lhe acenou para falar, ele quase correu aos pés do trono.

— Você perdeu os sentidos? — disse ele, com os dentes cerrados, braços presos ao corpo. — Você enlouqueceu? É verdade?

Ela o fitou friamente.

— Sim, é verdade.

— Todo o palácio entrou em comoção quando o decreto foi lido. As pessoas caíram umas sobre as outras nos corredores, bradando a notícia de posto em posto... Por que, Tiye, por quê? Ptah-hotep remou de Karnak o dia todo desnorteado de tanta preocupação.

— Tratarei com ele em breve. Não grite comigo, Ay. Deixei de ser sua irmãzinha há muito tempo. Não me importo em responder quais teriam sido os atos do faraó caso não tivesse aceitado a coroa.

— Você poderia ter levado para sua cama algum príncipe discreto e jovem. — Ele sorriu com desdém. — A corte não teria pensado nada de ruim a respeito. Mas o próprio filho...

— Se você não parar de gritar comigo, eu o expulsarei! Eu sou imperatriz! Sou uma deusa! Não pode se dirigir a mim dessa maneira!

Ele a olhou de modo penetrante, respirando fundo, e em seguida fez uma reverência abrupta.

— Sinto muito — disse ele, sem demonstrar pesar. Tiye percebeu como as faces de Ay haviam corado e como as mãos dele se entrelaçaram enquanto ele tentava se controlar.

A Décima Segunda Transformação   163

— Não haverá ganhos se gritarmos um com o outro — disse ela de modo incisivo. — Preciso de sua perspicácia, Ay, não de seu julgamento ridículo. Em poucos dias, o ultraje da corte será transformado em excitação, como aconteceu com o menino de meu falecido marido.

— Espero que você esteja certa. Você arrisca prejudicar sua imagem, e, com isso, advirá um perigoso enfraquecimento de poder.

— Acreditei que deveria correr esse risco. — Ela contou o que havia acontecido em Mênfis, e Ay, a raiva já esquecida, ouviu atentamente.

— Não obstante, foi um ato irreparável executado de forma intempestiva. Você poderia ter esperado até que voltasse, discutido comigo.

— Talvez, mas considerei tudo com muito cuidado. Se Amenhotep está errado ou apenas iludido, logo tudo o que fiz foi escandalizar o palácio, afligir os sacerdotes e infringir a lei de Ma'at. O escândalo será esquecido em breve. No entanto, se tivesse recusado, e as reivindicações fossem justificadas...

— Nossas primeiras preocupações têm sido sempre nossa segurança e a proteção do império, nessa ordem — interpelou ele. — Ambas estão em estreita ligação com o faraó. É óbvio que Amenhotep não governará, a menos que as necessidades religiosas sejam satisfeitas, e, se ele não governar bem, nós e o império sofreremos.

Tiye ficou ofendida:

— Você acha que sou uma dessas necessidades religiosas?

Ay sorriu para ela com tristeza.

— Acho que sim, Tiye. Há muito mais envolvido, decerto, mas essa é sua principal razão para o casamento. Para o bem do Egito e para seu próprio bem, espero que você se lembre disso.

— Tentarei — disse sarcasticamente e o dispensou.

Pelo resto da manhã, na audiência com Ptah-hotep, esforçou-se para tranquilizá-lo de que a transgressão contra Ma'at não ameaçava nem nunca havia ameaçado a estabilidade do país ou da supremacia de Amon. Discorreu sobre o longo governo de um faraó que perseguira os prazeres e deixara o Egito em suas mãos, dando a Ptah-hotep a impressão deliberada de que, no reinado de seu filho, nada havia mudado. Sabia muito bem como lisonjeá-lo ou adulá-lo e, quando ele partiu, estava calma. *Eu faria bem em acreditar em minhas próprias palavras*, pensou enquanto seguia

164   Pauline Gedge

para os aposentos a fim de repousar durante as insuportáveis horas do início da tarde. *Troquei um faraó por outro. Ainda sou governante e imperatriz.*

Contudo, enquanto era abanada pelos escravos nos aposentos sombrios, a mente enchia-se de imagens da boca do filho fechando-se na sua, beijando-lhe o corpo com delicada intenção, seus olhos encontrando os dela enquanto copulavam, e não pôde dormir. Quando Piha abriu as cortinas, e o sol da tarde, ainda quente e sufocante, inundou o aposento, Tiye convocou Kheruef.

— Atravesse o rio e vá à cidade — ordenou. — Obtenha uma Declaração de Inocência para mim. Não mande um criado, Kheruef. Faça você mesmo.

— Majestade — disse ele, o rosto impassível —, posso ousar lembrar-lhe que é considerada uma entre os deuses, e os deuses não precisam de declaração?

— Kheruef, nunca na minha vida deixei alguma coisa ao acaso. Você é meu administrador. Execute minha ordem como foi instruído. — Ele fez uma reverência e saiu. Tiye pretendia ocupar-se com outros assuntos até que Kheruef voltasse, mas não conseguiu. *Essa culpa é diferente da que senti pelo assassinato de Nebet-nuhe,* pensou, de pé no meio do aposento, com os braços cruzados e a cabeça baixa, *diferente da culpa que costumava sentir com as manipulações da sala de audiências, os açoitamentos, os banimentos e as punições que decretei. Por quê!*

Kheruef não retornou até o pôr do sol, e, apesar de ter aproveitado o tempo para se recolher a seus aposentos, banhar-se apressadamente e trocar a roupa, uma mancha de poeira ainda estava grudada na face. Tiye sorriu intensamente para ele.

— Você ainda está sujo, Kheruef.

— Eu me disfarcei no rude traje de um camponês e fui aos átrios públicos a pé, Majestade — respondeu formalmente. — Acho que você não desejaria pagar tanto pela declaração quanto um homem em fina roupa e com cheiro dos deuses seria forçado a pagar.

— Por isso você é meu administrador — respondeu. — Leia-o para mim.

Ele desenrolou o pergaminho e, pondo-se ao chão como fazia o escriba que uma vez fora, começou a ler:

— Bem-vindo, Usekh-nemtet, Passos Largos, não cometi injustiça. Bem-vindo, Hept-seshet, Envolvido pela Chama, não roubei com violência

Bem-vindo, Neha-hra, Violação da Dignidade, não matei homem ou mulher. Bem-vindo, Ta-ret, Pé Abrasador, não comi meu coração. Bem-vindo, Hetch-abehu, Dentes Brilhantes, não invadi terras dos homens. Bem-vindo, Am-senef, Devorador de Sangue, não matei animais que são propriedades do deus. — Sua voz zuniu em uma serena canção monótona reservada para orações, magias e invocação de espíritos, e Tiye o ouviu sem trair sua agitação. — Bem-vindo, Seshet-kheru, Ordenador de Discurso, não fui surda às palavras de justiça e verdade. — *Não*, pensou Tiye, *não fiz isso. Estou tentando não fazer isso, mas a questão permanece: Amenhotep fala de palavras de justiça e verdade ou não?* — Bem-vindo, Maa-ant-f, Profeta do que É Trazido para Ele, não deitei com a esposa de um homem. Bem-vindo, Tututef, não cometi fornicação, não cometi sodomia, não recusei o poder reprodutivo. — Como a voz de Kheruef momentaneamente gaguejou, Tiye sentiu as palavras insinuarem-se sob sua pele e correu os dedos delicados e acusatórios pelo pescoço. — *Não recusei o poder reprodutivo, mas, certamente*, refletiu, *essas coisas não se aplicam àqueles responsáveis por questões de Estado, para quem violar leis é frequentemente uma necessidade.*

Ouviu Kheruef até o final e não o encarou até que a leitura chegasse ao fim.

— Dê-me a pena e a tinta — disse ela. — Eu mesma o assinarei. — Ele pôs a paleta e o pergaminho sobre a mesa ao lado da cama, colocou uma pena úmida em sua mão e indicou o lugar reservado para a assinatura. Duas vezes Tiye inscreveu os nomes e todos os títulos. Em seguida, deixou o pergaminho enrolar-se e enfiou-o sob o apoio de cabeça. — Isso é tudo, você pode ir — disse, entregando-lhe a pena.

Ele a pegou, recolocou-a na paleta e, hesitando, ajoelhou-se diante dela, segurando os pés de Tiye com as mãos e beijando-os.

Tiye deu um passo para trás.

— O que é, Kheruef? — perguntou, espantada. — Levante-se!

Apesar de se endireitar, ele permaneceu de joelhos.

— Majestade, Deusa, peço-lhe humildemente que me libere das obrigações à senhora e ao harém. Quero aposentar-me.

— Tolice! Por quê?

— Envelheci neste serviço. Meus filhos são estranhos para mim, minhas esposas estão solitárias. — Seus olhos recusaram-se a encontrar os dela.

— Você é um mentiroso, Kheruef — disse tranquilamente. — És meus olhos e meus ouvidos, minha boca no harém e meu cajado entre os criados. Eu o conheço melhor do que a mim mesma. Se você me insultar, ficarei furiosa.

— Muito bem. — Ele respirou profundamente. — Majestade, isso que a senhora fez com o faraó é pecado, uma profanação. Essa é a razão pela qual não posso mais servi-la.

— Como você sabe que não fizemos simplesmente um acordo político?

Ele conseguiu sorrir.

— Não sou seus olhos, seus ouvidos? Não é minha obrigação trazer-lhe todos os boatos? Os criados de Mênfis não têm a língua mutilada.

— Não entendo essa súbita hipocrisia. — O tom era sarcástico. — Você veio de Akhmin comigo quando ingressei no harém ainda criança. Executou todas as ordens sem perguntas. — Entreolharam-se, e ela percebeu que o envenenamento de Nebet-nuhe não caíra no esquecimento.

— Isso é diferente — resistiu ele calmamente.

— Como? — ela o censurou com aspereza, já se lamentando por ele.

— Não posso dizer, Divina.

— "Insensato como as palavras de uma mulher" — disse ela, citando com sarcasmo um provérbio antigo; em seguida, rendeu-se rapidamente por temer que ele começasse a implorar. — Aceitarei sua demissão. Você ganhou minha gratidão. Entregue a Huya as credenciais e o material de trabalho e vá para casa, Kheruef.

Ele levantou-se sem alegria.

— Eu a amo, minha Rainha, minha Deusa.

— Eu o amo também. Meu pai fez bem quando o deu a mim. Que seu nome viva para sempre!

— Libere-me. — Ele estava chorando.

— Vá.

Minha querida Tiye, os deuses não sofrem ofensas, ela ouviu a voz zombeteira do marido enquanto Kheruef desaparecia pelo vestíbulo. *Bem, isso não me afligirá por muito tempo*, disse ela a si mesma com determinação. *Não sou nenhuma estranha à traição.* Chamou Piha para trazer vinho e músicos e sentou-se no divã enquanto as rápidas melodias invadiam a sala e se dirigiam à escuridão do jardim.

Amenhotep foi a seu encontro naquela noite, maquiado e vestindo um tecido azul transparente, e ela satisfez sua suave luxúria com uma paixão que não sentira desde que o Poderoso Touro morrera. *É o que desejo*, consagrou ela em silêncio enquanto se agitavam e murmuravam juntos, *e mostrarei minha onipotência ao mundo.*

10

Conforme Tiye previra, o escândalo do casamento logo se tornou tema de conversa somente entre os cortesãos entediados para debater qualquer outro assunto. A resistência dos sacerdotes gradualmente cedeu quando perceberam que o faraó desempenhava, embora com descuido, as responsabilidades que Amon lhe exigia. Tiye recordou-se da angústia de sua decisão em Mênfis com um indulgente sorriso. Estava certa em confiar em seus instintos. O governo do país, a vida na corte, as relações com a família real não se transformaram em padrões perfeitamente aceitáveis? Um novo faraó sempre enfrenta um período de ajustes difíceis.

Para enfatizar a volta à normalidade, o rio começou a elevar-se no dia em que os sacerdotes de Ísis haviam previsto, e, com ele, os espíritos dos homens. Em Malkatta, pairava o sentimento de que uma nova era estava a caminho, e o símbolo mais visível do renascimento era o próprio faraó. A união com Tiye parecia libertar Amenhotep de uma prisão espiritual. A impotência que o havia acometido desaparecera, e, embora nunca tivesse os desejos sexuais complexos do pai, ele não mais passaria escondido nos aposentos, iluminado com lamparinas e archotes. As horas noturnas eram compartilhadas com a imperatriz ou a rainha, e mesmo a esposa secundária, Tadukhipa, finalmente deixou os anos de virgindade para trás.

Durante esse período, Amenhotep também começou sua doutrina. As discussões religiosas que ele e os sacerdotes de On iniciaram no jardim se tornaram debates quase diários na sala de audiências públicas do faraó. Ele sentava-se no trono, algumas vezes usava os elmos brancos preferidos; mais frequentemente, as perucas frouxas, o cajado e o mangual no colo, fazendo ouvir a voz fina e alta na multidão agitada. Os sacerdotes de On e os guardiães sentavam-se a seu redor sob o baldaquim de ouro, apreciando os ouvintes. Nefertiti estava sempre ali, o rosto miúdo e arrogante, sob o brilho do cristal do diadema de serpente, e a cadeira da pequena Kia

A DÉCIMA SEGUNDA TRANSFORMAÇÃO   169

frequentemente era colocada aos pés de Amenhotep. Embora a audiência fosse inicialmente composta apenas de seu quadro de funcionários e uns poucos cortesãos curiosos, logo esses mesmos cortesãos fizeram entender no palácio que o favoritismo do faraó dependia da presença nas audiências.

Amenhotep estava radiante com as multidões crescentes e falava com uma gentil condescendência sobre a supremacia universal de Rá, conforme manifestada em sua forma visível como o Disco Solar do Aton. Nunca mencionava Amon, e Tiye, que o ouvira ocasionalmente, quando não estava ocupada com assuntos mais prementes, queria saber se a omissão era deliberada ou se seu filho simplesmente considerava Amon tão insignificante que se esquecia totalmente de mencionar o deus. O conteúdo dessas palestras inevitavelmente aborrecia Tiye, mas ela, com frequência, permanecia para apreciar o tom de confiança na voz do filho, ausente em outras ocasiões. Os olhos do faraó iluminavam-se, e os longos dedos ganhavam vida enquanto gesticulavam graciosamente. Para a surpresa de Tiye, as palavras do filho geravam respostas em alguns cortesãos. Conversando com eles mais tarde, um alerta ciumento para qualquer indicação de insinceridade, ela nada percebeu, a não ser um olhar de especulação. Às vezes, ela e Ay discutiam sobre as possíveis consequências das convicções estranhas de Amenhotep que ganhavam força em Malkatta e decidiram que eram insignificantes. Os tempos em que a crença religiosa era uma força significativa na vida dos nobres ficara para trás havia muito, e pouco, exceto as manifestações de devoção — santuários domésticos, incenso e prática simbólica —, permaneceu.

Contudo, a condescendência da imperatriz em relação à inocência da doutrina foi afetada um dia, quando Ptah-hotep apareceu, no horário da audiência formal, acompanhado de um dos jovens sacerdotes. Ela o avistara um pouco antes no corredor, onde ele esperava fazia muito tempo. Algo na postura, nos braços cruzados com tensão sobre a pele de leopardo da veste de sacerdote que cobria o tórax, na cabeça raspada abaixada lhe causou desconforto. O jovem sacerdote estava inquieto, os pés com as sandálias de couro moviam-se de um lado para o outro, tocando as fitas brancas que lhe circundavam a cabeça. *Não se trata de um we'eb*, pensou ela. *Talvez um Mestre dos Mistérios, mas não consigo ver a braçadeira.* Ela teve de esperar mais três palestras ministeriais, a caneta do escriba roçando seus pés com diligência, antes que Ptah-hotep e o sacerdote mais

170   Pauline Gedge

jovem se aproximassem do trono e fizessem uma reverência. O corredor estava quase vazio, e o estômago de Tiye lembrou-a de que havia passado a hora do almoço.

Ptah-hotep aproximou-se hesitante, e Tiye afastou o arauto e o segurança para abrir-lhe espaço.

— Você pode falar, Sumo Sacerdote.

Ele caminhou até o trono.

— Majestade e Deusa, não sei como abordar esse assunto cuidadosamente. Desde que o Grande Hórus começou sua doutrina, tem havido crescente inquietação em Karnak. Nenhum sacerdote negligencia as práticas diárias, mas, entre os homens mais jovens, tem havido divergências, discussões, até disputas, e a paz e a ordem nos aposentos do convento estão ameaçadas. Meus *filarcas* contam-me que os jovens sacerdotes nem sempre dormem à noite, movimentam-se entre seus aposentos e retiram pergaminhos da biblioteca do templo. Pequenas animosidades repentinas estão irrompendo. Em todo lugar, com exceção do mais sagrado entre os sagrados, os sacerdotes falam em voz baixa de Rá-Harakhti. Outros até questionam a onipotência de Amon. Eu, particularmente, Si-Mut e os anciãos sabemos que esse é um turbilhão que, em breve, será dissipado, mas outros não são pacientes a esse ponto.

— Já discutimos isso. O faraó não desrespeita Amon. Ele ordenou a você que interrompesse os sacrifícios diários ao deus? Controle os sacerdotes, Ptah-hotep, e não espere que eu o faça.

— Majestade, não se trata apenas da questão do controle — respondeu ofendido —, mas deste sacerdote. — Ele apontou o jovem tímido ao lado. — Ele pediu permissão para deixar o serviço de Amon e unir-se às ordens dos sacerdotes do Aton, que se preparam para servir no novo templo do faraó. Se eu deixá-lo partir, haverá outros? Devo repreendê-lo, ordenar que retorne ao lar, à família como desonra, devo lhe ordenar que fique?

— Realmente, Ptah-hotep, eu... — Tiye começou, mas, em seguida, deteve-se. Não se tratava de uma decisão fácil. Recentemente, diversos cortesãos haviam fechado os santuários de Amon, encomendando aos ourives novos santuários do Aton. No entanto, para eles, era como um novo jogo para entreter. Diante dela, estava a primeira expressão de algo mais profundo, o primeiro sacerdote com a convicção de agir. Tiye notara, às vezes, algumas vestes sacerdotais entre aqueles que se juntavam para ouvir o faraó. Se ela instruísse Ptah-hotep a disciplinar aquele homem ou enviá-lo para casa, estaria admitindo que os sacerdotes serviam sob coerção. Se fosse liberado para o Aton, iniciaria uma deserção em massa.

— Você — disse ela, virando-se para o jovem sacerdote —, diga-me seu nome e seu posto.

O jovem fez uma reverência.

— Eu sou Meryra, Mestre dos Mistérios na Casa da Ben-Ben de Amon.

— O que você quer?

— Quero ser liberado do serviço de Amon. Ele é um grande deus, foi a salvação do Egito nos dias do domínio dos hicsos, mas não acredito mais que ele seja o Todo-Poderoso. É o Aton que brilha em todo o mundo.

— Por que você não pode servir aos dois deuses?

— Posso venerar Amon, mas somente posso servir ao Aton. Não desejo mal a nenhum homem. Minha expressão é pura, e nunca ofendi com meu corpo ou com minhas palavras. Majestade, apenas desejo deixar Karnak calmamente e juntar-me à equipe do templo do Aton.

— O faraó sabe disso?

— Sim, mas ele o consentirá somente com a permissão do meu superior.

Pelo menos Amenhotep foi diplomático nisso, pensou Tiye. *Entendo agora por que Ptah-hotep não foi ao faraó com essa reclamação.*

— Não tem sentido manter os homens contra sua vontade — disse ela ao sumo sacerdote. — Eles servirão a Amon de má vontade e causarão problema. Deixe este homem ir. Agora, Meryra, você parte perdendo tudo o que tem para o deus que está abandonando. Você compreende?

Os olhos brilhantes encontraram os dela, sem hesitar.

— Sim, Majestade.

— Ptah-hotep, sugiro que você divulgue em Karnak que qualquer sacerdote que partir em nome do Aton imediatamente empobrecerá. Assim, somente os mais fervorosos irão, e os indecisos ficarão. Algo mais?

— Vossa Majestade é benevolente.

— Vá, então. Quero minha comida.

Teria sido uma perigosa tolice manter aquele jovem contra sua vontade, pensou enquanto ela e o séquito caminhavam em direção ao salão de banquete. *Somente espero que meu filho tenha o bom-senso de não premiar* os traidores de Amon publicamente, ou teremos uma verdadeira abundância de sacerdotes gananciosos passando de um templo para outro em Karnak. Bem, Sebek com todos eles. Hoje, quero cerveja e pão.

Nas semanas seguintes, o julgamento de Tiye provou ser menos efetivo do que ela antecipara. Enquanto o temido abandono dos templos de Amon não aconteceu, havia sacerdotes insatisfeitos o suficiente, que eram encorajados pelo pronunciamento de Ptah-hotep a tornar-se leal ao Aton. Ela sabia como seria importante manter um olhar diligente sobre todas as atividades religiosas e fazia reuniões regulares com os espiões nos aposentos dos sacerdotes, esperando que quaisquer problemas similares pudessem ser evitados.

Os poucos distúrbios secundários que ocorriam de fato eram prontamente resolvidos, e Tiye outra vez começava a sentir que estava ganhando o controle da situação quando recebeu a visita de Ay, visivelmente perturbado. Era a estação de Shemu, quando a inundação ainda parecia muito distante, e a ira fervente da respiração de Rá espalhava febre e violência pela Terra.

Ela acabara de se levantar do sono vespertino, sentindo-se enervada e ainda exausta, e estava sentada na beira do divã, quando o irmão foi anunciado. Acenou com a cabeça para que ele falasse.

— Tiye, quero que você atravesse o rio comigo. O templo do Aton do faraó está quase terminado. Houve muitos comentários sobre as estátuas que se alinham no átrio, e devemos vê-las antes que o templo seja inaugurado e não possamos caminhar por lá.

Tiye levantou-se desatentamente, e Piha cobriu-a com um vestido branco, prendendo as joias no pescoço, no pulso e nos tornozelos.

— Escutei os rumores também. Amenhotep tentou persuadir-me a inspecionar o trabalho dos artesãos, mas, na verdade, Ay, não tive interesse. — Ela sentou-se diante da mesa de maquiagem e pegou o espelho. O reflexo mostrou-lhe um rosto pesado, inchado, e a pele pálida. Ela o guardou novamente quando o maquiador começou a abrir os potes.

— Encontre-o hoje. O *Vislumbres de Aton* está esperando para nos transportar. Deve haver alguma brisa no rio.

— Não seja sarcástico. Meus olhos estão lacrimejando, Nebmehy, seja cuidadoso com o *kohl*. Há muito tempo não vejo Mutnodjme, Ay. Onde ela está?

A Décima Segunda Transformação   173

— Ela e Horemheb foram para o norte, a Mênfis, e, em seguida, a Hnes, para visitar o pai de Horemheb. O casamento parece bom, Tiye. As festas de Depet e Werel não são as mesmas sem minha filha.

— Sua outra filha não é tão retraída. Sua hostilidade me faz rejeitar a comida todas as noites. Huya me disse que ela está grávida outra vez.

— O Guardião das Perucas colocou na cabeça de Tiye uma que ela havia escolhido distraidamente, escondendo o cabelo ruivo, e o Guardião das Joias cobriu-lhe o cabelo com uma rede dourada cravejada de cornalinas. Após o Guardião das Insígnias Reais ter colocado o diadema de imperatriz em Tiye, ela pegou o espelho novamente e, dessa vez, esboçou um sorriso.

— Assim a camareira me contou. — Ay riu. — Ela pagou uma fortuna a todo profeta e oráculo das redondezas para assegurar-lhe um garoto e até comprou feitiços dos Anúbis.

— Eu sei. Peça uma liteira, Ay. Quero ir até os degraus do embarcadouro. Está muito quente para caminhar.

Conversaram enquanto navegavam pelo rio, e Tiye foi reanimada por um pequeno sopro de vento que procedia do norte. Nos degraus do embarcadouro de Karnak, foram recebidos por uma liteira e um contingente de seguranças, que os conduziram até o templo do Aton de Nefertiti. Tiye, que deixara o olhar vagar preguiçosamente enquanto chegavam ao primeiro pórtico do templo, de repente pediu que parasse.

— Desça, Ay, e venha aqui. Acho que tenho areia nos olhos. — Em obediência, ele caminhou até a liteira, e os porta-leques correram para encobri-los. Tiye sentiu raiva e espanto quando pararam e esticaram os pescoços.

O pórtico de pedras elevava-se sobre eles. Em cada suporte, entalhada profundamente na pedra e pintada vividamente em azul e dourado, uma Nefertiti gigante sobrepunha os corpos das falecidas núbias e das asiáticas desprezíveis. A cena era uma aproximação do que rondava o próprio trono de Tiye. Contudo, naquele entalhe, Tiye estava representada como uma esfinge com garras e seios, sob a qual os inimigos se escondiam. Ali, Nefertiti estava retratada com um saiote curto masculino, e sua imagem congelada na pedra era uma na qual ninguém, exceto um faraó governante, fora alguma vez representado. Erguida em uma das mãos vingativa, estava a cimitarra real, e o mangual voltado para baixo na outra mão. A figura não tinha seios. Na cabeça, estava uma coroa alta, com a

174   Pauline Gedge

parte superior achatada, e, na parte frontal, uma serpente. Somente o rosto era claramente feminino e, de maneira inconfundível, era o de Nefertiti.

Tiye e Ay entreolharam-se.

— Já se foram os dias em que eu sabia o que estava acontecendo em meu domínio — sussurrou Tiye entredentes. — Como Nefertiti ousa fazer isso? É um sacrilégio! O que ela está tentando provar?

— Ela está dizendo na pedra aquilo que não pode dizer com a boca — respondeu Ay em poucas palavras. — Acredito que Vossa Majestade tinha honestos provadores de alimentos e guardiães incorruptíveis.

— Ela não teria coragem!

Ay voltou para as liteiras.

— Ela já atacou antes sem advertir. Isso é um aviso.

Fui estúpida em ignorar esta construção, pensou Tiye, doente de raiva. *Tenho a sensação de que os laços que unem o Egito a mim estão sendo desfeitos apenas pelos dedinhos espertos de Nefertiti.* Firmemente, ela voltou para a liteira, e Ay ordenou que o cortejo seguisse. Ele meditava e tinha pouco a dizer enquanto se aproximavam do templo de Amenhotep.

Saíram das liteiras sob o primeiro pórtico que conduzia ao enorme átrio e, protegidos sob a sombra dos leques, caminharam em direção ao pátio interno. Grupos de sacerdotes do Aton, a realeza em tecido branco, interromperam as conversas e fizeram uma reverência completa. Os pedreiros, suados, abandonaram suas ferramentas e prostraram-se na pedra quente. Diversas colunas que marcavam as paredes externas já estavam no lugar, mas, entre elas, ainda havia covas onde as outras seriam erguidas.

Tiye e Ay foram ao segundo pórtico, mais alto e mais amplo que o primeiro. Mastros que seguravam as bandeiras com os emblemas azul e branco da realeza estavam à frente. Tão logo o templo fosse inaugurado, os sacerdotes ficariam do lado da entrada para evitar que o povo fosse para o pátio interior, mas, hoje, o pórtico estava deserto e emitia ondas de calor que os atingiam quando passavam. Tiye esperava que houvesse alguma forma de abrigo sob o qual os veneradores pudessem ficar confortáveis, mas não havia. O sol penetrava o amplo espaço sem piedade.

Ela parou exatamente na entrada. Centenas de mesas de oferendas espalhadas diante dela com decoro, em fileiras intermináveis, cada uma colocada em um pequeno estrado de dois degraus, deixando o pátio com espaço suficiente para os cortejos passarem. O muro do pátio era marcado por colunas em intervalos regulares com apenas três quartos livres da pedra do próprio muro. Em cada coluna havia uma imagem do faraó — centenas de imagens idênticas de Amenhotep olhavam para o lugar sagrado. Ay tocou o braço de Tiye.

— Venha e olhe para elas. — Prosseguiram entre as mesas de oferenda em direção ao muro e olharam para cima.

As imagens, além de imensas e bem-executadas, transmitiam perfeitamente a calma infalibilidade inerente ao deus-faraó. A serpente e o falcão erguiam-se juntos do elmo alado. Os olhos de Amenhotep estavam em posição oblíqua, com uma ligeira aparência severa e julgadora que, entretanto, para o rosto parecia sereno. O nariz era delicado, os lábios carnudos esboçavam um sorriso lânguido, a barba faraônica apontava para onde o cajado e o mangual — já era bem sabido que Amenhotep desdenhava a cimitarra — estavam pendurados no tórax. As mãos de pedra seguravam com firmeza as insígnias e os braceletes entalhados em volta de cada pulso, e, na parte superior do braço, ficavam os emblemas reais. As figuras não eram pintadas. Tiye deu um passo para trás e passou os olhos pelas outras estátuas, uma infinidade de imagens estáticas de seu filho olhava fixamente sobre as mesas das quais as chamas de oferendas a seu deus aumentariam.

Em seguida, à medida que olhava para baixo, ela viu que a barriga do faraó se curvava sobre os quadris e as coxas, que, por sua vez, correspondiam à metade inferior de cada coluna. Salvo os elmos, as estátuas estavam nuas, e, como nenhum saiote fora entalhado para escondê-las, era óbvio que as figuras não tinham genitais. As coxas de cada uma estavam firmemente unidas, como as de uma mulher. Tiye começou a caminhar entre os muros, os olhos nas estátuas que passavam lentamente acima dela. À medida que caminhava, uma profunda perturbação espiritual que emanava das enormes imagens começou a afligi-la, uma aura invisível fluía em sua direção, em volta dela, até que começou a acreditar que seus olhos a traíam, que as bocas entalhadas bradavam alguma verdade que somente eles podiam sentir, preenchendo o templo com o turbilhão de torturas interiores. Ela chegou ao final do muro e virou, chocada e temerosa.

— Onde está a *ben-ben*? — sussurrou ela.

— Não há *ben-ben* — disse Ay sobriamente. — Nenhum deus, nenhuma pirâmide, nenhuma pedra santa. O Aton não está presente neste templo.

176 Pauline Gedge

— Ay, estou com medo. Há um grande mal neste lugar. Sinto-me como uma criança que topa com demônios em algum vale deserto. Meu filho sabe que o faraó é o Poderoso Touro, o símbolo da fertilidade no Egito, o protetor da semente vital do gênero humano e também dos cultivos. Ter a si mesmo retratado sem o órgão reprodutor é abrir as portas da esterilidade para todo o Egito. — Caminhou para a mesa de oferendas mais próxima, na qual se debruçou. — Contudo, essa não é a pior transgressão. A essência do faraó habita em toda escultura, toda pintura, todo lugar em que seu nome esteja gravado. Ele está presente onde quer que essas coisas estejam, projetando sua magia viril e perene sobre tudo, como o deus que ele é, e, muito depois de sua morte, protege e estimula seu povo. Que proteção para o Egito existe nessas coisas deformadas?

— Conheço essas verdades, Tiye — lembrou Ay com delicadeza. — No entanto, talvez o faraó esteja tentando exprimir outras verdades. Ele acredita que é a encarnação de Rá, Aton, o Disco Solar Visível. Diferentemente de Amon, o Aton não tem sexo. Acho que ele acredita que o Egito não deve ter medo dessas representações, porque a mágica que lançam é mais forte que a mágica de Amon. Ele fala muito sobre como ele e todas as outras pessoas têm de viver na verdade. As imagens são um exemplo disso.

— Entretanto, é Nefertiti quem obterá aprovação e reconhecimento dos deuses pelas imagens profanas de si mesma que acabamos de ver! Eles acreditarão que ela é o faraó, e meu filho não é nada, exceto um homem vulnerável! — Tiye havia empalidecido.

Ay aproximou-se dela.

— Vamos embora — disse ele. — Será diferente aqui quando as mesas estiverem amontoadas de comida e flores e quando um sacerdote estiver com incensos em cada trono. Em locais ainda em construção, frequentemente paira um ar de desolação. — A voz soou profunda.

— Não dessa forma. — Ela foi ao encontro dos olhos do irmão. — Ay, estou grávida. Não fiquei ressentida ou temerosa quanto a isso, apenas resignada. Agora, porém, temo por saber. Fiz o possível para evitar, mas, quando aconteceu, fiquei feliz por Amenhotep e, sim, regozijei-me um pouco quando pensei na reação de Nefertiti. Agora, podia desejar voltar a Mênfis com uma negação para meu filho em meus lábios — disse ela com grande amargura. Colocando o braço em volta da irmã, Ay conduziu-a para onde os porta-liteiras se espreguiçavam à sombra do pórtico. A pele dela estava fria.

A Décima Segunda Transformação   177

Quando Amenhotep foi a seu encontro naquela noite, ela ainda não havia mudado o humor. Ele sorriu, falou sobre coisas de menor importância e fez amor. Ela fantasiou com a mente desejosa, mas o corpo inesperadamente relutante. Não podia acompanhá-lo. A visita ao templo do Aton havia mudado sua percepção sobre ele; agora, era como se o visse pela primeira vez. Suas palavras inócuas pareciam sinistras para ela, os movimentos de sua carne, deformada à luz da lamparina, uma ameaça não pronunciada. No entanto, ainda que quisesse, não ousava questioná-lo.

No dia seguinte, fez uma visita a Tia-Há, esperando que a alegria e o bom-senso da amiga lhe animassem. A princesa escolhia um dos vestidos com o auxílio da camareira, e o aposento estava ainda mais caótico que o usual. Tiye cumprimentou-a, recebeu a reverência e caminhou entre as pilhas desordenadas de tecidos brilhantes até as almofadas, que foram retiradas da passagem e encostadas na parede.

— Você está sempre em tal desordem, Tia-Há — disse Tiye, afundando-se nas almofadas e encostando-se. — Você tem mais criados do que qualquer outra no harém, todavia as visitas mal podem passar pela porta.

— Não sou muito organizada — respondeu Tia-Há, fazendo um aceno para a garota sair. — Prometo a mim mesma que me tornarei mais esmerada e ditarei longas listas de coisas a serem feitas, mas, antes que os criados possam desempenhar as instruções, alguém me traz um novo jogo de tabuleiro para experimentar, ou recebo um convite para uma festa e tenho de me embelezar. Então, minhas mulheres e eu terminamos jogando juntas ou passando maquiagem. — Abaixou para sentar-se em uma cadeira enquanto olhava Tiye, que jogava para o lado os vestidos largados pelo chão. — Hoje é um bom exemplo — continuou ela. — Decido livrar-me dos meus vestidos antigos, presenteá-los aos criados, e o que acontece? Mal havíamos começado quando a imperatriz veio nos ver! Certamente meu maior prazer é conversar com você, querida Tiye. Você parece bem. Da mesma forma o faraó, se assim posso dizer.

— Sim, suponho que ele esteja — respondeu Tiye de forma não comprometedora, os olhos nos pés de Tia-Há. — Conte-me, Princesa, você, por acaso, esteve cruzando o rio para ver o santuário do templo do Aton de Amenhotep? Estará, em breve, concluído e fechado à população.

178   Pauline Gedge

Tia-Há sorriu. Jogando as pernas para cima do divã, encolheu os ombros nas almofadas e começou a arrancar os anéis dos dedos roliços, jogando-os um a um em uma tigela de vidro no chão.

— Por acaso, Majestade? Quando os cortesãos, às centenas, trotaram como carneiros nos barcos pelo rio apenas para ver o faraó nu em pedra? Não, por acaso não. Também segui minha curiosidade e fui ver a que se referia todo o rebuliço. — O último anel chacoalhou na tigela, e Tia-Há começou a massagear as juntas.

— E o que você achou?

— Eu estava preparada para ver alguma grave violação a Ma'at — explicou Tia-Há —, mas as imagens ofendem somente meu conceito de bom gosto. Por quê? Está chateada, Majestade?

Tiye transferira o olhar para as próprias mãos enganchadas no colo.

— A arte é um objetivo sagrado — disse ela, sem ânimo. — Um faraó não deve incentivar que sua aparência física seja copiada. Qualquer estátua ou pintura deve representar somente a Encarnação Divina, sem imperfeições humanas.

— No entanto, o predecessor do faraó o fez. Você se lembra do deleite que nosso marido sentiu ao descobrir a pequena estela que o exibia no trono com o corpo envolto em uma fina roupa feminina?

O coração de Tiye iluminou-se. Sorriu de maneira agradável para a princesa.

— Lembro, mas aquela estela permanece no palácio. Arte de templo é diferente.

— Não muito. Além disso, não há nenhum deus no novo templo do faraó para ver seu corpo; então, o que importa? Vamos comer bolo? — Tiye assentiu com a cabeça. Tia-Há bateu palmas rispidamente, e um criado apareceu de imediato, ouviu a ordem e saiu. — O que me diverte é como os cortesãos estão se apressando para ter suas próprias imagens gravadas como pequenas cópias de seu marido. Na doutrina, o faraó diz que Rá lhe deu um corpo singular como marca de favor especial; então eles correm aos artesãos com instruções para cobrir os muros das casas e dos túmulos com imagens distorcidas de si. Se há mágica em tal infâmia, querem compartilhá-la. Mas como se espera que os deuses reconheçam inspetores, camareiros, generais e chefes de tal cena grotesca eu não sei! Até os dois poderosos vizires estão seguindo a moda à risca. Todos querem se insinuar para o faraó. É assim que tem sido sempre.

— Então, você acredita que tudo não passa de uma diversão e que essa moda passará? — O criado de Tia-Há voltou com um prato de bolos, e Tiye, faminta, pegou dois.

— Claro que acredito. — Tia-Há estava hesitante sobre a escolha quanto às misturas dos doces, a cabeça de um lado para o outro. — Agora, com a permissão de Vossa Majestade, gostaria de mudar de assunto. — Lançou um olhar sagaz para Tiye e começou um relato envolvente sobre uma festa de barco de que participara na noite anterior, e logo Tiye estava rindo e comendo, as apreensões esquecidas por um instante.

No meio da estação de Akhet, enquanto o rio subia e o ar espalhava um leve frescor, Tiye, com dificuldade, deu à luz uma menina. Ela escondera bem o temor por sua vida, que havia aumentado com o crescimento da barriga, sabendo que, nos olhares dissimulados dos cortesãos, existia uma expectativa de punição pela ostentação de uma relação proibida. Mesmo diante da desaprovação do faraó, ela mandara colocar estátuas de Ta-Urt, deusa do parto, nos aposentos e, quando começou o trabalho de parto, convocou os magos, com os amuletos e os cânticos mágicos. Suas vozes e seus gemidos eram os únicos sons no aposento lotado, já que os poucos cortesãos que tinham o privilégio de assistir a um nascimento real o faziam em um silêncio auspicioso. Indefesa e sufocada pela dor, Tiye sentiu a hostilidade deles. Não houve murmúrios quando o nascimento foi anunciado, e a pequena plateia retirou-se com o mesmo silêncio acusador com que havia permanecido. Amenhotep segurou a criança orgulhosamente contra o peito.

— Irmã-filha — disse, olhando para o rosto miúdo, adormecido —, você, acima de tudo, é a prova de minha piedade. Eu a chamarei Beketaton, Serva do Aton. Quanto a você, Tiye, a Grande Senhora, seus temores eram infundados.

Tiye estava com os olhos semiabertos, pesados com todos os anos que vivera. O marido estava ao lado de seu divã, uma figura obscura, condescendente, a peruca pendia nos ombros. Ela murmurou, mas não teve forças para dar uma resposta coerente. Todavia, alguma impressão passageira havia se impingido em sua consciência, e, apesar de o sono rondar as bordas de sua mente, ela o manteve em xeque. Ouviu Amenhotep entregar a criança à ama, trocar palavras com ela e dirigir-se à porta. Sentiu a mão do médico em sua testa. As portas abriram-se, Ay fez uma pergunta, as portas fecharam-se. Tinha algo a ver com o bebê no colo de seu marido. Não, não o bebê, o peitoral de faraó. O colar. Electrum, nenhuma joia, apenas uma corrente de belas argolas. Um mau pressentimento afastou a sonolência. Segurava o Aton, símbolo de Rá-Harakhti do Horizonte, mas não estava certo. Onde estava o deus com cabeça de falcão? Somente o disco solar permaneceu, ladeado por *uraei* reais e raios de sol. *Ankhs* estavam pendurados no Aton. *Devo contar a Ay*, pensou vagamente. *O que isso significa?* No entanto, antes que pudesse pensar sobre o assunto, adormeceu.

11

O ano que se seguiu foi visivelmente um período de otimismo. Nos berçários do harém, as crianças reais prosperavam. Algumas semanas depois de Tiye, Nefertiti também deu à luz uma menina, e Amenhotep a chamou de Meketaton, Protegida pelo Aton. Não parecia preocupá-lo o fato de que, até agora, ele não tivera nenhum filho real. Nefertiti recuperou-se rapidamente, encorajada pelo alívio que sentiu por Tiye também ter gerado uma menina, não havendo briga precipitada para nomear um herdeiro. Já o corpo de Tiye se recuperava lentamente, e, nas semanas da inundação, ela repousou, conduzindo de sua cama o assunto que fosse necessário, feliz em realizá-lo com solene serenidade. Talvez porque ela sentia mais afeição pelo bebê Beketaton do que por qualquer outro de seus filhos, exceto o primeiro, Tutmósis. O amor que ela sentia por Amenhotep quando ele era criança tinha mais a ver com um sentido de proteção feroz, irracional, diante do perigo mortal, mas, com a maneira como acariciava e apreciava Beketaton, sua força crescendo lentamente com o próprio crescimento do bebê, um genuíno laço era construído gradualmente. Ela não perscrutava friamente o futuro da filha como uma consorte para Smenkhara. Mantinha o peso do corpo miúdo adormecido contra o próprio corpo cálido, e o presente era suficiente.

Smenkhara estava com quase quatro anos, um menino calmo, dado a explosões de volubilidade com a graça natural do falecido irmão Tutmósis. Iniciou a instrução oficial no harém sob os olhos vigilantes de Huya, um fato que causava angústia, porque Meritaton tinha apenas dois anos, muito jovem para receber instrução, e os dois haviam se tornado inseparáveis. Ela era uma criança miúda, parecia uma boneca, com os olhos acinzentados de Nefertiti e o nariz aquilino do pai, uma criatura que pertencia às esvoaçantes roupas finas, às joias, às fitas e aos perfumes pelos quais vivia rodeada. Ficava do lado de fora da sala de aula, onde Smenkhara e os filhos dos ministros do faraó cabulavam as aulas, seus olhos acinzentados fixos na porta, com uma verdadeira paciência, ignorando os suspiros dos criados. Quando ela ouvia a oração a Amon e o breve canto ao Aton, os quais indi-

182 Pauline Gedge

cavam o fim das aulas do dia, o corpo frágil ficava tenso de ansiedade até que Smenkhara surgisse. Separando-se da excitada horda de meninos, corria em direção a ela para receber, com a segurança tranquila de evidente afeição, qualquer coisa que tivesse trazido — uma flor, um besouro resplandecente morto, um pedaço de cerâmica quebrada. Não mantinham longas conversas durante as tardes quentes, mas brincavam de qualquer coisa, em distinto e completamente amigável silêncio.

Nefertiti estava satisfeita com a harmonia entre eles, percebendo-a como uma base para futuras negociações, ao passo que Tiye simplesmente ouvia os relatórios diários da sala de aula e do berçário e guardava as informações na mente. O amor não tinha nada a ver com a necessidade dinástica.

Tiye esteve confortavelmente no ápice do poder durante aquele ano, segura na contínua afeição de Amenhotep. O ciúme de Nefertiti, no entanto, parecia arrefecido, refreado não somente pelo fato de que as duas haviam dado à luz meninas mas também pelo retorno da impotência do faraó. Se ele era incapaz de fazer amor com Nefertiti, também sabia, por meio dos espiões nos aposentos de Tiye, que ele não fazia amor com a imperatriz. O fogo que o consumia era a chama invisível do fervor religioso.

Amenhotep frequentemente rondava seu templo ainda inacabado, observando os artistas esculpirem o nome do Aton nos emblemas de um faraó que reinava sob o novo símbolo que adotara para si. Por um longo período, à noite, orava em seus aposentos esplendorosamente iluminados, de pé, diante do santuário do Aton, em vestes femininas pregueadas que começara a usar e com incensórios de ouro que fumegavam nas mãos. Para as multidões que enchiam os salões a fim de ouvir sua doutrina, ele sempre gritava, a voz estridente aumentava à medida que se inclinava do trono, o suor do entusiasmo manchava-lhe a veste que fazia dobras sobre os pés pintados. Após a doutrina, retirava-se para o divã e caía em um sono profundo, exausto, enquanto os ouvintes se dispersavam, alguns apressando-se para tarefas mais adequadas, e outros dirigindo-se lentamente ao átrio ou aos jardins em debates furiosos. Sob o escudo régio da administração cotidiana, o palácio era acusado de animosidades mesquinhas, e o faraó caminhava acompanhado dos macacos, como um reflexo andante das grotescas representações de si próprio que tinham começado a adornar as paredes ricamente pintadas de Malkatta. À medida que a atmosfera na corte se tornava mais pesada, Tiye refugiava-se nas volumosas correspondências estrangeiras, que pareciam nunca diminuir, e passava muito tempo com os cortesãos de sua geração compartilhando as lembranças de seu primeiro marido.

Um dia, Tiye estava passando com os criados e o segurança pela estrada que conduzia do templo funerário de Amenhotep III a Malkatta. Constantemente fazia oferendas ao falecido marido, levava comida e flores para colocar aos pés de sua imagem, enquanto murmurava orações pelo bem-estar de seu *ka*. Era um ritual que ela gostava de realizar, porque, na saída, ao fechar as portas do santuário, era transportada para o passado. A personalidade zombeteira, acalorada, de Amenhotep parecia preencher a ampla sala repleta de colunas que lhe traziam um sentimento de segurança. Na presença do filho, estava sempre desconfortável, temendo algum futuro julgamento contra ela, apesar de sua reconhecida divindade; às vezes sentia saudades do relacionamento turbulento, mas descomplicado, que tinha com o pai. Um eco tênue disso existia ali, no templo construído pelos veneradores, e Tiye o sorvia lentamente. Não era tão estúpida a ponto de se satisfazer com as ilusões do passado, mas sentia-se tentada.

A festa atingira a rota bisseccionada, que era percorrida por um crescente fluxo de suplicantes em seu caminho ao templo do Filho de Hapu. Onde o templo, por sua vez, lançava uma sombra intensa na estrada, Tiye de repente, ouviu maldições serem apregoadas e grunhidos de homens furiosos. Curiosa, levantou a cortina da liteira e ordenou aos escravos que parassem. Enviaria um Seguidor para investigar quando houve um silêncio abrupto, acompanhado de um grito agonizante e da manifestação repentina de um homem no cortejo. Ele parou, o terror saltou aos olhos quando avistou a nobreza no outro lado da estrada deserta, hesitou e, então, virou-se para correr. Ela acenou com a cabeça ao capitão, e ele e diversos outros soldados correram atrás do homem, desaparecendo pela extremidade do templo. Raios de sol incidiam na poeira da estrada, e Tiye ouviu os criados passarem a jarra de água entre eles. Os soldados ficaram para trás, arrastando os pés, apreensivos, até que o capitão e os homens reapareceram, o fugitivo preso firmemente no meio deles. Dois outros carregavam um segundo homem, e, mesmo a distância, Tiye pôde identificar, pelos membros flácidos e pela cabeça suspensa, que aquele homem estava morto. Os soldados movimentavam-se para rodeá-la enquanto ela saía da liteira e os criados abriam o dossel. Dessa sombra, Tiye observou o corpo caído na estrada.

184   Pauline Gedge

— Ele não está morto, Majestade — disse o capitão. — O sangue ainda flui.

Tiye olhou para a cabeça inclinada, o crânio raspado com manchas de sangue escuro, os lábios esmagados, os machucados no pescoço. Desviou o olhar. O outro homem, ofegante e suando, também estava muito machucado. A roupa branca estava esfarrapada, mas o sangue que espirrou nos braços e lhe sujou a face não era dele. Quando viu o olhar dela em sua direção, ele deu um grito indistinto e esforçou-se para libertar os braços dos corpulentos Seguidores que o carregavam de cada lado. Foi então que Tiye notou as faixas no braço adornadas com o hieróglifo do Aton. Assustada, ela olhou para o cadáver. As faixas do braço eram gravadas com a dupla plumagem de Amon.

— Não é possível! — gritou ela. — Ponha-se de pé, sacerdote. O que é isso?

Ele lutou para falar, os olhos focalizados na poça de sangue na estrada, já penetrando a terra. As moscas haviam começado a juntar-se, zumbindo avidamente em volta da cabeça inclinada, e um soldado puxou o abanador para espantá-las.

— Piedade, Majestade — resmungou o homem, engolindo convulsivamente. — Não quis matá-lo. Nós nos encontramos na estrada, e eu tinha calor e sede. Ele tinha água e pão. Paramos para conversar. Ele dividiu sua comida comigo, e, quando terminamos, devíamos ter partido, mas... — Ele fechou os olhos. Tiye esperou impassivelmente. — Começamos a conversar e, então, a discutir. Ele atirou o cântaro de água em mim, e a raiva acometeu-me. Eu o atingi. Nós lutamos. Coloquei-o no chão, mas ele lutou e amaldiçoou-me. Peguei uma pedra e...

Com desprezo, Tiye fez sinal para ele silenciar e virou-se para o capitão.

— Leve-o para as prisões do palácio e prenda-o. O faraó tem de julgar isso. Mande o cadáver para Ptah-hotep. Sacerdotes brigando! Não posso acreditar! — Encaminhou-se para a liteira. Antes que fechasse as cortinas, sentiu o vestígio de sangue novo, e, de algum lugar, um vulto apareceu, rodeando desajeitadamente, mas com uma tenacidade enervante.

De volta ao palácio, foi direto ao filho. Ele saía do banheiro com os braços estendidos, de forma que o criado pudesse enxugá-lo, e deu-lhe as boas-vindas com o usual sorriso encantador.

— Será uma bela solenidade esta noite, Tiye. Pupri e Puzzi estarão aliviados por voltar a Mitanni depois de tanto tempo.

Pela primeira vez, ela não teve interesse nas tramas que mantiveram os embaixadores de Mitanni no Egito desde o funeral de Osíris Amenhotep. Rápida e resumidamente, contou-lhe o que acontecera na estrada, buscando em seu rosto qualquer reação, mas ele somente ouviu com uma doce cordialidade nos grandes olhos castanhos. Quando ela terminou, ele a conduziu a seus aposentos, ficando de pé enquanto lhe colocavam uma roupa vermelha, apalpando o fino tecido com admiração. Sentou-se para que as solas dos pés fossem pintadas de vermelho e, por fim, suspirou gentilmente.

— Falarei com o sacerdote do Aton — disse ele. — Eles ainda têm muito a aprender. O Aton não precisa de uma defesa violenta. É revigorante. Você gosta desses braceletes, querida mãe? Kenofer os presenteou a mim.

Ela ignorou as palmas estendidas, pintadas, que derramavam ouro. Indo em direção à cadeira de Amenhotep, agachou-se, olhando para seu rosto.

— Amenhotep, um homem morreu, e não apenas qualquer homem. Um sacerdote de Amon foi carregado para a Casa dos Mortos, assassinado pelos homens do sol. Se o assassino não for executado, você perdoará uma resolução violenta e todas as brigas tolas que se sucederem, assim como demonstrará favoritismo ao Aton.

Ele levantou as sobrancelhas depiladas e sorriu.

— Você é experiente em assuntos de Estado, minha Tiye, e quase nunca questiono suas decisões. No entanto, sempre que converso intimamente com o deus, estou mais preparado para tratar de assuntos de religião do que qualquer outro homem. — O camareiro deixou os braceletes de ouro sobre os longos dedos. — O sacerdote estava mal-orientado a respeito de seu fervor, isso é tudo. Eu o advertirei e o libertarei.

— Se você agir assim, os sacerdotes de Amon vão temer por suas vidas! Eles ficarão amargurados e ressentidos.

— Mas seu deus os protegerá.

Ela não podia dizer se, sob aquele tom benigno, havia verdadeira ingenuidade ou puro sarcasmo.

— Se deixá-lo ir, você, pelo menos, aparecerá em Karnak por alguns dias para realizar os ritos matinais pessoalmente?

— Creio que não. — Educadamente, ele virou e olhou-se no espelho, e ela levantou-se. O maquiador umedeceu o pincel na tinta azul de olho.

— Não tenho rixas com Amon, e é apenas uma questão de tempo para os sacerdotes do Aton perceberem que não existem ameaças à sua insignificância. Dessa forma, as duas facções recuarão, e haverá paz.

Tiye não argumentou mais. Beijando-lhe com suavidade a testa, como se ele fosse uma criança tagarela, ela o deixou, tomando uma liteira para a casa do irmão, pelo crepúsculo cálido.

Ay bebia vinho no jardim com alguns dos oficiais. Atrás deles, a luz da primeira lamparina brilhou através das pequenas colunas frontais, e a risada e o movimento dos criados e das concubinas misturou-se ao saboroso aroma de comida quente. Os babuínos de Ay estavam deitados na grama escura, aglomerados e roncando suavemente. A noite já caía espessa nas árvores que encobriam o jardim na margem do rio, mas, entre os troncos, a afiada linha cinza dos pequenos degraus do embarcadouro ainda podia ser vista. A conversa foi minguando quando o arauto de Tiye a anunciou e os homens se curvaram em reverência. Pedindo que se levantassem, ela fez sinal para que Ay a acompanhasse, e, juntos, foram dar uma volta entre os animais serenos pelo caminho que os conduzia às águas calmas.

— O faraó vai libertar um sacerdote preso na cadeia do palácio — disse a ele. — Eu o quero morto. Providencie para que isso seja feito discretamente, mas assegure-se de que o corpo possa ser facilmente encontrado e de que as credenciais da classificação sacerdotal sejam deixadas com ele.

Ay consentiu.

— Muito bem. Você deseja me contar o porquê disso?

Quando ela terminou de falar, ele a conduziu para debaixo dos sicômoros sussurrantes. Agora que o rio estava visível, uma faixa prateada com as novas estrelas picotava-lhe a superfície. O barco de Ay era uma massa escura, amarrada aos degraus, e os passos dos criados que faziam a ronda no perímetro de sua casa se intensificavam e desapareciam gradualmente. Foi uma noite calma. Tebas não passava de um murmúrio vacilante na outra margem.

— Se esse fanatismo religioso se espalhar pelo palácio, poderemos enfrentar uma situação muito séria — disse ele. — Não posso acreditar que o faraó esteja cego a essa possibilidade. Ele deseja que isso aconteça?

— Não sei. Às vezes me parece um assunto menos importante, um jogo que permitimos que ele jogue para mantê-lo ocupado, mas, em seguida, recapitulo e vejo exatamente como as coisas mudaram, como a vida na corte mudou. Jamais pensei que deveria tentar influenciá-lo em assuntos que não fossem de caráter governamental e temo que minha influência não seja suficiente.

— O que aconteceria se você simplesmente dissesse aos responsáveis pela morte do sacerdote para desconsiderar a ordem do faraó e determinasse uma ordem sua? — O rosto de Ay ficou estático, pálido e vago, ao contrário do dela. A respiração dele com aroma de vinho estava ardente.

— Tenho receio de considerar essa possibilidade. A palavra do faraó é lei. Com frequência sua palavra é realmente a dos conselheiros ou a minha, embora proceda de sua boca, mas, de qualquer forma, é sagrada. Caso ele, então, reverta *minha* ordem, meu poder será reduzido.

Ay riu, um som breve e agudo.

— É tão tolamente intrigante quanto o jogo Cães e Chacais. Ele é o faraó, mas você ainda é a governante do Egito, e Nefertiti mantém a superioridade da família. Nosso sangue torna-se menos estrangeiro e mais real. Se o império de Amenhotep sofrer uma crise religiosa após a outra, o Oráculo de Amon ficará suficientemente feliz para apontar o herdeiro que indicarmos a ele. Ainda ocupamos uma posição de grande poder, Tiye.

— O que você diz é verdade, mas sob a pedra há areia. E tudo está mudando. No momento, há equilíbrio entre os adeptos de Amon e do Aton na corte, mas e se o número de veneradores de Amon diminuir?

— Que veneradores? Somente os sacerdotes são verdadeiros veneradores. Farei como você pede, imperatriz. Pare de se atormentar.

Mas o poder se apoia em contínuo tormento, pensou ela enquanto sentia a mão tranquilizadora do irmão descendo para seu ombro, *ao se preocupar com o passado penetrando o presente, as decisões do presente se estendem a um futuro desconhecido.*

— Os oficiais devem estar prontos para jantar, e já estou atrasada para a solenidade do faraó — disse, encostando a face por um momento na mão de Ay e retirando-se. — Mantenha-me informada quando o assunto for resolvido. Você recebeu alguma notícia recente de Tey?

Voltaram na direção das lamparinas, que agora cintilavam sobre o jardim, conversavam sobre pequenos problemas de família. Tiye deixou-o com os convidados. Uma explosão de risadas masculinas acompanhou-a até a entrada, acalentada a extensão despovoada do caminho iluminado pela lua, que era esmagado sob os pés descalços dos porta-liteiras, e uma sensação de solidão a atingiu. Ela preferiria fazer uma refeição informal no jardim de Ay a sentar-se ao lado do faraó sob o baldaquim dourado, com o pesado disco solar e a dupla plumagem na cabeça.

O corpo do sacerdote foi descoberto no deserto, atrás dos rochedos do oeste, próximo a um caminho tortuoso usado pelas caravanas nômades. O homem fora habilmente apunhalado no coração, e a arma fora retirada. Quando foi encontrado, já havia começado a definhar, as secreções foram absorvidas pela areia e pelo ar, ávidos por umidade, as faixas do Aton folgadas na parte superior dos braços. Alívio e uma nova reverência à imperatriz invadiram Karnak. A história da briga dos dois sacerdotes e o assassinato do homem de Amon espalharam-se rapidamente. Karnak fervilhava de indignação e de apreensão não somente no complexo do templo de Amon mas também nos aposentos daqueles que serviam à consorte de Amon, Mut, e a seu filho, Khonsu. O assassinato foi um incremento amedrontador na rivalidade entre o Aton e os deuses de Tebas. Alguns sacerdotes, furiosos, requisitaram armas de Ptah-hotep, argumentando que tinham o direito de se defender, mas a maioria limitou-se a prolongadas discussões nos aposentos e parou de ir a Karnak e à cidade sozinhos. Ptah-hotep sabia que qualquer resposta violenta dos sacerdotes subordinados a ele levaria a rixa a uma arena ainda mais perigosa, cujas consequências para o Egito poderiam ser desastrosas. Ele proibiu estritamente qualquer espécie de retaliação enquanto pensava em que curso seguir. Enfurecido, assistiu à mão do faraó libertar o sacerdote do Aton da prisão, mas, quando o corpo do homem foi descoberto no dia seguinte, a raiva transformou-se em gratidão por ter reconhecido a justiça sumária da imperatriz na decisão.

Os cortesãos provavelmente viram a mão da imperatriz na escolha de uma solução simples para um problema que se tornava mais complexo a cada dia. Admiravam sua facilidade para agir de modo que a imagem do faraó não ficasse prejudicada. Acompanhavam a animosidade entre as duas facções dos deuses com apreensão, porque ameaçava romper com suas vidas outrora confortáveis, e sabiam que Tiye lhes havia garantido um período de paz. Esperaram para ver o que o faraó diria; como ele nada fez, esqueceram o incidente.

No entanto, na privacidade dos aposentos, Nefertiti enfureceu-se com o marido:

A Décima Segunda Transformação   189

— Quem é o faraó? Ela ou você? — reclamou, caminhando pelo quarto enquanto ele se deitava no divã e a observava. — Eu lhe disse, Hórus, que o interesse dela no Aton era um golpe, e agora ela o provou. Ela matou um sacerdote. Com que frequência você disse que o deus é bondoso e amável e não precisa de armas? Ela está usando você!

— Pode ser — respondeu suavemente —, mas ela é minha imperatriz. Sou indulgente com respeito a essa falta de entendimento.

— Sua indulgência é vista como fraqueza no palácio! Puna-a, Poderoso Touro! Submeta-a à repreensão pública.

— Não se pode provar que ela foi responsável pela morte do sacerdote. Pode ter sido causada pelos homens de Amon.

Nefertiti torceu os delicados lábios vermelhos e dirigiu-se ao divã.

— Mesmo que não seja culpada, ela transita pelo palácio como se a Coroa Dupla estivesse sobre sua cabeça. Com certeza está na hora de retirar o poder das mãos dela. Não há mais necessidade de uma regente. Você a nomeou assim porque desconhecia os mecanismos do poder. Isso foi há, aproximadamente, quatro anos. Trabalhei com ela. Posso ajudá-lo.

— E o que você gostaria que eu fizesse com Tiye?

A resposta estava na ponta da língua: *Mate-a*, mas Nefertiti se conteve.

— Aposente-a em Akhmin ou, se for muito próximo, nas propriedades em Djarukha. Ela está muito idosa para aprender coisas novas, e, em seu coração, Amon sempre reinará com supremacia. Enquanto ela for vista na corte, haverá problemas entre o antigo e o novo. — Nefertiti estava sentada ao lado dele e entremeava as palavras com suaves beijos em seus olhos, em suas faces, na maciez de sua boca carnuda, mas ele se afastou sem comoção.

— Eu a amo — respondeu simplesmente.

A raiva que se extinguia em Nefertiti foi restaurada.

— Você não me ama também?

Ele colocou o braço fraternalmente em volta dos ombros rígidos da mulher.

— Você sabe que sim.

— Não do jeito que você se submete a ela — disse, em tom amargo. As palavras soaram prontamente no triste silêncio do quarto. *Ela está idosa, não é tão bela quanto eu, e sua maturidade está se dissolvendo. Ela é sua própria mãe, e o Egito ainda está inquieto, com receio de que os deuses a punirão. Ela é feia e esperta...* Com dificuldade, reforçou:

190   Pauline Gedge

— Sou sua humilde serva — disse com veemência. — Contudo, Amenhotep, chegará o momento em que você desejará governar ativamente, e então será tarde demais.

Ele manteve-se em silêncio. Mais tarde, jogaram *sennet*, e Nefertiti, a explosão de raiva já controlada, cantou enquanto ele tocava o alaúde, exibindo para ele todo o brilho de seu encanto, instigando-o e rindo com ele. Todavia, como acontecia com frequência, depois da discussão sobre Tiye, ele era incapaz de corresponder. Nefertiti não ficou desapontada. Ela sabia, agora, que a impotência periódica do faraó era um sinal de que os ataques à imperatriz haviam atingido o objetivo. Ela estava satisfeita.

Tiye esperava que sua ordem para a execução não oficial do sacerdote do Aton resultasse na redução da tensão religiosa por algum tempo. Ficou desanimada quando, alguns dias mais tarde, viu Ptah-hotep no fundo da sala de audiência pública, obviamente aguardando sua vez para se aproximar de Amenhotep. Com frequência, o trono à esquerda de Tiye permanecia desocupado, porque o faraó raramente se incomodava com as reclamações dos ministros, mas hoje ele tomara seu lugar como árbitro divino. Nefertiti sentou-se em um banquinho acolchoado a seus pés, e o Guardião das Insígnias Reais ajoelhou-se diante dele, cuidando da caixa em que estava a cimitarra. O cajado e o mangual estavam soltos no colo do faraó. Ele chegou tarde para a audiência, subindo os degraus com Nefertiti apoiada em seu braço, mas, para o alívio de Tiye, não fizera comentário sobre os casos que ela estava apaziguando, apenas os ouviu atentamente e assentiu, de vez em quando, enquanto ela falava. O sumo sacerdote foi o último. Tiye o observou aproximando-se a passos largos, a pele de leopardo jogada sobre um ombro, o criado e o acólito em cada lado. As reverências foram feitas, e Tiye ordenou que ele falasse. Os escribas levantaram as penas antecipadamente. Ptah-hotep fazia o possível para esconder o constrangimento e a apreensão sob os pretextos de dignidade e autoridade.

— Deusa, perdoe minha imprudência, mas este caso diz respeito apenas ao faraó — disse a ela e, virando-se para Amenhotep, continuou: — Poderoso Hórus, é prerrogativa apenas sua nomear ou demitir o Primeiro Profeta de Amon. Servi nesta função em Karnak por mais de vinte anos, obedecendo ao deus, ao oráculo do deus e a meu faraó. A Comemoração das Aparições veio e se foi quatro vezes, e ainda não se apontou um novo sumo sacerdote ou eu fui confirmado nesta posição. Humildemente lhe peço, faraó, hoje, que faça um ou outro.

Tiye havia esquecido esse antigo privilégio nobre. Pelo canto dos olhos, viu o rosto do filho anuviar-se com indecisão e inclinou-se até ele.

— O que você quer fazer? — murmurou ela. — Devo aconselhar? — Ele consentiu impetuosamente. — Você compreende, decerto — continuou em voz baixa —, que, se confirmar Ptah-hotep nessa posição, estará também confirmando uma situação não resolvida em Karnak. Ele é a antiga ordem. O Aton o ameaça, e ele não sabe o que fazer a respeito. Se continuar como sumo sacerdote, você estará dizendo tanto à corte quanto ao templo que, apesar de todo o problema que suas ações trouxeram a Malkatta, apoia Amon como seu pai o apoiava. Os sacerdotes de Amon terão a confiança renovada. Contudo, acho que Ptah-hotep está pedindo para ser aliviado de suas obrigações. Ele deseja aposentar-se com dignidade antes que as circunstâncias fujam do controle e resultem em humilhação. Você entende? — Ele franzia a testa ao se concentrar, e ela o observou umedecer os lábios vermelhos. Nefertiti abertamente se agarrava a cada palavra, os olhos de um lado para outro.

— Acho que entendo — murmurou Amenhotep em resposta.

— Bom — disse Tiye. — Então, deixe-o ir. Meu conselho é promover Si-Mut, Segundo Profeta de Amon, à posição de sumo sacerdote como uma demonstração de boa vontade ao reconhecer o poder contínuo de Amon, mas também como uma indicação aos homens do Aton de que você esteve descontente com a contenda de Karnak e espera um retorno à harmonia e à cooperação entre os dois deuses sob um homem mais novo e mais flexível.

Ptah-hotep estava pacientemente de pé, com a cabeça inclinada, e os escribas esperavam para registrar o julgamento, os olhos em Amenhotep. Tiye reclinou-se na cadeira e sorriu de modo animador para o faraó, ficando aliviada ao vê-lo levantar o cajado e o mangual para anunciar a decisão. Contudo, antes que ficasse ereto, Nefertiti tocou-lhe o joelho e subiu os degraus. Encostou os lábios no ouvido do faraó e começou a murmurar, mas Tiye interrompeu categoricamente:

— Este é o lugar de audiência pública, Majestade, não seus aposentos, e, como imperatriz, tenho o direito de ouvir quaisquer comentários que você deseje fazer sobre o assunto.

192 Pauline Gedge

— Isso é verdade, amada — lembrou Amenhotep. — Ficaria muito satisfeito em ouvir sua opinião e estou certo de que Tiye também está interessada. Fale alto.

Tiye esperou, as sobrancelhas ergueram-se em condescendência, e, após um momento de transtorno, Nefertiti colocou uma das mãos no braço do faraó.

— Si-Mut certamente é flexível, meu marido — disse rapidamente —, mas é para a imperatriz que ele se curva. Se você o nomear, o Aton nunca reinará com supremacia. Esta é sua chance de ter um sumo sacerdote que não somente o venera mas também admite o poder universal do Aton. Com tal homem governando a Casa de Amon, você pode fazer as mudanças que desejar em Karnak, impedir que os sacerdotes incomodem e zombem dos criados do Aton.

— Realmente, Majestade — interrompeu Tiye, com frieza. — Qualquer homem que admita o Aton como principal deus pertence aos templos de On, não devendo reger o templo de Amon. Os empregados do templo de Amon não se submeteriam a isso, mesmo por um dia, mas viriam correndo ao faraó pedir um novo nomeado. Se você já tiver terminado de falar, talvez o faraó possa apresentar a decisão dele e deixar todos descansarmos durante a tarde.

O tom zombeteiro despertou um vislumbre de raiva nos olhos de Nefertiti.

— Não sou tão tola quanto você imagina, Imperatriz — respondeu em voz alta. — Com certeza, a escolha do faraó deverá agradar aos dois lados — continuou, voltando-se para Amenhotep. — Considere Maya, o Quarto Profeta de Amon. Ele vem à doutrina com frequência. É jovem e adora você. Ele não insistiria teimosamente em defender Amon em todas as ocasiões, impedindo seus desejos para Karnak. Escolha-o!

— Não tive tempo para considerar isso cuidadosamente — interpôs Amenhotep, olhando desditoso para Tiye. — Como posso escolher?

— Confie em mim, meu filho — respondeu com suavidade, certa de que, como sempre, ele agiria conforme o desejo dela. — Eu nunca lhe aconselhei precipitadamente. Nefertiti está tornando a situação mais complicada do que o necessário.

Ele afastou o braço do domínio de Nefertiti.

— Desejaria não ter vindo à audiência hoje — murmurou ele. — Dê-me um momento.

O queixo afundou na palma da mão. Tiye aguardou, imóvel por fora, mas, por dentro, fervia com a injustificada intrusão de Nefertiti. *Amenhotep, com certeza, aceitará meu conselho*, pensou ela, observando os impacientes e evasivos olhares dos cortesãos. *Foi ingênuo de Nefertiti pensar que ela faria qualquer outra coisa senão confundi-lo.*

Os momentos passaram-se, e, finalmente, Amenhotep levantou o rosto.

— Aprovo sua ideia, Nefertiti — disse com um olhar enviesado para Tiye. Em seguida, levantou-se e, erguendo o cajado e o mangual bem acima da cabeça de Ptah-hotep, bradou: — Nós reconhecemos a lealdade e o serviço do sumo sacerdote de Amon. Deixe-o aposentar-se com honra. A pele de leopardo passará a Maya, o criado mais abençoado e afortunado do seu senhor.

O rosto de Ptah-hotep demonstrou alívio, e Tiye percebeu que estava certa. Um burburinho. Amenhotep recostou-se no trono, secou a transpiração no lábio superior e acenou para Ptah-hotep sair. Tiye levantou-se de modo desajeitado e, sem se dignar a notar Nefertiti, disse ao filho:

— Esta decisão foi sua isoladamente, e eu a honrarei. No entanto, acredito que demonstrou falta de bom julgamento. — Virando-se, ela desceu com arrogância os degraus, retirou a coroa e, entregando-a ao guardião, deixou a sala.

Nefertiti acompanhou o marido a todas as atividades restantes do dia, deleitando-se em um ardor de triunfo. Foi a primeira vitória pública sobre a imperatriz, mais agradável ainda por não ter sido planejada. Tiye não apareceu para a refeição noturna, e Nefertiti presidiu no trono ao lado de Amenhotep, animada e vivaz. Suas observações espirituosas arrancavam risadas dos convidados que tinham o privilégio de estar sentados próximo ao trono. Ela fez o possível para obter um sorriso ou iniciar uma conversa com o faraó, mas ele recusou todas as tentativas, os olhos permaneciam apáticos como dois pratos vazios. Murmurava algo ocasionalmente, e Nefertiti virava-se para ele de imediato, mas logo percebia que não se dirigia a ela. Ele bebia bastante e erguia a taça erguida para ser completada enquanto o olhar permanecia imóvel na mesa. Após um tempo, impaciente e perturbada, Nefertiti passou a ignorá-lo, conversando ao lado com Tadukhipa ou, no plano abaixo, com os convidados, e ele continuou sorvendo o vinho tinto e suspirando para si mesmo. De vez em quando, tremia e alcançava um pano para enxugar o pescoço, e Nefertiti ficou convencida de que estava bêbado. Nenhum dos convivas prestava a menor atenção nele, até que o grupo de entretenimento concluiu a apresentação e chegou a hora de partir. A multidão, então, tornou-se inquieta, aguardando-o para receber as reverências e permitir que se retirassem. No final, Nefertiti teve de colocar o ouvido próximo ao rosto dele e fingir que ele estava lhe dizendo algo. Ao levantar-se, ela disse às pessoas reunidas que podiam fazer uma reverência e sair. O ruído da saída parecia excitar Amenhotep, e, aos poucos, ele empurrou a cadeira para trás, bebeu o restante do vinho na taça e debandou pelas portas dos fundos sem nem mesmo olhar para ela.

Contudo, o estranho comportamento de Amenhotep não foi suficiente para refrear seu entusiasmo. Levou muito tempo até que Nefertiti estivesse pronta para dormir. Ordenou que músicos fossem com ela para os aposentos, ouviu algumas canções populares, sussurrou as melodias com o cantor e, quando terminaram, chamou o escriba para recitar poemas românticos. Antes de ir para seu divã, ela ficou em pé na janela, sonhando, os braços cruzados, consciente apenas dos sons brandos da noite que vinham languidamente do jardim. Relutava em ver o dia terminar, mas, por fim, deitou-se no divã, suspirando de contentamento enquanto a camareira puxava o lençol para cobri-la e saía para sua esteira no canto do quarto.

Parecia que Nefertiti adormecera por apenas alguns momentos quando os passos no corredor do outro lado da porta a acordaram. Sonolenta, levantou a cabeça para ouvir. O primeiro e débil raio de luz do amanhecer mostrou-lhe a criada, agitada, levantando-se da esteira e saindo para investigar. A garota tinha dado três passos cambaleantes quando a porta se abriu e o faraó adentrou o quarto. Nefertiti observava, os olhos arregalados, quando ele foi em direção à criada e, bruscamente, lançou-a para o corredor, batendo a porta. Ele estava nu.

— Amenhotep, o que há de errado? — gritou, esforçando-se para se sentar, mas, antes que Nefertiti pudesse afastar o lençol, ele jogou-se na direção do divã e arrancou-lhe a roupa. Ela estava muito chocada para resistir. Afundando nas almofadas, sentiu suas pernas serem abertas, e ele

A Décima Segunda Transformação   195

forçou para penetrá-la, respirando com dificuldade enquanto ela tentava manter-se centrada.

Houve uma batida discreta à porta, e Amenhotep gritou:

— Vá embora! — Enquanto se mexia, começou a murmurar, desconjuntado, frases incoerentes ininteligíveis para ela, até que, sufocado, rolou e deitou-se ao lado de Nefertiti, os joelhos encostados no queixo. Ele tremia.

— Traga-me água.

Totalmente acordada, Nefertiti moveu-se do divã e despejou água do cântaro em sua mão. Apoiando-se em um cotovelo, ele bebeu, pediu mais e, então, afundou-se nas almofadas.

— Tive um sonho, Nefertiti, ah, que sonho — sussurrou. — Espero que você não esteja amedrontada.

Estou mais do que amedrontada, pensou ela, observando os membros do faraó sacudirem com tremores espasmódicos. *Estou aterrorizada.* Ela queria pegar uma ponta do lençol e enxugar-lhe o rosto, deu meia-volta em direção à porta para gritar por socorro, mas ele agarrou seu pulso.

— Daqui a pouco. Você pode contar a eles em breve, chame-os todos, conte a eles... — Ele começou a rir. — Sente-se aqui a meu lado. — Ele a puxou para sentar e depois a soltou, e Nefertiti rapidamente se cobriu com o tecido amarrotado, desejando que ele não pudesse vê-la nua.

— Era um pesadelo? — perguntou ela, forçando um tom suave. O medo começou a diminuir à medida que os tremores do faraó reduziam a intensidade e sua fala se tornava mais compreensível.

Amenhotep virou-se nas almofadas.

— Não, não foi um pesadelo, tive uma visão. Estive no Duat, viajei na barca noturna, o barco de Mesektet, com os deuses e os faraós de Osíris! — A voz elevou-se, e ela o viu engolir em seco, esforçando-se para manter o controle. — Ouvi os mortos clamarem por luz enquanto eu passava por todas as Doze Casas da Escuridão, pelas doze transformações de Rá, e fui capaz de lhes dar o que desejavam!

— Você sonhou que estava no submundo com Rá? — disse ela confusa.

Amenhotep sentou-se e, cruzando os braços contra o tórax molhado de suor, começou a tremer.

— Não era um sonho, eu sei. Entrei na boca de Nut ao pôr do sol como a Carne, o Rá-a-ser-comido, e fiquei em pé na barca durante todos os ataques da serpente Apófis, mas esse não é o fato mais importante. — Ele fechou os olhos. — Rá teve de me levar ao Duat para me fazer entender.

Não sou a encarnação de Rá, Nefertiti, sou o próprio Aton. Foi na décima segunda transformação de Rá que me senti nascido.

Ela olhou com descrença para o êxtase no rosto do marido, querendo saber se ele havia enlouquecido.

— Foi só um sonho, meu marido — insistiu, os olhos dele abriram-se e fitaram-na com intensidade.

— Foi a visão mais significativa da minha vida — corrigiu-a. — Agora, minha natureza verdadeira me foi revelada. Enquanto eu era expelido do ventre de Nut ao amanhecer, olhei para trás, esperando ver a sua face inigualável, mas vi a mim mesmo. Nefertiti, vi a mim mesmo! — Ficou em pé e começou a cambalear de um lado para o outro, os punhos fechados com excitação, febrilmente agitado. — Estou tão feliz! Pelo menos, fui capaz de torná-la uma deusa. O poder não escapará mais de mim quando eu fizer amor com você, será restaurado, renovado, porque sou a fonte de toda a luz e de toda a vida!

Nefertiti, a calma restabelecida, começou a pensar. Ele aproximou-se dela por instinto, revelando-lhe toda a verdade, não à imperatriz.

— É por esse motivo que você está aqui, faraó, e não nos aposentos de Tiye? — indagou com perspicácia.

Ele deu a volta no divã e foi até ela.

— Sim, sim. O deus guiou meus passos, e, agora, acredito que não preciso mais de minha mãe para suprir meu poder. Eu a amo, mas os demônios foram finalmente vencidos. A união de meu corpo com o dela não é mais necessária. Sou imortal.

Nefertiti sorriu suavemente.

— Descanse agora — disse. Foi em direção às portas e as abriu. Um pequeno grupo reuniu-se do outro lado, com muita preocupação. — Parennefer. — Ela acenou para que o camareiro do faraó se aproximasse. — Traga uma toalha, roupas limpas e comida para seu amo. Rá teve a honra de dar ao faraó uma grande visão esta noite — disse ela a todos. — Naturalmente o faraó está exausto, mas não há motivo para alarde. — Com firmeza, fechou as portas diante deles. Quando voltou ao divã, Amenhotep já dormia, imóvel e totalmente silencioso. Nefertiti sentou-se na cadeira próxima e ficou observando-o.

12

Em poucos dias, relatos deturpados da visão do faraó circulavam em Malkatta, passando de um cortesão para outro. A notícia era tratada como se merecesse mais atenção do que um boato comum, mas apenas porque era óbvio que a visão seria um divisor de águas na vida da corte. O faraó havia mudado. Após aquela noite, parecia ter perdido o charme ambíguo com o qual havia se tornado benquisto por alguns e sido tratado com condescendência por outros. Suas ordens chegavam mais claras. Conversas que não envolvessem religião não lhe interessavam. Seu comportamento estava menos brando, sua posição, mais confiante, e seus gestos, mais definidos. Alguns ministros consideraram tudo isso evidências de uma nova força e regozijaram-se diante da perspectiva de um faraó determinado, mas a maioria abaixava a cabeça, lançando-lhe olhares circunspectos e sussurrando entre si. Amenhotep não somente decretara que os cortesãos deveriam passar a se aproximar dele ajoelhados — um decreto de reverência que até o mais respeitado nunca vira antes no Egito —, mas também, após a noite da visão, deixou de aceitar qualquer sacerdote de Amon que solicitasse uma audiência com ele.

Tiye não simpatizava com a gravidade da mudança em seu filho até que tentou confrontá-lo sobre a nova forma de reverência. Sabia que ele estava mais uma vez potente, mas requisitava somente Nefertiti ou Kia para sua cama. Resoluta, afastou as mesquinharias do ciúme, convencida de que o filho finalmente se cansaria delas e voltaria rastejando a qualquer momento. Tinha consciência de que não poderia cobrar publicamente seus direitos conjugais. Fazia muito tempo que aceitara o preço de reter o disco solar e as plumas, um preço que parecia aumentar com os anos, separando-a de muitas pessoas na corte, que acreditavam que o comportamento da imperatriz traria, por consequência, uma maldição para a casa real. Também sabia que os lavradores nos campos, os camponeses e os comerciantes nas cidades falavam dela com crescente desprezo. Dizia a si mesma que não se importava com isso. Eles eram, acima de tudo, apenas o rebanho do faraó a ser usado, agrupado e usado novamente, uma plebe descarada e sem discernimento. O amor do filho e a liberdade de governar eram para ela compensações suficientes. A perda de ambos nunca passou por sua mente até o dia em que solicitou uma audiência com o faraó e encontrou o Inspetor de Protocolo fora da sala de recepção.

— Grande Deusa e Majestade — disse ele, desviando o olhar —, devo lembrá-la de que, de acordo com o último pronunciamento do faraó, todos têm de se dirigir a ele de joelhos.

— A imperatriz do Egito não pode ser incluída entre todos — argumentou secamente. — Arauto, anuncie-me. — O Inspetor do Protocolo retirou-se com o rosto enrubescido, e Tiye seguiu majestosamente pelo corredor antes que as últimas palavras do arauto tivessem parado de ecoar. Seu filho estava no trono, a postura rígida, maquiado e repleto de joias, as insígnias reais no peito e a Coroa Dupla na cabeça. Apesar da formalidade da audiência, um momento que normalmente ele considerava um desagradável desprazer, usava somente uma veste vermelha transparente, amarrada embaixo dos mamilos pintados de amarelo. Tiye parou e fez uma reverência, como sempre fazia.

Imediatamente voltou sua atenção para ela, sorrindo.

— Fale, mãe — disse ele.

Ela não devolveu seu sorriso.

— Amenhotep, — disse friamente — é hora de parar com o jogo dessa estranha reverência que você está adotando. Torna lento o desempenho da corte e está se tornando doloroso para aqueles que estão sempre em sua presença.

Mexeu-se no trono com um traço da antiga insegurança, e logo uma expressão de dúvida brotou em seu rosto.

— Não é um jogo, Imperatriz, e você pode deixar-me furioso se chamá-la assim. De que outra forma os humanos comuns se aproximam do criador?

Ela abriu a boca para rir até que viu sua expressão.

— Mas, meu filho, certamente você não acredita... — Soltou as mãos. — Mesmo que você acredite, libere do decreto aqueles que atendem Nefertiti. Ela está se tornando insuportável.

Mais uma vez, ele pareceu envergonhado de imediato.

— Você tem minha permissão para ordenar seus criados a fazerem o mesmo, se desejar — ofereceu ele impetuosamente.

Tiye resfolegou com repugnância, sua dignidade abandonou-a rapidamente.

— Quando você aprenderá que poder não consiste em exibições? disse ela em voz alta. — Se meus ministros começassem a rastejar diante de mim como animais, estaria tentada a chutá-los, e não a consultá-los.

— Não fale com seu faraó assim! — gritou imediatamente, e Tiye foi acometida por uma grande apreensão quando notou que ele começara a tremer. — Você é minha mãe, mas... — As últimas palavras começavam a tombar, sem fôlego, e a voz terminou em um som agudo.

— Mas o quê? — Ela manteve a voz tranquila. — O deus disse que você poderia fazer os homens rastejarem de quatro pelo chão do palácio? — Ele não se dignou ou não se sentiu confiante para responder. — Maya tenta obter uma audiência com você há dias — continuou ela. — Ele deseja apresentar o relatório sobre as questões em Karnak. Você não o atenderá?

Amenhotep respirou profundamente. Ele encontrou o olhar de Tiye, baixou os olhos, lutou consigo mesmo e, em seguida, levantando a cabeça, irrompeu:

— Maya agora pertence a Amon! Nunca mais receberei os sacerdotes de Amon. Eu jurei.

— Eu jurei — Tiye o imitou, furiosa. — Você está dividindo o Egito em dois, não entende isso? Dei-lhe o trono e posso tirá-lo de você. Eu o tornei o que você é!

— Você está furiosa porque não a requisitei para minha cama — retrucou ele em poucas palavras, agarrando o cajado e o mangual até que seus dedos ficassem roxos. — Agradeça por ser minha mãe e por o Aton ser indulgente com você. E você não me fez — finalizou, a petulância destruiu a impressão de força que ele passara. — Eu sou o Aton. Eu fiz a mim mesmo.

Tiye virou-lhe as costas, percebendo apenas naquele instante os homens silenciosos, ajoelhados, que escutavam cada palavra. Podia-se ouvir o escriba que arranhava o papiro enrolado. Embora caminhasse calmamente para a porta e os soldados emergissem para abri-la, sentiu-se oprimida pela humilhação. *Conduzi isso como um ministro tolo e principiante*, pensou. *Não acontecerá outra vez.*

Ela fez o possível para acalmar as ansiedades em Karnak, esforçando-se para encarar o espanto de Maya enquanto lhe dizia que o deus que o havia elevado à mais poderosa posição sacerdotal no Egito não o receberia. No entanto, pouco podia fazer para esfriar a turbulência que se formava em Malkatta. Milhares de cortesãos esqueciam-se da indiferença e reuniam-se para tomar partido à medida que percebiam que Tiye começava a perder a predileção. Muitos continuavam a expressar sua fidelidade à imperatriz, acreditando que o poder que mantivera o Egito em suas mãos por tantos anos prevaleceria sobre o caráter caprichoso de seu filho. Tiye, contudo, ponderando friamente, sabia que eles eram a geração mais antiga, aqueles de sua própria idade que se lembravam de seu falecido marido e dos dias tranquilos de uma administração mais direta. Os jovens na corte, ansiosos por mudanças e animados pela expectativa de uma ruptura total entre mãe e filho, ostentavam seu apoio ao faraó. Tiye começava a ter uma visão amaldiçoada de Amenhotep como um rio em cujas margens seu povo estava parado, e logo a água fluiria rápido demais, e o nível seria muito profundo para atravessá-lo.

Com cuidado, ela começou a focalizar sua atenção em Smenkhara e identificou, por trás do poder potencial do pequeno de cinco anos, a melancólica necessidade de não haver agora outra morte real. Ainda estava muito angustiada pelo amor por Amenhotep.

Um mês depois, Tiye compreendeu a total magnitude de sua asneira, porque Nefertiti, apoiando-se na boa vontade do faraó, persuadira-o a retirar o decreto. Ele fora precipitado, no primeiro acesso de exultação espiritual, e estava feliz em anulá-lo quando sua jovem esposa deu a ele uma desculpa apropriada. De acordo com o administrador de Tiye, Huya, Nefertiti sugerira ao faraó que os cortesãos, tendo aprendido a verdadeira humildade, estavam, agora, autorizados a não mais se ajoelhar. Tiye ficou aliviada, pois a visão de tantas pessoas ricas e honradas transitando pelos corredores com os joelhos machucados incitara o descontentamento que ela temera. No entanto, depois do descontentamento, viria o desprezo por um faraó que já havia permitido familiaridade demais com sua pessoa sagrada. *Se eu tivesse apenas mantido a cabeça fria*, refletiu Tiye, *e permanecido quieta, a anulação do decreto teria sido vista como uma vitória pessoal sobre ambos.*

Contudo, a anulação da ordem de Amenhotep não trouxe o esperado retorno ao antigo código de reverência. Joelhos, dorsos e cabeças permaneciam curvados tantas vezes quantas o faraó passasse. Tiye, que acreditava implicitamente na hierarquia inalterável que fazia parte de Ma'at e exigia a devida veneração, sentia a obediência do povo aos poucos mudar para uma subserviência que desprezava. Amenhotep havia designado Meryra o Primeiro Profeta de Neferkheperura Wa-em-Rá, o nome do trono de Amenhotep, e sua única obrigação era venerar o faraó continuamente, seguindo-o e carregando as sandálias, caixa de sandálias e os criados brancos. Tiye mordia os lábios e mantinha-se em silêncio. Ela e Osíris Amenhotep também haviam nomeado os sacerdotes para venerar suas imagens divinas em Soleb, mas ela podia imaginar os comentários sarcásticos do primeiro marido se tivesse sugerido que eles fossem seguidos por um sacerdote de cânticos durante todo o dia.

Às vezes, observando o filho e Nefertiti caminharem rumo aos degraus do embarcadouro para a curta viagem a Karnak pelo rio, acompanhados por um séquito que, de repente, se ampliava para incluir ajudantes para carregar incenso, maquiadores para garantir que o *kohl* do deus e da deusa não escorresse, um grupo de soldados para observar que o casal real não fosse acidentalmente contaminado pelo contato com um mortal inferior e, claro, os porta-leques e os criados de quarto que fossem necessários, junto com animais, treinadores e alimentadores, ela ficava tentada a rir com o tolo e presunçoso espetáculo do faraó pintado em excesso, seminu e disforme. No entanto, apesar da vaidosa bizarrice física, seu filho desenvolvia uma dignidade interna que impedia que Tiye chegasse a uma conclusão sobre a veracidade de sua visão. Tais coisas iam além de sua capacidade de compreensão, e ela sabia disso. Podia somente afirmar a si mesma, nas noites longas e úmidas, que o império ainda estava intacto, ainda havia um faraó no Trono Elevado e ela ainda era imperatriz, uma posição que Nefertiti nunca poderia arrancar-lhe. Ainda que o sentimento de que o império, o faraó e seu próprio destino balançavam voltasse a amedrontá-la, por muitas noites ela sonhava com o Salão de Juízo e que a Pena de Ma'at lentamente desencadearia a justiça.

Em um dia quente e nublado, quando um vento agradável soprava do rio, Amenhotep, Nefertiti e Tadukhipa estavam em pé na sombra do primeiro pórtico que conduzia ao templo do Aton do faraó, suas roupas comprimiam-lhes as pernas com a brisa, e as bandeiras azul e brancas ondulavam bem alto no mastro. Para a direita e para a esquerda, os porta-leques agitavam os leques de plumas de avestruz nas mãos, as cabeças afastadas. O Primeiro Profeta de Amenhotep estava curvado, os olhos no livro de cânticos que um acólito segurava diante dele, a voz arrebatada pelo vento. Amenhotep agitou-se no átrio agora pavimentado.

— É bom vê-lo concluído, mas os operários têm sido muito lentos — reclamou ele. — Nem meu palácio, nem os jardins, nem os pequenos santuários que ficarão ao redor deste templo estão prontos. Não estou satisfeito. — Olhou para uma pequena sombra que o templo de Mut lançava ao meio-dia. A uma distância respeitável, uma multidão de sacerdotes de Amon e de dançarinos do templo havia se reunido, as cabeças entre os braços estendidos, os joelhos dobrados. — Como posso venerar, se todos os dias tenho de ser carregado para o santuário depois daqueles charlatães? — murmurou. — Ordenarei que desapareçam quando eu vier. — As últimas palavras foram silenciadas por uma repentina erupção de cornetas estridentes que soavam de todos os templos. Tadukhipa tapou os ouvidos, e Nefertiti fez caretas.

— É meio-dia — disse Nefertiti. — No meu templo, mesmo diante de meus altares, ouço o canto e a agitação dos sistros que emanam dos recintos de Amon, sem mencionar a dança incessante no templo de Khonsu. Como minhas orações podem ser ouvidas?

Ele sorriu e, curvando-se, beijou-a nos lábios.

— Suas preces são ouvidas, eu lhe asseguro, Majestade.

— Você não está feliz com esta bela construção, Grande Deus? — Tadukhipa levantou os olhos timidamente, e ele a puxou para si, colocando o outro braço em volta de Nefertiti e apertando as duas contra o peito côncavo.

— Estou feliz, pequena Kia, mas pergunto-me agora se deveria tê-lo erguido. Contratei esse templo na época de minha imperfeição. Meu julgamento, embora bem-intencionado, estava prejudicado. Deveria ter escolhido um lugar distante de Karnak, onde o Aton pudesse ser venerado em paz, mas estava ansioso para conceder ao deus um lugar dentro dos limites sagrados. Não acredito mais que ele o deseje. A proximidade de Amon é uma afronta para ele.

— Você abandonará o trabalho aqui? — perguntou Nefertiti, surpresa. — Vai parar de trabalhar no seu palácio também?

Amenhotep lançou-lhe um olhar especulativo.

— Talvez. Não havia considerado isso antes, mas seria bom viver e venerar distante de olhares hostis — respondeu. — Vamos fazer nossas orações. Profeta!

A pacífica multidão ficou silenciosa e em ordem. As liteiras foram baixadas para permitir que a tríade real subisse. O profeta ajoelhou-se e, em reverência, removeu as sandálias douradas dos pés do faraó, colocando-as na caixa. Os acólitos abasteceram os incensórios, e, enquanto os soldados guardavam os leques, as liteiras eram carregadas ao longo do átrio para o santuário secreto, em cujos degraus Amenhotep subiria e ficaria de pé em solenidade para receber a homenagem das duas mulheres.

Nos dias seguintes, a ideia de um novo lugar para um templo do Aton apoderou-se da mente do faraó, e ele falou disso muitas vezes nos momentos privados com Nefertiti.

— O Oráculo de Rá deveria ser consultado para determinar um lugar apropriado — disse a ela uma tarde enquanto passeavam de mãos dadas em volta do lago. — Estou certo de que ele poderia encontrar um suficientemente sagrado. Contudo, temos de planejar sigilosamente. Não desejo afrontar a imperatriz.

Nefertiti olhou para o rosto preocupado de Amenhotep.

— Tiye não se sentirá afrontada pela construção de mais um templo — indicou ela. — Os projetos de construção acontecem o tempo todo. No entanto, se um lugar for escolhido a uma distância considerável de Tebas, e se você decidir tanto viver quanto fazer cultos por lá, ela, de fato, ficará furiosa. — Nefertiti aproximou-se para encará-lo. — Mas não será problema, querido Amenhotep. O que ela será capaz de fazer? Você é faraó e não pode ser contrariado. Eu o apoiarei juntamente com todos os ministros e veneradores!

Ele envolveu as faces de Nefertiti com as mãos.

— Minha leal Nefertiti — disse ele suavemente — o Aton está sensibilizado por tal devoção. Muitos cortesãos ainda não estão prontos para ver nele seu único deus, mas não há dúvidas quanto a você, não é? Imagine como seria despender nosso tempo sempre desse modo, distante da tagarelice de Tebas, da hostilidade de Karnak, do julgamento de nossos inferiores.

— Eu o desejo acima de tudo — respondeu ela, deixando-se envolver no abraço —, mas, se tal felicidade concretizar-se, você deverá consultar o oráculo para aprovar um lugar bem distante de Malkatta ou não terá razão alguma para construir um novo palácio.

204 Pauline Gedge

Nadaram juntos, atiraram pães aos pássaros e riram das caretas dos macacos, mas, sob o bom humor, Nefertiti percebeu as preocupações do marido, e ele logo retornou ao tema das conversas anteriores. Foram ao berçário e brincaram com Meketaton e Beketaton, enquanto Smenkhara, sentado em um canto, ajudava Meritaton a enfiar contas em um fio para fazer um colar.

— Suponha que eu realmente acione essa mudança — disse ele a Nefertiti, sob gritos de excitação das duas princesas, às quais ele oferecia guloseimas. — Significará grande inconveniência para toda a embaixada estrangeira estabelecida em Malkatta, sem mencionar os ministros, que terão de viajar um longo caminho para me ver. Seria melhor... — Ele hesitou, colocando as duas garotas sobre os joelhos.

— Seria melhor mudar toda a capital do Egito — concluiu Nefertiti. Ela lançou os olhos para onde Smenkhara e Meritaton estavam absorvidos em sua tarefa. — Eu concordo.

Delicadamente, Amenhotep puxou seu cordão de ouro da boca de Meketaton.

— Não poderia fazer isso — sussurrou para Nefertiti sobre as cabeças das crianças. — Minha mãe se recusaria a falar comigo.

Nefertiti fez sinal às criadas do berçário, que esperavam fora do alcance da conversa, e as princesas foram retiradas do colo do pai e carregadas, protestando ao sair.

— Você temeu a imperatriz por muito tempo, Amenhotep — argumentou Nefertiti em voz baixa. — Ela quer que o Egito permaneça para sempre sob controle dela. No entanto, você é o Aton, o Belo Deus. Ela não pode se colocar contra você.

Amenhotep sorriu com desânimo.

— Sinto-me tão forte quando estou com você, Nefertiti... Você me acompanhará ao oráculo?

Nefertiti levantou-se.

— Ficarei honrada. Agora venha e fale com Meritaton, que esteve esperando para receber sua atenção.

Nefertiti compartilhou alguns gracejos com a filha e, em seguida, ficou observando como o faraó elogiava delicadamente o colar que ela e Smenkhara haviam feito e como conversava com ela. *O oráculo deve ser consultado logo, antes que o vigor de Amenhotep comece a decair*, pensou Nefertiti, *e tenho de contar a ele que estou grávida outra vez. A notícia nos manterá ainda mais unidos. É um jogo magnífico que estamos fazendo, e, se tudo correr bem, finalmente serei capaz de tirá-lo da influência da imperatriz. Então, veremos quem governará o Egito.*

O comunicado foi feito na metade do mês colorido e fresco de Phamenat, quando o zumbido das abelhas nas flores úmidas, as plantações balançando com a brisa e a alegria dos filhotes recém-nascidos tornavam otimista até o mais saturado dos cortesãos. Tiye e Amenhotep sentaram sob o dossel dourado do grande baldaquim na hora da audiência. Nefertiti estava no trono de prata, à esquerda do faraó, com lótus de quartzo rosa costurados na peruca, que ia até a cintura, e uma videira com folhas miúdas prateadas enroscada na serpente que lhe cobria a pequena testa. Houve um número incomum de palestras a serem ouvidas e delegações a serem apresentadas, mas os procedimentos chegaram ao fim.

Depois de lançar um olhar para Amenhotep, o qual ele não retribuiu, Tiye havia levantado uma das mãos para sinalizar o fim das formalidades quando o filho, de repente, levantou. Fez-se um silêncio.

— Tomei duas decisões que afetarão todos vocês — disse ele rapidamente, o mangual e o cajado bem apertados e atravessados em seu abdômen flácido. — Falo como o Aton, o Glorioso. O espírito de Rá instruiu-me a escolher um novo nome. O antigo incorpora o nome de um falso deus, e eu o repudio. De agora em diante, eu sou Neferkheperura Wa-em-Rá Akhenaton, o Espírito do Aton. À minha rainha, concedo o nome Nefer-neferu-Aton, Grandiosa é a Beleza do Aton, como uma marca do meu amor por ela e de sua devoção a nosso deus. Arautos, escribas e estrangeiros, anotem. — Ninguém se moveu. Um profundo silêncio atingiu os príncipes e os nobres reunidos, e todos os olhos estavam no faraó. Tiye percebeu que Amenhotep lhe lançou uma olhadela de soslaio antes que seu olhar retornasse à multidão. — Minha segunda decisão é do mesmo modo irrevogável. Mudarei a capital do Egito e a cadeira do governo de Malkatta para um lugar que o deus escolheu, quatro dias de viagem pelo rio. Tebas, Karnak e Malkatta são lugares repletos de trapaça e de falsa religião. O Aton deseja um lar que será apenas dele. Viajo para lá amanhã para posicionar as cordas sagradas nas fronteiras. — Um longo suspiro de descrença ecoou pelo salão, seguido de um silêncio desalentado, até que um dos sacerdotes do sol começou a aplaudir. Os companheiros acompanharam o gesto, rindo e cantando em aprovação, e logo os cortesãos entenderam a necessidade de agir da mesma forma. Amenhotep permaneceu de pé sorrindo. Ele ergueu o cajado e o mangual. — Aqueles que vivem na verdade serão bem-vindos em minha nova cidade — anunciou. — É o amanhecer de uma nova e gloriosa era para o Egito. A noite das mentiras terminou. — Apressadamente, afastou-se do trono e, tomando o braço de Nefertiti, passou pela multidão e saiu.

Tiye manteve a compostura até que o faraó saísse e, em seguida, foi embora pela porta dos fundos. Segurando o braço do arauto, pontuou as palavras com fortes calafrios:

— Traga-me Ay de imediato. Quero a presença dele em meus aposentos em uma hora. Vá até Horemheb em Mênfis. Ele deve passar as obrigações ao segundo-oficial e atender-me com urgência. Diga aos ministros do faraó que é caso de vida ou morte, entendeu? Que estejam nos escritórios amanhã de manhã para falar comigo. Por que você ainda está parado aí?

O homem fez uma reverência e saiu correndo, marcas de unha em sua pele. Atrás dela, o Guardião das Insígnias Reais andava para lá e para cá, a caixa de desenhos lavrados em seda permanecia aberta para receber a carga sagrada. Tiye arrancou a coroa da cabeça e atirou-a com tal força que ele a deixou cair no chão. Sussurrando orações de perdão, colocou-a com carinho na caixa.

— Não tenho vergonha de mostrar meu desprazer! — gritou ao sacerdote infeliz. — Ponha de lado essa coisa inútil, mas lembre-se disto: de jeito nenhum você deve entregá-la à rainha Nefertiti sem que tenha me consultado antes. Agora, leve-a, antes que eu a atire no lago. — Com um olhar horrorizado, ele fez uma rápida reverência e saiu correndo.

Ay deparou com a imperatriz quando ela entrava na passagem que conduzia a seus aposentos. Fazendo uma reverência mecânica, ele a seguiu até uma parte isolada da sala de recepção e esperou que ela falasse. Por um longo período, ela não conseguiu falar. Lutando para controlar a respiração, pôs-se de pé, de costas para ele, os punhos cerrados batiam delicadamente nos quadris cobertos por um tecido branco. Ay, então, foi até ela, removeu-lhe a peruca com o diadema e passou as mãos de leve pelos longos cabelos da irmã, massageando-lhe os rígidos músculos do pescoço. Afastou-se dele e virou.

— Você ouviu?

— Sim. Estava com o embaixador do Khatti nos fundos.

— Ingrato! Víbora! Verme de Apófis! Dei tudo a ele! Tudo, Ay, até mesmo meu corpo! Tebas era uma aldeia enlameada, assolada pela pobreza até que os príncipes de nossa dinastia a tornaram digna. As pessoas sabem,

A Décima Segunda Transformação   207

elas verão a cidade afundar uma vez mais na escuridão, haverá motins. Será que ele não sabe que está enlouquecendo...

— Quieta! — disse ele, interrompendo o discurso. — Você tem uma memória convenientemente seletiva, Majestade, se pensa que deu a ele seu corpo por qualquer razão que não seja a boa política. Posso lembrar-lhe também que esta dinastia, conforme você mencionou, começou a menos de dois *hentis* com nosso avô, que chegou ao Egito como prisioneiro de guerra. Quanto aos motins, o exército é perfeitamente capaz de dominá-los. E você detesta Tebas, de qualquer maneira.

— Ele não me contou!

— Ah! — Ele sorriu com pena. — Claro que ele não lhe contou. Como poderia? Deve ter se angustiado ao pensar em encará-la com tais notícias. Esqueça o orgulho ferido e olhe para si mesma, Tiye, para mim. É hora de renunciar um pouco, muito pouco, do Egito em nome da próxima geração.

A face de Tiye ainda estava ruborizada, e uma veia sobressaía em sua testa.

— Se ele nasceu com a proteção especial dos deuses, podemos substituí-lo por Smenkhara — disse Tiye eufemicamente sobre a loucura de Amenhotep, o qual todos estavam proibidos de prejudicar.

— Não acredito que ele esteja louco, apesar de achar que, às vezes, esses acessos o acometem. De qualquer forma, seria difícil provar essa alegação às pessoas. Não é um deus cruel. Ele não fez guerras, não ofendeu reis estrangeiros, ele é fértil, venera o que chama de verdade. Talvez não seja Ma'at, mas tampouco é um completo sacrílego. Deixe-o ir, Tiye. Tebas é muito bem-estabelecida para decair. Haverá paz em Karnak e em Malkatta se ele estiver fora do caminho, você não pensou nisso?

— Não quero que o centro do poder seja movido de Malkatta, de onde posso observar tudo.

— Não importa. O império mantém-se sob o sistema que seu marido Osíris Amenhotep estabeleceu.

— Ele é grotesco, uma afronta! — O tom era mordaz, cruel. Em direção ao trono, Tiye pegou o cântaro, sempre cheio de vinho, e serviu aos dois. Quando Ay pegou a taça de sua mão, ela já havia esvaziado a dela e se servia de mais. — Posso concordar com ele em tudo e esperar que essa estupidez o esgote. Ou posso combatê-lo com todos os recursos que tenho.

— Você perderia. Qualquer ordem pode ser anulada por ele, e você está bem consciente disso. Você envenenaria um faraó, Tiye?

208   Pauline Gedge

Ela encolheu os ombros e, erguendo a taça, brindou com ar zombeteiro.

— Por que não? Sou melhor para o Egito do que ele.

— Oh! Como admiro a sua facilidade para se autojustificar! Você também deveria saber que, se a corte for transferida para um novo lugar, vou acompanhá-la.

Tiye engasgou e cuspiu o vinho.

— O quê?

Ele foi ao encontro de seu olhar com cautela.

— Não é uma questão de tomar partido. Você sabe que a amo e que nunca mantivemos segredos um para o outro. Não quero terminar minha vida babando impotentemente sobre as glórias passadas em um palácio desintegrado. Sou um homem de muitos talentos e pretendo continuar a usá-los até cair morto.

— Que belo quadro do meu fim você pintou! — retrucou ela sarcasticamente. — Suponho que você pense que eu deva reunir meus pertences e seguir o louco do meu filho a algum buraco rural abandonado.

— Sim, penso. Você subestima a influência que ainda tem com Amenhotep. Você é uma força constante sobre ele.

— Que enfadonho! — Ela transpôs os degraus e atirou-se no trono. — Quem teria pensado, quando meu pai me conduziu através das portas do harém, que um dia seria reduzida a uma força constante? Deixe-me sozinha, Ay. Não pode ver que estou sofrendo?

Ele fez uma reverência imediatamente e, colocando a taça pela metade próximo ao cântaro, saiu.

Horemheb me dará suporte, pensou ela, observando as costas eretas e nuas desaparecerem e as portas fecharem-se calmamente. *E Amenhotep gosta dele e o ouvirá. Ele terá de abandonar esse plano tolo.*

— Huya! — gritou com irritação, e o Guardião da Porta do Harém entrou. — Quero Smenkhara e Beketaton fora do berçário já. Não importa onde você os coloque. Decidirei isso mais tarde. Também quero que novos tutores sejam contratados. Mas eles não terão nada a ver com a prole de Nefertiti. — Não foi a primeira vez que ela ficou agradecida por a organização do harém pertencer à primeira esposa.

— Compreendo, Deusa. Será um golpe para a princesa Meritaton.

— Eu sei. Não tenho outra escolha. Execute.

Acho que irei para meus aposentos embebedar-me, pensou quando ele foi embora. *Não estou tão velha para isso, Ay. No vinho, há sempre inspiração e dor de cabeça.* Exausta, levantou-se. *Bem, por que não o matar e parar de simular uma virtude que não possuo? Um governo transferindo para só os deuses sabem onde! Quatro dias inteiros de distância de Tebas.* De repente, sua respiração ficou presa na garganta. Ela sabia onde, mas havia esquecido até agora. A desolação daquele lugar em que ela e Amenhotep pararam no caminho para Mênfis, o calor atemorizante, ressonante. *Oh, Amon, não*, pensou enquanto descia os degraus e caminhava. *Será enlouquecedor para meus suaves e fracos ministros. Se ele deseja venerar a si mesmo em perfeito silêncio, deixe-o dar o trono para Smenkhara e cavar um buraco naquele amaldiçoado deserto abrasador, como os loucos sacerdotes espalhados no deserto fora de On.*

Enraivecida e assustada, foi para os aposentos. A atmosfera do quarto acolheu-a com o cheiro sufocante e almiscarado de seu perfume, a doçura flutuante das flores de pérsea e lótus, um odor que soprava do solo úmido através das janelas abertas. Contudo, existia um elemento menos agradável. Enquanto Tiye caminhava, exausta, até o divã, sua mente começava a encher-se com imagens de seu filho como amante.

— Piha, traga vinho — ordenou, com um nó na garganta — e mande uma escrava para despir-me. Vou passar o resto do dia em meu divã. — Ela sabia que era por covardia, mas também era um alívio reclinar-se com uma taça cheia de vinho enquanto os pensamentos ficavam indefinidos, e o estômago embrulhado.

Em algum momento durante a longa e melancólica noite, Tiye acordou e lembrou-se da expressão solene de Piha na porta, dizendo-lhe que a rainha Nefertiti solicitava audiência. Também lembrou-se, na confusão da embriaguez, da satisfação de sua resposta:

— Diga a Nefertiti que mergulhe no Duat e fique lá. Eu não a verei.

13

Apesar dos olhos inchados e da cabeça pesada, Tiye levantou-se um pouco antes do amanhecer e submeteu-se aos camareiros e maquiadores, mal conseguindo suportar o toque de tantas mãos. Enquanto estava sentada, mantendo os olhos abertos com dificuldade diante do espelho de cobre, percebeu que a corte também acordara cedo. Havia em Malkatta murmúrios, batidas de porta e uma ocasional maldição sonolenta. Quando deixou os aposentos, acompanhada do arauto e dos seguranças, suas narinas foram atacadas por odores de pão assado e frutas cozidas, o que lhe causou náuseas. A Canção de Louvor soava de forma intermitente pelos jardins, junto com os primeiros raios de sol. Em uma onda de depressão, Tiye pensou nos sacerdotes de Amon, que deveriam cantar para um faraó que estaria sempre surdo à adoração no canto da hora sagrada.

O prédio que abrigava os escritórios dos ministros também estava inusitadamente cheio durante aquela manhã. Os criados civis do faraó quase nunca estavam nos escritórios antes da primeira metade da manhã, isso quando compareciam. Muitos deles, tendo recebido as sinecuras como suborno ou pagamento por lealdade, de imediato contrataram assistentes capazes e passaram a dedicar seu tempo às mais prementes exigências da moda e da intriga. No entanto, hoje, com olhos turvos e inchados por não dormir, todos esperavam pela aparição da imperatriz, preferindo a inconveniência à punição.

Tiye moveu-se rapidamente, em primeiro lugar, para os aposentos arejados onde Bek, filho de Men, engenheiro e arquiteto, trabalhava. Men realizara projetos brilhantes sob a orientação do Filho de Hapu para Osíris Amenhotep, e o talento do filho era da mesma forma grandioso. Tiye sabia que Bek merecera a posição. Ele fez uma profunda reverência quando a imperatriz foi anunciada. Tiye indicou que ele poderia se sentar, então Bek abaixou-se atrás da robusta escrivaninha coberta com pergaminhos, potes sem tinta e penas de desenhista. O porta-leques puxou o banco para a imperatriz sentar.

— Pensei que você estivesse sob as ordens do faraó, acompanhando a construção — disse após um momento. — Seus criados estão se preparando para partir, Bek?

A DÉCIMA SEGUNDA TRANSFORMAÇÃO   211

O jovem sorriu educadamente.

— Meus subordinados completaram a inspeção do lugar, Majestade, e eu o visitarei pessoalmente mais tarde, quando puder percorrê-lo com meus escribas. Hórus não precisa de mim para demarcar as fronteiras da cidade. Estou encarregado de elaborar o projeto.

— Seus inspetores tiveram alguma dificuldade com o lugar?

Seus olhos negros baixaram.

— Não, Deusa. O terreno é plano. Eles executaram o trabalho surpreendentemente rápido.

— O que disseram a respeito?

Não levantou os olhos, mas percorreu com o olhar a pilha desordenada de pergaminhos em cima da escrivaninha.

— Somente isso. Apesar de a camada de areia ser profunda, os pedreiros e os engenheiros acharam fácil o trabalho.

— Não é isso o que eu queria dizer. — A voz suave ficara mais aguda.

Bek respondeu com firmeza:

— Disseram que, mesmo nesta época do ano, o calor era opressivo.

Tiye reprimiu um suspiro.

— Você é um leal criado de seu rei, e isso é louvável, mas, se realmente deseja o bem-estar do faraó, fará o possível para dissuadi-lo desse plano. A inspeção, conforme você disse, foi realizada apressadamente. Pode haver problemas que foram omitidos.

Imediatamente, uma expressão em seu rosto surgira.

— Meu pai teve grande orgulho de seu trabalho como glorificador e embalsamador no Egito — disse ele. — Eu também tenho. Não ocultarei nenhuma dificuldade que possa surgir, mas também não criarei onde não existe. Tento viver na verdade, conforme meu senhor me ensinou.

— Bek — disse pacientemente, sensibilizada pela confiança vigorosa na interpretação dúbia de seu filho a respeito de Ma'at —, a verdade nem sempre é benigna. Eventualmente, pode ferir ou destruir. Pense sobre isso enquanto elabora o projeto para a nova cidade do faraó. Você o ajudará a usar a verdade para destruir a si mesmo.

— Talvez. — O tom foi educado, sem compromisso.

Tiye levantou-se, e ele também.

— Seu trabalho é harmonioso e belo — disse ela, e Bek reconheceu que a imperatriz não o estava bajulando. Ele fez uma reverência.

212   Pauline Gedge

— Meu pai ensinou-me bem. Vida longa para Vossa Majestade.

Ela acenou com a cabeça e saiu.

Durante as duas horas seguintes, Tiye foi de escritório em escritório, reunindo-se discretamente com todos os ministros de Akhenaton, tentando convencê-los a dissuadir o faraó de seu plano. Até visitou Ranefer, o assistente de Ay. Ficou do lado de fora dos estábulos, sobre uma esteira estendida para suas sandálias limpas e confortáveis, enquanto, atrás do homem, os cavalos se misturavam e relinchavam, e o cheiro pungente de esterco fazia com que ela estremecesse. Duas fortes impressões emergiam de suas considerações quando entrou na liteira para retornar aos aposentos: uma era o poder de convencer ou de confundir que a doutrina do filho possuía — todos os homens se referiam a isso de alguma forma; a outra era a força do vínculo inadvertido que Akhenaton e Nefertiti forjaram com os rapazes que os rodeavam no período de regência. Akhenaton mantivera relação com eles durante a ascensão ao poder, e eles eram ainda jovens o bastante para estar agradecidos.

O filho veio despedir-se logo antes do meio-dia. Educadamente, Tiye ajoelhou-se e beijou-lhe os pés, bastante consciente de seus olhos túrgidos, seu aspecto pálido, embotados pelo vinho da noite anterior. Ele a levantou e devolveu-lhe o beijo na testa, da qual pendia o diadema de ouro. Estava tão claramente culpado, tão ansioso pela aprovação da mãe que ela guardou os argumentos que estavam prontos para sair da boca. Talvez, quando visse o lugar outra vez, ele mudasse de ideia. Talvez o atrativo reduzisse no decorrer de seu próprio crescimento.

— Voltarei em catorze dias — disse ele. — Espero, querida mãe, que até lá você tenha decidido se mudar para minha cidade santa.

— A construção levará anos — respondeu ela com reserva. — Ay viajará com você?

— Ele deve ir. Meus cavalos e charretes são necessários. — Hesitou, claramente incapaz de decidir entre ficar ou deixá-la, e, observando sua aflição, ela colocou os braços em volta dele.

— Que seus passos sejam firmes, Akhenaton.

Ele a abraçou, contente pelo uso do novo nome.

— Amo você, minha mãe.

Foi como um retorno à época que ficara para trás; abraçá-lo assim, sentir a face contra os ossos estreitos e curvos de seu ombro, a respiração movimentando-lhe o cabelo. Lágrimas de tristeza e exaustão encheram seus olhos. Tiye pressionou os lábios contra o pescoço do filho.

— É melhor você ir — disse ela com hesitação. — Meu óvulo precioso, meu pobre príncipe. Vá! — Ele sorriu calorosamente e partiu.

O palácio respirou com alívio quando a última das barcaças da festa do faraó desapareceu de vista. O ritmo da vida desacelerou, e Malkatta retornou rapidamente para a alegria indulgente do passado. Havia uma estrondosa alegria para as festas, uma indolência fortuita para os dias de calor escaldante. Como se fosse para testar a liberdade, os cortesãos passeavam pelo rio, a caminho do templo de Amon, em Karnak, em maior quantidade do que os sacerdotes haviam visto em anos, e oravam com um fervor que surpreendia tanto os novos adeptos do deus quanto os próprios veneradores.

Tiye sentiu-se como uma inválida que se recuperava de uma longa doença. Chamou o joalheiro e passou o dia escolhendo novos brincos, colares e tornozeleiras. Encomendou muitos vestidos novos. Acompanhada de Smenkhara, foi ao templo mortuário do falecido marido, ofereceu-lhe comida, flores e incenso. Providenciou novos aposentos para Smenkhara e Beketaton e contratou novos tutores da Casa de Escribas em Karnak. Pela primeira vez em muitos meses, apreciou o filho, vendo nele os lábios carnudos e os olhos amendoados do pai, apesar de os olhos do garoto serem mais pálidos do que os do faraó. Ele também herdara o modo de andar confiante e régio de Amenhotep. Contudo, ainda era muito jovem para apresentar quaisquer traços de personalidade que ela pudesse reconhecer como os de seu primeiro marido. Seu modo de falar era frequentemente pontuado por longos períodos de reflexão silenciosa, por ponderações ou simplesmente por falta de interesse e de concentração; Tiye não podia dizer ao certo. Ele também podia ser carrancudo quando queria.

— Quero Meritaton de volta — requisitou ele um dia, enquanto balançavam no barco ancorado à terra. Smenkhara tinha uma linha de pescar dependurada sobre a borda e a segurava com a mão desatenta, quando se virou para a mãe na cadeira de marfim. — Ela deve sentir minha falta. Fazer as lições sozinho é chato, e odeio Beketaton. Ela choraminga quando não brinco com ela.

— É por causa da idade dela — lembrou Tiye. — Ela tem apenas dois anos, Smenkhara. Meritaton também foi chorona nessa idade.

— Não, não era, ela apenas ficava mal-humorada. De qualquer forma, como você sabe como Meritaton era quando criança? Você somente ia ao berçário para ver Beketaton e, em seguida, apressava-se para voltar para meu irmão, o faraó. — Ele puxava a linha de um lado para o outro. — O faraó levou Meritaton e Meketaton com ele na viagem pelo rio, e eu queria ir também, mas você não deixou. Eles estão todos se divertindo juntos. — Franziu os lábios rebeldemente e arremessou a trança sobre o ombro bronzeado.

Tiye puxou os pés descalços para a sombra do dossel.

— Bem, eu também não fui — ressaltou ela, e ele levantou os cotovelos de forma rude.

— O faraó não quis você, esse é o motivo.

— Isso é o que os criados estão dizendo ou você chegou a essa conclusão sozinho? Você é um principezinho desagradável e mimado — disse ela com rispidez. — Quanto tempo faz que seu professor lhe deu uma surra?

— Meus professores nunca me bateram. Eu os ameaço se eles tentarem. E concluí sozinho que o faraó estava feliz em deixar você aqui.

— Posso ver que a disciplina no berçário tem sido negligente. Você pode ser faraó um dia, Smenkhara. Deve conhecer o que é se sentir um mortal comum antes de experimentar as alegrias da divindade.

A criança precoce blasfemou baixinho:

— Aposto meu novo peixe como você nunca levou uma surra, ó minha mãe.

— Sim, levei. Seu tio Ay me deu uma surra uma vez e me deu palmadas muitas vezes porque era teimosa e me recusava a ter aulas com ele.

Um longo silêncio seguiu, e Tiye percebeu que o filho a ignorava. Com sono, quase fechou os olhos, deixando a brisa acariciar-lhe o rosto. No entanto, após um instante, ele disse:

— Isso é diferente. Você é mulher. Eu realmente serei faraó um dia?

— Sou imperatriz e deusa e não serei insultada por ninguém — apregoou. — Agora pesque em silêncio. Quero dormir.

Com mau humor, Smenkhara deu um chute na lateral da barcaça e aliviou os sentimentos mostrando a língua ao silencioso escravo pessoal.

— Não quero mais pescar. Quero nadar.

A Décima Segunda Transformação   215

— Não sem o seu instrutor. Sua braçada ainda não é forte o suficiente.

— Quando eu for faraó, farei o que desejar.

— Provavelmente — respondeu Tiye, quase adormecida. O mau humor de Smenkhara esmaecia, e ela observou que o filho puxara a linha vazia e sentara-se sob o dossel para jogar *sennet*.

Para o auspicioso dia que marcaria o estabelecimento formal das fronteiras da nova cidade, Akhenaton descartou as vestes femininas apertadas, que costumava preferir, e pôs um saiote masculino branco. O pescoço delgado estava pesado, com gargantilhas de ouro e um pingente em ametista que retratava o sol rodeado por abelhas prateadas. Sobre o rosto com maquiagem espessa, erguia-se uma alta coroa azul à qual a serpente e o falcão estavam presos. As mãos que seguravam as rédeas da biga estavam quase invisíveis, repletas de anéis de escaravelhos, emblemas e amuletos pendurados nos pulsos. Atrás dele, Nefertiti encostou-se na lateral polida do veículo, com visual radiante em azul-real. Cajados e manguais em miniatura pendiam do cinto, e, entre os seios pintados de azul, uma esfinge, com fundo em lápis-lazúli, mostrava os dentes. A coroa era um curioso elmo do rei sol, em forma de cone, dentro do qual todo o cabelo fora reunido, acentuando as linhas extensas e impecáveis da mandíbula e das têmporas. A face perdeu um pouco dos traços femininos e adquiriu uma severidade que refletia a amargura que começava a aparecer em seu caráter. Meritaton, fitas azuis e brancas na trança e nua sob um manto branco solto com um *ankh* esmaltado, segurava a mão coberta de anéis de sua mãe, enquanto a pequena Meketaton estava sentada no chão da biga, uma das mãos puxava a sandália dourada do pai e a outra sacudia um pequeno sino que Tiye lhe dera. Atrás do faraó, outras carruagens esperavam, cheias de dignitários de peruca, maquiados com *kohl* e suando sob os dosséis. Estava no meio da manhã, e a força do sol era incontrolável — porque as colinas protetoras detinham todo o vento — golpeava a areia e refletia-se na pele.

Akhenaton deu uma última olhada à sua volta enquanto esperava pelo sinal de Ay. O suor pingava pela faixa de metal do elmo para trás das orelhas adornadas com joias e descia pelo pescoço. Os olhos examinavam com cuidado a porção imaculada de areia dourada, espalhando-se do azul brilhante do Nilo, à direita, para a queda da colina e os despenhadeiros sombreados à esquerda. Em frente, dançando nas ondas de calor, a curva

216   Pauline Gedge

do rochedo era consumida a vinte quilômetros de distância, no encontro com o rio; as colinas marrons acentuavam-se contra o azul vívido do céu. Apesar dos risos e das conversas em tom baixo dos cortesãos à espera, o silêncio predominante, antigo e misterioso, fluía e calava o mero som humano. Havia aqueles intimidados com a impressão de que alguma presença observava os intrusos, mas a maioria estava despreocupada, ansiosa para que a cerimônia terminasse, para que eles pudessem retornar às tendas suntuosas que o faraó providenciara. Akhenaton identificou o sinal do tio. Ao virar-se, ele sorriu para Nefertiti e deu um beijo em seus lábios pintados com hena.

— Um novo começo — disse ela, os olhos brilhavam. — Foi determinado assim.

— Sim — concordou, enquanto os cavalos faziam força contra a areia que obstruía as rodas da biga dourada antes de empurrá-las para a frente. — Deste lugar, santificado pela minha presença, a veneração ao Aton será dispersada para todo o mundo. — Atrás dele, a brilhante cavalgada começou a passar. Meketaton gritava em tom agudo e segurava a panturrilha do pai com os braços gordos. O olhar solene de Meritaton estava fixo em suas costas.

Pelo resto do dia, os nobres e os príncipes do Egito, cada vez mais famintos e sedentos, seguiram lentamente a biga de seu deus pelo circuito das colinas. Em intervalos ao longo da rota, altares portáteis foram erguidos. Quando Akhenaton e a família chegavam a cada altar, o sacerdote que os acompanhava acendia incensos e ficava prostrado na areia escaldante enquanto o faraó descia e seu profeta, na biga seguinte, vinha fazer uma oferta a ele e ao Aton, que iluminara o céu com o mesmo espírito impregnado no corpo do faraó. No momento em que a oitava e última oferenda fora acesa, o sol havia mudado de branco ofuscante para um vermelho brilhante e mergulhava no rio. Fogos encorajadores para cozinhar tremeluziam entre as tendas aglomeradas e a flotilha de barcaças amarradas. Os cortesãos desgrenhados gritaram com um alívio inexpressivo mais do que com adoração quando avistaram Akhenaton chicotear os cavalos para que galopassem e para que a biga chegasse à areia acinzentada próxima à água. Os músicos já preenchiam o crepúsculo pálido com acelerada harmonia, e, nos tapetes, ao lado das almofadas aconchegantes, os criados esperavam com cântaros de vinho resfriados no rio. Desmontando e entregando as rédeas para Ay diante da tenda, Akhenaton ficou atento ao local em que a última oferenda ainda queimava, faiscando, um ponto errático de luz vermelha.

A Décima Segunda Transformação 217

— Onde cada altar está de pé mandarei erguer uma estela — disse a Nefertiti. — Vi muitas fendas na rocha onde tumbas reais podem ser escavadas. Você não viu? Pretendo trazer todos os corpos dos touros Mnervis de On e enterrá-los aqui. Também planejo instituir a guarda e a adoração do que está vivo aqui.

— Uma coisa de cada vez, meu divino marido — provocou Nefertiti, o tecido úmido da roupa agarrado à pele e os grãos de areia alojados nas curvas do pescoço. — Vou nadar antes de comer, e beber antes de nadar. Ama! — Ela entregou as crianças rapidamente e desapareceu na tenda. Antes que fosse ao encontro dos escravos ansiosos à sua espera, Akhenaton passou um momento inalando o ar seco noturno.

Depois das formalidades, Ay teve pouco a fazer. Passou algum tempo assegurando-se de que os cavalos estavam bem-hidratados e tinham sombra suficiente e, em seguida, supervisionou os empregados enquanto executavam pequenos reparos nas bigas. Poderia ter ordenado que os cocheiros usassem o tempo livre praticando manobras de guerra, mas percebeu que estava muito quente para tanto esforço. Uma tarde, acompanhou o faraó em uma rigorosa escalada ao topo das colinas que circundavam o lugar, e, enquanto os porta-liteiras ofegavam e se esforçavam para subir, e os guardiães tentavam manter a correta disposição na subida, Akhenaton conversava sem parar sobre os sonhos para o local inóspito que todos eles observaram quando atingiram o topo. Tonto pelo calor e com sede, Ay não absorvera a maior parte do que ele dissera, porém, durante os três dias seguintes, enquanto ele visitava as tendas de amigos para conversar e jogar ou se sentava na beira do rio resplandecente, passando as horas sob o conforto da sombra, lembrou-se de algumas das palavras excitantes do faraó e começou a refletir sobre o futuro. O faraó deixara claro que esperava que o Senhor do Cavalo do Faraó firmasse residência na nova cidade, e, pela primeira vez em sua vida, Ay sentiu sua lealdade violentamente dividida. Na posição de cunhado de Amenhotep III, algumas vezes ele fora requisitado a escolher, em termos de política ministerial, entre as diretivas de seu governante e o bem-estar de sua família, mas aquelas escolhas foram pequenas comparadas à decisão que, agora, deveria tomar. Disse à irmã que, embora fosse bastante fácil manter-se com ela na água represada em que Malkatta inevitavelmente se tornaria, ele acompanharia o faraó e assim o havia demonstrado. Era rico e poderoso e desfrutava da generosidade de seu senhor. Tiye poderia culpá-lo por ser relutante em renunciar a tudo isso a fim de apostar na chance de que o empreendimento do faraó fosse um fracasso e de que ela pudesse ser considerada melhor governante do que ele? Se a ruptura entre mãe e filho aumentasse ainda mais, seu lugar não seria junto da filha e dos netos? Certamente, as expectativas de sua família em relação a ele eram mais fortes do que aquelas de Tiye. *Se a escolha fosse dela*, pensou enquanto se sentava com os olhos apertados contra o brilho ofuscante do sol na água resplandecente, *ela não hesitaria em ficar do lado vencedor. Sabe que sou tão realista quanto ela. Espera que a escolha por algum de nós nunca precise ser feita. Não acredita que algo resultará deste plano, mas ela não está aqui, observando os sacerdotes marcarem as fronteiras e ouvindo o entusiasmo do filho. Perdoe-me, Tiye, mas devo estar onde o faraó está. Não sou tão velho para arriscar a possibilidade de que o plano dele possa falhar. Nunca a trairei ou serei desleal, mas acho que a balança do poder acabou de pender para o outro lado, e, a menos que faça uma concessão, você nunca a recuperará.*

Na quarta noite, ele pensava enquanto caminhava ao lado do rio com dois dos cocheiros quando viu uma embarcação imperial procedendo do norte. Voltando para o embarcadouro, esperou até que fosse amarrada ao cais. Um grito de alerta foi dado pelo guardião do faraó e imediatamente respondido. Uma rampa apareceu, e um homem de elmo azul surgiu no píer, logo seguido por uma mulher e uma torrente de criados. Ay adiantou-se para saudá-los:

— Horemheb! O que você está fazendo aqui? E Mutnodjme!

— Eu poderia lhe fazer a mesma pergunta — disse Horemheb, aproximando-se dele. — Recebi uma convocação urgente para Malkatta e estou no meu curso rio acima. De qualquer maneira, raramente consigo deixar de atracar neste lugar amaldiçoado quando viajo. O que significa tudo isto? — Seus braços cheios de braceletes apontaram para a desordem de tendas, cavalos alimentando-se, sons repentinos de música e aroma de ganso assado.

— É melhor você não se referir a esta terra sagrada como amaldiçoada aos ouvidos do faraó — retrucou Ay e rapidamente lhe contou o que acontecera desde que o último despacho de rotina fora enviado a ele.

— Penso que você não deve ter encontrado arautos no rio ou já saberia. Mutnodjme, como vai você?

A garota respeitosamente pressionou os lábios na sua face.

— Sobrevivo — respondeu com pausa. — Isso parece uma festa muito grande; então, talvez eu faça mais do que sobreviver até alcançar Tebas. Depet está aqui? Dê-me ouro, Horemheb. Se ela está, vai querer jogar dados.

De modo afável, o marido entregou-lhe uma bolsa.

Ela não mudou muito, pensou Ay com carinho, *exceto pelo rosto, que está afinando, e pelo olhar, que está mais indolente.*

— Onde estão seus anões? — perguntou ele.

Ela encolheu os ombros.

— Um deles caiu da barcaça durante uma festa há alguns meses, e, com o barulho e os risos, não notei. Ele se afogou. O outro fugiu. Encomendei mais dois da Núbia, mas são muito raros. Acampem e cozinhem lá! — gritou aos criados. — Voltarei em três horas! — Ela começou a caminhar.

— Serei avô em breve? — indagou Ay.

Ela bradou sobre os ombros:

— Certamente não!

Horemheb fez uma careta, sorrindo.

— Acho que ela está feliz, chefe, e me ama à sua maneira. Você acha que o faraó está preparado para receber-me?

— Estou certo de que sim. — Eles começaram a passear ao longo do rio. — Soube que você teve algum problema com as tropas da fronteira.

Horemheb assentiu com a cabeça.

— Sem uma política clara do faraó para as questões militares, tem sido difícil manter a disciplina — admitiu. — Meus capitães encontraram alguns soldados saqueando barcos, aterrorizando pequenas aldeias, roubando o gado. Os homens estavam aborrecidos, mas isso não é desculpa. Mandei arrancar o nariz dos cabeças do motim e expulsei os outros para Tjel. O amante de Osíris Amenhotep foi um deles.

Ay digeriu a informação em silêncio, chocado que alguém da antiga administração ainda sobrevivesse, como se tudo houvesse pertencido a uma época muitos *hentis* atrás, em outra era. Muito acontecera desde então.

— É surpreendente que ele tenha sobrevivido todo esse tempo.

Horemheb sorriu.

220 Pauline Gedge

— Ele surpreendeu todos nós. Era um camponês com uma constituição mais forte do que eu acreditaria possível. Contudo, Tjel fará dele um homem. É a fortaleza mais austera no império.

Ay pensou rapidamente no rosto feroz e nos rebeldes olhos negros da criança e, em seguida, voltou a atenção para a preocupação maior. Era verdade que o faraó não demonstrara interesse no estado do exército ou na proteção das fronteiras. *Tenho de obter a permissão para eu mesmo cuidar desses assuntos*, decidiu Ay, acalmando uma breve angústia. *Evitei contrariá-lo, mas, decerto, ele verá que não podemos nos descuidar dos arredores do reino, pois os estrangeiros entenderão como um sinal de fraqueza.*

— O faraó sabe que você teve de disciplinar as tropas?

— Enviei um pergaminho ao Escriba de Recrutamentos, e, se o faraó leu o despacho, deve saber. — Horemheb olhou de relance para Ay. — Eu o redigi cuidadosamente. O faraó, sem dúvida, teria preferido que eu atingisse meus homens com uma flor de lótus e os exilasse no fundo da sala de aula.

Ay não sorriu, e o tom de Horemheb não era suave. Abriram caminho pelo grupo de convivas e aproximaram-se de Akhenaton, que estava sentado ao lado de Nefertiti.

O faraó ficou contente ao ver o amigo e pôs os braços em volta do pescoço de Horemheb, beijando-o com ardor.

— Quando eu mudar minha ilustre pessoa para minha nova cidade, você terá de morar aqui — insistiu ele impulsivamente. — Chefe da fronteira é uma posição pequena. Eu lhe conferirei outro título de forma que possa vê-lo todos os dias.

— Vossa Majestade é bondosa — respondeu Horemheb, fazendo reverência várias vezes para esconder o constrangimento que o abraço de Amenhotep lhe causara, a marca do beijo entusiástico de Amenhotep em sua boca vermelha. — No entanto, sou um soldado e não seria feliz vivendo no ócio.

— Você sempre me contou a verdade sem temor — elogiou o faraó. — Minha necessidade de você é maior do que seu desejo de felicidade. Não é muito longe daqui até o Delta, caso você insista em manter seu posto, e estou certo de que Mutnodjme ficaria satisfeita em voltar para a corte.

— Ainda há muito tempo para tomar tais decisões, amado — interpôs-se, e Nefertiti rapidamente deslizou o braço em volta da cintura do faraó. — Sua mãe pode desejar dispor dos serviços de Horemheb de alguma outra forma. — Ela sorriu aos olhos de Horemheb, e o comandante reconheceu malícia em seu olhar.

— Você tem razão. — Akhenaton meneou a cabeça, beijando-a. — Estou muito ansioso para premiar aqueles que me amam.

— A ruptura entre o deus e sua mãe é tão forte assim? — Horemheb perguntou a Ay mais tarde naquela noite, sob o chiado e a lamúria das flautas e dos cantores. — É irracional pensar que os egípcios leais terão de fazer algum tipo de escolha entre os dois.

Ay olhou em volta para o grupo de pessoas barulhentas e bêbadas. Os criados passavam entre os archotes cravados na areia, recolhendo as sobras do banquete. Os dançarinos balançavam-se, a luz amarela deslizava preguiçosamente sobre as peles nuas e oleosas. Mergulhos e gritos de alegria vinham da margem do rio, escondidos na escuridão. No meio do alvoroço, um criado de pé tremia, segurando uma bandeja repleta de adornos, enquanto o chicote de Mutnodjme batia perigosamente próximo à sua cabeça indefesa, apanhando, com destreza, os cordões e os braceletes, um a um, e agitando-os no ar para arremessá-los nos colos à espera. A trança da garota estava enrolada em uma das orelhas e presa por um ramo de folhagens de papiro, e ela salpicara-se de ouro em pó. Aplausos e brados de aprovação saudavam cada chicotada indiferente de seu pulso carregado de joias.

— Sua habilidade é notável — disse Ay, que, em seguida, suspirou e virou-se para Horemheb. — Ainda espero que não haja uma verdadeira ruptura, apenas uma divergência, que será sanada. Os laços que unem minha irmã ao faraó sempre foram poderosos. Contudo, se os deuses proibirem, a rusga entre eles deve piorar, e não haverá questão sobre lealdade dividida, Horemheb. O faraó é o Egito.

— Eu sei — respondeu Horemheb. — Não é exatamente um assunto de lealdades antigas ou novas, mas uma questão de sobrevivência. — Girou a cadeira para fitar Ay, e observaram-se atentamente em perfeito entendimento. — Meu pai pôde dispor de recursos para enviar-me à Escola de Escribas em Karnak — continuou Horemheb —, mas não tinha a influência necessária para garantir-me uma boa posição quando meu treinamento terminou. Eu poderia, mesmo agora, estar sentado de pernas cruzadas no

222 Pauline Gedge

embarcadouro em Tebas, controlando os carregamentos de grãos, se não fosse pela imperatriz, que ficou sabendo de minha habilidade e me tornou um escriba real. — Sorriu timidamente, o olhar fixo ainda no banquete espalhafatoso. — Todavia, agora, não tenho escolha, Ay. Se desejo reter o poder no exército e ascender a um posto ainda mais alto, devo estar onde o faraó estiver. Ele determina a ordem final das tropas, e essa autoridade, certamente, irá acompanhá-lo. Além disso, ele premiará aqueles que lhe são fiéis; é preciso ganhar a vida.

Ay sabia que era uma avaliação realista tanto da própria posição quanto de Horemheb. Muitos dos homens mais jovens que haviam iniciado sob o apoio de Tiye e que ainda tinham muito para ascender pairavam sobre argumentos similares.

— É o curso da vida — murmurou ele, apalpando distraidamente a cicatriz no queixo. — Apenas queria que o faraó tivesse escolhido um lugar diferente para a nova cidade. Não gosto deste. Não estou surpreso que tenha permanecido inalterado até agora. Acho que quer somente ficar em paz.

— Assim fala um feiticeiro, e não um soldado — admoestou Ay, e Horemheb sorriu.

— Ao amanhecer, partiremos para Malkatta e me tornarei um soldado outra vez. Mutnodjme quer fazer oferendas a Min no santuário em Akhmin no caminho, então levaremos nossas saudações a Tey.

— Hoje à noite, eu queria estar deitado com ela no divã, ouvindo a caçada das corujas no jardim — disse Ay, um pouco para si mesmo, mas Horemheb não o ouviu; estava em pé para pegar o colar azul que a esposa atirara em sua direção.

Ay levantou-se uma hora antes do amanhecer para despedir-se de Horemheb e de Mutnodjme. Ele observou a embarcação afastar-se silenciosa da praia, sentindo-se sozinho, e, enquanto aguardava o restante do acampamento agitar-se, retornou à tenda. Abrindo as portas do santuário de viagem, fez devoções a Amon naquela manhã. Mais tarde, o faraó realizou o último ato formal antes de, muito relutante, deixar o lugar. Ele e Nefertiti, uma criança em cada colo, sentaram-se nos tronos diante de um altar portátil, enquanto o profeta queimava as oferendas e os cortesãos beijavam-lhe os pés e permaneciam em adoração na areia. Enquanto eles murmuravam "Vida eterna! Grandiosa é tua existência, ó Único de Rá, Senhor das Coroas", Akhenaton reiterava seus desejos.

A DÉCIMA SEGUNDA TRANSFORMAÇÃO   223

— Veja — bradou ele. — Esta cidade foi desejada pelo Aton. Será construído um memorial em seu nome para toda a eternidade. Foi o Aton, meu pai, quem apresentou este lugar a mim. Erguerei um grande templo do Aton aqui para meu pai. Erguerei um dossel de pedra para a Grandiosa Esposa Real Nefer-neferu-Aton Nefertiti. Cercarei terras para o faraó, para a Esposa Real. Minha tumba será preparada nas montanhas do leste, e lá meu funeral será realizado. Se eu morrer em outro lugar, deixem-me ser enterrado aqui. Se a Grandiosa Esposa Real ou a princesa Meritaton morrerem em outro lugar, deixem-nas serem enterradas neste lugar. — Desejo e esperança preencheram as palavras formais e repetitivas. Meketaton adormecera nos braços do pai, mas Meritaton o ouvia com atenção.

— Mãe — sussurrou no ouvido de Nefertiti. — Ele não disse Smenkhara. Smenkhara poderá ser enterrado aqui também?

Nefertiti silenciou-a, porque o sacerdote havia começado a cantar hinos ao Aton e ao faraó. Ay, tendo feito a reverência e recebido a instrução de que poderia se levantar, manteve-se ao lado da cerimônia. Ele observou os olhos da filha, pintados de *kohl* preto, percorrerem as feições extenuadas dos veneradores do faraó cobrindo a areia e quis saber o que ela estava pensando.

Era uma corte saciada, cansada, que voltava para Malkatta e se dispersava para tomar banhos perfumados e jogar-se no conforto dos divãs. Tiye, com um vestido de tecido dourado, o disco solar e a dupla plumagem reluzente na cabeça, esperara, com o coração deprimido, nos degraus do embarcadouro para dar as boas-vindas formalmente. Os dias de pacífico comodismo pelos quais passara haviam sido perturbados por Horemheb, a quem fora concedida audiência apenas horas antes. Ele ouviu os argumentos da imperatriz em respeitoso silêncio, mas resistiu a qualquer sugestão de que ele pudesse tentar dissuadir o faraó de seu rumo.

— Eu, humildemente, sinto muito, Grandiosa, mas é impossível — disse imediatamente.

— Você quer dizer que é impossível para você tentar ou é impossível o faraó mudar de opinião? — opôs-se com irritação.

— Impossível o faraó mudar de opinião, Majestade. Talvez, se estiver mais próximo do Delta, ele possa considerar melhor os problemas do exército.

— Ah, então você pretende ficar sob a proteção dele, de forma que possa defender os soldados do Egito, não é? — vociferou com sarcasmo. — Ainda não estou senil, Horemheb.

Ele sorrira com a delicada comiseração de anos de intimidade.

— Venero você, minha Deusa, mas sua preocupação é como a inquietação de uma mãe quanto ao sexo de uma criança por nascer.

O comandante recusara a se prolongar mais, e, afinal, ela o dispensou frustrada. Com tristeza, Tiye observava o faraó e sua família desembarcarem, Smenkhara e Beketaton em pé, vestidos suntuosamente para a ocasião. O mau humor de Tiye foi um pouco abrandado pelo evidente deleite do faraó em ver as crianças. Ele pôs um dedo sob o queixo de Smenkhara, levantando seu rosto pintado para encontrar o dele próprio.

— Que lindo você está, meu irmãozinho! — exclamou com vivacidade. — E você, minha querida e bela flor. Venha me dar um beijo. — Ele estendeu os braços, e Beketaton correu para eles, cobrindo-o com beijos molhados. — Senti saudades de minha filha — continuou. — Como ela cresce dourada e rosada! — Conversou com ela por um momento, antes de entregá-la à ama. Meritaton já estava ao lado de Smenkhara, a mão sobre a dele. Tiye observou os dois afastarem-se na direção das fontes e deixou-os ir. Akhenaton virou-se para ela, esperando pela reverência completa, que ela recusou com arrogância. Apenas inclinou a cabeça.

— Senti saudades de você também, Tiye — disse. — Queria que você estivesse lá para ver o incenso de consagração elevando-se por trás das colinas. — Ele a beijou delicadamente, com mais autoconfiança e dignidade do que demonstrara em meses, e Tiye, constrangida, sentiu suas ásperas defesas cederem. *Talvez tudo esteja bem*, pensou ela, olhando sobre o ombro dele para onde Nefertiti esperava sozinha, em um poço de reverência.

Tiye ainda estava com um espírito de otimismo quando, mais tarde naquele dia, foi para os aposentos com um pergaminho que o escriba acabara de traduzir. Akhenaton ainda estava deitado em seu divã depois de dormir, o rosto pálido e cansado, os olhos vermelhos. Ele a saudou dando sinais de fraqueza.

— Você está doente, Hórus? — indagou, observando o criado colocar um pano úmido, frio, na testa do faraó.

Ele meneou afirmativamente a cabeça e, então, retraiu-se.

A Décima Segunda Transformação 225

— Estou com uma terrível dor de cabeça — murmurou. — Mal aguento me mexer. Quando pisco, é como se cimitarras golpeassem minha cabeça. — Ela quase desistiu, mas ele acenou para que se aproximasse. — Qual é o pergaminho?

— Foi recebido pelo Escriba de Correspondências Estrangeiras ontem e preocupa-me, Akhenaton. Aziru tornou-se príncipe de Amurru.

— Por que isso deve preocupar alguém? Todas as tribos do Norte da Síria são nossos vassalos. Não importa que o pequeno príncipe comande Amurru, contanto que faça o que o Egito lhe ordene.

— Importa, nesse caso, porque Aziru é conhecido por se corresponder com Suppiluliumas. Ele até mesmo visitou a capital do Khatti, Boghaz-keuoi, em diversas ocasiões. Temo uma aliança secreta entre eles, que enfraquecerá a segurança de nosso controle sobre a Síria.

— O que você gostaria que eu fizesse? — Ele se encolheu de angústia, colocando as palmas das mãos nas têmporas e fechando os olhos.

— Vá a Aziru imediatamente para se assegurar de sua lealdade e manter sua influência.

— O que o pergaminho diz?

Tiye sorriu com desdém.

— Ele venera e adora você, chama-me de senhora de sua casa e promete ao Egito fidelidade e devoção eternas.

— Que palavras maravilhosas! Ele é um filho verdadeiro de Ma'at.

— Ele é um mentiroso e um salafrário! — retrucou Tiye com violência, e Akhenaton fez um esforço para se sentar, gritando de dor.

— Se ele não está dizendo a verdade, o Aton o punirá — orientou ele. — Dê o pergaminho a Tutu para uma resposta amável.

— Mas Akhenaton!

— Ajude-me, mãe. Não estou me sentindo bem.

Um criado correu para o divã, ajoelhando e erguendo uma tigela prateada. Outro segurou a cabeça do faraó. Akhenaton virou-se para o lado e vomitou. No mesmo instante, a raiva de Tiye desapareceu. Agarrando o pano molhado, ela enxugou rosto dele e ajudou-o a se encostar nas almofadas. Ele puxou a manta sobre si com mãos trêmulas, e Tiye viu que ele ficou, de repente, sonolento.

— Não devia tê-lo perturbado — disse ela, inclinando-se para beijar sua testa. — Retornarei mais tarde para ver se você está melhor. — Antes que ela chegasse à porta, ele dormiu.

226   Pauline Gedge

Pelo caminho, Tiye encontrou Parennefer, que se levantara do banquinho.

— Traga o médico do faraó imediatamente — disse ela. — E os feiticeiros também.

— O faraó está furioso com o médico, Deusa — respondeu ele desajeitadamente. — A doença começou enquanto o faraó estava fora, e o médico disse que ele tinha ficado no sol desprotegido por muitas vezes. O faraó disse que seu pai não o prejudicaria e mandou o homem embora.

Aborrecida, ela pôde somente responder:

— Se o faraó deseja sofrer, suponho que devemos deixá-lo.

Relutante, Tiye entregou o pergaminho para Tutu, instruindo-o a responder firmemente a Aziru, mesmo que o faraó não o desejasse, mas sabendo que Tutu faria como o faraó quisesse. Ela dera a Akhenaton sua interpretação da situação no Norte da Síria e o avisara quanto ao que acreditava ser o curso de ação apropriado, então não havia muito mais que ela pudesse fazer. O estabelecimento e a execução da política estrangeira eram prerrogativas únicas do faraó. Ele era livre para aceitar o conselho de seu escriba do Escritório de Correspondências Estrangeiras e de outros ministros ou para recusá-lo e formular seus próprios relacionamentos com vassalos e aliados, mas a sua era a última palavra. Tiye sabia que qualquer diretiva que ele determinasse a Tutu era uma ordem, mas estava aborrecida porque Tutu sentiu prazer em vê-la dominada.

Ela retornou aos aposentos do filho à noite, na esperança de persuadi-lo a se alimentar um pouco, e ficou surpresa ao encontrá-lo de banho tomado, vestido e sentado entre as colunas da sala de recepção com Nefertiti, olhando para o jardim sombrio. O alaúde estava a seus pés e havia um escriba sentado de pernas cruzadas atrás dele, escrevendo rapidamente enquanto Akhenaton ditava uma canção. As palavras vinham solenes e firmes, as mãos de dedos longos acentuavam o ritmo da poesia com batidas nos joelhos e nos braços da cadeira. Ele estava inclinado para a frente, os músculos tensos, balançando-se para um lado e para outro. Com frequência, o Akhenaton pegava o alaúde e tangia rapidamente, cantarolando sob sua respiração até que as palavras começassem a fluir novamente.

— Sim, estou melhor, mãe, não posso parar agora, ou as palavras maravilhosas cessarão, não se aproxime — gritou ele, acenando para que ela saísse, com uma expressão de ansiedade em sua face.

Nefertiti não se incomodou com a presença dela. Tiye olhou pelas sombras intensas que se agarravam às colunas e viu o séquito do faraó de pé, com as cabeças abaixadas na escuridão, não ousando mover-se ou fazer um som. Somente o escriba estava absorto na atmosfera de quase dolorosa expectativa. Ele respirava muito fortemente, e sua língua estava presa entre os dentes com o esforço de escrever a monótona torrente de palavras semiformadas. Deprimida e entediada, Tiye os deixou.

14

Toda a corte em Malkatta logo se empenhou em transformar a terra desolada e inóspita da visão do faraó em um lugar digno de ser a casa do Aton. Bek, Kenofer, Auta e os outros arquitetos e artesãos reais trabalhavam noite e dia nos projetos complicados para a cidade que cresceria magicamente do nada, uma criação do caos, como o próprio mundo. Os cínicos habitantes de Tebas observavam como, dia após dia, o Nilo ficava cada vez mais obstruído pelo tráfego: barcaças enormes, pesadas, movendo-se lentamente diante deles, carregadas com silhares das pedreiras de Assuã, balsas empilhadas até as alturas com palha dourada para ser misturada com a lama do rio, barcos carregando fortunas em vigas de cedro. Milhares de operários e seus supervisores tiveram de mudar para as barracas erguidas apressadamente ao norte do local. Uma aldeia inteira de camponeses, renomada por sua habilidade em alvenaria, foi removida de sua localidade a oeste de Tebas e restabelecida nos domínios do faraó. Vez ou outra, os moradores da cidade, sua classe empobrecida por uma minuta compulsória de Akhenaton, alegravam-se de forma zombeteira à medida que cada pequena frota fazia manobra, mas eles logo perdiam o interesse e voltavam a seus afazeres diários ou ficavam sentados com sua cerveja e pão à margem do rio, em silêncio, na esperança de que o passar das horas pudesse ser alentado pela visão de um barco de passeio com dignitários rio abaixo.

Akhenaton também ordenou uma pausa no trabalho ainda em andamento em Karnak. Aqueles que tinham trabalhado havia anos em templos do Aton e de Nefertiti foram despachados para recomeçar suas tarefas na nova cidade. Os sacerdotes de Amon esperavam com fervor pelo faraó para recrutar seus operários, mas, como sempre, ele simplesmente os ignorou. Karnak adotou uma política de cuidadosa e deliberada insignificância.

Malkatta começou a zumbir como uma grande colmeia e, com a ajuda de ministros perspirantes e oficiais aflitos, foi içada de sua ineficiência confortável a um nível de completa organização. O faraó contava os dias até o momento em que poderia sair, e seu tempo era despendido correndo de um escritório a outro, solicitando relatórios ou interminavelmente expondo sua visão da mais bela cidade já construída. Bem-intencionado e ansioso, ele interrompia com frequência os mesmos ministros cuja rapidez desejava estimular, porque, quando aparecia, todo o trabalho devia parar enquanto as apropriadas reverências eram feitas, e a postura correta era mantida em sua presença. Akhenaton estava bastante feliz, apesar das dores de cabeça que o abatiam com crescente regularidade e as quais ele veio a temer. Elas significavam a perda de sua frágil dignidade, porque sempre terminava vomitando de dor. As crises sempre eram seguidas de explosões de energia criativa e grande fervor religioso. Os cortesãos, sempre ansiosos em agradar da forma que entendiam ser a melhor, faziam com que os criados os seguissem segurando as jarras de prata nas quais eles cuspiam com educação, ou, se houvessem bebido vinho, vomitavam. Se o Aton causou tal comportamento em sua abençoada encarnação e seu eu sagrado, então eles desejavam compartilhar a atenção do deus.

Com a mudança nas prioridades do governo, ocorreu um realinhamento de poder, e muitos ministros que haviam se destacado com Amenhotep III se tornaram dispensáveis. O faraó não os demitiu publicamente, mas as ordens diárias que deviam passar por eles iam direto para seus subordinados. Pelo bom-senso, eles se aposentaram sem objeção e seus lugares foram ocupados pelos favoritos de Akhenaton.

Com um pouco de tristeza, Ay via, com cada vez mais clareza, a necessidade de uma mudança em suas alianças pessoais. Ele gostava de seu assistente Ranefer. O jovem conhecia cavalos e era respeitado pelos cocheiros. Fora nomeado por Akhenaton para servir a Ay, quando viera junto com o príncipe de Mênfis, e Ay apreensivamente procurava em Ranefer qualquer sinal de que ele seria usurpado. Até agora, não havia indicação de que Ranefer se tornaria Senhor do Cavalo do Rei. Contudo, Ay acreditava que o momento chegaria, a menos que estivesse equivocado. Não havia mais nenhuma dúvida de que o faraó estava no controle do reino. Era ele quem incontestavelmente governava agora, não como seu pai, por meio do controle das instituições seculares do Egito, mas com o poder dos reis sacerdotes dos velhos tempos. A estrela de Nefertiti também estava ascendendo. No ano após a demarcação da cidade, ela dera à luz, para seu desapontamento, outra garota, mas Akhenaton ficara encantado, dando-lhe o nome de Ankhesenpaaton, Vivendo por Meio do Aton. A fortuna e a beleza projetaram uma aura magnética em volta dela,

230 Pauline Gedge

para a qual os poderosos eram atraídos. Tiye ainda comandava, sempre comandaria, o respeito e o temor a uma deusa e imperatriz, mas ela era uma deusa da antiga ordem, uma imperatriz não mais totalmente no controle de um império. Enquanto Ay não desejava vê-la ainda mais humilhada, ele se empenhou em conquistar a confiança de Akhenaton, uma tarefa que provou não ser difícil. Ay sabia que o faraó sempre gostara dele, podia manter-se confortável em sua presença e procurar seu conselho sem a timidez que o atormentava na companhia de sua mãe. O conselho de Tiye, com frequência, havia sido condescendente, ou pior, uma destruição ardente de suas opiniões hesitantes. Aprendendo com seu exemplo, Ay não discutia, mas debatia com uma elevação encorajadora das sobrancelhas, sempre se submetendo a Akhenaton caso o faraó mostrasse sinais de inflexibilidade.

O único esporte que Akhenaton verdadeiramente apreciava era a condução de sua biga, que ele fazia muito bem, e, como Senhor do Cavalo do Rei, Ay passava muito tempo atrás das costas estreitas, curvas, e do capacete do faraó, enquanto ele gritava com os animais, seus pulsos frágeis dobrando-se habilmente com o puxão das rédeas. Para Ay, havia alguma coisa terna e lamentável na personalidade de seu sobrinho. Para sua surpresa, Ay flagrou-se esperando com ansiedade as horas que passaria ouvindo a cantiga solene, dissonante, do faraó, o rangido da armadura e a chicotada do vento contra suas orelhas.

— Apesar de você estar construindo uma nova capela para Min na propriedade da família em Akhmin, acho que você é meu amigo, tio — disse Akhenaton a Ay enquanto eles desciam dos cavalos, cobertos de poeira, e andavam firmemente para suas liteiras. — É mais do que um laço de sangue, não é?

Ay sorriu com a pergunta ansiosa, quase desconfiada.

— Claro que eu sou seu amigo, Majestade — respondeu com diplomacia.

— Você gosta de estar comigo? Nefertiti diz-me que você somente passa o tempo comigo para que possa fazer relatórios para minha mãe. — Ele pegou no braço de Ay e fizeram uma pequena pausa.

Ay olhou diretamente para os olhos negros com a borda de areia, aflitos.

— Akhenaton, você deve saber que a imperatriz é a amiga mais antiga que tenho assim como minha irmã querida — disse, com cuidado. — Com ela compartilho lembranças que pertencem somente a nós dois. No entanto, não denigro meu faraó na presença de ninguém. A rainha Nefertiti está bastante ansiosa para proteger você de tudo que possa magoá-lo.

Para surpresa e desalento de Ay, os grandes olhos rapidamente se encheram de lágrimas.

— Às vezes, quando fico sabendo de uma coisa por uma pessoa, e algo mais por outra, e o Aton não me diz quem fala a verdade, começo a me afligir. — Os lábios grossos dele tremiam. — Às vezes, acho que ninguém me ama de verdade.

Ay sentiu o corpo do faraó inclinar-se em direção a ele e percebeu que, se abrisse os braços, Akhenaton cairia sobre eles. Ay colocou as mãos nas costas do faraó. De nada serviria aos cortesãos que os observavam, embora não pudessem escutá-los, ver seu rei procurando tal conforto.

— Meu deus, meu senhor — disse calmamente —, você tem a veneração de um império, o amor do próprio Rá e, decerto, o amor de tais mortais indignos, como eu mesmo e sua mãe.

Akhenaton limpou as lágrimas de suas faces, mordendo o lábio.

— Eu amo você também. Amo minha imperatriz, mas ela está ficando com a língua afiada. Tio, você aceita a honra de ser meu Porta-Leques da Mão Direita?

Ay olhou para ele, rapidamente assimilando as palavras de seu sobrinho. A posição mais alta na Terra lhe estava sendo oferecida, e não imposta. A risada de alívio veio à sua boca, e ele a engoliu, ajoelhando-se na sujeira acumulada do terreno e beijando os pés empoeirados do faraó.

— Não mereço isso — disse ele, sabendo que falava a verdade —, não obstante, eu o servirei fielmente, ó Espírito do Aton.

— Bom, deixarei Ranefer assumir como Senhor do Cavalo do Rei. Você virá comigo para minha cidade sagrada?

— Você em algum momento duvidou disso?

— Sim. Nefertiti disse que você ficaria aqui com Tiye e conspiraria contra mim.

Devo ter uma conversa severa com Nefertiti, pensou Ay. *Ela nunca aprenderá discrição?*

— Posso apenas negar isso e tentar provar a você com minhas ações que a rainha está errada.

Akhenaton tocou-o delicadamente com o pé, e Ay levantou-se.

232   Pauline Gedge

— Não acreditei de maneira alguma, tio — disse o faraó, fungando e endireitando-se. — Carregue meu leque e mostre a todos os veneradores que eles estão errados em duvidar de nossa amizade.

Eu mesmo ainda não tenho certeza de que eles estão errados, pensou Ay, seu olhar ausente nas pesadas coxas de seu faraó enquanto ele caminhava na direção das liteiras. *No entanto, você precisa de mim, Akhenaton.*

Ele ainda não estava certo quando pediu audiência com sua irmã no dia seguinte. Tiye dispensou o Escriba de Conferência, enquanto Ay se curvava e observava os pés descalços do homem se arrastando diante de seu rosto. As sandálias de couro de Tiye, com cordas douradas, aproximaram-se de seu rosto. Ay ergueu os ombros, beijou seus pés e levantou-se.

— O Escriba de Conferência disse-me que existem agora quatro mil soldados no local da construção — disse ela com irritação. — O que Akhenaton está pensando? Mil seriam suficientes para manter a ordem entre os camponeses. Sebek-hotep deve acordar suando durante a noite quando vir a velocidade com que o ouro está sendo esvaziado do Tesouro. E você, Porta-Leques da Mão Direita, deve ser pago por sua nova posição.

Ay observou as mãos enrugadas, cheias de grandes veias e carregadas de joias enrolarem rapidamente o pergaminho e o atirarem na pilha sobre a mesa do escriba. Ela estava usando um vestido azul-claro transparente, cujas pregas flutuavam sob seus flácidos seios morenos. Seus mamilos estavam pintados de azul e brilhavam com pó dourado. O manto azul que ela jogara sobre o banco atrás de si era debruado com pequenos glóbulos côncavos de ouro, cada um contendo um pélete que tilintava conforme ela caminhava. Seu próprio cabelo castanho-avermelhado espumava no alto da fronte, e um diadema puelar de miosótis azuis acetinados circundava sua fronte. Pendiam dele hastes de folhas verdes acetinadas, que roçavam nas faces flácidas com a idade. Os olhos azul-claros estavam dispostos em um ninho de rugas finas e em bolsas de fadiga. Pela primeira vez, Ay pensou que ela se vestira sem gosto, a viçosa juventude de seu traje enfatizando, e não ocultando, sua idade avançada. Sua voz também tinha a penetrante lamentação de uma impaciente ama idosa. Com sensação de choque, ele viu em Tiye a mãe deles, Tuyu, Criada e Ornamento Real; antes, somente vira a força e a arrogância do pai deles.

— Contanto que o tributo e os subornos estrangeiros sejam lançados no Tesouro, é inócuo — objetou ele, brandamente. — Parece que o faraó acredita que pode manter os demônios fora de sua cidade com as lanças e as cimitarras dos homens vivos. Não importa, imperatriz.

— Não importa! — disse Tiye rispidamente. — É problemático fazer planos no Norte da Síria. Nossos vassalos estão negociando com uma nação que pode vir a tornar-se uma inimiga. Qualquer tolo, exceto o faraó, pode enxergar isso. O Egito pode precisar de todo soldado que possui.

— O faraó está ciente disso.

— Ah, sim. — Seu tom era sarcástico. — Ele lê os despachos. Para ele, toda palavra se incandesce com a verdade. Ele chama esses bandidos, Aziru e Suppiluliumas, de seus irmãos.

— Por que você se ressente a respeito disso? Aziru e Suppiluliumas estão tanto discutindo quanto concordando entre si. Se eles, por fim, lutarem um com o outro, será bom para nós. Se eles guerrearem juntos contra nós, iremos derrotá-los. Talvez uma pequena guerra leve Akhenaton à razão.

— Você é tão calmo, Ay. — Ela sorriu friamente. — Bastante esperto. Quando eu o ouço, começo a acreditar que meu bom-senso me abandonou. Contudo, digo-lhe que os chacais percebem uma fraqueza em meu filho, e seus desejos são aguçados.

— Então, deixe-os tentar se satisfazer. O Egito é mais do que poderoso para forçar ossos secos por suas gargantas. Você costumava ser capaz de rir, imperatriz, deixar os assuntos de Estado para trás quando saía dos escritórios dos ministros. O que está errado?

Os ombros macios afundaram.

— Não sei. Você, talvez. Porta-Leques, que honra. Estou muito cansada para espioná-lo, vigiá-lo, preocupar-me com toda suspeita de que você está me lançando em direção à morte. Posso unir minha voz à de Nefertiti e sussurrar ao faraó que você o lisonjeia somente para manter seu lugar como primeiro do reino, mas não quero magoá-lo, mesmo que seja verdade.

— Não há nada de errado em seguir uma política de ganho pessoal em tais circunstâncias, como você seria a primeira a admitir se estivesse em minha posição — indicou Ay. Houve uma pausa. A cabeça de Tiye baixou, seus olhos e dedos nos pergaminhos que o Escriba de Conferência tinha deixado. Então, com calma Ay disse:

— Você sente a falta dele em sua cama, não é?

Tiye ergueu o queixo, orgulhosa, mas o sorriso ficou severamente autossuplicante.

— Sim, sinto. Entretanto, é Osíris Amenhotep Glorificado quem mais me faz falta acima de tudo.

234   Pauline Gedge

— Então encontre alguém para substituí-lo. Suas noites não precisam ser frias.

— Não é isso. É... — Ela procurou palavras, depois encolheu os ombros. — Não é importante. No entanto, finalmente decidi que, quando Akhenaton mudar a corte, permanecerei aqui.

Ele meneou a cabeça.

— Você compreende, então, que tem de manter Smenkhara e Beketaton com você.

Seus olhos se encontraram.

— Decerto — respondeu Tiye secamente.

Na pausa que se seguiu, seu olhar voltou-se para a escrivaninha amontoada e ela começou a mover os pergaminhos pensativamente. Após um instante, Ay disse:

— Pode ser que a Imperatriz do Egito tenha sucumbido à autopiedade? — Ele esperava uma resposta mordaz, mas ela levantou a cabeça e sorriu para ele com desânimo.

— Pode ser. O espaço entre nós já cresceu, Porta-Leques. Livremente admito que, se nossas posições fossem revertidas, eu me comportaria como você, mas já lamento a perda de sua presença. Permita-me o luxo de uma fraqueza puramente humana.

Ela saiu de trás da escrivaninha, segurando seus braços na direção dele, e abraçaram-se. Ay sabia que, na generosidade do espírito dela, ele fora perdoado.

Três meses mais tarde, no meio da colheita, chegou a Malkatta a notícia de que as manobras de Suppiluliumas tinham se tornado uma completa campanha militar e que o Khatti tinha, de fato, promovido a batalha contra Aziru no Norte da Síria. Tiye ficou em pé no Escritório de Correspondências Estrangeiras rodeada de escribas. Tutu, Escriba de Correspondências Estrangeiras, andava de lá para cá ansiosamente nos fundos da sala, e seu filho estava de pé, pálido e zangado, os macacos algaraviando em volta dele.

— Temos um tratado de paz com Suppiluliumas — protestou Akhenaton, olhando duvidosamente para o confuso Tutu. — Tutu o mostrou para mim. Como podemos marchar contra ele?

— Majestade, não estou sugerindo que façamos guerra no Khatti — disse Tiye com cuidado, tentando manter-se calmamente persuasiva. — Contudo, enquanto eles brigam com Mitanni, bem como com Amurru, precisamos visitar as fronteiras que estão se tornando instáveis. Nossos vice-reis nativos lá estão começando a questionar a inércia do Egito diante de tanta inquietação e as vantagens de manter fidelidade a nós. Ribbadi de Gebel, em particular, está frenético por informação a seu respeito, e as tribos nômades de Apiru estão, mais uma vez, invadindo e saqueando as cidades da fronteira. Meu primeiro marido deparou com uma situação como essa e agiu de imediato.

— Bem, o que você quer que eu faça? — perguntou Akhenaton com melancolia. — Estou cansado de ouvir as cartas de Ribbadi solicitando assistência. Ele escreve o tempo todo. Disse a Tutu que lhe enviasse um pergaminho proibindo-o de me aborrecer com tanta frequência. Escrevi a todos os vice-reis lembrando suas mais recentes bênçãos nas mãos do Egito.

— Não é mais suficiente — disse Tiye delicadamente. — Chame Aziru ao Egito para que explique por que ele tentou fazer um tratado com o Khatti em primeiro lugar. Reúna suas tropas de choque da Núbia, seus arqueiros e cocheiros e dirija-se ao Norte. Aniquilar as tropas do deserto que saqueiam a fronteira seria um movimento diplomático neutro, não favorecendo ninguém e, ao mesmo tempo, reafirmando o poder do Egito. É aconselhável visitar seus vassalos, substituir os vice-reis que não são mais confiáveis, talvez executar alguns cuja lealdade tenha mudado de lado. Despeje ouro nos demais, Hórus. Em seguida, vá caçar nas redondezas, demonstrando todo o seu poder. Cartas não podem substituir um vislumbre do faraó em todo o seu poder.

— E quanto a todos os tratados? — Ele estava claramente aflito, sua testa vincou sob a serpente dourada, sua língua movendo-se sobre seus lábios pintados com hena. Um de seus macacos correu para o braço da cadeira e pulou sobre seu ombro. De maneira agradável, ele começou a acariciá-lo. — Você fala em matar, mãe. Como posso matar homens cujas cartas são amigáveis, que me asseguram de sua confiança, que me chamam de o maior rei do mundo? Pensei em enviar May e pedir que ele domine os bandidos. O Apiru nunca me escreve.

— Bem, isso é um começo. Tutu está aqui. Você vai ditar agora mesmo?

— Não, agora não. Prometi às crianças que brincaria com elas no berçário.

Tiye ia implorar; depois, pensou melhor a respeito.

— Você gostaria que eu escrevesse a carta para você?

— Está certo. — Seu rosto ficou iluminado, e, beijando a orelha do macaco, ele o retirou de seu ombro e levantou-se. Imediatamente, as

236   Pauline Gedge

pessoas na sala começaram a se curvar. — Entretanto, não deve ser nada além de uma reprimenda contra o Apiru. Pensarei sobre os vice-reis mais tarde. — Ele saiu, e a sala ficou vazia em seguida.

Se não posso persuadi-lo da seriedade da situação, talvez Nefertiti o possa, pensou Tiye. *Ele tem de entender.* Ela agarrou o braço de Nefertiti, cheio de braceletes.

— Majestade — disse Tiye em voz baixa —, sei que não gosta de mim, mas, seguramente, ama o Egito. Faça o possível para manter esses assuntos diante dos olhos dele.

— Acho que ele está certo, imperatriz — sibilou Nefertiti em resposta. — Quanto mais se estenderem os atrasos, mais provável será que nossos inimigos guerreiem um contra o outro e, por consequência, se enfraqueçam.

— Você está enganada. — As unhas de Tiye pressionaram a carne da jovem. — Suppiluliumas ainda não acredita totalmente que o maior poder no mundo escolhe permanecer impotente. Ele trabalhará discretamente, fazendo alianças onde vê o potencial para ganhos futuros.

Nefertiti sorriu secamente para sua tia.

— Isso foi tudo o que lhe restou, querida imperatriz, a habilidade dúbia para interpretar questões estrangeiras a fim de tentar recuperar alguma influência sobre o deus. Não funcionará. Sua estrela está caindo em terra. — Ela enrugou os lábios e retirou suavemente os dois macacos agarrados em seu vestido. — Tenho de ir. Tire seus dedos do meu braço, Majestade. Já me machucou e precisarei de uma massagem para remover as marcas.

— Você precisa de uma boa surra, Nefertiti. Seu pai foi sempre brando demais com você.

Tiye recuou com repulsa, e Nefertiti saiu. Tutu ficou em pé esperando, com os olhos baixos.

— E você, seu mercenário bajulador — disse Tiye a ele com desprezo —, se estivesse em meu poder, eu o teria substituído. Espera-se que um Escriba de Correspondências Estrangeiras pense por si mesmo e ofereça conselhos arrojados, mas tudo o que você faz é repetir as palavras de minha sobrinha.

A frustração fez com que ela quisesse chorar. Tutu estava se retraindo, mas seu lábio inferior projetou-se com rebeldia, e Tiye percebeu que ele não tinha nada a temer vindo dela. Estava tentada a arremessar os pergaminhos ao chão e correr para longe do escritório, do astuto ministro e da responsabilidade que tinha se tornado um peso desesperado. Haveria uvas frescas empoeiradas de suas videiras em Djarukha ao lado de seu divã e cerveja da cevada anual, escura e fria.

— Quero uma cópia disto para meus próprios escribas — disse ela —, e seria melhor que você traduzisse para o acadiano e enviasse a Urusalim e Gebel. Será bom para aquelas cidades saber que o Egito está, pelo menos, perseguindo os arqueiros do deserto. "Para o chefe das tropas da fortaleza de Sua Majestade, May, saudações. Foi levado à nossa sábia atenção que..." — Tutu escreveu rápido e tão silenciosamente quanto pôde, e, quando Tiye terminou, saiu sem olhar para ele.

Lá fora, no caminho, Huya estava esperando pacientemente.

— Tragam minha liteira e meu dossel — ordenou Tiye. — Quero ir à região do desfile hoje e apreciar a Divisão do Esplendor do Aton colocando-se à prova.

Huya olhou para seu rosto e não objetou. Tiye foi conduzida à areia ofuscante da região do desfile, de onde os capitães bradavam suas ordens e onde os soldados se viravam e marchavam, as cimitarras reluzindo ao sol, seus pés descalços agitando a poeira branca. A visão não a alegrou. O exército do Egito era como uma biga sem eixo, linda mas inútil. Ela começou a ansiar ardentemente pelo dia em que o faraó e seus favoritos sairiam navegando e não retornariam, e Malkatta, com seus sossegados jardins e suas passagens ecoantes, pertenceria somente a ela e a suas lembranças.

15

No ano seguinte, Tiye persuadiu o faraó a despachar outra expedição punitiva ao Norte, consciente de que o Egito estava apenas levantando a mão oblíqua contra a fúria de um *khamsin*. As cartas de Ribbadi, repreensivas, confusas, passionais e, por fim, causadoras de pânico, feriram-na até a medula, mas ela nada podia fazer. Abimilki, de Tiro, implorou pelas tropas. Outros reis e vice-reis insignificantes pediram compreensão e Tiye sabia que suas cartas exigiam a paciência e a astúcia de um homem com a sabedoria adequada de Osíris Amenhotep para interpretá-las. A simplicidade passiva do filho não estava à altura dos protestos ardilosos dos homens que, secretamente, haviam se aliado às forças mais poderosas que já se opuseram à estabilidade do Império Egípcio, mas cujas palavras de lealdade ferida trouxeram um rubor agradável ao rosto comprido de Akhenaton. Aziru, tirando vantagem da situação confusa e evitando cuidadosamente confrontar Suppiluliumas, começou a matar os oficiais egípcios na Síria e a culpar seus antigos inimigos. Ele respondeu à solicitação de sua presença em Malkatta desculpando-se, pois, por estar ocupado defendendo as cidades sírias contra o Khatti, não podia aparecer por, pelo menos, um ano. Tiye, furiosa, exigiu que uma divisão se pusesse em marcha para o território de Amurru e executasse Aziru. Todavia, Akhenaton, após vacilar entre a evidência do criptograma acadiano que tinha em suas mãos e a menos física e mais desconfortável interpretação que sua mãe lhe dera, decidiu acreditar em Aziru. Ele lhe concedeu um ano de graça. Ribbadi fugiu de sua cidade, Biblos, e o povo do Khatti lentamente o seguiu.

Megido, Láquis, Ascalom e Gezer enviaram carta após carta para Malkatta, implorando por dinheiro, tropas e comida, e, enquanto Akhenaton agonizava sobre a verdade, as cidades subordinadas acabaram saqueadas por Apiru, agora a serviço de Suppiluliumas. Muitos dos vassalos cananeus eram obrigados a implorar por paz ao Khatti, negociando o domínio do Egito em troca de suas vidas.

A Décima Segunda Transformação   239

Durante o ano seguinte, o oitavo do reinado de Akhenaton e o quarto desde que decretara a construção de sua cidade, Aziru invadiu e dominou a Suméria com muito derramamento de sangue. Suas cartas ao Egito continuaram cheias de protestos de lealdade e relatos sobre as dificuldades que tinha para escapar de Suppiluliumas. Eternamente um jogador, ele enviou cartas semelhantes ao príncipe do Khatti, esperando o dia em que, conforme acreditava, o Egito e o Khatti lutariam. Ele escreveu ao derrotado e destruído Ribbadi oferecendo asilo, e Ribbadi, enganado com seu bom julgamento, fugiu para Amurru levando apenas sua família e alguns utensílios domésticos. Akhenaton não teve notícias dele novamente. Aziru, mais uma vez, iniciou negociações difíceis com Suppiluliumas.

Em Malkatta, longos cortejos de escravos, carregados com caixas e baús, começaram a se movimentar entre o palácio e o rio. Após mais de quatro anos de construção, a cidade do faraó estava finalmente pronta para ocupação. Ele a havia denominado Akhetaton, Horizonte do Aton. As barcaças deslizavam pelo rio, iluminadas com archotes à noite, carregando os últimos pertences dos homens que percorreram as salas vazias de seus aposentos e casas antes de pedir a seus criados que lacrassem as portas. No Escritório de Correspondências Estrangeiras, o caos reinou enquanto os escribas cobriam o chão, joelhos com joelhos, rapidamente transcrevendo as mais importantes missivas, desde placas de argila aos mais leves pergaminhos de papiro, que podiam ser mais facilmente levados ao quartel-general de Akhetaton, ao mesmo tempo que as próprias placas eram armazenadas. Os despachos diários eram frequentemente perdidos entre a pilha desordenada de correspondências mais antigas. O faraó, extenuado com excitação e expectativa, recolhera-se em seu templo ainda inacabado de Karnak, onde se sentia aliviado com a veneração de seus sacerdotes. O incenso misturava-se com os rezadores de Meryra, enquanto Nefertiti vociferava aos criados, que se esforçavam para carregar seus milhares de vestidos, joias, sandálias e perucas pesadas.

O único lugar no palácio livre de toda atividade era o berçário, onde Smenkhara e Beketaton, levando vantagem com as ausências frequentes de seu tutor e a reclusão de sua mãe, iam brincar com as três filhas de Nefertiti.

— Ditarei uma carta para você todos os dias dizendo-lhe que lições estou fazendo, quantos peixes peguei e também quando atirar no meu primeiro leão — prometeu Smenkhara a Meritaton quando se espreguiçaram juntos nas esteiras, esperando pelas vacilantes correntes de ar impelidas pelo cata-vento do terraço. — E você, por sua vez, tem de me contar, como é o novo palácio do faraó, se a caça é boa nas colinas de lá e quais foram as novas mulheres compradas para o harém. Meketaton, você está deitada no meu pé. Vá e brinque com minha irmã.

— Mas eu quero nadar, e Beketaton só quer provocar os macacos — respondeu a garota com mau humor. — Não me chute, Smenkhara! Posso deitar aqui e escutar você se eu quiser.

Meritaton sentou.

— Você! — chamou um dos escravos parados na porta. — Leve essas duas para o lago. Onde está Ankhesenpaaton?

— Ela está sendo banhada para depois ir dormir, Alteza — disse a mulher, fazendo uma reverência, enquanto Meketaton pulava, e Beketaton, pela sala, começava a chorar indignada.

— Não quero nadar. Vou contar para minha mãe!

— Conte a ela, então — disse Smenkhara rudemente. A escrava fez uma reverência novamente e esperou enquanto as princesas se aproximavam dela, Meketaton saltando, Beketaton empurrando os macacos para fora da janela e por cima do canteiro de flores com relutância raivosa.

— Alguém nos traga cerveja — ordenou Smenkhara enquanto elas saíam.

— E apresse-se. Está quente e estamos com sede. — A porta fechou.

— Pedirei a meu pai todo dia para buscar você — disse Meritaton em voz baixa, seus olhos nos criados restantes, abanando-se juntos na extremidade do berçário. — Terei ataques de cólera, gritarei e me passarei por doente até que ele me escute.

Smenkhara envolveu a trança em seus dedos e pôs o rosto ao lado de Meritaton.

— Os faraós não escutam garotas de oito anos de idade, sobretudo seu pai. Ele também teme que a imperatriz mande me chamar de volta. Além disso, ele não gosta de mim. Mas ele não pode se dar ao luxo.

— Por que não? — Meritaton tirou seu cabelo do alcance dele.

— Minha mãe está grávida novamente e diz que, desta vez, terá um príncipe, que ele se casará comigo e que serei rainha um dia.

— Sim, você será, mas somente quando eu me tornar faraó e me casar com você. É por isso que meu irmão, o rei, não gosta de mim. Pelo menos, assim diz minha mãe.

A Décima Segunda Transformação   241

Um criado aproximou-se e, em silêncio, ajoelhou-se, colocando uma bandeja com cerveja e taças diante deles. Smenkhara esvaziou sua taça em um gole.

— Cansei de ficar deitado aqui. Ponha o saiote e vamos navegar no rio. Você pode me ver pescar.

Meritaton, obedientemente, baixou sua taça, bateu palmas para que pegassem o saiote e esperou enquanto o escravo o amarrava na cintura. Smenkhara observou com interesse até que as sandálias fossem colocadas em Meritaton e o *kohl* retocado em volta de seus olhos; depois, pegou as fitas da trança dela e, com indiferença, puxou-a até a porta.

Tiye saiu de sua liteira e, ordenando, com um aceno, que o séquito a esperasse na entrada, seguiu para a casa do irmão. O jardim onde ela se sentara muitas vezes ao longo dos anos, bebendo vinho e rindo com ele, apreciando seus babuínos se arranharem, arrastando-se, com dificuldade, de uma pequena sombra para outra ou ouvindo o sussurro de conversas e o murmúrio de música, estava vazio no calor opressivo do meio da tarde. O cais de pedra, onde sua barcaça costumava estacionar, também estava vazio, os degraus do embarcadouro, uma dança dolorosa de luz alva, o rio, a seus pés, oleoso e lento. *Sempre me sinto em casa aqui*, pensou Tiye enquanto se aproximava das colunas com relevos pintados de amarelo e azul do pórtico sombreado. *Há tantas boas lembranças. Meu pai com seu nariz aquilino e seus cabelos brancos ondulados, sorrindo calmamente enquanto minha mãe se detinha em alguma roda de fofocas no harém com sua voz viva, seus braceletes deslizando pelos braços morenos e seus dedos golpeando o ar. Anen, de pernas cruzadas no gramado, suas roupas sacerdotais dobradas esmeradamente em seu colo, a cabeça baixa enquanto ouvia, não realmente captando as palavras. O próprio Ay arriscando um comentário ou uma reprimenda, sempre cortês, o hábil cortesão, e, nos dias remotos, Tey, da mesma forma linda e viçosa, entremeando a conversa com frases incompletas, palavras desconexas, palavreado inferior vagueando ocasionalmente em sua boca do confuso rio de seus pensamentos secretos. Osíris Amenhotep nunca veio aqui, nem Sitamun*, pensou Tiye enquanto um único criado se levantava de um banco próximo às portas abertas e curvava-se na pedra quente. *Estranho não me lembrar de a primeira esposa de Ay ter estado aqui, embora ela deva ter vindo, ou as crianças Nefertiti e Mutnodjme. Como os anos passam enquanto espero!* Um movimento imperceptível em seus pés a trouxe de volta ao presente e ela mandou que o homem se levantasse.

— Diga à minha sobrinha que estou aqui e traga cadeiras para nós — disse. Deu as costas para as portas enquanto o criado se apressava lá dentro, permitindo perder-se num momento de pura nostalgia. Quando se virou para a casa com um suspiro, encontrou Mutnodjme fazendo uma reverência atrás dela. A trança da jovem estava desfeita, caindo como uma corda preta frisada até a altura de seus joelhos nus. Ela estava sem pintura, o rosto pálido, os olhos parecendo menores sob as pálpebras habitualmente inchadas. Ela apressadamente jogara um manto branco transparente em volta dos ombros; fora isso, estava despida. Seu criado desdobrou os bancos, serviu água de um tonel que esfriava próximo à parede e, então, com uma palavra de Tiye, desapareceu no sombrio interior da casa. Mutnodjme sorriu timidamente e jogou-se em seu banco, enquanto Tiye se acomodava confortavelmente a seu lado.

— Você supervisionou a mudança de seu pai — disse Tiye, e Mutnodjme meneou a cabeça.

— Tudo se foi, e estou exausta, Majestade. Dormi mais tempo que o normal hoje. Perdoe-me por não estar aqui para saudá-la. Assim que receber notícias de que meu pai se estabeleceu e não esqueceu nada, também irei ao Norte para reencontrar meu marido.

— Você está feliz com Horemheb?

A pergunta surpreendeu Mutnodjme. Ela ergueu as sobrancelhas grossas e abriu lentamente um sorriso para a tia.

— Sim, estou. Ele me faz poucas exigências além daquelas de que gosto e ensinou-me os limites que não posso ultrapassar para manter meu respeito. Está se tornando um cortesão realmente influente, como você sabe.

— Eu sei — respondeu Tiye abruptamente. — Você conseguiu substituir seus anões?

— Horemheb conta em sua última carta que dois novos estão esperando por mim em Akhetaton. Eles lhe custaram uma fortuna.

— Ele rapidamente ganhará outra. — Tiye olhou a queda lânguida, relaxada, dos ombros angulares sob a roupa fina, as longas pernas cruzadas, os mamilos marrons aparecendo onde o manto se abria até o chão. — Você acha que gostará da cidade do faraó?

Mutnodjme encolheu os ombros.

— É uma maravilha observar, um brinquedo de grande beleza, um templo imenso. Fico feliz em qualquer lugar onde meus amigos estejam. É certo que meu marido recebeu uma propriedade para nós, a qual nunca vi. O faraó não economizou em nada para assegurar a alegria dos cortesãos. Consequentemente, gostarei de viver em Akhetaton.

— Tenho notícias de que Tey decidiu se mudar de Akhmin.

Mutnodjme riu, levantou o queixo e derramou nele o conteúdo de sua taça. A água escorreu em seu pescoço, pelo umbigo e entre suas coxas.

— Minha mãe está tentando mais uma vez ser uma esposa zelosa. Isso não a agrada. Mesmo que meu pai lhe tenha construído uma propriedade muito reclusa ao lado do rio da cidade, ela se tornará ansiosa e mais tola do que nunca até que o chamado de Akhmin seja tão forte que não possa ser negado. Então, ela sairá às escondidas.

— Ay a ama.

— E ela a ele. A questão não é essa, tia Majestade. Ela só se sente segura em Akhmin.

Entendo, pensou Tiye, com uma pitada de simpatia para a esposa amável.

— Mutnodjme, não vim aqui hoje apenas para jogar conversa fora. Tenho uma tarefa para você — disse abruptamente. — Não é uma ordem divina. Você pode recusar se desejar.

Mutnodjme começou a sorrir.

— Você quer que eu seja sua espiã em Akhetaton, não é, Deusa?

Tiye devolveu um sorriso pervertido. Ela não notara o grau de percepção oculta sob o ar de desinteresse indolente de sua sobrinha.

— Sim, quero. E eu lhe pagarei muito bem. Você se mantém separada das lutas pelo poder, não se importa com nada e, por esse motivo, será capaz de reportar exatamente o que vê e sente.

— Horemheb não gostaria disso. — A voz de Mutnodjme soava áspera. — E não é verdade que não me importo com nada. — Seus olhos tinham clareado e ela observava Tiye atentamente. — Eu me importo com meu marido. Não o colocarei em perigo ou o sujeitarei ao risco do desagrado.

— Todavia, suas infidelidades são assunto de todo cortesão entediado.

— Ora! Passar uma tarde interminável com um corpo vistoso, o que é isso? Eu mataria por Horemheb.

244   Pauline Gedge

Tiye escondeu sua surpresa.

— Espione para mim, e você o estará protegendo a longo prazo. É apenas uma questão de tempo para que esses à volta de meu filho percebam a necessidade de fazê-lo entender qual é a verdade. Horemheb seguramente não pode acreditar na supremacia do Aton ou na política de apaziguamento desprezível que Akhenaton está seguindo em relação ao império. O faraó precisa de amigos verdadeiros, Mutnodjme, pessoas que resistirão a ele para o seu próprio bem.

— Horemheb somente se mudou para Akhetaton porque o faraó prometeu-lhe o monopólio do ouro da Núbia, que os sacerdotes de Amon mantêm atualmente — respondeu Mutnodjme —, e talvez porque ele já tenha alguma influência. Ele gosta de seu marido, imperatriz, estando certo ou errado. Ele não o compreende, mas está preparado para ser leal.

— Horemheb costumava ser leal a mim!

— Ele ainda é, mas temos de viver. Além disso, nada se poderia lucrar permanecendo em Malkatta, que está vazia, ou policiando a fronteira, apesar de meu pai querer enviá-lo de volta para lá. — Ela se levantou e, indo até o barril, despejou mais água sobre si. Tiye, com um gesto de cabeça, recusou a taça oferecida, e Mutnodjme encostou-se numa coluna e bebeu. — Jura, tia Majestade, que não está no encalço de nenhum plano que envolva meu marido?

— Claro, eu juro! Horemheb é o melhor chefe jovem que o Egito tem e sei que sua maior e mais importante lealdade é ao próprio país.

— O que você me dará em pagamento?

Tiye sorriu interiormente.

— Cem novos escravos todo ano, do país de sua preferência. Um quarto de meu lucro do comércio com o Alashian. E minha permissão para represar e irrigar cem acres adicionais de minha propriedade em Djarukha para cultivo próprio.

Mutnodjme assentiu com a cabeça.

— De acordo. No entanto, reportarei somente o que desejar, não necessariamente o que você pedir, e não ditarei nenhum pergaminho para ser usado contra mim mais tarde.

— Pensei nisso. Eu lhe darei meu escravo sem língua. Faça seus relatórios para ele, e ele virá até mim e os transcreverá na minha frente. Eu os lerei e, em seguida, queimarei-os.

— Majestade, sabe que sou preguiçosa e recuso-me correr esbaforida de uma audiência para outra ou ficar atrás de portas fechadas para obter alguma informação recente. Além disso, não estou certa de que posso confiar em você.

— Então, que eu seja espionada. — Elas riram juntas. Mutnodjme moveu-se vagarosamente para baixo na coluna até ficar agachada em sua base. — Não quero de você relatórios sobre políticas reais — continuou Tiye após um momento. — Quero o cheiro no ar, os tons das vozes dos homens. Você também não precisa relatar nada a mim regularmente. Estou certa de que Ay me manterá informada da mesma forma.

— Majestade, o faraó construiu uma grande casa para a senhora lá — disse Mutnodjme calmamente. — Por que você ficará aqui na penumbra? É por causa da minha desagradável meia-irmã?

— Eu sou uma deusa — respondeu Tiye friamente e levantou-se. Mutnodjme fez uma reverência superficial. — Que seu nome viva para sempre — concluiu Tiye e, deparando com o resplendor do final de tarde, tomou seu caminho pela entrada, onde seus criados cochilavam. O jardim não mais soprava docemente ares do passado, mas, enquanto ela inclinava a cabeça para proteger o rosto do sol, compreendeu que a dor que carregava em seu peito não era a tristeza de um ânimo definhado. Era a súbita inveja que sentia de Mutnodjme. Ela olhou para trás. O pórtico estava vazio, os bancos ainda estavam bem próximos, um vestígio de água evaporava na pedra, e a taça de Mutnodjme repousava esquecida no gramado, onde ela a havia jogado.

Na noite anterior, o faraó estava pronto para deixar Malkatta, e Tiye não podia dormir. Ela perambulava por seus aposentos durante o dia, incapaz de se concentrar em algo, esperando que Akhenaton a mandasse chamar. Havia chamado suas dançarinas para diverti-la, Tia-Há para entretê-la e Piha para massageá-la, mas seus pensamentos se mantinham no homem que era tanto filho quanto criança, marido e amante. Ela se negou a acreditar que ele poderia ir atrás dela sem nenhuma ordem, embora fizesse meses desde que ele tivera vontade de algum momento íntimo com ela. Ele não tinha emitido diretivas a respeito da disposição do antigo palácio, nem deixado algum de seus próprios empregados para manter uma ligação com sua imperatriz. Era como se, com sua saída, toda a imensa e magnífica construção que havia mantido o coração do Egito por anos desaparecesse, nada deixando, a não ser lagartos e gerbos rastejando nas fundações. Orgulhosamente, Tiye recusara-se a se aproximar

246 Pauline Gedge

dele. Se ele desejasse sair navegando sem dizer uma palavra, como se ela já estivesse morta, que assim fosse. Ela disse a si mesma que almejava o tipo de isolamento pacífico que sua própria tia, a rainha Mutemwiya, tinha desfrutado na reclusão de um aposento suntuoso no harém. Ela não lutaria qualquer batalha.

Ordenara a seu médico que preparasse um composto para dormir, mas Rá velejou pelo Duat de Casa em Casa e ela ainda estava tensa, ouvindo as indistintas melodias das cornetas de Karnak que atravessavam o rio, seu corpo nu desajeitado e desassossegado sob o tecido branco. Duas vezes fez Piha levantar-se para trazer-lhe água, mas sua tepidez provocou-lhe náuseas. Estava tão certa de que o sono a havia iludido que não podia acreditar que estava despertando para a figura morena inclinada sobre ela, até que, com hesitação, ele lhe tocou a face. Ela gritou e sentou-se, e Akhenaton deu um passo afastando-se do divã.

— Mandei Piha para os aposentos dos criados — murmurou ele. — Desejo conversar com você a sós, Tiye.

O uso de seu nome foi um bom presságio, mas ela retrucou:

— Nefertiti sabe que está aqui, Majestade? — Ela não podia identificar, na luz mortiça, se era um sopro de constrangimento ou, simplesmente, o jogo de sombra que se esboçava em seu pescoço delgado enquanto ele se abaixava até ela. — Ou você estava envergonhado de se despedir de mim em público?

— Claro que não — disse ele num tom mais alto, sua expressão perplexa. — Supus que nos despediríamos nos degraus do embarcadouro de manhã. Não pude dormir.

Cedendo, Tiye bateu com os dedos de leve no divã próximo aos seus joelhos.

— Eu também não. Amenhotep, ainda não é tarde para mudar de ideia. Deixe sua cidade para as corujas e os chacais e fique aqui!

— Não me chame assim! — Ele franziu a testa rapidamente e seu lábio inferior, saliente, projetou-se. — Não é tarde para você mudar de ideia também, minha mãe. Preparei uma casa magnífica para você em Akhetaton, cheia de jardins agradáveis e outros encantos, como é apropriado a uma imperatriz. Por favor, venha.

Sob a faixa da touca de dormir de tecido branco, o alto de sua testa estava vincado. Tiye colocou os dedos quentes delicadamente em sua perna descoberta.

A Décima Segunda Transformação 247

— Não há razão para deixar meu lar. Você deixou claro que não precisa mais de mim, nem como imperatriz, tampouco como esposa. Errei ao quebrar o protocolo com você, Akhenaton. Minha decisão foi prejudicada. Não quero mais nada agora a não ser paz.

— Não entendo. — Ele pegou a mão dela e começou a massageá-la. — O Aton nos tornou um para sempre. A união de nossos corpos era necessária. Eu disse a você.

— Contudo, não é mais necessária. — As palavras foram pronunciadas tanto como afirmação quanto como indagação. — Deixe-me ir, Akhenaton.

Ele olhou para ela com severidade, a aflição em seu rosto.

— Isso significa que você não me ama? Eu ofendi você? — A ansiedade tornou a voz suave ainda mais forte. — O Aton ficaria furioso se eu ofendesse você, Tiye.

Ela se sentiu mais uma vez sendo conduzida, sem querer, ao labirinto de emoções fortes, conflitantes, que ficaram adormecidas em seu interior, aguardando para emaranhar seus pensamentos e dirigir seu corpo sempre que seu filho estivesse por perto. Esta noite, ela os rejeitou com firmeza:

— Volte para seu divã — disse ela com aspereza, afastando sua mão.

— Ontem, você estava doente. Meu médico me informou assim. Você precisa descansar para que possa navegar amanhã.

— Como posso deixar Malkatta sabendo que a desapontei?

Ó deuses, pensou Tiye fatigada.

— Você não me desapontou, meu filho. Você não é a encarnação de Rá, o Espírito do Disco de Aton? Como pode um deus desapontar? — perguntou ela suavemente, mas ele não se acalmou:

— Você me faz sentir como uma criança! — exclamou ele, levantando-se repentinamente e começando a se inclinar de um pé a outro. — Sei que não quer dizer o que diz! Você tenta me acalmar, mas na verdade quer apenas que eu vá embora!

— Você é meu faraó — disse deliberadamente. — Você tem Nefertiti, seguramente a mais bela mulher que já pisou a Terra. Você tem tanto poder, tanta fortuna! O que mais existe? Por que você tem essas explosões na minha presença?

Ele parou de se balançar e ficou rijo.

— Porque não tenho de você a adoração que tenho de todas as outras pessoas. Você me conhece bem demais.

248   Pauline Gedge

Foi um momento de grande clareza que ela não esperava dele, que a surpreendeu e a desarmou.

— No entanto, a compreensão é com amor. Não se preocupe. Você ainda será faraó em Akhetaton, e ainda serei sua mãe aqui em Malkatta.

— Você sentirá minha falta? — Suas mãos pressionavam as coxas macias dela. — Você sentirá minha falta o suficiente para não conspirar contra mim ou me prejudicar?

— Então Nefertiti deseja que eu vá para Akhetaton para vigiar-me! — Aliviada, Tiye riu. — Estou lisonjeada. Mas, para sua própria paz de espírito, você deve se lembrar de que ela se exprime por ciúmes. Quero apenas ficar sozinha.

Ele começou a inquietar-se novamente e ficou confuso. Ela percebeu que o tinha, de alguma forma, insultado; mesmo assim, pressionou-o ainda mais:

— Fiz o máximo para vê-lo sentado firmemente no Trono de Hórus e agora não tenho nenhum desejo de encarar as reclamações amargas de Nefertiti. Sua falta de confiança em mim, Amenhotep, nada lhe acrescenta. Tentei ser boa esposa e boa mãe para você e falhei. Sinto falta de seu pai! Por favor, saia do meu quarto.

Em resposta, ele voltou para o divã e a empurrou. Estava tremendo.

— Eu sou meu pai, e você é minha esposa! — bradou ele. — Você me ama, sabe que sim! Diga-me, Tiye!

— Não desejo ouvir isso esta noite — disse ela vigorosamente. — Não sou obediente à toa, como a pequena Kia ou uma de suas concubinas. Você me ignorou tanto na cama quanto fora dela por bastante tempo. Tire suas mãos dos meus ombros ou chamarei meus guardiães.

— Já que você não vem, então dê-me seu amor para levar comigo — disse ele, sua voz abafada na almofada ao lado de seu ouvido. — Uma vez mais, querida Tiye, para garantir minha boa ventura.

— Não sou um amuleto ou uma palavra mágica!

Ela se moveu com dificuldade sob seu peso, sabendo que podia facilmente afastá-lo, mas de repente ficou enfraquecida com a veracidade de suas próprias palavras. *Faz muito, muito tempo*, disse a voz insidiosa em sua mente. Ela sentiu o toque familiar contra seu corpo, seus joelhos afrouxaram, suas coxas se abriram. Furiosa, apesar disso, tentou levantar apoiando-se nos cotovelos, mas, como seu rosto se inclinou, a boca de Amenhotep se fechou na dela, com gosto de cravo e perfume de vinho, o sabor que ela chegara a associar ao pai dele. Uma visão de seu rosto cheio, contornado, estava ali, tão real que ela sentiu uma rápida dor de estômago antes de se afastar. Imediatamente, seu filho se afastou também.

— Você ainda me ama! — Ele sorriu com felicidade. — Eu sabia que você me amava.

— Amo você como meu filho, meu deus — proferiu Tiye, sua voz densa, seus membros pesados. Ele abaixou a cabeça e beijou-a novamente, mais amável dessa vez, com a suave hesitação, exploratória, que ela lembrava muito bem. Seu corpo, ainda vital, sabia apenas que tinha fome, mas seus pensamentos se retraíram mesmo quando os braços dele envolveram seu pescoço, seus movimentos recordando os dias em Mênfis, a primeira alegria de seu casamento, os pensamentos a levavam para os meses em que ele a tinha ignorado. Ela esquecera a sensação de sua barriga estranha, deformada, suas coxas flácidas e seus genitais pueris, mas a repulsa, que sempre pairava em sua mente, não era tão poderosa quanto sua resposta física a ele. *Ele está indo embora*, pensou vagamente, ouvindo suas próprias palavras murmuradas de amor e estímulo, *e, então, não terá mais importância*.

— Foi bom — disse ele, mais tarde, enquanto ela estava deitada ao seu lado, a cabeça virada, o lençol enfeixado numa mão firme. — Foi como ter renascido completamente, como observar a mim mesmo sendo expelido de meu próprio ventre. — Ele ficou em pé e ajustou seu saiote. — Em Akhetaton, viverei na esperança de que, um dia, você chegará navegando ao cais. Uma vez mais seu corpo abençoou meus esforços, Tiye. O deus chamará você à minha cidade.

Tiye estremeceu e não virou para vê-lo partir.

— A madrugada se aproxima, e quero dormir. — Foi somente o que ela conseguiu responder.

Quando ele foi embora, ela empurrou as almofadas para o chão e colocou um suporte de cabeça sob o pescoço. O marfim estava frio, provocando uma sensação de conforto em sua espinha. Colocando a mão sob o colchão do divã, ela retirou a Declaração de Inocência que tanto ofendera Kheruef e colocou-a em seu estômago, uma das mãos cobrindo-a como proteção. Ela queria dormir. Seus olhos queimavam e a boca estava seca. No entanto, a percepção que chegara para ela horas antes agora retornava. *Não sou mulher para ele, como Nefertiti é*, pensou. *Sou um amuleto, um encanto venturoso para manter o demônio afastado, algo para ser usado no peito de vez em quando e amarrado no braço, somente para*

250   Pauline Gedge

ser largado com seus outros adornos quando o momento de ansiedade se for. Tal humilhação fez com que ela comprimisse os olhos fechados e suspirasse suavemente. *Você está ficando velha, imperatriz,* disse para si mesma. *Essa explosão selvagem em seu orgulho nem mesmo lhe provocou raiva ou desejo de vingança. Nada além de vergonha e surpresa. Mas talvez ele somente tenha desejado se assegurar de que sua influência sobre mim era mais forte do que nunca, que minha lealdade não era duvidosa. Se tivesse me preparado, se o tivesse mandado embora imediatamente, ele teria navegado para Akhetaton em dúvida e sofrimento. É melhor assim. Deixe-o sentir-se seguro, meu filho inocente. Que o amanhã seja glorioso para ele.*

No final, ela se sentiu pesada, profundamente sonolenta, arrastando-se para a consciência com dificuldade, quando a música da flauta e do alaúde penetraram seus sonhos. Quando ela abriu os olhos, Piha estava levantando as venezianas, seus músicos, com a tarefa cumprida, faziam reverência e retiravam-se. O dia já estava abafado com o calor, o céu refletia azul-celeste com traços de bronze pela janela. A Declaração de Inocência estava ainda em suas mãos. Ela a pressionou contra seu rosto e, então, deixou-a cair sob o divã.

O restante da corte de Malkatta — o séquito de Tiye, os poucos cortesãos que escolheram ficar e as mulheres do antigo harém — reuniu-se nos degraus do embarcadouro, pouco mais de duas horas depois, para assistir à partida do faraó. Tiye sentou-se em seu trono sob a tênue sombra de um dossel, o disco solar curvado e as plumas pesando sobre sua testa suada como o peso do próprio império. Dos degraus para o rio, o canal estava obstruído por diversos tipos de embarcação, todas exibindo galhardetes vívidos, cheias de pessoas bem-humoradas, aos solavancos. Aquelas em pé atrás de Tiye estavam silenciosas e, lentamente, ela se deu conta de que mais do que alguns passos pela grama ou pela pedra quente a separavam das centenas de pessoas excitadas que seus olhos examinavam com dor. Ela muitas vezes percebia a crista de uma onda invisível desde que Osíris Amenhotep morrera, uma linha pálida distante de advertência e melancolia, o próprio fluxo progressivo do tempo, e, agora, era algo proeminente à sua volta. Ela se virou no trono. Em todo lugar havia rostos ligeiramente comovidos e marcados com sulcos severos pela aproximação da idade, corpos relaxados e enrugados, olhos embaciados,

A Décima Segunda Transformação 251

alguns membros que se moviam com abatimento, e outros tantos com dor. Não importava que esses corpos mantivessem *kas* que seriam sempre alegres com a exuberância da juventude. Entre o espírito e o desejo, havia a carne envelhecida, e somente os olhos à sua volta poderiam revelar a alma não corrompida. Tiye percebeu-se fitando Tia-Há, uma mulher baixa, gorda, muito maquiada, fazendo reverência e sorrindo com gestos de uma coquete. Rapidamente, ela olhou a distância e acabou encontrando o olhar firme e bem-equilibrado de Nefertiti. Alta e esguia, sua peruca, protegida por uma rede de espirais douradas, caía em volta dos pequenos anéis até sua cintura e, assim, movia-se pelos quadris suaves até os joelhos. A outra a fitava de volta. *E ela é uma mulher*, Tiye refletiu com desânimo. *Vinte e oito anos. Como aconteceu?* A nova gravidez de Nefertiti estava aparente e parecia simbolizar tudo aquilo que Tiye sabia que perdera para sempre. No triunfo do momento, Nefertiti sorriu para sua tia antes de desaparecer na escuridão da cabine com cortinas fechadas. Akhenaton deu um passo à frente, a Coroa Dupla reluzindo, a barba faraônica entrelaçada com ouro e lápis-lazúli brilhantes. O incenso fresco elevava-se, e os sacerdotes de Aton começavam as orações de adoração e de viagem segura. Akhenaton pegou as mãos de Tiye quando ela se levantou.

— Você sabe que jurei nunca retornar a Tebas — disse ele com calma.
— Se desejar ver-me novamente, terá de ir a Akhetaton. Uma nova era se inicia para nosso amado Egito. Ó minha mãe, daqui a dez mil *hentis*, quando a adoração a Aton tiver se espalhado por todo o mundo, os homens terão esquecido que Tebas e seu deus existiram algum dia. No entanto, eles lembrarão que você me deu à luz e pronunciarão seu nome com reverência.

Ela tocou seu rosto uma vez, delicadamente.
— Sua cabeça dói de novo hoje.

Ele meneou a cabeça, mantendo os olhos semicerrados por causa agonia que o delicado movimento lhe causava.

— Sim. Mais uma vez a mão do deus está em mim, mas serei capaz de dormir quando Tebas estiver longe de meus olhos.

Nada mais havia a ser dito. Tiye sentou-se de volta em seu trono, enquanto Akhenaton fora cortar a garganta do touro que aguardava amarrado e em silêncio no altar portátil. O vinho e o leite purificados foram entornados sobre os degraus do embarcadouro. Tigelas de sangue derramado passavam entre as pessoas aglomeradas diante do palácio e aquelas já em pé nas barcaças, mas não havia sinal daquela frenética agitação de consagração característica de ação de graças em épocas anteriores. A corte de Akhenaton tinha se tornado comedida.

Finalmente, o faraó levantou a mão ensanguentada e subiu a rampa, desaparecendo na cabine. Pasi, o capitão, gritou, e as cordas foram desatadas. Os remos atingiram a água com um som de esguicho, e a *Kha-em-Ma'at* retirou-se de Malkatta.

Tiye não permaneceu ali. Ao fazer sinal para Huya e suas mulheres, dirigiu-se ao palácio através da gigantesca sala de recepção, agora fria e vazia, pela sala de audiência particular do faraó e pela sala do trono, até o jardim do outro lado. Ali, subiu os degraus junto ao muro externo do palácio e, por fim, ficou em pé no terraço. Além da linha das palmeiras que se agitavam firmemente no horizonte, as centenas de barcaças se abalroavam pela posição logo atrás do barco real, que já havia virado rumo ao norte. Os remos mergulhavam e cintilavam na água. Os estandartes e as bandeiras agitavam-se. As ilhas que pontilhavam o Nilo entre Tebas e Malkatta ganhavam definição à medida que, de um em um, os barcos se separavam e a água começava a resplandecer entre eles. Hoje, não havia neblina. Os marcos e as torres de Karnak sobressaíam como facas afiadas contra o céu azul, e, em volta, o horizonte da poderosa cidade expandia-se parecendo não ter fim.

— Há milhares de pessoas alinhadas no cais e paradas na água — disse Tiye neste instante para Huya. — Algumas até emparelhadas nos telhados. Todavia, não posso ouvi-las.

— Isso é porque estão silenciosas, Majestade — Huya respondeu secamente. — Não é um dia para regozijo. Nem sequer consigo ver um sacerdote de Amon nos degraus do embarcadouro de Karnak também.

— É uma visão que não desejam ter. — Tiye encobriu seus olhos com a mão. A escabrosa multidão de habitantes estava curiosamente parada e quieta e, gradualmente, um senso de sua hostilidade foi lançado sobre Tiye, um sintoma de ressentimento e violência latentes.

Huya também o sentiu e, agitando-se ao lado dela, saiu da beirada do terraço e limpou seu rosto.

— Não acho que eles compreendam o que está acontecendo — observou, enquanto Tiye também deixava o parapeito inferior. — Não haverá mais compras de alimento, vinho e artigos de luxo de Tebas, pois esse comércio foi, certamente, para Akhetaton, junto com os embaixadores estrangeiros. Com isso, foi-se também o comércio que trouxe a maioria dos produtos estrangeiros a Malkatta, sem mencionar as colheitas de grãos das propriedades particulares dos nobres. E o faraó não está mais construindo nas adjacências da cidade. Haverá muitas pessoas famintas, sem emprego.

— Eles ainda têm os negócios dos sacerdotes — falou Tiye rispidamente. — Existem mais de vinte mil sacerdotes em Karnak cujos bens ainda precisam de manejo. Tebas sofrerá, mas não sucumbirá. Ouça o vazio à nossa volta, Huya! Acho que dormirei o resto do dia.

Foi bom dormir na sala tranquila, escura, fechar os olhos e adormecer sem tensão. Ela não acordou até o próximo amanhecer e não se levantou até que tivesse comido na cama e sido entretida por cantores. Ela foi vestida e maquiada com calma e, levando Huya, Piha e um punhado de seguidores, passeou livremente pelo palácio. Sala a sala, foi cumprimentada com indiferença ressonante. As portas mantiveram-se abertas sobre os gastos pisos de cerâmica salpicados pela luz do sol. Formas que há muito deixara de observar saltavam aos olhos junto às paredes não mais escondidas pelo mobiliário, as cores e as linhas estranhamente frescas e novas que agora predominavam nas salas vazias. As passagens vazias trouxeram de volta o barulho de suas sandálias e a poeira já se acumulava na solene quietude dos aposentos. A imensa sala de recepção, com seus tronos e baldaquino frisado, parecia manter o coração da estranheza, sua melancolia eterna e terrivelmente aromatizada com lembranças. Assustada, Tiye ordenou que todas as salas vazias no palácio fossem lacradas.

À tarde, ela visitou os escritórios dos ministros e encontrou o mesmo ar de abandono. Os escravos ainda não os haviam limpado e era possível imaginar que os homens que um dia trabalharam lá podiam voltar a qualquer momento, pois pergaminhos, pincéis, potes de tinta vazios e um bocado de cerâmica barata, na qual os principiantes da arquitetura tinham rabiscado ideias semiformadas, estavam empilhados em escrivaninhas e pelo chão. O escritório de Tutu era o pior, restos de uma completa fuga. Tiye retirou uma placa quebrada dos destroços, decifrando a linguagem de comunicação oficial com dificuldade:

— Ao deus meu rei, sete vezes me prostro a teus pés...

254   Pauline Gedge

Os caracteres em acadiano estavam ilegíveis. Respirando, Tiye reiterou suas ordens para lacrar as portas e procurou refúgio no harém com Tia-Há.

Quando ela chegou, encontrou a princesa andando, fazendo seu caminho com infalível habilidade em meio à confusão desordenada de almofadas, vestidos, frutas e guloseimas comidas pela metade.

— O palácio já me aflige, Majestade — disse a Tiye. — Agora que o faraó se apoderou das mulheres mais jovens para seu novo harém e somente nós, velhas matronas, fomos esquecidas, Malkatta é como uma sepultura amigável.

— Então, você quer passar sua aposentadoria no Delta no fim das contas? — Tiye sentou-se no divã, seus olhos no reflexo da luz solar contra suas canelas enquanto Tia-Há passava de um lado para outro em sua frente.

— Se minha Deusa for gentil o suficiente para deixar-me ir. — Tia-Há suspirou e levantou as mãos. — Resta-me muito pouco tempo. Pensei que seria intrigante observar a administração de seu filho, mas sua trajetória tem sido sensata, profética e sem qualquer grande escândalo. Sem considerar seu casamento com ele, decerto. — Ela lançou um olhar inclinado intenso para Tiye. — Não posso mais me expor ao calor do Alto Egito. Permite que eu mande minha criada até lá para preparar minha casa?

— Certamente. — Tiye deu um sorriso. — Anos atrás, ofereci a você sua liberdade. Seu marido está morto. Você é viúva. Talvez se case de novo.

— Não — respondeu Tia-Há, parando e olhando para fora da janela. — Não depois de Osíris Amenhotep. Haverá diversão, mas não amor. Nada mais além de você me prende a este lugar. Nada mais existe para você também, Majestade. Vá para Djarukha. Não fique aqui. Esses aposentos vazios começarão a assombrar seus sonhos.

— Sou ainda imperatriz — lembrou-lhe com irritação. — Malkatta é um lar mais conveniente do que uma propriedade particular.

— Decerto. — Tia-Há virou-se e a reverenciou como penitência. — Falei sem pensar, porque me preocupo com você. Posso ditar cartas para Sua Majestade, cheias de novidades que descobrirei entre os provincianos?

— Oh, Tia-Há! Como poderia viver sem receber notícias suas? Que Hathor prolongue seu vigor!

— Um homem apropriado fará melhor. — Tia-Há riu. — Venha, Tiye. Vamos passar a tarde jogando *sennet* e, talvez, você me conceda a honra de desfrutar um banquete comigo no jardim, assim que Rá se for.

— Sentirei sua falta — disse Tiye como resposta.

Tiye não visitou a amiga de novo e elas não se despediram formalmente, mas, uma semana mais tarde, Huya reportou que os aposentos de Tia-Há estavam vazios. Tiye subiu ao terraço com a notícia e sentou-se diante do intenso crepúsculo da noite, lutando contra a tristeza que a saída da princesa havia lhe causado. Era mais do que a perda de uma antiga companheira, pois elas iriam enviar cartas e trocar oferendas nos meses seguintes. Tiye sabia que a dor brotara de seu passado, de quando ela e Tia-Há eram jovens e Amenhotep, seu marido, ainda vivia na vitalidade de sua masculinidade. *Éramos tão felizes naquela época*, ela pensou, à medida que a escuridão a envolvia e as estrelas começavam a aparecer. *Quase não levei em conta meu destino enquanto os anos passavam e, quando o fiz, imaginei que, na última parte de minha vida, eu seria rodeada pelos frutos de meu esforço, uma época de contentamento e companheirismo. Nenhum pressentimento da verdade alguma vez perturbou meus sonhos de mocidade. Agora, o passado acabou, foi-se como um rápido vislumbre do luar na água ondulada e, se tiver coragem, não devo olhar para trás. Sou solitária, o futuro é infecundo, meu título de imperatriz não significa mais nada. Todavia, ainda sou a deusa de Soleb, e lá os sacerdotes ainda cantam à minha imagem imortal, e o incenso ainda preenche meu templo. Devo me lembrar disso. Mesmo que os anos à frente mantenham somente a paz indesejada da idade transgressora, sou digna de ser venerada para sempre.*

16

Durante os meses seguintes, Tiye teve motivos para se lembrar da advertência de Tia-Há de que as salas vazias em Malkatta a atormentariam. As portas fechadas e lacradas começaram a oprimi-la. Ela permanecia acordada à noite pensando nos corredores escuros atrás da porta encerada e, se ousasse imaginar a si mesma atravessando-a, era para ver outras portas imponentes abrindo-se uma após a outra, todas preenchidas com uma intimidade proibida. Durante o dia, ela se achava cada vez menos capaz de ultrapassar os portais, sem vigilância, que conduziam às salas do faraó, aos aposentos da rainha ou aos salões de audiência pública. Passou a promover modestos banquetes para si na sala de jantar, convidando seus próprios engenheiros, arquitetos, criados e ministros pessoais para comer e desfrutar de seus músicos e dançarinos, mas as poucas centenas de participantes não podiam disfarçar as sombras, e sua folia emitia um som agudo e dissimulado. Tiye logo transferiu as refeições para seus aposentos, apoderando-se de grande parte dos aposentos de Nefertiti para acomodar seus convidados, de forma que ela não mais visse lugares vazios ou colunas altas lançando sombras ininterruptas na luz amarela das lamparinas.

Em pouco tempo, chegaram mensagens de seu irmão e de Mutnodjme. Ela não confiava em seu escriba para ler o pergaminho de Ay, de forma que foi Huya quem se sentou, de pernas cruzadas, diante dela. Ay tinha escrito de próprio punho, não com os esperados hieróglifos, mas na corrente caligrafia hierática usada pelos homens de negócios:

— "À minha mais querida irmã e eterna imperatriz, saudações. Que Min a favoreça com juventude, força e todas as bênçãos. Saiba, primeiramente, que minha esposa, sua súdita, Tey, está bem e beija seus pés. Saiba, em segundo lugar, que o Vizir do Sul, Ramose, morreu e foi substituído por Nakht-pa-Aton, o qual foi, uma vez, sacerdote de Amon, mas tem, desde então, considerado a verdade do Aton." — Tiye sorriu com repugnância para si, enquanto Huya parou para tossir discretamente. Nakht-pa-Aton era um jovem agradável o suficiente, porém mais do que ignorante quanto às responsabilidades de um vizir. — "O faraó imediatamente o tornou uma Pessoa de Ouro. De fato, o Ouro dos Favores tem sido distribuído com grande profusão desde que o faraó assumiu a residência aqui. Eu mesmo tive sorte suficiente para ser agraciado com o Ouro dos Favores e sou o Escriba Particular do Faraó. — *Uma pequena advertência*, pensou Tiye. *Como o escriba mais confiável do faraó, Ay será constantemente espionado por aqueles com ciúmes dele e por aqueles que suspeitam de seu relacionamento comigo e temem pela segurança de Akhenaton.* — "Saiba, em terceiro lugar, que o próprio Aziru está, uma vez mais, negociando a paz e a aliança com Suppiluliumas. A campanha de Suppiluliumas contra o Norte da Síria e nossos territórios de lá está chegando ao fim, porque ele foi vitorioso. Beijo seus maravilhosos pés e oro diante de sua divina imagem, ó Deusa de Soleb. Que seu nome perdure para sempre!" — Huya fez o pergaminho rugir ao fechar.

Tiye permaneceu em silêncio. *Não tem sentido preocupar-me novamente com a erosão do império*, pensou. *Não posso fazer mais nada; então, deveria esquecer o assunto. Certamente, meu filho nunca permitiria que as coisas fossem tão longe, de modo que o Egito tivesse de lutar em seu próprio território! Mesmo agora, não é muito tarde para recuperar um pouco de nosso poder e prestígio. Uma pequena demonstração de armas, umas poucas execuções...* Ela voltou a si com uma gargalhada repentina.

— Queime o pergaminho no braseiro quando sair, Huya, e mande o criado mudo entrar. — Ele fez uma reverência e saiu, parando para colocar o manuscrito de Ay nas chamas alaranjadas.

Atrás dela, as portas fecharam-se, e o criado mudo entrou fazendo reverência; em seguida, caiu ao chão e arrastou-se para beijar seus pés. Ela fez sinal para que ele se levantasse, indo para a mesa e mergulhando a pena na tinta. Tiye a entregou a ele e, por um momento, seus olhos encontraram-se. Ela encarou o homem que assassinara Sitamum. Contudo, não lamentava tê-lo posto para trabalhar em suas cozinhas e, mais tarde, tê-lo feito aprender a escrever. Criados mudos eram raros. Ele pegou a pena, esperou até que estivesse colocado a uma distância apropriada dele e, então, começou a escrever. A mensagem não era extensa e Tiye pegou-a da mesa onde o homem cuidadosamente a colocara. *Toda Akhetaton está impaciente com a revelação de que o Grande Templo daqui tem realmente uma ben-ben, diferente do templo não concluído do Aton em Karnak*, leu Tiye silenciosamente. *É uma estela sagrada. Nela estão gravadas as figuras do faraó, da rainha e da princesa Meritaton.* A sala parecia

258 Pauline Gedge

repentinamente fria. Tiye segurava o pedaço de papiro com aversão e, andando em passos largos para o braseiro, lançou-o para dentro. Não havia dúvida sobre quem era venerada em Akhetaton, no mais sagrado do mais sagrado. Seu filho estava se sacrificando, com Nefertiti orgulhosamente elevada a uma parte de sua onipotência divina. A inclusão de Meritaton na estela perturbou Tiye, mas ela não podia dizer por quê.

— Diga aos arautos que os diques foram escavados em Djarukha e um carregamento de escravos pode ser esperado dentro de um mês — ordenou ela ao homem. — Agora, retire-se.

Quando ele saiu, Huya entrou de volta na sala e ficou em pé esperando. Tiye indicou a paleta do escriba no chão.

— Anote um despacho para o faraó — ordenou ela —, copie-o e envie a Ay também. Comece com as saudações usuais e não se esqueça de acrescentar "meu venerável e admirado marido". — Ela aguardou enquanto ele escrevia as palavras, reuniu sua coragem e ditou: — Pelo poder da grande virilidade de Sua Majestade, eu, sua imperatriz, estou novamente grávida...

A pena ressoou nos ladrilhos.

— Majestade! — exclamou Huya. Tiye cerrou os pulsos sob seu manto.

— Criado, preste atenção — disse friamente. — Você borrou o pergaminho? Não? Então, continue: Eu me regozijo com você na perspectiva de um filho real em Malkatta e aguardo sua palavra da mesma forma que o solo ressecado aguarda o toque molhado vivificante de Hapi. Conclua com meus títulos e usarei meu selo real. Diga ao arauto que entregue isto pessoalmente a meu filho, a ninguém mais. A cópia de Ay pode ir com os outros despachos. Não me diga nada! — Huya cerrou os lábios firmemente, fez uma reverência e se retirou. Tiye abriu as mãos com um esforço consciente. *Os deuses não sabem o significado da palavra justiça. Eles riram de mim. Muito bem. Elevarei minha cabeça e nenhum deles receberá de mim o incenso de ação de graças. A única satisfação será se minha criança nascer viva e for menino. Valerá a pena ver a fúria de Nefertiti.*

O faraó logo respondeu, expressando seu deleite com a perspectiva de outra criança. Tiye ouviu as palavras austeramente, o bebê inquieto em seu ventre. Ela própria nada podia sentir por essa criança, nenhuma antecipação e, certamente, nenhum prazer, mas, pelo menos, não havia temor. Em uma idade em que devia estar desfrutando de uma plácida colheita das recompensas de sua existência como governante, ela considerava seu corpo intumescido algo grotesco, mas, enquanto esperava pelo nascimento de Beketaton, não o considerava um instrumento de morte. Ela tinha tão pouco por que viver agora e achou-se calmamente fatalista à medida que as semanas passavam. Ela comia, bebia e dormia tanto quanto desejava. Frequentemente, procurava a companhia de suas crianças, que cresciam livres e indisciplinadas no palácio silencioso. Beketaton, aos seis anos, era uma linda menina, porém teimosa, mal-humorada e impertinente quando não conseguia o que queria, o que era raro acontecer. Smenkhara estava nutrindo um permanente ressentimento contra sua mãe por mantê-lo em um lugar que havia se tornado nada além de água parada. Ele também podia ser mal-humorado e reservado e o mimo que recebia de seus tutores e criados, os quais tiravam suas conclusões a partir da atitude de Tiye com ele como um herdeiro aparente e o tratavam com doentia deferência, não melhorou seu caráter. Tiye tentava acalmar a inquietação dele com brilhantes histórias de seu futuro, mas ele as escutava com expressão carrancuda.

— Sei que você abre minhas cartas a Meritaton e as dela para mim — ele a acusou um dia. — Você suspeita muito de todos. O que acha que estamos fazendo, tramando contra nossos pais? Meritaton está chegando na idade de ficar noiva. Ela em breve completará nove anos. Falamos sobre casamento, é tudo.

— Eu sei — respondeu Tiye suavemente. — Contudo, lembre-se de que, apesar de Meritaton já estar quase na idade de gerar uma criança, ainda faltam, no mínimo, cinco anos até que você seja capaz de ser pai de alguma delas. O faraó não a entregará a você. Ele esperará para ver se Nefertiti pode gerar um filho e, ainda que possa, acho que os planos dele para o futuro imediato de Meritaton são muito diferentes.

Smenkhara lançou um olhar torcido para a barriga levemente saliente.

— Ou ele esperará para ver se você vai lhe dar um menino. Terei de crescer para ser poderoso, livrar-me dele e tomar Meritaton para mim.

— Você é entediante quando fala rispidamente. Não é normal para um menino de nove anos preocupar-se e martirizar-se com o futuro. Você tem tudo o que poderia possivelmente querer.

— Só quero Meritaton. Escrevi ao faraó e pedi a ele que me mandasse buscar.

260   Pauline Gedge

— Eu sei o que você fez. Destruí a carta e, se for tão tolo novamente, destruirei todas as suas cartas dirigidas a Akhetaton. Desapareça, Smenkhara, e goze de sua juventude enquanto pode. Vá nadar e pescar. Dirija sua biga. Atire com os soldados. Importune os criados. Não se destrua com impaciência.

Ele afastou-se raivoso e, sobre seu ombro, Tiye avistou o pai dele. A culpa dominou-a. Amenhotep teria ocupado o garoto com aulas, posto o menino no exército por um tempo, mas ela não se preocupava o suficiente. Pela primeira vez, o bem-estar do Egito não a preocupava tanto quanto seu próprio conforto. *O faraó não dará Meritaton a ninguém*, ela pensou enquanto o jeito arquejado de Smenkhara desaparecia na neblina dançante do calor. *Ela compartilha a estela sagrada em seu templo. Ele a manterá para si. Por que esse pensamento deveria me preocupar? Meu marido casou-se com Sitamun, sua filha. Por que isso seria diferente?* Ela não podia encontrar respostas.

No início do ano seguinte, chegou para Tiye a notícia de que sua sobrinha tinha dado à luz outra filha, chamada Nefer-neferu-Aton-ta-sherit. Tiye, muito próxima de sua vez, riu, tanto de alívio quanto de fátua pena de Nefertiti, seguramente escarnecendo de sua inabilidade para gerar um filho real. Acompanhando o comunicado oficial, havia um relatório de Ay. Após muita hesitação, o faraó aceitou, finalmente, o conselho de Ay, e Aziru foi convocado a Akhetaton para responder por seu comportamento. A carta, concedendo a ele um ano para aparecer, fora devolvida pelo mesmo arauto que a havia levado, o qual reportou que Aziru não estava em casa para recebê-la. Mais tarde, Aziru havia escrito desculpando-se grosseiramente a Akhenaton e explicando que estivera fora em campanha contra Suppiluliumas no Norte e, dessa forma, não se encontrou com o enviado egípcio. O faraó estava agora indeciso. Ele devia exigir a presença de Aziru no Egito novamente ou elogiá-lo por seus esforços contra Suppiluliumas e deixá-lo em paz? De igual interesse para Tiye eram as raras, geralmente curtas, mensagens de Mutnodjme, que, não obstante, davam um retrato vívido do estado das questões em Akhetaton.

"Temos afeição familiar em abundância", ela escreveu pelo criado mudo." O faraó, a rainha e as meninas são vistas em todo lugar na biga, beijando-se e acariciando-se para demonstrar o que o faraó ensina ser a verdade do amor. Todos os cortesãos são estimulados a seguir o exemplo da família real. Mas a saúde do faraó não está boa." *O que ela quer dizer com isso?*, perguntou-se Tiye com irritação, enquanto fazia sua caminhada habitual ao braseiro e apreciava o papiro incendiar-se. *A saúde do faraó nunca foi boa. As suas dores de cabeça estão piores? Ou ele sofre com uma febre passageira?* Ela refletiu sobre a visão de Akhenaton, Nefertiti e suas filhas fornecendo tão desagradável espetáculo público. *Pobre Akhenaton*, pensou. *Ele tem tão boas intenções, está tão abertamente ávido para expressar o que entende ser sua verdade.* Tiye queria segurá-lo em seus braços para protegê-lo de sua tolerância indiscriminada, simples. *Talvez esteja na hora de deixar Malkatta*, pensou ela. *Não para navegar a Akhetaton como imperatriz, mas para chegar como uma mãe querendo prover um abrigo para seu filho. Quando meu filho nascer, se eu sobreviver, irei.*

Por dois dias, ela nutriu seriamente a possibilidade de navegar ao Norte; porém, no terceiro dia, seu plano semiformado dissolveu-se. Ela despertou mais cedo de manhã do que desejara, não pelas delicadas melodias musicais, mas por um ruído ensurdecedor que ela não pôde, inicialmente, identificar. Sentou-se com dificuldade em seu divã, e Piha se levantou do lugar onde estava para ajudá-la a ir até a janela.

— É muito distante para estar vindo deste lado do rio — disse logo Tiye. — O que você acha, Piha?

— Não sei, Majestade. Acho que são vozes. Ouvi multidões gritando como durante as procissões de Amon.

Eram realmente vozes, um contínuo murmúrio aumentando e diminuindo enquanto o vento mudava de direção.

— Não posso dizer se é uma multidão de pessoas felizes ou zangadas — murmurou Tiye. — Alguma coisa está acontecendo em Tebas. Chame Huya.

Seu criado apresentou-se, mas, quando ela o questionou, disse que não sabia o motivo do tumulto.

— Bem, envie um arauto pelo rio para descobrir e providencie um acompanhante para ele. Chame meus seguranças e ordene que o comandante disponha as tropas ao longo da margem do rio, em frente ao palácio, principalmente ao longo do canal. É bom estarmos preparados.

Quando a resposta chegou, o barulho desaparecera para ser substituído por um silêncio sinistro. Tiye estava caminhando para sua sala de recepção quando o arauto a encontrou. Ele estava ofegante e suando. Como Tiye deu uma áspera permissão para falar, ele se esforçou para controlar a respiração.

262   Pauline Gedge

— O Primeiro Profeta de Amon está me seguindo — bafejou ele —, junto com outros dignitários do templo. Metade dos sacerdotes de Karnak está em barcaças entre nossa cidade e Tebas.

— Que Maya se apresente para mim imediatamente.

Ela apenas se sentara e colocara os pés no escabelo de marfim quando a sala começou a ficar cheia de gente. Entre seus oficiais de audiência e a porta, um fluxo de pessoas brancas circulava, curvando-se em adoração, arrastando os pés e murmurando juntas. Por último, veio Maya, envolto na pele de leopardo, acompanhado por seus acólitos. Tiye reconheceu Si-Mut pela cabeça raspada e sua inconfundível testa protuberante atrás, na multidão. Ela ordenou que Maya se aproximasse e, enquanto ele fazia sua reverência, ela o observou. Ele respirava superficialmente. As partes brancas de seus olhos sobressaíam e ele nervosamente umedecia seus lábios trêmulos. Ela moveu a cabeça.

A voz de Maya estava controlada, porém grossa de emoção:

— Majestade, ao amanhecer, muitas barcaças chegaram nos degraus do embarcadouro do templo, juntas com soldados de Akhetaton. O capitão trazia um pergaminho do faraó. Era uma instrução ordenando que eu abrisse o Tesouro de Amon e entregasse os bens do deus nas mãos dos soldados para serem colocados nos barcos.

Tiye, por sua vez, esforçou-se para se manter calma.

—- O faraó deu alguma razão para essa instrução?

— Não, Majestade, mas o capitão disse que a riqueza de Amon era necessária para pagar as oferendas ao Aton. Há milhares de altares em Akhetaton, e, todos os dias, eles ficam abarrotados de comida, vinho e flores frescas.

Houve um pequeno silêncio, e, em seguida, Tiye disse friamente:

— Acredito que você obedeceu a seu faraó.

Os olhos de Maya dilataram-se em descrença.

— Sim, Majestade, não tive escolha. Os soldados estavam armados, e os guardiães do templo não estavam preparados. Mas...

Tiye inclinou-se à frente.

— Mas o quê? — gritou ela. — Como você ousa vir correndo a mim, esperando que eu, a esposa e imperatriz de seu faraó, ordene contra sua divina vontade? Como você *ousa* subentender? Suas palavras inferem que, se os guardiães do templo estivessem preparados, você teria resistido. — Ela se recostou, com o coração acelerado, seu bebê debatendo-se freneticamente dentro dela. — Você resistiria?

A Décima Segunda Transformação   263

Maya estendeu suas mãos.

— Majestade, diante do deus, não sei. Tudo se foi. O Tesouro continha tantas riquezas que não podiam ser contadas. Ouro, prata, ébano, marfim, joias, vasos sagrados. As oferendas de milhares. Todos os bens de Amon para negociação. Todos os ganhos de suas propriedades no Delta. Sua terra também está confiscada.

O temor flamejou como uma súbita erupção de fogo por suas veias, mas ela o dominou.

— Maya, você sabe que o Egito e tudo que ele abrange, fundamentalmente, pertencem ao deus reinante. Nenhum faraó jamais desejou despojar Karnak, mas todos tiveram poder para fazê-lo.

— Nenhum faraó agiu assim porque cada Hórus era filho de Amon — respondeu Maya. — Contudo, agora, o faraó repudia o deus que é o protetor do Egito e reveste um outro com a própria glória de Amon! Nós, seus sacerdotes, estamos aterrorizados com a hipótese de que Amon amaldiçoará a Terra. Majestade, tenha piedade de nós. Diga-nos o que fazer. O tesouro era também usado para pagar nossos criados, nossos cozinheiros, arquitetos e pedreiros, o camponês que zelou pela multidão de Amon e arou seu solo. Essas pessoas agora não têm nenhum trabalho.

— É recomendável — observou Tiye friamente — que você pense nos escravos de Amon antes de seus sacerdotes. Se o tesouro acabar, os sacerdotes não poderão realizar oferendas sozinhos?

A aglomeração no fundo da sala resmungou baixo. Maya sacudiu sua cabeça.

— Existem menos veneradores a cada dia. — Ele não ousou explicar, mas todos que ouviam sabiam que as ricas oferendas vinham dos abastados, e os abastados agora carregavam seu ouro para as portas do Aton. Somente as flores e o pouco dos pobres eram deixados no átrio de Amon esses dias.

— Majestade, há mais — sussurrou Maya. — O faraó proibiu todas as procissões públicas a Amon. Podemos celebrar as festas do deus, mas somente na privacidade da própria Karnak.

Tiye olhou para ele.

— Nenhum Belo Banquete do Vale? Nenhuma bênção dos mortos? Eu... — Ela se recuperou. — Karnak agora tem capacidade para quantos sacerdotes?

— Ainda não tentei calcular, Divina — respondeu Maya com mais segurança, o brilho do alívio em seu olhar. — Contudo, dos vinte mil, as oferendas dos cidadãos de Tebas não terão capacidade para suprir mais do que quinhentos sacerdotes, e não muito bem.

— A qualidade desse sustento é irrelevante. — Ela ponderou brevemente e, então, chegou a uma decisão: — Pelo amor que mantive por meu primeiro marido, Osíris Amenhotep Glorificado, fornecerei ouro de minha própria fortuna para manter mais quinhentos no serviço do deus. Você pode decidir quais. O restante deve deixar o templo e encontrar trabalho em outro lugar. — Ela fitou os homens aglomerados na porta, e os murmúrios de protesto foram imediatamente silenciados. — Entenda que faço isso não porque discordo do faraó, que é sábio e sagrado, mas, por amor a ele, que agora navega na Barcaça de Rá. Tenho dito.

Rapidamente, Maya concordou em se retirar, e a delegação, em silêncio, saiu em seguida.

Nenhum ruído foi ouvido até que as portas se fechassem. Os homens ae Tiye aguardaram em torpor, paralisados. A própria Tiye ficou congelada, sua mente trabalhando furiosamente. *Se tivesse me manifestado de forma diferente, teria provocado uma guerra civil*, pensou austeramente, *e a guerra civil estaria sob a responsabilidade daquelas mãos de serpente de Suppiluliumas. Que loucura, faraó! Os sacerdotes vão morrer de fome, pedir esmola nas ruas de uma cidade que já lida com mortalidade. É rancor contra Amon, uma rabugice contra uma cidade que você sempre odiou, ou uma nova visão enviada a você do Aton? Pelo menos, a veneração pode continuar. O que devo fazer? Primeiramente, um protesto ao faraó. Tenho de colocar minhas razões claramente ou ele perderá o interesse na metade do pergaminho. Nefertiti o alarmou a esse respeito? Tantas perguntas que não posso responder. Tenho uma venda nos olhos, meus ouvidos estão abafados aqui. Todavia, não desejo partir, apesar de tudo. O Egito pode precisar de mim em Malkatta. De mim e Smenkhara.*

Ela se preparou para levantar, mas uma punhalada de dor e, em seguida, outra a atingiram na parte estreita das costas. Ela respirou com dificuldade.

— Huya! Chame meu médico e envie Piha a meu divã para me ajudar. Os problemas de Amon podem esperar. — Os homens à sua volta apareceram de repente. Ela ficou curvada com a dor, concentrando-se agora somente em si. *Uma maldição*, pensou ela, os dentes trincados com muita força, os lábios expostos. *Amon escolheu este momento para demonstrar seu desagrado? A maldição vai começar com a minha morte!*

Piha tocou-a fazendo uma reverência, e ela abriu os olhos, saiu do trono com a ajuda de sua criada e caminhou vagarosamente para seu aposento.

— Huya está lá? — perguntou, reclinando-se até seu divã. Piha assentiu. — Mande-o atrás de Maya. Quero os sacerdotes aqui com incensos e preces. Traga-me os magos também e cerque o divã com amuletos. Não quero morrer!

Foi a última vez que ela se deixou tomar pelo pânico. Reunindo uma existência de dignidade à sua volta, esperou pelo nascimento de sua criança, seus olhos desviando-se de um rosto ansioso a outro à medida que as horas passavam lentamente. Ela ouviu os estalidos e os ruídos dos amuletos sendo deixados a seu redor e, exalando o cheiro doce do incenso, sentiu um bem-estar. Algumas vezes, os olhos que a observavam eram os de Huya, castanhos e preocupados; porém, mais frequentemente, eram os de Osíris Amenhotep, inclinando-se sobre o divã, exalando, em seu rosto, o aroma de cravo e vinho em grande quantidade, seus olhos negros, nem complacentes nem espantados, apenas firmes e suavemente imponentes. Muito grata, ela canalizou forças pela recusa dele em penetrar seu sofrimento, sua suposição de que, por si mesma, ela venceria.

— Mas não quero vencer! — ela se queixou para ele uma vez. — Quero ficar com você, Hórus. Estou sozinha.

— Não me perturbe com ninharias, imperatriz — bramiu ele de volta, sorrindo. — Se não precisa do meu selo, não merece minha atenção.

De algum modo, as palavras assumiram um significado divino. Tiye agarrou-se a elas, repetindo-as para si mesma várias vezes enquanto penetrava as águas no Duat, observando a Barcaça Sagrada navegar devagar com Osíris Amenhotep imóvel entre seus divinos predecessores. Os mortos à sua volta pediam, de modo comovente, por luz. *Não estou propriamente morta*, pensou ela. *Ainda sinto muita dor. E, agora, a barcaça está nos deixando, entrando em outra Casa.* A água fria inundava-a dos pés à cintura, entorpecedora e impenetrável, sua temperatura caindo rapidamente enquanto as portas fechavam atrás da barcaça e a escuridão prevalecia. Aterrorizados, os mortos começavam a se lamentar. Tiye arregalou seus olhos, fazendo um esforço para encontrar um vislumbre de luz. Por um período, ela se esforçou, até que, imediatamente, lhe pareceu que uma luz acinzentada, pálida estava inundando a caverna. As portas estavam se abrindo novamente. *Contudo, como pode ser isso!*, pensou ela, confusa. *A barcaça não pode ser conduzida de volta.*

Então, surpreendemente, o mundo à sua volta ganhou luz e cor, e ela entendeu que estava deitada em seu divã, a cabeça virada para a janela, cujas cortinas espessas de papiro se movimentavam delicadamente na brisa. Com dificuldade, girou a cabeça na almofada e encontrou Huya sorrindo para ela.

— Fale — conseguiu murmurar.

— Você tem um filho, Majestade. No entanto, perdeu muito sangue e ficou inconsciente por cinco dias.

Ela estava muito fraca para sentir qualquer emoção.

— Água. — Seus lábios se moveram. — Meu marido...

Ele estalou os dedos e Piha aproximou-se, levantando-a com calma e erguendo uma taça à sua boca. Leite quente misturado com sangue de touro deslizou por sua garganta. *Eu fui purificada*, pensou ela enquanto o saboreava. *Estou limpa.*

— A notícia foi enviada ao faraó — continuou Huya. — Você pode aguardar um despacho com o nome escolhido em breve. O bebê é perfeito, apesar de tão cansado quanto você. Escolhi uma ama de leite para ele. Devo trazê-lo?

Ela moveu a cabeça uma vez, em recusa. Já estava caindo em um sono saudável. O bebê não importava tanto quanto a misericórdia de Amon. Sua vida fora poupada. Foi um alívio.

No ano seguinte, o décimo do reinado de Akhenaton, Nefertiti novamente deu à luz uma menina, Nefer-neferu-Rá. O transcorrer do tempo e o enfraquecimento da competição entre as duas mulheres havia abrandado a aversão de Tiye por sua sobrinha, e ela foi capaz de sentir pena de uma mulher que almejava um filho príncipe e, entretanto, somente podia conceber meninas. Ela estava curiosa por saber o que os últimos três anos haviam causado à rainha, se os constantes partos fizeram o corpo firme, impecável, perder a rigidez, ou se o desapontamento colocou traços de petulância em seu rosto delicado. Entretanto, ela não desejava ver Nefertiti ou seu filho. Ela sentou no terraço de seus aposentos, sob o dossel, olhando, com apatia, para o outro lado do rio, para a silhueta de uma Tebas distorcida pelo calor, decadente em escuridão, sabendo viver em uma paz artificial, em um lugar e estado de ser que existiam somente para ela, uma gota d'água na palma de sua mão, mas não se importanto com isso. Era como se existisse no eterno limbo dos mortos, cujas sepulturas lotavam o deserto ao redor de Malkatta. Assim como eles, estava pacífica, observando o tempo lentamente frear e mudar tudo à sua volta enquanto ela permanecia imóvel. Somente Smenkhara e o bebê a conectavam ao futuro, um futuro no qual ela não tinha interesse.

A recuperação de Tiye foi lenta, e, em pouco tempo, ela começou a perceber que nunca recuperaria seu pleno vigor. A ideia não a afligiu e ela logo foi capaz de caminhar pelo palácio e pelos jardins, fazer suas refeições, reunir-se com seus ministros a respeito de questões que não eram nada mais do que problemas do dia a dia de seu ambiente doméstico, sabendo que a fadiga, que a levava cedo ao seu divã toda noite, estaria com ela para o resto da vida. Seu médico preparou tônicos e prescreveu massagens todos os dias, e esses medicamentos ajudaram, mas a fase do comando enérgico findara. Tutankhaton, conforme seu pai instruíra que ele fosse chamado, era saudável e crescia sob os cuidados de sua ama de leite e seus empregados. Akhenaton enviava despachos regulares indagando sobre seu bem-estar e dando a entender ansiosamente que Tiye o devia levar para o Norte, mas ela se esquivava de várias formas.

Furiosa e com um péssimo humor, ela percebia que estava desenvolvendo os meticulosos hábitos de uma velha viúva. Reclamava se sua fruta matinal não estivesse cortada de certa maneira, falava rispidamente com seus criados de quarto se eles não realizassem suas tarefas eficientemente, aborrecia-se caso seus lençóis não estivessem dobrados com esmero. Com o aguçado autoconhecimento que sempre lhe foi particular, sabia que estava faltando a brisa fresca, estimulante, da companhia masculina. Huya e seus camareiros, que ela não levava em conta porque eram criados, aproximavam-se dela com um servilismo quase feminino. Consequentemente, ela ordenou que as aulas de Smenkhara fossem dadas em sua presença e exigiu sua companhia por períodos mais extensos de cada dia, na expectativa de que a masculinidade, nele despontando, fosse uma contrapartida para sua idade de limitações. Ele era surpreendentemente amável, percebendo em sua mãe a profunda necessidade de seu companheirismo e correspondendo com a alegria despreocupada que ela almejava. Contudo, sua mente ainda ficava ociosa. Smenkhara, aos onze anos, não podia ter a maturidade de um adulto.

No final do ano, ela recebeu notícias de Akhenaton. Sentou-se em uma cadeira na base dos largos degraus que conduziam à sala de audiência

268   Pauline Gedge

pública, observando seus criados reunirem-se para passar o dia em volta das fontes do átrio, ouvindo a carta que, após as formais saudações, passou para a confusa informalidade que trouxe a voz de seu filho à vida:

"Não é certo que a mãe do sol viva reclusa em um palácio que pertence a uma antiga era de escuridão", escreveu ele. "A família do Aton deve estar unida no mesmo lugar. Com você, querida Tiye, começou a jornada do Egito para a verdade; no entanto, sua força está escondida sob a sombra de Amon. A beleza dos Divinos preenche Akhetaton como um círculo de esplendor, mas, como antes, quando você ficou viúva e ainda não tinha honrado meu leito, o círculo está frágil por causa de sua ausência. Venha, eu lhe imploro, de forma que eu possa ser forte novamente. Estou construindo três mágicos dosséis no Grande Templo do Aton, um para mim mesmo, outro para você e um para minha filha Beketaton, a qual amo afetuosamente, de modo que, ficando sob eles, possamos renovar nosso poder. Não dou ordens à pessoa de cujo corpo o sol provém, mas rogo a ela que ouça minhas palavras e as considere bem."

Esta não pode ser ideia de Ay, pensou Tiye, à medida que seu escriba enrolava o pergaminho e o colocava de lado. *Ay teria escrito a mim diretamente se achasse que eu era necessária. Akhenaton sente-se ameaçado, mas por quê? É a sua saúde, são suas visões? Muito provavelmente ele compreende que sua rainha não lhe dará um filho e, assim, quer Tutankhaton próximo a ele. E depois?*, pensou ela bruscamente.

O escriba se pôs ao lado dela.

— Há outro despacho do Porta-Leque da Mão Direita.

— Bom. Leia-o.

Talvez Ay agora explicasse a carta de seu mestre. Tiye se recostou preparando-se, como sempre, para se defender da onda de nostalgia que as palavras de Ay traziam.

Seu escriba passou por cima da abertura formal:

"Pelo que pude concluir, tem havido uma revolta em Nukhashshe contra o líder daquele povo, Ugarit. Ele pediu ajuda a Suppiluliumas. Para mim, é muito difícil apurar a verdade. O escritório de Tutu está sempre um caos e o próprio homem é um perturbador ignorante, o qual, não obstante, é muito fervoroso em sua prática religiosa. Tentei obter outras opiniões de seus subordinados, mas Tutu, por ciúmes, preserva suas prerrogativas como Escriba de Correspondências Estrangeiras. Se a notícia for verdadeira, não pode haver dúvida de que Suppiluliumas será suscetível ao apelo de Ugarit."

A Décima Segunda Transformação   269

Tiye cerrou sua mandíbula. Nukhashshe estava tão próximo do Egito que seus governantes foram sempre aliados, e muitos tratados haviam sido assinados e consolidados com matrimônios ao longo dos anos. O fato de que Ugarit não tinha apelado ao faraó para dominar a inquietação do povo falou de forma mais eloquente do que qualquer outra coisa que poderia falar sobre Akhenaton e sobre a impotência que se difundia pelo Egito. Suppululiumas enviaria soldados e, quando a poeira tivesse baixado, estaria mais perto do que nunca das fronteiras imediatas do Egito. Já fazia muito tempo desde que Tiye pensara em assuntos do império. Agora, seu próprio Egito é que estava sendo ameaçado.

— Escreva uma carta ao príncipe Suppiluliumas — disse Tiye com exaustão. Teria pouco efeito, ela estava ciente, porque Suppiluliumas certamente sabia o poder insignificante que ainda lhe restava, mas, pelo menos, serviria para lembrá-lo de que alguém no Egito observava seus movimentos com a visão não embaçada pela falsidade.

Ela escreveu também ao faraó usando palavras ásperas, querendo saber por que, quando os comunicados para ela eram tão claros por parte de seus próprios homens no Egito, ele não tomava ação imediata contra seus inimigos. Ela acusava Tutu de fornecer informações distorcidas, mas resistiu a denunciar seu comportamento de traidor. Uma voz cautelosa a advertia de que, a menos que ela estivesse fisicamente presente para justificar suas acusações, Tutu concentraria sua atenção em atribuir-lhe desonra e ela perderia a pouca credibilidade que ainda tinha. Ela não havia mencionado Ay, não querendo dar aos inimigos dele oportunidade de tornar seus despachos a ela uma deslealdade ao faraó. A carta demorou um dia para ser preparada, sendo riscada e corrigida até que ela estivesse satisfeita. Quando a concluíra e estava deitada em seu divã, desejou ansiosamente a presença seu filho, sabendo que, apesar de suas injúrias contra o pobre Tutu, precisaria de um homem com o caráter do Filho de Hapu para desembaraçar as complicações da situação diplomática do país. O Egito não mais possuía tais homens. Ay, treinado e educado sob a antiga administração, teria servido; entretanto, ele estava agora acorrentado e amordaçado por homens que não mais circulavam pelo mundo real, cujos juízos inferiores tinham sido pervertidos pela atmosfera que as fantasias e os sonhos do faraó tinham gerado. *É, talvez, uma tempestade passageira, um khamsin desabitado sob cujo poder escondemos nossas faces e nos aconchegamos em qualquer abrigo que possamos encontrar,* pensou Tiye. *Que os deuses permitam que se exploda sozinho! Então, escavaremos e a limparemos,*

270   Pauline Gedge

banharemos a areia e a friccionaremos, ungiremos nossos olhos e resisti-
remos novamente. Se pudermos suportar, Smenkhara assumirá o trono, e
o império poderá ser reconstruído. Não é tarde demais. Ó Akhenaton,
meu filho, meu filho! Hapu estava certo. Você devia ter morrido. Você não
matou seu pai, mas está destruindo tudo que ele reuniu em sua figura
augusta. Talvez eu deva atender ao maior desejo de Smenkhara, enviá-lo
a Akhetaton com as outras duas crianças e, então, aposentar-me em
Djarukha. Sempre fui feliz lá. Não sentirei falta das crianças. Elas também
são parte da mágica que eu tentei invocar e falhei e pertencem aos encantos
desfeitos. Tais pensamentos foram um convite à entorpecente bênção do
vinho, e o vinho trouxe o sono, e, não obstante, ao nascer do sol, um novo
despertar não afastou seu sentimento de fatalidade.

Conforme o tempo passava, o ímpeto para ceder a todas as facetas de
autoridade aumentava, até que ela começou a fazer planos para abandonar
Malkatta aos chacais no novo ano e estabelecer-se em Djarukha logo antes
das colheitas. Ela podia ter partido imediatamente, evitando, assim, o pior
do calor do verão, mas, bem no fundo de sua mente, havia a vaga ideia de
um último sofrimento, uma resistência diária de uma quase insuportável
paixão como penitência pelos últimos dez anos de sua vida. Os deuses não
exigiram tal ação. Os sacrifícios nunca eram feitos para eximir a culpa,
somente para clemência e ação de graças, mas Tiye sabia que era a ela própria, e não aos deuses, que ela queria satisfazer.

Durante o mês de Mesore, os dias, sufocantes, passavam morosos e ela
descansava ofegante na tênue sombra das árvores ou mergulhava frequentemente no lago, sua mente tão fraca e abatida pela ferocidade de Rá quanto
seu corpo. Estava deitada em seu divã ao meio-dia, tentando dormir, seus
olhos focados nas faixas de luz pálida entre as tiras das cortinas de sua janela,
quando Huya entrou. Sem prestar atenção, ela o observou aproximar-se, um
homem desamparado, corpulento, outrora vistoso, agora com respiração frequentemente curta e transtornado por dores nas juntas. Ele parou e fez uma
reverência, e ela lhe ordenou que falasse.

— Majestade, peço desculpas por interromper seu descanso — disse
ele —, mas sua sobrinha chegou de Akhetaton e deseja entrar imediatamente.

O coração de Tiye alterou-se, e ela se sentou.

— Minha sobrinha? Qual delas, seu tolo!?

— Princesa Mutnodjme. Eu a conduzi à sua sala de recepção e pedi
água fresca para ela.

A Décima Segunda Transformação   271

— Diga a ela que estou indo. Piha! Um vestido solto, e meu cabelo precisa ser penteado. — Foi a solidão que fez Tiye se levantar com um impulso de alegria ao pensar em ver a garota novamente, e, não antes de caminhar pela passagem, sob os ondulantes leques de plumas brancas de avestruz de seus criados, ela imaginou o que trouxera Mutnodjme a Malkatta pessoalmente.

Os guardiães abriram a porta da sala, e Tiye entrou. Do outro lado, onde as colunas dividiam o fluxo de luz quente lívida que vertia como metal derretido no chão, Mutnodjme estava de pé, encostada na parede, seus anões jogando dados ruidosamente a seus pés, seu contorno negro contra o ofuscante deslumbramento do início da tarde. Ouvindo o arauto anunciar os títulos de Tiye, ela se virou e, chicoteando a cabeça dos anões, de forma que eles berraram e fugiram para o jardim, dirigiu-se à sua tia.

A atormentadora certeza de uma maturidade mimada estava em todos os movimentos das longas pernas, no balançar dos braços carregados de braceletes. O rosto familiar brilhava com uma sensualidade indolente. As pálpebras de Mutnodjme foram umedecidas e, em seguida, pulverizadas com ouro em pó. *Kohl* espesso cintilava em volta dos olhos, que sempre sugeriam uma sensação de deleite em sua profundidade negra. A boca assemelhava-se à de Tiye, pintada de vermelho lustroso. Ouro em cor de malva, característico dos ferreiros de Mitanni, pendia das duas orelhas sobre seus bronzeados ombros pontiagudos, e uma fina corrente dourada em volta de sua cabeça raspada, por baixo de sua trança, mantinha um disco dourado em sua testa. Ela não usava colar, mas tornozeleiras tilintavam nas pernas. Sua capa, fartamente pregueada, era escarlate, com uma tira presa por tachas douradas, que cobria um ombro, deixando o outro e o busto despidos, seus mamilos pintados com tinta dourada. Olhando de relance para além das colunas, enquanto Mutnodjme se ajoelhava para beijar-lhe os pés, Tiye observou o cortejo de sua sobrinha, um grupo esvoaçante, resplandecente, de homens e mulheres jovens em roupas flutuantes e joias esplendorosas, eles próprios com maquiagem espessa contra o sol. Mutnodjme havia se levantado e estava esperando.

— Vejo que você tem um novo chicote — disse Tiye, de repente, na falta de palavras, querendo abraçar Mutnodjme num momento de alívio afetuoso. No entanto, em vez disso, apenas tocou sua face amarela.

Mutnodjme assentiu:

— Couro branco de touro com cabo prateado. — Ela arrastou as palavras.

— Não retirado de um touro branco, decerto, mas tingido posteriormente. Sinto falta do meu antigo, mas estava gasto. É bom vê-la, tia Majestade.

Alguma coisa impelia Tiye a perguntar.

— Estou com um bom aspecto? — Ela imediatamente lamentou a fraqueza do desejo.

Mutnodjme ponderou, sua cabeça virada para um lado.

— Melhor do que eu esperava após um parto tão difícil. Sei que já faz muito tempo, mas todos de Akhetaton ficaram ansiosos por sua recuperação, ávidos por notícias de Malkatta.

— Não acredito!

Sempre lhe pareceu que aqueles que deixaram o palácio para ir à nova cidade também haviam abandonado suas lembranças, mas Mutnodjme estava dizendo a ela que não era bem assim.

— É verdade. Quando chegou a notícia de que você tinha dado à luz, mas que provavelmente morreria, o faraó convocou todos a ficarem de pé durante horas no átrio do Templo do Aton, enquanto, lá dentro, ele rezava e, depois disso, ficou doente por dias.

— Mas ele não veio me ver. Apesar de toda a sua preocupação, ele não veio me ver.

— Não. — Os olhos de Mutnodjme encontraram os de Tiye. — Ele não veio. A atmosfera da rainha preenche a cidade como perfume. Pesa em nossas narinas dia e noite. Quando não estamos curvados diante do Aton, oramos por ela.

Tiye procurou no rosto de sua sobrinha o sarcasmo que estava cuidadosamente ausente de sua voz e o encontrou. — Meu irmão. Ele está bem?

— Ele envelheceu, mas sua saúde está boa como sempre

— E o seu marido?

Mutnodjme hesitou.

— Horemheb é forte e tem prestígio. A respeito do que você indaga, minha deusa, ele está bem.

— Ótimo. Teremos tempo para discutir sobre a família mais tarde. Como estive faminta por notícias! Sua mãe?

— Não vejo Tey com frequência. Ela raramente vai à corte. Mas está contente com a propriedade que Ay construiu para ela.

— E você, Mutnodjme? Nunca a vi tão linda!

— Eu sei — Mutnodjme riu. — Eu me tornei o objeto de desejo de todo cortesão. Isso não é entediante? Horemheb ri, mas eu não. Estou cansada de cantadas picantes e mãos bobas durante os banquetes do faraó.

A Décima Segunda Transformação   273

Tendo a me apegar aos velhos amigos, aos homens com quem já dormi e às mulheres com quem dividi meus segredos no passado. Estou com vinte e oito anos, tia Majestade, e os jovens estão começando a me irritar.

— Mutnodjme sóbria? Impossível!

Mutnodjme vociferou uma risada.

— Certamente não. Entretanto, não quero começar tudo novamente. Você vê este vestido? Um busto nu, uma recatada excitação. É tudo que está na moda em Akhetaton. Sorriso afetado e pálpebras trêmulas, namorico tolo. A corte de meu tio aqui em Malkatta pode ter sido de algum modo depravada, mas era uma depravação aberta, sadia. A libertinagem de Akhetaton tem para eles uma aparência mais pálida, doentia.

Você sempre foi astuta, pensou Tiye, *mas nunca foi tão articulada*.

— Você veio aqui para fugir do tédio? — perguntou ela delicadamente.

Mutnodjme sacudiu a cabeça. Espalmando suas mãos com força, ela gritou:

— Hoi!

Um de seus criados veio correndo, uma pequena caixa em suas mãos. Ao sinal de Mutnodjme, ele a colocou no degrau do trono e retirou-se, fazendo uma reverência.

— Faça a gentileza de dispensar todo o seu séquito, tia Majestade — pediu Mutnodjme. — Por enquanto, isto é apenas para seus olhos.

Tiye imediatamente cumpriu o pedido, e as duas mulheres ficaram se entreolhando enquanto os criados saíam. Finalmente, a porta foi fechada, e elas ficaram sozinhas. Mutnodjme hesitou, uma das mãos sobre a tampa da caixa.

— Isto não tem qualquer interesse para mim, você tem de entender, — disse ela calmamente. — No entanto, pode lhe trazer problemas. Se não for o caso, retornarei a Akhetaton e considerarei nosso trato terminado. Apesar de ter me saído bem com você, imperatriz! Nesse caso, meu marido me instruiu a dizer-lhe que ele está à sua disposição.

— Compreendo. — Curiosamente, Tiye observou sua sobrinha puxar a tampa e retirar o que parecia ser um pequeno grupo de macacos esculpido. Não parecia haver algo incomum a respeito disso. O Egito venerava deuses macacos muito menores, e os babuínos eram considerados sagrados. Mutnodjme pegou a escultura.

274   Pauline Gedge

— Este é um exemplar particularmente caro, feito em alabastro e pintado cuidadosamente, mas reproduções estão disponíveis por toda a Akhetaton, menores e maiores, em madeira, em pedra e, para o povo mais pobre, em argila. Elas estão à venda em todo o mercado. — Sem aguardar permissão, Mutnodjme virou-se e sentou-se no degrau do trono.

Tiye debruçou-se sobre a escultura. Eram quatro macacos, dispostos por tamanho. O maior, meio agachado atrás dos outros, os peitos caídos, soltos, as coxas gordas abertas. Todavia, não era feminino, devido a um pênis desproporcionalmente grande saindo por debaixo de sua barriga intumescida. Seu rabo, enrolado entre as pernas, aconchegando-se entre as pernas do macaco feminino que se ajoelhava diante dele com as mãos em volta de seu pênis. Os grossos lábios do maior se franziam na direção do macaco menor, em pé do lado esquerdo, e sua mão estava em volta do pescoço, o braço descansando num peito miúdo. A outra mão estava enfiada entre as pernas do macaco pequeno à direita. Os órgãos genitais de todos os animais estavam pintados de vermelho vivo e as orelhas, os olhos enormes, os rabos e os pelos, de cinza. A peça inteira sugeria sexualidade obscena, mas não era a impressão causada que fez Tiye dar um grito e afastá-la de si. O macaco maior usava a coroa dupla entre as orelhas furadas, e o próximo em tamanho, um capacete alto, em forma de cone invertido. Mutnodjme inclinou-se e rapidamente removeu a escultura, colocando-a de volta na caixa e fechando a tampa.

— Ninguém sabe quem a fez — disse ela. — Contudo, mesmo antes de as esculturas aparecerem, havia rumores. Do faraó copulando com seus macacos, das noites passadas junto com a rainha e as filhas mais velhas. Brincadeiras assim sempre abundaram na corte, mas esta é diferente. Há malícia nesta. O faraó perdeu completamente o respeito dos cidadãos de Akhetaton e, em pouco tempo, essas coisas — ela apontou para a caixa — começarão a ser encontradas por todo o Egito. Os tebanos a adorarão.

Tiye engoliu em seco e, sentindo-se estupefata, foi se sentar junto de Mutnodjme. Suas mãos tremiam.

— O que o faraó diz? Sua fúria, sua vergonha...

— O faraó nada sente — disse Mutnodjme calmamente. — Ele ri. Diz que as pessoas estão apenas começando a entender a verdadeira afeição, e, quando elas entenderem, as esculturas desaparecerão naturalmente. A rainha, no entanto, está fora de si de tanta raiva. Ela proibiu a aquisição delas, mas é claro que o povo não a levou em consideração. Ela devia tê-las ignorado completamente.

A Décima Segunda Transformação   275

— Sim — suspirou Tiye. Nefertiti sempre careceu dos instintos corretos tão necessários em um governante. Seus amores e ódios eram tão extremos, tão notórios. No entanto, Tiye nunca havia se apiedado tanto dela quanto agora. Dela e de seu marido indefeso, atrevido, o deus do Egito. — É porque eles foram retratados na *ben-ben* no templo de Aton, abraçando-se?

— Parcialmente. Além do mais, o faraó e a rainha não se comportam como deuses a serem venerados. Mas é porque eles têm desejado se exibir como uma família transbordando em afeição mútua diante de seus súditos. Perdoe-me, imperatriz. Falar dessa maneira do faraó sempre foi blasfêmia, mas julguei que você gostaria de saber, e meu arauto não teria sido capaz de transmitir tal perversidade a você. Não são apenas as esculturas. As pessoas o saúdam nas ruas, mas o tom é de menosprezo, e ele não percebe. Horemheb pede...

Tiye levantou uma das mãos.

— Basta — disse ela calmamente. — Ceie comigo esta noite após eu ter repousado e refletido. Deixe-me, Mutnodjme.

Em obediência, a outra mulher levantou-se, fez uma reverência com intensidade e saiu pelo longo corredor. *Não pedi que os aposentos fossem preparados para ela*, pensou Tiye. *Mas suponho que ela abrirá a casa de Ay*. O chicote era branco, em forma de serpente, atrás dos tornozelos descobertos, e Tiye, hipnotizada, o observava ondular. Muito depois que Mutnodjme se fora, ela não podia deslocar os olhos do chão. Finalmente, ela chamou Piha e voltou para sua sala.

O sol havia perdido um pouco de seu violento calor, mas o ar permaneceu sufocante. Tiye pediu um banho e, em seguida, tentou dormir, mas a voz de Mutnodjme e a imagem dos órgãos genitais vermelhos distorcidos lutavam por destaque em seus pensamentos, e seu coração recusava-se a se acomodar em um ritmo apaziguador. *Mas eu queria ir morar em Djarukha!*, protestou ela silenciosamente. *Eu tinha decidido! Não posso fazer nada! Estou bastante idosa, é muito tarde*. Angustiada, ela lembrou como era refrescante o lago repleto de lírios diante das colunas azuis do seu pórtico na suavidade do norte, como era úmido o ar. *Sinto falta de minha mãe, de meu pai*, pensava ela, à medida que seu controle finalmente cedia e começava a derramar lágrimas pacificamente. *Dessa vez não é de você, Osíris Amenhotep, que sinto saudades. É da segurança dos braços fortes de Yuya e do sorriso com que Thuyu me acordava todas as manhãs. Oh, pare!*, tentou ela repreender-se. *Não há nada tão pateticamente ridículo quanto uma idosa aos prantos. Deixe-os deitar na cama que eles*

276 Pauline Gedge

prepararam para si. Deixe-me ir para casa! Entretanto, ela já sabia que nunca veria Djarukha novamente.

Na penumbra, ela se sentou no trono na grande sala de recepção, Mutnodjme a seu lado, seus ministros e criados agrupados em volta das mesas menores, adornadas com flores. Tiye pedira uma sala repleta de luzes, e centenas de archotes e lamparinas lançavam um tom dourado nos esboços entre as altas colunas. Uma procissão de escravos carregava bandejas dos provadores de comida para as mesas opulentas, e os criados se inclinavam, regularmente, para encher as taças de vinho. Entre o trono e o chão da sala, os músicos montaram uma proteção com altas vozes que separava a conversa das mulheres dos outros, e os dançarinos se movimentavam entre as mesas. Tiye tentou comer, mas o simples olhar à farta comida a enjoou, e, no final, ela se pôs a beber e a apreciar Mutnodjme devorar todo prato que lhe era oferecido. Enquanto comia, sua sobrinha lançava olhares estupefatos ao príncipe Smenkhara, comendo na base do trono com Beketaton, e Tiye sorriu interiormente, apesar do turbilhão em sua mente. Mutnodjme não era tão politicamente neutra quanto fingia ser. Ou isso ou a situação em Akhetaton era muito grave, a ponto de tornar todos lá um oráculo favorável. Depois da refeição e do início do divertimento, conforme Tiye fora capaz de promover, ela fez sinal para Mutnodjme se aproximar.

— Foi Horemheb ou seu pai quem enviou você a mim com essa coisa abominável?

Mutnodjme fez um sinal, e um criado retirou a mesa baixa. Suspirando com satisfação, ela se recostou em suas almofadas.

— Tinha esquecido como a carne pode ser saborosa quando um deus não está observando atentamente sobre um dos ombros em desaprovação. Não somos proibidos de comer carne na corte, mas o faraó não a toca, é claro. Em resposta à sua pergunta, Deusa, vim por iniciativa própria. Entretanto, Ay e Horemheb aprovaram. Eles precisam de sua ajuda. Não puderam relatar a você em despachos; na verdade, pode-se falar pouco de tais coisas, pois existem muitos espiões na cidade, pessoas que se empenham na esperança de levar algum comentário ao ouvido do faraó e se beneficiar com isso. Meu primo está dominado por ideias repletas de palavras de adoração e veneração ao Aton.

As palavras de Mutnodjme comoveram o coração de Tiye, e, por um momento, ela odiou seu irmão, Horemheb, todos os bajuladores que tentam conquistar astuciosamente a afeição de um homem puro enquanto seus próprios corações são frios. A honestidade indiferente de Mutnodjme era infinitamente preferível.

— Por conseguinte, diga-me agora o que o grandioso Porta-Leques e o poderoso chefe querem que eu faça.

Mutnodjme sorriu com um leve tom sardônico.

— Eles querem que você fixe residência em Akhetaton para ver o faraó todos os dias e reforçar o próprio conselho deles. O problema mais premente é a situação além das fronteiras. Tutu diz ao faraó uma coisa, meu marido, outra, e o faraó hesita porque não pode simplesmente acreditar na perfídia dos homens.

— Nefertiti faria o possível para me desabonar, talvez até mandasse me matar. Tutu sempre guardou rancores de mim. Mutnodjme, estou cansada. Iria para um covil de víboras, cujo único desejo seria me ver morta. Deveria estar à altura de uma multidão de bajuladores que iriam, imediatamente, rodear Smenkhara. Eu não teria amigos, ninguém em quem confiar. — Ela parou de falar, oprimida pelas perspectivas enquanto as descrevia. As dores penetrantes em seu abdômen, que a atacavam violentamente em momentos de estresse ou fadiga, começavam sem advertência, e ela deveria controlar sua respiração até passarem.

— Então, vá a Djarukha e aguarde as ordens dos deuses — disse Mutnodjme suavemente. — Tia, Majestade, sempre a amei, mas não me interprete mal. Não estou declarando minha afeição a você como uma oferta de apoio efetivo, caso você decida ir a Akhetaton. Eu me conheço bem. Apenas quero vê-la feliz. Você conquistou o direito à paz.

— Não tenho sido feliz desde que Osíris Amenhotep Glorificado morreu — respondeu Tiye de maneira insípida. — Eu estaria contente em Djarukha após ouvir você? Acho que não. Eu trouxe o faraó ao mundo, e parece que tenho a obrigação de proteger o mundo dele, e ele do mundo, se eu puder. Como o Filho de Hapu deve estar rindo!

— Então, você irá?

A pergunta irritou Tiye. A dor a lancetou novamente, e ela sentiu o suor escorrer por sua espinha.

— É claro que irei! Como posso recusar tal desafio?

Mutnodjme sorveu pensativamente seu vinho, seus olhos lentamente percorreram a sala barulhenta. Smenkhara batia palmas no ritmo da música, seus olhos nos dançarinos nus. Beketaton estava afundada de bar-

278 Pauline Gedge

riga para baixo nas almofadas, profundamente adormecida. As mulheres do harém, animadas com o vinho e excitadas pela interrupção do fastio de suas existências, davam risadas e gritavam. Mais nada havia para dizer. Após um momento, Tiye levantou-se. Fez-se silêncio. Os convidados curvaram-se. O arauto reuniu os funcionários de gabinete e correu para se adiantar a ela, que, com Piha e Huya, deixou o corredor fazendo esforço para se manter ereta, apesar da dor, até que conquistou a privacidade de seus aposentos. Desmaiando em seu divã, mandou chamar seu médico e ficou esperando por ele, os joelhos puxados para cima, os pulsos juntos, seus músculos tensos tanto pela raiva que sentia por seu destino quanto por sua dor.

Mutnodjme navegou para Akhetaton no dia seguinte. À tarde, Tiye ditou uma carta ao faraó e, em seguida, chamou Smenkhara. Pela primeira vez, ele veio rapidamente, seus quadris delgados envoltos em um saiote folgado, os pés e as pernas úmidas com a água do rio. Ele fez uma reverência para sua mãe, casualmente beijou a mão estendida a ele e voltou os olhos excitados para ela.

— Vamos para Akhetaton, não é, Majestade?

— Sim. Como você sabia?

— Os criados não falaram de outra coisa o dia todo. Quando partimos? Não posso acreditar que vou realmente ver Meritaton de novo. Obrigado, mãe!

— Acho que você vai sentir saudades de Malkatta depois de um tempo na nova cidade do faraó — disse Tiye calmamente. — Você tem desfrutado de uma liberdade aqui que nunca terá novamente. No entanto, ainda tem mais alguns meses para saboreá-la. Partiremos quando o rio estiver mais alto. Vá e conte a Beketaton. — Ela desejara compartilhar seu entusiasmo, mas acabou aceitando sua gratidão e seu excitamento com relutância. Ela observou a luz de seus olhos extinguir-se. Ele franziu os lábios, concedeu-lhe uma reverência negligente e saiu. Ele, de repente, se tornara uma responsabilidade que já a sobrecarregava muito.

17

Tiye deixou Malkatta no fim do primeiro mês de inverno. Quando a notícia da decisão chegara a Akhetaton, ela recebeu uma carta esfuziante do faraó, precavidas saudações de Ay e nenhuma palavra de Nefertiti. Decidida, ela recusou-se a vislumbrar o futuro. Enquanto seus admiradores percorriam deliberadamente as galerias do palácio, com pergaminhos em seus braços e expressões carrancudas nos rostos, e enquanto incontáveis criados, encantados e entusiasmados, empacotavam e empacotavam, Tiye entregou-se, pela última vez, à mágica de Malkatta, permitindo que toda lembrança a dominasse. Sentada sob seu dossel, seguindo viagem, ela recordou-se de ter sido zingada pelo rio, uma princesinha recentemente nomeada para o já amplo harém do faraó, de ter olhado para as paredes sem pintura, o chão encrespado, com pedras espalhadas, as costas tensas dos camponeses. Ela ficara em pé ao lado de Tia-Há, jovem e miúda, e outras princesas na terrível magnificência dos aposentos da imperatriz, ainda não habitáveis, as mãos atrás das costas, e os olhos maquiados com *kohl* fitavam o teto, enquanto Kheruef descrevia os planos que o faraó tinha para o novo palácio. Muitas das mulheres estavam silenciosas e inquietas, não queriam considerar a proximidade dos mortos e as noites que teriam de passar com apenas uma parede entre elas e aqueles que permaneciam rígidos em seus túmulos. Tiye ficara em silêncio também, mas não por medo. Ela desejara saber por que seu marido decidira mudar sua corte do antigo e honroso local na margem leste, próxima de Karnak. Um homem com tal poder e riqueza ilimitados poderia fazer qualquer coisa que lhe agradasse; todavia, parecia um dispêndio de dinheiro e esforço sem retorno, irracional. Naquele momento, ela sentira olhos em suas costas e, ao virar-se, avistara o jovem faraó olhando para ela, seus ministros em volta dele. Ela devia ter, no mesmo instante, desviado seu olhar, mas se descobriu fitando-o. Apesar de o contrato de casamento já ter sido lacrado e ela já ter estado no harém por mais de um mês, não havia se aproximado de seu marido mais do que uma pedra atirada a distância em banquetes oficiais. Agora, ele apontava arrogantemente o dedo para ela. Bravamente, ela fora até ele caindo a seus pés, até que uma ponta do dedo delicadamente apertou sua orelha, dando-lhe permissão para se levantar. Atrás dele, ela percebeu o olhar de seu pai. Ele piscara solenemente para ela.

— Princesa Tiye, o que tem de tão interessante no teto? — perguntara o faraó.

— Nada, Divino Hórus — respondera ela, desprevenida. — Eu não estava pensando no teto.

— Entendo. E o que as garotinhas pensam quando estão olhando fixamente para os céus com a boca aberta? — Seus criados riram.

Tiye corou. *Mantenha-se com ele,* seu pai a instruiu nos dias em que ela estava sendo preparada para se tornar a Esposa Real. *Não seja dócil. Você não é linda o suficiente para isso. Deve demonstrar seu caráter se desejar conquistá-lo.*

— Eu estava me perguntando, Poderoso Touro, por que Vossa Majestade desejou construir um palácio aqui quando tem um perfeitamente bom na margem leste. Você está expondo suas mulheres, seus ministros e toda a sua delegação a muitos inconvenientes.

— Eu também, e estou desfrutando todos os momentos. Kheruef! — O Guardião da Porta do Harém apressou-se e fez uma reverência. Amenhotep apontou para o rosto de Tiye. — Esta mulher, hoje à noite, seria melhor amordaçá-la. Yuya, não sei que educação você deu a ela, mas deve ter sido barata. Ela é imprudente.

Todavia, quando o palácio ficou suficientemente concluído para ocupação, foi Tiye quem se mudou para os aposentos suntuosos da imperatriz. Ela sorria agora, ouvindo sua voz novamente, sentindo sua timidez e sua determinação. Se os deuses desejassem, Smenkhara se mudaria de volta quando sua época de encarnação chegasse, e, talvez, Meritaton teria suas caixas desempacotadas, onde a própria Tiye se pusera em pé como uma garotinha pequena, provocadora. Era bastante doloroso contemplar o pensamento de Malkatta vazia, lentamente desagregada, conforme os anos passavam. Muito antes de o dia da partida chegar, ela consumira todas as suas lembranças de cada sala, e então colocou seus pés na rampa da barcaça e não olhou para trás.

Ela viajou sozinha, Smenkhara e Beketaton na barcaça atrás dela, e Tutankhaton com seus criados do berçário mais atrás ainda. Atrás dos barcos reais, inúmeras embarcações com criados e utensílios domésticos

A Décima Segunda Transformação   281

enfileiraram-se na corrente veloz. Nos dois lados estavam as barcaças dos militares levando os seguranças de Tiye. O dia estava frio e claro. Um vento suave soprava do norte, mantendo as velas estendidas e os remos cintilando, embaralhava as miúdas plantações esverdeadas e agitava-se entre as folhas frescas de inverno. A música e a tagarelice das mulheres do harém que observavam do terraço de seus aposentos logo se extinguiram para ser substituídas pelo gorgolejo e pela pancada da água contra o casco da embarcação, bem como pelo grito ritmado do homem que ajustava o vagaroso golpe dos remadores. Tiye, sentada confortavelmente no convés sob um toldo, olhou para a margem leste e, em seguida, chamou Huya.

— Por que há multidões nos embarcadouros de Tebas? É dia de algum deus? Não posso ouvi-los gritando.

— Não é dia de nenhum deus, a menos que estejam celebrando uma divindade da região — respondeu Huya. — Eles se reúnem para vê-la partir, Majestade.

Tiye olhou para eles pensativamente. O ar estava enevoado com a umidade do inverno, sua barcaça, virada para o lado oeste, de forma que ela não podia distinguir cada rosto, mas o silêncio macabro dos tebanos era inconfundível. Algumas embarcações pequenas, desgastadas pelo tempo, estavam amarradas ao embarcadouro, porém a maioria dos muitos cais estava vazia, e uma ou duas, notava Tiye, estavam já apodrecidas, inclinando-se indolentemente na direção da água. Fazia muito tempo desde que se aventurara além das muralhas protetoras de Malkatta.

— Abaixem as cortinas da cabine — ordenou ela. — Irei para dentro. Eles não têm o direito de fitar uma deusa.

Entretanto, não fazia muito que se reclinara em suas almofadas espalhadas na escuridão dourada quando ouviu uma reivindicação em voz alta e sua barcaça parou. Ela esperou. Naquele momento, o capitão falou com ela através da cortina:

— Majestade, é um barco de Karnak. O Sumo Sacerdote pede para vê-la.

— Deixe-o vir a bordo. — *Eu me recuso a carregar a culpa do destino de Tebas comigo*, pensou ela com resignação, enquanto ouvia os tumultos e os sons de Maya sendo reverenciado a bordo. *A cidade simplesmente deverá tolerar esta fase.*

Uma sombra apareceu na cortina.

— Você pode levantar a cortina e ajoelhar-se do lado de fora — disse ela.

— Por que você não veio para Malkatta, Maya? Não estou satisfeita.

A cortina subiu, e a palidez do Sumo Sacerdote e suas feições aflitas foram de encontro ao seu olhar.

— Imperatriz, em Karnak não podíamos acreditar que Sua Majestade realmente nos abandonaria. Se for, então, onde está a divindade que nos protegerá? Amon seguramente está adormecido!

— Talvez ele precise de descanso — falou Tiye rispidamente, mas, em seguida, amaldiçoou-se por sua leviandade. — Maya — disse delicadamente —, o faraó precisa de mim. Você não compreende a complexidade da situação. Tudo que você vê atualmente é um templo vazio e Tebas acometida pela pobreza. Ordeno que você seja paciente e zele amorosamente por Amon. Não retiro meu patrocínio com minha ausência. É tudo. — Ele fez uma reverência e deixou a cortina cair. Ela o ouviu penetrar a barcaça do templo e, em seguida, a ordem nítida do capitão e a agitação da cabine. Contudo, por muitas milhas, ela meditou sobre a face afetada do Sumo Sacerdote e a miséria rancorosa dos milhares que ela estava abandonando a um destino obscuro.

Não obstante, ela sentiu prazer no panorama de seu amado Egito transitando pela eufórica felicidade de outro inverno. Algumas vezes, eram necessários remadores, mas, com maior frequência, a corrente por si só transportava as barcaças velozmente, sendo necessário apenas o controle do timoneiro. À noite, elas eram amarradas em baías inabitadas. Archotes eram acesos, tapetes, estendidos, e ela e as crianças comiam ao som do canto das rãs agachadas na lama e a distante tossidela dos hipopótamos nos pântanos. As noites eram frias. Tiye dormia bem na cabine pequena, rodeada de Seguidores, amontoada entre cobertores, mas respirando o ar crespo, inodoro. Seu médico alertou-a para não se banhar no rio durante o inverno, de forma que, a cada manhã, ela se sentava no convés, envolta em mantos de lã, comendo sua primeira refeição do dia e vendo Smenkhara brincar e patinhar na parte rasa antes de se juntar a ela.

— É assim que a vida deve ser — murmurava de vez em quando, mas sorria para si mesma quando dizia tais palavras. No momento em que sua barcaça avistou o primeiro grupo de palmeiras, na base das colinas que quase encontravam o rio, ela já almejava os luxos que Akhetaton podia prover.

Ao lado do rio, na sombra das árvores, havia uma pequena alfândega com diversos cais fincados na lama do Nilo, onde o tráfego do rio proveniente do Sul desembarcava seus produtos. A casa não era tão grande quanto a que marcava a extremidade norte da cidade, mas era importante, porque ali o comércio de Núbia — ouro, escravos, plumas de avestruz, peles, marfim e ébano — era descarregado, controlado e estocado temporariamente. Naquele lugar também estavam barracas para os soldados que patrulhavam as colinas do Sul e onde o Nilo se estreitava. Tiye não esperava ser incomodada, porque fora desfraldada a bandeira azul e branca imperial, mas, enquanto passava gradativamente por trás das palmeiras inflexíveis e pelo cais cheio de atividade, lotado, um barco a remo afastou-se da margem. Um homem usando um capacete azul de um cocheiro balançava-se na proa, e, nos antebraços, reluzia uma faixa prateada de comandante. Era Horemheb. Com uma instrução de Tiye, os remadores foram ao encontro do comandante. O barco a remo chocou-se na lateral, e os marinheiros correram para dar suporte para o comandante subir. Ele foi direto a ela e ajoelhou-se.

— Levante-se, Comandante — disse friamente. — Acredito que você tenha algo importante para me dizer. Estou cansada de água e desconforto.

— Ele levantou e seguiu-a até a sombra do toldo.

— Sente-se. É um prazer inesperado vê-la novamente, Deusa — disse.

— Você tem de acreditar que, apesar de minha esposa ter feito uma viagem a Malkatta por sua própria deliberação, eu mesmo teria ido se tivesse encontrado um pretexto adequado.

— Ah, acredito em você — disse Tiye suavemente, seus olhos rapidamente se voltando para o torso moreno, despido, que tinha alargado ao longo dos anos, desde que o avistara pela última vez; o rosto amadurecido, com uma determinação elegante, a linha masculina, agradável dos quadris, as longas pernas. Sua presença, o odor tênue de transpiração máscula e o perfume de mandrágora lembravam-na, forçosamente, por quanto tempo ficara rodeada por mulheres e homens velhos. Por um segundo delirante, ela desejou que vinte anos fossem removidos de sua vida.

— Contudo, estou surpresa que você precisasse de uma desculpa para me visitar. Akhetaton é apenas uma cidade de covardes e interesseiros?

Ele fez uma pausa antes de responder. Com um movimento sutil de sua cabeça, Huya ofereceu vinho e retirou-se do alcance da conversa. Horemheb disse:

— Você está certa, e eu estou errado, Divina. Aceite minhas desculpas.

— Oh, mas você não estava errado, querido Horemheb — respondeu Tiye com um sorriso. — Você não obteve o monopólio do ouro da Núbia por sua lealdade a meu filho?

Ele corou.

— Mereço tal comentário. Entretanto, Majestade, ainda sou leal ao faraó. Meu motivo para vir a Akhetaton não foi apenas cobiça.

Tiye tornou-se menos áspera:

— Eu sei, comandante. Nem o meu motivo é ganancioso. Não vou conspirar contra meu filho ou fazer intriga para favorecer a carreira de Smenkhara. Estou aqui porque, assim como você, reconheço a ameaça à segurança do Egito e quero ajudar o faraó a encará-la.

— Ele está fora de si de tanta excitação por sua chegada. Depois de amanhã é o dia habitual para receber impostos do exterior, e, ao mesmo tempo, ele vai reverenciá-la. Eu queria prestar-lhe as saudações em primeiro lugar e acompanhá-la até a casa de Ay. Fica na margem oeste, oposta ao palácio, e é tão tranquila quanto você poderia desejar. Tey preparou um aposento para você até que aprove a propriedade que o faraó lhe construiu. Amanhã você receberá oficialmente as boas-vindas.

— Onde está Ay?

Horemheb desviou o olhar.

— O faraó requisitou sua presença ao amanhecer esta manhã, e não o vi desde então.

Uma centena de perguntas saltaram à língua de Tiye, mas ela as refreou. Era melhor respondê-las com suas próprias observações à medida que o tempo passasse.

— Muito bem. Peça a seu timoneiro que suba a bordo e traga a cana do leme. Seu barco a remo pode ser amarrado atrás. Depois, volte a mim e diga o que estou vendo enquanto passamos pelo extremo sul da cidade.

Após executar as ordens de Tiye, Horemheb ficou em pé respeitosamente atrás dela, enquanto ela se debruçava na grade e via, pela primeira vez, a cidade dos sonhos de Akhenaton.

— Pedreiras de alabastro foram cavadas nos rochedos atrás da alfândega — disse ele enquanto se dirigiam ao meio do rio —, mas você não pode vê-los daqui. Existem oficinas de vidro e faiança. Não é uma bela vista, e, felizmente, elas se estendem de volta ao deserto, em vez de se desviarem para a margem do rio. Ah! Aqui vem a primeira propriedade. É de Panhesy. Próxima à dele, a de Ranefer. Minha casa é a quinta da fila, ao lado daquela de Tutmósis, o escultor, que não devia habitar entre os ministros, mas é o favorito da rainha.

A inflexão de Horemheb fez Tiye olhar para ele com expressão severa, mas ele manteve os olhos e o dedo apontados para a margem. Tiye ignorou a informação e voltou sua atenção para a maravilha revelada de Akhetaton. Ela ficara acostumada, ao longo dos anos, à imundície e à miséria de Tebas, cada vez mais suja e destruída. Agora, a absoluta beleza da cidade de seu filho tirava-lhe o fôlego. As propriedades nobres que Horemheb lhe indicava mal podiam ser vistas através das exuberantes florestas de palmeiras e dos bosques de árvores frutíferas. Aqui e ali, dava uma olhadela na calma água do rio em meio à profusão do verde. Os degraus do embarcadouro, feitos do mais branco mármore, desciam às profundezas do Nilo em intervalos regulares. Contra eles, embarcações claras, vistosas, delicadas, com mastros de cedro do Líbano e o Disco Solar do Aton brasonado com liga de metal composta de ouro e prata em suas laterais. Por talvez quatro quilômetros, uma casa sucedia a outra, todas de frente para lagos artificiais, todas ostentando hortas e jardins floridos. Depois, as construções terminavam, mas as hortas continuavam, gramados floridos, pomares e arvoredos. Caminhos estreitos conduziam ocasionalmente a uma praça com uma estela e um altar. Ela sentiu a embarcação mudar de direção, e Horemheb pigarreou.

— Vê a pequena ilha? — perguntou ele. — O faraó cultivou-a com arbustos e flores. Você pode distinguir a ponte que a conecta à margem, onde Maru-Aton, o palácio de verão, está construído. Não posso descrevê-lo para você, Majestade, mas, sem dúvida, poderá vê-lo por si mesma em pouco tempo. É o refúgio favorito da rainha. Há também um templo real lá, dois lagos de frente para os aposentos de prazer, os pavimentos são decorados, há todo o deleite pelo qual o Egito é famoso. Temos de mudar o rumo para oeste agora, mas, como a senhora pode ver, mesmo a esta distância os jardins e as calçadas avançam na própria cidade.

À medida que a barcaça começou a se afastar gradualmente da pequena ilha, Tiye voltou sua atenção para a margem oeste. Ali, as únicas árvores eram as palmeiras que cresciam ao longo do alinhamento dos canais de irrigação, e o restante do terreno era espesso com as plantações.

— Ninguém, exceto Ay, mora na margem oeste? — perguntou ela.

— Ninguém. O faraó recusou permissão a todos, com exceção de Ay. Ele deseja que seus súditos estejam próximos do templo e do palácio o máximo possível. Quando enche deste lado, o rio flui somente para a margem direita, de modo que, enquanto rapidamente tínhamos campos férteis para ceifar para a cidade, se tornava um empreendimento caro construir a represa e escavar os canais necessários para proteger a casa do Porta-Leques da fúria da inundação. Contudo, Ay está feliz, porque Tey ainda não demonstrara vontade de retornar a Akhmin. — Ele sorriu, e Tiye sorriu de volta. — Lá estão os degraus do embarcadouro. Agora, vire-se, caso deseje, Deusa. Lá está o centro de Akhetaton.

Tiye esperava as mesmas casas assimétricas desordenadas de três andares, achatadas, que compunham a parte principal de Tebas, mas nenhuma podia ser avistada. A margem do rio estava cheia de palmeiras, sicômoros e, atrás deles, fila após fila de altos pórticos brancos ascendendo sobre um muro a perder de vista. Ela pensou que fitava uma larga estrada indo na direção de Maru-Aton. Horemheb percebeu sua perplexidade.

— Estes são o Grande Palácio e o harém — explicou ele. — Mais além, atravessando a Estrada Real, está o templo. Adiante, estão os gabinetes dos ministros e as casas da classe menos nobre. No deserto, mais distante *daquilo*, certamente estão as cabanas dos pobres e as casas dos estrangeiros. Não tenho dúvida de que o próprio faraó lhe mostrará a cidade.

Tiye não teve tempo para nada além de uma olhada apressada na margem leste antes de a barcaça se chocar contra os degraus do embarcadouro de Ay. Em frente da casa e ocupando um átrio sombreado pelas árvores ao redor, os criados de Ay estavam já curvados no rochedo cor-de-rosa. A rampa estava gasta, mas, antes que desembarcasse, Tiye pediu a Horemheb para providenciar o recolhimento de seus pertences e criados. Ele fez uma reverência.

— Voltarei à noite. Ay está realizando um pequeno banquete para você. Um evento familiar. Mutnodjme virá também, é claro. O faraó não a quer cumprimentar sem a formalidade apropriada. Bem-vinda ao Horizonte do Aton, A Mais Bela. — Ela validou sua reverência e desceu a rampa.

Tey levantou-se e reverenciou-a diversas vezes.

— Majestade, estou honrada — disse ela, e Tiye, comovida, notou que a mulher estava excepcionalmente vestida e maquiada com esmero. Tey usava uma capa azul suave, há muitos anos fora da moda por seu corte reto e seu busto coberto, mas satisfatória por sua acentuada decência. Peruca, pescoço, braços e tornozelos estavam ornados com suas próprias criações. Tiye tinha esquecido como ela era adorável.

— Estou feliz em ver você. Tenha a satisfação de acompanhar meu arauto, Tey, e eu os seguirei. — *Meu filho transformou um desperdício significante em uma parte abençoada do Delta*, pensou Tiye enquanto caminhava entre os criados curvados. Pássaros de pluma brilhante gorjeavam sobre sua cabeça. Em qualquer direção, ela via apenas o melancólico verde das árvores agrupadas com muita proximidade, cujas folhagens se encontravam acima dela. Do lado de fora, à esquerda do átrio, ficava um lago tranquilo, sua superfície coberta com lírios rosa e brancos. Bosques de papiro balançavam de modo lustroso à sua margem, com lótus azuis escondidos entre eles. *Em tal lugar, um faraó pode realmente esquecer que existe outro mundo lá fora,* pensou Tiye novamente. *Pelo poder de seu desejo, Akhenaton fez com que sua própria realidade tivesse vida, apesar de tudo. Por isso, eu o admiro.*

Ela se deparou subindo os degraus de mármores brancos, rosa e pretos, de cores que podiam ter vindo somente das pedreiras de Assuã, mas, antes que pudesse fazer uma pausa para apreciar sua beleza, ela se deu conta de que estava passando entre duas fileiras de colunas que conduziam à sala de recepção de Ay. À direita, um pequeno santuário do Aton estava aberto; a seu lado, um santuário de Min. Uma mesa repleta de frutas, bolos e vinho tinha sido exposta, e o incenso queimava em um suporte alto ao lado da comida. Tey reverenciou-a indicando um assento, e Tiye sorriu.

— Sente-se, minha querida Tey. Como isso é bom! Sinto-me como se tivesse acordado de um sonho. — Mas ela percebeu, enquanto as palavras deixavam sua boca, que havia abandonado um sonho sereno, reflexivo, apenas para mergulhar profundamente em outro, mais exótico, que parecia um estado de torpor.

— Ordenei que as crianças sejam servidas à beira do lago e, em seguida, atravessem o rio para visitar o zoológico — disse Tey. — Espero que você aprove, Majestade.

Huya inclinou-se oferecendo guloseimas, mas Tiye negou com a cabeça.

— Você está feliz aqui, Tey? Se tivesse apostado em sua permanência, imagino que teria perdido muito ouro; entretanto, parece que Akhmin não mais a atrai.

Tey hesitou.

— Não trabalho tão bem aqui. É mais maravilhoso do que o paraíso. Tenho apenas que erguer meus olhos para o que preciso, e Ay o deposita a meus pés. Contudo, Akhmin é o meu âmago. Permaneço aqui por meu marido. Ele precisa de mim.

288   Pauline Gedge

A necessidade dele deve ser grande, pensou Tiye, notando o asseio das mãos que viviam manchadas, chamuscadas e ásperas pelo ofício de Tey, e os olhos límpidos que não mais pareciam guardar a profundeza confusa de um sonho de joalheira.

— Você é sortuda por ser tão necessária — Tiye comentou de modo mais mordaz do que pretendia, sentindo-se, de imediato, sozinha, mas Tey respondeu com delicadeza:

— Nenhum homem jamais precisou de mim tanto quanto o Egito precisa de você neste momento, imperatriz. Ajude Ay, querida Tiye. Akhetaton é uma miragem, uma visão conjurada pelo vento que levanta o pó para nossa destruição.

Chocada, Tiye encontrou o olhar de sua cunhada. *Tanta mudança enquanto eu vivia despreocupadamente em Malkatta, desejando uma aposentadoria tranquila em Djarukha*, pensou ela. *Mutnodjme, Horemheb e, agora, você, uma mulher que eu imaginava incapaz de toda percepção, salvo pelo que carrega para ostentar na alma as joias que venera.*

— Julgarei por mim mesma — disse ela, incapaz de evitar que sua voz tremesse. — Agora, conte-me que tipo de colheita você espera em Akhmin este ano. Algumas das vinhas são muito antigas e não podem mais produzir bem.

Tey animou-se, e elas se entusiasmaram com um assunto de mútuo interesse. Antes de Tiye se dar conta do tempo que transcorria, estava na hora de tomar banho e vestir-se, o sol suspenso tornava-se cor de laranja sobre as colinas ocidentais.

O banquete de boas-vindas da família fora servido no jardim cercado por um muro no lado oposto ao lago. A escuridão sobrepunha-se no momento em que Tiye tomou um assento no gramado e recebeu uma taça de vinho aromático de Huya. Ela sentou-se com alegria, inalando o perfume, apreciando as criadas enfeitadas com flores irem e virem. A lua, que surgira há pouco tempo, era uma lasca prateada no céu azul-escuro, sua luz quase submersa pelos archotes dispostos no muro ou mantidos pelos homens que permaneciam imóveis sob as árvores. As flores agitavam-se sobre as mesas espalhadas por todos os lados. Na extremidade do jardim, discretamente à sombra, os músicos de Ay dedi-lhavam seus alaúdes, conversavam e riam tranquilamente. O ar estava frio o suficiente para que Tiye pusesse um manto de lã sobre o simples vestido pregueado que roçava a grama junto dela. Uma brisa intermitente levantava as ondas dos cabelos ruivos grisalhos de seus ombros e acariciava-lhe a testa. Enquanto as concubinas de Ay vinham, uma a uma, ajoelhar-se diante dela e beijar-lhe os pés pintados de vermelho antes de identificarem seus próprios lugares educadamente, distantes dos parentes próximos, ela observava Smenkhara e Beketaton. Smenkhara tinha regredido, em pouco tempo, a uma meninice efervescente, na natação, na corrida, na manifestação de alegria e na graça de tudo, mas esta noite a sensação de que Meritaton estava logo ali, do outro lado do rio, o acalmara. Ele sentou-se de pernas cruzadas no gramado, suas mãos cheias de anéis estavam soltas no colo, seus olhos distraidamente seguiam os movimentos dos criados. Apesar de, aos treze anos, não ser oficialmente um homem, ele recentemente cortara sua trança, e uma fita vermelha agora estava presa em volta de sua cabeça. O olhar de Tiye pairava sobre ele, que se parecia mais do que nunca com seu pai, com seus traços fortes emoldurados pela peruca ou pelo capacete. Beketaton estava afagando um dos babuínos de Ay, enquanto seu zelador segurava a corrente. Sua voz alta inundava o jardim, cheia de segurança. Satisfeita, Tiye notava como era compacto seu corpo de dez anos de idade, como era graciosa em uma idade em que as garotas ficavam com os braços e as pernas longas demais, desajeitadas como cegonhas. Tiye tomava goles de seu vinho, perdida na profunda alegria da noite. Deliciosos odores tinham começado a flutuar das cozinhas nos fundos da casa, e os músicos já estavam tocando pedacinhos de várias melodias.

Sobre a borda de sua taça, ela viu as luzes se movimentando pelo átrio, e, em seguida, o próprio Ay veio transpondo a grama, seu rosto iluminado. Ele beijou seus pés fervorosamente, e ela se enterneceu em seus braços.

— Oh, Ay, senti muito a sua falta! Muitas vezes tive saudades de seu sorriso! Sinto como se estivéssemos separados por uma eternidade. Deixe-me olhar para você.

Com bom humor, ele recuou para agradecê-la. Ay havia envelhecido muito desde que o vira pela última vez. Seu suporte, sempre altivo, agora aparentava flacidez. Seu rosto tinha perdido a firmeza, tornando-se frouxo e empapado. Bolsas escuras doentias faziam seus olhos parecerem menores.

Observando seu abalo, ele sorriu com pesar.

— Eu sei, querida imperatriz. Não há mais tempo para exercícios. Meu maquiador exagera na maquiagem e prende o riso enquanto trabalha, mas minha deterioração não pode ser escondida.

— Você está bem? — perguntou ela ansiosamente enquanto ele afundava a seu lado com um suspiro.

— Muito, apesar de me sentir exausto todo o tempo. Meu médico instruiu-me a manter o corpo purificado fazendo jejum duas vezes ao mês, em vez de uma, e isso parece estar ajudando. — Ela percebeu que ele a avaliava rapidamente enquanto sorria.

— Você envelheceu também.

— Eu sei. Às vezes, mal consigo me olhar no espelho. Tutankhaton levou o que a juventude tinha deixado — disse ela com amargura.

— Entretanto, gosto do que permaneceu em seu rosto — disse ele delicadamente. — A carne muda, mas o espírito não. Esse é o jovem Smenkhara arrancando minha grama tão atentamente? Ele está quase um homem, Tiye.

Tiye observou a expressão familiar, sonolenta, nas feições de seu irmão enquanto ele olhava para seu sobrinho e sabia que ele estava avaliando Smenkhara nos padrões dinásticos.

— Nosso futuro Hórus? — perguntou ela calmamente.

— Que os deuses permitam que assim seja.

— A situação é tão séria?

— Pior do que você possa imaginar. Esteja preparada para mudanças em seu filho. Quando chegamos aqui, fiquei esperançoso. Akhenaton parecia tornar-se mais dono de si do que nunca, já que as lembranças nocivas de Malkatta haviam sido esquecidas. No entanto, não durou. Assim como as lembranças, ele deixou para trás todo constrangimento. Na verdade, foi uma de suas indiscrições que me impediu de cumprimentá-la mais cedo hoje. Aziru chegou ao amanhecer.

— O quê?

— Ele finalmente decidiu atender aos chamados do faraó, apesar de eu desejar, para o bem do Egito, que tivesse decidido desprezar a ordem. Passei todo o dia com ele, Akhenaton e Tutu, tentando amenizar e explicar as impressões que o faraó causou. Temo que ele deixe o Egito rindo sob o disfarce de um brocado imundo, e suas últimas apreensões terão sido dissipadas. Agradeço a Amon sua vinda! No entanto, deixemos de conversar de assuntos de Estado esta noite. — Ele fez um esforço visível para se acalmar. — Aqui está Horemheb. Percebo que Mutnodjme vestiu seus anões esta noite. Iremos comer, beber e ficar bobos, não é?

Tiye assentiu, esperando pelas reverências dos outros, esforçando-se contra a fadiga que sempre a abatia ao pôr do sol. *Devo obter forças de algum lugar*, pensou ela enquanto sentia os lábios de Horemheb tocarem seus pés. *Não haverá tempo para autoindulgência de agora em diante.*

A Décima Segunda Transformação   291

Todavia, o momento de tristeza passou à medida que o anoitecer se tornava noite fechada. Eles tagarelavam e falavam sobre o passado enquanto os músicos preenchiam a atmosfera com doçura. Pouco depois, Beketaton foi levada sob protesto para a cama, e logo Smenkhara, bocejando, a acompanhou. Os adultos sentaram-se, Tiye e Ay em suas cadeiras, Tey aos pés de Ay, seus braços envolvendo os joelhos. Mutnodjme e Horemheb espreguiçaram-se em almofadas no gramado, conversando com a informalidade das reuniões de família que se realizaram com tanta frequência na propriedade de Ay em Malkatta. *Apesar de tudo, somos uma família unida*, pensou Tiye. *Nada rompeu os laços que nos mantêm ligados. Não somos mais Maryannu, mas a força que compeliu nossos ancestrais a permanecer estreitamente ligados um ao outro, contra uma terra na qual eles se encontraram prisioneiros, se mantém. Tey e Horemheb foram integrados à família, em vez de retirarem seus cônjuges. Estou feliz e segura esta noite.*

Quando não pôde mais manter os olhos abertos, deixou-os ainda conversando e foi para a cama, preparada para ela de modo convidativo. Adormeceu quase de imediato, embalada pelo farfalhar das folhas do lado de fora de sua janela e o ocasional pio de uma coruja caçadora.

De manhã, ela se pôs em pé passivamente na sala de vestir de Tey, enquanto seus criados a vestiam cuidadosamente para a reunião com seu filho. Escolhera um vestido branco com milhares de pregas miúdas que mandara alterar para que cobrisse somente um seio, de acordo com a última moda na cidade. *Pelo menos um está escondido*, pensou, de modo pervertido, enquanto seus criados de quarto drapeavam o tecido à sua volta. *Não é mais possível estar orgulhosa de meus seios.* O vestido tinha farto bordado na bainha e nas volumosas mangas, pregueadas com esfinges prateadas e presas por um cinto, com os mesmos ornamentos prateados. Ela escondeu seus cabelos grisalhos sob uma peruca formal, cujos elos caíam quase até a cintura. Sob um olhar crítico, ao avaliar seu reflexo no espelho, ficou satisfeita, pois a pintura verde-escura nos olhos reduzia suas pálpebras caídas, assim como o *kohl* escondia as linhas de expressão espalhadas em suas têmporas. Braceletes de metal, anéis de ametista e de lápis-lazúli e sua esfinge no peito completavam seu traje. Ela estava pronta para o Guardião das Prerrogativas Reais, o qual se aproximava ajoelhando-se e tirava de sua caixa a grande coroa com plumas da imperatriz, colocando-a, de modo reverente, em sua cabeça. Ela já estava cansada.

292   Pauline Gedge

Sentou-se em um banquinho enquanto seus criados se retiravam de acordo com a prioridade na passagem externa e não provocaram tumulto até que Huya anunciasse a chegada dos seguranças do faraó para acompanhá-la na travessia do rio.

Ela foi transportada na barcaça da propriedade de Akhenaton a um ponto um pouco ao sul da cidade, onde foi imediatamente acompanhada a uma suntuosa liteira, cujas cortinas douradas estavam presas mostrando um trono de encosto alto. Bigas de ouro aguardavam à frente e atrás, e a Estrada Real estava contornada por soldados de capacete, portando cimitarras presas com cinto. Horemheb, vestido da melhor forma possível atrás de seu cocheiro, fez uma reverência ao cumprimentá-la enquanto ela subia ao trono e acomodava-se com magnificência. Smenkhara e Beketaton preparavam-se para seguir a liteira a pé, mas Tutankhaton sentou-se no colo de sua ama em uma liteira na retaguarda. Com um aceno de Tiye e a ordem em voz alta de Horemheb, o cortejo seguiu. O dia estava claro. Os falcões davam voltas bem no alto, formas negras no céu bem azul, e as árvores ladeando essa parte da estrada salpicavam o séquito com luz e sombra, conforme se moviam com uma brisa refrescante.

Por alguns minutos, a liteira balançava suavemente, as rodas da biga reluziam ao sol e as duas crianças conversavam alegremente. Então, Horemheb bradou uma advertência, e o cortejo fez uma parada. Tiye, olhando adiante, viu um grupo de pessoas reunidas na estrada no ponto em que as árvores cessavam, paradas em frente às primeiras construções deslumbrantemente brancas, baixas, de Akhetaton. Com o coração batendo forte, ela reconheceu o palanquim real. Seus porta-leques abaixaram-na, mas ela não desceu, e, por um momento, as centenas de cortesãos e soldados estavam em pé, imóveis, enquanto ela se contraía em suas reservas de dignidade. Percebeu que Nefertiti estava olhando para ela, empolgantemente adorável, mas sem expressão, sob uma rija coroa em forma de cone, enquanto as três princesas mais velhas, maquiadas, com muitas joias e roupas exageradas, como sua mãe, no mais fino dos tecidos, passavam o tempo sob o dossel do palanquim, sussurrando entre si.

Finalmente, o faraó aproximou-se, e os criados correram para oferecer seus ombros e equilibrar Tiye, enquanto ela descia na estrada e caminhava para encontrá-lo. Ay postou-se ao lado de Akhenaton, o leque de plumas de avestruz escarlates sobre um dos ombros. À frente deles, estava

A Décima Segunda Transformação   293

um sacerdote, cantando solenemente à medida que ele, com muito cuidado, servia de apoio a Tiye, borrifando o chão adiante dos pés do faraó com água purificada. Muito antes que Akhenaton a alcançasse, ele começara a sorrir. Ela estendeu as mãos. Ele as agarrou e as beijou e, em seguida, puxou-a para mais perto, pressionando seus lábios corados em seu pescoço, nas duas faces e, finalmente, contra sua boca.

— Mãe, Majestade. Imperatriz, este é um grande dia! — Respirou abraçando-a. — Toda a cidade espera para reverenciá-la. O sol e sua mãe estão reunidos!

— É bom tocá-lo novamente, Akhenaton — respondeu, mas, sob o impulso repentino de amor que surgiu nela, havia um calafrio de apreensão. Sua voz não mudara, estava tão forte e penetrante como nunca. Nem as linhas de seu rosto, a bela, bem-formada curva de seu nariz, os meigos olhos amendoados, contornados por *kohl* vislumbrante, a extensa saliência do queixo. Entretanto, através do vestido feminino, solto e transparente que se arrastava em volta dele, ela podia observar como seu peitoral débil ficara curvo e afundado, seu abdômen macio ficara rebaixado e protuberante, suas coxas estavam mais brancas e gordas. Ela esperara tais sinais de envelhecimento nele. O que ela não antecipara foi o desenvolvimento de seu peito, agora grande, de modo incomum, os mamilos espessamente maquiados de laranja brilhante. Com firmeza, ela forçou o olhar para abandoná-los. Ela fez um sinal, e suas crianças colocaram-se diante dele.

— Fiquem em pé! — Akhenaton gritou com encantamento. — Este não pode ser meu irmão Smenkhara! Tão alto, tão masculino! Venha, beije seu faraó. — Smenkhara, de modo submisso, colocou-se em seus braços, e, enquanto Akhenaton beijava-o ardentemente na boca, Tiye observou o garoto corar com embaraço sob a maquiagem amarela de suas faces. O faraó virou-se para Beketaton. Suavemente, ele bateu em suas mãos.

— Minha própria princesa. Você também cresceu. Você ainda tem os olhos azul-celeste de minha imperatriz. Como você é bela! — Curvando-se, ele a beijou também, e Tiye captou o olhar de seu irmão. A expressão de Ay era completamente ilegível. Tutankhaton levantou-se sem firmeza, segurando a mão de sua ama, seus olhos negros, amendoados, em seu pai. Akhenaton ergueu-o, e os braços gorduchos envolveram seu pescoço, uma das mãos alcançando o brinco de jaspe do faraó. — Então, este é meu filho, o príncipe de meu corpo. Finalmente! Ele está bem, Tiye, a saúde dele está boa? Pensei em contratar o casamento dele com uma de suas irmãs. Todos nós, dando as mãos, um círculo inquebrantável! Vamos continuar nosso

294   Pauline Gedge

caminho. Está na hora de recebermos o tributo anual e, em seguida, banquetearmos juntos.

Seu sacerdote correu à frente e, de novo, começou a salpicar o chão assim que o faraó virou-se após devolver Tutankhaton à sua ama. Tiye fez uma reverência, aliviada por Akhenaton não ter pensado em exigir que Nefertiti e as princesas a cumprimentassem, mas ela não deixou de notar o olhar intenso, jubiloso, que tinha trocado com Meritaton. *Uma coisa de cada vez*, pensou, enquanto retornava ao trono e observava o pesado palanquim real ser içado aos ombros dos porta-leques do faraó. Smenkhara começou a se adiantar, pois Meritaton demorava, mas, com uma palavra severa de Tiye, ele obstinadamente desceu o degrau com Beketaton.

Na lenta caminhada ao palácio, Tiye teve muito tempo para observar tanto seu filho e sua rainha quanto o panorama de Akhetaton. Sobre os reluzentes encostos dourados das cadeiras no palanquim, a coroa e a peruca formavam um coque azul quase constantemente contraído. Ela avistou Akhenaton e Nefertiti beijando-se e fitando-se nos olhos. Ela observou a cabeça de Nefertiti inclinar-se de modo vistoso e rápido no ombro de seu marido. As princesas caminhavam, saltavam ou dançavam ao lado do palanquim, segurando as mãos ou dispondo os braços, cheios de braceletes, em volta uma da outra, ignorando o tumulto em volta delas. Tiye olhava a seu redor. A Estrada Real era agradavelmente larga, soldados enfileirados afastavam uma multidão barulhenta. Ela teria preferido suas cortinas soltas, de forma que seu rosto não pudesse ser exibido à população, mas, evidentemente, tais considerações não eram relevantes. A horda de pessoas brigava para ficar no rochedo da estrada enquanto o faraó passava, mas levantava-se e alegrava-se enquanto ela era transportada. As ruas laterais que davam acesso à via pública também estavam obstruídas com pessoas. Olhando sobre suas cabeças, Tiye avistou agradáveis praças com árvores e a frente de casas pequenas, as quais, embora não estivessem à altura de propriedades como as de Horemheb e Ay, eram espaçosas e continham pátios cheios de folhagens atrás de seus altos muros protetores. Somente uma vez percebeu uma feiura discordante. Uma rua que chamou sua atenção com inúmeras bancas de verduras, ou mercado, em frente de diversos paredões e portões, seguindo até o deserto. Onde desaparecia na areia, havia uma desordem de choupanas de barro e uma carroça com carnes deterioradas.

A cidade era uma maravilha de bandeiras e marcos graciosos, árvores cuidadosamente tratadas, colunas que se elevavam, azuis, vermelhas, amarelas e brancas, ao céu ardente. Toda superfície era pintada ou entalhada com figuras representando as glórias da natureza em cores brilhantes, mas Tiye não deixou de notar que os muros e pórticos maiores eram adornados com representações imensas da rainha. Nefertiti ficava parada ou caminhava por toda Akhetaton, às vezes com o mangual outras às vezes fazendo oferendas a Aton, com Meritaton, uma figura muito miúda ao lado de seus joelhos, mas sempre em um saiote simples, masculino, e a coroa em forma de cone que escondia qualquer traço de sua feminilidade. Em todo canto, também havia santuários, pequenas mesas de pedra com espátulas para incenso e oferendas. No momento em que a festa se aproximou do centro da cidade, uma fina, tenuamente perfumada, névoa de incenso começara a envolver Tiye. Enlouquecida com seu odor e surda com o tumulto à sua volta, ela tentou captar uma impressão dominante de Akhetaton, mas não pôde. Mais tarde, a cidade revelaria seus segredos, mas, agora, seus cidadãos tinham fluído para seu centro, ignorando seu amor.

A Estrada Real continuava reta em direção ao norte. A distância, Tiye pôde ver que o poderoso palácio, à esquerda, unia-se a outra construção à direita, por um passadiço, acima da estrada, ao qual agora rampas davam acesso dos dois lados. No meio, havia uma enorme janela, da qual se podia olhar para a estrada em qualquer direção, e o topo do passadiço era coberto e tinha colunas. Abaixo, duas praças menores e uma grande no centro permitiam a passagem de bigas e daqueles que estavam a pé.

Quando a cavalgada alcançou os archotes, parou. Os soldados correram para formar um cordão de isolamento em volta de Tiye e das crianças, enquanto ela descia e seguia Horemheb, através de um marco com bandeira, até que se viu subindo uma das rampas com o faraó, Nefertiti e as duas princesas à sua frente. Abaixo, a população estava enchendo a estrada, seus rostos voltados para cima. Akhenaton alcançou a janela e inclinou-se para fora, com um braço rodeando os ombros de Nefertiti. As princesas, sentadas nas poltronas entalhadas de suas liteiras, acenavam para o povo e davam risadinhas, por trás de suas palmeiras pintadas.

— Povo da Cidade Sagrada! — Akhenaton gritou sobre a escaramuça. — O dia de hoje é abençoado na história do Egito. Hoje, a imperatriz honra-nos com sua augusta presença. Hoje, também, ainda como um marco da minha generosidade para com ele, o nobre Pentu recebe o Ouro de Favores

296   Pauline Gedge

de minha mão. Pentu! — Ele acenou alegremente para o homem que se ajoelhava no chão, fazendo uma reverência com as mãos já estendidas para pegar o ouro que cairia. — Esta é a terceira vez, não é?

— É realmente, Mais Magnânima!

— Por sua devoção a Aton, por seus sacrifícios e suas orações, eu o torno uma Pessoa de Ouro!

Nefertiti contraiu-se quando ele ergueu o pesado peitoral de ouro do seu pescoço e sacudiu seus braceletes e anéis dourados, atirando-os pela janela. Um tumulto surgiu enquanto Pentu se debruçava de um jeito e de outro, tentando agarrá-los. Tiye deparou com Ay a seu lado.

— Esta é a Janela das Aparições — murmurou ele em seu ouvido.

— Todo dia que o faraó atravessa o palácio em seu caminho para o templo, ele para aqui para falar com seus súditos e distribui ouro a qualquer um que o tenha merecido.

— Mas esta é uma imitação grotesca! — murmurou Tiye, furiosa.

— Seu pai somente conferiu o Ouro de Favores quatro vezes em toda sua existência, e somente àquele que o merece por devoção superior ou bravura em batalha! Desvirtuar a cerimônia deste modo é inacreditável! — O faraó estava brincando com Pentu quando o homem lutava para resgatar o tesouro resplandecente à sua volta.

— Eu mesmo o recebi, porém uma vez — continuou Ay, seus lábios contra sua orelha. — O faraó é pródigo somente com aqueles cuja lealdade deseja comprar. Considero lamentável. Quando Horemheb o recebeu, permaneceu parado e deixou seus criados reunirem o ouro. Veja como Pentu rasteja!

— Ele se expõe ao povo *todo dia*? — Tiye teve de engolir em seco sua fúria com um último aceno e sorriso à medida que o casal real se retirava para a sombra da calçada e ela cedia à alegria que irrompia com sua aparição na janela.

O palácio de Akhenaton era uma visão materializada, um lar adequado para a proteção de um senhor de toda a Terra. Malkatta era um reflexo urbano, pequeno, desse labirinto de marcos nobres, cortes com altas colunas em volta de lagos e fontes, rampas conduzindo a jardins, e jardins conduzindo a salas, cuja imensidão fazia com que parassem as pessoas aterrorizadas. O palácio parecia vivo, com movimento, por causa de suas paredes decoradas com patos nadando, touros saltando, peixes batendo de leve a água esverdeada. O pavilhão da rainha era sustentado por colunas palmiformes revestidas com ladrilhos vitrificados reluzentes. Entre os solenes jardins que davam para os terraços e para a sala de recepção do faraó, havia cerca de quarenta colunas e mais vinte que se alinhavam no corredor que conduzia aos aposentos privados do casal real.

— Há até um templo particular aqui, baseado no Grande Templo na Estrada Real — contou-lhe Horemheb enquanto ela tentava manter tanto o senso de proporção como o de direção. — É chamado Hat-Aton e é proibido a todos, com exceção da família real. Nunca houve um palácio como este na história do mundo.

Parecia a Tiye que o faraó estava deliberadamente levando o séquito para a sala principal por um caminho indireto, ostentando sua criação mágica. *Não é de admirar que meu filho precisasse da fortuna de Amon,* pensou Tiye. *Não é de admirar que ele tenha levado tudo que pôde de Malkatta. Quanto já terá gastado do tesouro? Tenho de perguntar a Ay. Que tudo isso tenha sido feito tão rapidamente!* Ela estava exausta no momento em que o séquito entrou na sala de audiências e subiu ao trono. Lá havia três tronos, e, finalmente, ela podia sentar e descansar seus pés fatigados no banquinho fornecido. Os convidados levantaram-se de suas posições inclinadas, e sentiu seus olhares indagativos sobre ela. Ficou alerta com eles e foi tranquilizada. Era o dia do tributo, e a sala estava repleta de vestimentas e idiomas de todas as localidades do império. Ela esperara um ritual melancólico, mas ficou surpresa ao ver que mesmo o Khatti enviara representantes.

Seu alívio, porém, desapareceu logo depois que o pagamento do tributo começou. Muitas das delegações fizeram discursos elaborados e beijaram os pés de Akhenaton repetidamente, mas suas mãos estavam vazias. Vieram apenas como observadoras, e o Egito não mais podia obrigá-las a trazer os produtos que outrora requerera. O faraó sorriu para elas enquanto se mostravam subservientes, lançando rápidos olhares orgulhosos para ela. Ele falou às delegações amavelmente, com condescendência. Ao mesmo tempo, Nefertiti segurava-o pela cintura e, de vez em quando, beijava seu rosto.

Tiye examinou a multidão mais cuidadosamente e descobriu Aziru, extravagante em brocado intensamente ornado, encostado em uma pilastra circundada de seus brutos seguranças. Ele percebeu sua presença, fez uma reverência completa e sorriu para ela lentamente. Ao lado dele estava o embaixador do Khatti, o mesmo homem que, há tanto tempo em Malkatta, colocara seus pés descaradamente sobre uma mesa de jantar com seus braços cheios de dançarinas. Ele amadurecera, um homem com feições morenas e olhos observadores como os de um falcão. O faraó parecia uma

298   Pauline Gedge

caricatura ao lado dos dois viris estrangeiros, gordo, afável e feminino. Tiye fechou os olhos. *Ó Amenhotep Glorificado*, orava a seu marido falecido. *Ajude-me. Dê-me sabedoria.*

Os vassalos tradicionais do Egito, da Núbia e do Sul da Síria apresentaram as habituais oferendas: cavalos, bigas e animais exóticos, presas de marfim e armas, pedras preciosas e barras de ouro. Seus parceiros comerciais, nações independentes que não participaram das guerras do Egito, trouxeram escravos, vasos, plumas de avestruz e outras curiosidades, meros símbolos da época em que o bom comércio existia. No entanto, quando o dia chegou ao fim, Tiye encolheu-se em uma vergonha agonizante, enquanto observava os criados aceitarem e catalogarem essa lista tão resumida de produtos, quando, na época de seu marido, a sala em Malkatta, o corredor, o átrio e as tesourarias ficavam abarrotadas de tributos.

Naquela noite, um banquete foi oferecido na mesma sala, agora com o som de música e cheia de risadas altas dos celebrantes. Smenkhara estava, finalmente, livre para conversar com Meritaton, e, embora Tiye tivesse gostado de observá-los sentados frente a frente, suas mesas juntas entre as crianças, pôs-se a tentar comer sob o olhar gélido de Nefertiti. Akhenaton colocara Tiye na posição de honra no trono, diretamente à sua direita, e Nefertiti em uma mesa atrás dele, onde os faraós geralmente colocavam sentadas as esposas secundárias. Até Tiye frequentemente fora relegada a tal posição em Malkatta, quando seu marido acolhia uma nova esposa. Isso não a preocupava, mas Nefertiti obviamente alimentava um orgulho ferido, e, todas as vezes em que Tiye se dirigia a seu filho, observava, do canto dos seus olhos, o pernicioso olhar de sua sobrinha. Os olhos fixos acinzentados serviram para alinhar a espinha de Tiye, fatigada como estava.

O vinho era servido abundantemente, e o ruído aumentava à medida que a noite avançava. Durante o banquete, os cortesãos afastavam-se e aproximavam-se do trono para render homenagem à imperatriz, dando-lhe boas-vindas a Akhetaton, infiltrando-se pelos grupos desenfreados de pessoas, flores e joias de contas azuis descartadas e macacos que pulavam e gritavam um com o outro, com pedacinhos de comida em suas mãos miúdas. Os filhotes favoritos do faraó agachavam ao lado de seu prato e sob sua cadeira, ocasionalmente dando gritos entre si ou pulando de modo soberbo em sua roupa para fisgar pedaços de fruta. Os gatos aproximavam-se com arrogância entre eles, desprezando a atração dos assados, com suas coleiras enfeitadas de cornalina que brilhavam à luz das lamparinas.

A Décima Segunda Transformação   299

Assim que as crianças terminaram de comer, saíram de perto do trono e misturaram-se com os convidados, todas, exceto Smenkhara e Meritaton, que sussurravam entre si e sorriam alegremente. Tiye observava Meketaton, com dez anos de idade, um diadema de miosótis turquesa na testa e fitas azuis de sua trança caindo pelas costas, juntar-se ao grupo animado de mulheres do harém e, com hesitação, parar ao lado de uma mulher que Tiye, de início, não reconheceu como Tadukhipa. Quando a mulher mais velha percebeu a presença da garota, pegou a mão de Meketaton e puxou-a para seu lado, colocando um braço em volta dela. Ela disse algo que provocou um sorriso pálido no rosto abatido da garota. Tiye virou-se para seu filho e descobriu-o olhando para sua filha.

— Meketaton está abatida. Houve muita febre aqui neste verão?

— O Aton protege os seus — respondeu Akhenaton resumidamente. — Meketaton é inviolável.

18

Tiye passou a última noite na tranquila casa de Ay, antes de inspecionar a casa construída para ela e, com má vontade, declarar que era adequada. Ficava ao norte do palácio, com jardins que desciam até o rio, mas os terrenos eram separados dos aposentos do faraó somente por um muro com uma porta. Pior: ficava diretamente ao longo da estrada do Grande Templo. Tiye imaginara algo mais distante da vida da cidade, um santuário ao qual ela podia se recolher quando desejasse, mas o orgulho ansioso com o qual Akhenaton a conduziu de sala em sala silenciou suas objeções. Ele obviamente providenciara a mobília e a decoração sozinho e mandara colocar frisos e relevos o mais próximo possível do trabalho artístico que ela amava em Malkatta. Entretanto, apesar dos esforços de Akhenaton, Tiye sabia quando infringira o princípio de que poderia viver ali durante anos sem dissipar o ar da mágica opulenta, sinistra, que ela, cada vez mais, entendia ser capaz de impregnar toda a cidade.

Ela deu ordens a Huya para desempacotar seus objetos e, em seguida, entrou no templo para as cerimônias de consagração dos quiosques que o faraó mandara construir. Depois de apenas dois dias, ela já estava se acostumando à grandeza, e o interior do templo não a surpreendeu. Não havia sucessão de cortes que diminuísse de tamanho enquanto aumentasse em sigilo, até que um santuário obscuro guarnecesse o deus. Embora a construção fosse de uma magnitude que a tolhia e a fatigava, tinha apenas um átrio sólido, cheio de altares, que era acessível por três pórticos, um bosque de árvores e uma corte interna, maior ainda do que a externa, com outras centenas de mesas de oferendas, conduzindo ao altar principal, com colunas de um branco ofuscante. Apesar de estátuas de Akhenaton dominarem o palácio e estarem por toda Akhetaton, não havia qualquer uma ali. *Claro que não*, pensou Tiye, o suor escorrendo sob sua peruca e formigando em suas axilas, enquanto permanecia com Beketaton na sufocante fumaça do incenso que avançava por todo o templo. *Não quando a própria* ben-ben *é*

A DÉCIMA SEGUNDA TRANSFORMAÇÃO   301

o faraó e sua família. A única proteção contra o sol era os três pequenos quiosques que Akhenaton erguera para renovar seus próprios poderes, os da imperatriz e os de Beketaton. Como a primeira parte da cerimônia chegara ao fim, Tiye entrou sob o teto de pedra com alívio. Ao ficar em pé na sombra abençoada, observou o faraó, rodeado por seus sacerdotes, subir os degraus para o altar superior e começar as orações da tarde. Canções de louvor a Aton surgiram dos coros reunidos no átrio. Pratos batiam e sistros chocalhavam. Chamas quase invisíveis na esplendorosa luz solar erguiam-se das mãos de centenas de criados que esperavam do lado dos altares para iluminar a grande quantidade de comida e de flores. *Um dossel é um objeto solene e sagrado*, refletiu Tiye, enquanto observava Beketaton, que mantinha os olhos abertos sob a pedra adornada de seu próprio quiosque, *mas, neste lugar, eu preferiria meu próprio dossel e um par de porta-leques para manter os mosquitos distantes*. Enquanto ela observava Akhenaton erguer os braços adornados com tiras douradas ao céu feroz e os sacerdotes clamarem e derreterem na pedra quente em volta dele, ficou ainda mais impressionada pela dignidade e pela nobreza que sempre revestiam seu filho em momentos de adoração do que pela austera magnificência das circunstâncias à sua volta.

Naquela noite, depois que ela, pela primeira vez, foi banhada e vestida sob o teto coberto de estrelas de sua nova casa e levada para a sala de recepção do faraó, ele lhe apresentou um relicário funerário de ouro.

— Um túmulo nos rochedos atrás de Akhetaton está sendo ornamentado para você, mãe — disse ele ansiosamente. — Você repousará rodeada de proteção. Veja! — caminhou ele em volta do relicário e dos criados curvados, cujos braços tremiam sob seu peso. — Providenciei que sua imagem seja esculpida nele, seu corpo encantador envolvido na mais refinada, mais transparente roupa branca, e minha própria imagem real diante de você para protegê-la dos demônios após a morte. Aqui estão nossos nomes, unidos.

— Akhenaton — disse ela em voz baixa, uma protuberância em sua garganta —, eu agradeço por essa nobre oferenda, mas um túmulo me aguarda em Tebas, próximo de meu primeiro marido. Preferiria repousar lá.

— Aquele homem morreu crendo em um deus falso — respondeu ele rispidamente, enrubescendo. — Não permitirei que você seja contaminada por sua presença!

— Como desejar — disse ela à altura, decidida a emitir sua própria ordem a Huya.

302   Pauline Gedge

De mau humor, Akhenaton fez sinal para retirarem o santuário, e os criados cambalearam com ele ao sair. Ele sentou ao lado dela.

— Passei muito tempo examinando-o — queixou-se ele.

Ela beijou seu rosto e disse suavemente:

— É uma magnífica oferenda. Sou grata. Beba seu vinho, Akhenaton. Não estou aqui como você desejou? — Entretanto, ele se sentou triste, com os ombros caídos sobre a mesa, respirando superficialmente.

— A música é assombrosa — observou Tiye depois de um instante. — Você tem compositores talentosos aqui.

— Eu mesmo a escrevi — murmurou ele. — Tem letra, mas não é apropriada para um banquete. — Ele se endireitou e começou a cantar brandamente em seu tom agudo: — Como são variados os teus trabalhos! Eles estão ocultos diante dos homens, ó Deus único, a ele comparado não existe qualquer outro. Tu criaste a Terra de acordo com teu coração enquanto estiveste sozinho: mesmo os homens, todos os rebanhos de gado e de antílopes, todos os que estão na terra... — Ele manteve os olhos em seu prato e balançou delicadamente pelo ritmo. Quando terminou, Tiye viu que ele estava chorando.

— Foi lindo — disse ela docilmente, colocando um braço em volta de seu pescoço. — Por que você está chorando?

Ele sacudiu a cabeça.

— Não sei. Eu sou a Existência das Soberanias. Eu não sei...

Ele deixou a sala logo em seguida. Tiye sentou com seu vinho à sua frente na mesa bagunçada, sua consciência em harmonia com os gestos e calmas conversas dos poucos convidados que se misturavam informalmente com aqueles da família real convidados pelo faraó. O ar na sala tinha abrandado com a saída de Akhenaton. Smenkhara e Meritaton, já inseparáveis, estavam engajados em uma enérgica discussão. Meketaton, no meio de um bando de jovens esposas que estavam compartilhando brincadeiras do harém, brincava de corda com Tadukhipa. Nefertiti não havia aparecido, e Tiye queria saber se ela sequer fora convidada. Ela estava tomando o último gole do seu vinho, preparando-se para repousar, quando viu Parennefer ir até Meketaton, fazer uma reverência e sussurrar algo para ela. A menina inclinou a cabeça, e Tiye, perplexa, fez sinal com o dedo para Huya.

— Traga-me Piha. Estou pronta para repousar. No entanto, veja o que pode descobrir sobre a princesa Meketaton junto às criadas do berçário.

E envie um arauto à casa onde Aziru está. Dê-lhe instruções para se apresentar a mim amanhã de manhã. — A conversa tinha começado outra vez no momento em que Huya alcançou as portas. *Alguma coisa está importunando minha netinha*, refletiu Tiye enquanto esperava Piha, *e é sério o suficiente para provocar uma forte reação dessas pessoas. Suponho que, em pouco tempo, saberei o que é, mas agora devo descansar.*

Huya apresentou-se a ela logo após o amanhecer, quando os músicos que a acordaram haviam se retirado e Piha trouxera sua fruta matinal, melancia, e vinho diluído. Ela se sentou apoiada em almofadas na cama desarrumada, espetando e sorvendo os pedaços de fruta e comendo conforme a luz aumentava no aposento.

— Bem, você trabalha rapidamente, Huya. Ande logo. Tenho de pensar sobre o que vou dizer a Aziru.

Ele assentiu.

— A princesa Meketaton não mais habita o berçário — disse ele. — Ela tem um aposento no harém. Fui até lá, mas o supervisor não me permitiu entrar.

— Você quer dizer que a criança está compartilhando a cama de meu filho? — Tiye empurrou os restos da fruta.

— Não me infiltrei entre os funcionários aqui por tempo suficiente para apurar a exatidão dos rumores, Majestade, mas parece que sim.

A mente de Tiye foi preenchida de súbito pela visão da grotesca escultura que Mutnodjme colocara em suas mãos.

— Você perguntou sobre o estado de saúde da menina?

— Não tive oportunidade, Divina.

— Faça entrar meu escriba.

Quando o homem colocou a paleta sobre seus joelhos, Tiye ditou rapidamente:

— "Para Meryra, Guardião da Porta do Harém. Saudações. De acordo com meu direito como Imperatriz e Primeira Esposa Real, eu, Tiye, Deusa das Duas Terras, recebo, em minhas próprias mãos veneráveis, a guarda e o comando do harém do Poderoso Touro e nomeio meu administrador, Huya, Guardião da Porta do Harém. Tu estás demitido." — Faça com que um arauto a entregue imediatamente, Huya. Em seguida, vá aos aposentos de Nefertiti e solicite permissão para que eu vá vê-la mais tarde. Aziru fará de acordo com as ordens dadas?

Huya sorriu.

304 Pauline Gedge

— Ele estará aqui em duas horas.

— Bom. Você está dispensado. Chame Piha.

Quando a mulher entrou, Tiye havia deixado o divã e estava segurando um espelho, observando-se atentamente nele e ajeitando seus cabelos.

— Piha, acho que está na hora de esconder todo este grisalho — disse ela. — Peça a meus maquiadores que comprem hena vermelha e venham pintá-lo amanhã. Usarei uma peruca hoje.

Com peruca, maquiada e usando o disco solar e as plumas da imperatriz em sua cabeça, Tiye sentou-se no trono sob o baldaquim em sua sala de recepção, seus funcionários à sua volta, quando Aziru foi anunciado. Ela ordenou que ele entrasse, sua figura extravagante, quase dobrada em reverência, e estendeu a mão para ele beijar. Seus seguranças, desarmados por seus próprios seguidores, estavam parados dos dois lados da porta, os braços cruzados. A sala foi preenchida gradualmente pelo tênue, porém inconfundível, odor de cabra. Aziru acertou sua postura, e os escribas de Tiye pegaram seu material de escrita.

— Então, você finalmente está capacitado para responder aos chamados de seu senhor — disse Tiye secamente. — Você deve ter trazido montanhas de tributos, Aziru. Ou você viaja com um séquito enorme. Quantos anos faz que o faraó o convocou?

— Vossa Majestade não deve ter visto as cartas que enviei ao faraó, explicando os atrasos causados por minhas campanhas contra seus terríveis inimigos — arrojou-se Aziru em egípcio com forte sotaque. — Eu me aproximei dele prontamente com dedicação fraternal assim que foi possível. — Seus olhos faiscaram de forma imprudente nos dela.

— Você está enganado — respondeu Tiye. — Eu li as cartas enquanto ainda estava em Malkatta. E não somente as suas. Ribbadi tinha muito a dizer, assim como Abimilki.

— Aqueles vermes... aqueles cães traiçoeiros! — A voz de Aziru tremeu de raiva. — Eu louvo os deuses que o faraó, em sua infinita sabedoria, não tenha acreditado em suas mentiras. Suas maldades e seu ciúme eram desmedidos. Eles cobiçavam desfrutar do relacionamento fecundo que existe entre o Egito e meu povo.

— Sua lealdade o honra e se equipara somente à sua habilidade artística — respondeu Tiye sarcasticamente.

— Vossa Majestade é indelicada. Não tenho defendido o Egito a todo custo para meu povo? Não dei o santuário àquela mulher lamuriante, Ribbadi, quando ela não podia manter sua própria cidade e teve de fugir?

A Décima Segunda Transformação 305

Tiye percebeu que Aziru entendeu seu erro tático, tão logo as palavras deixaram sua boca. Ele se calou e olhou para o chão.

— Creio que nossa querida aliada Ribbadi está desfrutando da proteção e a paz do nosso irmão Aziru — disse ela com imparcialidade, inclinando-se à frente. — Estou surpresa que ele não o tenha acompanhado nem enviado cartas para o faraó por você. No passado, ele escreveu muitas. Suponho que ele podia tê-las entregado a nossos espiões em Amurru, mas certamente seu amigo Aziru se ofereceu em trazê-las. Ribbadi desobrigou-se de usar sua boca, suas mãos?

Aziru levantou os olhos e a observou com atenção. Tiye quase podia ler seus rápidos pensamentos. Havia realmente espiões egípcios em Amurru? O que eles haviam reportado ao faraó? O olhar fixo, mordaz da imperatriz seria capaz de compreender os disfarces da falsidade que tinham protegido dos olhos meigos do faraó?

— Na verdade, Ribbadi está em paz — respondeu ele após uma pausa, e Tiye recostou-se com o semblante austero.

— E nós dois sabemos que tipo de paz é essa. Meu último marido, Osíris Amenhotep Glorificado, trouxe a mesma sorte para seu pai e recomendaria firmemente que você, Aziru, refletisse com ele. Agora, Akhetaton é meu lar. Reflita sobre isso também. Quanto tempo você pretende ficar?

Aziru o reverenciou.

— A hospitalidade do faraó é ilimitada, o que me tenta a prolongar minha visita indefinidamente, Majestade.

— A hospitalidade dele pode ser ilimitada, mas minha paciência não. Nem a clemência de meu país. Você está dispensado.

Imediatamente, ele o reverenciou de novo e retirou-se, seus seguranças acompanhando-o. *Ele não irá para casa antes que tenha apurado a extensão de meu poder sobre meu filho,* pensou Tiye enquanto as portas batiam ao fechar. *E isso é algo que eu mesma ainda tenho de descobrir. Entretanto, Akhenaton agora terá de me escutar, ou Aziru parará de vacilar entre Suppiluliumas e o Egito, concluirá tratados consistentes com Suppiluliumas e nos deixará de vez. Outrora, não teria importado, mas, agora, todo aliado é precioso.*

À tarde, Tiye requisitou sua liteira e foi aos imponentes aposentos de Nefertiti. Ela teria preferido convocar a rainha, mas sabia que os laços de afeição e negociação familiar haviam sido esticados a seu limite, e qualquer insistência sobre suas prerrogativas podia rompê-los completamente. Nefertiti estava se reclinando em seu divã, os leques se movendo delicada-

306   Pauline Gedge

mente sobre ela, seus músicos tocando suavemente. Sua última gravidez estava bem adiantada, mas não fizera esforços para esconder a barriga saliente, usando os vestidos finos que acentuavam a sensualidade sedutora de seu corpo. Nefertiti tinha trinta e dois anos, incandescente de forma que parecia combinar maturidade sem decadência incipiente e a promessa de prazeres físicos. Sua natural dignidade era mais acentuada do que reduzida pelo lento envelhecimento evidente em seu rosto, e a leve impressão de insatisfação, emanando de características extraordinárias em sua regulari-dade, serviu apenas para dar a seus veneradores uma ideia de dissipação que a removeu do pedestal de deusa, de intocável, todavia mantendo-a de modo atormentador fora de alcance. Ela respondeu à rígida reverência de Tiye com uma leve inclinação de cabeça, as mãos presas, sendo massageadas por este-ticistas, que estavam passando ricos óleos em sua pele.

— Perdoe-me por não levantar para reverenciá-la, tia Majestade — disse ela. — Minhas costas e pernas estão doendo, e, além disso, acho um tanto difícil fazer uma reverência. — Os olhos acinzentados contornados de *kohl* a provocaram friamente.

Tiye ignorou a grosseria.

— Quero conversar com você em particular — disse ela. — Deixei meus criados no jardim. Dispense os seus também.

Nefertiti fez uma pequena careta.

— Vocês estão quase terminando? — perguntou ela aos criados cur-vados sobre seus dedos longos. — Bem, envolvam minhas mãos em tecido branco e esperem lá fora.

Tiye levantou-se enquanto os jovens fizeram o que fora ordenado, reverenciaram ao passar por ela e saíram pela porta. Ela andou até o divã, sentou em uma cadeira e, por um momento, as duas mulheres se entreolharam. Tiye esperava que sua sobrinha mantivesse uma conversa leve, de modo que pudesse manipular palavras vazias, mas, como sempre, ela tinha se deixado levar pela sofisticação do rosto e do corpo, que não se estendia à mente de Nefertiti. Sua sobrinha era tão impetuosa quanto Sitamun tinha sido.

— Você não tinha o direito de demitir Meryra, o Guardião da Porta do Harém — começou ela. — Ele tem sido meu administrador por muito tempo, e dei-lhe o comando do harém devido à sua eficiência. As mulheres estavam contentes sob sua chefia. O faraó gosta dele e confia em seu trabalho.

— O faraó confia e gosta de todo mundo — disse Tiye suavemente.
— Enquanto eu estava em Malkatta, você tinha a responsabilidade de cuidar do harém aqui, Majestade. No entanto, você sabe muito bem que, como sou imperatriz e primeira esposa, ela era, na realidade, minha. Eu simplesmente nomeei outro guardião, conforme é meu direito. — Ela não tinha pretendido confrontar sua sobrinha, mas esperado conversar delicadamente e com discernimento, talvez a tranquilizar de que seu ciúme era infundado. Claro que Nefertiti pretendia tornar impossível tal aproximação, e Tiye foi forçada a rejeitar a cordialidade em favor de uma postura que Nefertiti nunca poderia confundir com conciliação.

— Não posso imaginar por que você se preocupou em fazer isso, a menos que ainda tenha desejos ardentes pelo corpo de seu filho e queira controlar o desfile de mulheres em seu leito. Considero uma obsessão inútil em uma mulher de sua idade, Majestade. Você não pode mais competir.

Tiye sorriu para o rosto mal-humorado.

— Não tenho desejo algum de tentar reivindicar meus direitos físicos como esposa — disse ela duramente. — Se você não é capaz de imaginar por que decidi tão cedo ter interesse nas questões do harém, é mais estúpida do que eu pensava. Meketaton me preocupa.

Os olhos de Nefertiti se desviaram dos dela.

— Não há nada de errado com Meketaton. Um pouco de febre neste verão, é tudo.

Tiye queria sacudi-la.

— Com você, preciso falar tão claramente como se conversasse com uma criança. Você não contestou quando o faraó colocou a filha dele no harém?

— Não. Por que deveria? É prerrogativa dele.

— Mas Meketaton ainda é uma criança, tão franzina e desajeitada quanto um garotinho.

— Não. Ela se tornou uma mulher há seis meses. O faraó ordenou que ela mantivesse a trança. Ele gosta.

As implicações das palavras sem sentido de Nefertiti deprimiam Tiye.

— Ela é sua filha e meu sangue! Não ocorreu a você que, se ela ficar grávida, poderá morrer? Olhe para ela, Nefertiti! Como pode um corpinho tão pouco desenvolvido carregar uma criança?

Nefertiti começou a cutucar as bandagens de tecido branco em suas mãos.

— Ela já está grávida.

Tiye não fez qualquer esforço para se controlar. O golpe atingiu Nefertiti na fronte, e ela suprimiu um grito. Tiye friccionou suas juntas e colocou a mão sobre seu coração martelando, enquanto Nefertiti gemia e tremia.

— Fique quieta! — exclamou Tiye. — Não bati em você com força. Parece que Kia é melhor amiga para sua filha do que você. Ela, pelo menos, está se esforçando para confortar a garota.

Nefertiti sentou-se imóvel, e, em seguida, deixou sua cabeça cair nas almofadas.

— Meketaton compreende que é a semente do Aton — disse ela rispidamente. — O deus deve trazer aqueles do seu sangue cada vez próximos a ele mesmo. É seu dever.

— Você acredita nisso tanto quanto eu! É o dever do Divino Hórus originar uma encarnação, mas não como essa. Por que ele não escolheu Meritaton?

O olhar de Nefertiti estava circunspecto.

— Sinceramente, minha tia, não sei. Contudo, você ainda não entende as consequências de argumentar com seu filho. Ele grita, os demônios atacam sua cabeça, não posso fazer nada.

— Você é a mais bela mulher que o Egito já viu — disse Tiye tristemente. — Mas tem o coração de uma víbora.

— Não — disse Nefertiti de repente. — Uma serpente. Uma serpente real, tia Majestade. Todo o Egito me venera. Não me atrapalhe.

Uma leve fadiga começou a cobrir Tiye.

— Você deve ser sábia o suficiente para decidir não me confrontar diretamente no futuro, Nefertiti. Apesar de sua garra e empáfia, sou mais cruel do que você. Não posso me dispor tão facilmente como Sitamun. Hoje vim até você para tentar persuadi-la a ajudar-me a convencer o faraó da necessidade imediata de preparar uma campanha contra a Síria. Contudo, eu não argumento, eu exijo. Deixe cair suas próprias palavras nos ouvidos dele ou você viverá para ver o Egito submisso à Síria.

— Ridículo. — Os olhos de Nefertiti brilharam na escuridão. — Nenhuma nação ousa nos desafiar.

— É você quem ousa não desafiar o faraó com a verdade. Não a verdade dele, mas o olhar penetrante da realidade. Você prefere sua generosidade,

A Décima Segunda Transformação   309

suas ricas oferendas. Entretanto, se os tributos e a fidelidade estrangeira continuarem a diminuir, essas coisas cessarão, e mais breve do que você pensa.

— Você esqueceu uma coisa — disse Nefertiti num tom de voz baixo e ameaçador. — Akhenaton me adora. Se eu escolher permanecer em silêncio, você se tornará impotente.

— Oh, acho que você fará o que eu mandar. Do contrário, um certo escultor terá sua bela garganta cortada.

Tiye percebeu com satisfação a pele refinada de Nefertiti empalidecer. Fora uma tentativa, uma impulsiva flecha incandescida pela repentina lembrança do breve comentário de Horemheb, e a própria Tiye ficou surpresa quando atingiu seu alvo.

— O faraó sabe em que direção se projeta o desejo ardente de sua perfeita esposa? Obviamente, não. Decerto não matarei o escultor. Seria suficiente começar a espalhar algum mexerico. No entanto, eu preferiria matá-lo, querida sobrinha, e matarei, a menos que você elimine sua preocupação com o próprio conforto.

— Demônio — sussurrou Nefertiti. As bandagens de tecido branco ficaram rasgadas nos lençóis, e suas mãos, escorregadias de óleo, estavam trêmulas de ira. — Sua meretriz velha e horrenda. Sebek, leve-a!

Tiye levantou-se.

— Você espera que Aton exija uma vingança de mim? Como o faraó ficaria desapontado em tomar conhecimento de sua falta de fé. Pense sobre isso, Nefertiti, quando estiver mais calma. Desfrute o que resta do seu descanso.

Ela fez uma reverência e chamou rispidamente os criados, que abriram as portas.

As linhas estão traçadas e mais rápido do que eu realmente desejava, pensou ela enquanto saía. *Espero que Nefertiti seja humilde o suficiente para compreender que ela pode manter a mão elevada por inventar as mentiras certas. Agora, tenho de visitar Tutu. Ameaçar minha sobrinha e oprimir um ministro hipócrita é um grito além da diplomacia com a qual me regozijei e a qual você apreciou com tal prazer, Amenhotep, meu marido. É como a carnificina negligente do boi. E desprezo a necessidade. Como os tempos se tornaram medíocres!*

O Escritório de Correspondências Estrangeiras em Akhetaton situava-se no final da Estrada Real, entre o Grande Templo e outra menor, próxima ao labirinto de muros que protegiam as propriedades dos ministros, os quais não autorizavam propriedades defronte o rio. Enquanto ela era carregada em sua liteira fechada ao longo da rua empoeirada, suas narinas, mesmo sob as cortinas grossas, continuavam a ser atacadas pelo odor de incenso que pairava no ar misturado com o fedor das sobras e de outros detritos arremessados sobre os muros na rua. Cantos imponentes e o tilintar de sistros vibrantes flutuavam dos recintos do templo, sutis e maravilhosos, encobrindo os roucos gritos dos mascates e o balbucio das risadas penetrantes, grosseiras, das camponesas que matavam o tempo. A batida de um tambor revelou-lhe que estava passando por dançarinos. Ela abriu as cortinas ligeiramente, esperando ver meretrizes nuas expondo suas mercadorias, mas as mulheres eram dançarinas do templo, brandas e sem mácula, portando braçadas de flores, seus braços e rostos erguidos solenemente ao sol enquanto se moviam. *Akhetaton não é como Tebas*, refletiu ela, deixando a cortina cair. *E é típico de meu filho projetar e construir um Escritório de Correspondências Estrangeiras tão distante do palácio.*

O escritório era barulhento devido aos ruídos da rua, apesar de ser protegido do povo por um muro com portão e janelas altas, de abertura estreita, e ser rodeado de arbustos. Caixas e baús transbordavam com pergaminhos. Paletas de escribas encontravam-se em toda a superfície. Um grupo de homens permanecia de pé discutindo em um canto, e Tiye finalmente viu o próprio Tutu ditando debruçado no ombro de um escriba. Tiye aguardou ao lado de homens silenciosos que seguravam o dossel sobre sua cabeça enquanto seu arauto anunciava seus títulos, e, no momento em que ela entrou no recinto, todos inclinaram seus rostos. Tiye deixou seu olhar atento examinar a sala desordenada, dando aos homens prostrados tempo de perceber sua presença, e então ordenou:

— Ajoelhe-se, Tutu!

O jovem ficou de joelhos, a cabeça inclinada.

— Sou escravo de Vossa Majestade — resmungou com inquietação. Tiye movimentou-se até que seus pés com unhas da cor de sangue, as tiras douradas de suas sandálias e a bainha do seu vestido adornado com joias estivessem ao alcance de sua visão.

— Conte-me: — continuou ela suavemente — quantas vezes você se tornou uma Pessoa de Ouro?

A cabeça de Tutu estremeceu com perplexidade.

— Quatro vezes, Divina Deusa.

A DÉCIMA SEGUNDA TRANSFORMAÇÃO   311

— Dessa forma, você recebeu mais do que sua cota, visto que, certamente, não precisa do ouro do faraó. — Ela deu uma leve ênfase ao dizer "faraó" e observou cuidadosamente uma hesitação. — Quanto os embaixadores estrangeiros lhe pagam para evitar que a verdade de suas depredações chegue aos ouvidos do faraó? Aziru paga-lhe em escravos ou em prata? E Suppiluliumas deve colocar muito ouro em suas mãos em troca de uma destruição tranquila de despachos de seus inimigos. Estou surpresa por você não estar vivendo em frente ao rio, mas suponho que não o faria para não ostentar sua riqueza. A sua sepultura é suntuosa, Tutu? Responda-me. — Rápido como a luz, seu pé atingiu a garganta de Tutu.

— Majestade, sou como imundície sob seus pés! — resmungou ele engolindo compulsivamente. — Sou como esterco!

— Isso não é resposta. Levante-se! — Tiye olhou em volta do escritório e sentiu como se pudesse rir. Não era o rosto abatido de Tutu, ou os corpos gélidos entre os quais ele estava, ou o riso rapidamente encoberto de Huya. Era, talvez, a jocosidade de ela ter de se valer de jogos infantis. — Você pode olhar para mim.

Com relutância, ele levantou os olhos para encontrar os dela, e ela tentou lê-los. Tutu parecia ferido, desnorteado e embaraçado, mas não culpado.

— Agora responda.

Tutu levantou os ombros em um gesto de inocência ferida.

— Eu venero meu faraó. Nunca o trairia. Eu leio para ele os despachos quando visita este escritório.

— Você não os afasta dele se são sérios? Você os lê para ele sem aconselhamento, sem interpretação ou advertência? Que tipo de ministro é você?

— Deusa, sou um homem simples...

— Abomino sua simplicidade! Alguém deve sufocá-lo com seu ouro! — Ela queria exigir sua demissão imediata ou, pelo menos, insistir que ele trouxesse toda a correspondência para ela no futuro, mas as duas ordens deveriam vir de Akhenaton. Desesperadamente, ela queria saber o que acontecera com a correspondência clandestina dos espiões espalhados por todo o império que seu predecessor controlara e decidiu que provavelmente tinha cessado. Ao se virar, ela saiu para a luz do sol, respirando profundamente e alcançando o braço de Huya. — Ajude-me até a liteira — ordenou. — Eu pretendia falar com Horemheb esta noite, mas estou muito cansada. Ordene que eles me levem para minha própria casa, Huya, e mande chamar Horemheb amanhã.

312 Pauline Gedge

Ela ficou em sua liteira, curvada sobre a dor prolongada em seu abdômen, combatendo uma sensação de solidão intensificada pela completa exaustão. Aquela noite, ela comeu sozinha, recusando a visita de Ay, que fora se informar sobre ela, e mandou apagar suas lamparinas cedo. Huya estava ausente, a serviço no harém. *E isso é algo mais que eu tenho de fazer*, pensou ela enquanto tentava adormecer. *Tenho que falar com Tadukhipa. Eu devia ter trazido sua tia de Malkatta. Tenho de visitar Meketaton. Não perguntei por Ankhesenpaaton, tampouco falei com Meritaton, e estou simplesmente adiando uma audiência sozinha com Akhenaton. Tanto para fazer, tentar e compreender antes de começar a recuperar alguma coisa.*

Na noite seguinte, ela foi encontrar-se com seu irmão e Horemheb no jardim, distante dos ouvidos dos criados. Mutnodjme tinha acompanhado seu marido e ficou atrás dela no gramado, os membros graciosos largados e os olhos semicerrados, enquanto os outros conversavam. Tiye sabia que podia confiar na jovem, e, realmente, a presença silenciosa de Mutnodjme era, de qualquer maneira, reconfortante. *Eu não gostava de minha própria filha e não podia suportar a minha outra sobrinha*, pensou Tiye, olhando para a figura de Mutnodjme coberta pela escuridão, *mas essa jovem tem minha completa afeição.* Horemheb estava falando suavemente, inclinando-se à frente em sua cadeira, os cotovelos em seus joelhos morenos.

— Estou convencida de que o faraó não escutará nenhum de nós. Ele acredita que seu reino, como o Aton na Terra, começou a retornar à verdadeira Ma'at, não somente no Egito, mas no mundo inteiro. Ele interpreta a turbulência, além de nossas fronteiras, como apenas a luta de outros menos esclarecidos contra seu conhecimento e insiste que ela gradualmente definhará à medida que o Aton afirmar sua onipotência. Ele não precisará fazer nada. O Aton triunfará à medida que sua luz se expandir de Akhetaton para envolver e iluminar todos os homens.

— Acho que minha filha também gosta de acreditar nisso — acrescentou Ay.

— Ela é imprudente e vingativa, mas reconhece o poder quando o percebe, e o conceito do poder do mundo incorporado no Aton a inebriou. Você nos diz, Majestade, que a ameaçou com a morte de Tutmés, o escultor, mas Nefertiti o sacrificará sem escrúpulos para manter o domínio sobre o faraó.

— Nesse caso, não nos deixe esperar. Hoje, não há necessidade de privar o jovem de vida, mas seria vantajoso contar ao faraó sobre o flerte de sua esposa. Se Nefertiti não pode ser persuadida a unir sua voz à nossa, quanto antes uma cunha for colocada entre ela e o faraó, melhor — disse Tiye calmamente, mas seu coração se contraía de compaixão por Akhenaton. Ela não podia negar sua inaptidão como líder, sua falha em manter a distância e a dignidade vital em um faraó, mas a ideia de privá-lo de sua confiança em Nefertiti era amarga. Por sua simplicidade, ele conquistara a afeição de seus ministros, e até Horemheb, a quem ele havia favorecido, fora incapaz de dar a lealdade cega que ele desejara. *E você, Ay*, refletiu Tiye, olhando atravessado para seu irmão. *Apesar de amá-lo, acho que não colocarei mais minha vida em suas mãos. Você me traiu quando deixou Malkatta e, agora, pensa em trair seu faraó. Em seus olhos, Akhenaton não passa de uma peça de jogo, e o Egito, o tabuleiro. Você se sentará entre Akhenaton e eu, não se comprometendo totalmente com nenhum dos dois até perceber para que lado o equilíbrio se desloca.*

— Acho que tal curso pode ser perigoso — contestou Ay. — Se a confiança do faraó em Nefertiti for abalada, ele será conduzido cada vez mais intensamente aos braços de Aton em busca de tranquilidade. Aton proibiu violência contra qualquer homem. Aziru compreendeu isso logo que chegou. Apesar de minhas tentativas de desaboná-lo, ele tem adulado Akhenaton e alega inocência diante da evidência dos poucos governantes reais que partiram para o exterior.

— O caminho que sugiro não é tão perigoso quanto vocês imaginam. Eu me colocarei no lugar de Nefertiti. Seguramente, um filho se voltará para sua mãe após uma frustração tão esmagadora.

— Ou um marido para sua mulher? — disse Ay secamente. —Agora você pode esperar influenciá-lo apenas como mãe.

— Não pretendo ter relações sexuais com ele outra vez — disse Tiye com exaustão. — Lamento amargamente minha fraqueza em ter permitido que ele compartilhasse meu leito alguma vez.

— Acho que seria melhor deixar de lado todas essas tramas e simplesmente retirar o Egito das mãos do faraó. — A voz era de Horemheb. Ele estava recostado agora, sua expressão ilegível no jardim escuro, suas pernas cruzadas, suas mãos torcidas em volta dos braços da cadeira.

Tiye sentiu mais do que viu sua tensão. Ela e Ay voltaram-se para ele no peado silêncio que se seguiu, e, por fim, Tiye disse calmamente:

314   Pauline Gedge

— Continue, comandante.

— Ele é desprezado pelos sacerdotes de todos os deuses, salvo aqueles em Mênfis e On. É caçoado por todo cortesão que vive sob sua generosidade. Ridicularizado em todo o mundo pelos governantes de tribos que estão, mais uma vez, encontrando orgulho em seu próprio poder militar. Seu filho nos fez perder um império, Deusa. Ele não pode permitir que tirem nosso país de nós também.

Com as palavras de Horemheb, Tiye sentiu sua pegada nos braços da cadeira tornar-se dolorosamente rija, porém, de alguma forma, ela não podia soltá-los.

— Ele é a encarnação de Amon, um príncipe de sangue azul, o verdadeiro filho de um faraó — respondeu ela, pungindo sem pensar em defesa de seu filho. — Acredite ele ou não nessas coisas. Tocá-lo é um pecado contra Ma'at.

— Não falo de assassinato. — A voz grave de Horemheb assumiu um tom apaziguador. — Deixe-o manter seu reinado até que o príncipe Smenkhara esteja pronto para reinar. Entretanto, retire dele o comando do exército e utilize-o para preparar uma guerra de recuperação.

— E suponho que você conduziria tal exército? — respondeu Ay imparcialmente. — Você está sendo ingênuo de propósito, Horemheb? Uma vez vitorioso, você resistiria à tentação de usar a Coroa Dupla? Não esqueça que, apesar de considerarmos a onipotência do Aton uma ilusão do faraó, existem muitos convertidos genuínos, tanto no exército quanto entre os cortesãos e sacerdotes. Penso que, ao tirar à força o poder militar do faraó, podemos incitar uma guerra civil. Provavelmente, venceríamos, mas à custa de muito sangue. Supondo que déssemos a coroa a Smenkhara, em quanto tempo ele deixaria de ser grato e começaria a observar com suspeita aqueles que derrubaram seu predecessor? Ou, se a coroa fosse para um de nós, Smenkhara, como herdeiro legal, poderia obter mais apoio do povo comum e guerrear contra nós. Também devemos lembrar que, independentemente do que aconteça, permaneceremos maculados por nossa associação com o Aton. Se o país retornasse ao seu verdadeiro estado de Ma'at, estaríamos desacreditados. A única resposta é fazer o que podemos indiretamente.

Não esquecerei esse argumento, pensou Tiye. *Tem a eloquência de palavras ditas muitas vezes antes e apresentadas esta noite para me testar.*

Tenho de providenciar espiões nas duas residências. — Horemheb, como anda a situação além da Síria? O Egito corre algum perigo imediato?

— Não no momento — respondeu de má vontade. — Os estrangeiros fazem guerra entre um e outro com o prazer daqueles por muito tempo mantidos sob o polegar pacífico do Egito. Eles ainda têm muito medo de nossa terra e preferem, de qualquer maneira, matar um ao outro para testar sua habilidade e força. Um dia, Suppiluliumas vai pôr o Khatti em marcha para nos invadir, mas ainda não chegou o momento.

— Obrigada — disse ela calmamente. — Você não tinha de ser tão honesto. Podia ter tentado me impressionar com uma urgência.

Ele riu por pouco tempo.

— Não seria inteligente mentir para você, Majestade.

— Não, não seria. Então, proponho que, em primeiro lugar, desabonemos minha sobrinha, de forma que, aos poucos, eu possa começar a dominar meu filho. Devo acrescentar que qualquer pensamento de assassinar a rainha seria tolo. Amenhotep perderia completamente a razão se ela morresse em circunstâncias suspeitas. Esse é um comando divino — enfatizou ela, tendo observado Ay e Horemheb trocarem olhares na escuridão. Ignore-o por seu risco. Mutnodjme? Está dormindo?

— Não, tia Majestade. — A voz fria vagueava pelo gramado. — Foi uma conversa muito interessante.

— Então, chame seus porta-liteiras. Quero ir para meu divã.

Mutnodjme levantou, moveu-se rapidamente e gritou por seus criados. Horemheb também levantou e, pressionando os lábios nas mãos de Tiye, murmurou sua veneração. Juntos, fizeram uma reverência e saíram pela noite.

— Há quanto tempo Horemheb tem planos para o Trono de Hórus? — perguntou Tiye a Ay quando os archotes do casal tinham desaparecido.

Ay empurrou sua cadeira para mais perto dela.

— Não acho que ele, até agora, tenha tais ambições — respondeu ele. — Mas, é frustrante para um chefe nato ver soldados indolentes, ano após ano, enquanto seu país se desagrega por falta de uma simples ordem.

— E você, Ay, tem tais ambições?

— Tiye — repreendeu delicadamente —, os deuses me abençoaram com cinquenta e oito anos. Estou velho demais para ter sonhos tolos e hilariantes de juventude. Minha irmã é uma deusa, minha filha, uma rainha. O que mais poderia um velho homem desejar?

316 Pauline Gedge

Imagino, pensou Tiye quando ele saiu. *Ambições que ficariam adormecidas sob um poderoso Hórus inevitavelmente tendem a ficar ativas em tempos como estes. Rogo para que não possa viver para vê-las amadurecer.*

Tiye teve de esperar vários dias até que pudesse falar com seu filho, pois a excitação de sua chegada precipitara outra forte dor de cabeça acompanhada pelo vômito, que havia se tornado moda na corte. Enquanto isso, ela recebeu despachos de Tebas. Maya escreveu que corpos de sacerdotes, extenuados pela fome, tinham começado a ser encontrados boiando no Nilo. O prefeito também escreveu sua carta, uma longa reclamação da violência entre os desempregados, da profanação dos santuários vazios de Amon pelos camponeses ignorantes e da falta de alimentos causada pela ordem do faraó de que produtos de toda espécie deviam antes passar pela aduana em Akhetaton. Tiye ouviu impassiva a fala monótona de seu escriba. Ela nada podia fazer, e, em consequência, a ansiedade não teria propósito. Ela foi submissa ao Grande Templo e ficou em pé sob seu mágico dossel duas vezes por dia, observando Nefertiti e o sacerdote Meryra realizarem rituais para o faraó doente.

Enquanto passava o tempo antes de sua audiência, Tiye mandou chamar um dos sacerdotes do Aton e fez com que lesse para ela os pergaminhos da doutrina. Ela ficou chocada, assim como ficara quando Akhenaton havia cantado para ela, pela simples beleza de sua convicção religiosa. Não havia ali árbitro solene do destino do homem, mas um deus com a bondosa humanidade do próprio Akhenaton:

"Criador do embrião na mulher, que transformou a semente em homens, tornando vivo o filho no corpo de sua mãe, acalmando-o para que ele não chore, proteção ainda no ventre, doador de ar para manter vivos todos que ele cria!... Os raios de luz fomentam todo o jardim; quando Tu te elevas, eles vivem, crescem por intermédio de Ti. Tu crias as estações, a fim de fazer desenvolver tudo que Tu tens criado. O inverno para trazer-lhes a friagem e o calor para que eles possam Te experimentar... Tu fizeste milhões de formas por intermédio de Ti mesmo... Tu és Aton do dia sobre a Terra. Quando Tu Te fores embora e todos os homens, cujas faces Tu tens modelado para que Tu não possas mais ver os Teus sozinhos, caírem adormecidos de forma que ninguém veja o que Tu fizeste, ainda assim Tu estarás em meu coração..."

Tais sentimentos eram tão incomuns que Tiye queria saber o que os havia incitado. Embora ela e seu primeiro marido tivessem encorajado a veneração do Aton por questões diplomáticas, nenhum dos dois tivera interesse verdadeiro em Rá como o Disco Solar Visível. Outro pequeno segmento da doutrina, intitulado simplesmente "Revelação ao Rei", aconselha: "Não há qualquer outro que conheça a Ti, salvo Teu filho Akhenaton. Tu o fizeste sábio em Teus desígnios e em Teu poder."

Ali estava um filho que ela podia reconhecer, um homem profundo nas armadilhas da visão incompreensíveis para todos, salvo ele próprio.

Com genuína tristeza, Tiye se apresentou fora de suas salas particulares e ouviu seu arauto anunciar seus títulos. Ela sabia que Nefertiti estava em Maru-Aton com Ankhesenpaaton, posando para uma escultura para a posteridade, e o faraó estaria sozinho naquele momento. Ela entrou confiante.

Akhenaton correu para cumprimentá-la, sorrindo e envolvendo-a em um abraço espalhafatoso enquanto seu criado se retirava. Ela retribuiu seu beijo e recuou observando-o. Ele estava pálido, com manchas escuras sob seus olhos pintados de verde, mas parecia bem.

— Estou feliz que você tenha se recuperado, meu filho — disse. — Estava aflita com o pensamento de que minha chegada o deixara doente.

— Minha excitação dominou-me. — Ele sorriu em seguida. — Tê-la aqui comigo! É maravilhoso! Sinto-me mais seguro agora. — Ele soltou suas mãos e convidou-a para sentar, recostando-se em sua cadeira e arrumando as volumosas dobras de seu vestido sobre suas coxas roliças. Na extremidade da sala, três macacos estavam empoleirados em uma estrutura de madeira construída para eles. Embaixo do poleiro, estava uma enorme tigela dourada com frutas já passadas, e o odor das fezes dos animais e dessas frutas pairava em volta de Tiye. Ela olhou para Parennefer enquanto o faraó lhe oferecia vinho, mas ele mesmo a serviu. — Depois de ter sofrido o toque do deus, gosto de ficar sozinho — explicou em resposta às suas inquiridoras sobrancelhas. — Com frequência, o deus fala comigo ou mostra-me algo por meio de visões, e não posso ouvir bem se Parennefer ou um dos outros está me rodeando para me servir. A dor é terrível, Imperatriz, mas as recompensas são grandiosas. Ah! — Ele friccionou as palmas das mãos pintadas de laranja. — Ver a família unida e aumentando é uma felicidade.

318   Pauline Gedge

— Você está falando da pequena Meketaton e da criança que ela carrega?

— Certamente. Todos os meus filhos têm de receber a bênção do Aton através de mim, assim permanecemos invioláveis. Entretanto, falo também da criança prestes a nascer da querida Nefertiti. Aton traz fertilidade a tudo. — Sua voz berrante estava áspera, quase abafada pela repentina algaravia dos macacos que, vendo uma intrusa, tinham deixado seus poleiros e estavam se agitando em volta dela, as mãos estendidas de forma imprudente para pegar uma guloseima. Akhenaton atirava a cada um deles uma tâmara do prato sobre a mesa. Tiye mantinha as mãos em volta de sua taça de vinho.

— Tenho estudado a doutrina — disse ela. — É extraordinária, Akhenaton.

— Ditei as palavras que se originaram do deus — disse ele com orgulho —, mas a música dela é apenas minha. Muita coisa me surge com a minha doença. É uma oferenda sagrada. Ontem, enquanto estava deitado, sentindo-me enfraquecido, e observava Meryra acender o incenso no santuário ao lado do meu divã, vi seu rosto na fumaça, jovem e adorável como em minha infância. Foi um presságio muito feliz!

Tiye notou que ele havia começado a transpirar. Sua testa, sob o capacete branco, formou gotas de repente, e a umidade escorria devagar por seu longo pescoço. Suas mãos se movimentavam constantemente uma contra a outra.

— Sempre serei a mãe que se preocupava com você e tentava aliviar seus dias de prisão — disse com delicadeza. — Por isso vim a você hoje. Não verei meu bem-amado ferido.

Ele a olhou com desagrado.

— Eu também me lembro desse tom — disse com rápida percepção. — Você vai me dizer algo que não desejo ouvir. Por que demitiu Meryra como guardião do harém de Nefertiti?

O sentimento familiar de trilhar seu caminho por entre os altos juncos sem um atalho para seguir voltou a Tiye.

— Eu o substituí por Huya, porque Meryra estava cumprindo as obrigações para a rainha antes das obrigações para você, Divino — disse com ênfase e cuidado. — Ele não teria dito a você que Nefertiti é vista na companhia de seu escultor Tutmés com bastante frequência.

Ele pestanejou rapidamente.

A Décima Segunda Transformação 319

— Suponho que ela esteja — disse ele prontamente —, mas isso é porque Nefertiti encomendou muitas estátuas de si mesma com as quais vai ornamentar Akhetaton e alegrar os corações de seus súditos.

— Espero que você esteja com razão — respondeu Tiye. — Não obstante, você sabe que é minha prerrogativa como Primeira Esposa Real nomear quem eu escolher. Como seu harém é bastante grande, decidi confiar o cargo a Huya.

Os olhos escuros, agitados, flamejavam sobre o rosto dela.

— Eu me lembro dele. Kheruef deixou o trabalho com você porque disse que quebramos uma lei, você e eu, mas Huya permaneceu leal. Eu concederei a ele uma sepultura nos rochedos do norte.

— Isso é generoso de sua parte. Eu poderia me fazer valer de sua generosidade mais uma vez e pedir-lhe a demissão de Tutu? Seu trabalho aqui não é nada melhor do que era em Malkatta.

— Malkatta pertence a um passado que desprezo! — interrompeu em voz alta. — Mãe, por que você está tentando me transformar em um garotinho novamente? Está tudo certo em Akhetaton, governo com justiça, amo meu povo, ajo certo aos olhos do deus. Tutu diz!

— Muito bem. — Ela se retirou apressadamente, intimidada pela repentina mudança em seu filho. Agora ele transpirava, levantava as barras de seu vestido com as mãos trêmulas e esfregava o rosto, emitindo ruídos lamurientos, a respiração acelerada e ruidosa. Em seguida, ele se levantou abruptamente e começou a caminhar pela sala, suas vestes desprendendo-se do seu corpo balofo, suas mãos agarrando o tórax antes de deslizarem para se entrelaçarem uma na outra.

— Tudo ficará bem! gritou ele. — Contanto que eu obedeça ao deus e não prejudique nenhum homem, o Egito prosperará.

Alarmada, Tiye dirigiu-se a ele chamando Parennefer sobre os ombros. Os macacos corriam agitados atrás dela, e, cambaleando, ela os expulsava do caminho.

— Akhenaton — murmurou ela, colocando um braço em volta de seu pescoço úmido, quente. — Perdoe-me por magoá-lo assim. Eu o amo. Somente desejo ajudá-lo.

— Da mesma forma Tutu. Ele é um seguidor leal de Aton, e Nefertiti é minha rocha, o solo no qual finco meus pés augustos! Sua respiração é como o doce lótus, seu sorriso como a ascensão do deus. Seu toque é puro! Agora estou infeliz mais uma vez! — Ele se livrou dela e começou a soluçar, um som rouco, seco, que transmitiu a Tiye uma sensação de terror.

320 Pauline Gedge

As portas abriram-se, e ela viu Parennefer olhar rapidamente para dentro e, depois, desaparecer. Ela compeliu Akhenaton para a mesa firmando a taça contra sua boca vermelha. Tremendo, ele deu goles.

— Faraó, talvez possa realmente ser como você acredita — disse ela com insistência —, mas o fato permanece; Nefertiti não deve estar com o escultor com tanta frequência. Ela é a rainha. Não é decente.

O vinho escorria do canto de sua boca. Ele repousou nela, balançando-se, seus olhos fechados.

— É difícil ser Deus — pronunciou ele, um sussurro enfraquecido.

— Eles não me amam, nenhum deles. Despejo ouro e palavras delicadas sobre eles, mas sob seus sorrisos está a perversidade. Somente Nefertiti. Somente ela... — Ele deixou seus ombros caírem, e, incapaz de sustentar seu peso, Tiye deixou-o escorregar na cadeira. A palma de suas mãos estava úmida, e seus joelhos tremiam. A porta abriu-se, e ela se virou para observar Horemheb fazer reverência a ela com repugnância antes que ele dirigisse sua atenção para o faraó.

— Meu querido senhor — disse ele, ajoelhando-se e beijando repetidamente as mãos contraídas. — Você se lembra da viagem que fizemos juntos a Mênfis, quando você deixou o harém pela primeira vez? Como rezávamos juntos ao anoitecer em sua maravilhosa tenda, com o rio ondeando na margem e o pipilar dos pássaros dos pântanos ao redor? Tomávamos vinho juntos, e você me perguntava sobre Mênfis. Ainda estou aqui, Akhenaton.

Durante todo o tempo, ele falava em um tom tão suavizante, suas mãos estavam se movimentando, friccionando os braços com cilhas de prata, massageando com delicadeza os ombros imóveis. Parennefer e o criado de quarto do faraó os observavam inertes.

— Não sou uma criança, Horemheb — murmurou Akhenaton com exaustão. — Parennefer está aqui? Quero dormir. Perdoe-me, mãe. Não posso conversar mais. Talvez amanhã... — Ele permitiu que seu camareiro o ajudasse a ficar em pé e que seu criado o sustentasse ao cruzar a sala comprida.

Tiye segurou o braço de Horemheb.

— Você não me advertiu! — murmurou ela, trêmula e furiosa.

— Vossa Majestade não teria acreditado — respondeu delicadamente.

— Agora você tem de compreender por que falei daquele jeito em seu jardim. Eu sou, talvez, o único amigo de seu filho. Se seus acessos são prove-

A Décima Segunda Transformação   321

nientes do deus ou da loucura intermitente, não posso dizer. Eu amo o homem que conheci há muito tempo. É o governante que desejo destituir.

— O momento tinha despojado a delicadeza de ambos.

As unhas de Tiye cravaram-se ainda mais em seu braço.

— Você sabe perfeitamente bem que o homem faraó não pode ser separado do deus faraó! — respondeu ela de imediato. — Não me faça matá-lo, Horemheb! Preciso de você!

— Estou ciente disso, mas o Egito precisa de mim também. — Ele se inclinou e beijou a mão curvada como garras em volta de sua carne. — Majestade, faça o que puder. Eu esperarei.

Ela o soltou, olhando com serenidade as marcas que fizera.

— Há quanto tempo ele tem sido tão imprevisível?

— Tem aumentado aos poucos. Ele nunca fere ninguém, mas todos temos aprendido a ser cuidadosos com o que dizemos para não estimular o que você viu. Não posso me distanciar dele. Ele confia em mim, e sou capaz de confortá-lo.

— Deuses! — Riu ela perniciosamente. — Ele falou a verdade, então. Você não o ama, nenhum de vocês, repugnantes. Eu forçarei a desgraça de Nefertiti, mas nenhum incenso me purificará da proeza. Coloque Smenkhara sob sua proteção, comandante. É hora de ele parar de esvoaçar como uma borboleta dourada e se dedicar às artes valorosas.

Ele acenou com a cabeça brevemente e virou-se de modo abrupto. Tiye ficou imóvel, ouvindo os macacos bufarem, uma vez mais relembrando os anos da origem de sua culpa crescente, o momento no jardim em Mênfis, quando ela havia concordado em se casar com seu filho, enquanto a arrogante face do Filho de Hapu aparecia em sua mente. Sua taça estava pela metade. Ela a esvaziou e foi embora.

19

Tiye tentou, mais uma vez, argumentar com Nefertiti usando todos os seus poderes de persuasão para controlar a mulher mal-humorada, desesperada, e evitar a necessidade de difamar a rainha. No entanto, Nefertiti proferiu de modo afetado as mesmas acusações enfadonhas de ciúme e rancor que lançara contra Tiye em Malkatta, e, ao final, Tiye desistiu. Em conversa particular com Huya, ela expôs em detalhes o mexerico que deveria ser espalhado no harém entre os criados pessoais do faraó e, de forma mais exagerada, nos mercados da cidade. Se fosse mais jovem, ela teria sido capaz de se insinuar entre marido e esposa alternadamente, com seu corpo, e teria se sentido menos culpada do que se sentiu usando métodos menos diretos. Entretanto, com uma indolente Nefertiti encorajando o faraó em suas desastrosas políticas, em vez de fazê-lo mudar de opinião, com Horemheb ainda leal, mas, cada vez mais incomodado e com Ay desiludido, não havia tempo.

Huya fez bem seu trabalho. Ele sabia que os rumores não podiam alimentar nada mais do que uma palavra pronunciada, o levantar de uma sobrancelha, um sorriso secreto. Ele tinha uma reputação de eficiência silenciosa e era inteligente o suficiente para não a pôr em risco. Sua voz suave foi esquecida no entusiasmo da excitada conjectura que tomou primeiramente o palácio e, em seguida, toda a cidade. As esculturas dos macacos tinham sido divertidas, mas a rainha, sob novo aspecto, como adúltera, proporcionou uma excitação infinita. Sabia-se que a rainha implorara ao faraó permissão para Tutmés possuir uma propriedade próxima ao rio enquanto homens mais notáveis tinham de se contentar com residências sem vista atrás do palácio. Ela não se isolava quase todos os dias em Maru-Aton, onde posava para uma escultura após outra?

Enquanto o mexerico se espalhava, a rainha parecia tornar-se cada vez mais afetuosa com seu marido em público, abraçando-o na liteira dupla, acariciando-o enquanto eles se sentavam juntos para o banquete, mas todos notavam que a imperatriz agora era vista constantemente na companhia deles, uma mulher pequena, ereta, reservada, sempre vestida com roupas finas e formais e sempre usando o disco resplandecente, os chifres e as plumas de sua condição divina. Havia aqueles que, fazendo uma reverência em adoração diante da boca ressaltada, dos olhos azuis pungentes, da expressão impenetrável com linhas de petulância, se admiravam com a coincidência dos rumores e da vinda da rainha. No entanto, para a maioria, Tiye era a sombra dos velhos tempos, a lembrança de um modo de governar que havia desaparecido mais rapidamente do que eles se importavam em recordar.

À medida que se aproximava o momento de Nefertiti dar à luz, tornou-se uma fonte de divertimento especular sobre a paternidade da criança, e, quando, finalmente, ela se deitou, o sussurro dos cochichos atingiu o clímax. Huya contou a Tiye que, apesar de não ter visto, acreditava que os cortesãos estavam fazendo apostas se o bebê seria outra menina e, presumivelmente, do faraó, ou menino. Essa possibilidade não havia ocorrido a Tiye. Contudo, agora ela se achava uma vítima de suas próprias mentiras e insinuações. Ela não queria pensar na possibilidade de Nefertiti estar grávida de um menino. Era imperativo que Akhenaton fosse persuadido a declarar Smenkhara seu herdeiro porque ela acreditava que, se Nefertiti desse à luz um menino, o próprio filho de Osíris Amenhotep provavelmente seria deserdado. *Que ironia*, ela refletiu de forma austera nas noites de insônia, *o filho de um simples escultor enfim receber a Coroa Dupla. No entanto, não creio que Nefertiti tenha feito mais do que sonhar romanticamente a respeito de seu lascador de pedra E eu posso culpá-la? O corpo de meu pobre filho torna-se menos desejável à medida que o tempo passa.*

Entretanto, frustrando os rumores, Nefertiti deu à luz outra menina, sua sexta, e aqueles cortesãos que deram asas à imaginação perderam muito ouro. O faraó ficou em regozijo de modo comovente, assim como ficara com o nascimento de Meritaton, e deu à criança o nome de Sotpe-en-Rá, Escolhida de Rá. O cochicho diminuiu um pouco, mas Tiye, observando o faraó com cuidado, acreditava que tinha surtido efeito. Ela não sabia o que se passava entre o casal real na privacidade dos aposentos de Akhenaton, mas Nefertiti, em mais de uma ocasião, foi vista em público com os olhos vermelhos, intumescidos, enquanto seu marido ficava

324   Pauline Gedge

distante dela, o braço em volta do corpo frágil, contorcido, da pequena Meketaton.

Aziru ainda estava na corte, vivendo em aposentos diplomáticos no palácio, e observava com calma e olhos atentos as mínimas mudanças no equilíbrio de forças. A delegação do Khatti havia retornado a Boghaz-keuoi sem que o faraó tivesse feito qualquer tentativa de chegar a um acordo com Suppiluliumas, um príncipe agora tão poderoso quanto um faraó. Tiye estava tentada, pelo menos, a enviar cartas de advertência a ele, mas decidiu que, se não conseguisse o que queria na corte, tal mudança serviria somente para destruir a imagem frágil do Egito entre os asiáticos.

O Ano Novo começou com um *paean* de uma semana de louvor a Aton. As músicas compostas por Akhenaton eram cantadas todos os dias pela cidade enquanto a família real assistia a rituais quatro vezes diárias no templo. O faraó jejuava e rezava. Tiye, vigilante no santuário, indefesa, assim como todos diante do fogo impiedoso, ofuscante do sol, pensou em Rá em sua máscara de esfinge, um deus apoiado na vigilância, cuja bondade podia, a qualquer tempo, se tornar um espírito vingativo, sangrento. *Você deve estar ciente, meu filho,* pensou enquanto o observava erguer o rosto ao céu com os olhos fechados. *Rá, como o Disco Solar Visível, é, de fato, um deus de delicadeza e beleza. Mas como, em um dia como este, você pode ignorar o deus em sua máscara de destruidor? Eu sei que o sol, como Hathor, pode matar em seus outros aspectos. Teria sido inteligente não atrair seu ciúme ao elevar Aton à custa de outras manifestações.*

Ao final do primeiro mês do Ano Novo, o mês de Thoth, Meketaton foi trazida para seu divã. Huya despertou Tiye nas primeiras horas de uma manhã sem graça, opressiva, acendendo uma lamparina e trazendo água fresca enquanto ela se esforçava para ficar lúcida.

— O faraó enviou uma mensagem para Vossa Majestade, convidando-a para o nascimento, caso deseje — explicou ele enquanto Piha passava uma toalha fresca sobre seu rosto e penteava seu cabelo. — Ele e a rainha já estão recebendo visitas.

— Quanto tempo até o amanhecer? — Tiye ficou em pé enquanto Piha a envolvia em um manto fino e, em seguida, sentou-se para que ela calçasse suas sandálias.

— Não mais do que duas horas.

A Décima Segunda Transformação   325

— Onde está Tadukhipa? Ela está com a princesa?

— Não. O faraó não permitirá que ela entre, apenas aqueles plenamente reais e as testemunhas de tradição.

A boca de Tiye comprimiu-se.

— O que mais é a princesa Mitanni, senão plenamente real? Ordene que ela seja trazida do harém, Huya. Eu a farei entrar. Se meu séquito me aguarda, estou pronta.

Ela foi conduzida, não ao harém, onde Meketaton tinha seus aposentos, mas através da entrada que levava à área do palácio. A escuridão estava intensa e sufocante. Tiye teria dado as boas-vindas até à mais quente brisa de vento, mas as árvores estavam imóveis, cachos de negritude no céu escuro salpicado de algumas pálidas estrelas. O pavimento sob seus pés estava quente, o gramado, ressequido. Dentro do palácio, graças ao cata-vento, o ar estava, pelo menos, fresco, e os tetos altos davam a ilusão de arejamento. Tiye seguia o séquito até que ele fosse para o conjunto privado de salas do faraó. A porta dos aposentos estava entreaberta, e uma fina névoa de incenso flutuava para o vestíbulo. Tiye dispensou o guardião e entrou.

Meketaton estava deitada, escorada por almofadas, um tabuleiro de *sennet* junto dela. Em um lado do divã, Akhenaton sentou-se, vestido apenas com um saiote pregueado, e uma faixa branca na cabeça. A cadeira de Nefertiti também estava puxada para o divã, e ela segurava um cone de brinquedo em uma das mãos. A esposa intermediária ocupava-se em uma mesa próxima. Tiye fez uma reverência, e, enquanto se aproximava, a menina ergueu o rosto pálido, amedrontado, para sua avó, o sorriso tentando, sem sucesso, esconder o pânico nos olhos amendoados. Tiye pegou na mão fria da criança e a beijou.

— Vejo que você está passando o tempo de forma agradável — disse, olhando rapidamente para um santuário do Aton que estava aberto e emitia uma fumaça sufocante sobre o divã. — Se você derrotar sua mãe no *sennet*, eu lhe darei um par de brincos dourados. O que acha? — A janela estava firmemente coberta, tornando o ar na sala sufocante. Tiye procurou os amuletos, mas não existia nenhum. *Teria sido melhor*, pensou, *ter divertido a garota com Cães e Chacais. O sennet é um jogo mágico, portentoso, com profecias, encantos e maldições. Espero que Nefertiti tenha o bom-senso de deixar Meketaton vencer.* Ela fez uma reverência em frente ao faraó. — Meu filho, desejo falar com você lá fora.

326   Pauline Gedge

Akhenaton fez que sim com a cabeça, sorriu para sua filha e foi para o vestíbulo seguido por Tiye.

— É um grande dia — disse ele. — Você não concorda?

— Akhenaton, por que, fora os amuletos em volta do divã, não há nenhum sacerdote para proferir palavras mágicas? E você considera inteligente dificultar a respiração da princesa com tantos incensos que não podem encontrar uma saída?

— Você diz que está estudando a doutrina e, todavia, faz perguntas tão tolas? — Ele bateu de leve em sua cabeça. — O Aton abençoa sem a atração dos feitiços ou as canções dos sacerdotes. Sou o único árbitro anterior ao deus. Todas as orações são dirigidas a mim, e eu as encaminho ao deus. Meketaton compreende isso.

— Então, pelo menos, mande que abram as cortinas da janela.

Ele sacudiu os ombros ligeiramente.

— Muito bem.

— Mandei chamar Tadukhipa. Eu imploro a você, Divino, deixe-a entrar. A princesa a ama, confia nela e ficará animada com sua presença.

— Entretanto, minha pequena Kia é bastante sensível — contestou ele. — Ela gritará.

— Acredito que não, e, mesmo que ela grite, fará muito bem a Meketaton só de vê-la por lá. Por favor, Akhenaton.

— Ah, muito bem. Que Apy a inclua no pergaminho de testemunhas. — Um grito agudo os interrompeu, e Tiye, olhando pela janela, viu o tabuleiro de *sennet* cair no chão e Nefertiti agarrar os cabos dos manguais.

— Será uma longa tarefa — falou com rispidez, a ira apunhalando-a por um segundo ao ver o rosto impassível de Akhenaton enquanto observava sua filha se agitar. — Voltarei para minha casa agora, mas mande uma mensagem se ela perguntar por mim e mantenha-me informada sobre seu progresso. Aqui está Tadukhipa.

A princesa fez uma reverência tímida várias vezes, seu olhar hesitante movendo-se de um lado para outro, entre o faraó e a imperatriz, até que Akhenaton acenasse para ela. Enquanto saía pela porta, Tiye a observava fazer sua reverência para a rainha e sentar-se ao lado do divã em um banquinho que um criado lhe ofereceu.

— Kia! — exclamou Meketaton, o espasmo já passado. Tadukhipa pegou a mão diminuta. — Você ficará comigo? Estou sonolenta agora. Conte-me outra história de Mitanni enquanto descanso.

A DÉCIMA SEGUNDA TRANSFORMAÇÃO   327

Tadukhipa olhou para Nefertiti, que concordou com a cabeça. Tiye virou-se. Os homens estavam começando a ficar sonolentos no vestíbulo, os olhos pesados de sono, seus criados bocejando em volta deles. Eles carregavam pergaminhos, jogos de tabuleiro, jarras de vinho, caixas de cosméticos, o que fosse necessário para ajudar a passar o tempo que teriam de despender na sala aguardando pelo nascimento real. Um a um, ajoelharam para beijar os pés descalços de Akhenaton antes de se retirarem lá para dentro. Tiye fez uma rápida reverência e saiu.

Ela voltou para seu divã, apagou as lamparinas e tentou dormir, mas percebeu que podia apenas cochilar. O amanhecer chegou e, com ele, um hino de louvor ao Aton, soando saturado e ligeiramente mal para os ouvidos exaustos de Tiye. O movimento começou na casa: o ruído surdo de pés descalços, a algazarra de utensílios, o murmúrio de orações matinais cantadas sob a respiração de criados assoberbados de trabalho. Era muito cedo para qualquer novidade, de forma que Tiye foi banhada, vestida e saiu para o jardim. O calor do dia já era insuportável para uma cabeça descoberta. Ela buscou a sombra, comeu uma pequena fruta, e seu escriba leu para ela as Peças da Ressurreição de Abydos, mas ela não podia se concentrar. Piha ajudou-a a se banhar no lago, onde mergulhou até o queixo, seus criados transportadores de dossel mantendo firmes a sombra sobre sua cabeça.

Um criado foi até ela à tarde para reportar que o trabalho estava progredindo lentamente, a princesa estava disposta, e o faraó e a rainha tinham ido ao templo para fazerem orações. O homem lhe assegurou que a princesa Tadukhipa permanecera com a pequena. Tiye o dispensou negligentemente. Passou o restante do dia deitada em almofadas sob os sicômoros, abanada por seus criados suados, enquanto Piha de vez em quando gotejava água sobre ela e trazia roupas limpas para trocar.

Ao anoitecer, enquanto se preparava para entrar, ela ficou surpresa em ver Smenkhara e Meritaton indo para o gramado rodeados de criados. Ela mal tinha conversado com a filha mais velha de Akhenaton e, à medida que observava a menina de treze anos de idade dirigir-se com graça em sua direção, ficou perplexa pela semelhança de Meritaton com sua mãe. Podia ter sido a própria Nefertiti, de olhos acinzentados e esbelta, que estava a ajoelhar à meia-luz para beijar os pés da imperatriz.

— Isso é um prazer, princesa — disse Tiye, batendo de leve nas almofadas enquanto Smenkhara beijava seu rosto com alegria e agachava-se a seu lado. Meritaton afundou delicadamente, arrumando sua roupa com gestos diminutos, finos. — Espero que você esteja bem. Huya me contou

328   Pauline Gedge

que há muita febre nos berçários, e os médicos estão ocupados. Contudo, decerto você tem seus próprios aposentos agora.

— Não deixo ninguém dos berçários entrar — disse Meritaton de modo afável, sorrindo para Smenkhara. — Também foi bom que você tenha ordenado que retirassem o príncipe Tutankhaton. Muitas crianças morreram. — Ela afastou de sua boca os cabelos, que batiam nos ombros. — Parece que os espíritos malignos do verão se apinharam nos aposentos das crianças. Os profetas do faraó poderiam entoar salmos para afastá-los, observando como ele também é o Inspetor dos Espíritos Malignos e deve, a todo tempo, lidar com os infortúnios que querem destruir meu pai e a adoração do Aton ao redor do mundo.

— Então, estou surpresa que Meryra não esteja a serviço nos aposentos de sua irmã.

— Isso é apenas um assunto do corpo, porém — respondeu Meritaton rapidamente. — Meu pai prometeu que Meketaton teria a total proteção da bondade de Aton.

Tiye dirigiu-se ao filho:

— O que você está achando de sua fase com Horemheb? Gosta dos assuntos militares?

Amenhotep respondeu-lhe com um ligeiro sorriso irônico. Desde que veio para Akhetaton, ele havia mudado. A união com Meritaton manteve em xeque o mau humor caprichoso que tanto perturbara sua mãe, e seu rosto tinha perdido a expressão enfadonha, mimada.

— Gosto do comandante, mas não há muito mérito em me esforçar demais ou blasfemar enquanto carrego a pesada cimitarra. As bigas me divertem. Posso, um dia, ser tão capaz atrás das rédeas quanto meu divino irmão. — Ele agarrou a mão de Meritaton. — Entretanto, mãe, não quis vê-la para passar o tempo. Sei que você está preocupada com Meketaton. Todo mundo está.

Com exceção de vocês dois, pensou Tiye. *Há uma união invisível entre vocês que os protege de qualquer outra preocupação.* A cabeça raspada de Smenkhara estava sem adorno, exceto as fitas azuis e brancas amarradas em volta de sua testa, e ele usava um saiote branco transparente em volta dos quadris. *É minha imaginação ou um artifício da luz que lhe faz suspeitar de uma protuberância em sua cintura?*, ela queria saber e, assim, descartou a fantasia.

— Fale, então — pediu com delicadeza. Eles trocaram olhares.

— Queremos ficar noivos. Você me contava com bastante frequência que, já que a rainha não tem um filho, eu serei, cedo ou tarde, aclamado como o Hórus-no-Ninho. Meritaton tem sangue real, como eu. Não pode haver nenhuma objeção para um casamento. Tenho catorze anos. Em dois anos, serei um homem oficialmente, e já sou assim no meu corpo. Meritaton tem idade suficiente para gerar filhos.

Tiye não havia esperado que seu pedido fosse feito tão cedo, no entanto ela sabia que seria em algum momento.

— Você se comunicou com o faraó? — perguntou ela.

— Ainda não. Não acho que a rainha gostará da ideia, porque ela odeia tanto você que tentará convencer o faraó de que a união não é adequada. Por isso, nós lhe pedimos para convencer o deus a respeito de nosso pedido.

— Contudo, eu estou... — Tiye parou. Ela ia dizer que estava convencida de que o faraó tinha outros planos para Meritaton; que, durante anos, ela acreditara que a princesa se casaria com o próprio pai, como Sitamun com Osíris Amenhotep. No entanto, Meketaton fora forçada ao leito real. Talvez Akhenaton aceitasse um pedido dela em favor desses dois. Ela sorriu para eles com cordialidade. — Não posso fazer nenhuma promessa, mas tentarei.

— Obrigada! — Os pequenos dentes de Meritaton brilharam para ela na crescente escuridão. Tenho de ir agora e orar por minha irmã. Você vem, Smenkhara? Podemos nos retirar, Majestade?

— Vá. — Eles ficaram em pé e logo desapareceram na escuridão, seus braços em volta um do outro. Tiye sentiu-se estranhamente confortada ao perceber uma afeição tão simples e feliz.

Ela dormiu por pouco tempo, despertando para receber uma mensagem da residência do faraó de que não havia progresso. *O primeiro filho é sempre demorado*, disse para si mesma, deitada com os olhos abertos na sufocante escuridão de seu quarto. *Mais demorado ainda para um corpo tão imaturo quanto o de Meketaton.* Ela adormeceu outra vez e acordou para descobrir que o amanhecer dera lugar ao sol há duas horas no céu. Novamente, não havia novidades, e, de novo, ela passou um dia inquieta, preocupada, preenchendo o tempo com questões sem importância. Entretanto, ao pôr do sol, um arauto fez uma reverência e informou-a de que, apesar de as contrações de Meketaton se seguirem uma após a outra

330   Pauline Gedge

com rapidez, o bebê havia se mexido pouco, e a princesa estava mais fraca. Tiye mandou chamar Huya.

— Traga uma estátua de Ta-Urt — ordenou ela. — Deve haver uma guardada em algum lugar entre meus objetos domésticos. Em seguida, consiga-me um sacerdote disposto a orar para qualquer deus que não seja Aton. Não importa a qual ele sirva, contanto que saiba as orações para mulheres em trabalho de parto.

— Levará algum tempo, Majestade. Terei de fazer uma busca na cidade.

— Bem, então faça. E rápido.

Era tarde da noite quando ele retornou com uma estatueta votiva da deusa-hipopótamo e um sacerdote furtivo, que colocou as taças de incenso e começou suas orações com um olhar respeitoso em Tiye, que se colocou ao lado dele enquanto realizava o curto ritual. Quando o homem terminou, Tiye deu-lhe ouro, dispensou-o com palavras amistosas e ordenou que Ta-Urt voltasse para a caixa em que Huya a havia encontrado. Em seguida, ela percorreu o palácio.

A multidão de criados e ministros inferiores aglomerados na porta recuava em silêncio enquanto ela passava por eles, mas aqueles lá dentro ignoravam sua presença. Tadukhipa sentou-se no chão com os ombros caídos, os dedos da princesa junto aos seus, cochilando. O faraó segurava um macaco adormecido em seu colo. Sua cabeça estava inclinada. Nefertiti espremia um pano e colocava-o na testa de Meketaton, enquanto a menina gemia. A atmosfera estava insuportável, uma mistura de mau cheiro das cinzas do incenso, suor humano e agonia. Meketaton começou a se debater, dando gritos abafados, e Tiye compreendeu, chocada, que a princesa estava muito fraca para gritar em voz alta. Ela os deixou.

Ela foi convocada de novo logo antes do amanhecer e sabia, mesmo antes de o arauto, solene, ter terminado de fazer a reverência a ela, que Meketaton estava morta. Com os lábios comprimidos de raiva, ela entrou no palácio. A notícia já estava circulando entre os criados, olhos inquisitivos seguiam-na por todo o caminho. Fortalecendo-se, ela cruzou a entrada.

Tadukhipa se fora. O faraó estava recostado no divã, os braços cruzados. Nefertiti soluçava, ajoelhada junto dele. A parteira levantava com cuidado os lençóis ensanguentados, formando uma trouxa, e Tiye desviou o olhar rapidamente. Os nobres que haviam sido forçados a estar presentes durante o trabalho de parto foram embora, com exceção de Ay e Horemheb, que estavam sentados no chão em um canto afastado. A parteira curvou-se diante de Tiye e saiu. Tiye aproximou-se com calma do divã e baixou o olhar. Ninguém ainda tinha fechado os olhos espantados ou limpado o rosto cinzento, salpicado de espuma. Meketaton havia mordido o lábio inferior e o sangue encrustou em seu queixo e manchou os dentes pequenos. Ela estava deitada com os braços delgados estendidos de modo relaxado, o lençol mal cobria os seios deploravelmente achatados, seus ombros ainda arqueados pelo tormento. Tiye debruçou-se e, com delicadeza, abaixou as pálpebras sobre os olhos arregalados. Ela deve ter gemido em voz alta, pois Akhenaton se virou e a olhou. As lágrimas escorreram sobre sua face.

— Era um menino — murmurou ele, formando as palavras tão lentamente e com tanta dificuldade que parecia bêbado. Seus olhos voltaram-se para Nefertiti, agora lastimando com os braços levantados. — Você trouxe tristeza e raiva para o deus — esbravejou —, e ele me puniu. Você quebrou a magia com o escultor. Você enfraqueceu o poder do deus. Você é a culpada! — As últimas palavras foram gritadas, e Tiye percebeu Horemheb se levantar. — Minha filhinha. Ah, Meketaton! — Parennefer correu para seu lado, e Horemheb foi em seguida, pronto para falar palavras tranquilizadoras. Eles retiraram o faraó.

Determinada, Tiye dirigiu-se a Nefertiti:

— Você precisa repousar, Majestade — disse ela, pegando os braços rijos e abaixando-os com firmeza. — Durma agora. Essa explosão não é pesar, mas loucura. Ay, leve-a para seus aposentos. — Ela se voltou para os criados amontoados junto à porta. — Há uma Casa dos Mortos na cidade? Traga sacerdotes mortuários, mas antes providencie que a princesa seja limpa e arrumada. — Ela gritou para eles até que se apressassem e corressem para obedecer. Assim que deixou a sala, o novo sol bateu nas paredes como uma punhada abrasadora.

As mulheres do harém já estavam se lamuriando, e Tiye podia ouvi-las enquanto atravessava o jardim real e se dirigia à entrada no muro. Elas haviam sofrido com frequência nos últimos tempos, à medida que um pequeno corpo após outro era retirado dos berçários, mas esse clamor era amedrontador por sua intensidade. Tiye correu para seus aposentos para fugir do ruído, mas, mesmo no santuário de seu quarto, podia ouvi-lo. Em tom ríspido, ela ordenou que trouxessem vinho, apesar de a manhã mal ter começado, e ficou em seu divã até que convocasse Huya, no fim da tarde.

332   Pauline Gedge

— O faraó resistiu a todos os esforços para se manter em seu divã — respondeu ele. — Ele permanece diante do altar no templo com o sol incidindo sobre ele. Seus ministros temem por sua saúde. A notícia da morte da princesa espalhou-se pela cidade, e as lojas e tendas estão fechadas. A rainha está adormecida. Tomei a liberdade de eu mesmo dar a notícia ao príncipe Smenkhara, Majestade. A princesa Meritaton estava com ele.

— O corpo foi removido?

— Foi.

— Meketaton — murmurou para si assim que ele saíra. — Que insensatez, que perversidade. Quanto tempo resta para que os deuses percam a paciência com meu filho e o castiguem de verdade?

Foram decretados setenta dias de luto à princesa e a seu filho natimorto. O funeral parecia um acontecimento tranquilo, insípido, para Tiye, que permanecia sentada em sua liteira sob o abrigo observando o faraó oferecer a seu deus orações pela sobrevivência do *ka* de Meketaton. Sua atenção se desviara dos rituais para os rostos cansados e chocados dos cortesãos. Não era tristeza pela princesa que os havia incitado, concluiu Tiye, mas uma espécie de temor. Muitos deles haviam, quase de inconsciente, se infiltrado onde Smenkhara e Meritaton estavam, como se o jovem príncipe oferecesse a proteção que almejavam. *Talvez o extenso sonho que os tenha mantido escravos esteja começando a enfraquecer*, pensou Tiye. *O Aton os traiu. De agora em diante, sua fé será matizada com dúvida.* Contudo, tal dúvida não afligiu o faraó. Ele chorava e orava excessivamente, sua voz suave abafada, muitas vezes, pelo choro descontrolado de Nefertiti. Não havia dignidade própria do ritual, e Tiye estava aliviada por voltar para casa.

Uma vez lá, ela deu instruções a Huya:

— Instale um santuário de Amon nos aposentos do príncipe Smenkhara. A adoração de outro deus que não fosse o Aton não foi expressamente proibida. Execute-a por inteiro em público e certifique-se de que as pessoas de Tebas, em particular Maya e os sacerdotes, tomem conhecimento. Acho também que está na hora de Smenkhara começar a trabalhar em sua sepultura. Ele pode conseguir que seus engenheiros a projetem aqui, se ele desejar, mas é imperativo que ele a escave no vale a oeste de Tebas, e com o mínimo de poeira e barulho possíveis. Providencie.

Ela queria se aproximar logo de Akhenaton para garantir o noivado de Smenkhara e Meritaton, mas Ay advertiu-a de que o temperamento do faraó estava constante. Ele estava encerrado em seus aposentos, jejuando e orando, não recebendo ninguém. Contrariada, ela esperou. Uma semana se passou e, em seguida, outra, porém a tristeza do faraó não deu sinais de ir embora.

Um mês após o funeral, um dos oficiais de Ay solicitou audiência com Tiye quando ela seria transportada pelo rio para visitar Tey. Ele estava obviamente agitado e foi acompanhado por alguns ansiosos seguidores de Sua Majestade.

— Divina Imperatriz, seu irmão implora que a senhora vá de imediato aos aposentos do faraó — disse o homem. — A senhora é necessária lá. O faraó está angustiado.

Tiye moveu a cabeça, olhando com pesar para sua pequena embarcação balançando de leve, de modo convidativo, na água azul cintilante.

— Capitão, os marinheiros podem sentar. Huya, seria melhor você destacar uma escolta dos soldados de Horemheb para mim logo. — Em uma hora, ela estava entrando na ala privativa do palácio e, bem antes de passar pelas portas da sala de recepção de seu filho, pôde escutá-lo gritando, sua voz aguda e histérica. Seu arauto bloqueou-lhe o caminho com educação:

— Perdoe-me, Majestade, mas militares não são permitidos na presença do faraó. Por favor, diga a seus soldados para esperarem aqui fora comigo.

Ela o ignorou e, fazendo sinal para seus seguranças, abriu caminho e entrou. Houve comoção após sua entrada, e um grupo dos seguidores, com as cimitarras em punho, pressionou os homens que Horemheb havia lhe concedido. Ela teria se voltado para acalmar a disputa, mas, diante dela, Nefertiti saltou para a frente, apontando o dedo com firmeza, o rosto pálido e os olhos ardentes. Ela estivera chorando. O *kohl* borrara suas faces e, com as mãos, ela borrara a têmpora.

— A culpa é dela! — gritou, a boca tremendo, em seu lindo rosto um trejeito de angústia. — Ela é responsável pelas mentiras! Você não duvidou de meu amor até que ela chegasse! Pergunte a ela a verdade e veja se ela tem coragem de negar!

Rapidamente, Tiye avaliou a situação. Seu filho estava parado, balançando, com os braços cruzados com firmeza em volta do corpo como se sentisse dor, respirando de forma ávida e ruidosa. Horemheb estava ao lado dele, austero e, por um momento, impotente. Em volta deles, o séquito do faraó entreolhando-se com medo e embaraço e tentando parecer imperceptível. Ay observava às escondidas do canto do aposento. Nefertiti caminhava sozinha, suas criadas reunidas longe dela.

— Como você pode falar de verdade? — perguntou Akhenaton, com a voz trêmula. — Você me traiu, me fez de brinquedo diante de meu povo. Confiei em você. Ofereci meu amor a você, e todo o tempo você menosprezou minha devoção. — Ele estava se esforçando para controlar a voz, suas palavras entregues à emoção, sendo quase ininteligíveis. Nefertiti encarou Tiye.

— Conte a ele! — sibilou ela. — Se você o ama, como pode suportar vê-lo nessa agonia? Você e Huya, aquele dissimulado instrumento real, gotejando seu veneno em ouvidos de prontidão. O que você ganha com isso além de destruir meu marido?

Através de seus olhos furiosos, Tiye fitou Akhenaton, que a observava, inclinando-se tenso na direção dela. Seu olhar claramente implorava por um gesto tranquilizador. Ela se virou para encontrar o olhar de Ay.

— Afaste-se, Majestade — disse ela com frieza. — A serpente real em sua testa não é páreo para o disco solar de uma imperatriz. Sua luxúria a levou a isso. Se fosse o faraó, eu a puniria imediatamente.

— Eu sabia! — Akhenaton berrou ao mesmo tempo que balançou os braços. Ele caiu de joelhos e, em seguida, escondeu o rosto com suas mãos trêmulas. — Meketaton morreu por sua causa. Você nunca foi a escolha de Aton para mim, mas eu era fraco, a amava e a tornei minha rainha. Se Sitamun tivesse vivido para usar a coroa, Meketaton não teria morrido. É um castigo pela minha teimosia!

Nefertiti aproximou-se dele, pálida, chocada com o impacto de sua raiva pelas palavras impiedosas.

— Que meu coração seja examinado cuidadosamente pela Pluma de Ma'at, Hórus. Juro que amava minha filha com tanto ardor quanto você — conduziu com aspereza. — Eu nunca a teria prejudicado. Meketaton morreu de sua luxúria, não da minha. Reflita sobre isso antes de me julgar. Tenho apoiado você desde os dias de seu isolamento e mereço mais do que essa humilhação pública. Sei que me irrito com facilidade e, muitas vezes, por tolices. No entanto, se você me punir por algo que eu não tenha feito, estará perdendo sua mais forte aliada .

A sala tinha ficado tão silenciosa que, ao longe, no oeste, o som dos remos na água do rio e o canto dos marinheiros podiam ser ouvidos. As moscas circulavam lentas; o ruído rotineiro, de maneira estranha, não tinha propósito. A respiração do faraó fazia um ruído estridente na atmosfera serena, e ele não respondeu. Seus olhos estavam fechados, as narinas, alargadas. *Não imaginei nada assim quando dei a Huya suas instruções*, Tiye pensou horrorizada. *Eu queria uma tensão, uma pequena desavença, um espaço entre eles no qual eu pudesse me encaixar, não um vácuo extenso o suficiente para tragar todos nós. E se ele ordenar a execução de Nefertiti?*

— Majestade — iniciou ela, mas, ao som de sua voz, ele gritou:

— Cale-se! — E levantou-se, todo o movimento de seu corpo pesado como uma lenta advertência. Voltando-se para Nefertiti, murmurou: — Você perdeu o direito de pertencer à família do deus. Desapareça. Leve seu amante com você. Já que Aton é um deus benevolente, não a prejudicarei. Você será banida para o Palácio Norte.

Naquele momento, a dignidade de Nefertiti a abandonou. Caindo, ela agarrou os joelhos do faraó e começou a soluçar:

— Akhenaton, não lhe fiz nenhum mal, eu lhe dei lindos filhos, compartilhei de suas visões. Não me jogue fora, eu imploro! Quem cuidará de você quando estiver doente? Quem ficará com você quando se levantar para orar à noite? Farei o que você pedir, atirarei esterco sobre minha cabeça, eu a rasparei e farei luto, mandarei matar o escultor, caso você assim deseje, mas não se coloque uma vez mais entre as garras dos abutres que o odeiam.

Diante de suas débeis palavras iniciais, Akhenaton visivelmente se comovera, engolindo diversas vezes, mas a menção indelicada de Thothmés fez com que ele endurecesse. Seu olhar percorreu até a janela, e sua mão cheia de anéis gesticulou impacientemente para seus guardiães. O capitão veio de imediato, levantando a rainha com reverência, mas com firmeza, e conduzindo-a à porta. Estupefata, ela não resistiu, até que se defrontou com Tiye. Em seguida, libertou-se do soldado que a deteve e levantou os punhos fechados sob o queixo de Tiye.

— Você morrerá por isso — murmurou tão baixo que Tiye teve de se esforçar para ouvir. — E não me importa qual método terei de utilizar para fazê-lo. Já estou desgraçada. Não há mais nada a temer.

Olhando para o rosto borrado de lágrimas, desfigurado, Tiye colocou uma das mãos no ombro da mulher.

336   Pauline Gedge

— Não estou arrependida, Majestade — respondeu com suavidade, sabendo que suas palavras podiam ser interpretadas de muitas maneiras.
— Vá com dignidade.

Nefertiti estava agitada. Lançou-se sobre Tiye, mas a imperatriz polidamente se afastou, os seguidores saltaram em sua defesa com habilidade, e as portas logo se fecharam à saída da rainha. Horemheb, após uma olhada no faraó, começou a guiar os outros à saída.

Akhenaton continuou a olhar em devaneios pela janela, as sobrancelhas erguidas e um pequeno sorriso nos lábios, mas seu corpo se movia com intermitência enquanto seus músculos tensos se contraíam.

Ay segurou o cotovelo de sua irmã.

— Você venceu, mas não me agrada o preço — sussurrou ele.

Tiye atacou-o:

— Pretendo retornar a Malkatta, onde devia ter ficado desde o início e deixado todos vocês se destruírem — disse com amargura. Ela teria continuado, mas, sentindo-se observada, virou-se para ver o olhar de seu filho sobre ela, estranhamente brilhante, fixo, sem pestanejar. Ay fez uma reverência e saiu. Horemheb teria se aproximado do faraó; porém, com uma violenta e silenciosa dispensa, ele também fez uma reverência, os lábios enrugados, e saiu. Tiye e Akhenaton ficaram sozinhos.

— Você é um abutre? — disse ele sociavelmente. — Dará bicadas em minhas entranhas? — Ele tentou levantar uma taça de vinho à boca, mas seu braço se agitava de forma tão incontrolável que o líquido estava entornando no chão. Respirando fundo, Tiye deu um passo largo até ele, controlando a taça, compelindo-o a uma cadeira. A seu toque, de repente, ele perdeu a firmeza e segurou-se nela, escondendo o rosto em seu colo.

— Perdi filha e esposa no intervalo de poucas semanas — lamentou.

—Certamente, agora, o Aton está satisfeito! Estou sofrendo, mãe! Coloque seus braços em volta de mim. Jure que sempre ficará comigo!

Tiye o abraçou retraindo-se com o frenético aperto de suas mãos. Ele logo parou de soluçar alto, e ela foi capaz de se libertar deixando-o em seu divã e puxando o lençol sobre ele. Ele se cobriu até o queixo e ficou de olhos abertos. Ela pediu para ser dispensada, mas ele não respondeu. Após um instante, ela fez uma reverência abrupta e foi embora.

Nefertiti mudara-se com desdém para o Palácio do Norte no dia seguinte, deixando seus empregados começarem a empacotar seus pertences.

Os cortesãos que fomentavam intrigas ficaram desapontados ao perceberem que ela saiu derrotada e pálida, mas de cabeça erguida. Muitos espectadores acreditavam, contudo, que o rompimento entre a rainha e o faraó seria temporário. O delito de Nefertiti não havia sido sério. O faraó agira de forma precipitada e lamentaria, e a rainha retornaria a seus aposentos. A imperatriz estava bastante idosa para assumir o lugar da rainha, e nenhuma concubina daria ao faraó a relação íntima que ele compartilhara com a bela sobrinha da imperatriz. A corte também aguardava a expulsão do escultor, e diversos ministros tentaram insinuar ao faraó que seu serviço real lhes dava direito à propriedade no rio que ele lhe concedera, mas, de modo peculiar, Akhenaton culpava sua esposa, não o belo e talentoso jovem, pelo deslize. Ela estava entre os iluminados; devia ter se portado melhor. Tutmés não era nem mesmo proibido de visitar o Palácio do Norte. O faraó simplesmente deu as costas à rainha e ao escultor da mesma forma.

Entretanto, cortesãos que esperavam uma reconciliação após um período razoável de punição não haviam compreendido as sutilezas da filosofia religiosa de Akhenaton. Um membro da família sagrada de Aton havia retornado para obter a afeição que tornara tão forte o círculo de proteção em volta do faraó. Aos olhos de Akhenaton, o mérito de Nefertiti por ser um elo mágico agora era suspeito. O mês de Athyr passou, e o de Khoyak. O Nilo transbordou e transformou a margem oeste em um lago calmo que refletia a suavidade invernosa do céu. A imperatriz era vista nas salas de audiências e no templo todos os dias, altiva e inacessível, acompanhando seu filho aonde quer que ele fosse. Apesar de o casal real conversar e sorrir entre si, não havia demonstrações extravagantes de afeição física às quais a corte se acostumara. Nem os criados mais próximos do faraó sabiam em que nível mãe e filho se comunicavam, e Parennefer era um criado muito experiente para deixar transparecer o fato de que o faraó e a imperatriz não dividiam a cama.

Com a deposição da rainha, Tutu percebeu o quão precária era sua posição e tentou mais uma vez dar a seu escritório uma aparência de ordem, mas as semanas se passaram, e tornou-se óbvio que a imperatriz não poderia fazer o que bem quisesse. O temperamento do faraó era imprevisível, e qualquer pressão feita para oprimi-lo era ignorada ou resultava em explosões de retórica veemente. Ay, Tiye e Horemheb finalmente reconheciam que a recusa do faraó em considerar o caos além das fronteiras do

Egito se originava de sua profunda convicção de que seu deus traria ordem apenas por meio de suas orações, e eles mudaram de política. Nenhum dia se passava sem que o nome de Smenkhara fosse insinuado a seus ouvidos: como o jovem era devotado, como era leal ao faraó, como se adequava bem à real família do sol. Seu sentimento de irmão para irmão era reiterado com frequência, mas tomava o cuidado de não mencionar o fato de que o pai de Smenkhara fora o homem que Akhenaton ainda odiava. O faraó ouvia, sorria com indulgência, mas não fazia comentários.

Tiye havia recrutado novos espiões entre os soldados de Horemheb, colocando-os no Palácio do Norte, mas era difícil obter notícias. Nefertiti havia se retraído por completo, e seus empregados permaneciam lealmente silenciosos. O tráfego através do alto muro duplo que separava a propriedade do norte do resto da cidade era fraco e observado com assiduidade pelos guardiães na entrada. O acesso era mais fácil pelo rio, mas, mesmo assim, os homens de Tiye corriam um grande risco porque o lado oeste do Palácio Norte ultrapassava uma sucessão de terraços ajardinados que desciam por extensos degraus do embarcadouro, e, mesmo que se ficasse na janela, não haveria uma visão total do movimento no rio. Os espiões na casa de Horemheb saíam-se melhor. Um fluxo de informações sussurradas fluía para a casa de Tiye, mas, como a maioria delas era inócua, ela foi forçada a concluir que Horemheb já havia descoberto seus homens, porém os deixara de lado.

Os dois atentados contra sua vida causaram preocupações mais imediatas. Um de seus provadores de alimento morreu em agonia, e um criado ficou muito doente após provar, às escondidas, a cerveja que seria transportada a seus aposentos. Apesar de uma busca cuidadosa, Tiye não pôde ir no encalço dos culpados. Por isso, embora gostasse de cerveja, relutantemente preferia o vinho, que ela insistia que fosse deslacrado apenas em sua presença.

Ela não tinha medo de morrer e, cada vez mais, ansiava por ela. Tornava-se cada vez mais difícil sair da cama a cada manhã, manter-se desperta durante os dias intermináveis de protocolo solene, encontrar tempo para deitar à beira-d'água e deixar sua mente vagar por onde pretendesse. Ela via que estava idosa, que desfrutaria, verdadeiramente, um insignificante deslocamento cada vez maior para a enfermidade e a morte, de acordo com o respeito e as recompensas devidas a uma deusa, imperatriz e mãe de um faraó. Contudo, era necessário suportar a ajuda do homem que ia com regularidade tingir seu cabelo, os maquiadores que habilidosos, escondiam a devastação de seu rosto, os costureiros que faziam o possível para disfarçar um corpo esgotado. Os aspectos internos do Egito não mais lhe importavam, mas aos estrangeiros, sabendo que ela, ainda sentada no trono de ébano, podia parar e pensar duas vezes antes de se lançar com mais intensidade na guerra. Eles podiam não saber ou somente supor, a partir de relatórios adulterados e suspeitos, que ela não mais exercia seu poder, que servia somente para deter diante do mundo a lembrança de um Egito mais feliz. *Resistirei até que o futuro de Smenkhara esteja assegurado*, disse a si mesma. *Ay está bastante idoso para que eu possa contar com ele, mas Horemheb conduzirá Smenkhara de volta a Tebas.* Ela começou a orar, quase consciente de si mesma, para Hathor, deusa da juventude e da beleza, com um fervor que nunca trouxera para suas práticas religiosas, pedindo somente que ela pudesse manter sua força até que não mais fosse necessária.

20

Smenkhara aguardava todos os dias na expectativa de um chamado de sua mãe ou do faraó para dizer-lhe que um contrato de noivado entre ele e Meritaton fora aprovado, mas o tempo passou e nenhum arauto foi até ele com as palavras que mais queria ouvir. Às vezes, imaginava se o choque da morte de Meketaton e a subsequente expulsão da rainha haviam tirado o noivado da mente de Tiye, mas, conhecendo-a bem, duvidava. Queria acreditar que ela estava aguardando um momento favorável para se aproximar do faraó. Todavia, em sua impaciência, ele decidiu, uma centena de vezes, abrir mão de toda cautela e dirigir-se diretamente a seu irmão. Ele e Meritaton não conversavam sobre outro assunto todas as tardes, quando se encontravam em seus aposentos particulares, e Meritaton, de forma que lhe era peculiar, acalmava sua inquietação, mostrando que eles esperaram tanto tempo que seria tolo arriscar sua felicidade com um ato precipitado. Com relutância, Smenkhara canalizou as energias para suas lições com Horemheb e tentou se contentar em ver a princesa com a maior frequência possível.

Entretanto, um dia, quando ele foi fazer sua visita habitual, os guardiães dela afastaram-no de suas portas. Surpreso, tentou argumentar. Eles o escutaram com respeito e em silêncio, porém, cada vez que ele tentava empurrá-los para entrar, era detido.

— Vocês estão todos loucos! — gritou para eles enquanto ia embora. — Venho aqui quase todos os dias. Pedirei que a princesa os substitua!

Uma hora depois, ele encontrara uma parte do muro que protegia o pequeno jardim da princesa sem vigilância. Em poucos minutos, estava subindo onde ela sentava desatentamente, ao lado de sua piscina, friccionando seus joelhos e com o olhar furioso.

— Qual é o problema com seus guardiães, princesa? — reclamou. — Recusaram minha entrada, e tive de subir seu muro. Veja como me arranhei! — Ele se jogou na esteira a seu lado, e sua mão encontrou um dia-

A Décima Segunda Transformação   341

dema. — Esta é a coroa da rainha! — exclamou. — Sua mãe está aqui? — Ele olhou rapidamente em volta do jardim. — A expulsão foi suspensa?

Habilmente, ela tomou a coroa de volta.

— Não — respondeu ela. — Meu pai a trouxe cedo para mim esta manhã. Vá embora, Smenkhara.

Ele se aproximou, puxando seu cabelo de forma que ela teve de olhar para ele.

— Com que ânimo infame você está! Pensei que podíamos ir pescar ao pôr do sol. O pescado estará mordendo bem, e a brisa no rio estará agradável. Mereço um pouco de tempo para mim mesmo. Estive atirando com o arco o dia todo com Horemheb. Por que, Meritaton? Qual é o problema?

Ela moveu a cabeça com desagrado; então, ele teve de soltar seus cabelos.

— Você nunca mais poderá me chamar pelo nome — disse com frieza, embora sua boca tremesse. — Para você, sou Majestade, a Grande Esposa Real. Você ainda é apenas um príncipe, Smenkhara.

Por um momento, ele não entendeu. Em seguida, aflito, ele a puxou para si abruptamente, falando diante de sua boca:

— O faraó a tornou rainha, não é? Não acredito. Minha mãe prometeu! Diga-me que é apenas no título!

Seus lábios moveram-se frios contra os dele:

— Não. Não é. — Ela recuou. — Ontem, meu pai me levou a Maru-Aton. Caminhamos nos jardins. Ele me ofereceu a coroa de rainha, e, quando a recusei, por sua causa, ele disse que eu não tinha escolha. — Sua voz estava serena, o olhar, fixo em seu rosto. — Ele disse que, diferente de minha mãe, sou uma completa filha real do sol, mais digna de usar a serpente. Vou me mudar para a antiga residência de minha mãe amanhã. Obedecerei ao desejo do Disco Solar.

Como resposta, ele a beijou, a raiva enrijecendo sua boca e tornando-o cego para tudo, exceto para a dor e a traição que sentiu. Ela lutou contra ele e, libertando-se, exclamou:

— Não! Você me machucou! — Ele a empurrou. Com cuidado, ela sentiu seus lábios. — Se fizer isso de novo, você será executado — disse ela. — Ordenei a meus soldados que o mantenham distante de mim. Não venha a mim outra vez.

— Como você está calma! — Ele sorriu com desdém. — Não estava entendendo que ambições você ocultou sob esse sorriso vencedor. Espero

342   Pauline Gedge

que a glória de ser onipotente compense-a pelo toque flácido de seu pai. Mas talvez você tenha sentido prazer. Rainha do Egito! Rainha de qualquer forma, como esposa de seu pai ou, mais tarde, minha, se tudo saísse bem. Na minha inocência, eu a julguei mal, Majestade. — Ele colocou o máximo de desprezo e sarcasmo que pôde nas últimas palavras.

Meritaton retraiu-se, com a cabeça baixa, e, enquanto ele se levantou e virou para partir, ela gritou:

— Smenkhara! — Ele virou com desdém, mas, observando seu rosto, ajoelhou-se e abriu os braços. Ela se jogou neles, e, por um longo tempo, eles se abraçaram ardentemente, girando de um lado para outro até que as lágrimas parassem. Em seguida, eles se sentaram de mãos dadas, sem se olhar.

— O Egito me louvaria por matá-lo — murmurou Smenkhara, e ela apertou sua mão, sacudindo a cabeça.

— Ele é meu pai, e eu o amo — retrucou ela. — Seria melhor você ir. O Aton diz coisas a ele. O deus pode contar-lhe sobre você e eu, aqui hoje. Adeus, Smenkhara. — Ela tateou para alcançar o diadema e o pôs sobre sua testa. Os olhos de cristal da serpente reluziam com perigo para ele. Ele fez uma reverência de forma respeitosa e fugiu.

Passando a noite no salão de banquetes, no qual um escravo carregava um jarro de vinho lacrado para a imperatriz, Huya viu o príncipe escapar pelos fundos por meio de uma passagem que permitia aos escravos da cozinha levar comida às salas particulares do faraó. Assim que entregou o vinho lacrado na presença de sua ama, ele se retirou, convocando diversos guardiães de Tiye pelo caminho, e encontrou Smenkhara parado nas sombras, na porta do faraó, fora da visão dos guardiães. Ele fez uma reverência.

— Estou feliz em tê-lo encontrado, Alteza — disse ele com suavidade. — Sua mãe deseja que você a visite em seus aposentos.

Smenkhara suspirou:

— Muito bem, mas ela comerá por algumas horas ainda. Irei mais tarde.

— Perdão, príncipe, mas ela não desejará ficar esperando. Pedi a esses Seguidores que o acompanhem à sua residência.

Um entendimento resignado tomou o rosto de Smenkhara.

— Você parece uma velha intrometida, Huya. Aqui. Tome. — Ele tirou uma pequena cimitarra de seu cinto e jogou para o camareiro.

Impassível, Huya agarrou-a e desapareceu nas volumosas dobras de sua roupa.

— Sugiro que Vossa Alteza passe o tempo com esses homens discutindo o atual estado de defesa em Akhetaton. A imperatriz estará com você daqui a pouco.

Huya não precisou de mais do que umas poucas palavras diplomáticas com Tiye enquanto ela deixava o salão e, exausta, saía para seu quarto. Tão logo sua peruca e suas joias foram retiradas e ela vestira seu chambre, ordenou que Smenkhara entrasse e Piha e suas mulheres saíssem. Seu filho entrou e fez uma reverência; em seguida, ficou parado, timidamente, com as mãos por trás de suas costas. Tiye olhou para ele de modo resignado.

— É bom que Huya tenha olhos perspicazes, ou você estaria morto agora — disse com rispidez. — Esse comportamento é muito infantil. Por que você nunca foi capaz de pensar além do momento?

— Você me disse que eu podia ter Meritaton! — relembrou a ela.

— Você disse que eu devia ser paciente! Fui o mais paciente possível, e para quê? Deixei meu futuro em suas mãos, onde ele se desintegrou.

— Não lhe disse que você podia ter Meritaton — lembrou-lhe com frieza. — Disse que um dia você provavelmente seria faraó e, como tal, poderia, então, casar-se com ela. Reflita, Smenkhara! Seu tio, Horemheb e eu estamos cantando seus louvores para o faraó todos os dias. O tempo ainda sorrirá para você. Então, você terá a princesa e tudo o mais que desejar.

Ele cerrou os punhos e fitou-a com rebeldia.

— Não quero esperar! — gritou. — Não a quero ouvir nunca mais quando você matraquear sobre paciência! Eu perdi Meritaton, e a culpa é sua!

Tiye foi à frente e, segurando-o pelos ombros, sacudiu-o com violência.

— Bem, então veja se você pode se aproximar o suficiente do faraó para matá-lo! — respondeu aos gritos. — Você é um pirralho lamuriento, manhoso, e seu pai real lhe viraria as costas se pudesse ouvi-lo agora. Não falo com você para ouvir minha própria voz. Estou farta de você. O Egito merece mais que uma criança mal-humorada que não pode esperar para ganhar uma guloseima. Vá e veja como os guardiães do faraó podem rapidamente cortar sua barriga e se livrar de você!

Ele meneou os ombros para ela com indiferença.

344 Pauline Gedge

— Eu a odeio porque você sempre está certa — respondeu com desprezo. — Você está certa e é fria. Minha dor não significa nada para você?

— Claro que sim. — Exausta, ela deu as costas e jogou-se no divã. — Contudo, você não se tornará um homem até ser capaz de esconder sua dor, dominar toda a sua frustração e continuar a seguir seu caminho que foi escolhido. Os deuses não confiam em um escravo.

— Você deveria ter uma sacerdotisa. — Seu lábio torceu. — Deixe-me ir.

— Vá, seu tolo.

Ela não esperou até que as portas se fechassem atrás dele; com um suspiro, recostou o corpo dolorido no divã e sentiu seus músculos se soltarem aos poucos. O golpe fora nela também. A notícia da decisão de Akhenaton de se casar com sua filha chegara como um choque amargo, mas ela, diferente de Smenkhara, compreendia que aquilo, com o passar do tempo, nada significaria. De importância bem mais significativa era a nomeação de um herdeiro, e Tiye sabia que devia concentrar suas forças em declínio somente naquela tarefa.

Meritaton rapidamente se adaptou ao diadema da serpente e às novas responsabilidades e privilégios que o acompanhavam. Mais madura que o jovem que amava, ocultou seus sentimentos por ele bem abaixo do prazer que estava aprendendo a ter ao governar. Agora, pai e filha se beijavam e se acariciavam, abraçando-se e sussurrando nos ouvidos um do outro enquanto estavam na biga ou sob o dossel do duplo palanquim. Meritaton ficava ao lado dele na Janela das Aparições, uma versão mais jovem de Nefertiti, sorrindo e acenando para as multidões da cidade, enquanto Akhenaton fazia seus pronunciamentos, expressava amor por seu povo e despejava o Ouro de Benefícios sobre qualquer ministro que o tinha vangloriado recentemente. A posse de Meritaton parecia trazer a ele uma paz instável. Sua saúde melhorou, o que ele retribuía em público no templo, agradecendo a Aton por seu bem-estar.

Meritaton não demonstrava nenhuma mudança semelhante. Por fora, ela permanecia uma garota bela, alegre, atenciosa com seu pai e marido, soberba com seus empregados e graciosa com os membros da corte. Apenas seus criados de quarto sabiam que ela balbuciava enquanto dormia e, com frequência, acordava chorando. Um espião informara a Tiye que a rainha deposta no palácio do norte rira histericamente com a notícia de que fora substituída por sua filha e dera graças de que a imperatriz não estava conseguindo tudo o que queria. Tiye manteve essa preciosa fofoca para si mesma. Considerou a situação temporária. Como tantas outras, acreditava que enfim Akhenaton cederia e libertaria a princesa, relegando Meritaton ao lugar no harém que sua irmã Meketaton ocupava.

No entanto, um dia, enquanto atravessava a Estrada Real em sua liteira com Beketaton a seu lado, sendo transportada para seu dossel no templo, ouviu golpes do martelo na pedra. Seus porta-leques reduziram o passo, e, impaciente, ela levantou as cortinas para gritar que se apressassem, apenas para ver que eles e os soldados que a acompanhavam estavam tentando forçar a passagem por uma multidão de moradores da cidade. Um pó de pedra branco ergueu-se sobre eles em uma nuvem sufocante. Beketaton espirrou e cobriu a boca delicadamente, mas Tiye estava curiosa demais para se preocupar com o desconforto.

— Capitão, desvie dessa plebe para que eu possa ver o que está acontecendo — ordenou e, deixando a cortina cair, aguardou, na privacidade da companhia de sua filha, ouvindo os gritos e os golpes dos soldados. Quando Huya levantou as cortinas da liteira, a estrada estava livre. A poeira ficou suspensa como névoa pálida, através da qual os pedreiros podiam ser vistos, ignorando sua presença, seus grandes martelos levantando e abaixando, as costas nuas brancas com a poeira que se agarrava à sua transpiração. Ao lado deles, diversos homens trabalhavam mais delicadamente com formões e pequenos martelos, interrompendo o trabalho de vez em quando para tossir. Com um aceno, Tiye fez seu arauto parar de dar ordens diretas a eles.

— Vá e pergunte ao supervisor o que eles estão fazendo — exigiu. Ela observou enquanto seu criado, vestido de forma impecável, se dirigia pelos cascalhos a contragosto, com um canto de seu saiote contra o rosto. O supervisor fez uma profunda reverência diversas vezes, palavras foram trocadas, e o arauto as repetiu com afetação e ajoelhou-se diante dela.

— O faraó emitiu uma norma esta manhã — explicou ele. — Todas as imagens da rainha Nefertiti em Akhetaton devem ser removidas, e seu nome deve ser eliminado de todas as inscrições. Quando isso tiver sido executado, o nome da rainha Meritaton e seus títulos serão entalhados no lugar.

Tiye arregalou os olhos para ele.

346 Pauline Gedge

— Muito bem. Vá embora. — Ela se recostou nas almofadas enquanto a liteira era levantada, absorta em seus solavancos à medida que seus porta-leques seguiam em frente.

Beketaton fez beiço.

— Meritaton sortuda — disse ela. — Você acha que um dia o faraó pode casar-se comigo e colocar meu rosto em toda Akhetaton?

— Não seja estúpida! — disse Tiye com rispidez, sem ouvi-la. *Isso não foi apenas um sinal de grande generosidade para sua filha*, pensou ela rapidamente, *mas uma humilhação derradeira para Nefertiti, uma tentativa de não só expressar um rancor feroz contra ela, mas também, de fato, de tirar sua vida. Um nome tem magia! Se um nome sobrevivesse à morte, os deuses concederiam a seu portador vida no próximo mundo. O faraó tem de compreender que ele não pode eliminar todas as aparições do nome dela*, pensou Tiye. *Foi gravado na pedra muitas vezes em diversos lugares. É um ato de uma criança desapontada ou de um homem covarde e perigoso.*

— Não quero fazer minhas orações hoje — reclamou Beketaton. — Ankhesenpaaton tem um novo gato e uma caixa completa de crocodilos de brinquedo que ela quer me mostrar. Os crocodilos movem suas mandíbulas quando você os empurra.

— Muito agradável — murmurou Tiye distraidamente. Uma nova e horrenda possibilidade tinha ocorrido a ela. E se, por trás do impenetrável muro que separa o Palácio do Norte da vida da cidade, Nefertiti já estivesse morta? Com o som dos poderosos martelos ainda repicando em seus ouvidos, Tiye de repente acreditou que, em nome de seu deus, Akhenaton seria capaz de qualquer coisa.

Ela mal pôde suportar o lento passar das horas, até que seu irmão e Horemheb pudessem ser convocados. Já era noite quando eles fizeram suas reverências para ela na privacidade de seu jardim. Tão logo todos estavam acomodados, ela declarou seu temor.

Horemheb sacudiu a cabeça com vigor.

— Não. A rainha vive.

— Então você tem estado em contato com ela, talvez a tenha avistado — disse Tiye severamente. — Você acabou de cometer um erro de estratégia, comandante.

— E seus espiões estão fazendo um mau trabalho, imperatriz — respondeu ele. — Ela me convocou em segredo.

A DÉCIMA SEGUNDA TRANSFORMAÇÃO   347

— Com que propósito? Você deve estar disposto a contar-me ou não teria se revelado dessa forma.

— Ela queria garantias de minha lealdade. Pediu minha opinião sobre a chance de uma revolta bem-sucedida no palácio.

Assustada e furiosa, Tiye olhou para o rosto de Ay, um círculo pálido não evidenciado à meia-luz dos archotes distantes.

— Você sabia disso?

— Não, Tiye, — respondeu com calma. — Mas eu o esperava.

— Suponho que eu também. Qual seria o objetivo dela, Horemheb? A Coroa Dupla para Smenkhara? Para o pequeno Tutankhaton, apesar de pouco provável? Poder supremo para si própria ou talvez até para você? A estupidez míope daquela mulher não tem limites!

Horemheb riu com melancolia.

— Poder para seu ego ilustre através de mim. Ela não gosta de seus filhos com Osíris Amenhotep, Majestade e, provavelmente, deseja eliminar ambos. Ela se casaria comigo ou com Tutankhaton.

A ideia era tão irracional que Tiye foi tentada a rir.

— Você a dissuadiu?

— Fiz o melhor que pude, usando os argumentos que expusemos juntos há muitas semanas. Penso que ela está começando a ver os resultados das políticas desastrosas de seu marido, mas nunca cooperará com você ou com seu pai. Ela tem muito tempo para pensar. É uma mulher amarga.

— Isso é culpa sua. A revolta do palácio, realmente! O tempo de mudança não virá até que o faraó morra. Eu me convenci disso. Qualquer nova administração preocupada com a volta do Egito a seu antigo poder precisará da confiança e da cooperação dos sacerdotes de Amon.

— Eu sei. — A voz de Horemheb estava serena. Ponderei todo o assunto e cheguei à mesma conclusão.

Eles conversaram um pouco mais, sem entusiasmo, e, então, separaram-se. Tiye sentou-se na escuridão aromática. *Estou furiosa porque eu mesma deveria ter planejado e executado uma revolta*, pensou. *Nefertiti não tem coragem para levar seus planos a uma conclusão bem-sucedida. É aquela fraqueza que dá a Horemheb a incerteza de se aliar a ela. Entretanto, não posso prejudicar meu filho. Há lembranças demais.*

348   Pauline Gedge

As semanas que se passaram foram macabras para Tiye. Resignada ao conhecimento de que sua influência em todas as importantes esferas do governo havia se retraído a sugestões despercebidas, ela meditou sobre os erros do passado e sua atual impotência. Sabia que não estava em sua natureza se render à derrota, mas se aproximava do desespero quando abria os olhos a cada manhã para enfrentar as horas que aguardavam serem preenchidas com o que pudesse inventar. Às vezes, visitava Tey, sua cunhada, mas seu modo meditativo e sua falta de preocupação com acontecimentos além das fronteiras que erguera para si a tornavam uma companhia desagradável. Tiye ditou muitas cartas para sua velha amiga Tia-Há, cujos pergaminhos, cheios de vívidas descrições da vida em sua propriedade modorrenta no Delta, chegavam com regularidade e tentavam fechar sua mente para as grandes preocupações do Egito, sobre as quais ela nada podia fazer, mas sua frustração não podia ser atenuada.

Um dos eventos que serviram apenas para aguçar o desânimo de Tiye foi a partida de Aziru de Akhetaton. O faraó ofereceu-lhe um magnífico banquete de despedida, no qual dançarinos, cantores, acrobatas e animais treinados divertiram por horas enquanto um suculento prato fumegante seguia outro, acompanhado pelas melhores safras de vinho. Akhenaton convidara Aziru para se sentar à esquerda do seu trono, uma honra singular. Meritaton, resplandecente em linho amarelo e carregada de ouro, sentou-se à sua direita, e Tiye foi relegada a uma posição atrás dele, onde ouvia as conversas entre o estrangeiro e seu filho com crescente desalento. *Não se deveria ter concedido a Aziru o privilégio de uma cadeira ao lado do trono,* pensou Tiye, *mas sim com os outros embaixadores no meio do salão, de onde o faraó se mantém distante e poderoso em suas joias e na luxúria magnificente de sua Coroa Dupla. Ele deveria ter se sujeitado a uma audiência friamente digna, na qual o faraó pudesse fazer pressão para renovar um tratado entre eles e dar palpites, em retribuição, se Aziru favorecesse qualquer fomentação de guerras.* No entanto, durante a maior parte da noite, Akhenaton simplesmente cortejou sua nova rainha, descreveu, com deleite, seus projetos de construção e expôs o desejo do Aton de que todos os homens deviam viver a paz universal. Tiye rezara para que o tema não viesse à tona, mas a própria Meritaton o precipitou.

A Décima Segunda Transformação   349

— Espero que você tenha desfrutado a paz de sua estada no Egito — disse ela com educação. — A perspectiva de um retorno a uma parte do império atingida por penúria e guerra deve ser dura.

Aziru dirigiu um olhar inexpressivo para ela.

— A quietude da vida no Egito é uma verdadeira bênção — respondeu. — Um cidadão desta terra favorecida, vivendo em tranquila satisfação, nunca deve conhecer a conflagração de fogo e cimitarra que enfurece em toda parte.

Como ele é audacio⸱⸱ e despudorado, Tiye pensou. *Ele se sente completamente seguro em lembrar ao faraó o estado do império.*

— Mas o Egito tem o melhor exército no mundo — continuou Aziru, suavemente. — O que ele poderia temer?

— Sonho com o dia em que o exército será dissolvido — expressou-se Akhenaton — e a paz do Aton governará o mundo com o Egito como seu manancial. O deus que dá a vida a todos não tem relações com a morte. Escute, Aziru, as palavras que ele me disse sobre esse assunto: "Os olhos dos homens veem beleza até que Tu a estabeleças. Todo trabalho é descartado quando Tu colocas no oeste. Quando Tu levantas de novo, Tu fazes toda mão florescer para o rei, e a prosperidade em toda base, desde que Tu estabeleceste o mundo e os ergueste para Teu filho que provém de Tua carne..."

Meritaton observava seu marido com um sorriso, e Tiye o escutava com persistência, seus olhos no perfil anguloso de Aziru. Ele estava movendo a cabeça com educação, até cordialidade, mas Tiye podia imaginar os pensamentos desprezíveis que preenchiam a mente obscura. O acanhamento acossou-a ardentemente.

— As palavras estão cheias de amabilidade   disse Aziru, depois que Akhenaton terminara e esperava, com expectativa, por um comentário. — Você tem o dom da poesia, Divino. Esses sentimentos são passados para seus soldados, assim como para os membros de sua corte?

Tiye gemeu por dentro enquanto Akhenaton assentia com a cabeça.

— Decerto. Todo o Egito compartilha das revelações que Aton me concede. Você gostaria de levar um sacerdote do Aton de volta para Amurru, a fim de instruir seu povo?

Determinada, Tiye recusou-se a assistir ao restante da conversa e, um pouco mais tarde, desculpou-se e foi para seu divã. Ela não convocou Aziru para uma audiência antes que ele partisse nem estava nos degraus

350 Pauline Gedge

do embarcadouro para se despedir dele. Nada que ela pudesse lhe dizer agora importaria porque ele já tomara uma decisão. Ele havia observado a chegada dela em Akhetaton, visto Nefertiti degradada, ponderado sobre a ascensão da estrela de Meritaton, em vez do filho de Tiye, e tirado suas conclusões. O faraó despediu-se dele com muitas ricas oferendas e o choroso abraço de um irmão. *Eu teria atravessado uma lança em seu coração negro e enviado seu corpo mutilado para Suppiluliumas,* pensou Tiye. *O tempo em que o Egito podia ter reconquistado Aziru como um aliado se foi há muito.*

Tiye e Meritaton tiveram pouco a fazer uma com a outra desde o casamento da menina com o faraó e haviam se encontrado somente no templo ou, de vez em quando, no banquete. Dessa forma, Tiye ficou surpresa quando, no meio do mês de Phamenat, o arauto da rainha apresentou uma solicitação que era, de fato, uma ordem real. Levando Huya, Tiye dirigiu-se à residência da rainha. Não estivera lá desde seu pungente encontro com Nefertiti, e a lembrança daquela reunião retornou com toda a sua frustração. Meritaton aceitou a educada reverência de Tiye com um sorriso e, indo à frente, beijou sua avó na face. Ela parecia viçosa e bonita em uma roupa branca e com brincos e colar de turquesa. O diadema da rainha estava colocado em seu cabelo preto liso, do qual pendia uma rede dourada trançada, finamente adornada com minúsculas turquesas que cobriam sua cabeça. Tiye pensou que Meritaton seria ainda mais bela do que sua mãe, porque seu rostinho impecável reluzia com suavidade e delicadeza, traços que Nefertiti não tinha. À medida que ela olhava em volta da sala, ficou impressionada ao ver, ao lado do trono de Meritaton, uma mesa simples coberta com pergaminhos dispostos em filas com esmero e diversos escribas ocupados copiando ou aguardando com canetas erguidas as ordens da rainha. A rainha indicou uma cadeira, e Tiye sentou-se.

— Como está o Príncipe Smenkhara? — Foi a primeira pergunta de Meritaton, e Tiye percebeu o interesse que a garota, apaixonada, tentava esconder.

— Ele está bem e mantém-se ocupado. Seus estudos continuam difíceis, e não creio que algum dia ele terá muita habilidade com as armas, mas gosta de cavalos e dirige sua biga pelo deserto oposto à cidade todas as manhãs.

— Eu sei — disse Meritaton e, em seguida, enrubesceu. — Obrigada, Majestade, por não censurar a urgência oculta em minha pergunta. Todos conhecem meus sentimentos por ele. Seria tolice tentar escondê-los. Contudo, embora os cortesãos também saibam da minha lealdade a meu pai, muitos consideram minha afeição por Smenkhara imprópria, agora que sou rainha.

— Você tem grande coragem, Majestade.

— Não tenho escolha — retrucou Meritaton com pesar.

— No entanto, não requeri sua presença para matar o tempo. Você esteve doente?

Tiye sorriu.

— Não doente, mas sentindo os efeitos de minha idade. De repente, tudo passou a doer. No entanto, uma semana em meu divã com massagens todos os dias e um curto jejum restabeleceram minha saúde.

Não disse toda a verdade. Deixara de lado o que a fazia despertar alerta e vigorosa todas as manhãs, mas o pior era saber que aqueles dias nunca viriam de novo.

— Exalte o Disco Solar! — exclamou Meritaton. Com um gesto, seu principal escriba desenrolou, de sua posição no chão ao lado de seu trono, e entregou-lhe um pergaminho. — Como sabe, Majestade, minha mãe tinha certa responsabilidade pelo manuseio de correspondências estrangeiras. Ela a ouvia e preparava respostas, mas, e era um assunto sério, trocava ideias com Tutu e as apresentava a meu marido para que ele as julgasse. Como ele não tem interesse nos documentos que afluem ao escritório de Tutu todos os dias, estou tentando compreendê-los de forma que eu possa servir melhor ao faraó. Preciso de sua ajuda, minha avó.

Os olhos de Tiye arregalaram-se, e uma onda de excitação começou a animá-la. Ali, inesperada, havia uma arma, uma chance de romper a ignorância, a teimosia, obstinada do faraó.

— Meritaton, você sabe que o faraó não dará ouvidos quando se tratar de questões do império as quais sua mãe não se importava em arriscar seu desprazer e contava-lhe apenas o que ele queria ouvir ou se recusava a ouvir os despachos. Você está preparada para importuná-lo, enfurecê-lo?

— Eu não havia pensado nisso. Apenas estou espantada com a enorme quantidade de pergaminhos que Tutu põe em minhas mãos e não sei o que fazer com eles. Entretanto, é claro que a verdade é importantíssima.

Tiye percebeu de repente que olhava para o melhor e mais puro resultado da doutrina de seu filho. Meritaton, criada e educada sob nenhum deus, exceto Aton, seus pensamentos e ações imergiam nas constantes revelações de seu pai, estava livre das lutas dele, as dúvidas que acossavam todos os que tinham crescido sob Amon e a miríade de deuses do Egito. Ela era um símbolo recentemente ostentado, a promessa do que podia ser. *O que podia ter sido,* Tiye corrigiu a si mesma. *O odor do malogro agarrava-se a meu pobre filho mesmo antes que esta cidade se erguesse, como num passe de mágica, do deserto.*

— Sim, é — concordou ela com atenção. — Farei o possível. O que você tem aí?

Meritaton entregou a ela o pergaminho. Era uma cópia de um bloco de papel recebido de Aziru já traduzido do acadiano. Tiye o leu rapidamente. Vagas eram as repugnantes palavras de lisonja, as frases bajuladoras calculadas para abrandar o imperador:

"A fim de proteger meu povo, concluí hoje um tratado com o Príncipe Suppiluliumas", escreveu Aziru. "O braço do Egito não mais se estende em poder sobre o mundo. As palavras de seu rei estão vazias como o vento entre os juncos, e suas promessas valem menos que as mais leves palavras de amor." Com uma exclamação de repugnância, Tiye atirou-o na mesa.

— Isso não é tudo — disse Meritaton, entregando-lhe outro. — Este chegou hoje de Rethennu.

Era uma declaração resumida, simples, de fato sem artifício. Aziru, sem dúvida, com o total conhecimento e a permissão de seu novo chefe supremo, tinha atacado o subordinado do Egito, o Amki.

— Majestade, se eu entregar esses pergaminhos ao faraó, você virá comigo e me dará suporte? — perguntou Tiye.

Meritaton concordou com a cabeça.

— Ele não me deixará aflita — disse ela desviando o rosto. — Carrego um filho.

Ela mal podia formar as palavras, e, com um ímpeto de piedade, Tiye percebeu a tristeza de Meketaton transpor as feições graciosas.

— Essa é uma boa notícia para o Egito — disse ela. Fazendo sinal para Huya, que a auxiliou a se levantar da cadeira, aproximou-se da menina. — Não tem nada a temer, Majestade — disse em uma voz baixa. — Você tem treze anos. Seu corpo é mais forte e mais bem-formado do que o de sua irmã. Você sobreviverá.

— Mas não quero esse bebê — respondeu Meritaton com premência, o rosto ainda virado para o lado. — Não é de Smenkhara.

A Décima Segunda Transformação   353

Tiye não podia incitar a paciência dela, assim como fizera com Smenkhara. Ela não podia falar da probabilidade da morte precoce de Akhenaton, da possibilidade de que, um dia, a rainha realizaria o desejo de seu coração. Colocando a mão respeitosamente no braço de Meritaton, ela beijou os lábios vermelhos.

— Sou tão sua amiga quanto sua avó — disse com amabilidade.
— Lembre-se disso, Deusa.

Tiye queria bater em seu filho enquanto a lembrança da estada de Aziru ainda era recente. Como Ay, decerto, sempre servia o faraó, ela chamou Horemheb na manhã seguinte, e, com Meritaton, aguardaram Akhenaton, os dois pergaminhos carregados pelo escriba-chefe de Meritaton. O faraó saudou a todos com alegria. Ele acabara de retornar do templo, sua pele e as roupas estavam embebidas do aroma de incenso e flores. O profeta Meryra estava purificando a sala, como fazia todos os dias, aspergindo vinho e leite no chão e nas paredes, e seu suave canto entremeava a conversa de Akhenaton.

— Essa é uma ocasião alegre! — exclamou ele. — Todos os meus amados me prestam homenagem juntos. Meritaton, minha beleza, venha e me beije. Você repousou bem? — Ele se aproximou dela, abraçando-a e beijando-a na boca com uma perfeição inconsciente. Mantendo um braço em volta dela, deu um caloroso beijo em Tiye e aguardou enquanto Horemheb se acomodava. Ay ficou próximo, o leque sobre seu ombro. — Que favor posso conceder a todos hoje? — continuou Akhenaton, de modo enfadonho. — Um pequeno passeio pelo rio? Um momento para renovar nossa amizade?

Sob a alegria, Tiye percebeu sua crescente inquietação. Seus olhos pintados de *kohl* moviam-se com rapidez de um lado para outro. Não disse nada. Para que houvesse chance de o faraó ouvir, as palavras deveriam vir de Meritaton. Ela fez um sinal imperceptível com a cabeça para a menina, que gentilmente se desembaraçou e pegou os pergaminhos, colocando-os, com uma reverência, nas mãos de Akhenaton.

— Eu lhe imploro, meu marido e deus, que leia esses — disse ela. — E saiba que nós, sua família, estamos perfeitamente indignados com o conteúdo. Lembre-se, enquanto você os ler, de que sou sua filha submissa e esposa real e não farei nada para prejudicá-lo ou desaboná-lo, ou a seu poderoso pai, o Disco Solar.

Ele franziu as sobrancelhas para ela enquanto desenrolava os papiros, o lábio inferior estendendo-se tanto em espanto quanto em defesa, e, retirando-se para o trono, se dispôs sobre ele. Ay fez um sinal disfarçado, e, de imediato, uma cadeira foi colocada para Tiye, onde ela se sentou agradecida. A sala ficou silenciosa, com exceção dos sussurros de Meryra. Akhenaton leu os pergaminhos uma vez, ordenou com rispidez que o sacerdote ficasse quieto e, então, os leu novamente. Quando terminou, ele os deixou cair de seu colo. Já estava respirando bem forte. Seu olhar percorreu cada rosto à espera, e, de repente, ele começou a tremer, mas o espasmo passou.

— Como Aziru pôde fazer isso? — perguntou ele de forma lamentosa. — Ele não aprendeu nada durante seus meses aqui? Quando partiu, eu o abracei como a um irmão, chorei lágrimas de amor em seus braços! Todavia, enquanto os criados ainda estão limpando a casa que coloquei à sua disposição, ele se volta para o Khatti. — Ele cobriu a boca com uma das mãos e suas feições alongadas se transformaram, em agonia.

Meritaton aproximou-se e, com delicadeza, puxou os dedos dele, beijando-os e envolvendo-os nos seus.

— Pai, apesar de sua grandiosa fé, o mundo não entende seu estilo. Talvez nunca entenderá. Aziru não pode ver a encarnação do Disco Solar. Ele vê apenas um governante que foi, uma vez, um poderoso protetor, mas agora é um amante da paz, quando apenas a guerra salvará o Amurru das depredações do Khatti. Você não deve culpá-lo.

— Ele ficou no templo e não escutou a voz de Aton falando através de meus lábios sagrados? É um julgamento meu. Uma vez mais, ofendi o deus e não sei como! — Essas últimas palavras ressoaram carregadas de culpa. Akhenaton aprumou-se no trono e, em seguida, inclinou-se, os cotovelos sobre os joelhos flácidos, o rosto escondido em uma palma da mão tingida de hena. Meritaton olhou confusa para Tiye.

— Se me permitir, Majestade, acho que posso lhe dizer como — disse Tiye. — Você se acomodou porque não desejou causar mal a nenhuma vida sob o Aton, mas, agindo assim, você colocou em risco a própria casa do deus. Um bando de leões famintos caça à espreita lá e cá, mas logo pulará a fronteira e virá a Akhetaton. Se o Egito fraquejar, a luz do Disco Solar se extinguirá. Este não é um momento para a paz. O deus agora deseja sua preservação!

— Não! — Akhenaton recostou-se e tirou as mãos de sua filha. Seus dedos tocaram os acessórios sobre seu peito fundo e começaram a puxar com força e retorcer os cordões dourados. — É Nefertiti. Eu a mandei embora de forma cruel e apressada. Devo chamá-la, restabelecê-la. Eu estava errado...

— Divino, você não estava errado. — Horemheb foi à frente. — Ouça a imperatriz, a deusa que durante toda a vida tem concedido sua sabedoria. Aziru está invadindo o Amki, sem dúvida com homens e armas fornecidos por Suppiluliumas, o inimigo implacável de todas as verdadeiras religiões. Entre o Egito e o Amki, existe somente Rethennu. Pelo amor do deus, que tem honrado o Egito com suas primeiras revelações, que tem se dignado a se sentar em pessoa no Trono de Hórus, não permita que os estrangeiros profanem essa terra!

— O Egito ainda tem o poder — acrescentou a voz profunda, refinada, de Ay. — Nossos soldados ficaram gordos e preguiçosos, mas, em meses, podem estar prontos para se pôr em marcha. Existem ainda oficiais capazes de comandá-los. Não envie nenhuma mensagem a Aziru, Hórus! Ataque agora, de surpresa. Dê aos animais um gosto da guerra verdadeira.

Meritaton pôs a cabeça em seu braço.

— Escute-os, meu marido! Você está ouvindo a verdade!

Seus braços a envolveram, e ele enterrou o rosto em seu pescoço.

— Estou tão cansado — disse ele, sua voz abafada, mas seu tormento nítido, sem proteção, para aqueles que o escutavam. — À noite, meus sonhos são repletos de horror. A morte aproxima-se, os demônios de vingança, da terrível escuridão do Duat. O rosto de Nefertiti inclina-se sobre mim e eu a agarro e acordo tremendo com medo. Durante o dia, vejo as costas curvas dos meus veneradores. Seus rostos estão escondidos, mas sei que, se eu os surpreendesse antes que eles decidissem levantar, veria que estou rodeado de criaturas sem coração em seus corpos, sem feições. Se eu enfraquecer o deus, não viverei muito tempo.

— Então, não o enfraqueça. — Tiye forçou a voz para permanecer imparcial enquanto observava as tentativas infantis de Meritaton para confortar seu pai. — Acorde, Akhenaton. Empunhe a espada.

— Não sei como!

— Horemheb o fará por você. Dê-lhe a ordem.

Ele se retorceu.

— Não posso!

— Querido sobrinho, você deve — disse Ay, enfático. — Por favor.

356   Pauline Gedge

— Vão embora, todos vocês. Vou refletir. Vão! Meritaton, traga o médico!

Horemheb encolheu os ombros. Tiye soltou o ar em um longo suspiro e esforçou-se na caminhada. Eles tentariam outra vez, sem clemência, agora que Meritaton dominava seus sentimentos, e, por fim, venceriam. Se os deuses lhes dessem tempo suficiente.

21

No primeiro mês do ano novo, o décimo quarto do reinado de Akhenaton, Meritaton deu à luz uma menina. O faraó a chamou de Meritaton-ta-sherit, Meritaton, a Mais Jovem, e celebrou sua segurança e a de sua mãe com grandes cerimônias no templo e no palácio. Meritaton logo deixou seu divã e apareceu, mais uma vez, ao lado do faraó, mas um pouco de sua vivacidade sumira. Estava abatida e pensativa, dada a acessos repentinos de irritabilidade que terminavam em lágrimas, e não demonstrava interesse em sua filha. A criança era saudável, roliça e tinha feições serenas da mãe, mas Meritaton aos poucos se afastara dela, após nomear as criadas do berçário que eram necessárias. Ela voltara a compartilhar a cama do faraó, e Tiye, observando-a com cuidado durante o jantar, enquanto Akhenaton a cobria de beijos e colocava frutas em sua boca mal-humorada, gostaria de saber se Meritaton havia, de alguma forma, imaginado que o nascimento da criança indicaria o fim de suas obrigações conjugais.

Logo depois do repouso de Meritaton, o Escritório de Correspondências Estrangeiras recebeu o comunicado de que Suppiluliumas havia assinado um tratado de amizade com Mattiwaza, o sucessor de Tushratta em Mitanni, e estava quieto, repousando, sem dúvida com a satisfação de mais uma conquista. Ele tinha condições de esperar para planejar suas mudanças com cuidado. Ainda assim, Tiye sentia que Akhenaton enfraquecia. No entanto, ele os injuriou, acusou-os de traição, afastou-se devido a crescentes dores de cabeça e a ataques de náusea, e ela, Meritaton, Horemheb e Ay hostilizaram sua permissão para impelir o exército à força total. As tropas da fronteira ainda mantinham rondas constantes, mas as divisões de tropas regulares foram há muito reduzidas. Horemheb ordenou um recrutamento, a construção de quartéis e a renovação de armas e carruagens, e seus oficiais logo foram capazes de começar a treinar os novos recrutas. Satisfeita, Tiye sabia que o comunicado do movimento do Egito rapidamente chegaria aos ouvidos aguçados de Suppiluliumas.

358   Pauline Gedge

Como o eco de uma voz mortal, as cartas chegavam para ela de Tebas pedindo confirmação sobre a reorganização do exército. Tiye ouvia os despachos com um sentimento que beirava o terror. Malkatta não parecia apenas distante, mas já enterrada em um passado estagnado. *Também fui seduzida pela estranha magia que impregna Akhetaton*, percebeu ela. *Quanto tempo faz desde que me preocupei em investigar a resistência de outras cidades? Parece que o tempo parou aqui, mas o que está acontecendo em Akhmin, em Djarukha, em Mênfis? O encanto que termina na linha em que o gramado cede lugar ao deserto hostil mantém-me prisioneira com a visão distorcida e os ouvidos surdos. Eu havia planejado visitar o Tesouro e nunca fui. Estava ansiosa com uma simples gota de tributo que se extinguia por completo. O que aconteceu com meu interesse?* Segurando os pergaminhos lacrados com o selo de Amon, ela se sentiu como um espírito. Convocou o Tesoureiro de imediato.

— O Tesouro está com a atividade reduzida, mas não vazio — o homem respondeu com polidez à sua severa pergunta. — Ainda há comércio entre o Egito e as ilhas do Grande Mar Verde.

— Apenas lá? E quanto à Núbia e Rethennu?

— Majestade, nosso domínio sobre a Núbia é um tanto fraco atualmente, como sabe.

— Não, eu não sabia. A Núbia não é um vassalo, é parte do Egito. Por que nosso domínio é fraco?

— Isso não compete a mim. Apenas mantenho os registros nos depósitos de meu amo. No entanto, acredito que as tribos núbias ficaram inquietas nos últimos tempos, e diversos cobradores de tributo egípcio desapareceram.

— Bem, e quanto às minas na Núbia? E as rotas do ouro?

— O comandante Horemheb tem o monopólio sobre os impostos que provêm do ouro núbio, Deusa. Perdoe-me, mas, nesse caso, não deveria dirigir suas perguntas a ele?

— Eu irei. Rethennu?

— Não tem havido nada de Kadesh por um ano.

— Então, por que o tesouro não está vazio?

— O faraó tem aumentado os impostos substancialmente a cada ano, em particular os dos camponeses, e, decerto, todas as ofertas no Egito feitas para outros deuses agora vêm diretamente para Akhetaton.

A Décima Segunda Transformação   359

Depois de dispensá-lo, ela mordeu os lábios de raiva e pensou. Os camponeses eram gado, mas gado útil, sem o qual o país não sobreviveria. Se eles pagassem impostos a seu limite, e provavelmente além, o Egito poderia ser derrubado por qualquer desastre que ameaçasse sua sobrevivência — se a guerra fosse declarada e fosse longa, se o gado do Delta ficasse doente, se a colheita da uva definhasse, se Ísis não chorasse. *Nossa estabilidade é tão frágil quanto um caule de junco*, pensou ela. *O ouro que cai em abundância nestas ruas, as joias com as quais os cortesãos se embelezam, as sutilezas, a comida exótica, o constante fluxo de novas roupas, sem mencionar os artistas de entretenimento trazidos do outro lado do Delta, tudo tão sólido quanto uma lufada de vento carregada de areia. Como podemos pagar por uma guerra?* Ela convocou Horemheb, mas, diante de suas perguntas sucintas, ele a julgou como se já estivesse senil.

— Sem dúvida, o fluxo de ouro diminuiu um pouco — respondeu ele. — Todos os dias mineiros morrem, mas, nos últimos tempos, eles também estão fugindo. A rota do ouro tem se tornado um tanto perigosa, de forma que pago soldados para vigiar as minas e acompanhar o ouro para Tebas, de onde ele chega ao norte por barcaça.

— Seus próprios soldados? Pagos com o ouro que eles vigiam?

— Sim.

— Horemheb, você se lembra de quando as minas eram vigiadas por alguns inspetores, quando o ouro viajava para Tebas desimpedido, e o medjay fazia pouco mais do que verificar seu progresso?

Não, Majestade. Ele estava inquieto e não entendia seu súbito pânico. Ciente de que seria inútil interrogá-lo mais, ela o dispensou.

O Ano-Novo foi comemorado em Akhetaton com a manifestação de otimismo costumeira. Como o faraó recuara e não emitira a ordem para a mobilização que Tiye tanto desejava, o rumor de guerra reduziu-se a um boato. A saúde de Akhenaton tinha melhorado, e, fraco, mas sorrindo, ele distribuía em pessoa o Ouro dos Benefícios a seus médicos e outros menos oficiais da Janela das Aparições, ornada com guirlandas, com Meritaton a seu lado. Todos instalados para aguardar o Aton e decretar a elevação do Nilo, seus pensamentos nas sacas de grãos em seus depósitos prontas para semear.

360 Pauline Gedge

Entretanto, a inundação atrasou. O mês de Thoth findou, e o rio permaneceu uma faixa delgada de água enlameada fluindo bem abaixo do nível das margens empoeiradas, rachadas. Havia alguma preocupação, mas nenhum alarme, visto que a cheia já esteve atrasada em outras ocasiões. Aton era Todo-Poderoso e não malograria seu filho obediente. Antecipando a resposta às orações para a enchente, a adoração foi intensificada em Akhetaton. As multidões moviam-se em círculos no átrio do Grande Templo e agrupavam-se em tríade em volta dos pequenos santuários nos cantos das ruas, com oferendas em suas mãos.

O mês de Paophi veio e se foi, mas o nível do Nilo não mudou. Os cortesãos, descontentes, colocaram suas embarcações de passeio em terra, visto que o rio tinha começado a exalar mau cheiro. Os oficiais responsáveis por reportar a velocidade e a abundância da enchente anual sentaram-se sob seus abrigos ao lado dos nilômetros, os olhos fixos nos marcadores de pedra nas margens, mas a água oleosa e fedorenta ainda batia abaixo das primeiras marcas entalhadas. Athyr terminou. Khoyak, o mês que sempre havia assinalado o período de nível mais alto do rio, observou, por sua vez, uma queda à medida que o ar seco levantava umidade da superfície. O ar tornou-se fétido e cheio de insetos. Desanimados, os camponeses trabalhavam sem parar em suas pobres lojas. Parados à beira de suas aldeias, eles observavam as rachaduras em seus campos aumentarem em barrancos de miniatura, o solo endurecido em volta deles quente demais para caminhar. As árvores não se cobriram de folhas. Os caules castanhos das palmeiras pendiam duros e quebradiços, e os ramos dos sicômoros quebravam com o mais leve toque.

No começo de Mekhir, quando os camponeses deviam estar espalhando as sementes com os tornozelos sob a lama escura, cobras começaram a invadir Akhetaton, e escorpiões procuravam o frio das fendas, aparecendo em todos os lugares no chão. De manhã e de tarde, a casa de Tiye era cercada por criados com varas e leite repugnante a ser deixado nos pisos para as cobras domésticas.

No fim de Pharmuti, todos aceitaram o fato de que não haveria enchente aquele ano. Em Akhetaton, os degraus do embarcadouro em toda a extensão da parte dianteira do rio estavam descoloridos e secos, centímetros acima da água turva, cheia de resíduos. Os *shadufs*, que abasteciam de água os jardineiros, jorravam lama, que parecia viva pelos vermes e insetos de água repulsivos. O faraó ordenou aos criados que colocassem baldes em barcos de remo e içassem água do rio para os jardins e deu permissão para que os lagos fossem esvaziados. Sentada no terraço de sua casa e olhando para o vale côncavo onde o rio gotejava para o deserto pardo do outro lado, Tiye pensou que os jardins também deveriam ter sido sacrificados de modo a fornecer água suficiente para que nos campos defronte cultivassem uma pequena horta para o palácio. Entretanto, Akhenaton recusou, ainda acreditando que a água viria.

— É uma provação — disse ele a Tiye enquanto se sentavam em sua sala de audiências. — Nossa fé está sendo testada. — O suor escorria dos dois. O zunido dos abanadores de moscas preenchia a sala, um sussurro suave, maçante. As moscas pairavam em pequenas nuvens pelo teto e rastejavam sobre a carne salgada. Nenhuma fruta fresca chegou do Delta para Akhetaton, e as verduras, muito apreciadas naquela época do ano, eram escassas e tinham sabor de lama. *Tudo tem gosto de lama, cheira a lama*, pensou Tiye, sentindo o couro cabeludo pinicar com o calor. Além da sombra das colunas da entrada, olhou para o gramado pardo e ressecado que já mostrava sinais de solo seco. — Você pediu os grãos do Norte? — perguntou ela. — Rethennu deve estar propenso a nos vender algo. — Ela desejou coçar a pele. A água nunca mais cascateou limpa e fresca em sua sala de banho. O líquido que Piha escorria com cuidado sobre ela era tão marrom quanto sua própria pele e cheia de arenito.

— Não há necessidade — respondeu ele. — Nossos armazéns estão cheios da colheita do ano passado.

— Contudo, Akhenaton, e quanto a Tebas, as aldeias, o restante da população? Os cobradores de impostos têm tomado tudo. As pessoas não têm nada estocado. Logo elas começarão a morrer de fome.

— Não me importo com Tebas. Quanto aos camponeses, eles devem simplesmente esperar. O deus, todavia, provará seu poder.

— Se os camponeses morrerem, não haverá colheita alguma no próximo ano — murmurou Tiye com tristeza. — A única razão por que este país tem sobrevivido a outras secas é que cada faraó tem sido cuidadoso em manter grandes estoques de grãos em toda a cidade. Seus cobradores esvaziaram aqueles armazéns há muito tempo.

De súbito, Akhenaton começou a ter ânsia de vômito. Curvando-se, com uma das mãos sobre o estômago, fez sinais frenéticos, e um criado,

362 Pauline Gedge

carregando uma tigela, correu em sua direção. Ele vomitou e, em seguida, recostou-se respirando ofegante. Outro escravo ajoelhou-se, oferecendo um pano úmido. O faraó secou os lábios. — Isso sempre dói — disse ele, ainda com a respiração curta —, mas não demora muito. — Ele devolveu o pano e empertigou-se aos poucos. — Você viu os terraços do palácio do norte, imperatriz? Ainda de um verde tão luxuriante? Nefertiti não tem seca em seu jardim.

Ela adivinhou seus pensamentos.

— Não, Akhenaton, a fertilidade das terras de Nefertiti não se deve a ela desfrutar da proteção do deus. A água de seu lago pode ser despejada em seu terraço superior e, em seguida, simplesmente escoar sobre os outros.

— É hora de rezar. — Ele se levantou puxando a roupa umedecida de suas pernas, e Meryra foi à frente, com o incenso já queimando em suas mãos.

— Mãe, você sabia que na cidade as pessoas edificaram santuários para Ísis? Se o Aton perceber essa falta de fé, ele os punirá.

— Eles estão temerosos — sugeriu ela, observando um pouco de cor insinuar-se de volta em sua face desolada. — Eles querem que Ísis chore.

— Não existe nenhuma Ísis — respondeu ele de modo impaciente. — Falarei para eles da Janela das Aparições no meu trajeto para o templo. Venha comigo. Onde está Meritaton?

Ele se voltou para ela com lamentação, como um velho, enquanto ela avançava. Deixaram o corredor, cruzaram o amplo átrio e aproximaram-se da rampa. Do outro lado do muro, a Estrada Real estava estranhamente silenciosa. O sol atacava-lhes com ferocidade cega, secando seus lábios, fazendo seus olhos lacrimejarem, queimando as solas de suas sandálias. A brisa não era mais agradável porque a mais leve agitação na cidade levantava a areia e a soprava nas ruas para se misturar com a camada superficial do solo já suspensa, aspirada pelos pulmões ressecados, agarrando-se à pele úmida, insinuando-se sob as roupas brancas para acrescentar ao tormento. Tiye, piscando contra a súbita claridade, viu Akhenaton deslizar o braço pelo da princesa e levantar a outra mão para espantar as moscas movendo-se perto de seu pescoço. *Não há quem o adore hoje*, pensou ela enquanto subiam a rampa sob a leve sombra da janela coberta. *Eles estão deitados em suas casas, sonhando com a água*. Ela ficou perplexa quando o grupo real parou e virou-se para olhar para baixo, visto que a estrada por que passava estava cheia, de um lado a outro do muro, de uma multidão silenciosa. Akhenaton levantou uma das mãos. Houve uma leve agitação embaixo, as cabeças inclinaram-se, mas as pessoas não foram até o chão quente.

— Tolos! — clamou o faraó, sua voz amável. — Vocês vêm com culpa em seus corações? Soube que, ao primeiro teste de sua fé, vocês se voltaram contra seu verdadeiro protetor e murmuraram orações para outro, enquanto o Disco Solar resplandece do alto, observando todo o seu movimento. Não tenham medo. Eu, e eu somente, fico entre vocês e o deus. Suplicarei a Aton, e ele ouvirá seu filho e enviará a enchente. Eu, Akhenaton, prometo a vocês.

Não houve aclamação em resposta. Tiye, apanhando um pano de Huya e enxugando o pescoço, viu dúvida e angústia em seus rostos erguidos.

— Traga água, faraó! — gritou alguém indignado. — Você é um deus! Faça o rio subir!

Akhenaton ergueu o cajado e o mangual para o povo, mas o murmúrio continuou. Enquanto ele penetrava a sombra e começava a se dirigir ao templo, quem gritou teve adesão da multidão:

— Crie água, faraó! — gritavam eles, o desprezo inconfundível em suas vozes. — Crie água, Encarnação Divina! — Meritaton ficou rígida de vergonha a seu lado, apressando-o em direção às firmes árvores do jardim do templo e caminhando para o pilano. Passando ao lado, ele parou abruptamente e, encostando-se na pedra áspera do templo, curvou-se. Mais uma vez, um criado com uma tigela veio ajudá-lo, mas o espasmo passou. Akhenaton ficou ereto, o rosto torcido em dor, e seguiu para o templo.

Tiye assistiu da sombra privilegiada de seu quiosque enquanto Meritaton ficava sozinha na vasta amplitude do santuário, uma pequena cabeça escura, curvada pelo calor intolerável, coroada com a serpente dourada sobre uma área de mesas de oferendas, agitando-se um pouco enquanto seu marido subia os degraus para o altar e começava a rezar. Suas palavras, apesar de ininteligíveis, ecoaram em angústia, suplicando para os altos muros. Ele se prostrou e, em seguida, ajoelhou-se, segurando as laterais da mesa cheia de comida, sua testa pressionada contra a pedra. Meryra o rodeava com o incenso e entornava óleo em sua cabeça. Seus gemidos ressoavam. Do outro lado do altar, a *ben-ben* fora erguida, e sua imagem sorriu. O óleo deslizou devagar por seu pescoço e escorreu por sua espinha, reluzindo na claridade cruel. No átrio, as vozes dos cantores do templo tornavam-se audíveis e baixavam. Para Tiye, havia algo bárbaro e antiquado sobre a cena, o homem contorcendo-se, torturado, as fileiras de tábuas fumegantes, os sacerdotes com vestes brancas estranhamente imóveis, a rainha adornada de forma deslumbrante envergando-se abatida e indisposta, sozinha no enorme espaço e circulando entre todos como as constrangedoras vozes de demônios insensíveis, os debandados cantando. A ferocidade do sol estava quase insuportável, e um repentino pensamento apoderou-se de Tiye. Talvez Aton, satisfazendo-se durante anos com essa frenética adoração de seu filho, ficara envaidecido, mas insaciável. Por fim, seu poder crescente superou a animada bondade que Akhenaton mostrara e expandiu-se em seu completo horror sobre o Egito. Quanto mais o faraó gemia e rezava, mais o calor parecia se intensificar. Com as pernas e as costas doendo, Tiye sentou-se no banquinho que ordenara que colocassem no dossel. Meritaton virou-se com um pequeno movimento, o rosto pálido. Tiye fez um sinal, mas, após uma hesitação passageira, Meritaton sacudiu a cabeça, não temendo ofender seu pai ou o deus ao procurar abrigo.

Olhando de relance novamente para seu filho, Tiye gelou. Ele estava deitado diante do altar com o rosto para cima, seus membros rígidos. Sua cabeça estava inclinada para trás em um ângulo impossível, e gritos abafados saíam de sua boca. Meryra ficou junto a seus pés, balançando um incensório sobre ele. Tiye não hesitou e, com passos largos, foi até o clarão, gritando com os sacerdotes enquanto seguia. Apressando-se a subir e com Meritaton atrás dela, debruçou-se sobre o faraó.

— Traga uma liteira bem rápido — ordenou ela —, mas um dossel primeiro. Majestade, procure Panhesy e faça-o chamar os médicos.

— Mas, imperatriz — protestou Meryra —, os porta-liteiras não podem entrar no santuário! É proibido!

Ela o ignorou. Outros sacerdotes apressavam-se para obedecer-lhe, e, em um instante, a liteira do faraó se movimentava por uma das galerias. Os dentes de Akhenaton estavam agora cerrados, seus olhos, arregalados e vagos. Vômito pingava do canto de sua boca.

— Vá e diga àquelas mulheres no átrio que fiquem em silêncio! — gritou Tiye para Meryra. — Está muito quente para cantar! — Pálido e assustado, ele saiu, e logo o canto enfraqueceu e parou. Delicadamente, os porta-liteiras ergueram o faraó, e o abrigo foi aberto sobre ele. Tiye o seguiu à medida que era carregado para sua residência.

A Décima Segunda Transformação   365

Deitado no divã, seu corpo perdera a rigidez, e ele começara a murmurar e, de vez em quando, a gritar trechos de orações, de canções de amor e falas longas, incoerentes. Ela se retirou para dar lugar aos médicos e aguardou com Meritaton do lado de fora, no corredor, onde Parennefer, Panhesy e outros criados se aglomeravam com ansiedade. Muitos minutos mais tarde, um dos médicos saiu do aposento e fez uma reverência.

— Qual é o problema com ele? — interpelou Tiye.

— Parece ter sido algum tipo de colapso, Majestade. O faraó já está bem melhor, porém fraco.

— Você pode tratá-lo?

O homem buscou palavras.

— Não — disse afinal. — Se o faraó fosse um homem comum, e não um deus, eu diria que os demônios o possuíram ou que ele foi acometido de uma loucura que, perante a lei, garante a um homem completa proteção. No entanto, o faraó é divino... — Por prudência, ele não concluiu. Tiye o dispensou e, fazendo sinal para Meritaton segui-la, entrou no aposento.

Akhenaton estava reclinado em almofadas. Pequenos tremores o agitavam com intervalo, e seu rosto ainda estava cinzento da violência do ataque, mas seus olhos estavam claros Meritaton ajoelhou-se para beijar sua mão, e Tiye fez uma reverência, sentando-se no divã ao lado de seus joelhos.

— Eles recomendaram que eu ficasse afastado do sol — disse ele.

Moveu a mão até a de Tiye e agarrou-se a ela com firmeza.

— Então, você deve obedecer, meu filho — respondeu, um súbito pensamento dominando-a. — O deus falou com você? Você ficou doente assim antes, mas nunca com tal violência.

Os olhos, encobertos, baixaram.

— Não, o deus não falou. Não tive nenhuma visão.

Tiye acariciou os dedos longos.

— Faraó, por favor, considere o que acontecerá se, algum dia, o deus o acometer de uma doença da qual você não se recupere, se os sonhos que ele faz com que você tenha não terminarem. Não falo de morte — disse apressadamente, observando sua expressão endurecer. — Mas é hora de você nomear um herdeiro.

— Tenho pensado a respeito — disse ele devagar, para surpresa de Tiye. — Teria de ser um filho saído do meu lombo sagrado. Tutankhaton é o único candidato. — Ele pronunciou as palavras com clareza e sensibilidade, como se o ataque tivesse purificado sua mente. Tiye evitou que seu rosto demonstrasse sua perplexidade abrupta em relação a essa mudança de planos, com receio de que qualquer reação pudesse desviar sua sequência de ideias.

— Penso que não — discordou ela delicadamente. — Tutankhaton é muito jovem. Ele se tornaria vítima de homens inescrupulosos que, por intermédio dele, procurariam desfazer tudo o que você tem feito para o Disco Solar.

— Você poderia ser regente — ofereceu, piscando para ela.

Tiye sorriu para o rosto sincero, confiante.

— Akhenaton, não vou viver para sempre. Nem você. Smenkhara está agora com dezesseis anos, é um homem. Ele não precisaria de regente, apenas de conselheiros. Não é seu filho, mas saiu do meu corpo e é seu irmão. Faça a nomeação dele para que eu possa dormir em paz. — Ela tentou observar com cuidado os sinais que revelassem angústia, mas ele permaneceu calmo, deitado sob os finos lençóis, somente os dedos cálidos segurando-a evidenciavam qualquer reação. Seu rosto expressava uma triste dignidade. De repente, Meritaton se calou, seus olhos fixos, sem piscar, para Tiye.

— Eu deveria torná-lo um membro da família do Disco Solar — disse ele pensativamente —, mas talvez seja uma determinação. Ele se parece muito comigo, mãe, você notou? O mesmo formato da cabeça. — Akhenaton, com delicadeza, retirou a mão das dela e a pôs em seu peito. — Captei o que as pessoas não disseram hoje — continuou. — Fingi que não, mas captei. Elas pediram em vão. O Aton não nos dará água. Eu sei. O pecado deve ter sido meu, de modo que o deus não ouve minhas orações. Talvez ele tenha se cansado de seu filho, e seus olhos tenham se voltado para uma nova encarnação. — Sua voz estava cheia de derrota e de uma dor verdadeira. — Muito bem. Prepare o documento, e eu o assinarei e o selarei, mas não hoje. — A voz branda estava abafada pela fadiga. — Tenho de dormir. Meritaton, fique comigo. Estou com medo.

Mal ousando reconhecer sua vitória, Tiye mandou chamar um escriba para seus aposentos e ditou o documento que dava a Smenkhara o direito de usar a Coroa Dupla quando da morte de seu irmão. Ela o manteve consigo, determinada a não perder tempo e a obter o selo do faraó tão logo fosse possível no dia seguinte. Em seguida, convocou Smenkhara. Ele demorou e, quando afinal apareceu e fez uma reverência diante dela, estava sonolento por causa do vinho.

— Se não posso nadar ou estar com Meritaton, posso pelo menos beber — disse ele de mau humor em resposta ao comentário sarcástico de Tiye. — Meus amigos e eu estávamos no Maru-Aton. Não resta muita folhagem, mas a barraca está fria.

Ela atirou o pergaminho para ele.

— Leia isso.

Com indiferença, ele o desenrolou, encostando-se na parede. Quando tinha terminado, ele o jogou no divã.

— Bem, já era tempo, mas significa pouco agora. O faraó poderia viver por muitos anos enquanto Meritaton fica velha e gorda e eu definho com enfado.

— O que fiz para que os deuses me punissem com um filho tão rabugento, ignorante, egoísta, ingrato? — berrou Tiye. — Acabei de obter o Egito para você, e você ainda reclama! Ouça-me: de hoje em diante, o faraó o observará com atenção. Você deve cumprir as suas obrigações no templo. Feche seu santuário a Amon. Não passe tanto tempo com seus amigos. Não estamos sugerindo que você planeja tomar a coroa antes que ela seja dada a você legitimamente. Acho que o faraó tem pouco tempo de vida, o que aflige. Você deve pensar sobre o que fará com o Egito quando ele tiver partido.

Smenkhara estremeceu, e Tiye, observando-o relaxado contra a parede e vendo os ombros estreitos, desleixados e uma pequena protuberância sob seu cinto, sentiu uma dor aguda de verdadeiro temor atravessá-la.

— Gosto de Akhetaton — respondeu ele. — Você me afastou tempo suficiente. Permanecerei aqui e deixarei Malkatta apodrecer. Casarei com Meritaton e desfrutarei meus direitos como faraó.

Não importa onde você viva, contanto que tome providências para estabilizar nosso domínio estrangeiro e restabelecer a adoração a Amon.

— Isso soa muito desinteressante. Suponho que eu devesse pensar a respeito de expedir embaixadores. Você tem algum vinho aqui, mãe?

— Não. Reflita sobre o que você fará, mas lembre-se de que ainda não é faraó. Se você transparecer muita ansiedade, a cabeça do faraó poderá mudar.

— Que cabeça? — Smenkhara riu.

Para seu espanto, Tiye sentiu seus olhos se encherem de lágrimas.

— É uma cabeça repleta com o tipo de sonhos que nenhum deus iria se dignar a lhe revelar — enfatizou ela. — Eu me nego a permitir que você o ridicularize e ordeno que feche as bocas blasfemas de seus supostos amigos. Ele é meu filho, e eu o amo. Desapareça.

— Foi também seu marido enquanto você era útil a ele — disse Smenkhara de forma rude, afastando-se da parede, fazendo reverência superficialmente e escapulindo pela porta. — Não pense, imperatriz, que você pode me usar também. Quando a Coroa Dupla estiver em minha cabeça e Meritaton em minha cama, serei grato, mas, até lá, não. — Ele não esperou uma réplica ou uma dispensa, e a porta fechou-se quando saiu.

Tiye recostou-se e deixou as lágrimas caírem. Elas não eram apenas por Akhenaton, mas também por si, o súbito pranto, desamparado, dos idosos para quem a piedade é uma indulgência convidativa. Smenkhara era um homem insensível, interesseiro, ainda inconsciente de que, ao olhar para seu irmão com tal desprezo, estava vendo a si mesmo.

O faraó ratificou o documento de sucessão no dia seguinte, conforme havia prometido. Um sussurro de alívio percorreu o palácio, e os mais ingênuos cortesãos e um grande número de habitantes da cidade foram para o rio, observando o pingo-d'água na qual o rio agora se tornara e esperando o Aton demonstrar seu prazer liberando a enchente. Entretanto, outros estavam preocupados demais para se importar com o fato de que Hórus pudesse estar no ninho, visto que haviam chegado notícias do Delta de que uma enfermidade começava a se espalhar entre os rebanhos cujo pasto estava seco. Foram trocados despachos frenéticos entre os cortesãos e seus administradores nas propriedades do Delta, mas todos sabiam que nada havia a ser feito.

Djarukha estava melhor do que outras propriedades. Dois grandes lagos eram mantidos na propriedade de Tiye e, por sua ordem, estavam sendo usados para, pelo menos, irrigar os campos, de forma que houvesse algum pasto para seu gado. Ela também manteve um estoque de grãos para seu administrador disponibilizá-los às aldeias que abrigavam seus trabalhadores. Ela não pretendia deparar com camponeses mortos ou não ter ninguém para trabalhar quando o Nilo aumentasse novamente. Com as mesmas medidas, Ay tentava aliviar aqueles na propriedade familiar de Akhmin, mas os escravos de outros nobres não foram tão felizes.

Pakhons e Payni arrastavam-se lentamente, e corpos definhados de camponeses começavam a ser encontrados nas margens, sob os degraus do embarcadouro na própria Akhetaton, misturados com os cadáveres do gado e das cabras em decomposição. Os cortesãos estavam chocados e indignados, e Ay designou soldados para fazer a ronda em tempo integral no rio próximo à aduana, de forma que eles podiam resgatar os corpos antes que flutuassem à vista da cidade. Contudo, eles não podiam enganar a todos, e os nobres mantinham-se tão distantes do Nilo quanto podiam, para não ver ou exalar a agonia do Egito. O faraó forneceu grãos aos protegidos da cidade. Akhetaton era mágica, sagrada, o domicílio do deus e da família que escolhera, e nela a nenhum cidadão era permitido passar fome. Os habitantes da cidade sentavam-se para comer pão e beber o vinho da safra do ano anterior enquanto o fogo de Shemu consumia a terra e o Egito ficava como um deserto infecundo, cheio de lamúrias e o choro dos enlutados.

Os viçosos terraços de Nefertiti começaram a secar. Se a rainha deposta recusava contato com a cidade, isolando-se por orgulho ferido, ou o próprio faraó ordenara que não houvesse qualquer comunicação com ela, Tiye não sabia, mas enviou Huya ao Palácio Norte para se certificar de que sua sobrinha estava bem de saúde. Ele retornou somente com suas próprias impressões. O lago havia secado. Nefertiti estava bem, apesar de seus empregados estarem doentes.

— A rainha está muito silenciosa e, quando fala, é ríspida. Ganhou um pouco de peso, mas isso somente acrescentou a ela amabilidade. Seu rosto está se tornando muito triste.

Tiye tranquilizou-se ao saber que Nefertiti estava bem e parecia estar governando com competência seu próprio pequeno reino. Ela decidiu garantir sua soltura, caso Smenkhara se tornasse faraó enquanto vivesse. Nefertiti não mais estaria em posição de causar qualquer mal ao governo.

A doença no Palácio Norte logo invadiu a parte central da cidade. As mais atingidas no palácio real foram as amas e as mulheres mais velhas entre as criadas do harém. Huya, preocupado e atormentado enquanto tentava organizar as idas e vindas de médicos, isolando os agonizantes dos saudáveis, tentava providenciar a remoção dos corpos, aconselhou Tiye a retirar Tutankhaton e Beketaton do palácio. De imediato, Tiye providenciou que as crianças ficassem do outro lado do rio com Tey. O faraó, encorajado pela certeza de que, tornando Smenkhara seu herdeiro, havia apaziguado o Disco

370 Pauline Gedge

Solar, ficou convencido de que logo a enfermidade desapareceria. Apesar de o alto verão ter chegado, ele passeou pelos aposentos do harém, precedido por um venerador, Meryra, censurando a doença e morrendo pela falta de fé e prometeu-lhes que logo o rio encheria e seus corpos estariam limpos. No entanto, olhando para a boca úmida e avermelhada do faraó, o tremor de suas mãos, o vislumbre exaltado em seus olhos, os adoentados viram a morte sorrindo com malícia para eles sobre seu ombro.

Os sacerdotes mortuários e os criados da Casa dos Mortos trabalhavam continuamente para preparar o sepultamento dos que tinham morrido dentro dos domínios do faraó, mas o local de embalsamamento para os cidadãos comuns de Akhetaton logo se tornou tão obstruído com cadáveres putrefatos que um decreto especial foi emitido no Escritório dos Médicos permitindo que os corpos fossem embalsamados de forma rudimentar antes de serem enterrados imediatamente no deserto. As famílias, desoladas, declararam observar os setenta dias obrigatórios de luto pelos parentes que já haviam sido colocados na areia. Pior: muitos dos mortos se decompunham tão rapidamente que, no momento m que os embalsamadores, sobrecarregados, chegaram para examiná-los, não podiam mais ser preservados.

O mau cheiro de morte pairava sobre o palácio e a cidade enquanto o mal se propagava. Tiye continuava em seus aposentos, com seus criados queimando óleo perfumado para disfarçar o odor, que não podia ser eliminado por completo. Todos os dias, ela enviava um arauto para a casa de Ay com instruções para entregar-lhe um relatório completo sobre o bem-estar de Beketaton e Tutankhaton, aguardando com ansiedade até que ele tivesse retornado para tranquilizá-la de que as crianças não estavam doentes. Cinco vezes ela recebeu agradecidamente a mesma mensagem, mas, na sexta manhã, o arauto relatou enfermidade entre os criados de Tey e a grave notícia de que a princesa Beketaton estava sofrendo de um resfriado. De imediato, Tiye começou a tomar providências para as crianças serem enviadas ao Norte, para sua propriedade em Djarukha.

Ela quase completara os preparativos para a jornada por volta do meio-dia do dia seguinte, quando Huya foi até ela, sua expressão séria.

— Majestade — reverenciou —, a Princesa Tey implora sua presença junto com seu médico. Beketaton está doente demais para ser deslocada.

O coração de Tiye ficou apertado, mas lutou contra o temor que se apoderava dela.

— Muito bem. Envie Piha para vestir-me e mande preparar minha barcaça. Tutankhaton está bem?

— Sim, mas duas das mulheres de Tey, fatigadas, morreram ontem.

Tiye estivera repousando. Ela moveu suas pernas para a ponta do divã, seu coração repentinamente martelando, o suor irrompendo por todo o corpo. O calor era insuportável.

— Vá e informe ao faraó.

— Majestade, o deus tem vomitado toda a manhã, e seus médicos não permitirão que ele se levante.

— Bem, então informe a Panhesy.

Ela deixou que Piha a envolvesse em tecido fino, mas não podia suportar o toque de maquiagem em seu rosto dolorido nem o peso de uma peruca em sua cabeça. *Em mais um mês, será Dia de Ano-Novo*, pensou ela enquanto caminhava devagar em direção à luz do sol, *e, no outro mês, o rio começará a subir. O inverno estará aqui novamente. Ísis, tenho orado a você todos os dias para afastar sua fúria de nós. Acalme seu coração e deixe as lágrimas caírem.* Ela saiu lentamente, uma das mãos no ombro de Piha para se firmar, cambaleante e frágil. *Beketaton, eu a amei enquanto uma criança*, seus pensamentos fluíam com dor, *mas eu a ignorei nos últimos tempos. Você tem se sentido sozinha?* Contudo, sob a nova fonte de culpa, uma mais antiga surgiu severa e inevitável: *Ela é a irmã de seu pai. Enfim os deuses estão me punindo. Beketaton morrerá.*

O rio estava tão baixo que o barqueiro tinha de zingar contra árvores recortadas, meio submersas, e mesmo pedras salientes funestamente sobre a superfície. Tiye, na cabine com cortina, levantou-se para pegar alguma brisa, viu passar o corpo inchado de um enorme crocodilo, rodeando preguiçosamente sob o rápido impulso do remador. Ela olhou ao longe; era um mau agouro. Quando eles chegaram à margem oeste, a rampa foi aberta, inclinada para cima de modo a alcançar o primeiro degrau do embarcadouro, e Tiye precisou do braço do capitão para não se desequilibrar enquanto atravessava. O odor da água leitosa era como um sopro humano; ela colocou um pano perfumado em seu nariz e apressou-se pelo frágil jardim em direção à sombra do pórtico. Tutankhaton correu para encontrá-la e, antes de se fortalecer para seguir, ela se inclinou e o acariciou, de imediato temendo por sua segurança. *Não adianta enviá-lo para Djarukha*, pensou, sentindo seus braços robustos em volta do pescoço. *Há epidemia em todo lugar. Talvez Nefertiti ficasse com ele. A enfermidade em seu palácio parece ser fraca.* Advertindo-o para ficar próximo de seus próprios aposentos, ela o beijou e o lançou na casa abafada.

Tey tivera o bom-senso de levantar as cortinas da janela no lado oeste do quarto de Beketaton e de colocar os porta-leques ao lado da janela para que o ar entrasse. Beketaton estava deitada a seu lado, tomada por tremores. Ao tocá-la, Tiye recuou, visto que a pele da menina estava seca e tão quente quanto um braseiro. *Aton a está consumindo. Seu próprio pai a está devorando,* pensou, histérica, e então logo se controlou. Tigelas de água do rio estavam na mesa ao lado do divã, e um médico banhava a menina sem parar. Com um aceno de Tiye, seu médico fez um rápido exame, mas Beketaton não podia sentir seu toque. Ela murmurava e, ocasionalmente, gritava de delírio. Os dois médicos a examinavam enquanto Tiye se oprimia, olhando para a menina de treze anos, que era seu próprio fruto com o faraó.

— Existe um furúnculo na parte inferior da espinha da princesa que ainda não pode ser lancetado — disse calmamente seu médico. — Deve estar lhe causando uma dor enorme. Como sabe, Majestade, nada pode ser feito para a dor. Deve deixá-la passar. Magias podem ser eficazes.

Magias. Tiye fechou os olhos. *Tenho o direito de impedir a fúria dos deuses? Sim, tenho, pois sua vingança devia ser dirigida a mim, não à minha filha.* Ela se virou para Tey, andando para um lado e para outro na escuridão. — É esperar muito que existam mágicos em Akhetaton que saibam os cantos antigos contra os demônios da febre, Tey?

Tey pareceu pensativa.

— Meus artesãos saberiam. Perguntarei de imediato. — Assim que ela saiu, Beketaton começou a gritar, e os médicos correram até ela. Ela começara a ter convulsão, sua espinha arqueando, suas pernas rijas, e os homens precisavam de toda a força para mantê-la em seu divã. Quando a crise terminou, Tiye inclinou-se para confortá-la, mas, apesar de seus olhos estarem abertos, ela estava inconsciente.

Na bela sala de recepção de Tey, Tiye aceitou vinho e um pouco de frutas secas da colheita do ano anterior, mastigando e engolindo com desagrado. Ela mal tinha terminado quando Tey fez uma reverência, três operários morenos apavorados em saiotes grosseiros e pés descalços estavam atrás dela. Eles se apressaram para reverenciá-la.

— Esses homens são empregados de minhas oficinas, Majestade — explicou Tiye categoricamente. — Não creio que sacerdotes mágicos da antiga ordem residam em Akhetaton, e, de qualquer forma, encontrá-los tomaria muito tempo. Meus homens não são sacerdotes, mas sabem as magias. A febre é uma companhia constante dos operários.

Tiye baixou os olhos para as costas musculosas e para as cabeças escuras desleixadas a seus pés. Era verdade, não havia tempo. *A que ponto chegou o Egito*, pensou com resignação, *quando uma princesa real tem de suportar a presença de três camponeses como esses?*

— Levantem-se — disse ela de má vontade. Eles fizeram esforço para ficar em pé e constrangeram-se evitando seu olhar. — Vocês cantarão contra o demônio no corpo de minha filha. Manterão suas costas viradas para seu divã. Quando tudo estiver terminado, eu os recompensarei com uma provisão de grãos para um mês. Venham comigo.

Ela os levou a Beketaton. A menina chorava, agora sem derramar lágrimas, um soluço em cada expiração que feria Tiye profundamente. Com todo o cuidado, os homens foram para a parede afastada e ficaram de frente, limpando suas gargantas, zunindo até que encontrassem o tom que desejavam. Eles começaram a cantar, um som áspero, esquisito, que, no entanto, trazia de volta àqueles que escutavam um reflexo distorcido do passado. Houve uma pequena comoção atrás de Tiye, e ela virou para deparar com um arauto em seus joelhos.

— Bem?

Ele segurava um pergaminho.

— O faraó está muito angustiado por sua filha — murmurou o homem. — Ele ordena que isso seja colocado em seu peito. Ele próprio não pôde vir.

— O que é?

— Tem uma oração de cura ao Aton.

— Vá.

Quando ele foi conduzido à saída, ela desenrolou o pergaminho e o rasgou em dois. Jogando os pedaços no chão, em seguida, ela caminhou com gravidade. Os operários cantariam até que a febre diminuísse ou a princesa morresse. Nada mais havia que Tiye pudesse fazer.

Beketaton morreu quatro horas depois enfraquecida não somente pela febre, mas também pelas convulsões que não foram evitadas pelas tentativas dos médicos de esfriá-la. Huya chegou, e Tiye deu-lhe instruções para a preparação do pequeno corpo. Ela mesma não foi olhar sua filha. Não podia suportar a visão de outro cadáver, outra casca sem vida, ainda mais uma para a qual seu corpo dera forma.

— Leve-a imediatamente para meus embalsamadores — ordenou ela. — No momento em que seu pai emitir as diretrizes, seu embalsamamento terá começado. Se pudesse, eu a enviaria a Karnak para sepultamento apropriado. Ficarei aqui com Tey por mais uma noite, Huya. Ainda não desejo voltar à cidade.

Huya hesitou.

— Majestade, enquanto eu estava me preparando para vir, uma carta chegou para a senhora do Delta, da propriedade da princesa Tia-Há.

Tiye não precisava saber de seu conteúdo. Seu julgamento tinha começado, e, de agora em diante, nada deteria a vingança impiedosa dos deuses.

— Ela está morta, então?

Huya concordou com a cabeça.

— Em seu repouso, Majestade. Ela lhe deixou algumas joias e uma promessa de que falará em seu favor aos deuses.

Uma deusa não precisava das súplicas de um simples humano, mas Tia-Há compreendia as necessidades de sua imperatriz. *O elo mais forte com meu passado se quebra*, pensou enquanto percorria o trajeto com insegurança para o aposento que Tey lhe designara. *Minha querida amiga, minha companheira agradável, não tenho rido desde que nos separamos. Não há solidão tão lancinante quanto esta. Não posso me afligir com a morte de minha filha tão intensamente quanto lamento pela sua, aquela que compartilhou minha vida desde a infância e levou suas lembranças consigo.* Ela se deitou em seu divã, assistindo ao pôr do sol tingir as paredes antes de lavá-las com a escuridão, ciente de que, com a extinção da claridade, se manter viva depois de tudo com que se importara era uma punição pesada demais para qualquer pecado.

22

O funeral de Beketaton foi conduzido no auge daquele verão ardente, sem nada mais que uma única flor para deixar sobre a cova de esquifes dourados. A mão do deus pesava sobre os que estavam do lado de fora da tumba de pedra ouvindo Meryra e seus sacerdotes narrarem a partir da doutrina. Não havia, nas belas palavras, qualquer sugestão de punição ou retribuição, embora o Egito, ofegante, estivesse encolhendo e morrendo nas garras da penúria e das moléstias. Nenhum banquete ocorreu em seguida, e os participantes saíram em silêncio, procurando um consolo que não mais existia no palácio.

O dia de Ano-Novo foi celebrado como uma continuação do estado de espírito fatalista que circundara o funeral. Era mais um encontro de desterrados ou uma retirada conjunta dos pesarosos para se confortarem do que uma demonstração do poder egípcio. Nenhuma delegação estrangeira esperava para homenagear o faraó e apresentar-lhe ricas oferendas. Poucos cortesãos puderam intimar o otimismo para ostentar nova moda no dia em que todo oficial importante costumava demonstrar seu poder e aqueles em ascensão ficavam ansiosamente em evidência. Nenhum prefeito apresentou saudações de suas cidades, e, um a um, todos enviaram desculpas pela ausência. Tentavam lidar com a nova safra de cadáveres em suas ruas todas as manhãs. Epidemia de doenças, cegueira e paralisia, ondas de violência entre os camponeses que deixaram suas terras improdutivas e entre a população da cidade que não desejava compartilhar o pouco que possuía. Nem Horemheb estava presente, tendo sido chamado com urgência para Mênfis, a fim de contornar uma rebelião nos aposentos dos quartéis. Mutnodjme, tranquila e indiferente como sempre, beijou os pés do faraó e colocou as flores artificiais de costume sobre eles. Meritaton sentou-se ao lado de seu pai em dourado resplandecente e maquiagem azul nos olhos, mas foi retirada. Tiye não participou. Após a notícia da morte de Tia-Há, ela teve um desmaio, uma leve febre acompanhada de tremores e dores abdominais recorrentes, que a deixaram em seu divã. Ay mantinha o leque ao lado do joelho direito de

376   Pauline Gedge

seu amo, visivelmente confiante como sempre, mas não fitava o olhar de ninguém.

Apesar de exibir muitos artistas, poucos compareceram ao banquete que se seguiu, e os risos dos convidados eram mais por obrigação do que por alegria. Por volta da meia-noite, o faraó estava sozinho no trono, entre as sobras da refeição, e o grande salão estava vazio, exceto por Smenkhara, sentado de pernas cruzadas diante de sua mesinha, a cabeça afundada na palma da mão, beliscando o pão seco que restara em seu prato. Os criados permaneceram imóveis nas sombras que engolfavam as paredes, fora de alcance dos poucos archotes que ainda ardiam. A rainha saíra muito mais cedo, alegando um mal-estar pelo calor sufocante. Atrás de Akhenaton, os porta-leques, o administrador e o camareiro o esperavam pacientemente para sair, mas ele não fazia qualquer movimento, sua boca se abrindo vez ou outra como se fosse falar. O nauseante mau cheiro dos cones de perfume descartados pairava no ar imóvel, misturando-se com o odor de comida passada.

Smenkhara estava mergulhado em um devaneio obscuro, somente seus dedos movimentando-se entre os pedaços e as migalhas de pão preto. A princípio, ele não ouvira seu nome, mas o faraó chamou-lhe mais uma vez, e Smenkhara levantou os olhos, assustado.

— Majestade?

— Suba aqui, príncipe.

Em obediência, Smenkhara levantou-se e subiu ao trono, fazendo reverência completa diversas vezes. Akhenaton indicou a cadeira vazia de Meritaton, contemplou por vários segundos e, em seguida, sorriu lentamente.

— Smenkhara — murmurou —, o que aconteceu à nação predileta sob o céu? Para todo lugar que olho, há dor e morte. Mesmo aqui, no lugar que Aton escolheu para residência, há desgraça. Estou esgotado, tornei-me um pote descartado. Minhas orações não saem de minha boca e parecem escassas. Minha respiração é como o *khamsin*, exala apenas morte. — Ele parou e engoliu, e Smenkhara ainda pôde sentir a emoção que o faraó estava tentando controlar. — Eu, que fico entre o deus e o povo, não sei o que fazer. Minhas intercessões não são ouvidas. O deus não mais me dá direção. — Os lábios, pintados de laranja, tremiam enquanto seus ombros, cobertos de dourado, se curvavam. — Eu havia pensado, quando o tornei meu herdeiro, que o deus ficaria satisfeito, mas não é assim. Não foi suficiente. — Ele pressionou as palmas das mãos juntas, e Smenkhara apreciava os dedos melindrosos entrelaçando-se com a lenta contração de extrema agonia. — Por alguma razão que não compreendo, meu divino pai tem me repudiado. Ele não me ama mais. Minha tarefa imortal deve ir para você. — Atrás dele, Smenkhara ouviu uma respiração pesada e pensou que devia ser Ay.

— Majestade — disse ele —, não entendo o que quer dizer.

— Devo passar meus poderes para você. O Aton já está mudando seu corpo, ajustando-o de acordo com o modelo que ele mais desejou em mim. Você fará uma cerimônia no templo e informará o desejo do deus ao povo.

— Mas, Hórus, eu não o desejo! — gaguejou Smenkhara, repentinamente gelado. — O deus não indicou nada disso para mim! Sou somente um príncipe, uma avezinha-Hórus. Não sei nada da doutrina!

— Eu também não sabia até que o deus escolhesse a mim para iluminar. — A voz de Akhenaton estava abafada, seus olhos grandes cheios de lágrimas. — Em um mês, o rio deve começar a subir se eu tiver agido de forma correta diante do Disco Solar.

Smenkhara olhou para ele.

— Está me dando o Trono de Hórus? Está passando o direito dos Degraus Sagrados? Um faraó não pode ceder sua divindade a outro, a não ser que morra!

— Não, permanecerei o governante no trono, Divina Encarnação no Egito. Não lhe dou poder para governar, somente para orar. Um dia, você será a encarnação do Aton, mas ele deseja trazê-lo para sua família agora. Seus ouvidos estarão abertos apenas para você. Zelador, abra caminho. Iremos para meus aposentos. — Ele abriu os dedos e os estendeu para o rosto de Smenkhara, e algo nos olhos amendoados repentinamente lânguidos fez o jovem recuar depressa. — Venha, Smenkhara — impeliu o faraó, enquanto o zelador removia a coroa e a substituía por uma faixa de pano branco, colocando o cajado e o mangual ao lado da cimitarra na caixa dourada. — Conferirei a você verdadeira associação à família real.

— Mas eu já sou real! — disse Smenkhara sem pensar, agora amedrontado. — Minha mãe é imperatriz, meu pai... — Suas palavras diminuíram aos poucos à medida que deparava com o olhar austero de Ay sobre o ombro de Akhenaton. A advertência foi ˙nconfundível. Por um segundo

378   Pauline Gedge

Smenkhara quase se atirou do trono para procurar o santuário de seus próprios aposentos, mas, em vez disso, trêmulo, levantou-se com o faraó. Akhenaton pôs um braço em volta de seus ombros puxando-o para perto. Sua respiração ficara pesada, e suas unhas alisavam o corpo de Smenkhara, despido com uma camada de óleo. O arauto anunciou o comunicado a todos os que deveriam se reunir com o Senhor de Toda a Vida.

O faraó não largou o príncipe até que estivessem de portas fechadas nos aposentos reais e, então, o soltou apenas para pedir que seus criados de quarto saíssem. Ele parecia ter se recuperado de seu ânimo solene. Seu sorriso era indulgente, encorajador, e seus olhos, brilhantes. Servindo vinho, ele o ofereceu a Smenkhara, que o arrebatou e deu goles longos, a borda prateada da taça trepidando contra seus dentes. Ele estava começando a suar. Akhenaton aproximou-se soltando as fitas azuis e brancas da cabeça do jovem e passando suas mãos sobre a cabeça macia, pelas faces, até a boca gelada.

— Você é muito bonito — disse ele.

Smenkhara não pôde fitar seu olhar. Ficou tremendo com a cabeça inclinada como a de um boi a ser sacrificado. Akhenaton tirou seus colares, seus braceletes e seus anéis, beijando cada dedo enquanto o fazia. Ele estava ofegante, o tórax franzino subindo e descendo depressa. Começou a molhar e, em seguida, a misturar com seus dedos o óleo perfumado que derretera do cone de Smenkhara, cujo tórax agora untava. Smenkhara fechou seus olhos tentando freneticamente fugir em sua lembrança para Meritaton e para os dias perfumados juntos em Malkatta, rindo e bebendo cerveja no jardim. Para sua barcaça em um rio com a maré cheia, a vara de pescar em suas mãos. Para seus novos amigos que o perseguiam com pequenas oferendas e o chamavam de Alteza.

Contudo, não podia escapar à aversão que sentia pelo toque do faraó. As mãos agora estavam em seu pescoço. O fôlego perfumado de Akhenaton estava em suas narinas. Ele abriu os olhos para ver o rosto comprido aproximando-se, a boca espessa ligeiramente aberta. *Não vou fugir*, pensou ele resoluto. *Se fugir, posso perder minha chance de sentar ao trono. Se o desagradar, o faraó pode mesmo escolher Tutankhaton em meu lugar como um herdeiro, e eu permaneceria um príncipe para sempre e nunca teria Meritaton.*

Os lábios encontraram os seus, retraíram-se e voltaram com mais convicção quando ele foi puxado contra o corpo macio do deus. As mãos farejadoras do faraó deslizaram pelas costas planas de Smenkhara, encontraram a ponta do saiote e, afrouxando-a, deixou-o cair. Os dedos untados de óleo fincavam nas nádegas firmes, a boca se movimentava pelo pescoço de Smenkhara. Apesar do que sentia, o jovem percebia suas entranhas soltarem-se.

— Seja valente, príncipe — murmurou Akhenaton, afastando-se e sorrindo calmamente. — Isto é necessário. — Ele se sentou na ponta do divã e puxou Smenkhara em sua direção.

Mais tarde, ele deitou com um braço em volta de seu irmão, a cabeça de Smenkhara apoiada em seu ombro. Um vento surgira, e lufadas de poeira passaram pelas fendas do teto e amontoaram-se nas cortinas da janela. Era quase alvorada, mas, exceto pela luz de uma sombria lamparina amarela, o quarto estava escuro.

— Você é um homem bom, muito determinado — disse o faraó. — Pode estar certo da generosidade de Aton. Você já tem a minha. Deixe-me dar-lhe uma oferenda, Smenkhara. Do que você gostaria?

Eu gostaria de correr para o rio, mergulhar e me lavar e lavar, pensou ele cruelmente, cheio de vergonha e humilhação. Entretanto, uma ideia ocorreu-lhe, e Smenkhara ergueu-se em um cotovelo, baixando os olhos na escuridão para o rosto calmo.

— Se lhe agradei, irmão, Majestade, se você me ama de verdade e quer recompensar-me, dê-me Meritaton.

As feições de Akhenaton congelaram.

— Isso não é possível.

— Por quê? Você tem a autoridade. Sou agora seu herdeiro. Você esqueceu como seu predecessor negou a você a Rainha Sitamun, sua própria irmã, como ele o fez esperar até a morte? Não me faça esperar assim por Meritaton.

A ameaça subjacente era óbvia, como Smenkhara pretendia: *Se você me fizer esperar, eu o desprezarei como você desprezou Osíris Amenhotep.* Smenkhara, observando-o com atenção, percebeu a batalha entre o ódio de seu pai ao faraó e seu próprio senso de propriedade refletido em seus olhos enormes. Sob tensão, ele aguardou, até que, enfim, o faraó suspirou:

— Não esqueci. Como podia? Muito bem, Smenkhara, nós a compartilharemos. Acima de tudo, somos uma família.

— Não! Não, Majestade, você me tem agora, e juro que serei submisso e obediente. No entanto, sou a próxima encarnação, Meritaton é, por direito, só minha. Beketaton está morta.

— Há Ankhesenpaaton.

De forma inescrupulosa, Smenkhara deu a cartada final.

— Verdade — murmurou ele —, mas o Aton já me revelou que sou seu sucessor. Ele veio a mim em um sonho na noite passada e contou-me que você me daria Meritaton.

Akhenaton ficou muito tranquilo. Aos poucos, uma expressão de grande tristeza suavizou seu rosto, e ele ergueu os olhos com humildade.

— O deus falou com você? Ah, Smenkhara, como você tem sorte! Tenho saudades da voz que costumava ouvir. Muito bem. Se é o desejo do Disco Solar, eu a concederei a você.

Os olhos de Smenkhara arregalaram-se. Ele não podia acreditar que o faraó se rendera com tanta facilidade.

— Obrigado — disse ele, incapaz de esconder a alegria de sua voz.

Akhenaton sorriu.

— Se você está mesmo agradecido, então me beije.

Por um momento, Smenkhara observou os ansiosos lábios abertos do faraó, mas, em seguida, fortalecendo sua decisão, abaixou a cabeça e o beijou.

Akhenaton não se esforçou para manter o relacionamento com o irmão em segredo; na verdade, teria considerado estranho fazê-lo. Ele tornou público que havia consagrado Smenkhara ao serviço do deus com seu corpo, conferindo poder a ele da única maneira que considerava aceitável. Akhetaton e a corte já não se importavam. Seus olhos se voltavam para o rio após verem, com desilusão, o casal se exibindo pelo palácio de braços dados, se acariciando, com a boca e o corpo grudados sempre que possível. A época da inundação chegara e se fora mais uma vez, porém o nível do rio não mudara. Na verdade, retraía-se, a água evaporando aos poucos com o ar seco e quente.

Akhenaton continuou despreocupado.

— Em breve, as enchentes virão — garantiu ele a todos. — Smenkhara está comungando com o deus.

Nas longas noites áridas, Smenkhara fazia amor com seu senhor com a atenção apropriada e, em seguida, ficava cada vez mais loquaz quando Akhenaton lhe perguntava a respeito dos desejos e das declarações do Aton.

Haveria uma enchente, mas chegaria tarde, Smenkhara disse a ele com desespero. O Egito deveria aprender a ter paciência.

Akhenaton logo começou a chamar seu irmão pelo título afetuoso uma vez conferido a Nefertiti, Nefer-neferu-Aton, Grande é a Beleza do Aton, e Smenkhara permitiu ser tratado como Amado de Akhenaton, visto que o faraó dedicava todo o seu amor ao jovem. Akhenaton encomendara duas estátuas dos artistas Kenofer e Auta: uma exibia o faraó com o braço esquerdo em volta do príncipe e a mão direita acariciando o queixo de Smenkhara; na outra, nunca terminada, os dois se beijavam. As estátuas mostravam os corpos reais inteiramente deformados. Smenkhara observava-as emergir da pedra com um horror ominoso. Ele não queria se lembrar de seu crânio um tanto alongado, da camada de gordura formando-se em sua barriga que nenhuma quantidade de exercício parecia controlar. Para o faraó, tais mudanças físicas eram um sinal da generosidade do deus. Para Smenkhara, eram uma visão terrível do futuro o que o levou a procurar cada vez mais ardentemente os prazeres do presente.

Khoyak, Tybi e Mekhir chegaram e partiram. A esperança de uma inundação trouxe a aparência de alvoroço oficial à corte, mas começou a desvanecer. O faraó ainda desfilava pelo templo de braços dados com Smenkhara, parando na Janela das Aparições para sorrir e encorajar os poucos habitantes da cidade que se juntavam para vê-lo rapidamente. Ele ainda brincava com suas filhas, sentava-se em audiência pública e presidia os banquetes, mas era como se sofresse de alguma cegueira interior, incapaz de ver a realidade pressionando-o de forma cada vez mais definitiva à sua volta. O panorama da Janela das Aparições era severo. Milhares de árvores estavam mortas, os belos gramados desaparecendo sob a areia intrusa do deserto, e o povo, apesar de ainda ficar em fila nos armazéns do palácio todos os dias, estava mais magro e silencioso. A cidade fedia a enfermidades e a excrementos. As filhas do faraó cumprimentavam-no em um berçário calmo, ocupado até a metade. Suas audiências eram realizadas para fantasmas. Todas as delegações estrangeiras deixaram Akhetaton.

Entretanto, alguns decretos ainda eram realizados. O faraó, naquele momento, ansioso para fazer algo que suspendesse a maldição do Aton ao Egito, enfim ditou e selou um contrato de casamento entre Smenkhara e Meritaton. Na noite em que o jovem ia receber sua esposa, ele aguardou por ela em seus aposentos. Estava muito calmo, quase frio, pois a época

382   Pauline Gedge

em que a excitação podia tê-lo tocado já estava muito distante. Mesmo quando ele a viu em pé na entrada, os criados dela retirando-se, e seus camareiros fazendo reverência completa antes de fecharem a porta ao sair, seu coração não fraquejou. Ela se vestira de forma simples, em um vestido amarelo pregueado, preso sobre um ombro. Uma faixa dourada assentada em seu cabelo preto liso e finas argolas douradas em volta de seus pulsos e em um tornozelo. Smenkhara a observava deslizando sobre o chão empoeirado. Ele nada sentiu, apenas uma tristeza amorfa que brotava onde estivera seu grande amor por ela. Por muito tempo, ficaram se entreolhando. Finalmente, ele estendeu os braços bem abertos, e ela se entregou a seu abraço. Ele estava feliz em segurá-la, enterrando o rosto em seu cabelo, inalando o ardor e o perfume de seu vigoroso corpo jovem, seus olhos fechados contra a angústia que se prendia em sua garganta e ameaçava transbordar em lágrimas. Ela se afastou e tentou sorrir para ele, a boca tremendo, lágrimas escorrendo em suas faces maquiadas. Com um pranto, ele as beijou continuamente e, em seguida, procurou sua mão. Ela não mudara muito. A gravidez havia alargado seus quadris um pouco. Seus seios estavam mais fartos, os olhos, mais calmos. Todavia, apesar de permanecer beijando-a, ele continuava a não sentir nada. Mesmo a ternura fora embora. Havia apenas a terrível, dolorosa tristeza. Delicadamente, ele a atraiu para o divã, pondo de lado as roupas dela, dizendo a si mesmo que enfim estava livre para tocá-la onde quisesse. Ele esperara e a conquistara. Era sua. Ela deitou calmamente, um braço bem relaxado em volta de seu pescoço, observando-o, ainda chorando. Após alguns minutos, Smenkhara afastou-se.

— Não posso! — Ele silenciou. — Amon, ajude-me, não posso! — Ele se sentou olhando fixamente para as mãos. — É inútil. Não somos mais os mesmos.

Ela desviou o rosto.

— Não — murmurou. — Não somos os mesmos.

Akhenaton foi aos aposentos de Ankhesenpaaton. Sua terceira filha deixara o berçário no ano anterior, se tornara mulher e, com orgulho, realizara o rito de passagem. Sua trança fora removida, e seu cabelo podia crescer, de forma que, agora, estava na altura do queixo, lustroso e negro, emoldurando um rostinho belo de olhos graúdos. Com seu novo status, vieram seus aposentos no palácio, além de criados. Era uma criança feliz, descomplicada, com o amor natural de seu pai. Assim que o ouviu anunciado, ela deixou o andar em que separava seus adornos e correu para seus braços. Ele a abraçou com carinho.

— Você parece bem viçosa hoje — disse ele. — Vejo que está usando o anel de flores de ônix que lhe enviei. Você mesma é como uma flor, Ankhesenpaaton. Suas criadas estão cuidando bem de você?

— Claro que estão! Vovô esteve aqui mais cedo, trazendo-me estes braceletes. Tey os confeccionou. O que você acha? — Ela os pegou do chão e colocou nas mãos dele.

— São adoráveis, mas eu queria que fosse possível lhe trazer verdadeiras flores de lótus. — Akhenaton os devolveu. — Mesmo um nenúfar seria uma maravilha.

— Não se preocupe. — Ela tocou seu rosto. — O Aton prometeu ao príncipe Smenkhara que sua raiva está quase terminando. Não passamos muito mal, não é, pai? O Egito é forte!

— Você está certa. Agora, querida, ordene a suas criadas que saiam. Desejo falar com você a sós.

Ankhesenpaaton ordenou, e, uma a uma, as criadas saíram. Akhenaton pegou sua mão e a conduziu a seu divã. Sentando, ele a segurou.

— Venha para meu colo — sorriu ele — e escute bem. Você sabe que sua irmã agora pertence a Smenkhara?

— Sim, decerto. As mulheres têm falado muito a respeito. Elas estão dizendo que o príncipe desejou Meritaton por muito tempo.

— Espero que seja verdade. No entanto, estou agora sem uma rainha.

— Pobre papai! E quanto à princesa Tadukhipa?

— Kia gosta muito de mim, mas ela é apenas uma esposa secundária. Você gostaria de ser minha rainha, Ankhesenpaaton?

Ela olhou com ar grave para seu rosto.

— Se o fizer feliz, Grandioso.

— Bom. — Ele puxou o diadema de sua cabeça e, tomando seu rosto diminuto entre as mãos, beijou-a na boca; em seguida, ele a ergueu dos seus joelhos e a colocou no divã. — É difícil fazer-me feliz atualmente — disse ele. — Estou feliz por você querer tentar.

Tiye demorou a recuperar-se da doença que a acometera após o funeral de Beketaton e tentou retomar o trabalho com Meritaton no Escritório de Correspondências Estrangeiras, mas descobriu que perdera o ânimo.

384 Pauline Gedge

Em todo caso, os despachos resumiam-se a uma mera gota de informação sem importância, saudações formais ao faraó das poucas nações pacíficas que restavam no mundo e pedidos de ouro. Ela sabia que não estava mais, mesmo apenas que nominalmente, no controle de qualquer aspecto do poder. Os acontecimentos no palácio a deixavam intimidada e amedrontada, em particular o comportamento obviamente enlouquecido de seu filho, e ela estava cansada e fraca demais para fazer qualquer comentário, muito menos para protestar com ele. Ay também estava surpreendentemente tranquilo. Ela imaginara que ele tentaria conseguir mais poder para Smenkhara, a mobilização do exército ou mesmo o assassinato do atormentado faraó do Egito, mas a seca contínua e a penúria haviam minado sua vontade tanto quanto a de quase todos os ministros, mesmo Horemheb. Após disciplinar os soldados em Mênfis, ele se dirigiu ao Norte, à sua aldeia natal, Hnes, para visitar seus pais, e, quando retornou a Akhetaton, permaneceu recluso em sua propriedade com Mutnodjme. Ele poderia estar planejando uma revolução, mas Tiye não se importava mais.

Murmúrios de chuva em Rethennu circulavam no palácio, de enormes colheitas prontas ali para ceifar, de uma produção abundante na Babilônia, enquanto o Nilo se tornava tóxico, com peixes mortos e suas íngremes margens pardas cobertas de rãs. Iniciara-se um boato de que o próprio rio era uma peste, uma vez que aqueles infelizes o suficiente para cair nele ou as crianças tentadas a se refrescar em sua oleosidade estagnada logo desenvolviam erupções de pele, sarna e pústulas que causavam febre e, inevitavelmente, matavam.

Contudo, Akhenaton continuava se agarrando aos últimos fragmentos de seu grande sonho de outrora. Em um Egito cujo sofrimento há muito ultrapassara a fronteira da resistência humana, era ainda abençoado. O alimento era escasso, mas suficiente. A corte abrigava-se nas confortáveis pompas de ritual e protocolo. Akhenaton passava seus dias no templo com Smenkhara, gemendo e implorando piedade à ferocidade ardente do deus, e passava suas noites fazendo amor com o príncipe ou com Ankhesenpaaton. A menina estava grávida, um fato que uma corte ausente pouco reconhecia e com que o próprio Akhenaton não podia se alegrar. A fertilidade de sua família do Sol o desapontava. Apesar de os negócios do governo terem quase parado por causa do abandono de função dos ministros e cortesãos, as rotinas de seus empregados não se alteraram. O faraó, sua família e as centenas de nobres que habitavam o palácio ainda necessitavam de cuidados domésticos.

A DÉCIMA SEGUNDA TRANSFORMAÇÃO   385

Nenhum serviçal estava mais ocupado do que Huya, que estivera dedicando menos tempo a suas responsabilidades no harém do que devia, visto que a imperatriz, cada vez mais fraca, exigia o máximo de sua atenção. Apesar de, em geral, deixar suas obrigações para seu assistente, naquele dia ele mesmo havia inspecionado os berçários e, naquele momento, estava diante do faraó, que mal tinha acordado. Ao lado dele, Smenkhara ainda dormia, respirando com força e murmurando. Akhenaton levou um dedo a seus lábios.

— Não o acorde — sibilou. — Ele adormeceu há pouco tempo. O que você quer, Huya?

Huya inclinou-se e respondeu em voz baixa:

— Majestade, acho que seria melhor ir ao berçário. As filhas de Nefertiti estão muito doentes. Mandei seus médicos até elas.

Ele mal podia fitar os olhos amedrontados que observavam os seus com atenção.

— Todas elas? É febre?

— Não tenho certeza. Decerto estão bastante febris, mas parecem estar feridas também.

Akhenaton se esforçava para levantar.

— Chega! — sussurrou furiosamente. — Não suporto isso. O que eu fiz para que essas coisas acontecessem comigo? Mesmo um deus não pode sofrer por tempo indeterminado.

Huya tentou tranquilizá-lo:

— Majestade, posso sugerir que ordene à sua mãe que venha de imediato?

Akhenaton se levantara, inclinando-se em sua mesa de cabeceira, seus olhos inchados de calor e falta de sono, resquícios de *kohl* e hena manchando seu corpo.

— Não — disse ele. — Não quero vê-la de novo. Ordene a meus escravos de quarto que venham e me vistam.

— Faraó — disse Huya com calma —, elas estão morrendo.

A figura grotesca baixou os ombros e sua mão pressionou os olhos firmemente, como se tentasse empurrar de volta a dor. Akhenaton concordou com a cabeça uma vez. Imediatamente, Huya saiu, fazendo os escravos de quarto entrarem assim que se foi. Ele já informara a Tiye, que apenas comprimira os lábios e desviara o olhar. Enquanto o faraó estava sendo vestido, Huya mandou o arauto do faraó ao Palácio Norte e voltou ao berçário.

No momento em que o faraó chegou, a mais nova, Sotpe-en-Rá, já estava morta.

— Era como se ela estivesse se decompondo antes mesmo que o ar a deixasse — sussurrou um médico amedrontado para Huya. — Esta é uma peste muito maligna. Não deixe o faraó ver o corpo.

Entretanto, Akhenaton não pediu que a visse. As outras duas garotas foram postas em um quarto adjacente, no qual ele entrou hesitante. O odor de decomposição pairava no ar estagnado. Nenhum criado tomava conta das princesas, agitadas, que gritavam inconscientes. As mulheres, fatigadas, apinhavam-se na porta, o nariz escondido em suas roupas, e os médicos e seus assistentes aguardavam sem poder prestar auxílio. Nefer-neferu-Aton-ta-sherit pediu água, e, após um momento, o próprio faraó pegou uma taça e foi até o divã. Rapidamente, um dos médicos foi à frente para erguer a cabeça da garota; refestelada, mas delirante, ela atirou a taça e continuou a gemer. Grandes vergões negros apareceram em seu pescoço, e Akhenaton puxou o lençol com força, observando-os em seu peito também. Ele deixou o lençol cair e ficou em pé, as mãos caídas ao longo do corpo, esforçando-se para não vomitar.

Nefertiti entrou nos berçários duas horas mais tarde, mas, naquele momento, as três princesas estavam mortas. Com a repentina comoção de sussurros e o movimento na porta, Akhenaton virou-se e, vendo quem era, começou a chorar enquanto se prostrava em sua direção.

— Nefertiti — bafejou ele —, tenho sentido demais sua falta, estou desolado, ajude-me... — No entanto, ela o repeliu com o semblante furioso. As criadas fitaram-na pasmas. Ela estivera ausente do palácio por tanto tempo que, para muitos deles, começara a adquirir a aura de um mito, de uma mulher trágica, solitária, sobrevivendo seus dias em solidão, mas a rainha vigorosa andando com passos largos pelo aposento não tinha qualquer semelhança com a pálida criatura de sua imaginação. Nefertiti arrebatou o lençol do corpo de Sotpe-en-Rá. Após fitá-lo por um longo tempo sem demonstrar expressão alguma, ela saiu pela porta para o outro aposento, e os que estavam lá a viram repetir a ação duas vezes. Quando terminou, ela se aproximou do faraó e jogou o pano manchado a seus pés.

— Você matou minhas filhas — disse ela.

— Eu também sinto dor — lastimou. — Akhenaton estendeu a mão.

Ela a desviou.

— Você me afasta delas por quatro anos e, em seguida, as mata! — Ela estava pálida de tristeza e fúria. — Toda criança morta no Egito deveria ser posta a seus pés. Você sabe do que as pessoas estão chamando você, Majestade? O criminoso de Akhetaton, e sua mãe de prostituta. Em conjunto, vocês instigaram a maldição dos deuses sobre este país condenado! Você está arrependido? Não! — Ela fechou os punhos e começou a socá-los juntos. — Você comete pecado sobre pecado. Meketaton, Meritaton e, agora, seu irmão em sua cama! Exijo ver Ankhesenpaaton!

O grupo de pessoas olhou-a estupefato, seus olhos voltando-se para o faraó na expectativa de ver o *uraeus* real em sua testa cuspir fogo na rainha blasfema. Contudo, Akhenaton se abraçara, cantava com calma em voz baixa e, enquanto eles assistiam, mergulhou no chão e começou a se balançar de um lado para outro. Após uma olhada desdenhosa, Nefertiti caminhou a passos largos, seus criados acompanhando-a.

Sentada em seu quarto e ouvindo seu músico cantar com o alaúde, Ankhesenpaaton deu um pulo chocada quando sua mãe apareceu à porta e, com um grito de alegria, correu para encontrá-la. Abraçando a filha, Nefertiti cobriu a cabeça negra com beijos. Ankhesenpaaton afastou-se, seus olhos brilhando.

— Mãe! Ele libertou você? Você está voltando para o palácio? Olhe! — Correndo para a mesa, ela agarrou um pergaminho. — O rei da Babilônia, Burnaburiash, escreveu ao faraó chamando-me de Senhora de Tua Casa e prometendo enviar-me anéis de sinete feitos de lápis-lazúli! Eu sou realmente uma rainha agora!

Nefertiti olhou para a serpente levantando-se do fino diadema dourado na testa de sua filha. Seu olhar desceu em direção à suave protuberância sob a roupa transparente do vestido da garota. Deu meia-volta e saiu sem uma palavra.

Durante a viagem de volta ao Palácio Norte, Nefertiti sentou-se rígido atrás das cortinas fechadas da liteira, tão consumida pelo choque e pela raiva que ficou inconsciente dos arredores. Apenas quando transpôs a entrada que separava sua casa da cidade sul e seus porta-leques começaram a erguê-la pelo longo lance de escadas que conduziam à entrada, ela voltou a si. Com receio de chorar, ela não teve coragem de conversar com os homens que a transportavam do palácio real e só pôde acenar para dispensá-los quando a deixaram diante de sua porta. Com seu séquito, ela penetrou a fria penumbra de seu salão e, em seguida, virando-se, encontrou sua voz:

388   Pauline Gedge

— Deixem-me sozinha, todos vocês. Vão para seus aposentos. Não quero ouvir nem ver ninguém tão cedo.

Em um instante, ela estava sozinha. Começou a vagar pelas salas imensas, quietas, do palácio, os braços cruzados bem apertados, sua aflição exigindo movimento, como se andando ela pudesse afastar a dor. Aos poucos, seus pensamentos tornaram-se mais calmos, e a raiva que segurava suas lágrimas desvaneceu. No fim, ela foi para o salão e, jogando-se em uma cadeira, pôs as mãos no rosto e chorou.

Àquela noite, ainda estava sentada à janela de seu salão obscuro, bebendo com tristeza e olhando fixamente para seus terraços arruinados, iluminando-se debilmente à luz de uma lua pálida, quando seu arauto limpou a garganta de forma educada atrás dela. Ainda tomada por amargura e raiva, ela se voltou impaciente.

— Eu não tinha percebido que estava tão escuro — disse ela. — Acenda as lamparinas. O que você quer?

— Seu pai aguarda do lado de fora, Majestade.

As fartas sobrancelhas de Nefertiti ergueram-se.

— É espantoso que tenha se lembrado de que tem uma filha — vociferou rispidamente. — Faça-o entrar. — O homem fez uma reverência e saiu, gesticulando para os criados acenderem as lamparinas. Eles começaram a se movimentar com calma pela sala com velas de cera. Nefertiti esperava, meia-volta em sua cadeira, sua taça no peitoril. Ay logo fez uma reverência e aproximou-se, segurando um menino pela mão.

— Isto não é um prazer — disse ela friamente quando eles pararam. — Não recebi nenhuma ajuda de você, Porta-Leque. Você não deve esperar nenhuma hospitalidade de mim.

— Eu não peço nenhuma — pronunciou Ay de maneira ofegante. — Está certa, Majestade, e sei que não adianta ajoelhar-me e pedir perdão.

— Mesmo se você pudesse se abaixar. — Nefertiti sorriu com indiferença. — Você envelheceu terrivelmente, pai.

— Eu sei. Minha respiração é curta, mas minha cilha não. Ouça-me, filha. Você poderia se mudar de novo para o palácio agora se desejasse. Akhenaton não reuniria coragem para impedir. Ele é um homem aniquilado.

— Não, obrigada. Não depois do que suportei hoje.

— Isso foi o que pensei. Então, faça-me um favor. — Ele empurrou o garoto para a frente. — Acolha Tutankhaton sob sua proteção.

Nefertiti voltou sua atenção para o príncipe, avaliando-o lentamente.

— Explique — ordenou ela, mas o tom frio desaparecera de sua voz, e ela manteve os olhos em Tutankhaton. — Príncipe, se você adentrar o corredor, encontrará meu administrador. Ele tem um pequeno suprimento de mel escondido e, se pedir a ele, deixará mergulhar o dedo nele.

— Ah! — O menino sorriu vagamente. — Isso será ótimo, mas quero muito ir para casa.

Ay inclinou-se.

— Alteza, você não pode. Enviarei seus brinquedos e seus criados amanhã e o visitarei com frequência. — Tutankhaton suspirou com ostentação e saiu. Nefertiti fez um gesto para seu pai se sentar.

— Não acho que o faraó tenha muito tempo de vida — disse ele com um suspiro —, e Smenkhara será um sucessor inútil. Ele é fraco, ganancioso e ignorante. Mas, não é, de modo geral, um tolo. Se ele percebesse a ansiedade do Egito em retirar a coroa dele e dá-la a seu meio-irmão, não tenho dúvida de que ele mataria o menino.

— O Egito está ansioso?

— Ele está se tornando. Smenkhara se parece mais com seu irmão a cada dia e não faz esforço algum para usar sua influência com o faraó de forma produtiva. Tutankhaton estará seguro aqui. Protejam-se bem.

Nefertiti ergueu sua taça e bebeu enquanto refletia, seu olhar resoluto no rosto de Ay.

— Entendo. E, se chegasse o momento de a Coroa Dupla ser colocada em sua cabeça, quem seria sua imperatriz? Quem seria seu regente?

— Você pode colocar o disco solar e a dupla plumagem em sua cabeça se desejar. Eu serei o regente.

— Ah. E o que Horemheb fará?

— Ele estará guerreando na Síria.

Nefertiti riu abruptamente e sentou-se à frente.

— Ele sabe a respeito disso? Tiye sabe?

— Eu discuti com ele, mas Tiye está idosa, Nefertiti. Após a morte de Beketaton e a notícia do falecimento de Tia-Há, ela começou a mergulhar em si mesma. Está sempre doente e não quer conversar sobre nada, exceto sobre o passado. Eu sobreviverei a ela.

— Você fala de tais coisas tão insensivelmente, todavia, ela tem sempre estado em seu coração, tanto como sua amiga quanto como sua irmã e deusa. Acho que é sua ambição que tem excedido à dela. Que estranho...

— Estou oferecendo a você outra chance de comando, um retorno ao poder, desta vez como imperatriz.

— Contanto que eu obedeça ao futuro regente.

— Sim.

Um leve sorriso abriu-se sobre as feições ainda adoráveis de Nefertiti.

— Existem muitas forquilhas inesperadas nesta estrada que você descreve como larga e reta com tanta loquacidade. Estarei presente em seu funeral, meu pai. — Ela reduziu sua tensão novamente, recolhendo-se na cadeira, seus dedos segurando a taça com firmeza. — Manterei o menino. Ele pode me entreter. Contudo, o que Tiye dirá quando você lhe contar que tenho seu precioso príncipe?

Ay levantou-se com dificuldade.

— Não acho que contarei a ela. Ela não tem mais interesse em suas crianças. Elas nada lhe trouxeram, a não ser dor. Ela não sentirá falta dele. Ninguém sentirá. Todos no palácio estão envolvidos em suas próprias misérias.

— Assim como eu. Você está dispensado, Porta-Leque. Ponha linimento em seu peito. Pode soltar sua respiração.

Ele fez uma reverência e saiu na noite.

Tiye virou-se de lado e, puxando as almofadas para baixo, ficou com o olhar fixo na escuridão de seus aposentos. Em um canto distante do quarto, Piha sentou-se de pernas cruzadas em sua esteira de dormir, aureolada na luz de uma lamparina próxima a seu joelho, a cabeça reclinada sobre seu trabalho de costura. Atrás dela, as sombras causadas por seus pequenos movimentos deslizavam com suavidade na parede, e o tom que ela sussurrava com sua respiração era o único som no aposento tranquilo. Tiye, observando-a, invejou sua alegria. Em um instante, Tiye sabia, ela enrolaria a roupa em ordem e iria ao divã perguntar se haveria algo de que sua ama precisasse, mas, até então, ela permanecia envolvida com sua tarefa. O dia fora monótono, com exceção do relatório que chegara do palácio, contando a Tiye que o faraó havia se fechado em seus aposentos por quatro dias, recusando comida e bebida, sentado no chão e, com frequência, deixando de reconhecer os criados, preocupados, em volta dele. Ainda fraca pela febre, Tiye não pôde expressar qualquer sinal verdadeiro de preocupação pelo seu filho. Ela havia feito tudo o que podia pelo Egito, por ele, e não mais se permitiria preocupar-se.

Ela começava a cochilar quando ouviu uma comoção no vestíbulo e abriu seus olhos a tempo de ver Piha deixar de lado seu trabalho e ir em direção à porta já aberta. Seu irmão entrou, fazendo sinal para Piha esperar no corredor, e, antes que Tiye tivesse terminado de fazer qualquer esforço para se sentar, ele estava ao lado do divã. Ele não fez reverência.

— Tiye... — começou, mas, percebendo a extrema agitação em sua face, ela interrompeu.

— Traga a lamparina e coloque-a nesta mesa. — Ela agora estava totalmente acordada, observando-o, alarmada, enquanto ele fazia conforme lhe fora solicitado. Suas mãos tremiam, e a chama reluzia em seu punho à medida que colocava a lamparina onde ela indicara. Ela assentiu com a cabeça para que ele falasse.

— O faraó acabou de dar uma ordem a todos os seus arautos — disse ele de modo áspero — e os ameaçou com execução se não for levada a cabo imediatamente. Eles devem ir a todas as cidades, todos os templos, mesmo aos pequenos santuários do país, levando pedreiros com eles, e danificar, destruir... — Ele gaguejou, pressionando suas mãos trêmulas juntas. — Destruir o nome de Amenhotep III e todos os seus títulos, onde quer que eles se encontrem. Ele engoliu em seco. — Eles devem entrar até nas pedreiras onde possam existir inscrições não concluídas.

Tiye encostou-se no divã.

— Mas por quê? — murmurou ela.

Ay mergulhou no divã junto a seus pés.

— Ele diz que Amenhotep não está morto; que, apesar de estar protegido em seu túmulo, ainda navega na Barcaça Sagrada, onde sua presença é uma afronta ao Aton. Ele acredita que por isso o deus amaldiçoou o Egito com tanta miséria e duvidou de sua própria devoção. Se um nome permanecer, um *ka* pode subsistir. — Seus olhos procuraram os dela.

— Ele está matando o pai. Que os deuses concedam que ele morra logo! Ele tem desencadeado forças poderosas do mal sobre o Egito. Ma'at está extinta.

Tiye, que nunca o vira perder seu senso de razoável imparcialidade, sentiu as arranhaduras de pânico em seu estômago.

— A culpa não é só dele — disse ela com dificuldade. — É minha também. Como eu fui alegremente para sua cama! Não acredito que a maldição terminará antes de eu morrer. — De repente, ela começou a rir, um som áspero, melancólico. — Você acredita que o Filho de Hapu estava correto, no fim das contas? — continuou ela. — Duplamente correto. Akhenaton cresceu para matar os dois pais, humano *e* divino. Eu devia ter permitido que ele fosse morto. Eu devia ter dado ouvidos ao Filho de Hapu, mas era orgulhosa e tinha ciúme de seu poder sobre meu marido. Entretanto, eu paguei. — A angústia secou sua garganta. — Eu sei do que o povo me chama agora.

Ay estava começando a se recuperar.

— É possível que os arautos não encontrem todas as inscrições — respondeu ele delicadamente, agarrando a sua mão. — Você usa o nome de Osíris Amenhotep em seus dedos todos os dias, gravado em seus anéis. Não se desespere, Tiye. Tomaremos as decisões que pudermos com a sabedoria que convocamos no momento, e o que mais pode ser exigido de nós? — Ele se inclinou para beijá-la, mas ela se virou.

— Você não me revela mais suas decisões — rangeu —, nem me encoraja. Você se tornou um estranho, Porta-Leques. Faça o que deve fazer. Não me importo mais com nada. — No entanto, apesar de suas palavras, ela se agarrou a ele quando ele se levantou para partir e teve de pelejar para engolir as lágrimas.

Depois que ele partiu, ela se levantou, fazendo força para andar pela sala até a grande caixa na qual suas maiores preciosidades estavam guardadas. Detendo-se um momento para ouvir Piha conversando com o guardião na porta, ela levantou a tampa. A Declaração de Inocência estava onde a colocara, em sua base de linho puro. Carregando-a para o divã, ela a desenrolou, lendo-a devagar, delineando com o dedo seu nome e a longa lista de títulos que ela própria escrevera há tantos anos. Quando terminou, enrolou-a firme, apertando-a por um momento nas mãos antes de chamar Piha rispidamente. Piha foi correndo.

— Leve isto para a cozinha e queime — disse Tiye. — Esteja presente até que seja totalmente consumido. — A criada concordou com a cabeça. Tiye a dispensou e recostou-se nas almofadas com um suspiro. *Não mereço a declaração*, pensou ela, *e é indigno de mim tentar enganar os deuses. Ou sou uma entre eles, não precisando de justificativa, ou não sou. O que quer que aconteça, estarei pronta.*

A DÉCIMA SEGUNDA TRANSFORMAÇÃO 393

Ela dormiu profundamente, apesar do calor, e, no dia seguinte, sentiu-se bem o suficiente para andar pela casa, mas a experiência a deprimiu. Ela nunca se sentira à vontade ali. Enquanto passava em cada sala finamente mobiliada, seu olhar deteve-se nas vibrantes pinturas na parede: patos rastejando na vegetação emaranhada do rio, uvas úmidas estourando nos vinhedos, peixes enfileirando-se através da água azul cintilante, tanta beleza luxuriante. No entanto, com um leve movimento de sua cabeça, de repente se encontrou focando o mundo real. A terra rachada, endurecida, esqueletos inanimados de árvores e o desfiladeiro quase seco onde o rio gotejava fizeram com que se sentisse como uma miragem comovente sem substância verdadeira. Até seu nome soava estranho quando ela o pronunciava. Ela retornou ao santuário de seus aposentos agradecida.

Entretanto, na noite seguinte, ela não conseguiu dormir. Após suportar várias horas do som dos leques, irritada, ela dispensou os criados e ficou ouvindo o silêncio. Nenhum som se ergueu do rio. Nenhum baque de remos ou golpe de ar nas velas, nenhum canto de pescadores após as pescarias noturnas, nenhum riso de amantes reprimido nos pântanos de bambu. Nenhuma agitação dos insetos, visto que o jardim estava inerte. Apenas o triste uivo de um chacal em algum lugar no alto dos rochedos do leste veio ecoando melancólico através do vale. Piha roncava suavemente, invisível em seu canto escuro. Uma lua murcha, fatigada, lançava uma luz acinzentada no assoalho. Tiye ordenara que as cortinas ficassem levantadas. À medida que as horas passavam lentamente, ela, meio sentada, meio deitada no divã, almofadas em suas costas, as mãos soltas nos lençóis, seu cabelo longo, ondulado, úmido de suor, mantinha a respiraçao calma.

Ela sabia que esperava por algo e, quando percebeu uma centelha de movimento pelo canto dos olhos, não ficou surpresa. Simplesmente virou a cabeça e ficou relaxada olhando na escuridão. De início, pensou que estivera enganada, visto que, após aquele movimento, o aposento parecia mergulhar uma vez mais em imobilidade, mas, então, uma forma longa, delgada, ondulava pelo raio de luz da lua, repousando na cerâmica, movimentando-se da janela à porta. O coração de Tiye começou a martelar. Ela se sentou. Após a epidemia de cobras no ano anterior, não se deixava mais leite nos pratos no chão. Era outra coisa que atraíra aquela cobra. A promessa de friagem, talvez. Um canto de cerâmica no qual se enroscar, distante da terra do lado de fora que retinha o calor da fornalha do dia. Apoiada em um cotovelo, ela tentou acompanhar seu progresso. *Eu deveria chamar o guardião imediatamente*, pensou. *Deve ser venenosa. Piha pode estar em perigo.* No entanto, algo fez com que ela não gritasse.

Um senso de inevitabilidade começou a se apoderar dela, uma calma que aos poucos tranquilizou as batidas de seu coração e relaxou os dedos, que se grudaram no lençol amarrotado. A serpente desapareceria pela fenda sob a porta, ou não. Acharia Piha, ou não. Viria em sua direção ou a ignoraria... Ela sentiu um delicado puxão nas roupas de cama sob sua mão e congelou. Em seguida, bem aos poucos, uma cabeça negra começou a aparecer sobre a ponta do divã, inclinando-se levemente. O ar ficou preso na garganta de Tiye. Ergueu-se mais, até que estava quase à altura de seu rosto, uma coluna delgada de ameaça. Ela ainda não sentia temor, mas, em seguida, seu cotovelo inadvertidamente escorregou, e ela recuou. Com o súbito movimento, um rufo e, em seguida, um capelo sombrio abriram-se, e ela percebeu que estava fitando uma cobra. Não havia luz suficiente para ver qualquer cor na criatura, mas um brilho de luar reluziu nos olhos brilhantes.

De repente, Tiye percebeu que era aquilo que estivera esperando. Cobras eram quase desconhecidas tanto no Sul distante quanto em Tebas, e quase tão raras ali em Akhetaton, já que preferiam a terra fértil do Delta. No entanto, o Delta era um solo improdutivo, e esse símbolo mágico do poder de um faraó deve ter vindo caçar. *Não, caçar não*, pensou Tiye, mais uma vez em plena calma, seus olhos fixando a atenção na criatura friamente majestosa. *É demais acreditar que está aqui no meu quarto por mera sorte. Veio por mim.* A cobra continuou a se movimentar delicadamente, seu capelo tremendo, e Tiye poderia jurar que viu sua língua bifurcada chicotear para fora rapidamente. Uma paciência em sua posição comunicava-se com ela. *Aguardará até que eu esteja pronta*, refletiu. *Defensora de Reis, Wazt, Senhora dos Encantos, você vem vestida em poder para entrelaçar em mim o último de todos os encantos.*

A compreensão trouxe, em primeiro lugar, um pânico. *Não*, Tiye pensou freneticamente. *Não estou pronta para morrer!* Entretanto, sua reação foi apenas de instinto, pois logo em seguida veio uma onda de alívio. *Estou cansada da vida. Carrego um peso de culpa e sofrimento que pode somente ficar pior à medida que os dias se passam. Todos que amei se foram, com exceção de meu filho, e seria melhor para ele se eu tivesse morrido há muito tempo. Meu amor tem lhe trazido apenas agonia. O Egito está destruído. Habito este corpo deteriorado como uma sombra presa em um cadafalso. Está na hora de encarar os deuses.* A cobra continuou a fitá-la, um símbolo vivo de tudo o que ela venerara, tudo o que seu primeiro marido tinha tão gloriosamente sustentado, tudo o que seu filho deveria ter sido. Suspirando, ela ofereceu sua mão.

— Ataque, então — murmurou. — Estou pronta. — Por um breve segundo, ela tocou sua pele, seca e fria. Virando a palma de sua mão para cima, ela apresentou seu pulso. Estava sorrindo.

A cobra atacou. Ela viu um lampejo de luz nas presas afiadas antes que fossem enterradas em sua carne. Sem querer, ela recuou, arrastando a cobra consigo, mordendo a língua para evitar gritar, mas, em seguida, sentiu seu peso deixá-la. *Eu devia despertar alguém*, pensou ela. *Ninguém desejará matá-la porque é sagrada, mas poderá fazer mal em outro lugar.* Ela sentiu seu pulso, colocou o braço contra o peito e recostou-se. Aos poucos, seu olhar fixo vagou pelo quarto, confortando-se com as coisas familiares, os pequenos movimentos de Piha, o luar agora se elevando na parede distante, o grito de um falcão noturno caçando. Os minutos transcorreram em paz. Bolhas começaram a se formar sob a pele de seu pulso, dolorido ao toque.

Depois de uma hora, Tiye sentiu seu coração começar a palpitar e tentou respirar profundamente, uma vez mais combatendo um terror momentâneo. Imediatamente, conforme a náusea a arrebatava, ela fez um movimento à frente, vomitou e, em seguida, recostou-se respirando ofegante. Ela esperara por isso e estava preparada, mas os deuses foram piedosos, e a cobra não voltou. Ela teria cochilado, não fosse a palpitação irregular de seu coração. Ela fez o possível para se manter tranquila. À medida que o alvorecer se aproximava, tornou-se mais difícil respirar e, no fim, ela estava sentada ereta, forçando o ar para dentro dos pulmões com toda a força, os olhos bem abertos, porém nada enxergando. Ela não teve um último pensamento coerente. Havia apenas uma consciência tardia dos lençóis grudados a seus membros molhados e da dor insuportável em seu coração.

Ay foi do seu posto à porta do faraó assim que Huya o convocou. Ele ficou parado, os olhos baixos para a figura pequena, delicada, com sua fartura de cabelos castanho-avermelhados jogados sobre a almofada. A morte suavizara a face imperiosa, devolvendo a ela um pouco da fragilidade da juventude. A boca ostentando um sorriso de autossatisfação. Sob as pálpebras semicerradas, os olhos azuis capturavam a luz do dia com a insinuação de um brilho falso. Erguendo o braço sem vida dobrado sobre o lençol, ele o virou. Os furos eram bem visíveis, circundados de carne púrpura, intumescida. Piha soluçava atrás dele.

— Não escutei nada, senhor, absolutamente nada! Eu a teria poupado se pudesse. Sou uma criada perversa!

— Ah, fique calada! — retrucou ele rispidamente, sem se virar. — Ninguém culpará você, Piha. Feche a porta e diga aos sacerdotes mortuários que esperem. Quando o faraó vier, você deve deixá-lo entrar. — Ele se agachou ao lado do divã e procurou a face imóvel por muito tempo. Não estava certo do que estava procurando, mas, aos poucos, uma estranha convicção apoderou-se dele. Observando em segredo sobre seu ombro, ele viu Piha ocupada no outro canto do aposento. Huya olhava fixamente para fora da janela. Ay tirou uma faca curta de seu cinto e, rápida e silenciosamente, cortou uma mecha de cabelo ondulado, escondendo-o em sua roupa. — Poucas coisas fora de seu controle direto aconteceram em sua vida — murmurou ele na orelha parda. — Não acredito nesse suposto acidente. Que seu nome viva para sempre, querida Tiye. — Rapidamente, ele beijou os lábios impassíveis e permitiu-se sair para o vestíbulo.

Ele ia fechar as portas quando Akhenaton chegou correndo, logo atrás do arauto que anunciava seus títulos. Quem o esperava foi ao chão. O faraó agarrou o braço de seu porta-leque.

— Não é verdade! — gritou ele. — Diga-me que não é! Quero vê-la! — Antes que Ay pudesse responder, ele empurrou as portas. Ay deu um passo para fechá-la antes que a terrível lamentação de Akhenaton começasse, mas os gritos agonizantes do faraó o perseguiram do corredor de entrada de Tiye até a Estrada Real.

Ay sentiu saudades do conforto da presença de Tey, mas, antes que pudesse arrebatar uma hora preciosa na tranquilidade de sua propriedade, ele tinha uma missão. Não dirigia mais a biga. Era carregado por seus mais confiáveis soldados em uma liteira coberta ao Palácio Norte, suportando o calor feroz de uma tarde de verão sem a sombra que costumava dar aos viajantes algum repouso ao longo da extensa estrada que unia o palácio à cidade central. No muro, os guardiães de Nefertiti o reconheceram e deram-lhe passagem. Deixando a liteira, ele foi conduzido para dentro por Meryra. Mesmo em tal calor ensandecedor, o Palácio Norte era tão vasto que as correntes de ar se movimentavam sem parar por suas imponentes salas, e a transpiração começou a refrescar a pele de Ay enquanto ele andava.

Nefertiti conversava com suas criadas e cumprimentou seu pai com uma indiferença educada. Ay pediu que lhe trouxessem Tutankhaton e virou-se para olhar pela janela de modo taciturno enquanto esperava. Nefertiti nada disse. Quando o menino veio correndo pelo chão de cerâmica com um alegre sorriso, ela fez sinal para as criadas se retirarem. Ay curvou-se devagar e o abraçou.

— É bom vê-lo outra vez, príncipe. Você está feliz aqui?

— Sim — respondeu Tutankhaton. — Não pensei que ficaria, mas estou. Posso fazer o que eu gosto e quando quero. A rainha brinca comigo frequentemente.

Ay sorriu por dentro. A rainha não tinha perdido tempo em agradar o menino.

— Quero que você me ouça com atenção — disse ele, mantendo o olhar de Tutankhaton e falando com a maior clareza possível. — Sua mãe está morta. É certo que você deve lamentar por ela, mas ela não desejaria que você sofresse muito. De agora em diante, a rainha Nefertiti é sua mãe.

Nefertiti abafou um grito, e suas mãos deslizaram para as faces.

O rosto confiante de Tutankhaton virou-se de um para outro.

— Minha mãe foi para Aton? — perguntou ele, tentando com coragem acalmar o tremor em sua voz.

Ay sorriu de maneira tranquilizadora.

— É claro que sim. Sua justificativa é segura, e ela está feliz agora. Trouxe para você uma mecha de seu cabelo. — Ele a tirou e a colocou na palma da mão do garoto. — Você deve colocá-la logo em um lugar muito seguro. Uma pequena caixa com uma tampa apertada seria o melhor. Guarde-a com cuidado. Considere-a um solene talismã, um amuleto da sorte.

Os dedos de Tutankhaton enrolaram-se em volta dele. Ay percebeu o olhar surpreso de Nefertiti.

— É verdade? — murmurou, e Ay a calou com um rápido olhar de censura.

— Colocarei isso junto com o arco de meu irmão Osíris Tutmés, que ela me deu — disse Tutankhaton consternado.

— Seria melhor fazê-lo agora — induziu Ay. — Nem um único fio deve cair no chão. Você compreenderá melhor quando estiver mais velho. — O garoto concordou com a cabeça e saiu correndo, segurando seu pulso apertado diante dele. Nefertiti foi em direção a seu pai.

— É verdade? Se é, os deuses deixarão de reconhecê-la!

Ay manteve o tom um tanto malicioso.

— Ninguém nunca saberá com certeza — disse ele severamente —, mas acho que sim. Ela não procurou a cobra, mas, decerto, podia ter chamado por socorro e não o fez.

— Acho que assistirei ao funeral — concluiu Nefertiti, sorrindo, enquanto acompanhava seu pai até a porta.

Ay virou-se com ela, imaginando, ao sair, se, ao dar a mecha de cabelo a Tutankhaton, ele estaria descartando a própria sorte. O cabelo de uma suicida trazia muito boa sorte para quem o possuísse.

23

Setenta dias depois, Tiye foi posta para descansar na sepultura que seu filho lhe preparara nos rochedos atrás de Akhetaton. Era o começo de Athyr. O rio deveria ter começado a subir algumas semanas antes, mas as margens altas permaneciam áridas. O funeral de Tiye ocorreu sob o olhar de todos os cortesãos da cidade. Rodeada por seus guardiães, Nefertiti estava sentada sob o abrigo a uma curta distância da multidão e observava seu marido. A voz de Akhenaton podia ser ouvida com clareza sobre o murmúrio de Meryra. Entre os ataques de choro em voz alta, ele se ajoelhava na areia, juntando-a nas mãos e colocando-a em sua cabeça. Às vezes, ele ficava em pé com os braços envolvendo Ankhesenpaaton, o rosto escondido no ombro, o corpo sacudindo com soluços. Quando não estava chorando ou esfregando-se com a areia, ele beijava e mimava a filha. Ela tolerava com coragem inexpressiva, as mãos repousando como proteção em seu abdômen intumescido, os olhos cuidadosamente evitando a multidão.

Próximo ao fim da cerimônia, Akhenaton transpôs o esquife, colocando o braço na parte superior, começou a conversar com a defunta e a rir com afeto. Sentados lado a lado, de mãos dadas, Smenkhara e Meritaton olhavam para seus colos. Ay e Horemheb trocavam olhares. A voz histérica de criança do faraó multiplicava-se contra as pedras e seguia emitindo um som agudo pela areia como o balbucio insensível de muitos demônios.

Não havia flores para colocar no corpo quando, por fim, ele foi levado para a sepultura úmida. Um a um, os familiares colocaram joias e ramos de flores artificiais feitos de ouro e de prata, enquanto Akhenaton se debruçava no esquife e tocava as oferendas com os dedos, sua cabeça torcida para um lado, murmurando para si, seus olhos terrivelmente luminosos.

Poucos aguardaram para ver a sepultura fechada. Meryra e os sacerdotes foram deixados para fazer o trabalho sozinhos, enquanto os cortesãos se dispersaram. Nefertiti levou Tutankhaton de volta ao Palácio

400 Pauline Gedge

Norte sem falar com ninguém. Rodeados por seus parasitas, Smenkhara e Meritaton retiraram-se para seus aposentos particulares. Ainda apegado à sua filha, Akhenaton foi delicadamente conduzido a uma liteira e levado a seu divã. Somente Ay permaneceu, sentado sob seu abrigo, respirando com rispidez e observando a marca do Disco Solar ser comprimida na argila que fora emplastrada sobre os nós de madeira nas portas da sepultura. Ao término, ordenou que ele próprio fosse levado à casa de Tiye e, junto com o choroso Huya, caminhou devagar pelas salas vazias. Piha, de olhos vermelhos e monossilábica, comandava os escravos que varriam e lavavam. Ay foi para a mesa de maquiagem e passou os dedos nos últimos fragmentos da vida de sua irmã. Um pote de alabastro de *kohl* vazio, pequenas contas azuis esparramadas de algum colar arrebentado, um espelho de cobre para fora de sua caixa com as impressões digitais ainda marcadas no metal polido. Ele o ergueu e fitou seu reflexo antes de suspirar e entregá-lo a Huya como uma oferenda. Por fim, ele saiu no fulgurante anoitecer escarlate para procurar o conforto silencioso de sua esposa.

Naquela semana, Meritaton-ta-sherit, a princesinha de Akhenaton com sua filha Meritaton, adoeceu. Meritaton a levou para seus aposentos particulares e a assistiu, segurando sua mão e cantando calmamente enquanto a criança, de dois anos de idade, gritava e tossia. No entanto, logo se tornou óbvio que Meritaton-ta-sherit contraíra a mesma febre virulenta que causara a morte das três filhas mais novas de Nefertiti. Smenkhara rodeou a enfermaria inquieto, tentando desajeitadamente confortar Meritaton, mas incapaz de demonstrar qualquer simpatia pela menininha, que representava para ele uma ladra luxuriosa de seu mais precioso prêmio. Ele ficou quase aliviado quando foi convocado para os aposentos do faraó.

Akhenaton estava despido no divã e, quando Smenkhara fez uma reverência, estendeu uma das mãos trêmulas. Smenkhara a tomou, rápida e cuidadosamente examinou o rosto amarelado, sua disposição declinava enquanto observou que, pela primeira vez, o faraó estava lúcido. Desde o funeral de Tiye, os dias de Akhenaton foram um acesso de vômito e choro atrás do outro. Seus criados muito assediados fizeram o possível para mantê-lo alimentado e banhado e tentaram fechar os ouvidos para seu murmúrio. Horemheb viera a pedido de Parennefer, porém tinha sido incapaz de acalmá-lo, e a amedrontada Ankhesenpaaton, em prantos, recusou-se a responder os chamados incoerentes de Akhenaton. Ele dormia pouco, caindo, de vez em quando, em um sono leve, inerte, do qual despertava uma ou duas horas mais tarde, orações já em seus lábios, seu corpo imediatamente desassossegado. Entretanto, naquela tarde, ele estava mais calmo, seus olhos vermelhos, porém calmos. Ele puxou Smenkhara para deitar ao lado dele.

— Nefer-neferu-Aton, amado — murmurou ele, seus braços envolvendo o príncipe, seu corpo já pressionado convulsivamente contra o de Smenkhara. — Beije-me. Você anda pela sala como uma visão de mim mesmo mais jovem. Vejo o poder do disco solar pulsando em seus quadris e emitindo raios de luz de sua boca.

— Você sabe que a filha de sua filha está morrendo, faraó? — sussurrou Smenkhara contra os grossos lábios. Ele abafou a resposta de Akhenaton, comprimindo sua boca contra a de seu irmão com um prazer cruel, perverso, forçando os ombros estreitos para trás contra o colchão com as mãos, sem remorso. Akhenaton começou a choramingar, mas Smenkhara sabia, por experiência, que aquela era uma expressão de luxúria, não uma reação a suas palavras. — Você não se importa no momento, não é, meu deus? Bem, não me importo também. Devo beijá-lo agora? — Olhou diretamente nos olhos inchados, ele mesmo cheio de um ódio violento, longe de sua habitual obstinação passiva pela transparente necessidade física de Akhenaton por ele. Akhenaton respondeu a seu olhar ansiosamente, movendo a cabeça de modo ligeiro, suas mãos atrás da cabeça de Smenkhara, compelindo-o. Os lábios de Smenkhara tocaram os dele, mas, antes que ele pudesse prosseguir, as portas foram abertas bruscamente, e Panhesy entrou apressado, caindo de joelhos ao lado do divã. Ele estava tremendo de excitação. Smenkhara desvencilhou-se de Akhenaton e ficou em pé.

— O que é?

— Alteza, Majestade, os nilômetros estão apresentando um pequeno aumento do nível do rio! Ísis está chorando!

Smenkhara o fitou, uma grande torrente de entusiasmo propagou-se em seu peito.

— Qual a altura?

Panhesy indicou uma elevação de, aproximadamente, um dedo.

Akhenaton tinha apalpado a cintura de Smenkhara e estava se segurando nele.

402   Pauline Gedge

— A maldição está suspensa, o deus está apaziguado — disse ele gaguejando. — Mais tarde, irei ao templo e agradecerei, mas agora... Smenkhara, aonde você vai? Fique comigo, eu suplico!

Contudo, Smenkhara tinha se libertado do domínio de seu irmão e, antes que ele pudesse lhe mandar ficar, já estava correndo pela porta. Ele deu passos decididos pelos corredores, ciente dos rostos sorridentes que passavam rapidamente ao lado dele, os braços erguidos em ação de graças, as vozes gritando, chorando de alegria, entoando orações. Atrás dele, seus seguidores, os porta-sandálias, o arauto e o camareiro davam pulos. Apressando-se pelos guardiães na entrada dos aposentos de Meritaton, ele se dirigiu às portas e irrompeu.

— Majestade, Ísis está chorando! — bramiu ele, mas deteve-se em uma parada abrupta. Meritaton nem mesmo levantou o olhar. Ela estava sentada, com a cabeça inclinada, as mãos segurando os dedos moles de sua filha. Meritaton-ta-sherit estava morta.

Os preparativos para outro funeral real passaram quase despercebidos, visto que toda a atenção da cidade estava voltada para os marcadores de pedra entalhados que se afundavam a intervalos regulares ao longo das margens do rio. Os compassos do dia e da noite deixaram de ter significado. Enquanto a filha de Akhenaton era enfaixada, e seu esquife, preparado rapidamente, as multidões sentavam-se ou ficavam ao lado do rio sob a sombra de dosséis improvisados; às vezes cantavam e dançavam, porém, com mais frequência, apenas ficavam lá — em paz, mas tensas — seus olhos nunca se afastando da superfície ainda enlameada da água fétida. Os mascates, exibindo bugigangas de má qualidade apropriadas para oferendas de ação de graças, moviam-se entre eles, fazendo vendas baratas. Os vendedores de vinho logo esvaziaram seus estoques. Os habitantes ficaram bêbados, e as ruas ficaram cheias de pessoas rindo e cambaleando. À noite, os archotes foram acesos. Ninguém voltou para casa. No palácio, apenas Meritaton se condoía, imóvel, por sua filha. Os cortesãos davam grandes festas, e os convidados deixavam as sobras de uma pelo vinho fresco e pelos músicos de outra. Uma balsa enorme foi construída às pressas para Mutnodjme, decorada com grinaldas presas com fitas brancas e amarrada aos degraus do embarcadouro de Horemheb. Ela também ordenara que uma tábua marcada fosse presa a um dos suportes, e seus anões se revezavam, descendo até a água para evocar os dizeres. A cada nova polegada atingida, surgia um regozijo, e a multidão, reunida na balsa que balançava suavemente, erguia suas taças a Ísis, que havia se apiedado. Em todo o Egito, os homens olhavam para as margens que se enchiam aos poucos com uma admiração espantosa, assim como almas no horror sombrio do Duat se de súbito recebessem uma segunda chance na vida. O Egito ressuscitou da morte na elevação milagrosa, silenciosa, do fluxo negro.

O funeral de Meritaton-ta-sherit foi quase esquecido na agitação de júbilo. Smenkhara ficou em pé com o braço em volta de Meritaton enquanto os ritos eram realizados, e o pequeno esquife era carregado na escuridão com tanta facilidade que dava pena. O faraó assistiu, mas sentou-se em silêncio, movendo a cabeça de vez em quando ou balançando-se brevemente, e ninguém sabia se ele estava ciente do que estava acontecendo com sua filha.

No fim de Khoyak, quando o Nilo começou a transbordar e a cobrir os campos sedentos, Ankhesenpaaton deu à luz uma menina. Os nobres, aglomerados nos aposentos para testemunhar pelo Egito, ainda estavam em clima festivo, e houve muitos risos e brincadeiras quando eles se sentaram no chão e apostaram em jogos de tabuleiro enquanto a princesinha chorava e se extenuava. Seu parto foi quase tão demorado quanto o de Meketaton, e, quando terminou, estava fraca demais para agradecer às felicitações de Ay ou o beijo de Meritaton. Apesar de ter sido notificado de que o nascimento era iminente, Akhenaton não o assistiu, e os criados de Ankhesenpaaton ficaram secretamente aliviados.

Quando não estava sob o domínio de sua loucura, o faraó dedicava-se a Smenkhara. Ele fez do jovem seu amuleto, seu talismã da sorte, apegando-se a ele emocional e fisicamente à medida que sua saúde se deteriorava. Ele ordenou ao príncipe que se mudasse para um pequeno conjunto de aposentos adjacentes aos aposentos reais. Smenkhara concordou, esperando que seu irmão se sentisse, assim, mais seguro e parasse de sufocá-lo, o que o estava deixando louco, mas o faraó apenas se agarrou a ele com ainda mais firmeza. Ankhesenpaaton ainda estava indisposta demais para compartilhar a cama real, mesmo que Akhenaton a tivesse desejado. Assim como seu pai, ele parecia extrair uma espécie de poder misterioso do corpo de um homem jovem. Smenkhara nutria sua vergonha, aparecendo abraçado com o faraó na Janela das Aparições quando fazia suas visitas ao templo, cada vez mais raras. No entanto, na meia-luz dos aposentos confinados, falando rispidamente e ferindo qualquer um que se aproximasse dele, Meritaton chegara a ele uma vez, mas ele a destratou de tal forma que ela se retirou em prantos. Os camponeses podiam juntar as mudas que haviam

404 Pauline Gedge

abandonado, as árvores podiam resplandecer com um verde que não fora visto em aproximadamente três anos, os *shadufs* podiam, uma vez mais, emanar viço brilhante nos gramados reais secos, mas, no âmago do Egito, ainda havia uma escuridão cancerosa.

Horemheb empurrou os guardiães de Smenkhara com uma palavra severa, bateu as pesadas portas de cedro ao passar e fez reverência negligente enquanto o príncipe estava de costas. Smenkhara estava em pé na janela, com os braços cruzados e o olhar fixo diante da passagem, cujo telhado e colunas levavam ao jardim particular do outro lado. Embora a sala estivesse quente, vestia um traje grosso de linho branco bem-amarrado a seu corpo. Ele não demonstrou que ouvira alguém entrar. Horemheb esperou um momento e, então, disse educadamente:

— Alteza.

— Saia, comandante.

Horemheb aproximou-se dele e fez outra reverência.

— Perdão, Alteza, mas não posso partir até que tenha obtido seu sinete neste documento.

Os olhos de Smenkhara voltaram-se para ele e desviaram mais uma vez.

— Você sairá imediatamente e levará isso com você.

Enquanto pensava, os olhos de Horemheb percorreram a boca amuada, arredondada, a tênue marca púrpura de um machucado desvanecido no pescoço comprido, a tensão dos dedos escondidos na roupa pregueada. Ele deu um passo à frente interpondo-se entre o príncipe e a janela, e Smenkhara recuou.

— O faraó não viverá para sempre — disse delicadamente. Ele teria continuado, mas o rosto de Smenkhara de repente se desfigurou em uma expressão de ódio.

— Como você ousa compadecer-se de mim? — sibilou. — Eu, um príncipe de sangue real e herdeiro do trono! Farei com que ele o castigue, soldado!

Horemheb ficou indiferente ao insulto.

— Não me compadeço de você, avezinha — respondeu ele secamente. — É hora de se preparar para uma nova administração.

— Se você veio se esfregar em mim como um gato bajulador, pode ir e brincar sozinho. — Ele usou uma expressão particularmente obscena, mas Horemheb recusou a se deixar levar.

A Décima Segunda Transformação   405

— Essa é uma ordem para a imediata mobilização do exército — disse ele severamente, erguendo o pergaminho. — Quero que você dê sua aprovação oficial, Alteza, se deseja que reste alguma coisa do Egito para governar.

— Não dou a mínima para o Egito.

— Eu sei disso. No entanto, você quer a Coroa Dupla e, se for inteligente, minha cooperação também.

— Ameaças? — Sorriu Smenkhara com desdém. — Comandante, se eu erguer um dedo, posso mandar que você seja morto e atirado no Nilo.

— Não creio que possa, príncipe — disse Horemheb suavemente.

— De qualquer forma, é vantajoso para você ganhar minha confiança. Sua mãe queria o trono para você, e, se você quer garanti-lo, precisa de mim.

A cor flamejou nas faces pálidas de Smenkhara.

— O seu descaramento é imperdoável, Horemheb! Eu já o garanti!

— Não totalmente. Seu meio-irmão continua a crescer sob a proteção da rainha Nefertiti. Se a sucessão fosse apenas uma questão de sangue, a reivindicação dele seria mais forte que a sua.

Os olhos de Smenkhara estreitaram-se.

— Você ousa dizer-me — afirmou ele em voz baixa — que, a menos que eu faça o que você quer, transferirá sua fidelidade ao filho bastardo de uma união ilegal? Meu pai foi Amenhotep III, o mais poderoso faraó que o Egito já viu. Nenhuma reivindicação é maior do que a minha.

— Alteza, não acho que as reivindicações de sangue terão muita validade quando o faraó morrer. O Tesouro está esvaziado, a administração atrofiou pelo desuso e pela corrupção de muito suborno, o país como um todo está quase irremediavelmente empobrecido. O poder irá para o mais preparado, não para o homem cujo sangue é mais puro. Você deve ser visto como forte o suficiente para merecer o trono. Eu amava e admirava seu pai, e sua mãe era minha deusa. Ajude-me a ajudá-lo.

Smenkhara examinou sua expressão.

— Seus olhos dizem que você está mentindo — disse e colocou os dedos no machucado no pescoço, e o coçou distraidamente. — Se você quer me ajudar, mate meu irmão.

— Isso não é necessário. Estou convencido de que ele está morrendo. Podemos emitir os decretos que quisermos, e ele não interferirá. Seus dias são uma sombria sucessão de sonhos e pesadelos. Ele perdeu o contato com o mundo.

406   Pauline Gedge

— Não estaria tão certo disso se fosse você que ele beijasse e acariciasse com uma luxúria monumental. — A voz de Smenkhara fraquejou.
— Pensei que você era amigo dele. Não posso confiar em você.

— Isso não importa. Também não confio em você.

— Você blasfema. E quanto a Ay?

Horemheb riu.

— O Porta-Leque está muito idoso.

— Pelos deuses, você é odioso. — Smenkhara afastou-se. O vinho estava próximo ao divã; ele serviu-se e bebeu bastante, enxugando a boca com o dorso da mão. — Dê-me o pergaminho. Mobilização?

— E guerra. — Horemheb saiu da janela e, entregando o documento a Smenkhara, falou com insistência olhando no rosto do jovem. — Tive orgulho de meu país, príncipe. Quando eu era um menino crescendo em Hnes, meu pai ensinou-me a servir aos deuses, honrar o faraó e, todos os dias, o privilégio de ter nascido egípcio. Todos os homens nos invejam, disse-me ele, porque o Egito é próspero e suas leis são justas. Não precisei me valer apenas de sua palavra. — Ele recuou e, indo para a janela, encostou-se com exaustão na esquadria. — Ele trabalhou duro, mas nossa vida era boa. Nossa terra produzia bem, e, mesmo após pagar nossa porção aos cobradores de impostos do faraó a cada ano, costumava haver grãos suficientes para meu pai trocar por um ou dois adornos para minha mãe. Hnes era um lugar alegre. Mesmo os camponeses mais pobres não precisavam mendigar. Eu gostaria que Sua Alteza pudesse visitar minha cidade natal agora. — Ele voltou o olhar para o jardim. — Está arrasada. Envio ouro ao sacerdote local para ser distribuído, mas as pessoas foram agredidas pela privação, e, apesar de o ouro encher suas barrigas, não lhes restituirá a dignidade. — Ele havia começado a falar muito alto e, então, fez uma pausa suavizando a voz. — Quando criança, eu não sabia que Hnes fica muito perto da fronteira. Ninguém pensava muito sobre isso. Contudo, agora Hnes está cheia de temor. Como são terríveis essas palavras! Cidadãos egípcios em solo egípcio sabendo que a qualquer momento podem despertar e encontrar sua aldeia cheia de soldados estrangeiros! Que vergonha! — De repente, ele girou para observar Smenkhara outra vez. — Nunca fui como os outros garotos em Hnes — disse. — Sempre soube que o destino havia reservado grandes coisas para mim. Eu era inteligente e cheio de ambição, mas, acima de tudo, estava ansioso para servir a meu país e ao deus no Trono de Hórus, cuja benevolente onipotência permitia a mim e minha família irmos para nossos leitos a cada noite sem fome e para nossa cama sem ansiedade.

— Essa é uma bela história — retrucou Smenkhara —, mas minha paciência está acabando. Todo mundo sabe que você é um plebeu que se distinguiu. Vá direto ao assunto.

Horemheb manteve-se firme:

— O assunto é este: — respondeu com calma — eu ainda amo o Egito e honro a dignidade de seu regente, nosso deus. Desejo, acima de tudo, ver os dois restabelecidos ao lugar que Ma'at lhe designou. Assisti à desintegração de tudo o que os verdadeiros egípcios estimam. Ainda há tempo, um pouco, para reverter a onda de infortúnio que se abateu sobre nós quando seu irmão ascendeu ao trono. Basta que você, príncipe, me apoie. A imediata estabilidade da Síria é imperativa como a primeira mudança. Pretendo pôr o exército em marcha em um território primitivo e começar a guerra de recuperação.

Smenkhara o observou com um meio-sorriso de reflexão.

— O menino inteligente e ambicioso tornou-se um homem inteligente e ambicioso —· disse ele friamente. — Não tenho dúvida de que seus protestos de amor abnegado por seu país contenham alguma verdade para eles, mas também aposto todo o ouro que tenho que você mesmo não invadirá a Síria junto com seu exército. — Ele se dirigiu à vela acesa próxima ao divã e sobre ela reteve a cera de selo. — Se você fosse, poderia voltar e encontrar mais mudanças no equilíbrio de forças da corte do que seria capaz de controlar. Não é, comandante? — Com destreza, ele pingou a cera nos cantos do pergaminho e, removendo seu anel de sinete, pressionou-o sobre ele. — Aí está. — Ele o atirou em Horemheb. — Derrame todo o sangue egípcio que desejar. Apenas se mantenha distante de Akhetaton.

A voz do faraó de repente rompeu o diminuto silêncio que se seguiu.

— Smenkhara! — chamou com som penetrante. — Onde está você?

Smenkhara ergueu as sobrancelhas ousadas.

— Meu amado real choraminga por mim — afirmou ele. — Queria saber o que minha mãe diria a respeito, caso tivesse vivido.

Horemheb não respondeu, mas virava o pergaminho em sua mão, o rosto inexpressivo. De súbito, a inveja desfigurou o belo rosto de Smenkhara enquanto olhava para Horemheb e ele cuspiu no chão.

408   Pauline Gedge

— Saia — murmurou. — Sou mais limpo aos olhos dos deuses do que você, soldado. — Akhenaton chamou outra vez, sua voz soou como um grito de aflição. Horemheb fez uma reverência e saiu.

Vários dias depois, o rumor da concessão de Smenkhara a Horemheb chegou aos ouvidos de Ay. Ele mesmo tentou ansiosamente obter uma audiência com o príncipe para averiguar a extensão de qualquer influência que ele poderia ter com seu sobrinho, mas Smenkhara havia se isolado em seus três pequenos aposentos e recusava-se a ver qualquer pessoa. Ay enviou um criado para localizar Horemheb e, algumas horas após deixar a porta do príncipe, recebeu a informação de que o comandante estava no escritório do escriba de recrutamentos. Pedindo sua liteira, Ay foi transportado além do palácio para onde os ministros do faraó costumavam administrar os negócios do governo. A maioria das salas estava vazia, mas Ay encontrou diversos escribas carregando suas paletas e seus pergaminhos ao sair do centro de conscrição militar. Empurrando a porta, ele entrou.

Horemheb estava sentado sozinho atrás de uma escrivaninha lotada, as sobras de uma refeição apressada diante dele. Levantou-se no momento em que Ay cruzou o assoalho, e os dois homens se reverenciaram. Horemheb recostou-se em sua cadeira e convidou Ay a fazer o mesmo. Ay puxou um banquinho mais próximo da escrivaninha.

— Vim para ouvir você confirmar ou negar o rumor de que Smenkhara lhe dera permissão para começar uma campanha — iniciou Ay. — E, se ele lhe deu, por que não fui consultado? Eu sou, acima de tudo, o Porta-Leque da Mão Direita.

— Eu teria relatado a você logo — desculpou-se Horemheb —, mas não queria que o faraó soubesse de minhas intenções antes do tempo, talvez durante um de seus períodos de lucidez, e contraordenasse minhas diretivas. Não importa agora. Elas foram enviadas aos comandantes de divisão ontem.

— Você quer dizer — protestou Ay com violência — que não me avisou de seus planos por medo de que eu os tivesse imediatamente contado ao faraó. Claro que eu teria contado! O que você fez é sacrilégio, Horemheb.

O punho de Horemheb caiu sobre a escrivaninha.

— Alguém tinha de fazer algo! — respondeu ele vigorosamente.

— Sim, foi sacrilégio, e estou cheio de culpa por isso, mas estou farto da inércia, farto de dar conselhos que são desconsiderados, farto das mesmas

A Décima Segunda Transformação 409

discussões extenuadas com você que não chegam a lugar algum. Não é traição! — Sua expressão alterou-se, e seu olhar furioso baixou para os seus dedos entrelaçados.

— Não disse que era — alegou Ay após um instante —, mas é uma decisão apressada e foi tomada sem a devida consideração. Você permitiu que seu desespero triunfasse sobre seu bom-senso, comandante. Quantas divisões estão envolvidas?

— Quatro já estão a caminho de Mênfis para se abastecer e cruzarão a fronteira em breve.

— Elas estão prontas para lutar? — Ay aguardava uma resposta, mas Horemheb estava silencioso, ainda olhando para sua mão, que agora pressionava a madeira macia da mesa. — Estão? — apressou Ay, agora em pé e inclinando-se na direção de Horemheb. — Você sabe tão bem quanto eu que a maioria de nossas tropas não luta há mais de quarenta anos. Elas precisam de três meses de treino de simulação de guerra, tempo para se fortalecerem, para se recuperarem da penúria, para aprenderem o que enfrentarão no Khatti e no deserto! Se forem derrotados, uma invasão ao Egito será incitada!

Horemheb levantou a cabeça e olhou fixo para Ay.

— Você sempre foi mais de falar do que agir, e o que conseguiu com as palavras? Nada! Além disso, faz muitos anos que você se afastou do envolvimento ativo com a cavalaria para se tornar apenas um cortesão. Você não sabe o que está falando.

— Talvez não — respondeu Ay severamente —, mas seus oficiais devem ter recomendado cautela.

— Não os consultei. — Horemheb levantou-se e deu um breve sorriso para Ay. — Sou o supremo comandante de todas as forças de Vossa Majestade e afirmo que o exército está pronto para ir à guerra. Não se preocupe. — Ele se aproximou da escrivaninha e colocou o braço ligeiramente sobre os ombros de Ay. — Passamos por muita coisa juntos para deixarmos de confiar um no outro, Porta-Leque. Prometo que compartilharei a informação dos despachos que vierem para mim da linha de frente.

— Não me trate com condescendência, Horemheb — disse Ay, afastando-se ainda furioso. — Tenho mais simpatia por você do que imagina, mas lembre-se de que sou eu quem deve se colocar do lado de fora dos aposentos do faraó observando e escutando a desintegração de um homem que jurei há muito tempo honrar e proteger. Para aqueles de nós em constante assistência a ele, é muito doloroso.

410 Pauline Gedge

— De fato, eu me lembro — respondeu Horemheb delicadamente.
— Também devo muito ao faraó, mas, decerto, nós dois devemos mais
ao Egito.

Ay refletiu sobre as palavras de Horemheb enquanto era transportado
ao palácio, e elas o fizeram se sentir, de imediato, muito sozinho. Ele teria
desejado ir diretamente à casa de Tiye para discutir a situação com ela, mas
esse prazer nunca mais voltaria. Sentir sua falta era uma dor constante,
tediosa, que se intensificava cada noite em que ele presidia os banquetes no
lugar de Akhenaton, pois sua neta, Ankhesenpaaton, como Grande Esposa
Real, agora se sentava do lado dele, no lugar em que, outrora, a imperatriz se
mantinha atenta à reunião social com seus impassíveis olhos azuis.

Embora o próprio Akhenaton não demonstrasse interesse em sua
filha mais nova, Ankhesenpaaton-ta-sherit, Ay sentia-se pesaroso por
sua jovem rainha e frequentemente enviava seu administrador ao berçário
para perguntar sobre a saúde da bebê. Não estava boa. Ela não se alimentava bem e dormia demais. Em uma ocasião, quando encontrou forças para
ir em pessoa, encontrou a própria Ankhesenpaaton lá, sentada no chão
com sua filha em seu colo. A seu aceno, ele se aproximou, com uma reverência. Ankhesenpaaton sorriu e, erguendo o bebê, estendeu-o a ele como
se fosse uma boneca quebrada.

— Há algo errado com ela, vovô — disse. — Veja como está flácida
sua perna direita, como seus braços estão fracos. As amas me informam
que ela não chora, apenas soluça.

Ay pegou o bebê com delicadeza, baixando o olhar para o rosto pálido,
franzino, tão assustador quanto o de seu pai, esperando Ankhesenpaaton
dizer:

— Você pode fazê-la melhorar?

Como suas próprias filhas tinham feito uma vez.

— Majestade — disse em tom sério —, acho que deve estar preparada
para perder sua filha. Os médicos não sabem o que há de errado, nem eu.
Deve amá-la enquanto puder.

Solenemente, Ankhesenpaaton pegou-a de volta e começou a
balançá-la.

— Quando eu era muito jovem, meu pai costumava contar-nos que
nunca ficaríamos doentes e que morrer seria fácil para nós — disse ela.
— Minha filha está morrendo, e ele está morrendo também, não é? — Seus
olhos ficaram cheios de lágrimas, e ela apertou o bebê em seu peito. — Os
cortesãos chamam-lhe de nomes horríveis, e o povo diz que ele é um criminoso. No entanto, ele é meu pai, e eu o amo. Eles não devem falar do

faraó dessa forma. Agora, ele está doente, e todos o abandonaram, mas você não o abandonará, não é, Porta-Leques?

Ay agachou-se ao lado dela.

— Eu não, querida Majestade. — Ele pôs um braço em volta dela.

— Você sente falta de sua mãe?

— Sim, e ele também. Quando estamos na cama juntos, ele às vezes me chama de Nefertiti.

Cheio de piedade, Ay beijou sua face macia.

— Quando o momento chegar, você gostaria de morar com ela no Palácio Norte?

Ela abaixou a cabeça.

— Creio que sim. Se você me visitar com frequência.

Eles conversaram por mais um tempo, e Ay retornou aos aposentos do faraó. *Seria mais inteligente mudar a pequena rainha*, pensou ele. *Smenkhara será faraó, mas, se não governar bem, muitos olhos se voltarão para Tutankhaton, inclusive os meus. Tenho a confiança do pequeno príncipe, e Ankhesenpaaton confia em mim. Horemheb fará bem em cultivar a confiança de Tutankhaton se ele deseja permanecer no poder.*

Naquele ano, as estações de plantio e colheita entusiasmaram como nunca antes. Os cortesãos que tapavam o nariz ao verem uma vaca e carregavam seus tapetes consigo, caso tivessem de colocar os pés em terreno enlameado, podiam agora ser encontrados afundados até os joelhos entre as plantações da margem oeste, impressionados pela manifestação de gloriosa fecundidade que antes não acreditavam ser tão preciosa. A visão de margens com vívidas florescências nos jardins produziu exclamações encantadas. Cada sopro de ar levemente úmido, perfumado, era um milagre.

Quando, aos poucos, os campos verdes se tornaram dourados, e a tepidez agradável do inverno começou a ceder ao calor esbaforido do verão, a primeira colheita em três anos iniciou-se. Entretanto, o homem que tivera tal prazer com as estações inconstantes e as coisas terrenas estava deitado em seu divã, abstraído de tudo, sobrevivendo com suas últimas fantasias. Akhenaton estava morrendo. Seus poucos criados fiéis, Ay e Horemheb entre eles, assistiam à desintegração final de sua mente e ao rápido enfraquecimento de seu corpo. O faraó ainda tinha ataques de agitação, que culminavam em convulsões que o enfraqueciam ainda mais, mas elas diminuíam à medida que os dias passavam. Ele parecia estar entrando em um mundo cuja realidade era um mistério para os observadores. A atmosfera no aposento sossegado tornou-se cheia de expectativa, fazendo os homens que cuidavam das necessidades físicas do faraó baixarem a voz. Algumas vezes, ele ainda andava para cima e para baixo, parando para falar com clareza. Uma vez, ele parou diante de Horemheb e, fitando-o direto em seus olhos, disse:

— Passei minha vida fazendo tudo o que o deus ordenava. Não me envergonho. Não posso dizer que teria sido melhor se eu não tivesse nascido.

— Decerto que não, Majestade — respondeu Horemheb antes de perceber que Akhenaton não se dirigia a ele, na verdade, nem o tinha visto.

Contudo, em pouco tempo, Akhenaton tornara-se demasiado fraco para caminhar. Ficava escorado em seu divã, suas mãos, envoltas no lençol, mal se mexendo. Ele recusava alimento, mas algumas vezes bebia água, continuando com total clareza o diálogo que tivera início há muitos dias. Ay foi forçado a se lembrar dos primeiros dias da doutrina, quando o príncipe reunia os jovens da corte em volta dele e falava com uma autoridade que, em nenhuma outra época, exibira. No entanto, ele visivelmente se deteriorava, e seu rosto adquiria a transparência da morte iminente.

No fim de um longo dia, depois de repousar tranquilamente, dormindo e acordando apenas para murmurar de modo incompreensível a si mesmo, Akhenaton ficou inquieto e começou a gritar, chamando agitado por sua mãe. Ay e Horemheb trocaram olhares.

— Devemos trazer Meritaton ou mandar chamar Nefertiti? — sussurrou Horemheb. — Nefertiti recusou-se a vir, mas podíamos tentar de novo.

Ay sacudiu a cabeça.

— Encontre Tadukhipa — decidiu ele. — Ela sempre foi devotada a ele. Traga Meritaton e Ankhesenpaaton, se elas desejarem.

O som de uma porta se fechando fez com que ele olhasse para trás. Smenkhara entrara pela porta de seus aposentos e estava encostado na parede, os braços cruzados, os olhos na figura no divã. Horemheb saiu e falou ao arauto. Enquanto eles esperavam, observaram Meryra movimentar-se com calma em volta do divã, traçando pequenos círculos com o porta-incenso e murmurando. Os olhos de Akhenaton não o seguiam.

A Décima Segunda Transformação   413

Tadukhipa nunca perdera seu ar de hesitação, de timidez. Apesar de ser a Esposa Real e uma princesa por direito próprio, respondeu às reverências dos homens com pequenas saudações antes de se deslocar ao divã e sentar-se em um banquinho que fora colocado para ela. Pegando uma das mãos do faraó, ela a ergueu e beijou os dedos com afeto. A cabeça de Akhenaton deslizou em sua direção sobre as almofadas, e ela secou as lágrimas.

— Suas mãos estão tão cálidas, mãe — sussurrou ele. — Pedi a Kheruef que acendesse os braseiros, mas ainda estou com frio. Eles iam me matar. Eu sei disso agora. Ninguém se importa comigo, exceto você.

— Eu sempre o amarei, meu querido faraó.

— Amará? Mas as palavras são sopradas e desaparecem nas névoas do tempo. — O sussurro diminuiu aos poucos, e ele se esforçou para respirar. — Não importa — continuou após um instante, seus olhos se abrindo e se fechando com sonolência. — Você está aqui, e posso me sentir seguro. Você se lembra de uma noite em Mênfis, com a lua cheia e o ar quente, em que deitamos no esquife de caça fingindo contar as estrelas? Não, você não lembraria, mas eu lembro.

— Silêncio, Akhenaton — acalmou-o Tadukhipa. — Não fale. Você deve poupar suas forças.

Ele caiu em silêncio, respirando leve e irregularmente, e lágrimas de fadiga e tristeza começaram a escorrer outra vez. Em seguida, de repente, ele arrancou sua mão das dela e se debateu.

— Tentei fazer aquilo que é bom diante do deus! — bradou ele. — Tentei com tanto empenho! — Amedrontada, Tadukhipa levantou-se e acomodou-o nas almofadas. Por um momento, ele resistiu e, então, o recostou-se. Arregalou os olhos, completamente atento, e fitou-a com surpresa. Pequena Kia! disse ele. — Mandei chamá-la? Perdoe-me, não posso conversar com você agora; estou cansado demais. Acho que vou dormir.

Fechou os olhos. Três vezes o peito débil, fundo, inspirou e expirou, e, em seguida, permaneceu imóvel. Tadukhipa virou, e Horemheb foi correndo para o divã. Curvando-se sobre o faraó, ele ouviu o coração bater, porém, logo cessou.

— Hórus está morto — disse ele. — Faça suas filhas entrarem, caso desejem vir agora. — Ele tomou seu lugar ao lado de Ay, enquanto Meritaton e Ankhesenpaaton irrompiam em lágrimas e passavam rapidamente por eles, tombando junto ao cadáver sereno.

414   Pauline Gedge

Smenkhara observou impassivelmente, seus braços ainda cruzados. Ele não se mexeu nem quando aqueles no quarto desviaram do corpo para cair a seus pés e beijá-los. Os lamentos respeitosos das mulheres começaram a fluir pelas janelas à medida que a notícia se espalhava.

— Remova seu anel de selo e entregue-o a mim — Smenkhara ordenou bruscamente.

Ay obedeceu, e, enquanto refletia, Smenkhara o passou sobre a palma de sua mão antes de deslizá-lo em seu dedo.

— Estou voltando para meus aposentos até que estes estejam prontos — continuou ele sociavelmente. — Limpe-os bem, Panhesy. Meritaton, venha aqui. — Ela se levantou e se juntou a ele. Ele agarrou a roupa dela e enxugou o rosto. — Essas são as últimas lágrimas que você derramará por seu pai — disse. — Entendeu? Estou faminto. Comeremos no jardim. — Em silêncio, ela o seguiu pela fila de cabeças baixas e braços estendidos. Ay deparou com o olhar de Horemheb e ergueu as sobrancelhas. O novo comando havia começado.

Livro Três

24

Nefertiti marcava em passos a extensão escura de seus aposentos, os braços cruzados sobre as tiras que sustentavam o manto branco sob seus fartos seios, a cabeça baixa. Era tarde da noite. Uma pequena lamparina ardia sobre a mesa perto do divã, lançando um matiz de luz amarela que pouco fazia para dissipar as sombras ao redor. A respiração uniforme de suas criadas adormecidas, perdidas em profunda inconsciência na outra extremidade do quarto em seus catres, pontuava o ar quente, moderado. Às vezes, ela parava com o olhar fixo na escuridão dos gigantescos relevos prateados que se exibiam por todas as paredes, imagens de si mesma em túnica e coroa de sol, ornada com *ankhs* e esfinges, transpondo de modo arrogante o Egito curvado em reverências. Às vezes, seus passos distraídos levavam-na para a janela, e, olhando para fora, ela avistava seus terraços, mais uma vez exuberantes com vida, mas agora sem cor sob a lua lânguida, caindo no rio cintilante, abundante. Seus olhos percorriam o cenário sereno, mas pouco visível. Seus dedos abriam-se e, com delicadeza, passavam por cima da soleira de pedra sem sentir o silhar suave, frio com a brisa.

Ele estava morto, ele estava morto. Ela disse seu nome em um sussurro, não com a tristeza de um amor perdido, mas com uma espécie de perplexidade furiosa. Ele fora o caminho para o poder que ela exercera em Akhetaton, o pai de suas filhas, o estranho homem com quem havia compartilhado sua cama, que incitara nela tanto a afeição exagerada de uma mãe por uma criança geniosa quanto o desprezo de uma mulher por um homem que carecia da retidão severa do governante ilusório que habitara seus sonhos de infância. Não obstante sua posição elevada, ela não havia alcançado a coroa de imperatriz pela qual se arriscara no assassinato de sua prima Sitamun. Apesar dos devaneios da mocidade, ela não havia encontrado o amor. Sua vida fora uma extensa luta contra os compromissos que tinha sido forçada a aceitar. Sua extraordinária beleza havia sido uma faca sem gume. Enquanto Akhenaton vivia, havia uma chance de que esse exílio, em parte imposto pelo orgulho e pelo temor de mais uma

418 Pauline Gedge

humilhação, pudesse terminar em total justificativa, mas, agora, ele tinha ido para qualquer deus que o aceitasse, e ela estava para sempre relegada à honrosa, porém impotente, posição de rainha viúva. Smenkhara, outro primo, governaria. De fato, a esposa do faraó era sua filha, mas, entre Nefertiti e qualquer influência que ela pudesse ter com o casal real, encontravam-se o Porta-Leques da Mão Direita e o supremo comandante de todas as forças de Vossa Majestade, dois homens cuja lenta ascensão ao poder fora consolidada com cuidado em cada etapa e claramente não lhe permitiria ir ao encalço de políticas independentes.

Também havia Tutankhaton. Nefertiti sabia de sua presença, em deleite adormecido ali em sua propriedade, um garoto de oito anos de idade, cuja reivindicação ao trono era tão forte quanto a de Smenkhara. *Eu poderia me casar com ele*, pensou ela à medida que seus pés a transportavam pela cerâmica fria, *mas precisaria de homens fortes me seguindo, homens que pudessem neutralizar o poder de meu pai e de Horemheb. Ay está planejando abandonar minha cidade, enquanto o braço de Horemheb se estende para o controle por meio do exército. Se eu me casasse com Tutankhaton, meu pai e Horemheb fariam o possível para se certificar de que eu continuaria a usar apenas a coroa de rainha e acompanharia meu pequeno marido enquanto eles administrassem o país. Entretanto, tenho trinta e cinco anos. Tenho direito a governar. E o Egito está maduro para a colheita. Quero extirpá-lo. Quero retornar ao palácio real na completa panóplia de imperatriz e tomar, afinal, o que é meu. Um dia segue outro como o monótono gotejar da água no medidor. Sem a ajuda de um homem forte, não poderei fazer nada. Onde existe tal homem? Nenhum cortesão me ajudará. Os homens de Amon estão bastante fracos e desmoralizados. Horemheb tem o exército.* Ela fez uma pausa para colocar as mãos sobre seus olhos excitantes, um pânico erguia-se nela enquanto se via esquecida aos poucos, uma figura silenciosa, sombria, movimentando-se calmamente através dos anos em uma bela prisão, ao passo que, do lado de fora, a configuração da história mudava sem parar mais uma vez sem ela. *Não!*, pensou, encostando-se na janela. *Eu preferiria me matar. Tiye era inteligente. Ela percebeu o fim, fizera tudo, não havia nada mais, e ela aproveitou o momento, mas decerto ainda não atingi o fim de minha vida. Não aos trinta e cinco anos! Devo me casar com o pequeno Tutankhaton e assumir o risco? Eu perderia. Tenho muitos inimigos que se aliariam a Smenkhara. Um homem forte, um príncipe...*

A Décima Segunda Transformação   419

Imediatamente, uma solução apresentou-se a ela, e sua ousadia fez seu couro cabeludo formigar. Ela precipitou-se da janela, toda a sua exaustão desapareceu. *Oh, nunca!*, pensou, de modo esbaforido. *Eu estaria arriscando a própria vida se fosse descoberta. Além disso, não há tempo suficiente. O período de luto por Akhenaton começou, e faltam apenas sessenta e nove dias antes que seu sucessor tenha de executar a cerimônia de Abertura da Boca.* No entanto, a ideia floresceu, e ela se pegou sorrindo na escuridão. *Arriscarei*, pensou com excitação. *Vale a pena tentar. A alternativa é a viuvez e as armadilhas do poder sem suas prerrogativas para o resto de minha vida. De uma só vez, posso enganar meu pai e Horemheb, deserdar Smenkhara e manter Tutankhaton para sempre um príncipe. Não estou tão velha para ter filhos... Entretanto, o tempo é bastante curto.*

Ela correu para as portas e as abriu. Seu guardião ficou alerta, e seu arauto levantou-se do banquinho onde estava cochilando.

— Traga meu escriba — disse de modo ríspido — e o capitão dos guardiães da minha residência imediatamente. Apresse-se! — Ela fechou as portas, dirigiu-se a uma cadeira, enfraquecida de medo, serviu-se de água e a engoliu. Invocando sua coragem, ela saiu para as salas de recepção, dispensando os guardiães nas portas. Quando seu capitão e o escriba se reverenciaram diante dela, permanecera em pé firmemente na base de seu trono, o coração batendo de modo selvagem.

— Você tem iluminação suficiente? — perguntou ela. O escriba sentou-se de pernas cruzadas diante dela e concordou com a cabeça, mergulhando sua pena na tinta e aguardando. — Então, anote esta carta. — Ela estava sussurrando, a garganta apertada com excitação. — A Sua Majestade Suppiluliumas, Senhor do Khatti. Você sabe seus títulos, inclua-os. Em seguida, diga: "Meu marido está morto, e não tenho filho. O povo diz que seus filhos estão totalmente crescidos. Se você me enviar um deles, ele se tornará meu marido, visto que não desejo casar com um de meus súditos". Como é "rainha" em acadiano?

— Dahamunzu.

— Então, assine "dahamunzu". O que você está olhando? — Os olhos dos dois homens ficaram fixos nela em muda perplexidade. — Sei exatamente o que estou fazendo. Se Suppiluliumas fizer o que peço, a ameaça do Khatti terminará. Pode falar, capitão.

— Contudo, Majestade, eles são nossos inimigos! Um khatti no Trono de Hórus?

420   Pauline Gedge

— Sim. — Ela estava recuperando a compostura agora que as palavras exaltadas tinham deixado sua boca. — Pense! Um casamento que destruirá para sempre a possibilidade de invasão. O príncipe estrangeiro não terá nenhum poder real no Egito, já que o manterei. — Ao notar que seus membros tremiam, afundou-se no trono. — Não tenho de me explicar a você. Ordeno apenas que faça o que lhe é instruído. Leve o pergaminho a Boghaz-keuoi você mesmo e não diga a ninguém no caminho qual é sua missão. Entretanto, seja cauteloso em Mênfis; muitas tropas de Horemheb observam o tráfego no rio e patrulham a estrada do deserto à Síria. Se for interrogado, diga-lhes que está levando ordens a May da avezinha Smenkhara.

— Entretanto, Majestade — persistiu o homem, ainda pálido de choque —, nosso exército marcha para o Khatti agora mesmo. Eu poderia me encontrar no meio de uma batalha que o Egito pode ganhar!

Não quero que o Egito ganhe, pensou friamente Nefertiti. *Tal vitória tornaria Horemheb o homem mais perigoso no país.*

— Não creio que nossos exércitos já tenham chegado ao Khatti — respondeu ela. — Mesmo que estejam ganhando, as negociações que estou iniciando simplesmente assegurarão nossa estabilidade. Parta agora. Qual a duração da viagem a Boghaz-keuoi?

— Pelo menos três semanas, Majestade.

A apreensão fez um bolo no estômago de Nefertiti. *Não*, pensou ela. *Não devo começar a contar os dias, ainda não, ou ficarei louca.*

— Faça o possível para reduzi-la. Pegue ouro para seduzir o Apiru no Sinai e comprar cavalos deles. Leve uma escolta, mas não tão grande que seja notada. Se você tiver êxito, soldado, eu o premiarei com uma fortuna e um posto muito mais alto a meu serviço. E quanto a você, escriba, sua língua será extirpada, e suas mãos, esmagadas, se escapar uma palavra do trabalho de hoje à noite. Entendeu?

Ele concordou com a cabeça, sustentando o pergaminho, e ela pressionou seu sinete na cera quente e arremessou o documento no capitão.

— Requisite o transporte que precisar. Você já tem essa autoridade.

Antes que tivesse terminado de reverenciar, ela saiu da sala ainda trêmula. Deslizando sob seus lençóis, ela os puxou até o rosto e fechou os olhos. O sono não veio com facilidade. Ela imaginou o capitão dirigindo-se ao cais, onde suas embarcações estavam amarradas, falando a seu inspetor na escuridão à luz de archotes, entrando em um de seus barcos. Com determinação, ela se entregou a outros pensamentos mais suaves.

A Décima Segunda Transformação   421

Os acontecimentos foram colocados em movimento, e tudo o que ela podia fazer era esperar.

Horemheb também pusera certos planos em prática, mas, diferente de Nefertiti, ele não tentou se afastar de seus resultados. Como iniciara o período de luto pelo faraó, uma época em que, por tradição, apenas os procedimentos oficiais urgentes eram realizados e o ritmo da vida da corte ficava lento, ele se recolheu em sua propriedade para refletir sobre as ramificações de sua ordem de mobilização do exército e o provável curso que a administração de Smenkhara poderia tomar. Ele já havia começado a receber despachos de seus oficiais enquanto o exército fluía lentamente para o Sul da Síria e os enviara a Ay, conforme prometera. Ele desejava estar no campo com os soldados, sabendo que eles o respeitavam não somente porque era um comandante capaz, mas também porque não se considerava superior para compartilhar as misérias do serviço militar: o alimento ruim, as condições rudes para dormir e as exaustivas marchas que representavam a sina do soldado em serviço. O moral ficaria mais baixo com sua ausência. Os oficiais estariam dizendo entre si que o comandante ficara seguro em Akhetaton porque tinha pouca fé em uma vitória na futura batalha com o Khatti, não considerando que desculpas ele lhes tivesse dado.

Entretanto, ele não ousava deixar a cidade até que Smenkhara fosse coroado, visto que, apesar de suas palavras para Ay sobre confiança e amizade entre eles, seu relacionamento estava esfriando rapidamente. Ay não acreditava que a salvação do Egito dependia dos militares. De fato, via a possível ascensão de uma poderosa elite de oficiais com suspeita. Acostumado toda a sua vida a lidar com crises pela diplomacia e pelo controle indireto, ele viu o declínio do império e a ameaça de Suppiluliumas como uma falha de Akhenaton em manter relações diplomáticas apropriadas com o restante do mundo e a solução como uma volta à comunicação por intermédio de enviados e embaixadores. Horemheb discordava veementemente e sabia que deveria permanecer próximo do novo faraó a fim de impor seus argumentos para uma guerra em desenvolvimento, caso Ay conseguisse fazer amizade com Smenkhara. Não havia indicação de que o príncipe se preocupasse com os dois, mas Horemheb não queria se arriscar.

Enquanto caminhava em seus jardins com Mutnodjme, sentavam-se para a refeição noturna juntos no calmo terraço, apreciando a lua surgir, e conversava com ela sossegadamente sobre as preocupações cotidianas do Estado. Refletia sobre sua audiência com Smenkhara a respeito de sua conversa posterior com Ay, ansiosamente pedindo a ele tempo e, de novo, sobre se o que fizera era realmente do interesse de seu país ou apenas o resultado de uma frustração pessoal. De qualquer modo, não havia retorno.

Uma tarde, sentado sob a sombra dos sicômoros que circundavam seu pequeno lago, apreciando sua esposa nadar com facilidade de um lado para outro, o despacho diário foi levado a ele. Agradecendo ao arauto e dispensando-o, rompeu o selo. O pergaminho era extraordinariamente longo, e, após tê-lo lido, recomeçou, examinando-o com todo o cuidado. Em seguida, ele o deixou cair em seu colo alvo e o fitou pensativo. Não percebera que Mutnodjme havia nadado próximo a ele, até que sentiu um toque frio e voltou a si com um sobressalto. Ela estava debruçada na borda de mármore que rodeava a água, o rosto repousando em suas mãos unidas, piscando para ele.

— Você parece pensativo — disse ela. — Ou está apenas estupefato com o calor? Está ficando difícil, para mim, aceitar esses dias. Talvez você esteja apaixonado.

Ele sorriu.

— Sinto muito, Mutnodjme. Tenho estado muito preocupado desde que fiquei em casa.

— Também percebi. — Com um movimento brando, ela se colocou sobre a pedra. Um criado foi correndo, a toalha estendida. Com os braços erguidos, Mutnodjme permitiu-se ser secada; em seguida, caiu na esteira ao lado de Horemheb e começou a soltar sua trança. — Se eu soubesse exatamente o quanto ficaria preocupado nos últimos tempos, não teria cancelado duas festas de barco e uma viagem ao Norte apenas para ficar com você. — Ela penteou as longas madeixas onduladas com seus dedos e deitou sobre um cotovelo. — Vejo que outro despacho chegou. Algo errado?

Com um suspiro, ele colocou o pergaminho na grama e abaixou-se ao lado dela. O quadril moreno de Mutnodjme estava frio contra o braço dele.

— Muitos soldados estão doentes com febre em Urusalim — disse ele —, mas esse não é o pior problema que os oficiais estão enfrentando. De acordo com nossos vigias, não somente os khatti estão avançando para o Sul, mas os assírios estão na metade do caminho para o Norte da Síria. Se eu ordenar ao exército que continue ao norte, os soldados podem ter de lutar com eles primeiramente, antes de com os khatti. Se eu ordenar que lhe espere, e os khatti e os assírios lutarem, o Egito terá de enfrentar o exército vitorioso.

Mutnodjme moveu a cabeça.

— Acho que os assírios estão tentando invadir o Amki de novo. Toda vez que há uma disputa entre as grandes forças, eles tiram proveito da confusão para tentar tirar de nós o Amki à força. No entanto, agora que os khatti tomaram nossa pequena dependência, os assírios bem podem pretender lutar com eles. Pobre Amki. O que você fará, Horemheb? Ordenará que seus oficiais esperem onde estão e deixem que os Khatti e os assírios abatam um ao outro?

— Se o exército continuar em movimento, terá primeiramente de retomar o Amki antes que Suppiluliumas possa chegar para defendê-lo. — Ele começou a alisar sua perna, mas seus pensamentos estavam distantes. — Para falar a verdade, Mutnodjme, estou temeroso de que Ay esteja certo. O exército é moroso e inexperiente; não seria capaz da rápida manobra necessária para retomar o Amki e, em seguida, voltar a enfrentar o Khatti ou a Assíria. Acho que ordenarei aos homens que prossigam um pequeno trecho para Rethennu e, então, esperem.

Ela se levantou girando para encará-lo.

— Horemheb, o que faremos se o Egito sofrer uma derrota? — perguntou ela calmamente. — O golpe em sua credibilidade na corte seria tão grande que qualquer chance de aconselhar Smenkhara desapareceria.

Ele afastou os pesados cabelos úmidos e a beijou.

— Enfrentarei uma ansiedade de cada vez — respondeu. — Agora, tenho de ir para casa e ditar uma carta a meu assistente. — Ele recolheu o pergaminho e se levantou. — Talvez você deva visitar amigos esta noite ou atravessar o rio e passar a noite com seus pais. Sei que não estou sendo muito boa companhia, Mutnodjme.

Ela riu.

— Acho que não quero me dar o trabalho de ser vestida e maquiada. Vou pedir uma refeição leve para nós aqui, junto ao lago. Vá, Horemheb. Quero nadar mais.

Enquanto se afastava, ouviu um esguicho atrás de si, quando ela mergulhou na água.

O que farei se o Egito for derrotado? — perguntou-se ele, alcançando a friagem do vestíbulo. Não queria considerar uma resposta.

424 Pauline Gedge

Akhetaton cumpriu o período de luto pelo faraó calmamente. A colheita foi armazenada, e tudo foi estabelecido para suportar o calor improdutivo do alto verão. Pequenas multidões ainda se juntavam no fulgurante átrio do templo de Aton, enquanto Meryra realizava os ritos no santuário, mas os atos e cânticos oficiais careciam de entusiasmo. O homem que se colocara entre Aton e o povo, que havia ordenado que toda oração devia ser dirigida a ele para interpretação ao deus, estava morto. A cidade também parecia privada de sua essência. Fora construída com um propósito, como um amplo santuário para incluir a encarnação viva do deus, sua existência, o resultado da luta de Akhenaton para tornar suas visões realidade. Sua presença a tinha validado, sua unidade apoiava-se na adoração que seus cidadãos ofereciam a ela e ao Aton. Mas, agora, aquela presença se fora, e os pequenos altares do Aton em quase todos os cantos das ruas já eram unidos por santuários às divindades amadas pelos cidadãos, de forma que elas seriam veneradas igualmente com o deus do faraó morto. O sentimento de erradicação na cidade era mais do que um hiato usual entre administrações. As fundações invisíveis de Akhetaton estavam estremecendo. Dentro dos limites do palácio, contudo, a maioria dos cortesãos realizava suas devoções matinais e noturnas ao Aton, como de costume. O prosseguimento de suas orações ao deus não era somente questão de familiaridade, mas também de conveniência: o herdeiro ainda não havia indicado se sua divindade emergiria de Amon ou do Aton.

Smenkhara não parecia se preocupar com eles. Ele e Meritaton passavam os dias abafados sempre juntos, esforçando-se para retomar a alegria inicial entre si, mas era somente passageira. Eles a almejavam com uma ocasional deliberação embaraçosa ao recordar todas as radiantes lembranças da infância que haviam compartilhado. Mas o amor que os havia compelido pertencia à inocência daquela juventude, uma emoção frágil que não resistira às depredações que ambos haviam sofrido nas mãos de Akhenaton. A força de seu passado criara vínculos profundos entre eles que nada poderia romper, mas não criara a total união concebida de um amor maduro.

O ar de perturbação sem propósito que pairava sobre a cidade e o palácio não atingia Nefertiti. Apesar de determinada a preencher os dias que se interpunham com diversões, ela se viu acordando cada manhã de um flagelo de pesadelos, com músculos já rígidos de apreensão e o corpo molhado de suor. Muitas vezes, ela se atormentava por um ato que imaginou ser tão precipitado e perigoso. No entanto, com mais frequência olhava fixamente

A Décima Segunda Transformação 425

para o futuro que seria, por outro lado, tão previsível quanto o nascer do sol e ficava alegre porque tinha executado seu plano. Durante os longos dias secos, ela se sentava matando a sede e observando a lânguida vegetação dos terraços; seus olhos doíam conforme examinavam o rio à procura da embarcação de seu capitão, de qualquer nova atividade em seus embarcadouros. À noite, observava Tutankhaton se preparar para dormir, caminhava nos jardins, deitava em seu divã enquanto seus dançarinos combinavam seus passos grandiosos com címbalos batendo e flores em volta de suas cinturas nuas. No entanto, sob o rubor de excitação sexual que os jovens criados lhe causavam, havia sempre o frio temor. Seu capitão fora detido, e seu pai e Horemheb estavam se divertindo com ela antes que fosse capturada. Por acidente, Suppiluliumas fizera com que ele fosse executado. Ele havia se perdido no deserto e morrido de sede. O gotejamento regular do relógio-d'água era uma contínua irritação. Ela carregava a dor da ansiedade sob o esterno e podia comer apenas de maneira moderada, sem prazer.

Seu pai a visitava duas vezes, passando diversas horas com Tutankhaton antes de se pôr em sua companhia e servir-se de vinho e massas que ela oferecia subitamente. Ela tentava tratá-lo com cortesia, mas não podia esconder sua preocupação. Apesar de perguntar sobre a saúde de suas filhas e de escutá-lo pacientemente falar do jeito cada vez mais rude de Horemheb, sabia que tinha encoberto sua ansiedade, visto que ele fora embora com um ar confuso. Ela não se preocupou e voltou, aliviada, a seu lugar na janela.

Quase seis semanas após o dia em que o capitão partira, Nefertiti foi acordada de um cochilo por seu administrador Meryra e levantou-se de modo brusco, já totalmente acordada.

— Ele está de volta — sussurrou Meryra. — Devo fazê-lo esperar na sala de audiências?

— Não. Livre-se de minhas criadas. — Ela puxou o lençol e se levantou, as mãos sentindo a palpitação de seu coração. — Traga-o aqui imediatamente.

Ele a reverenciou e retirou-se na escuridão. Nefertiti acendeu a lamparina noturna e, apalpando sob sua camisola, deslizou-a por sua cabeça. Ela mal podia controlar seus dedos trêmulos. *Devo ser banhada e vestida, receber uma peruca e ser maquiada*, pensou. *Não perguntei a Meryra se o capitão estava sozinho. Oh, deuses, estou temerosa!*

426 Pauline Gedge

Sob tensão, ela aguardou os momentos antes que o capitão entrasse e, em seguida, observou-o ajoelhar-se e lançar-se ao chão para beijar seus pés descalços antes de atender a seu comando sufocado para se levantar.

— Onde está ele? — perguntou ela. — Você trouxe um príncipe? O que aconteceu?

— Grandiosa, eu não sou diplomata — disse ele com uma voz débil. — Não sei com que palavras validar o pergaminho. Suppiluliumas não acredita que é genuíno. Ele pensa que o Egito simplesmente quer um refém. Ele enviou seu próprio administrador de volta comigo para se assegurar da verdade. Não foi fácil iludir os soldados de Horemheb na fronteira e ter de navegar por Mênfis à noite. Nós dois estamos muito cansados.

Uma fúria amarga tomou conta de Nefertiti:

— Você não comoveu o Khatti com a urgência desse assunto? Devo ter um príncipe antes do funeral de Akhenaton ou tudo estará perdido! Onde está esse administrador?

O capitão a reverenciou ao sair. Nefertiti viu uma sombra alta sair da escuridão e emergir na fraca luz da lamparina.

— Eu sou Khattusaziti, camareiro de Suppiluliumas, o Poderoso — disse uma voz macia e profunda. — Você é a *dahamunzu* Nefertiti?

— Sou.

Ele a reverenciou ligeiramente, e, por um momento, eles se contemplaram. *Imagino que ele seja um homem valente*, pensou Nefertiti, erguendo o olhar para o rosto que aparentava ser feito de couro quase escondido pela barba e pelos longos cabelos pretos bem oleosos. *Ele não sabe que não faço parte de alguma conspiração mais vultosa ou que, em qualquer momento, pode perder sua cabeça. E que cabeça! Todos os desprezíveis asiáticos geram guerreiros como este!*

— Meu rei acreditava que você estivesse morta — disse ele afinal. — O selo no pergaminho igualava-se ao de outra correspondência, mas seu anel poderia ter sido usado por qualquer um.

— Meu marido fez o possível para matar-me sem me tocar — disse de maneira mordaz. — Ele eliminou meu nome de todas as inscrições que pôde encontrar, mas, como você pode ver, estou longe de estar morta.

Ela removeu seu anel de sinete e entregou a ele. Ele o perscrutou e colocou de volta na palma da mão estendida dela.

— Nesse caso, Majestade, por que está negociando com meu senhor desse jeito secreto? Diz que não tem filhos. Meu rei duvida disso.

A Décima Segunda Transformação   427

Entretanto, se for verdade, quem está para ser faraó, e por que você quer colocar um khatti no trono?

Ela indicou que ele devia se sentar e se jogou no divã.

— Capitão, providencie refrescos — pediu ela e, em seguida, deparou com os olhos do estrangeiro. — O irmão de meu marido receberá a Coroa Dupla se meu plano falhar. Ele é inútil. Se soubesse que eu havia começado a me corresponder com seu chefe, ele me prenderia. O Egito perderá uma guerra contra seu povo, com Smenkhara no governo. Contudo, se você me der um príncipe do Khatti, não haverá necessidade do desperdício de vidas e ouro que um confronto em larga escala entre nossas nações representaria. O Egito se tornará um vassalo do Khatti e será responsável pelas próprias questões internas, no entanto, pagando imposto a Suppiluliumas.

— Que garantia tenho de que nossos inimigos simplesmente não o matarão logo que ele chegue? Imagino que você o queira protegido por soldados do Khatti.

Nefertiti ficou alegre, pois a comida que ela pedira acabara de chegar. Ela não havia previsto as complicações que seu plano poderia trazer. De imediato, gélida e desejando não estar sentada sob o exame minucioso de um inimigo cuja absoluta vitalidade a intimidava, ela forçou um sorriso.

— Somente o comandante Horemheb é capaz de resistir. Smenkhara vai ficar zangado, mas todos ficarão agradecidos que a ameaça do Khatti terá sido resolvida. — A surpresa resultou em algo que ela suspeitava ser escárnio refletido pelos seus olhos. Ela ergueu sua taça e, imediatamente, alcançou a dele.

— Se meu chefe confiar a um filho a duvidosa afeição do Egito, ele desejará ver suas promessas com o suporte da presença de soldados do Khatti em Akhetaton. O poder de um faraó é do tamanho de seu apoio.

— Isso pode ser a verdade em seu país, mas não no Egito. Uma vez coroado, um faraó é um deus, e sua santidade não pode ser, de forma alguma, ameaçada.

Ele sorriu, mostrando dentes alvos e arqueados que reluziam na escuridão, e, novamente, uma expressão de moderado desdém vincou o rosto exaurido.

— Um khatti como um deus? Que perspectiva sublime! Só porque era um deus, o povo suportava a incompetência de seu falecido marido?

Ela ficou ofendida pela familiaridade de seu tom.

428 Pauline Gedge

— Não se pode esperar que um estrangeiro ignorante entenda as sutilezas de Ma'at — retrucou friamente. — Isso é algo que eu ensinarei ao príncipe que seu chefe deve enviar.

— Isso eu de fato entendo. — A humildade em sua voz era ligeiramente zombeteira. — Voltarei ao meu senhor e lhe comunicarei suas intenções.

— Parta agora, esta noite. — Ela ficou em pé, e, de modo cortês, ele também se levantou. — Um tempo precioso foi gasto pela desconfiança de Suppiluliumas. Se eu não tiver um marido dentro de um mês, nós todos estaremos nos arrastando para Smenkhara, e, tão logo ele esteja coroado, apenas sua morte liberaria o trono para outro. Meryra lhe mostrará um aposento onde você possa dormir por uma hora enquanto dito outra mensagem para seu rei; também enviarei um embaixador com vocês desta vez. Você está dispensado.

Ele inclinou a cabeça leonina e foi embora, mas, como se de repente um pensamento o tivesse afligido, voltou.

— Posso falar uma vez mais? — perguntou com sagaz humildade. Ela concordou com a cabeça. — Ocorre-me que os arautos do Egito não possam viajar tão rápido quanto os espiões da rainha. Em consequência, a rainha pode não saber que meu senhor repeliu o exército egípcio e ocupou todo o Amki. Não houve um grande massacre, mas uma extraordinária dispersão. Durma bem, Majestade.

Ele saiu rapidamente do círculo de luz fraca, e ela soube que ele se fora apenas pelo som das portas se fechando calmamente. Meryra havia entrado e esperava ordens. Nefertiti sentiu forte dor de cabeça, e suas mãos estavam pressionadas às faces ardentes. Ela as abaixou. O Egito derrotado. Ela sabia que estava satisfeita, pois Horemheb estaria enfraquecido, e todos os egípcios ficariam agradecidos a ela por impedir a invasão que, por outro lado, decerto prosseguiria. Entretanto, sob o alívio de seus pensamentos, havia um peso de vergonha e tristeza em seu coração, um orgulho ferido por seu país e uma torrente de raiva cega de seu falecido marido, que traíra a todos. Virando as costas para seu paciente administrador, ela dominou um ridículo impulso de chorar. *O Egito não passa de um bando de bestas com olhos taciturnos voltados para seus governantes em busca de comando*, lembrou. *Certamente, tais bestas colocarão sua segurança acima de qualquer amor intangível por apenas terra e água!* Ela combateu a dor e por fim foi capaz de encarar Meryra calmamente.

— Um tempo precioso fora despendido. Agora não pode haver nenhum erro. Preciso de um embaixador, Meryra, alguém que amou meu marido e seja dedicado a mim, que não anseie a perspectiva de ser governado por um faraó cuja aliança a Aton é questionável. Tal homem pode ser persuadido a agir para mim e a manter sua opinião, caso seja dito a ele que o Khatti venera o sol e que um faraó do Khatti estaria melhor do que um homem de Amon.

— Vossa Majestade também poderia oferecer-lhe alguma recompensa mais concreta por seus esforços — respondeu Meryra educadamente. — A promessa de uma posição como os novos olhos e ouvidos do faraó, talvez, e uma substancial quantidade de ouro. Hani talvez seja apropriado. Desde que Osíris Akhenaton deixou de utilizar diplomatas, muitos deles estão inativos e sem remuneração. Hani tem sido sempre um atormentador com ambições. Esse acordo pode se ajustar bem ao objetivo de Vossa Majestade.

— Lembre-me de recompensá-lo também, Meryra. Muito bem. Hani poderá. Faça primeiro a oferta de promoção a ele de forma que lhe dê água na boca. Então, informe o que ele deve fazer; em seguida, ameace-o, mas de modo bem sutil. Não queremos assustá-lo para que corra até Ay. Se ele recusar ou parecer muito ansioso, providencie que o matem imediatamente. Estimule-o e mande-o com Khattusaziti, e não o deixe conversar com ninguém. Agora, ditarei uma nova carta para Suppiluliumas. Escreva-a você mesmo. — Meryra pegou a paleta e a pena e abaixou-se no chão próximo à lamparina assim que Nefertiti começou. — Comece com os títulos, como a anterior. Então, escreva: "Seu camareiro, Khattusaziti, relata que você pensava que estivesse morta e não acreditava que eu não tivesse um filho. Por que você me acusa de tê-lo enganado? Ele, que era meu marido, está morto, e não tenho filho. Se tivesse um, escreveria ao exterior para divulgar a minha angústia e a do meu país? Esteja certo de que o fiz somente para você. Todos acreditam que você tenha muitos filhos. Dê-me um para que ele seja meu marido e reine no Egito!" — Ela queria dizer mais, desabafar no papiro mais de sua amargura e orgulho, mas ficou silenciosa e, depois de esperar para lacrar a carta, acenou para Meryra sair. A sala vazia estava perfumada com o desânimo cinzento do período anterior ao amanhecer. Com a fadiga de um antigo hábito desprezado, mas impossível de interromper, ela arrastou uma cadeira até a janela, embora ainda visse escuridão.

25

Horemheb levantou-se assim que Ay entrou na sala, a mão estendida em um cumprimento apologético, seus olhos indicando a cadeira para o Porta-Leque. A antecâmara estava abafada e escura, exceto por uma lamparina que Horemheb acendeu e conduziu a seu quarto. Ay aproximou-se devagar, ainda entorpecido por um sono pesado, agitado, tentando imaginar o que aquela estranha solicitação poderia trazer. Todavia, no momento, estava ciente apenas de sua respiração difícil. Ele segurou os dedos finos do comandante brevemente antes de sentar na cadeira oferecida e enxugar o suor do rosto. Seus olhos queimavam, a boca parecia seca e suja. Sua mente ainda estava no pesadelo do qual seu administrador o acordara, e o terror dele ainda acelerava as batidas de seu coração. O mesmo sonho ocorria a ele com frequência essas noites, algumas vezes o acordando para alcançar o corpo tranquilizador de Tey, porém, era mais comum que durasse até o primeiro acinzentado do amanhecer, deixando-o exausto e amedrontado.

— Tem água, se você precisar — disse Horemheb tranquilamente, ele próprio se sentando. — Perdoe-me por incomodá-lo no meio da noite, Porta-Leque, mas isto não podia esperar, e, apesar de você e eu termos nos visitado pouco nos últimos tempos, não queria agir sozinho em um assunto de tal gravidade.

Surpreso, Ay observou o comandante. Horemheb estava nu com o calor. Seus cabelos negros na altura dos ombros estavam espalhados de modo pegajoso em seu pescoço moreno. Sem pintura, exposto ao olhar de Ay, seu rosto era ainda vistoso, agora sob tensão, alerta, fazendo Ay se sentir idoso, flácido e doente. *Devo morrer antes de você*, pensou Ay. *Eu sabia, mas não tinha, na verdade, considerado isso antes. Acho que sempre invejei você, meu soberbo genro.*

— Diga-me — disse ele apenas.

Horemheb entregou-lhe um pergaminho e empurrou a lamparina em sua direção. Em qualquer outra época, Ay poderia ter considerado o gesto

A Décima Segunda Transformação 431

um insulto a seus poderes deficientes, mas, naquela noite, ele simplesmente desenrolou o papiro e começou a ler.

Uma vez terminado, não precisou ler de novo. Com cuidado, deixou o pergaminho se enrolar, colocou-o sobre a mesa e, em seguida, uniu as mãos, percebendo o olhar fixo de Horemheb. Por muito tempo, ele não conseguiu se mexer, porém, finalmente, acomodou-se o suficiente para erguer o olhar e fitar os olhos do comandante.

— Como você obteve essa carta? — perguntou agitado.

— May enviou-me do forte que vigia a estrada do deserto para o sul da Síria — respondeu Horemheb, imóvel enquanto olhava para Ay. — Um pequeno grupo de pessoas atravessou o Egito, um de nossos embaixadores e um estrangeiro, que disse ser enviado de Canaã, estão a caminho de casa em Askalon para ajudar a organizar a venda de grãos para nós. May suspeitou e mandou revistar os pertences do embaixador enquanto os dois viajantes estavam descansando. — Ele apontou para o maço de papiros sobre a mesa. — O original estava na bolsa do homem. May não sabia se detinha o grupo ou se nós, na corte, estávamos envolvidos com a ajuda de sua filha em alguma negociação complexa com o Khatti, de forma que ele os deixou continuar. É bom para nós que May seguira sua intuição.

Chocado e melancólico, Ay baixou o olhar.

— Essa não é uma mulher real procurando preencher a solidão de seu leito com um amante — arriscou. — Essa é minha filha, uma rainha do Egito, engajada secretamente na mais profunda traição com um inimigo. — Ele sabia que não tinha de perguntar a Horemheb o que deveria ser feito e, assim, ficar na posição de um subalterno. A primeira vantagem fora do comandante, e Ay não deveria reforçá-la. — Nefertiti sempre foi apaixonada por posição e poder, mas careceu de meios para reter o que alcançara — propôs ele na mais firme voz que podia. — No entanto, não posso acreditar que ela seja capaz de conceber essa conspiração como traição a sangue-frio. Decerto, tudo o que ela percebeu foi uma oportunidade de reconquistar um papel ativo no governo.

— Concordo — disse Horemheb. — Entretanto, estou surpreso por ela ser capaz de conceber esse plano sob qualquer condição e executá-lo, Ay. Se May não tivesse a cabeça no lugar, se seu embaixador houvesse passado despercebido...

— Mas não passou — interrompeu Ay, ainda combatendo a emoção que ameaçava frustrá-lo. *Minha filha. Minha própria carne, desejando*

432   Pauline Gedge

ceder todo o Egito de uma vez, em um momento em que o país está em agonia. Ela sente algum remorso? Ela sente alguma vergonha?

— Não, ele não passou — reiterou Horemheb vagarosamente.

— Então, temos de decidir o que fazer. Estou chocado porque a rainha não pode ter tomado conhecimento do resultado do combate com Suppiluliumas quando começou a fazer suas propostas. Logo, ela não pode nem mesmo ser perdoada pela justificativa de que essa era a única chance de paz para o Egito após a derrota. Não é nada além da mais cruel aposta pelo poder.

— Tanta hipocrisia de um homem cujo próprio olhar recaía sobre a Coroa Dupla! — falou Ay com rispidez, tomado por uma defesa irracional de sua filha, para quem ele já tinha sido forçado a reconhecer que não havia defesa. — Eu o conheço bem, Horemheb, como você me conhece. Se a oportunidade ocorresse para você, iria aproveitá-la, não é?

— Estou cansado de ver o poder do Egito passando sem cessar por mãos indignas ou incapazes de governá-lo! — retrucou Horemheb aos gritos. — Anos atrás, eu deveria ter arriscado tudo a fim de depor Akhenaton e encontrar um filho fervoroso de Amon a fim de colocar no trono, como você também deveria. Também somos traidores por permitir que o maior império do mundo morra aos poucos enquanto questionamos a validade do direito de Aton governar o Egito por intermédio de seu sobrinho! — Horemheb sentou-se, respirando com dificuldade, e Ay examinava-o lentamente.

— Você pensa que está seguro em se revelar para mim esta noite porque sou velho e que minha existência terminou — disse brandamente. — No entanto, você está enganado, comandante; então, seja prudente no que fala. Sua própria posição nunca fora mais precária. Sua proposta para persuadir Smenkhara a uma guerra vitoriosa não surtiu efeito. — Ele queria beber água, mas não alcançaria a jarra. — Contudo, você não me pediu que esclarecesse nossas mágoas pessoais. Devemos resolver esse dilema.

— Não é nenhum dilema. — Horemheb tinha se retirado, recostando-se nas sombras de maneira que seu rosto ficasse na escuridão. — Ela merece execução.

— Mesmo que ela mereça, não podemos matá-la. A credibilidade e a veneração destinadas à realeza nunca estiveram mais fracas. O Egito está exausto do egoísmo de seu governante e clama por tranquilidade. Se uma rainha receber sentença de morte, a credibilidade será destruída. Como pode uma deusa ser executada por seus veneradores? O povo nunca deve

A Décima Segunda Transformação 433

ser autorizado a se fazer tal pergunta. Além disso, Nefertiti não é como Tiye. Ela não é inteiramente responsável por ações cujas consequências não previu.

— É o que diz o pai apaixonado! — Horemheb sorriu com sarcasmo. — Nefertiti podia ter salvado o Egito há muito tempo, quando Akhenaton a adorava e confiava nela, mas ela era muito egoísta e estúpida para tentar. Ela merece a morte. Entretanto, você está certo quando fala da necessidade política. Por isso, sugiro que enviemos um comunicado a May, ordenando que ele fique na espera desse príncipe bem na fronteira e o mate, e todos com ele, quando aparecerem.

— Contanto que Suppiluliumas coopere. — Desesperado, Ay entendera, durante a conversa, que Horemheb não precisava tê-lo consultado de maneira alguma. Ele podia ter usado a desculpa de que era, sobretudo, um assunto militar e, então, tratado dele sozinho, chegando depois a Ay com tudo resolvido. Puxando a água para si, ele bebeu rapidamente. *Queria saber quanto tempo levará*, pensou em segredo, *até que Horemheb entenda que Nefertiti poderia ser assassinada às escondidas e que alguma história inócua poderia ser espalhada para o benefício dos camponeses. Ela vive sossegada no Palácio Norte há tanto tempo que muitos devem acreditar que já esteja morta.*

— Ah, ele cooperará — respondeu Horemheb de maneira enfática. — Mesmo com suas dúvidas, ele não deixará de lado a oportunidade de uma vitória sem sangue. Ele dominou o Egito por tanto tempo que começamos a imbuí-lo com os atributos de um deus, mas ele tem fraquezas. Sim, ele fez nosso exército recuar, mas, se nossos soldados tivessem, ao menos, sido mais bem-preparados, a história seria diferente. Um dia nós o derrotaremos.

— Contudo, não podemos sonhar com um dia. Temos de considerar o agora — lembrou Ay secamente. — Smenkhara sabe disso? — *Foi uma pergunta tola*, pensou Ay ainda enquanto perguntava. *Decerto Horemheb fora direto ao príncipe pedir permissão para agir, e este deve ter insistido que o comandante viesse conversar comigo. Do contrário*, pensou Ay, *eu poderia nunca saber disso.*

— Sim — respondeu Horemheb. — Com benevolência ele consentiu em esperar enquanto deliberávamos, e, com certeza, se discordássemos sobre um plano de ação, ele daria a última palavra. Devemos ir até ele?

Ay pulou da cadeira e ficou em pé por um momento para que as batidas de seu coração diminuíssem antes de seguir Horemheb à saída da sala.

Smenkhara, como Horemheb, estava despido, exceto por uma fita azul manchada de suor em volta de sua testa e um pequeno Olho de Hórus turquesa pendendo em uma fina corrente de ouro em volta de seu pescoço. Ele estava deitado no trono na sua sala de recepção, entre almofadas, um calcanhar apoiado na ponta da poltrona dourada, um braço pálido repousando sobre o joelho erguido. Eles se ajoelharam diante dele e levantaram, esperando que ele falasse. No interior, havia muitas lamparinas, e Smenkhara não parecia se importar com o calor adicional ou com o aroma sufocante.

— Bem, tio — disse ele de modo sarcástico —, minha prima real excedeu-se em tolice dessa vez. Existe alguma razão para que ela não deva ser assassinada ou exilada? Talvez pudéssemos enviá-la ao Khatti, já que ela parece desejar muito a companhia deles.

Era uma acusação pessoal, e Ay preparou-se para responder, mas, surpreendentemente, Horemheb disse rápido:

— Alteza, de nada serve a morte da rainha. O Porta-Leque e eu propomos que sentinelas sejam colocados no Norte da Síria e que uma pequena cilada seja providenciada para o estrangeiro que decerto virá. Se formos inteligentes, nem Suppiluliumas será capaz de acusar o Egito pelo assassinato.

— De nada serve? — Smenkhara interrompeu com violência, sua voz aumentando, a mão lânguida pendendo de seu joelho, repentinamente cerrada. — Minha mãe me prometeu a Coroa Dupla. Ela me prometeu! Eu a mereço. É minha por direito de sangue, e Nefertiti a teria tirado de mim!

Curiosamente, Ay observou a cor ressurgir depressa no rosto alongado, o tórax raso inchar de emoção. Ele não se atreveu a confrontar o olhar de Horemheb, mas sabia que o comandante também estava ciente do eco sufocante de Akhenaton. Pela primeira vez em muitos meses, um instante de entendimento mútuo ocorreu entre os dois homens, e, como se o tivesse percebido, o príncipe passou uma das mãos rápida e quase defensivamente sobre sua cabeça raspada.

— Penso que não importa — continuou ele mais calmamente. — Em pouco tempo, Akhenaton será enterrado, serei faraó, e Meritaton será minha rainha. O que minha prima poderá fazer então? — Ele se inclinou à frente e fitou os dois homens com frieza.

— Vocês dois entendem que, se tocaiarem o estrangeiro, devem se certificar de matar todos os membros do grupo, incluindo quaisquer arautos de Nefertiti. Do contrário, a informação retornará a Suppululiumas.

Horemheb concordou com a cabeça.

— Alteza, pode deixar os detalhes comigo.

Smenkhara lançou um olhar perspicaz para seu tio.

— O Porta-Leque tem alguma objeção?

Ay o reverenciou.

— Nenhuma, avezinha.

Smenkhara alinhou-se, ficou em pé e, sem olhar para eles, saiu a passos largos pela escuridão. Ay soltou uma respiração longa, Horemheb sorria para ele com ar zombeteiro.

— É como voltar dez anos no tempo, não é? — observou ele.

— Use a cavalaria, comandante — disse Ay, ignorando o comentário de Horemheb —, e disfarce os homens, assim como desista de Apiru. A escolta do príncipe do Khatti, sem dúvida, estará de sentinela, e não queremos nenhum erro. Todos sabem como a estrada do deserto tornou-se perigosa. Podemos nos sair bem.

— Boa ideia. — Os olhos de Horemheb brilharam. — Você quer cópias das minhas ordens para May?

— Não. Apenas me avise quando tudo estiver terminado. — Ay fez uma reverência incompleta, cortês, antes de virar e ir embora lentamente. Ele nunca ficara tão aborrecido.

O período de luto por Akhenaton estava acabando. Dia após dia, Nefertiti sentava-se à janela, procurando a superfície prateada e ardente do rio fluindo abaixo, observando o fogo dos archotes tremeluzir, que ela ordenara que fossem colocados ao longo das margens à noite. Despertava a cada amanhecer, após sonos curtos e perturbados, com olhos vermelhos, coçando, e as mãos já tremendo com uma ansiedade incontrolável. Não podia suportar que se dirigissem a ela e respondia com palavras mordazes ou com lágrimas que congestionavam ainda mais seus olhos. Seu médico prescreveu um unguento que colava seus cílios e fazia com que ela se sentasse durante horas espantando as moscas atraídas pelo estranho odor, mas, pelo menos, aquilo refrescava seus olhos e lhe propiciava algum alívio. Ela, por fim, se forçou a sair da maldita janela, deitando-se em seu divã em uma sala escura. Ninguém se aproximava dela. Mesmo Tutankhaton, um menino sereno e dócil,

436 Pauline Gedge

cansara-se de seus gritos e da dor de seu punho e mantinha-se nos próprios aposentos ou na paz dos jardins vazios. Nefertiti experimentava a solidão e a achava amarga. Na manhã do funeral de seu marido, ela encontrou forças para se sentar em sua mesa de cosméticos para ser maquiada. Com vaidade, trocou o unguento para usar o *kohl*, porém seu rosto teve de ser lavado diversas vezes de tanto que chorava. Ainda havia tempo para o príncipe do Khatti chegar. Algo podia ter acontecido a ele, a Hani: cavalos mancos, um desvio para evitar ser descoberto, doença, talvez. Eles podiam agora mesmo estar se aproximando de Akhetaton. Com o pensamento, ela abriu os olhos, e seu maquiador abafou uma exclamação de contrariedade e apanhou um pano úmido. Smenkhara não se tornaria divino até amanhã. Ainda havia horas, e qualquer hora poderia trazer libertação. Uma peruca pesada foi colocada em sua cabeça. Uma rede de ouro com lápis-lazúli foi colocada em seguida, cuidadosamente, sobre o diadema ao qual uma serpente encoberta estava presa. Atrás dela, estavam suas camareiras, esperando para colocar-lhe a vestimenta azul de luto, as sandálias douradas, o transparente manto curto azul. Do lado de fora, sob o sol ardente, sua barcaça cutucou os degraus do embarcadouro, cujo salpico de cor, de todo modo, era agora familiar a ela, assim como sua própria face.

— Devo tomar vinho para sobreviver a este dia — disse ofegante, sentindo seus olhos gotejarem outra vez, e, de imediato, um criado ajoelhou-se com uma taça prateada. Ela bebeu rapidamente, sem prazer. *Iniciei este tormento*, pensou, *mas não posso terminá-lo*. Virando o rosto para o maquiador, ela esperou que o homem limpasse as manchas de *kohl* de suas faces. Quando chegou a hora de partir, descobriu que não podia andar sem o discreto suporte de seus criados.

Nefertiti manteve as cortinas de sua liteira fechadas durante o caminho que levava ao lugar na extremidade oriental da cidade em que o cortejo do funeral começaria. Apesar de poder ouvir os gritos de seus arautos e guardiães abrindo caminho pelas multidões agrupadas nos dois lados da Estrada Real querendo avistá-la rapidamente, ela não desejava satisfazer sua curiosidade ou ver os acres de construções e jardins que uma vez representaram tanta felicidade para ela. Uma vez distante do centro da cidade, o barulho do populacho diminuiu aos poucos, e ela prendeu as cortinas, protegendo os olhos do reflexo do sol contra a areia. O Inspetor do Protocolo aproximou-se dela, reverenciando e indicando a seus criados a posição atrás do esquife que ela deveria ocupar. Enquanto era conduzida, Meritaton e Ankhesenpaaton separaram-se de seu séquito.

A liteira fez uma parada. Nefertiti inclinou-se hesitante, e suas filhas ajoelharam-se, ambas em lágrimas, para abraçá-la. Em pouco tempo ela as abraçou e, em seguida, fazendo sinal para seu administrador de que estava pronta para prosseguir, recuou, uma vez mais fechando as cortinas. Ela não desejava observar o corpo de seu marido sendo arrastado pela areia até a sarjeta estéril, rochosa, que ele escolhera para sua tumba. Podia ouvir Meritaton e Ankhesenpaaton soluçando atrás dela e, mais atrás, as lamentações formais dos que se condoíam, mas seus próprios olhos estavam secos. Ela não podia mais encontrar lágrimas para Akhenaton. Todas tinham sido derramadas havia muito tempo.

O próprio Akhenaton havia elaborado o ritual de seu sepultamento com toda a alegria em seu deus e a simpatia pela beleza de que fora capaz. As palavras que Meryra entoava, os passos fixados pelos dançarinos, a música flutuando no ar estático: tudo combinava para impressionar aqueles presentes, com a grandeza e a ternura da era que agora estava encerrada. Mesmo os inimigos de Akhenaton entre os cortesãos se esqueciam, por um momento, de que estavam sepultando um faraó que conduzira a todos ao longo do caminho de sua ilusão e lembravam apenas que ele fora um homem honesto.

Durante as cerimônias, Nefertiti sentou-se sob um abrigo, tirando proveito, de vez em quando, do auxílio secreto de seu maquiador, tentando esconder a agitação de suas mãos. Apesar de sua determinação para ficar calma, não pôde se furtar de olhar com frequência para onde a sarjeta se descerrava no deserto e, mais além, para o rio despercebido. Entretanto, a areia tremeluzia no calor, a rocha vibrava, e não havia sinal de qualquer arauto.

Smenkhara avançou para a cerimônia de Abertura da Boca. Era o momento mais solene de qualquer funeral, e todos os olhos deveriam estar fixos no herdeiro, mas Nefertiti percebeu que os olhares do séquito estavam direcionados para ela. *Não, não estão, é minha imaginação*, tentou dizer a si mesma. No entanto, lançando os olhos sobre a multidão por baixo das pálpebras arriadas, descobriu seu pai fitando-a com o olhar sonolento que sempre indicara pensamento especulativo, e, além dele, os olhos de Horemheb encontraram os dela com frieza imperturbável. O pânico pungente e seco lançou-se em sua garganta, e ela ficou sedenta por vinho. Desviando o olhar, observou a cerimônia no momento em que Smenkhara entregou a faca sagrada a Meryra e virou-se. Ele também parecia cravá-la com um olhar acusatório. De repente, ela sentiu como se

438   Pauline Gedge

todos os olhares estivessem sobre si, trespassando-a com hostilidade e condenação. O suor começou a escorrer em seu rosto. Olhando para baixo, ela se esforçou para ignorá-los. A dor atingiu seu peito, e ela se encolheu suprimindo um gemido. *Não devo demonstrar nada*, disse a si mesma, em pânico. *Se eu fugir, darei a eles um pretexto para me menosprezarem acima de tudo.* No entanto, logo que o pensamento surgiu em sua mente, ela se descontrolou.

— O que vocês estão olhando, camponeses sacrílegos? — gritou. — Sou uma rainha! Desviem seus olhos!

Meryra parou de cantar, e o ritual foi interrompido. Nefertiti percebeu que todos os olhares tinham se voltado para ela em absoluta perplexidade. As lágrimas embaçaram sua visão. Nefertiti sentiu uma mão envolver firmemente seu braço.

— Fique quieta, Majestade. — A voz de sua meia-irmã sussurrou perto de seu ouvido. — Quer que pensem que está louca? Isso é aflição ou doença?

Nefertiti retraiu-se com o toque de Mutnodjme, mas, em seguida, outra mão tocou seu ombro de leve, e, sem abrir os olhos, Nefertiti sabia que era Tey.

— Quero ir para casa — murmurou no surpreendente silêncio. Mutnodjme olhou para seu marido. Horemheb fez um sinal com a cabeça e, em seguida, rispidamente, mandou Meryra continuar. Logo Mutnodjme e Tey conduziram Nefertiti até sua liteira através da multidão, em meio aos cochichos. Pelo canto dos olhos, Nefertiti olhou rapidamente Tutankhaton, resplandecente em jaspes cintilantes e roupa branca como neve, sua trança negra amarrada por fitas azuis, observando-a com curiosidade. Ankhesenpaaton subiu um degrau em direção à sua mãe, porém Ay a conteve. Meritaton, as feições demonstrando preocupação, permaneceu ao lado de Smenkhara.

— Faça uma massagem e deite-se — disse Tey de maneira confortadora para Nefertiti enquanto mantinha abertas as cortinas da liteira para ela. — Entrarei no túmulo com suas flores. Seu isolamento é tolo, Majestade. Vá para a casa de seu pai esta noite. O luto terminou. Teremos música e dança, e, então, você se sentirá melhor.

Nefertiti tocou levemente suas faces e desviou o olhar.

— Não me sinto bem o suficiente — disse ela severamente, furiosa com seu descuido e amarga com a perturbação pela perda de dignidade. — Talvez mais tarde, Tey.

Tey moveu a cabeça de modo afável e deixou as cortinas caírem. A liteira partiu. Nefertiti ouvia o canto prosseguir e, então, aos poucos, enfraquecer, enquanto seus criados deixavam o rochedo e voltavam para a cidade. Cheia de vergonha, ela se contorceu nas almofadas com as mãos em seu rosto. O príncipe do Khatti não viera. Akhenaton estava enterrado. Ela havia falhado em sua proposta para salvar algo de sua vida, e lágrimas ardentes fluíram por seus dedos.

Logo após o pôr do sol, o camareiro de Nefertiti anunciou seu pai. Ela retornara ao Palácio Norte e fora de imediato para seu divã, o qual mudara de posição para poder deitar apoiada com almofadas e olhar pela janela, apesar de não existir mais uma razão para a vigilância. Ela brincava desatentamente com seus anéis na suave luz rosa do anoitecer quando Ay a cumprimentou, ficando ao lado do divã. Ele a reverenciou, respirando com dificuldade, e ela indicou que ele podia se sentar.

— Eu costumava subir aqueles degraus para o terraço — pronunciou ele enquanto ofegava —, mas, hoje, eles tiveram de me carregar na liteira. O tempo é cruel, Majestade.

Ela lançou os olhos para ele severamente, mas seu rosto escarlate, transpirando, estava brando.

— Se você veio me indagar sobre meu bem-estar, estou melhor — disse. — Foi o calor associado à minha aflição.

— Ah! — Ele acenou de modo compreensivo. — Foi uma pena, mas não se atormente, Nefertiti. Todos sabem como você foi dedicada a Osíris Akhenaton, embora ele não a tenha tratado bem.

Novamente, ela lhe lançou um olhar penetrante e, dessa vez, percebeu seu sorriso parcial.

— Ele ficaria irritado ao ouvir você chamá-lo de Osíris. — Ela devolveu o sorriso. — Sou forte o suficiente, pai, para esperar que Aton dê a ele as recompensas que merecia.

— Talvez o Aton faça alguma tentativa, mas talvez outros deuses fiquem enraivecidos com a destruição que seu marido trouxe para o Egito e não permitam que a divindade de Akhenaton traga bem-aventurança.

Ela se recostou e fechou os olhos, resistindo ao desejo de esfregá-los.

— Você quer que lhe tragam alguma coisa? — murmurou. — É tão bom ter uvas e romãs novamente, e os melões estão enormes este ano! Meus celeiros estão cheios. Tão estranho um funeral na época da colheita...

— Nenhuma comida; obrigado, Majestade.

440   Pauline Gedge

Ela sentiu uma hesitação em sua voz e, abrindo os olhos, rolou a cabeça na direção dele sobre as almofadas.

— Você não veio perguntar sobre minha saúde ou discutir a colheita — disse. — O que é, pai?

Ay inclinou-se até o último feixe de luz que repousava no divã.

— Posso dispensar suas criadas?

— Decerto.

Ele deu um comando, e as criadas recolheram os jogos e adornos com que estavam se entretendo e saíram. Quando se foram, Ay sentou-se calmamente por um momento, os dedos em forma de pirâmide sob seu queixo, e Nefertiti, observando seus olhos semicerrados, em pensamento, de súbito ficou tensa. Em seguida, suas mãos afrouxaram.

— Vou levar Tutankhaton do Palácio Norte — disse. — Como o único homem que restou da linhagem de Amenhotep, ele deveria estar recebendo a educação e o treinamento apropriados para sua posição.

— Entendo — respondeu lentamente, ainda observando seu rosto.

— Contudo, não é prematuro já considerar que Smenkhara e minha filha não gerarão um filho? Eles são jovens. Podem ter muitos filhos. Qualquer filho deles herdaria o trono.

Ay suspirou:

— Não posso esperar para ver o que o futuro trará. Tenho de me preparar agora para qualquer eventualidade. Se Smenkhara tivesse assumido o poder em outra época, quando o Egito era forte e sua administração, segura, seu caráter não importaria. Entretanto, ele é mimado, temperamental e fraco. Não fará nada para trazer ordem ao caos governamental que seu marido deixou. Ele é bajulado pelos jovens que querem riqueza, mas nenhuma responsabilidade. — Ele fez uma pausa, e Nefertiti percebeu que o crepúsculo estava preenchendo a sala e que os traços de seu pai estavam se tornando indistintos. — A esperança de salvação para o Egito, que foi incitada quando seu marido morrera, não durará muito tempo, e não restaram ministros que pudessem formar uma administração efetiva. Em épocas como essas, os chacais juntam-se, os assassinos, os desejosos de poder, os ambiciosos sem escrúpulos. Se Smenkhara morrer ou for assassinado, terá de haver um sucessor óbvio.

Nefertiti começou a examinar seus anéis que estavam espalhados sobre os lençóis.

— Vejo que tem dado muita atenção a isso — disse secamente.

— O que faz você pensar que Tutankhaton será aceito no Egito? Ele é, acima

A DÉCIMA SEGUNDA TRANSFORMAÇÃO   441

de tudo, uma lembrança viva da maldição que minha tia causou ao país pelo casamento com seu filho. — Ela o observou com atenção, desejando ler algo em sua expressão, mas não vendo nada além da forma oval de seu rosto.

— Garantirei que ele seja educado da maneira tradicional, como um servo de Amon, um amante dos verdadeiros deuses do Egito, respeitador dos servos de Amon em Karnak. Se algo acontecer a Smenkhara, Tutankhaton representará Ma'at, a antiga retidão das coisas, um retorno a um Egito são e próspero.

Nefertiti virou e olhou pela janela. Lá embaixo, no embarcadouro distante, onde sua barcaça estava ancorada, os archotes tremeluziam alaranjados, seus reflexos partidos em fragmentos contra a superfície ondulada do Nilo. — E quanto a Horemheb?

— É ele quem você teme, não é? Você tem medo de que ele domine Smenkhara e, talvez, o pequeno príncipe um dia se torne regente, um homem que, por toda a vida, confiou na ambição para fazer fortuna. Você acha que, se ele experimentar o poder real, ficará satisfeito com um lugar de regente inferior ao trono?

Ay sentou-se na escuridão total, e a única indicação de que Nefertiti fora ouvida foi o ritmo acelerado de sua respiração. Um instante depois, ele disse:

— Horemheb ama o Egito. Ele sempre sentiu que tem uma dívida com seu país. Não sei, todavia, até que ponto ele chegaria para pagá-la. Certamente, sua fé infantil na onipotência de um faraó foi abalada.

— Você não tem medo de ser tão franco comigo? — Nefertiti empurrou seus anéis para o lado e moveu as pernas para a ponta do divã. Sentiu seu joelho roçar o de seu pai. — Sou uma rainha. Eu governei, e minha filha, Meritaton, não. E se me dirigir a Horemheb e lhe oferecer matrimônio? Ele poderia se divorciar com facilidade de Mutnodjne ou dispor de uma segunda esposa. Tenho a simpatia do povo. Sou a pobre rainha expulsa por um marido cruel. Juntos, poderíamos depor e exilar Smenkhara. — Ela não sabia por que estava tão certa de que Ay estava sorrindo na escuridão.

— Minha querida Nefertiti — respondeu, uma ponta de humor em sua voz que confirmava a impressão. — Admiro sua tenacidade. Tenho pena de você porque sua vida tem sido cheia de sofrimento. Eu a amo, pois você foi, um dia, minha pequena, correndo pelos jardins de Akhmin, mas não confio em você. Você acha que eu falaria tão abertamente com você esta noite se acreditasse que Horemheb ainda a ouviria? — Inesperadamente, ele tateou até sua mão, e, surpresa, Nefertiti respondeu a seu toque. Seus dedos estavam ressequidos e muito quentes. — Perdoe-me pelo que vou lhe contar, Majestade. Horemheb, Smenkhara e eu soubemos de sua trama para trazer um príncipe do Khatti para Akhetaton desde que seu embaixador fora interceptado na fronteira por May. Para Horemheb, você é uma traidora.

Nefertiti ficou gélida com o choque. Puxando sua mão de Ay, ela se levantou e correu para a porta.

— Luzes! — gritou, e os criados correram com as lamparinas que já haviam sido acesas e estavam no corredor, pondo-as em volta do aposento antes de se desfazer delas novamente. Agora, podia ver Ay, de lado em sua cadeira, olhando para ela com o rosto tomado por inquietação e pesar.

— Você sabia e não me contou! — bradou rígida de dor. — Você me deixa continuar sofrendo, você me deixou acreditar, esperar; mesmo hoje eu ainda esperava... — Ela engoliu em seco. — Eu nunca imaginaria que pudesse haver tanta crueldade em você.

— Naquele momento, era muito tarde para impedir sua trama. Era mais simples ter o príncipe Zennanza preso em uma cilada e assassinado, de tal forma que Suppiluliumas acreditaria que os Apiru eram responsáveis. Agora, você entende por que Horemheb não terá nada para tratar com você.

— Então, minha solicitação foi atendida. — Ela sentiu lágrimas de humilhação se formarem, ardendo em agonia em suas pálpebras doloridas. — Suppiluliumas o enviou. Príncipe Zennanza. — Ela caminhou até o divã e sentou-se, arrumando suas roupas sobre os joelhos com gestos bruscamente rápidos, formais, não olhando para Ay. — De qualquer modo, leve embora Tutankhaton — concluiu em voz baixa. — Assim, não haverá necessidade de que eu fale com você de novo.

Ele se levantou e a reverenciou.

— Defendi você perante Horemheb. Apesar de tudo, sou seu pai, e você tem minha lealdade. Mas é hora de aceitar o quinhão que a vida reservou para você e ficar em paz. Mandarei chamar Tutankhaton de manhã.

Ele aguardou e, quando ela não validou sua reverência nem suas palavras, saiu, fechando a porta pacificamente em seguida.

Era quase meia-noite quando Ay subiu, melancólico, os degraus de seu embarcadouro e, com a escolta de seus guardiães, tomou seu caminho pelo sussurrante jardim sombrio, entrando em sua casa. Ele sabia que não corria riscos por ter revelado seus pensamentos a Nefertiti aquela noite. Ela não tinha mais recurso algum com o qual se insinuar à boa vontade de alguém influente na corte, e era certo que Horemheb não teria nada mais para tratar com ela. *Ele também não confia mais em mim*, pensou Ay enquanto dispensava seus homens, entrava em seus aposentos e, bruscamente, ordenava a seus criados que o despissem. *Nossas opiniões sobre como restabelecer este país à ordem sempre foram opostas, mas agora a divergência entre nós está crescendo rapidamente e pode chegar à total rivalidade. Mas espero que não. No momento, ele está confuso e inseguro sobre como deseja proceder, mas, o que quer que aconteça, não posso permitir que ele tenha ascendência sobre Tutankhaton. Devo permanecer ativo na corte, visitando Smenkhara, mantendo Tutankhaton visível, tentando conter a impaciência de Horemheb.*

Ele jogou a cabeça para trás e manteve os olhos semicerrados, entregando-se ao toque suavizante, respeitoso dos homens que iam e voltavam com água perfumada, roupas limpas, macias, os leques abanando-o rápido. Sua lamparina de cabeceira estava acesa; as outras, apagadas. Seus criados fizeram uma reverência, desejando uma boa noite. Ele permaneceu na sala quente, exausto, mas incapaz de repousar, pensando no assassinato que autorizara do príncipe estrangeiro. Smenkhara já havia esquecido, e Horemheb, considerado uma necessidade militar. *Podíamos simplesmente tê-lo capturado e enviado a seu pai*, pensou. *Suppiluliumas poderia ter considerado tal mudança uma fraqueza, mas podia ter evitado uma posterior deterioração nas relações entre os dois países.*

Ele estava começando a cochilar quando percebeu que a porta abrira e, apoiando-se em um cotovelo, viu sua esposa se aproximar da luz da lamparina. Tey estava prendendo um manto açafrão sob seu queixo. Estava descalça, e seu cabelo grisalho, preso para trás no alto. Na luz suave, as rugas de seu rosto eram invisíveis.

— É tão tarde que achei que você estaria dormindo. — Ele sorriu, batendo de leve no divã.

Tey sentou-se franzindo os lábios.

— Eu o ouvi entrar — respondeu. — Estava acordada esperando você. — Como sempre, não lhe perguntou onde ele estivera. Ela nunca tinha se intrometido em suas intenções ou suas ações, e sua mera indiferença o mantivera próximo dela. — Queria que você soubesse imediatamente da mensagem que veio do palácio depois que você saiu. O bebezinho de Ankhesenpaaton morreu.

444   Pauline Gedge

Ay suspirou:

— Pobre princesa. Sua boneca foi tirada. Devo ir até ela de manhã.

— Kia levou-a a seus aposentos por um período. Os membros da sagrada família do sol foram golpeados, um a um. Parece que a maldição permanece.

— Talvez. — Ele sabia, pelo tom de sua voz, pelo jeito que ela estava mordiscando o lábio, que havia mais. — Continue, minha amada.

— Ay, estou indo para casa em Akhmin amanhã. Os criados podem guardar meus pertences e levá-los mais tarde. Você fez tudo o que pôde para me fazer feliz aqui, mas não suporto mais o sentimento de destruição que paira sobre a cidade. Akhetaton está acabada. O sonho acabou.

Ele não sorriu à sua escolha de palavras. A cidade era realmente um sonho, mas o sonhador estava morto.

— Você ficaria se eu lhe implorasse?

— Não. — Ela pegou sua mão. — Muita coisa mudou entre nós, Ay. O amor nunca pode mudar, mas existe uma diferença entre a espécie de casamento que um dia tivemos, você e eu separados e, mesmo assim, juntos, e o que nosso casamento se tornou. Sou uma esposa egípcia, não um bem móvel, uma concubina bárbara a ser usada. Você me traz seu corpo, mas há muito não conheço mais seus pensamentos. Não o reconheço mais. Desde que Tiye morreu, você se calou. Estou solitária de um jeito que nunca estive, e o trabalho que tenho feito aqui não é bom. Em Akhmin trabalharei, ficarei suja novamente, ficarei contente.

Desolado, ele ergueu a mão dela para sua boca, mas sabendo que ela falava a verdade.

— Devo ficar. Sou necessário. Sinto muito — sussurrou ele. — Devia ter pedido sua ajuda, Tey.

— No entanto, você não pediu; além disso, não acho que eu poderia tê-la. Minha presença não tem sido suficiente para fazê-lo feliz. Então, eu me despeço de você, meu marido. Venha para Akhmin como você costumava nos velhos tempos, de surpresa, porque você queria.

— Certamente irei visitá-la, Tey, e verificarei todas as suas necessidades — disse de modo vigoroso.

Ela se inclinou e o beijou ligeiramente, mas ele era muito orgulhoso para puxá-la para seu lado. Muito depois que ela se fora, a fragrância de seu perfume permaneceu em sua pele, no lençol onde ela sentara, e uma torrente de lembranças passou por ele com uma força cruel, deixando uma saudade que não abrandaria com o tempo.

26

Nas semanas que se seguiram à coroação de Smenkhara, Ay notou que com frequência seus pensamentos se voltavam para as últimas palavras de Tey para ele. O sonho de Akhetaton não estava acabado por completo. As pessoas que a habitavam agarravam-se a seus restos como se estivessem com medo de que, se acordassem, desapareceriam. Fora da cidade, o Egito cambaleava e lutava com as demoradas consequências da fome, a falta de oficiais para gerir de maneira eficiente uma administração que de fato desaparecera, o aumento da pilhagem e da violência, porém, dentro de Akhetaton, tudo ainda estava em ordem e era agradável.

— O que os mantém em Akhetaton como moribundos sentados diante de um celeiro vazio? — perguntou Ay a Horemheb em uma explosão de frustração. Os dois tiveram de dar uma trégua desconfortável e muda quando ficou claro que ambos se enfraqueceriam sob o novo regime.

Horemheb tornara-se apático.

— Sinto medo do que está do outro lado — respondeu. — Somente Akhetaton não mudou. Todos na cidade estão com medo de viajar para ver o que aconteceu ao Egito, aquilo em que Tebas agora se tornou. — Ele sorriu de modo severo para Ay. — Smenkhara sabe que não é capaz de governar; ainda está receoso de delegar a autoridade necessária a outros. Ele sabe que não é digno de ser faraó, e isso o torna ainda mais amedrontado e furioso. Você observou bem seu faraó, Porta-Leque? — Ay sacudiu a cabeça. — Então, sugiro que o faça. Quando tiver decidido que algo deve ser feito, vá à minha casa.

Ay preferiu ignorar o desafio no olhar do comandante. Ele esperava que nunca tivesse de ser forçado a formar uma parceria com Horemheb por necessidade. Temia se tornar corresponsável pelos desígnios que exigiriam que ele revisse seu conceito sobre a intangibilidade do faraó. Contudo, a necessidade desse compromisso era mínima, visto que ele despendia muito tempo com Tutankhaton. O príncipe havia se mudado para o palácio obediente e indiferente, onde Smenkhara ignora Ay por completo. Para muitos cortesãos, ele era uma perturbação, uma lembrança da breve loucura que havia surpreendido a realeza do Egito e fora esquecida da melhor forma. No entanto, para alguns, o sangue sagrado em suas veias o tornou digno de galanteio. Os tempos eram incertos, e talvez o pequeno príncipe pudesse se tornar o faraó. O próprio Ay o escutaria enquanto o menino repetisse suas lições, iria observá-lo em suas orações e em sua biga, brincaria com jogos de tabuleiro e lhe contaria histórias de sua mãe. O príncipe tomara o tufo de cabelo castanho-avermelhado de sua mãe para usar dependurado em seu pescoço, guardado em uma minúscula caixa dourada, e Ay com frequência se indagava se Tutankhaton era tão ingênuo quanto parecia. Talvez soubesse que ele precisava do encanto poderoso daquela sorte sempre com ele. Ay cultivou sua confiança e ficava feliz em vê-lo desfrutar a companhia de Ankhesenpaaton. O órfão e a princesa sem amigos se gostavam. Ay sabia que as possibilidades estavam lá, esperando por uma mão impiedosa para manipulá-los.

Smenkhara e Meritaton não davam indícios de gerar um herdeiro. Apesar de inseparáveis, dormindo, comendo e jogando juntos, empenhados em uma constante sucessão de prazeres, eram como duas crianças para as quais as responsabilidades dos adultos eram desconhecidas. Entretanto, havia neles um ar de melancolia, uma premência sombria das necessidades de seus dias e noites que deviam ser satisfeitas a qualquer custo. Suas risadas eram penetrantes e forçadas, seus silêncios, raros, carregados de medo. A alegria de Smenkhara podia se transformar a qualquer momento em fúria, e a de Meritaton, em lágrimas.

Apesar de agora ser o Porta-Leque apenas no nome, Ay era convocado com frequência por seu sobrinho para dar conselhos e, embora nunca fosse ouvido, não perdia nenhuma oportunidade de lembrar-lhe o que se esperava dele. O problema que afrontava o país e que imediatamente causava a maior preocupação era o abastecimento de ouro. O Tesouro estava vergonhosa e perigosamente vazio, contudo os monumentos tinham de ser pagos, os camponeses deveriam ser mantidos vivos para continuar produzindo alimento e trabalhando em projetos de construção, e os dignitários estrangeiros deveriam ser bem-instalados e servidos. As embaixadas começaram a voltar para uma cidade que ainda era bela, para uma corte que ainda se esforçava para ser a mais suntuosa do mundo e para um jovem

A Décima Segunda Transformação   447

faraó e sua rainha que agiam como divindades arrogantes. Entretanto, eles vieram sem os tributos e partiram sem tratados, visto que o Egito com nada ficara para negociar. Horemheb lutou para manter abertas as rotas de ouro da Núbia, porém apenas a riqueza daquela origem não supriria o Tesouro. Cada vez mais, as caravanas que costumavam lançar uma profusão de coisas exóticas e preciosas sobre o país iam para a Babilônia e para o Khatti, e os navios, que um dia haviam cruzado o Grande Mar Verde, receosos de piratas e sabendo que o Egito não mais os protegeria, levavam suas cargas para outro lugar. Nem o faraó podia apelar para os tesouros do templo, já que seu irmão havia empobrecido todos eles.

Forçado a encontrar uma forma conveniente para pagar as dívidas do país, Smenkhara começou a vender no exterior os grãos dos celeiros, os quais estavam mais uma vez cheios. Nenhum de seus novos amigos, que agora eram membros da administração, tentava protestar com ele a respeito de sua estratégia ousada por medo de perder os benefícios. Por fim, Ay solicitara audiência poucos dias antes do início do mês de Khoyak. Akhet, a estação da enchente, estava quase terminando, e o tempo havia esfriado. Os homens confiavam que, em Peret, a semeadura fosse feita com mais tranquilidade.

Smenkhara acolheu a reverência de seu tio com evidente alívio. Quando Ay entrou, ele caminhava sem propósito em volta da ressoante sala de recepção, beliscando as guloseimas postas em mesas espalhadas e afastando de leve os insetos no ar úmido enquanto seus criados o seguiam. Ficou parado enquanto Ay beijava seus pés pintados de hena e então subiu os degraus do trono. Inclinando-se, ele lhe mostrou um banquinho de ébano abaixo. Ay sentou-se, e, com suspiros quase inaudíveis, os criados caíram sobre as almofadas no chão.

— Detesto Akhet — disse Smenkhara. — Metade dele é quente demais para se fazer algo, e a outra metade é muito úmida. Nada além do rio para olhar, fluindo muito rapidamente para passeios de barco. Todos vão caçar no lado afastado da cidade, mas não aprecio matar animais. Quando era mais jovem, gostava muito do rio para mergulhar, porque, naquela época, a pesca era extraordinária, mas certamente agora, que sou faraó, sou proibido de pegar os peixes e comê-los. Akhenaton comia, mas, para ele, não havia nenhum Hapi no Nilo a ser ofendido.

448   Pauline Gedge

— Vossa Majestade pode sempre ir passear de barco em um dos lagos ou atravessar o Maru-Aton.

— Não, não posso. Hoje, tive de sentar aqui e ouvir os sacerdotes de Aton se lamuriarem.

Ah, pensou Ay. *Aí está a causa desse enfado.*

— Vossa Majestade se importaria de contar-me o que eles queriam?

— Se você quer... — Smenkhara puxou um brinco dourado que ameaçava cair. — As oferendas estão se tornando escassas. Cada vez menos veneradores vão ao templo, e os santuários das ruas estão ficando desfigurados. Resumindo, tio, eles não têm o suficiente para fazer e estão ficando entediados.

— O que Vossa Majestade lhes disse?

— Que fossem se divertir.

Ay observou os dedos longos, de unhas vermelhas, removerem o brinco.

— Vossa Majestade considerou fechar alguns dos templos menores de Aton e distribuir os sacerdotes pelo campo para reabrirem e consertarem os de outros deuses?

Smenkhara o fitou.

— Você está louco? Quem vai mantê-los vivos enquanto fingem trabalhar? Além disso, os sacerdotes não gostam de sujar as mãos.

— Eles não teriam escolha. No próximo verão, eles poderiam se favorecer do produto das propriedades rurais no Delta que pertenceram a Amon.

Smenkhara riu:

— Então, você deseja que eu devolva a Amon sua terra? Certamente não. Meus felás estão agora mesmo esperando que o nível do rio baixe para começarem a semear aquela terra para mim. Preciso das colheitas.

Muitas vezes, Ay quisera chamar a atenção do faraó para um assunto de grande urgência, porém um momento mais adequado do que esse não surgira antes. A conversa sobre Amon deu a ele uma abertura:

— Grande Hórus — disse Ay em tom imperativo —, está na hora de enviar uma embaixada oficial para Maya em Tebas, concedendo-lhe permissão para reabrir Karnak, além de administradores ao palácio para ver o que deve ser feito para torná-lo habitável novamente. Vossa Majestade não conhece o temperamento de seu povo. Acredite em mim.

Smenkhara ergueu a mão. O riso havia desaparecido de seu rosto.

— Já fiz como você desejava e causei um grande rebuliço ao escavar uma sepultura nas colinas a oeste de Tebas. Eu fiz, de forma pomposa, minhas orações no santuário de Amon aqui no palácio. Nomeei Pwah — apontou para um jovem com roupa branca de sacerdote atrás dele — como Escriba das Oferendas de Amon na Mansão de Ankheperura. A minha mansão. Minha. Não pretendo devolver nenhuma terra a Amon e empobrecer. Nem pretendo deixar Akhetaton. Durante anos, esperei em Tebas, em um palácio vazio, ao lado de minha inflexível mãe, sentindo saudades de Meritaton, enquanto aqui a música e a dança nunca paravam. Eu desprezo Tebas. Se já era barulhenta e suja na época, deve ser muito mais agora. Fale de qualquer outro assunto! — Sua voz tinha aumentado, e seus ombros curvados pelo excesso de ouro estavam contraídos de raiva.

As palavras de Horemheb retornaram a Ay, e, enquanto observava o sobrinho, ele percebeu, com um arrepio, que estava, pela primeira vez, dando uma olhada perspicaz no faraó. *Quando isso começou?*, pensou desesperado. *Quando os deuses decretaram essa maldição para o Egito? Foi quando Tiye se deitou com seu filho? Ou muito antes, quando ela tomou providências para prevenir seu assassinato contra a ordem expressa do oráculo?* As pernas de Smenkhara estavam abertas, enchendo o trono sob sua roupa escarlate. Apesar de jovem, sua barriga tinha começado a perder a firmeza.

— Majestade — dirigiu-se Ay, embora se sentisse subitamente fraco —, pelo menos envie o vizir do Sul a Tebas para contar às pessoas que podem mais uma vez venerar como preferirem.

Smenkhara sacudiu a cabeça.

— Nakht-pa-Aton! Você quer ir a Tebas e dizer isso às pessoas?

O vizir rastejou para ele, tocando o pé real com a testa.

— Eu acredito que seja desnecessário, Sagrado. As pessoas sempre veneram como preferiram em segredo.

— Entretanto, eles têm de ser avisados em público, têm de ser tranquilizados, ou então... — Ay tinha se levantado. Smenkhara inclinou-se sobre ele.

— Ou então o quê, tio? Você vai me ameaçar, como Horemheb o fez quando eu ainda era um príncipe? Eu lhe dei uma oportunidade na época, mas jurei a mim mesmo que nunca mais daria ouvidos a uma palavra que ele dissesse. Se você terminou, pode ir.

— Há mais uma coisa, com sua permissão. — Ay sabia que não deveria provocar ainda mais a raiva de Smenkhara, porém estava determinado a discutir o assunto que o levara àquele lugar inicialmente. — Esse

450 Pauline Gedge

assunto de vender nosso cereal para estrangeiros. Antigamente, o faraó estocava cereais para os períodos de escassez absoluta. Seus predecessores esvaziavam os celeiros em troca de ouro, e, quando a escassez ocorria, muitos morriam de fome. O Egito ainda está se recuperando da seca e, portanto, encontra-se vulnerável. Eu imploro a você, Hórus, que mantenha os cereais!

— Ah, deixe-me em paz! — Smenkhara deu um olhar furioso para Ay. — Você é um velho intrometido. Deixe o Egito morrer de fome, não me importo. A terra me pertence, assim como tudo o que nela cresce ou nela habita. Eu sou o governante e o deus do Egito. — De mau humor, ele evitou o olhar de Ay. — Parece que tem prazer em me deixar furioso, tio. Você falta ao respeito comigo como faraó e por isso não é mais bem-vindo na corte. — Foi uma dispensa imediata. Ay fez sua reverência e saiu.

Sentado no convés de sua barcaça, tenso, enquanto seus marinheiros se esforçavam para conduzi-lo pela correnteza, Ay ficou mais ciente do perfume de Akhetaton flutuando em volta dele, enfraquecido pela umidade no ar. Flores, árvores crescendo, uma insinuação de incenso entremeada com o mau cheiro de água enlameada, o odor mais antigo do Egito. Risos e o tênue tilintar dos címbalos atingiam seus ouvidos, e, na margem vazante, ele logo percebeu pessoas morenas de roupa branca à medida que um grupo de rapazes e moças corria em meio às palmeiras. *Ele tem uma assustadora semelhança com seu irmão, mas há muito de Tiye nele também*, pensou Ay. *Por isso tenho alguma simpatia por ele. Ele não fará nada para curar as feridas do Egito, mas também não o prejudicará mais. Isso representa algum conforto.*

Caminhando pelas passagens frias de sua casa, pensou ter escutado a risada de Tey vindo de seus aposentos. Parou e voltou em direção ao som antes de perceber que era apenas uma criada limpando e tagarelando. Ele admitia sua culpa por ela ter partido, embora nunca tivesse precisado tanto dela.

Não tentou dormir aquela noite; em vez disso, sentou-se em seus aposentos e cobriu-se com um manto de lã, observando a forma das chamas e das sombras que o braseiro fazia no teto. Diversas vezes, ele esteve a ponto de convocar seu administrador e ditar uma mensagem a Horemheb, mas sempre mudou de ideia. Era impossível. Ele sabia o que Horemheb queria que ele fizesse, em que queria implicá-lo, queria seu apoio, e ele não podia consentir. *Sou um homem de reflexão, não de ação*, pensou ele, *para assas-*

A Décima Segunda Transformação   451

sinar alguém; um egípcio bastante tradicional para contemplar a morte de um jovem que é agora um deus. Tornar-me cúmplice de Horemheb nesse assunto seria também colocar a mim mesmo para sempre sob seu domínio. Deixarei que ele carregue a responsabilidade, e sozinho.

Ele levou a lamparina à sua mesa de cosméticos e, levantando seu espelho de mão de cobre, olhou nele. *Você é um velho estúpido,* pensou de maneira crítica, avaliando as bolsas escuras sob os olhos constipados, a pele áspera, desgastada pelo sol, flácida, a testa com rugas profundas e ressecada, arredondada, a cabeça raspada. *Desista, aposente-se, vá para casa em Akhmin.* Contudo, ele sabia que não poderia, ainda não. Não, enquanto membros de sua linhagem sobrevivessem para perpetuar o poder pelo qual lutaram por gerações para conquistar. Ele tinha uma obrigação com Tutankhaton e com sua neta, Ankhesenpaaton. Deu um sorriso teso para o espelho.

— Você mente para si mesmo, velho estúpido — murmurou. — Espera que Horemheb faça o inconcebível e, assim, estará habilitado a governar como regente em apoio a Tutankhaton, se a morte não o chamar primeiro.

Sabendo da infrutífera e humilhante audiência de Ay com Smenkhara, Horemheb esperou que uma oferta de completa cooperação chegasse a qualquer momento do tio do faraó, mas os dias se passaram sem notícias dele. Apesar da rivalidade entre os dois, Horemheb respeitou a perspicácia política de Ay e, quando em casa e sem tarefa alguma, quando deitava, sem sono, no silêncio, ficava curioso em saber por que Ay não queria agir. Haveria algo que ele próprio negligenciara? Alguma razão, nao óbvia para sua mente objetiva e militar, marcial, porém evidente para Ay, com seu pensamento diplomático, por que o assassinato do faraó não seria conveniente? Horemheb tentou imaginar todas as consequências de tal trama. Ele não necessitava de apoio e, embora soubesse que não era estimado na corte, era de quase todos os outros homens de Akhenaton. Era o exército, por fim, que importava. Ele interrogara seus oficiais em pessoa. Um pouco da fé dos soldados nele fora abalada pela derrota para Suppiluliumas, mas parecia provável que eles lhe dessem apoio se alcançasse a coroa.

452 Pauline Gedge

Reflexivo, tentou lembrar-se de quando a ideia de si próprio como faraó tomara forma, de quando a imperatriz morrera, e, com ela, a crença na autoridade absoluta do Egito que sempre fora conferida à realeza. Quando ele ameaçara o faraó, então um príncipe, com tão pouco, e fora acreditado? Ou acontecera muitos anos antes, quando olhou para o faraó e, pela primeira vez, viu apenas um egípcio indeciso, torturado, dependente dele, de sua amizade, um mero capitão na época?

Horemheb sabia que, para Ay, um retorno à segurança no Egito deveria começar com a restituição de Amon como senhor e o lento restabelecimento de relações diplomáticas com o que restou do império. No entanto, ele discordava. Uma prioridade imediata era a segurança das fronteiras contra o Khatti, outra tentativa de recuperar as dependências sírias do Egito, a estabilidade da Núbia e, só depois, uma volta para os problemas internos do país que levariam muito tempo para serem corrigidos. Não havia tempo para esperar que Ay tentasse esse meio. Ele parecia não ter senso de urgência referente à ameaça de uma invasão do Khatti que poderia começar amanhã e significaria a destruição da soberania do Egito para sempre. Desse modo, considerações como a preservação da divindade do faraó e o lugar legítimo de Amon como principal divindade, seriam inexpressivas. *Salve o Egito primeiro*, pensou enquanto se jogava impacientemente ao lado de Mutnodjme, que, tranquila, tirava uma soneca, *mesmo que isso signifique a destruição da poderosa dinastia que começou com o deus antecessor de Smenkhara, Tutmés I*, hentis *atrás, quando os hicsos foram expulsos desta terra. O maior obstáculo à segurança é o próprio Smenkhara, depositário de toda a autoridade hereditária. Ele deve ser removido. Entretanto, se eu o matar, Tutankhaton assumirá o trono e atrás dele se encontrará Ay, de maneira inflexível, recusando qualquer solução militar para nossos problemas. Eu lucraria com o assassinato? Ay seria mais afável com a ausência de Smenkhara?* Essas eram perguntas cujas respostas não se tornariam claras até que uma ação fosse tomada.

Estou preparado para me amaldiçoar diante dos deuses por tal ato?, imaginava enquanto, noite após noite, as horas insípidas ficavam silenciosas. *Certamente, eles sabem que eu teria servido a meu faraó durante toda a minha vida se ele fosse digno. Contudo, não era. Nem Smenkhara é. Entretanto, um egípcio não serve a seu faraó porque esse faraó é digno de ser servido*, lembrava-se ele. *Ele se rende em submissão à centelha do*

A Décima Segunda Transformação   453

deus dentro do homem, àquela essência imortal passando imaculada de faraó para faraó. Todavia, Akhenaton arrebentou esse fio. Não existe mais? Não sei.

Por muitos dias, ele lutou consigo. Mutnodjme e seus amigos foram para o Norte, para Djarukha e para o Delta, a fim de comemorarem a conclusão da semeadura. Ele permaneceu em sua biga, escondido pela cidade, observando suas tropas executarem os exercícios com o sol reluzindo em milhares de lanças brilhantes e infiltrando-se na poeira asfixiante. Com frequência, ao ouvir os espiões que colocara há muito na residência de Ay fornecerem seus relatórios, lutava contra o desejo de ir ao Porta-Leque, confessar sua agonia, pedir conselho ao velho. Sabia que era apenas uma necessidade de pôr as cartas na mesa para, de alguma forma, se livrar da constante dor da culpa por um ato que ele ainda não cometera. Chegou a considerar uma aproximação de Nefertiti com uma oferta de casamento, mas descartou a ideia com o desdém que merecia. A rainha viúva havia muito estava desacreditada em sua opinião.

Na manhã do primeiro dia de Phamenat, acordou decidido. Calmo, pediu que seus escravos o vestissem, comeu alguns figos secos e foi para o campo de exercícios. Desde a infame derrota do exército, ordenara manobras regulares, impôs marchas e simulou batalhas para os soldados. Nessa manhã, ele se sentou sob um abrigo e observava com atenção à medida que as tropas de choque transpunham sequências de obstáculos nos carros de guerra. O dia estava agradavelmente quente, com uma leve brisa, o céu era uma centáurea azul, e o semicírculo protetor de rochedos lançava sombras frescas sobre a areia. No entanto, Horemheb meditava, insensível ao frescor à sua volta. Quando as tropas, encharcadas, exaustas, foram transportadas em direção aos estábulos, ele convocou seu general favorito para o abrigo. Nakht-Min reverenciou, abaixou-se no tapete, tirando seu capacete azul, e enxugou seu rosto.

— Ainda não estou satisfeito com os homens da Divisão de Esplendor do Aton — disse movendo a cabeça em agradecimento, enquanto Horemheb empurrava o vinho em sua direção. — Eles parecem pensar que, como são uma elite, não lhes cabe ter de aprender a conduzir bigas, assim como estar aptos a lutar. Salientei que os cocheiros são mortos em número alarmante. Nesse caso, quem cuidará dos cavalos para os idiotas orgulhosos? Ah, bem. Nós todos tivemos de aprender.

— Realmente tivemos. — Horemheb sorriu. — E a maioria de nós ainda carrega cicatrizes desse aprendizado.

454 Pauline Gedge

Ele esperou até que o jovem tivesse esvaziado sua taça e, então, disse:

— Nakht-Min, quero que você vá a Tjel. Preciso dos serviços de um assassino medjay.

Nakht-Min concordou com a cabeça calmamente. Ele sabia que Mutnodjme seria o responsável por sua eventual promoção.

— Existem muitos de nossos guardiães do deserto bem mais próximos — contestou. — Mahu poderia trazer um rapidamente do Sinai.

— Não. Não tenho pressa. Quero um homem que tenha bastante experiência e que, sobretudo, nunca tenha estado em nenhum lugar próximo a Akhetaton. Eu o quero em minha casa, e não alojado nos quartéis. Em quanto tempo?

Nakht-Min considerou:

— Tjel é nosso posto avançado na fronteira asiática. Um mês, talvez. Alguns dos medjay são mercenários de Apiru. Você quer um estrangeiro?

— Sim — disse Horemheb lentamente. — Um estrangeiro seria muito bom. Desnecessário dizer, este é um assunto secreto.

— Entendo.

Horemheb sabia que Nakht-Min nunca precisou que repetissem uma ordem. Mudou de assunto imediatamente e, após alguns minutos de conversa trivial, dispensou-o.

Horemheb comeu e dormiu melhor nas semanas que se sucederam e, às vezes, até esqueceu que dera início a seu plano. Era disciplinado o suficiente para esperar com calma por aquilo que o destino lhe mandasse. Mutnodjme voltou abatida e satisfeita do Delta, beijou-o com languidez e mal se levantou de seu divã por quatro dias. Ele realizou uma festa no barco para seus oficiais superiores. Orou ao deus local de sua aldeia natal de Hnes e, também, a Amon.

Não ficou surpreso quando, sentado em seu jardim, na escuridão, uma noite, na primeira semana de Pharmuti, viu seu administrador reverenciando Nakht-Min e um estranho em sua direção. O medjay era o que ele esperara, um homem alto, de cabelos longos, cujas abundantes vestes grossas, sem dúvida, escondiam um corpo forte. O faraó Amenhotep III utilizara o mesmo indivíduo para matar o pai de Aziru. Horemheb desejou, não pela primeira vez, que todo o exército egípcio fosse composto de medjays. Ele lhes deu as boas-vindas e ofereceu-lhes comida e vinho, conversaram sobre os fortes da fronteira e o estado deles. Então, levantou-se para acompanhar Nakht-Min aos degraus do embarcadouro. Retornando a seu convidado, puxou um pouco mais de conversa antes de

A Décima Segunda Transformação   455

apresentar-lhe seus aposentos, advertindo-o a permanecer neles e não falar com ninguém. O homem não fez objeções.

Agora, trata-se de uma questão de sorte, disse Horemheb a si mesmo enquanto ia para seu dormitório. *Sei onde Smenkhara dormirá amanhã à noite. Sei a hora em que ele gosta de repousar e quantos seguidores o protegem, visto que fui eu mesmo quem os nomeou e os treinou. Não posso fazer mais nada.*

Pela manhã, deu instruções adicionais a Nakht-Min sob o rufar de tambores e as ordens em gritos dos instrutores de exercício:

— Traga dois de seus funcionários pessoais para meu jardim hoje à noite. O medjay surgirá dos degraus do embarcadouro em direção à entrada. Mate-o antes que ele chegue na casa, mas seja muito cauteloso. Lembre-se, ele próprio foi treinado para atacar e sobreviver. Se você não for visto, abata-o com pedras e atire-o no rio. Se um de meus criados descobrir você, diga que vinha receber ordens e pegou um intruso no jardim. — Sua voz perdeu o tom incisivo, autoritário. — Você acredita, Nakht-Min, que eu amo e sirvo ao Egito?

— Certamente — respondeu o general, fitando os olhos do comandante. — Sei como cumprir com meu dever.

Horemheb encontrou-se com o medjay à tarde. Mutnodjme, sem saber da presença de um estranho na propriedade, levara seus seguranças e fora para a cidade, e a casa estava tranquila.

— Espero que você não tenha ficado entediado — disse Horemheb, caminhando pelas cerâmicas manchadas pelo sol e sentando-se próximo ao divã no qual o homem repousava, os braços atrás de sua cabeça. O medjay virou o rosto moreno, de traços finos, para o egípcio e sorriu.

— Entediado, não — disse ríspido em egípcio. — Contudo, faz muito tempo que não durmo em um colchão entre lençóis de linho puro. Não pude descansar. Eu me enrolei com meu manto e dormi no chão.

Horemheb ficou pesaroso ao se deparar gostando do homem.

— Vamos ao meu barco, e lhe mostrarei aonde ir esta noite. Como você chegará lá mais tarde é decisão sua, mas minha barcaça estará esperando para trazê-lo de volta. Quero que você mate um homem sem usar corda ou faca.

Os olhos negros continuaram a observá-lo com tranquilidade.

— Certamente quer, mas é muito trabalho — disse Nakht-Min. — Por que não o envenenar?

456   Pauline Gedge

— Porque veneno deixa vestígios, e a causa da morte fica, então, evidente. A suspeita acabará recaindo sobre mim e também sobre outros. Não o estrangule.

— Muito bem. Você me pagará.

— Em ouro, amanhã. Se houver uma mulher com ele, mate-a também.

O homem encolheu os ombros.

— Sou um admirador das mulheres — respondeu. — Que desperdício! Mais ouro.

— Se você deseja, não importa. — Horemheb lutou contra um súbito acesso de náusea, e, com ele, veio um desejo leviano de mandar o assassino matar todos eles, Tutankhaton, Ankhesenpaaton, remover toda a descendência real de forma que seu sangue deixasse o país limpo afinal. Entretanto, logo reconheceu o desejo como um dos semblantes do pânico e se controlou.

— O faraó sabe o que você me pediu? — indagou o medjay casualmente.

Horemheb sacudiu a cabeça.

— Não, e nunca saberá. Venha. Não quero retornar no mesmo horário que minha esposa.

Zingou a embarcação, levando o homem para fora da corrente, afastando-se bem de qualquer olhar na margem que pudesse reconhecê-lo, e os conduziu remando além da fronteira sul da cidade até que estivessem no nível de Maru-Aton. Uma vez ali, descreveu o pavilhão nas árvores, os horários das trocas de guarda, a disposição das salas. Enquanto falava, observou com desconforto o olhar do homem que aos poucos se estreitava, a rápida conjetura sobrevindo, mas sabia que os medjay eram treinados para serem fiéis a seus superiores. A maioria deles não conhecia o Egito, exceto a fronteira, e a ideia de servir a um deus que nunca veriam não era interessante para eles.

Sua independência era tanto uma ameaça quanto uma força para o Egito, e todo comandante egípcio conhecia e respeitava sua posição peculiar nas graduações do exército. Enquanto Horemheb girava o barco, pediu ao homem que repetisse o que lhe havia dito, e assim ele o fez sem muita dificuldade. Nada mais havia a ser feito, a não ser retornar a casa e esperar o anoitecer.

Smenkhara foi cedo para seu divã naquela noite, ficando acordado por um instante para escutar o vento nas árvores do bosque junto aos muros do

A Décima Segunda Transformação   457

pavilhão. Ele nunca compartilhara a aversão de Meritaton por Maru-Aton, e possuí-lo preenchia-o com um prazer de proprietário. Passou a odiar seu irmão, mas, relutante, reconhecia Maru-Aton como um empreendimento que transcendia a fraqueza do faraó. Akhenaton amara o mundo natural com paixão e usou esse amor na criação do palácio de verão. Para Smenkhara, havia uma qualidade de pureza que ele não podia mais encontrar dentro de si mesmo. Sabia que seu irmão corrompera tanto ele quanto Meritaton, de modo que já tinham acabado com sua juventude, mas aqui, onde havia o perfume de lótus e o murmúrio de águas límpidas, ainda podia esperar que, um dia, os dois estivessem curados.

Contudo, nessa noite não dormira por muito tempo. Logo acordou e franziu as sobrancelhas na escuridão. Embora a calidez dos braseiros o deixasse sonolento e ele cochilasse novamente, acordou somente uma hora mais tarde, oprimido com uma ansiedade infundada. As sombras movimentavam-se pela janela. Os pássaros bradavam com sonolência. Seus seguranças davam passos de um lado para outro, figuras negras de tranquilidade. Como costumava acontecer no passado, seus pensamentos voltavam-se para sua mãe, o gélido brilho azul de seus olhos quando ele a irritara, a sensação de seus braços em volta dele nas poucas ocasiões quando houvera ternura entre eles. Fantasiou que podia sentir o forte odor de almíscar de seu perfume. *Ela nunca me amou realmente*, pensou, virando-se e puxando o lençol sobre o ombro. *O único homem que teve seu afeto foi meu pai. Como ele era o deus de quem as pessoas falam com tanta admiração?* Smenkhara realmente não se importava de que, no fim, todos eles tivessem se aproveitado dele e traído tanto ele próprio quanto seu pai, sua mãe e seu irmão grotesco. Todavia, nas horas indefesas de escuridão, com frequência assumiam proporções mais humanas em sua mente, pegando-o de surpresa e enfraquecendo o muro de solidão que o protegia. Ele desejou que tivesse ordenado a Meritaton que dormisse com ele essa noite. Teria apreciado o calor de outro corpo ao seu lado. Ouvindo os suspiros e murmúrios de seu criado, inconsciente na extremidade do quarto, quase o chamou, mas mentalmente encolheu os ombros e mudou de ideia. O homem não lhe daria aquilo de que ele precisava. Nem Meritaton, tampouco os dóceis jovens que ele às vezes persuadia para sua cama. Dormiu novamente.

Não acordou quando o medjay, com passos suaves, atravessou a janela e agachou-se ao lado do divã. Smenkhara estava próximo ao rio, na sombra de uma tamareira, observando a si mesmo livremente adormecido

458 Pauline Gedge

aos pés da árvore no calor de uma tarde de verão, e, apesar de não poder identificar pela vegetação, sabia que estava em algum lugar na propriedade de Malkatta. Com alívio, notou que seu eu adormecido começou a sorrir, e o sorriso ficou mais amplo e mais apertado, até que a boca pintada foi esticada e se rompeu. Não houve sangue, e ele percebeu que seu outro eu não acordara. Uma grande sensação de bem-estar cresceu dentro dele, e, embora soubesse que estava sonhando, foi capaz de reconhecer o bom presságio. Algo que ele temia seria explicado pelo deus. *Farei oferendas para Amon de manhã*, disse a seu eu em sonho. *Tenho de correr e contar à minha mãe.*

Ele não acordou quando o medjay moveu lentamente a almofada sob sua cabeça e puxou vários lençóis. O homem trabalhou sem pressa. Ele hesitou uma vez, com um punhado de lençóis suspensos sobre a boca entreaberta de Smenkhara e a respiração quente do jovem sobre seus dedos. Não era um momento de indecisão; era, mais propriamente, uma invocação de sua força. Os olhos abriram-se enquanto ele forçava o lençol na boca e pressionava a almofada sobre o rosto. Esse era o momento mais perigoso. Os grunhidos sufocados do homem agonizante podiam despertar os criados, ou os membros extenuados podiam fazer barulho demais. O medjay montou no tórax de Smenkhara, prendendo os braços, de forma que as unhas não pudessem arranhá-lo. Ele não gostava de matar desse modo, levava muito tempo. Manteve a pressão na almofada, seus joelhos contra os braços frenéticos até que a resistência diminuísse e, por fim, cessasse. Ele acabara de recolocar a almofada sob a cabeça refestelada e removeu o lençol da boca quando uma voz sonolenta perguntou:

— Majestade, chamou-me?

Rapidamente, o medjay fechou as pálpebras e deslizou descendo do divã, mas o criado não se foi. Ele o percebeu sentando-se, escutando, mas, um minuto depois, deitou-se outra vez com um suspiro. Quieto, o medjay não se mexeu. A noite estava se diluindo. Rá estava na última Casa de sua transformação.

Afinal, ele se levantou e, inclinando-se sobre o corpo de Smenkhara, inspecionou-o com cuidado. O jovem estava morto. O medjay ficou relaxado, ponderando, e somente quando tomara uma firme decisão passou pela janela e entregou-se às sombras. Ele havia assassinado um deus e sabia disso. Mesmo se a indagação do criado não tivesse confirmado suas próprias suspeitas, ele teria pensado duas vezes quanto a retornar à casa do comandante.

Ele saiu de Maru-Aton, distante do rio e pelo deserto sombrio em direção aos rochedos protetores.

A morte de Smenkhara, embora fosse um choque para os cortesãos, que viam os faraós sucumbirem apenas com idade avançada ou após doenças incuráveis, seguiu tão próxima de outras tragédias reais que a excitação causada logo foi dissipada. No entanto, os habitantes mais supersticiosos da cidade murmuravam entre si que o destino do jovem não podia ter sido evitado. A maldição trazida para a família governante do Egito e seus súditos infelizes devia ainda prosseguir seu curso, e a fúria dos deuses, uma vez despertada, era difícil de apaziguar. Teria um agente sobrenatural atingido o faraó, visto que não foi significante que os médicos reais não puderam encontrar nenhuma marca no corpo do soberano, apesar de o rosto estar inchado e descorado? Nas residências e no comércio, os boatos eram furtivos e apreensivos.

Os espiões de Horemheb levaram-lhe notícias da indiferença da corte e a amedrontada conjetura da cidade. O rumor não o alarmou, pois os dedos de acusação estavam apontados para os deuses, não para os vivos. Após uma breve conversa com Nakht-Min, que aguardara toda a noite no jardim do comandante por um homem que não aparecera, percebeu que sua segunda vítima fugira, mas não se importava. O medjay manteria seu plano. Horemheb fez o que se esperava dele: ordenou que o criado de Smenkhara fosse severamente açoitado e o demitiu; também repreendeu os seguidores que nada tinham ouvido ou visto. Suas ações e palavras não levantaram suspeita.

Somente duas pessoas conheciam a verdade. Ay ficou ao lado de Horemheb até o raiar do dia, velando o cadáver estendido do faraó, enquanto Meritaton gritava e soluçava aos seus pés, e o criado se prostrara e tremia diante da multidão de cortesãos e sacerdotes que se aglomeravam na sala.

— Você também devia ter matado Tutankhaton — disse a Horemheb em voz baixa, encoberta pelo barulho e pela confusão. — Agora, se você quiser a coroa, terá de esperar. Seu julgamento foi prejudicado, comandante.

— Manchei minhas mãos com sangue por você também — respondeu Horemheb suavemente. — Você não tinha coragem de fazê-lo por si mesmo. Olhe para ele! — Ele se deslocou na direção do cadáver retesado. — Ele não valia nada. O Egito está em crise, e os deuses nos dão isso!

460 Pauline Gedge

Temos sofrido o suficiente. Acredite-me, Ay, não sou um traidor. A coroa certamente irá para Tutankhaton como o herdeiro legítimo.

— Você não tem escolha — respondeu Ay, afastando Horemheb do divã. — Outra morte real apontaria o dedo para você. Eu não seria suspeito. Não sou o tio dos dois deuses? Se você os tivesse atingido juntos, o fato ainda teria sido visto como desagrado divino graças ao presente clima de pavor supersticioso em Akhetaton. Você não teme os deuses, Horemheb?

— Sim, velho amigo, eu os temo — disse Horemheb vagarosamente, a sombra de um sorriso perpassando por sua boca —, mas são os deuses Amon, Rá e Khonsu que temo, não o deus febril do que restou dessa dinastia insana. Não tem havido nenhum faraó verdadeiro no Egito desde Osíris Amenhotep. — Ele se inclinou mais próximo de Ay, e sua voz se soltou ainda mais. — Percebo sua nova confiança. Tutankhaton o ama e o respeita. Desfrute o renascer de seu poder. Se você o usar para o Egito, será deixado em paz.

A resposta de Ay não foi pronunciada, visto que se fez um silêncio assim que as portas se abriram, e aqueles presentes puxaram suas vestes para perto de seus corpos e olharam a distância enquanto os sacerdotes mortuários entravam. O pegajoso mau cheiro de morte movia-se com eles onde estivessem, e mesmo os privilegiados por manusear os corpos de deuses eram considerados impuros. Eles entraram enfileirados na sala com a cabeça abaixada, e, um a um, os membros do grupo passaram rapidamente por trás deles. Pwah e outros sacerdotes de Amon esperavam com incensórios no intuito de purificar a sala quando levaram Smenkhara.

Somente Meritaton desconsiderava a presença deles. Aconchegada no divã, ela se agarrou aos pés de seu marido, seu rosto escondido neles, enquanto os homens da Casa dos Mortos se afastavam dela sem jeito. Horemheb apontou com a cabeça para seus criados. Em reverência, eles a puseram em pé.

— Servos de Ma'at — disse Horemheb repentinamente aos sacerdotes mortuários —, o deus que vocês estão prestes a tocar parece ser homem, e, assim, vocês o ornamentariam com os braços ao lado do corpo. No entanto, esse Hórus era, de fato, mulher, amante de Osíris Akhenaton. Consequentemente, ele desejaria ser colocado em seu esquife na postura de uma mulher, com o braço direito estendido, mas com o esquerdo dobrado sobre o busto, de forma que possa ser reconhecido como mulher no próximo mundo. Vocês entenderam?

A Décima Segunda Transformação   461

Os homens aquiesceram, não ousando poluir a sala com sua respiração. Ay lançou os olhos para Meritaton. Apesar de não estar mais chorando, os soluços continuaram a agitá-la, e seus enormes olhos acinzentados estavam fixos em Horemheb com horror. Antes que ela pudesse falar, ele moveu a cabeça outra vez, e suas criadas a levaram.

— Não acho que seja necessário manter o cadáver por cinco dias antes de liberá-lo para a Casa dos Mortos, não é? — perguntou Horemheb, virando-se para Ay. — Mesmo que Smenkhara fosse mais mulher do que homem, não posso imaginar qualquer sacerdote mortuário luxurioso querendo aviltá-lo antes que comece a deteriorar.

Ay mal conseguia responder.

— Devo me purificar imediatamente — murmurou, dirigindo-se à porta. Ele não sabia se desejava se purificar da presença dos sacerdotes mortuários ou da ferocidade inexplicável de Horemheb.

A corte em Akhetaton estava preparada para aceitar a morte de Smenkhara pelas mãos dos deuses. Logo não pressionou para que o assunto continuasse a ser investigado. Contudo, Horemheb sentiu-se ameaçado, não pelas revelações do assassino ou por seu general, Nakht-Min, mas pela agonia da rainha. As acusações procediam de Meritaton como se as palavras pudessem aliviar sua perda, mas tudo o que ela dizia voltava contra ela. Ela não permitiu que ninguém a confortasse. Ay foi proibido de entrar em seus aposentos. Ankhesenpaaton, ainda se afligindo por sua filha, procuraria sua irmã e ficaria silenciosa por horas, enquanto Meritaton bebia e chorava, invocando toda maldição que conhecia sobre Horemheb e sua casa.

Horemheb esperou que a tempestade diminuísse, mas Pakhons passou, a colheita começou, e Meritaton ficou ainda mais instável. Suas lágrimas cessaram, mas as recriminações continuaram ser declaradas em público. Horemheb viu a dúvida nos olhos daqueles à sua volta e percebeu que Meritaton devia ser silenciada. Nada podia ser provado contra ele, mas era inevitável que o fluxo constante das palavras odiosas afetasse a confiança daqueles que simpatizavam com ele. Acima de tudo, Tutankhaton, apesar de encontrar Horemheb apenas em ocasiões formais, estava começando a observar o supremo comandante de todas as forças de Vossa Majestade com olhar especulativo.

462 Pauline Gedge

Durante semanas, Horemheb hesitou em tomar qualquer atitude contra Meritaton, dividido entre a piedade e o instinto de autopreservação. Começou a evitar a maioria dos banquetes formais de que Tutankhaton participava, mas por temer atrair muita atenção a seu comportamento não se afastava por completo. Em consequência, uma noite próxima ao fim do período de luto, ele estava presente quando Tutankhaton e seu séquito jantavam na ampla sala de banquetes de Akhenaton. O pequeno herdeiro sentou-se no trono com Ay a seu lado, sua meia-irmã Ankhesenpaaton à sua esquerda. Ela dera a Tutankhaton um novo filhote, um gansinho cuja penugem verde tinha apenas acabado de ser trocada por penas brancas macias.

— Você logo será a encarnação de Amon-Rá, a Grande Ave Cacarejadora — dissera a ele. — O ganso é o símbolo de sua santidade. — Esta noite o ganso reteve toda a atenção deles. O garoto mandara fazer para o animal uma coleira dourada e agachava-se sob a mesa entre eles, pegando os pedacinhos de comida que ofereciam e sibilando terrivelmente para cada criado que se aproximava. *É bom ouvi-los rindo*, pensou Ay. *Malkatta costumava se deleitar com risos. Como nos tornamos tristes e circunspectos!*

Seu olhar desviou-se para Horemheb, que se divertia com sua comida, sua cabeça baixa com fitas azuis, enquanto Mutnodjme murmurava em seu ouvido. Ay percebeu seu coração avivando-se quando olhou para sua filha mais nova. Apesar da vida de libertinagem que levava, o tempo cuidara dela com delicadeza, e, aos trinta e cinco anos, ainda estava cercada por grupos de jovens cocheiros admiradores que haviam começado a nutrir sentimentos por ela quando estava com vinte e poucos anos. Essa noite, a trança que ela ainda usava estava amarrada com fitas, presa à sua cabeça com guizos prateados dependurados. A maquiagem de seus olhos era prata, e o braço dado frouxamente ao de seu marido estava pesado com amuletos prateados. Ela misturara pó prateado à hena de seus lábios, de forma que seus dentes pareciam levemente amarelos, sua pele pálida, as pálpebras tingidas de amarelo. Como toda moda pela qual ela tinha predileção, o conjunto beirava o bizarro, porém, de alguma forma, fascinava mais propriamente do que repelia. Ay se encheu de um repentino saudosismo e lembrou-se de sua juventude ao vê-la hesitante cada vez que falava algo picante para Horemheb e parava para mordiscar seu lóbulo. *Que direito ela tem de permanecer intacta?*, pensou. *Por que os deuses pouparam-na quando o restante de nós foi induzido jovem e*

A Décima Segunda Transformação   463

inocente para as passagens obscuras da necessidade para emergir deformado e desonrado?

Ela percebeu seu olhar e ergueu os olhos sorrindo, mas ele não retribuiu, visto que, de imediato, um silêncio desabara. Ay seguiu os olhares da multidão para o fundo do salão. Meritaton surgia das sombras onde a escuridão penetrava entre as colunas. Ela se moveu à frente, deixando o apoio da pedra. Uma corrente de ar quente agarrou suas roupas brancas pregueadas e esvoaçou-as à sua frente, seus cabelos pretos, despenteados, batiam no rosto sem maquiagem. Seus pés estavam descalços. Em uma das mãos, ela apertava o diadema da serpente, enquanto a outra segurava uma taça de vinho. Hesitante, o grupo desceu à sua frente enquanto ela caminhava entre as mesas com cuidado exagerado. Quando alcançou o trono, fez reverência para Tutankhaton, e o gesto a levou à frente, caindo em um degrau, o que a fez ficar agitada por um momento. Os criados que a acompanharam hesitaram, seus olhos medrosos em Ay. Ankhesenpaaton pegou o ganso e abraçou-o como se quisesse protegê-lo. Tutankhaton inclinou-se na direção de seu tio.

— Devo pedir que tragam uma mesa para ela ou que a removam? — murmurou. — Parece que ela vai ficar doente.

Ay hesitou. Meritaton pôs a taça no degrau a seu lado e, tomando o diadema nas mãos, colocou-o em sua testa. Os seguidores olharam para Horemheb, que começou a se levantar, porém seu pequeno movimento fez a cabeça de Meritaton girar.

— Vocês, cortesãos, não parecem se importar com que demônio jantam — disse de modo grosseiro, levantando-se. — Todos vocês sabem o que o supremo comandante fez. Sua presença aqui azeda seu vinho e envenena sua carne, todavia vocês conversam e riem como se isso não importasse. Oh, futuro faraó — dirigiu-se ela a Tutankhaton sem tirar os olhos de Horemheb —, de quem são as mãos que vão ficar invisíveis em volta das suas quando erguerem o cajado, o mangual e a cimitarra? Nós nos tornamos um povo amaldiçoado! — Sua voz aumentara, ecoando no teto escuro, e, enquanto falava, levantou os braços nus, os pulsos cerrados.

Calmo, Horemheb levantou-se e caminhou para seu lado.

— Majestade, precisa dormir — disse com tranquilidade. — Está aflita.

Virando o rosto desfigurado para o dele, ela começou a chorar. Suas pernas estavam tortas para manter o equilíbrio. Ela cheirava a vinho, pele não lavada e lágrimas não enxugadas, mas o resplendor da serpente em sua testa dava-lhe dignidade.

464   Pauline Gedge

— Aflita? — perguntou asperamente. — Meu coração foi arrancado, e você ousa se colocar diante de mim e dizer tal blasfêmia? Queria saber que pensamentos sua esposa tem quando está nos braços do assassino de um deus. Meus braços estão vazios. Vazios! — As lágrimas sufocaram-na, e Horemheb a agarrou quando ela se jogou ao chão. Ao severo comando de Horemheb, suas criadas sustentaram-na e levaram-na, seus soluços ficando mais débeis.

Ninguém ousou olhar ao redor, e o único som era o suave grasnar do ganso enquanto mordiscava o brinco de jaspe de Ankhesenpaaton. Tutankhaton ficara muito pálido. Enfim, ele se levantou e, com esse movimento, o grupo de pessoas, paralisado de assombro, prostrou-se diante dele enquanto saía do trono com seu séquito e desaparecia pelas portas mais próximas. Mantendo as aparências, Horemheb permaneceu um pouco mais, bebendo e conversando com Nakht-Min e os outros oficiais cujas mesas foram arrastadas próximas às dele, todo o tempo sentindo os olhares dos cortesãos. Por fim, levantou-se e, dizendo boa-noite à sua esposa e aos amigos, precipitou-se nos corredores sombrios em direção aos aposentos da rainha.

Educadamente, os seguranças de Meritaton tentaram negar-lhe a entrada. Como seu superior, ele podia tê-los removido, porém conversou com eles com paciência e sensatez, ciente de seu temor irracional. Ao final, eles o deixaram passar. Nas portas de seus aposentos, o arauto e o administrador mais uma vez barraram sua passagem. Resignado aguardou enquanto o administrador foi indagar se ele poderia entrar. Horemheb esperava ser recusado, mas logo foi conduzido aos aposentos que foram de Nefertiti. Ela ainda assombrava o quarto. Sua imagem sorria arrogantemente das paredes, linda e régia, sob a eminência da coroa do sol. Suas mãos douradas, pesadas com anéis, ainda faziam oferendas ao Aton enquanto seu marido sustentava o *ankh*, símbolo da vida, junto a seus lábios sorridentes, e o próprio Aton tocava-a com seus raios. Essas coisas já pertenciam a um passado impenetrável. Horemheb andou devagar até o imponente divã com seu disco solar dourado, sua estrutura em forma de esfinge, os pés como garras. A diminuta figura, enfezada em seu íntimo, observava-o ir à frente. Ele a reverenciou.

— Por que você me deixou entrar? — perguntou.

— Você não tem nenhum respeito por mim como sua rainha — respondeu, aparentando estar exausta. — Se tivesse, teria esperado que eu falasse em primeiro lugar. Contudo, ainda sou a rainha do Egito, ao menos até Tutankhaton ser coroado. Não sei por que o deixei entrar. Não acho que poderia ter impedido de qualquer maneira, assassino.

Ela parecia mais forte, mais lúcida, e Horemheb pensou que ela devia ter vomitado o vinho.

— Majestade, você sabe que seu pai destruiu Smenkhara bem antes de mim — retrucou calmamente. — Eu não deveria vir a você esta noite. Não tenho de me justificar a você. Você era sua esposa. Você sabe melhor do que eu como ele estava se tornando semelhante a seu pai. Ele também o sabia.

— Não era motivo para matá-lo. — Ela ficou calada, as mãos pálidas frouxas nos lençóis, suas faces úmidas, e Horemheb percebeu, de imediato, que ela não era mais uma jovem. Em sua mente, ela permanecera uma garota que trouxe e fizera os primeiros contatos de Smenkhara em Akhetaton, a filha resoluta, sorridente, de Aton. Ela levantou o olhar para ele com desprezo. — Você pode não ter de se justificar para mim, Horemheb, mas esteja seguro de que Aton o julgou. Smenkhara teria feito qualquer coisa que você dissesse a ele, contanto que fôssemos deixados a sós. — Sua voz tremeu. — Entretanto, você tirou a única chance de felicidade que tínhamos.

— Era tarde demais — interrompeu ele de forma brutal. — E a senhora sabe disso, Majestade. Smenkhara resistiu a mim. Resistiu a Ay da mesma forma. Ele queria ficar sozinho em uma época em que o Egito precisa do poder curativo de um deus. — Espontaneamente, ele se sentou na ponta do divã. — Em poucos dias, ele será enterrado. Eu lhe dou uma escolha, Meritaton. Não quero prejudicá-la. Você pode fechar sua boca e morar aqui em paz. As lembranças dos homens são curtas. Se você não ficar calada, eu a exilarei.

— O Egito já mortalmente ferido quando um mero nobre pode ameaçar a deusa e ficar impune — murmurou ela. — Você pensou nisso, comandante? Apesar do poder que aos poucos concentra em si mesmo, o abismo entre nós nunca pode ser transposto. Você acredita que me interessa se vou continuar a viver ou não, mas, sob esse aspecto, suas ameaças são inexpressivas. Não me importo. Isso me faz perigosa, não é?

O desafio patético o excitou. Tomando sua mão fria, disse:

— No começo, Majestade, eu era amigo de seu pai. Nós todos éramos. Almejávamos mudança. Osíris Amenhotep reinara por muito tempo. No entanto, seu pai foi tomado por um estranho fascínio e levou todos nós à ruína. Nós nos tornamos pessoas que fazem o que deve ser feito e que não questionam a moralidade de seus atos. Isso é o que seu pai fez por nós. Seu marido, um deus, não era diferente. Queria que você entendesse.

466 Pauline Gedge

Sua mão permaneceu na dele, inerte.

— Você se tornou malvado e ainda não reconhece — disse com desânimo, o rosto virado. — Não tenho nem mesmo um filho para manter sua lembrança viva diante de mim à medida que os anos passam.

Ele suspirou e levantou-se.

— Sinto muito. Akhetaton tornou-se a sepultura das esperanças para todos nós. Somente no próximo mundo todas as feridas poderão ser curadas.

— Seu hipócrita! Que suas palavras queimem sua garganta e murchem seus lábios mentirosos! — Ela gesticulou com violência, e ele a reverenciou e caminhou rapidamente para as portas. *Sua fala*, refletiu ele, *estava à altura de sua mãe.* Sua maldição permanecia com ele, uma minúscula marca de frieza em seu coração.

Mutnodjme não estava adormecida quando, por fim, ele, exausto, fechou as portas. Estava deitada no divã dele em seu traje de dormir, o rosto lavado com aspecto juvenil, assistindo à acrobacia de seus anões. Quando Horemheb entrou, eles acenaram ligeiramente para ele e saíram correndo.

— Pensei que você estivesse trancada em seus aposentos esta noite — disse enquanto seu criado de quarto segurava os lençóis e ele, de maneira agradável, escorregava ao lado de sua esposa. O homem fez uma reverência ao sair, e a luz bruxuleante da lamparina que segurava aos poucos era substituída por uma faixa de luar sombria na escuridão. Mutnodjme deslocou-se para o lado de Horemheb, e sua voz surgiu cálida e íntima da escuridão:

— O amor é surpreendente. Hathor nem sempre se parece com uma vaca; às vezes, penso que ela tem a mente de uma. Nós, seus devotos, vagueamos cegos atrás dela — muu-muu —, muito depois que os prazeres lancinantes que Bast tem a oferecer começaram a se tornar insípidos. Pouco permanece do jovem general honesto e severo com quem eu me casei, Horemheb. Você ainda é o homem mais bonito do Egito, mas o que percebo por trás desses seus olhos negros não é muito atraente. Acho que não me divorcio porque você paga minhas terríveis dívidas.

Como resposta, ele a puxou para si e a beijou, profundamente agradecido por essa mulher indolente, enfurecida que a imperatriz morta empurrara para ele. *Enquanto eu tiver Mutnodjme*, pensou, *sei que os deuses ainda não me condenaram.*

27

O corpo de Smenkhara foi conduzido ao sul, a Tebas, para sepultamento na tumba lá preparada para ele. Percorreu a lenta corrente do rio de verão, olhares profanos escondidos na cabine de *Kha-em-Ma'at*, enquanto sacerdote Pwah e a silenciosa Meritaton, que bebia constantemente, assistiam a tudo. Tutankhaton, Ankhesenpaaton e Ay seguiam, e os membros da corte se enfileiravam atrás em seus barcos. A colheita terminara. O Egito estava tórrido sob o peso de um céu abrasador, e parecia, àqueles que vagueavam lentamente pela parte superior marrom-escura do Nilo, que deixaram um abrigo de segurança luxuriante apenas para transpor os perigos de uma terra hostil. Nenhum enlutado ficou com os braços estendidos à margem para chorar, enquanto o cortejo do funeral passava. A vegetação quebradiça, asfixiada, que formava uma estreita barreira entre a água e os campos, tremeluzia, despovoada de vida humana no calor. Aldeias pareciam abandonadas. O gado estava imóvel sob a pouca sombra das palmeiras empoeiradas, e jumentos refrescavam-se, cabeças reclinadas nos baixios, mas nenhum menino esfarrapado da aldeia os arrebanhava. Os crocodilos queimavam no calor dos bancos de areia.

À medida que as horas passavam, um silêncio apreensivo começou a tomar conta da flotilha. Tutankhaton sentou-se em uma cadeira dobrável de viagem sob um toldo, olhando incrédulo, como se seu direito de primogenitura o impelisse.

— O Egito é feio — disse com raiva para Ay a seu lado. — Por que todos o consideravam bonito?

— Alteza, é alto verão, isso é tudo — retrucou calmamente, entendendo que o menino não podia se lembrar de um dia ter estado em algum lugar, exceto no encanto refinado de Akhetaton. — Logo Ísis chorará, e a terra se tornará um lago, e, quando a água baixar, o Egito será formoso outra vez.

— Não é bem isso — respondeu Tutankhaton. — O Egito está... está desamparado. — O príncipe tinha apreciado a palavra difícil e estava sorrindo por sua mestria, de modo que o próprio Ay admitiu que a avaliação precoce do menino era correta. Eles agora navegavam diante de um

468   Pauline Gedge

pequeno templo e podiam ver uma de suas colunas ruídas e as outras entortando por desgaste. O gramado pardo quase ocultava a calçada do átrio. Não era a primeira de tais ruínas. Ele vira roupas penduradas para secar em locais sagrados, pequenos incêndios enegrecendo os santuários, brinquedos grosseiros dos filhos de camponeses espalhados em volta de imagens danificadas de deuses locais. *A tarefa é muito grande*, pensou ele, seu coração palpitando irregularmente com o calor e seu temor súbito. *O Egito está morto. Não queria ver isso. Nenhum de nós queria. Estou com medo de considerar o estado de Tebas.*

Eles ancoraram por uma noite em Akhmin, e Ay foi transportado em sua liteira para visitar Tey. Caminhar pelo jardim em direção à casa abandonada fez com que ele se sentisse um *ka* voltando a tempo. Tinha certeza de que veria Tiye surgir correndo da penumbra do pórtico com Anen a seu lado. A experiência o encheu de pavor. Aqueles anos, tão distantes agora e ocultos sob uma existência, retinham lembranças mais vívidas para ele do que as visitas mais recentes, quando fora para lá de Malkatta como um homem vigoroso, arrogante, para se livrar por pouco tempo das exigências de sua irmã enérgica. Passou a noite conversando com sua esposa sobre o que vira no rio, mas foi, por fim, forçado a reconhecer, durante sua conversa, que não era diferente dos homens e das mulheres com os quais estava compartilhando essa jornada, que em algum lugar, de algum modo também havia sucumbido ao sonho e, na realidade, não queria acordar.

De início Tebas foi, um alívio, um vislumbre de remota perpetuidade. Embora o grupo aproximasse o navio dos degraus do embarcadouro de Malkatta, era óbvio, até mesmo a distância, que a cidade à margem oriental, apesar de agora retraída e com muitas construções em ruínas nos povoados, não mudara muito fisicamente. Em todos os lugares que Ay olhava, seus olhos caíam em algo familiar: a configuração de pequenas ilhas no meio do Nilo, a elevada altitude das torres de Karnak contra o azul-escuro do céu do meio-dia, a transparente cortina de poeira não hostil sobre tudo. Os armazéns à beira da água estavam prestes a ruir, muitos destelhados, e a maioria das docas de desembarque desaparecera por completo, mas ainda assim era Tebas. Então Ay sentiu uma opressão abandoná-lo. Mesmo o povo atropelando-se e blasfemando entre si fez com que ele risse antes que sua barcaça se movesse para a margem ocidental e se afastasse. Eles não pareciam hostis nem acolhedores, mas ávidos por um espetáculo que lhes fora negado durante anos.

A Décima Segunda Transformação   469

No entanto, Malkatta estava destruída. O canal ascendente, no qual os reis haviam circulado, estava obstruído com lodo, os degraus do embarcadouro diminuíram com o crescimento da vegetação, as fontes estavam secas, o poderoso rio agora nada mais era do que uma poça de água salobra. Um envelhecido Maya e muitos sacerdotes de Amon atiravam-se aos pés de Tutankhaton, chamando-o de Majestade, muitos deles aos prantos, mas Ay olhou além para a floresta imponente de colunas brancas que defrontava o palácio de Amenhotep. A porta para o jardim das mulheres estava dependurada por uma dobradiça torcida. O gramado se tornara areia. Muitas árvores já haviam morrido, e outras mais estavam desarraigadas sobre os canteiros de flores obstruídos pelas ervas daninhas. *Os criados deixados para cuidar das salas vazias, esquecidos e não pagos, devem ter ido há muito tempo*, pensou Ay, *e somente um temor dos mortos tem evitado que os cidadãos de Tebas saqueiem tudo.*

Com Tutankhaton a seu lado e os sacerdotes o seguindo com zelo, Ay entrou na sala de recepção. Apesar do ar seco, um cheiro de mofo e desuso atacou suas narinas. O chão estava encoberto com folhas mortas e resíduos secos não identificados. Ay cruzou a sala decidida, passou pelo trono sob o baldaquino, cujos ornatos de serpentes e esfinges ainda vislumbravam dourado, e pelas grandes portas ao fundo. Enquanto caminhava, revivia lembranças que sussurravam em suas costas, murmúrio em turbilhão na poeira a seus pés de forma que, quando entrou nos aposentos de Amenhotep, mal pôde suportar suas exigências abafadas. Ali, a força da grande personalidade do faraó ainda perdurava. Bés ainda circulava, gordo e luxurioso pelas paredes, e uvas ainda pendiam, sua cor firme, das vinhas entrelaçadas das colunas de madeira.

— Tenho que dormir aqui? — protestou Tutankhaton. — Há fezes de morcegos em tudo.

— Não, Alteza — respondeu Ay com rispidez. — Sugiro que permaneça na barcaça. Agora temos de retornar a Karnak e oferecer sacrifícios a Amon.

Tutankhaton fez uma careta, mas não se opôs, voltando ansiosamente para o conforto do barco. Ele estava nos degraus do embarcadouro do templo, onde outro grupo de sacerdotes o aclamava quase em estado de histeria e cobria seus pés com beijos. Karnak também sofrera. Os animais saíam do seu caminho enquanto a festa continuava pelo átrio e sob os obeliscos que conduziam ao pátio interno. Em todo lugar, Ay observava que o nome de Amon fora ferozmente apagado, as inscrições agora es-

470   Pauline Gedge

tavam incompletas e sem sentido. Nichos, vazios, mostravam onde as imagens uma vez ficaram. Tudo estava abandonado, negligenciado.

— Não havia funcionários suficientes para manter a conservação de Karnak — suspirou um sacerdote para Ay enquanto eles observavam Tutankhaton e Maya desaparecerem no santuário —, e, depois de o faraó ordenar que os templos fossem fechados e os sacerdotes, dispensados, poucos ousaram vir aqui. Graças a Amon, há uma jovem encarnação que restabelecerá os preceitos de Ma'at!

E como ele o fará?, Ay queria retrucar com sarcasmo. *Transformará as pedras em ouro?* Todavia, sentiu-se alegre enquanto ficou sob o abrigo no calor abrasador, assistindo a uma fumaça delgada de incenso elevar-se sobre o muro do santuário e sentindo seus pensamentos se renovarem.

Naquela noite, Tutankhaton ordenou a Ay que montasse sua cama de lona ao lado de seu divã real e, juntos, ficassem atrás das cortinas enquanto os seguidores andavam no convés e invadiam a margem. Ay sabia que Horemheb estava irrequieto, vigiando suas sentinelas, de forma que se sentia grato pela vigilância do comandante. As construções de Tebas ficaram às escuras assim que o sol baixou, mas manchas de luz alaranjada tremeluziam ao longo dos becos, furtivas e tênues. Os chacais uivavam tão alto que Ay podia ter jurado que não estavam distantes no deserto, mas rondando a cidade. Às vezes, Ay tirava uma soneca, apenas para ser acordado por gritos e guinchos ébrios que eram impelidos por rajadas de vento através do Nilo.

— Eu nunca me mudarei de volta para cá! — resfolegou Tutankhaton uma vez na escuridão. — Este não é lugar para um deus residir. Não é de admirar que meu pai o abandonou.

— Não era assim quando seu pai começou a construir Akhetaton — respondeu Ay. — Era o centro do mundo.

— É odioso — disse Tutankhaton com desprezo —, como o restante do país. Eu sou um deus da pobreza. — Com sensatez, Ay não argumentou. Ele estava tão confuso quanto Tutankhaton.

O cortejo do funeral de Smenkhara, em que compareciam apenas a família e alguns cortesãos, foi humilde. As mulheres foram recrutadas como carpideiras do harém reduzido que tinha se tornado o único núcleo ativo em Malkatta. Alguns se lembravam de Smenkhara quando bebê, mas a maioria vestia a roupa azul, lamentava e atirava terra em suas cabeças sem emoção. Tantos sacerdotes de Amon estavam em serviço,

A Décima Segunda Transformação 471

homens magros, vestidos de trapos, com a esperança reanimada em seus olhos, caminhando na retaguarda do grupo ou reunidos em pequenas aglomerações ao longo do itinerário que, para Ay, esfregando o suor debaixo de sua peruca e respirando ofegante no calor, parecia menos um ritual de respeito e magia para um faraó do que uma cerimônia de confiança restabelecida para os devotos do deus. O pensamento apenas o fez sentir um pesar passageiro. O restabelecimento de Amon era muito mais importante do que os lamentáveis restos de um jovem desventurado. Aos poucos, o cortejo seguiu na direção do vale no Deserto Ocidental de Tebas. Sob a lamentação das mulheres do harém, havia conversa e risos. Ay abriu a cortina de sua liteira a tempo de ver a poderosa semelhança do Filho de Hapu e levantou o olhar para os olhos arregalados, lápides suaves com um estremecimento antes de deixar as cortinas se fecharem. Ele fora mais do que um homem, apesar de tudo.

A diminuta sepultura de Smenkhara estava inacabada. Ele a começara sem muito interesse, em resposta à argumentação de Ay, de modo que não tinha se importado em inspecionar seu progresso. O piso ainda estava áspero, as paredes, sem relevos, e o único esquife preparado para o corpo ficou apoiado na pedra ao lado do buraco que camuflava uma porta. Os rituais começaram apressadamente e sem reverência. Os presentes se ajoelharam um a um para beijar a base do esquife, suas lágrimas forçadas havia muito tinham secado. Somente Meritaton agarrou-se ao sarcófago, histérica de tristeza, colocando o rosto na madeira pintada com os olhos intumescidos fechados firmemente. Depois que Tutankhaton, como herdeiro, realizou a Cerimônia de Abertura da Boca, os dançarinos do funeral deram scus passos sem entusiasmo. Ao final, até mesmo Ay desejou que a apresentação hipócrita terminasse.

O esquife foi levado para a minúscula sala e colocado dentro do santuário dourado com que Akhenaton presenteara sua mãe. Ay estava temendo outra explosão de Meritaton, mas ela se portou com magnificência, flores em suas mãos, bravamente serena. Ele ficou alerta, e a vergonha o golpeou. Ordenara que o equipamento funerário para a sepultura fosse selecionado do local onde a família, por gerações, guardara objetos que pensara que pudessem ser necessários em seus funerais ou com os quais ela queria que fosse enterrada, e aqueles responsáveis por preencher a sepultura de Smenkhara não tinham escolhido com muito cuidado. A mobília fora simplesmente arremessada na sepultura e deixada de

472   Pauline Gedge

qualquer jeito. Algumas armas de recordação portando o emblema de Amenhotep III, algumas taças de Tiye, joias pertencentes às crianças do harém que haviam morrido, uma caixa com uma proteção inscrita com um nome que nem mesmo Ay reconheceu — tais objetos eram os insultos que Smenkhara levaria para o outro mundo, contanto que os deuses o recebessem.

O olhar de Ay detectou os quatro tijolos mágicos colocados depressa nas quatro paredes. Curvando-se sorrateiramente sob os cânticos sonoros de Maya, ele esperava poder ler o nome de Smenkhara, mas viu que os tijolos portavam o emblema de Osíris Akhenaton. *Eles devem ter sido feitos*, refletiu Ay de modo lúgubre, *nos anos em que Akhenaton ainda estava preparando sua sepultura em Tebas e não se importava em ter seu nome ligado a um deus que não era Aton. Que proteção dos demônios o nome de Akhenaton pode proporcionar a esse pobre jovem?* Meritaton deu um passo à frente para colocar as flores no esquife antes que o santuário fosse fechado. Ay aproximou-se, olhando para a base do esquife, de forma que não pudesse ver as lágrimas de Meritaton. Ali, ele notou algo grosseiramente inscrito em folha de ouro, as linhas irregulares, as letras rabiscadas. Intrigado, aproximou-se mais.

— "Eu respiro a doce respiração que sai de tua boca" — leu. — "É meu desejo que eu possa ouvir tua doce voz, até mesmo o vento do norte. Dá-me tuas mãos. Possas tu chamar meu nome eternamente, e não se extinguirá de tua boca, meu adorado irmão, estando tu comigo por toda a eternidade." — Chocado e profundamente comovido, ele levantou o olhar. Meritaton o observava, orgulho e amor de repente transformando seu rosto desfigurado, e ele sorriu debilmente e baixou o olhar de novo.

Ele mal pôde suportar a tosca imitação de banquete de funeral que fora armada sobre tapetes diante da sepultura, mas forçou-se a comer em nome do *ka* de Smenkhara. Horemheb e Tutankhaton discutiam sobre a caçada do leão planejada para o dia seguinte. Os cortesãos e as mulheres espreguiçavam-se em seus abrigos, jogando ossos de ganso na areia e flertando uns com o outros. Ankhesenpaaton ajoelhou-se ao lado de sua irmã, tentando seduzir Meritaton com romãs e vinho doce, porém, após a prova obrigatória, Meritaton sentou-se com os joelhos puxados para o queixo sob a roupa azul transparente, assistindo aos sacerdotes lacrarem a sepultura de Smenkhara. Foi com surpreendente alívio que Ay se levantou com o grupo para retornar às barcaças. Estava irritado com toda a aglomeração, inclusive consigo mesmo.

A Décima Segunda Transformação   473

Ele despertara logo após o amanhecer, ainda com uma tensão em seu peito, e deparou com seu camareiro ajoelhado próximo à sua cama na escuridão. A barcaça estava imóvel. Por trás das cortinas de damasco da cabine, Tutankhaton respirava de maneira uniforme, dormindo. Ay levantou-se aos poucos, seus olhos ardendo.

— O que é?

— Algo aconteceu no harém, Porta-Leque — disse o homem em voz baixa. — O comandante foi acordado pelo Guardião da Porta do Harém e pede que você venha.

— Muito bem. Desperte meu criado de quarto. Se o faraó acordar diga a ele que o aguardarei o mais breve possível.

Seu criado de quarto vestiu-o, e, levando um Seguidor, Ay caminhou pela rampa até a margem e andou ao longo do canal, pela porta do jardim malconservado e pelo gramado do harém. Não parecia tão abandonado na luz matutina. O grande lago era uma piscina empoeirada; porém, além do jardim principal e de outro muro, havia um pequeno oásis viçoso e ordenado onde as criadas ainda cuidavam dos terrenos atrás do harém. Ali, as mulheres de que Akhenaton não havia se apropriado nadavam e ficavam ociosas a seu modo nos rotineiros dias intermináveis. A maior parte delas era velha ou madura, relíquias do reino de seu senhor Amenhotep III, mantidas durante anos por pensões de Akhetaton. Nenhuma delas se aventurava distante de seus próprios aposentos.

O guardião cumprimentou Ay de maneira distraída e o conduziu aos aposentos apressadamente preparados para Meritaton e sua irmã. Antes que chegassem às salas, Ankhesenpaaton foi correndo em sua direção, gritando. Jogando-se em seus braços, ela, atônita, enterrou o rosto em seu peito.

— Meritaton está morta — soluçou. — Eles estão cortando seu cabclo!

Mesmo que não tivesse desejado deter-se e confortá-la, suas pernas não o teriam obedecido. Com vivacidade, ele se viu ajoelhado próximo ao divã de Tiye, uma das mãos em seus cabelos ruivos e a outra apanhando sua faca. A apreensão tomou conta dele. Afastou os dedos de sua neta, esforçando-se para tratá-la com delicadeza.

— Leve-a para algum lugar calmo e dê-lhe vinho — ordenou ao guardião e, ignorando os gritos de Ankhesenpaaton, apressou-se pelo vestíbulo. Os aposentos de Meritaton estavam abertos, e um balbucio de mulheres excitadas espalhava-se. Ele foi abordado por uma criada apavorada que, ao vê-lo entrar, se atirou aos seus pés.

— Não me castigue, Grande Senhor! — pranteou ela. — A rainha não me deixava dormir no quarto com ela! Ela me dispensou!

Ay ficou aterrorizado. Ele a empurrou para o lado e asperamente forçou passagem pela multidão de mulheres com uma faca nas mãos, amaldiçoando-as enquanto caminhava. Muitas delas já soltavam as mechas do cabelo de Meritaton. Quando se aproximou do divã, o cheiro adocicado de sangue ascendeu à sua volta e ele percebeu que suas sandálias estavam grudando no chão. As mulheres detiveram-se, e Ay fez uma pausa.

Meritaton estava deitada de costas. Primeiro, Ay pensou que ela estava usando uma camisola manchada, porém, um segundo depois, compreendeu que estava coberta de sangue. O lençol estava manchado, o colchão, ainda úmido. O sangue vertera pelas almofadas e escorrera ao longo de seu braço até o chão. Ay nunca vira tamanha destruição. Contudo, no centro, estava o rosto de Meritaton, com manchas pardacentas, todavia serena. Ay chegou mais perto. No meio do divã, estava a faca com cabo de marfim que ela usara. Ele olhou para suas mãos. Ela não tinha cortado os pulsos. Agachando-se, levantou o que restara de seus cabelos negros e achou o corte nítido, profundo, logo abaixo de sua orelha. Ele não pôde se levantar novamente ao colocar suas mãos no colchão, próximo a seu rosto pálido. Um súbito silêncio surgira, e Ay virou para ver as mulheres saindo, reverenciando, enquanto Horemheb entrava.

— Você devia ter deixado um guardião aqui dentro! — gritou Ay para ele. — Olhe o que elas fizeram em seu cabelo!

— Apenas saí por um momento — respondeu Horemheb. — Não trouxe nenhum homem comigo, não estava preparado para isso; existem apenas alguns guardiães do harém em serviço, e corri para me assegurar de que nenhum deles deixou esses aposentos. — Com esforço, ele parou de falar e deu um profundo suspiro. — Pode ter sido assassinato, veja.

— Ela era minha carne! — Berrou Ay para ele. — É o sangue de minha família encharcando este quarto! Isso tem a ver com você!

Horemheb estremeceu nitidamente.

— Eu não a feri — protestou de imediato. — Eu não tinha motivo.

— Você deu motivo a ela. — A fraqueza nebulou sua visão, e ele se esforçou para permanecer ereto. — Espero que esteja satisfeito. Ela é uma suicida. Não pode ser embalsamada. Seu *ka* está perdido. Ela não pode nem mesmo ser enterrada. Horemheb... — Coberto de vergonha, começou a chorar. Horemheb caminhara para seu lado e agarrara seu cotovelo quando um movimento na entrada fez com que ambos olhassem, a tempo de verem

A Décima Segunda Transformação   475

os olhos de Tutankhaton se arregalarem e a cor sumir de sua face. Ay cambaleou à frente. Horemheb lançou-se para o lado do menino, batendo as portas ao sair, mas era muito tarde. Tutankhaton virou-se para a parede e começou a vomitar. Ninguém ousou tocá-lo. Quando terminara, ele limpou a boca em seu saiote.

— Ankhesenpaaton acordou-me gritando — murmurou. — As mulheres que me reverenciaram quando cheguei tinham cachos de cabelos em suas mãos. — Ele colocou a mão trêmula no braço de Ay. — Tio — engasgou —, é por isso que uso o cabelo de minha mãe preso ao meu pescoço? — Desarmado, Ay assentiu. Tutankhaton choramingou, mas, em seguida, ciente da atenção silenciosa dos homens, controlou-se. — Comecei meu reinado em sangue — disse. Retirando a mão do braço de Ay, afastou-se com insegurança.

O corpo de Meritaton foi envolvido em tecido branco e oferecido ao rio. Os sacerdotes, apesar de compassivos e ansiosos para agradar ao jovem deus do qual dependiam para restabelecer seus destinos, não ousaram enterrá-la. Colocando-se na margem com o pequeno grupo que se reunira para lançar flores após a triste cerimônia, Ay sabia que ele nunca perdoaria Horemheb ou a si mesmo. Considerando que, apesar das palavras que proferira com veemência ao comandante por causa de seu próprio choque e angústia, ao aproximar-se do divã de Meritaton, sabia que deveria dividir a responsabilidade por sua morte. Ele havia desejado eliminar Smenkhara de tal modo que seus princípios pudessem permanecer inflexíveis. Covarde, não fora capaz de colocar seus desejos em prática, mas, em segredo, ficara aliviado quando Horemheb assumira os riscos que ele próprio estava relutante para encarar. De certa forma, ele imaginara um futuro livre de complicações tão logo Smenkhara se fora. A verdadeira consequência do ato de Horemheb horrorizou-o, e, à medida que espreitava Horemheb caminhar em direção à beira do rio para dar sua contribuição aos outros e Ankhesenpaaton colocar um braço de modo consolador em volta dos ombros de Tutankhaton, ele começou a querer saber que próximos acontecimentos imprevistos poderiam ter sido acionados pelo assassino, com os quais ele estava implicado por seu desejo de se livrar de seu sobrinho. Odiava o comandante pelo massacre provocado dentro da família e por fazê-lo confrontar sua culpa, mas também temia o ponto insensível em Horemheb que permitira a execução de tais proezas. *Tendo se livrado do castigo*, pensou Ay, *Horemheb ficará mais confiante de que está acima da lei?* Ay mal supor-

476   Pauline Gedge

tava estar na presença do homem e, tão logo Tutankhaton virou em direção ao santuário da barcaça de sua propriedade, evitou todos eles.

No fim de Mesore, a corte navegou em direção ao norte, para Mênfis, e, no dia de Ano-Novo, Tutankhaton foi coroado faraó do Egito com cerimônia minuciosa e antiquada. Sob o conselho de Ay, ele acolheu todos os títulos faraônicos tradicionais — Poderoso Touro, Hórus do Ouro, Belo Deus, Senhor das Duas Terras — e, embora não tivesse ficado como sumo sacerdote no templo de Ptah, como todo herdeiro antes dele fizera, fez suas devoções ao criador do mundo com reverência exemplar. Ele, entretanto, não viajou a On.

— Mais tarde, você poderá venerar na cidade de Rá — dissera Ay a ele —, porém, ainda não. É muito cedo para ser visto nos templos do sol. — Tutankhaton não argumentou. Ele estava satisfeito em desfrutar da adoração dos sacerdotes e do povo e presidir a tradicional entrega de oferendas e banquetes.

Ele não se opôs também quando, muitas semanas após a coroação, Ay mandou preparar um contrato de matrimônio entre o jovem faraó e Ankhesenpaaton. A corte considerou uma boa escolha. Ela era popular, gentil e bonita, e já havia provado que podia ter filhos. Do ponto de vista de Ay, sua atração devia-se ao fato de que ela o amava e faria o que ele pedisse. *Agora, não haverá ninguém em qualquer posição de poder, que Horemheb seja capaz de manipular. Se, realmente, ele sonha em tomar a coroa para si, agora não pode ser com a ajuda de altos oficiais. Somente outro ato de violência a traria a seu alcance, e não creio que sua ambição seja tão grandiosa que ele pudesse arriscar uma vez mais sua completa destruição.*

Com o fantasma da seca ainda pairando sobre a mente dos egípcios, todos esperavam com ansiedade pela inundação, e houve grandes celebrações quando Ísis começou a chorar no fim de Paophi. No entanto, Ay mal percebeu o começo de uma nova estação. Desde o retorno da corte de Mênfis para Akhetaton, ele estivera ocupado formulando uma política que aos poucos devolveria o Egito à sua total magnificência. Dia a dia, seus criados apresentavam-lhe relatórios sobre a situação comercial em Karnak, as multidões abatidas reunindo-se para venerar no templo de Aton, o fluxo e refluxo de ouro no Departamento de Finanças, e ele conversava por muito tempo, todas as noites, com representantes dos nomos, que levavam para ele as esperanças do povo. Vigiava o casamento de

Tutankhaton e Ankhesenpaaton e regozijava-se quando os observava desfrutando a companhia um do outro. Ele sabia que deveria estar muito seguro da direção que desejava que o faraó tomasse e, até que não tivesse testado todo argumento possível contra suas propostas, solicitou uma audiência formal com Tutankhaton, perguntando ao faraó se Horemheb também poderia estar presente.

Em uma manhã clara de inverno, ele ficou diante do faraó para beijar seus pés reais e beijar a pele macia de Ankhesenpaaton. Horemheb, bem-maquiado e vestido de amarelo, já estava lá, em pé, com os braços cruzados, no meio de seus criados e alguns de seus oficiais. A sala de recepção estava cheia de ministros, nobres e jovens amigos do faraó. Com uma palavra de Tutankhaton, Ay levantou-se. Sorrindo, o menino indicou uma cadeira na base dos degraus do trono.

— Sente-se, tio — disse ele. — Você também, comandante. Creio que hoje devo ser instruído quanto ao que fazer.

— Não, Precioso Ovo — logo retrucou Ay, indo ao encontro de seu olhar inquiridor com inquietação pela percepção do menino. — Nenhum homem ousaria dizer à encarnação o que fazer. Todavia, meu coração está oprimido em nome do Egito, e imploro a Vossa Majestade que considere minhas sugestões.

Horemheb havia permanecido em pé, mas Ay não se preocupou em protestar. O comandante precisaria de toda vantagem hoje. Tutankhaton assentiu para que ele continuasse.

— Sem dúvida, como Vossa Majestade sabe, o abismo entre a divindade e o povo nunca foi maior. Seu predecessor não somente se retirou da cidade sagrada de Amon, mas também, em seguida, agiu para tirar de seu povo seus deuses, seu sustento e seu império. É seu privilégio restabelecer a eles o que seu pai retirou. — Tutankhaton o escutava de modo cortês, mas Ankhesenpaaton franziu o cenho. — Vossa Majestade tem poucos ministros competentes aos quais recorrer — continuou Ay escolhendo as palavras. — E eu, antes de qualquer coisa, gostaria de salientar que o Tesouro está vazio. É impossível, atualmente, fazer tudo o que Vossa Majestade deseja realizar. — Horemheb começara a sorrir, e Ay sabia que ele percebera a direção que suas palavras estavam tomando. — Por isso, Vossa Majestade deve decidir que tarefas são mais urgentes. — Ele lançou um rápido olhar em Horemheb. — O comandante dirá que é imperativo recuperar nosso império imediatamente. Na verdade, é a vergonha de todo egípcio que o mundo não mais nos reverencie. No entanto, tal lance não

478   Pauline Gedge

agradaria seus súditos. Eles veriam seus jovens seguirem em marcha enquanto os santuários de sua aldeia permaneceriam um covil de corujas e chacais. A guerra aumentaria seu sofrimento.

Tutankhaton ergueu a mão.

— É isso mesmo que você propõe, comandante?

Horemheb assentiu:

— O que seu tio diz é verdade, Majestade. Creio que, apenas recuperando o império, o Tesouro pode ser reabastecido, e o Egito poderá prosperar novamente. A primeira tarefa mais importante diante de você é a ocupação do Norte da Síria, Rethennu, Amki e Amurru. Os príncipes desses povos estão subordinados a Suppiluliumas. A qualquer momento, o Khatti pode nos invadir, e seríamos derrotados.

— Majestade, caso Suppiluliumas esteja planejando invadir o Egito, penso que tentará agora — interrompeu Ay rapidamente. — Contudo, o Egito está distante do Khatti, e o próprio império de Suppiluliumas já é muito extenso. Acho que ele não nos invade porque sabe que, até agora, não pode nos deter. Temos tempo para outras questões em primeiro lugar, as quais são mais importantes. Se Vossa Majestade declarar guerra, seu ouro não poderá fazer parte do restabelecimento do Egito.

— Então, o que você sugere? — Os olhos luminosos do faraó observavam-no com atenção.

Ay foi ao encontro de seu olhar sem hesitação.

— Primeiramente, repare Karnak e dê a Maya autoridade para nomear novos sacerdotes. Deixe o povo ver que, uma vez mais, o deus que trouxe prosperidade para o Egito está sendo honrado. Em seguida, envie seus arquitetos pelo país para restaurar os santuários das aldeias. Deixe que o palácio de Malkatta seja restaurado e retorne para Tebas.

— Contudo, Ay — exclamou Ankhesenpaaton com indecisão —, meu pai nos ensinou que havia apenas um deus, o Disco Solar Aton. Se renunciarmos a esse deus, seremos punidos.

— Majestade — disse Ay delicadamente, olhando para o enérgico rosto jovial —, não proponho que a veneração de Aton seja banida ou que seus templos sejam fechados. Aqueles que desejarem deverão ser autorizados a continuar fazendo-lhe oferendas. Entretanto, o povo nunca entendeu a pureza de Aton e não se sente seguro sem a proteção dos deuses antigos. Está na hora de seu marido ser visto como Amon na região.

A Décima Segunda Transformação   479

— Quem pagará por toda essa perambulação em nome dos deuses? — Horemheb interrompeu com violência. — Você mesmo disse que o Tesouro está vazio. Tal política exigirá muito tempo. Uma guerra para recuperar o império será um rápido empreendimento e com a imediata compensação de prêmios e impostos!

— Considerando que sejamos vitoriosos... — disse Ay asperamente. Por um segundo, seus olhos encontraram-se. Ay sabia que Horemheb ainda sofria da vergonha da derrota do Egito para o Khatti e desejou restaurar sua dignidade. — Do contrário, as necessidades do povo seriam aumentadas, e qualquer chance de recuperar nossas terras dependentes estaria perdida para sempre. O Egito seria um vassalo do Khatti. Você quer correr esse risco?

— Prestem atenção! — exclamou Tutankhaton rispidamente, e os dois ficaram silenciosos e se voltaram para ele, após quase esquecerem sua presença. — O comandante tem razão, tio. Restabelecer o poder dos deuses exigirá tempo, mas também muito ouro. E de onde ele virá?

— Dos cofres de seus nobres e príncipes — respondeu Ay. Ele foi forçado a levantar a voz acima do murmúrio furioso que irrompeu pela sala. — Seu pai apoderou-se das terras de Amon no Delta, de seu gado e de seus escravos, para pagar as oferendas ao Aton. Algo foi dado àqueles que serviram bem ao Disco Solar. — Ele estava em terreno duvidoso, não querendo acusar Akhenaton de pagar por amizade diante de seu filho. — Proponho, Majestade, que você devolva a Amon suas terras no Delta e gado suficiente das propriedades dos nobres para os servos do deus começarem novos rebanhos. Dê-lhes sementes para plantar e tire os vinhedos de Amon daqueles que os adquiriram recentemente. Assim, Maya e seus sacerdotes poderão se recuperar.

— E suponho que você queira restabelecer o Tesouro do deus também. — Horemheb olhou-o com desprezo.

— Em parte, sim. O total era incalculável, e grande parte foi usada para construir esta cidade, mas peço ao faraó que esvazie os cofres de Aton em nome de Amon. Os sacerdotes do Disco Solar poderão viver das oferendas dos fiéis. Contudo, seu restabelecimento não deve somente envolver Amon. — Ele se voltou para Tutankhaton e Ankhesenpaaton com o rosto pálido. — Os lotes de terra pertencentes aos deuses locais foram cedidos aos ministros de seu pai, Hórus. Se você os devolver, receberá o amor de todos os seus súditos. — Ele ficou em pé e encarou os cortesãos mal-humorados. — Todos vocês! Vocês sabem que isso deve ser feito. São os homens e as mulheres mais ricos do Egito, os filhos e as filhas de ministros de Osíris Akhenaton. Se pensam em tomar o partido de Horemheb e, assim, manter sua riqueza, estão enganados. Ele a tomará para suas guerras. Deem o que têm ao deus que nunca desapontou seu povo e, ao final, prosperarão. — Suas expressões não se alteraram, mas os resmungos cessaram. Ele baixou a voz de forma que somente Horemheb e o casal real pudessem ouvir. — Comandante, você abandonou a imperatriz, a mãe do faraó, para ir a Akhetaton porque Osíris Akhenaton lhe deu o monopólio do ouro da Núbia que fora de Amon. Se o devolver às mãos de Maya, você acelerará a recuperação do Egito em muitos meses.

— Velho hipócrita grosseiro — sibilou Horemheb em resposta. — Não fui o único príncipe que mudou. Você também a abandonou, sua própria irmã. O ouro núbio não foi minha única razão para me manter ao lado da encarnação de Aton!

— Sim, eu sei. — Ay levantou o olhar para Tutankhaton. — Os tutores de Vossa Majestade admiram sua rápida aprendizagem — disse ele. — Sei que Vossa Majestade começa a compreender os problemas. Gostaria de acrescentar que é necessário parar com a política de Osíris Smenkhara de vender as sementes e os grãos. Todo o comércio deve parar. Devemos uma vez mais encher os celeiros, viver apenas do próprio subsídio do Egito, acumular tudo o que pudermos até que estejamos prontos para convidar o resto do mundo a trazer seus produtos em troca da riqueza de um país restaurado.

A mão de Tutankhaton encostara discretamente nas mãos da rainha.

— Isso é tudo, tio?

— Não, Hórus. — Ay respirou fundo. — Gostaria que você considerasse mudar seu nome.

O silêncio acolheu suas palavras, seguido de murmúrios de afronta. Um nome era algo sagrado e mágico, uma proteção para o portador, com poder para invocar a ajuda do deus de cujo próprio nome era composto. Nenhuma criança recebia o nome sem extensas consultas a oráculos e muita oração, um processo duplamente complicado para um faraó, uma encarnação do próprio deus. Os lábios pintados de hena de Tutankhaton ficaram abertos pelo choque.

— Por que você sugere isso? — orientou ele.

A Décima Segunda Transformação   481

— Porque não importa como Vossa Majestade é visto para honrar Amon, o povo escutará em seu nome o nome do Disco Solar com todas as lembranças amargas que ele traz. Eles não esquecerão e, portanto, não confiarão em você.

— Não me importo com a confiança do gado, de escravos! — retrucou o menino. — Você tem sido sacrílego na sua descrição de meu pai. Ele me deu esse nome. É um nome sagrado!

Ay previu seu temor, mas, nesse momento, também conhecia bem seu sobrinho infantil. Tutankhaton ponderaria sobre seu conselho e, melhor ainda, pediria a Ankhesenpaaton sua opinião. Ay já respeitava o julgamento da jovem rainha. Ele se ajoelhou para se desculpar.

— Perdoe um velho que o ama, Majestade.

— Majestade, peço licença para responder às propostas do Porta-Leque com meus próprios argumentos! — começou Horemheb, mas, nesse momento, Tutankhaton mexia-se com impaciência no trono, e seu pé com a sandália começava a balançar.

— Agora não, comandante — disse ele. — Estou cansado de toda essa conversa e quero nadar. Alguma outra hora. Vocês todos estão dispensados.

— O pai está certo — disse Mutnodjme a Horemheb naquela noite enquanto se sentavam ao lado do pequeno espelho-d'água em seu jardim. A luz estava lânguida, e, à medida que o crepúsculo caía, a fragrância das flores se intensificava. As mariposas começaram a esvoaçar em meio à incandescência da lamparina que se espalhava entre as colunas da entrada. A água calma do espelho-d'água era movimentada ocasionalmente pela chicotada e pelo redemoinho do peixe-dourado que se elevava para abocanhar os mosquitos que flutuavam. Horemheb observava as ondulações na superfície que refletia o vermelho e o púrpura do pôr do sol. — Ele não está necessariamente fazendo uma oferta para o poder total. Ele tem controle suficiente sobre o faraó agora; Tutankhaton é uma criança, com a hostilidade de uma criança em relação a você, mas isso desvanecerá quando ele crescer. Tão logo o Egito se erga novamente, seus pensamentos se voltarão para a guerra, e Amon sorrirá para você de novo.

Ele olhou severo para ela, ferido pelo sarcasmo em sua voz. Ela estava coberta por um manto de lã branco, mas, como a noite ainda não ficara fria, o traje pendia frouxo de seus ombros e se soltava de seu ventre nu. Um pé estava enfiado sob sua coxa bronzeada.

— Ele deve, pelo menos, deixar-me avançar sobre Gaza — respondeu.
— O Egito a domina desde os dias do poderoso Tutmés III e é nosso porto mais importante.

— Ele deixará quando tivermos algo para negociar. — Ela tomou um gole de vinho, passando a língua pela borda da taça. — Comandante, não é tão ruim perder o monopólio do ouro. Podemos ter de vender muitos escravos, embora os deuses saibam quem tem recursos para comprar nos tempos atuais, e, talvez, fechar uma de nossas casas. Ainda tenho a terra transferida para meu nome em Djarukha pela imperatriz. Suas antigas conexões comerciais estão em situação caótica, mas, se tudo transcorrer bem, a situação logo será remediada. — Uma explosão de riso veio lufando sobre o muro que separava seu jardim privativo dos gramados das concubinas de Horemheb, seguida pelos gritos excitados dos dois anões de Mutnodjme.

— A imperatriz não seria tão covarde — disse Horemheb com aspereza. — Ela teria encontrado um meio de fortalecer o Egito internamente e fazer a guerra.

— Acho que não. Você a admirava muito, apesar de tê-la traído, não é? Sempre penso que você estava mesmo um pouco apaixonado por ela.

Horemheb segurou um sorriso.

— Nasci muito cedo, Mutnodjme, ou muito tarde, não sei. Eu teria feito uma gloriosa encarnação.

— Infelizmente seu sangue carece da chama do divino — retrucou ela.

— Talvez. Contudo, como você é a meia-irmã de uma mulher que, outrora, foi uma rainha, seu sangue contém um pouco daquele raro brilho.

Eles ficaram em silêncio. A luz na área do espelho-d'água mudou para um azul-escuro, e as sombras do jardim começaram a toldar e emergir em noite total. Mutnodjme esvaziou sua taça e a deixou cair na grama.

— O suicídio de Meritaton foi algo terrível — disse calmamente após um instante —, e o povo não esquecerá. Seja prudente, meu marido, e aguarde.

Ele não respondeu nem olhou para ela. Um constrangimento cresceu entre eles, até que Horemheb se levantou abruptamente e gritou por seus porta-liteiras.

— Vou procurar Nakht-Min para jogarmos — disse ele e saiu.

28

Durante a semana seguinte, Ay conteve sua impaciência sabendo que as sugestões que fizera ao faraó estavam sendo discutidas com Ankhesenpaaton. No oitavo dia, ele foi convocado para ouvir a decisão de Tutankhaton. Conforme Ay supôs, o faraó concordou com todas as propostas que ele havia feito.

Tutankhaton nomeou-o regente, dando-lhe um poder legítimo que, em toda a sua vida como cortesão, conselheiro e confidente real, nunca tivera. A posição também lhe deu novo vigor. O tempo não podia devolver a resistência de sua juventude, mas ele aprendeu a poupar seus recursos e, nos limites de sua idade, governou com sabedoria e experiência. A pedido dele, o faraó nomeou Horemheb seu representante, um cargo honorário, que duraria até que a rainha gerasse um herdeiro, mas que manteria o comandante ativamente na corte. Nakht-Min recebeu o título de Porta-Leque da Mão Direita.

Três anos se passaram, até que Malkatta fosse considerada própria para ocupação, e, durante esse tempo, Ay trabalhou para executar todas as suas estratégias. Sob seu cuidadoso comando, o Egito começou a se levantar, com esforço. Sem arrependimento, ele tirou o ouro e as terras que, uma vez, pertenceram a Amon e a outros deuses e os devolveu. Maya tornou-se uma figura familiar na corte por suas frequentes audiências com o faraó e o regente. Logo ficou claro que não haviam sobrado sacerdotes suficientes no Egito para dar suporte aos templos agora renovados. Ay falou com os sacerdotes de Aton, em particular com aqueles que tinham uma vez servido a Amon, mas que deserdaram sob as ordens de Akhenaton. Não os reprimiu; porém, tornou claro que anos de heresia haviam ficado no passado e que nenhum sacerdote que desejasse viver aliviado deveria pensar diferente.

Os novos homens de Maya percorreram os nomos, induzindo os sacerdotes de famílias locais e treinando-os em suas aldeias nativas. Os dançarinos sagrados do palácio foram nomeados, e suas despesas, custeadas pelos cofres privados do faraó, os quais eram também usados para

484 Pauline Gedge

restaurar as imagens dos deuses e reabilitar seus santuários. Os arautos foram a todas as aldeias, proclamando em público a anulação da proibição contra todos os deuses, exceto o Aton. Os santuários do Aton começaram a ser desfigurados, e Ay assistiu a isso ansiosamente, com receio de que um espírito de reação violenta levasse a derramamento de sangue pelo país. Entretanto, embora inscrições chamando Akhenaton de criminoso e causador de maldição continuassem a aparecer em construções públicas durante muitos meses, a indignação do povo logo se extinguiu.

Em um esforço posterior para fortalecer sua ligação com o passado do Egito, o faraó começou a enfatizar sua relação com Amenhotep III. Ay já havia sugerido a ele que pusesse seus arquitetos e pedreiros para trabalhar na conclusão do templo de Amenhotep III em Soleb e inscrevessem seus nomes em conjunto de maneira proeminente. Sobre os leões esculpidos para o templo, ele se referiu como seu pai. Tutankhaton também se responsabilizou pela conclusão da residência de Amon ao sul em Luxor, um projeto que absorvera tanto do interesse de Amenhotep que foi mais associado ao faraó morto do que ao próprio Amon. Ay havia proposto, da maneira mais diplomática possível, que Tutankhaton ratificasse sua consanguinidade com Amenhotep III, não querendo depreciar as lembranças do menino. Se Tutankhaton ficou magoado, não demonstrou. Alegremente ele olhou com atenção os planos que seus profissionais lhe apresentaram, deleitando-se com os detalhes e fazendo ele próprio muitas sugestões.

Com a permissão do faraó, Ay cobrou altos impostos dos camponeses, a fim de restaurar o palácio de Malkatta, criar embarcadouros em Tebas e iniciar a reconstrução da cidade. Emitiu a ordem de que toda a safra dos nobres fosse estimada na colheita e que parte dos grãos em seu poder fosse depositada nos celeiros das aldeias adjacentes a cada propriedade. Os cortesãos abastados resmungaram, mas sabiam que o resultado de tais políticas severas seria seu enriquecimento derradeiro, uma vez que a economia permanecia estável.

Apesar do fluxo de ministros em seu escritório todos os dias, Ay se sentia solitário. Ditava volumosas cartas a Tey em Akhmin e lia suas respostas desconexas muitas vezes por mais de uma oportunidade. Chegou a odiar as noites em Akhetaton. Embora o faraó houvesse começado a realizar grandes banquetes como os que haviam causado admiração nas embaixadas estrangeiras nos dias de glória em Malkatta, seu júbilo não pôde impedir a corrente sombria das misérias passadas que esperavam para inundar os numerosos cantos tranquilos do palácio quando os convidados tivessem se retirado. Ay dormia um sono leve e, com frequência, acordava. De vez em quando, convocava seu escriba e ficava ouvindo histórias, mas habitualmente deixava seus aposentos e vagava pelos corredores do palácio, algumas vezes encontrando outros cortesãos, também perturbados por sonhos ruins e tristeza.

Ay sabia que a maldição permaneceria enquanto a cidade estivesse ocupada. O jovem faraó deformado, de cuja mente Akhetaton emergira, lançou sobre ela um encanto de loucura mais forte agora do que fizera em vida. Ay algumas vezes se pegava prendendo a respiração sob os archotes em algum canto pouco frequentado do palácio, aguardando, temeroso, alguma terrível irrupção que nunca vinha. Tiye chamava por ele à noite, e as filhas de Akhenaton soluçavam na escuridão. Os soldados que vigiavam as sepulturas nos rochedos afastados da cidade já estavam recebendo o dobro do salário normal. *Tiye nunca gostou deste lugar*, pensava o próprio Ay. *Muito antes de as fundações de Akhetaton serem feitas, ela disse que o local era agourento, os rochedos guardavam sua virgindade de modo ciumento.*

No entanto, tais fantasias não atingiram Tutankhaton. Ele se tornava um belo jovem, alegre, com humor, e, embora às vezes se traísse com lampejos do mau humor de Tiye, aqueles que o observavam em segredo viam, a qualquer sinal de instabilidade, apenas um faraó que desgostava de ser calmo, que ria alto, que caçava com vigor e que ia para seu divã tarde e com relutância. Ele fazia Ay lembrar-se de Tutmés. O primeiro filho de Tiye, que havia brilhado tão intensamente na corte. A rainha também era exuberante. Tutankhaton, embora com apenas catorze anos, em seu terceiro ano de governo, consumara seu matrimônio de forma precoce e começara a organizar seu harém, aposentando muitas das mulheres mais velhas de seu pai e tomando as mais novas para si. Ankhesenpaaton estava grávida, aos dezessete anos, refletindo o novo espírito de restauração que aos poucos contagiava toda a corte.

Quatro dias antes de o faraó iniciar sua partida definitiva de Akhetaton, ele se sentou com toda a realeza diante de Maya e do salão abarrotado, a Coroa Dupla em sua cabeça, e o cajado, o mangual e a cimitarra em suas mãos, e solenemente ditava a mudança de seu nome. Seu nome havia

486 Pauline Gedge

significado a Imagem Viva de Aton, mas, enquanto pressionava seu anel de sinete no pergaminho, tornou-se Tutankhamon, a Imagem Viva de Amon. Ankhesenpaaton seguiu seu exemplo, obviamente aflita ao ouvir, pela primeira vez, ser chamada Ankhesenamon, Vivendo Através de Amon. Para ela, era uma traição a seu pai e ao deus que fora educada a adorar. Sentou-se pálida e silenciosa, enquanto o povo gritava sua aprovação, suas mãos acariciavam e protegiam seu ventre intumescido, mas ela sabia, naquele momento, como guardar a tristeza para si.

No dia seguinte, Tutankhamon, Ankhesenamon e Ay foram transportados pela Estrada Real para o Palácio Norte, rodeados pelo barulho e caos da mudança iminente. Carretas transportando bens domésticos obstruíam os becos. Animais domésticos remexiam e escapavam diante da cavalgada real, perseguidos por crianças nuas frenéticas. Longe dos olhos, por trás do muro alto do palácio e dos jardins que se estendiam até o rio, os gritos e as imprecações dos capitães da barcaça podiam ser claramente ouvidos. O rio estava repleto de embarcações de todos os tamanhos, e todo embarcadouro disponível estava cheio. Ay sabia que a extensão de água que passava pelas propriedades retiradas dos nobres não estava muito mais clara e que, hoje, o próprio Horemheb estava fora da cidade com o *mazoi* local, tentando prevenir irrupções de violência nas ruas congestionadas e oferecendo proteção aos abastados. Apenas os arredores do templo de Aton estavam calmos, o átrio vazio ardia sob a fúria do sol do meio-dia de Rá. Os poucos sacerdotes, incluindo Meryra, que escolheram ficar, se esconderam no santuário. A poeira pairava dourada no ar. Nuvens de moscas flutuavam em todo lugar sobre a grande quantidade de resíduos e sobras despejados das casas desocupadas. Tempos atrás, os lindos santuários de Aton enfeitavam cada esquina, e agora estavam vazios e sujos; as concavidades de incenso, escurecidas e frias. Cachorros andavam ofegantes sob a sombra que se proporcionavam, e a areia se acumulava nas pequenas áreas pavimentadas diante deles, onde os dançarinos costumavam se apresentar. Ay, um pedaço de tecido perfumado sob o nariz, estava satisfeito que as cortinas da liteira permanecessem fechadas. Akhetaton parecia uma cidade ameaçada por um exército invasor, seus cidadãos ansiosos para fugir.

As entradas duplas instaladas no muro que separavam o Palácio Norte do restante da cidade estavam fechadas, mas os guardiães de Nefertiti as abriram antes que os arautos as alcançassem e que as liteiras passassem. Ay preparou-se para o esforço que seus porta-liteiras deveriam fazer para subir a longa escada e, quando a subida começou, observou os terraços expostos. A grama brilhava com a água. As flores amontoadas, fileira sobre fileira de cores, e as árvores, apinhadas em cada terraço, dispunham folhas sobre os topos daquelas em um nível abaixo. Não havia poeira ali, nenhuma cacofonia, somente o tinido delicado da água caindo nas fontes e o deleite de fragrância floral levada na brisa.

As liteiras foram abaixadas, as pedras da calçada, umedecidas às pressas com leite e vinho para receber os pés sagrados do faraó, e os três saíram. Bem abaixo deles, o Nilo fluía azul e prata, fazendo redemoinhos onde encontrava o píer dos desembarcadouros de Nefertiti. Sua barcaça dourada reluzia enquanto se balançava com as ondas formadas pela embarcação que atravessava rapidamente a aduana do norte. Ankhesenamon suspirou.

— Nada mudou — disse ela, a voz melancólica.

— Pensei que tivesse se esquecido daqui — respondeu o faraó —, mas tudo vem à minha lembrança agora. A árvore que eu costumava subir, da qual podia saltar para todos os terraços. Era uma subida íngreme de retorno, contudo. — Seus criados esperaram enquanto ele admirava a paisagem, os jardins, o panorama extenso do rio. Ay não sabia se ele estava concedendo à sua rainha um momento para se restabelecer ou, insensivelmente, prolongando sua angústia, mas, por fim, voltou-se para seu administrador, Meryra, prostrado à entrada. — Levante-se e nos conduza à sua ama — ordenou ele.

Meryra levantou-se e o reverenciou diversas vezes.

— É uma grande honra, Poderoso Touro — disse em tom solene, e eles o seguiram à fria acolhida do pequeno reino de Nefertiti.

O salao público estava cheio de estátuas. Enquanto Meryra seguia adiante, Ay olhava incrédulo ao redor. Nefertiti olhava para eles pomposamente à medida que caminhavam, o rosto destacando-se na escura suavidade do ébano, o brilho lustroso do mármore, a tepidez do arenito. Algumas das obras eram bustos, outras apenas cabeças, mas a maioria imagens inteiras. Algumas eram muito formais, a cabeça com peruca e coroada com a serpente ou com as linhas masculinas da coroa do sol, o corpo firme coberto de tecido pregueado até os pés calçados por sandálias, os braços rígidos nas laterais da pedra. Entretanto, muitos eram suaves e fluidos com as curvas e os movimentos primitivos da vida. O gênio artístico que Akhenaton desajeitadamente havia tentado acalentar encontrara seu desabrochar ali, em uma homenagem misteriosa de um homem à mulher que

488   Pauline Gedge

ele adorava. Todas as obras retratavam Nefertiti na integridade de seu caráter. Tutmés não tinha ilusões a respeito dela. Juntamente com sua sensualidade e sua beleza, o salão exalava sua arrogância, sua insignificancia, seu estranho desamparo. *Esta é minha filha*, pensou Ay, confuso. Uma estátua fez com que todos eles fizessem uma pausa. Nefertiti, em pedra calcária branca, a opressão da meia-idade em suas coxas, busto e ventre caídos, estava inclinada para um lado. Na mão esticada, segurava uma flor de lótus. Estava sorrindo levemente. Seus olhos estavam fechados, e as narinas pareciam sentir o perfume da flor. Seus cabelos caíam nos ombros, e ela usava um fino diadema que prendia um *ankh* sobre a testa. Havia *ankhs* pendurados em volta de seu pescoço e de seus dedos. A mulher incólume estava lânguida com a adoração da vida.

— Pelos deuses! — exclamou Tutankhamon com repugnância. — Os escultores estão longe de se tornar algo mais do que os criados dos homens superiores, mas este não passa de um escravo. Ele morreria de fome antes de encontrar um protetor. — Ay desviou seu olhar da estátua e caminhou.

Os corredores que conduziam à sala privada de recepção estavam também ornados com esculturas de Nefertiti, e parecia que Tutmés era, além de escultor, pintor, visto que as paredes do corredor apresentavam imagens reluzentes dela. Ali, ele se detivera em modos tradicionais de expressão, mas Ay notou que a pele fora pintada de vermelho, a cor usada para retratar os homens, e o cabelo em azul, devido ao lápis-lazúli do cabelo dos deuses.

Meryra conduzira-os para onde algumas cadeiras foram agrupadas ao redor de uma mesa baixa com refrescos e flores. Ao se aproximarem, Nefertiti e o escultor levantaram-se de seus assentos. Tutmés sussurrou no ouvido de Nefertiti, e, imediatamente, ela se ajoelhou e se prostrou, erguendo-se com sua ajuda, séria e com as mãos apertadas à sua frente. Estava vestida de modo simples, com uma roupa branca e macia que pendia das joias em ônix em sua garganta em muitas pregas até o chão. Mais ônix enfeitavam seu cinto. Em cada braço, ela usava grossos braceletes. Sua peruca era simples, uma cascata de cabelo escuro, em linha reta até os ombros, encimada por um diadema dourado feito de pequenos discos. *Ela parecia vir de outra época*, pensou Ay. Seu rosto estava com maquiagem pesada, mas não podia encobrir as delicadas linhas em volta de seus olhos ou os leves sulcos em suas faces. Tutmés também estava maquiado, com peruca e enfeitado com fitas, porém, sob a formalidade de

A DÉCIMA SEGUNDA TRANSFORMAÇÃO   489

seu traje, Ay viu um homem delgado, gracioso, com um olhar profundo e generoso. Ankhesenamon sorriu para sua mãe, mas Nefertiti parecia não perceber. Nem fitara os olhos de seu pai enquanto seu olhar os procurava. Sem convite, Tutankhamon sentou-se e disse:

— É bom vê-la de novo, Nefertiti.

Os outros se sentaram, Ankhesenamon olhando para seu colo retorcido, ferida e desapontada.

— Vossa Majestade cresceu bastante desde que a vi pela última vez — disse Nefertiti —, e você, pai, está mais gordo!

Ay olhou para ela com curiosidade. Na verdade, havia perdido peso desde que assumira as responsabilidades de regente. Sua antiga chama interior desaparecera, o corpo outrora agitado, agora estranhamente calmo, seus movimentos pensados. Ao olhar de Ay, Tutmés inclinou-se em direção a Nefertiti com um pequeno gesto de proprietário. Ay pegou a mão de Ankhesenamon.

— Não — respondeu ele. — Fiquei mais magro servindo a meu faraó. — Ele se voltou para Ankhesenamon com um gesto silenciador. — Nefertiti, sinto muito por sua filha não ter podido vir hoje. Você estava esperando por ela, mas ela não está bem.

Nefertiti parecia estar ouvindo, a cabeça para um lado, e, então, sorriu friamente.

— Você está senil, regente. Ankhesenpaaton, sua saúde não está boa?

— Você não está cega, está? — disse Ay suavemente, antes que a menina pudesse responder. — Ó Nefertiti, tanto orgulho! Se nós soubéssemos...

— Se vocês soubessem — zombou, sua voz fraca —, eu teria de suportar a pena de todos. Pobre Nefertiti, outrora tão poderosa, agora uma traidora velha, cega, que não pode dar um passo sem ajuda. Vamos ter um pouco de compaixão por ela, embora, com certeza, não espere isso de nós. Acima de tudo, ela pecou e está sendo punida! — Uma mão voou rapidamente sobre seu rosto pálido. — Não, não estou completamente cega. Posso distinguir a claridade da escuridão.

As palavras pairaram sobre eles. Com um grito, Ankhesenamon deixou sua cadeira e abraçou a mãe. Os braços de Nefertiti a envolveram.

— Vocês devem sair daqui de uma vez! — exclamou o faraó. — Em Malkatta, você pode ter seus aposentos e criados, e meus próprios médicos cuidarão de você. Venha conosco, Nefertiti.

Seus dedos exploravam o rosto de Ankhesenamon.

490   Pauline Gedge

— Malkatta? — respondeu calmamente. — Não, Majestade, é muito tarde para isso. Não suportarei o riso silencioso da corte nas minhas costas dia após dia. Aqui, ainda sou a rainha. Meu marido se foi. Todos os meus filhos, com exceção de uma, estão mortos; nenhum filho meu está sentado no Trono de Hórus. No entanto, enfim, alguma paz chegou a mim. Você a destruiria para mostrar sua piedade?

Atormentado pela condenação em sua voz, Tutankhamon disse com violência:

— Não somos obrigados a lhe mostrar piedade! Ouvimos as súplicas de nossa rainha!

Nefertiti afastou-se de Ankhesenamon delicadamente e assentiu.

— Meu marido me tornou sagrada — disse ela. — A cidade de Akhetaton é uma canção de louvor a Aton e a mim. É minha. Nunca partirei.

— Não poderei garantir sua segurança quando os *mazoi* se forem — lembrou-lhe Ay ansiosamente.

Ela encolheu os ombros.

— Tenho meus próprios soldados. Quatro das minhas filhas jazem aqui nos rochedos, meu pai. Não as abandonarei.

— Seu dever recai em Ankhesenamon, a sobrevivente!

— Ankhesenamon? Seu pai choraria em ouvir o nome daquele deus. Quanto a meu dever, Ay, eu o cumpri.

Ela permitira que as lembranças se desvirtuassem, mudassem a fim de se enquadrar em suas próprias ambições e disfarçar suas antigas frustrações. *Aqui, no Palácio Norte*, pensou Ay, *seus sonhos haviam assumido uma espécie de realidade.* Era um santuário para ela, um santuário de adoração, e o homem sentado a seu lado em silêncio, com tamanha tranquilidade, pelo menos, dera a ela o amor ao qual sempre aspirara. Em seu novo desempenho, ela não mais inspirava piedade.

Por um instante, eles se sentaram juntos, conversando sobre coisas inócuas, enquanto Meryra, conduzido pelos gestos moderados, lhes servia guloseimas. Não havia traço de posse exagerada em sua atitude; nenhuma ostentação de domínio. Ay estava convencido, no momento em que eles se levantaram para partir, de que o amor de Tutmés por Nefertiti era honesto, altruísta e estável. Eles se curvaram perante Tutankhamon e caminharam com ele na luz do pôr do sol. A mão de Nefertiti repousava no ombro de Tutmés, que a conduzia. No último momento, enquanto o faraó entrava em sua liteira, a rainha voltou para abraçar sua mãe.

A Décima Segunda Transformação   491

— Oferecerei incenso diante do Filho de Hapu para você todos os dias — disse ela chorando — e enviarei a você muitas cartas.

Nefertiti virou os olhos cinzentos inexpressivos na direção de seu rosto.

— Dê um filho ao Egito, Ankhesenamon, e não se intrometa em coisas que não lhe dizem respeito. Eu a amo.

Ainda soluçando, Ankhesenamon entrou em sua liteira. O último olhar foi para sua mãe, o rosto imóvel de Nefertiti, a roupa branca pressionada a seu corpo imponente pelo vento, e o brilho da luz solar em seus anéis enquanto alcançava a mão de Tutmés.

Dois dias mais tarde, no frescor do amanhecer, o faraó e Ankhesenamon sentaram-se no convés da *Kha-em-Ma'at* e afastaram-se dos degraus do embarcadouro do palácio pela última vez. A rainha, observando o centro da cidade passar, tentou fingir que estavam apenas em uma festa no barco e, à noite, voltaria para sua casa. Contudo, foi difícil manter a ilusão, visto que Akhetaton os havia excluído. As palmeiras verdejantes enfileiradas ao longo da margem zuniam na leve brisa, os muros brancos forrados de vinhas tremeluziam na nova luz do sol, e os lampejos de cor radiantes exibiam a viçosa umidade de muitas árvores. Todavia uma atmosfera de decadência incipiente há muito pairava sobre as casas vazias e os jardins abandonados. Por trás das portas lacradas e janelas pregadas com tábuas, muitas salas foram deixadas como eram, as cadeiras ainda esperavam para serem usadas, as mesas ostentando vasos de flores murchas, os aposentos com as venezianas fechadas ainda ofuscados pelos divãs amarrotados e as lamparinas ainda aquecidas da noite. Houvera um pânico súbito para abandonar um lugar mal-assombrado, de mau agouro, assim como uma incerteza a respeito do futuro. Talvez o faraó não se estabelecesse em Tebas e voltasse. Talvez ficasse saudoso devido à beleza e ao viço da cidade, talvez o eclipse do Aton fosse curto, apesar de tudo, e, ao amadurecer, o faraó retornasse ao deus do seu pai. A tristeza pairou nos jardins e impregnou as ruas com nostalgia.

Enquanto a barcaça real passava pela propriedade de Horemheb, Ankhesenamon deu um grito e virou-se para seu marido.

— Tutankhamon, olhe! O que está acontecendo?

Crianças pardas nuas pulavam dos alvos degraus do embarcadouro de Horemheb para o rio com gritos de deleite. Uma mulher ajoelhada em sua

492 Pauline Gedge

piscina decorada esfregava uma pilha de roupas brancas grosseiras. Duas cabras estavam amarradas a uma coluna do corredor de entrada. Os desabrigados haviam começado a convergir para a cidade antes mesmo que todos os seus moradores tivessem partido.

O faraó assistiu à cena fascinado.

— Eu deveria mandar expulsá-los — disse. — Mas, hoje serei magnânimo. Não vem ao caso, de qualquer forma. Não creio que retornaremos, e, até agora, não temos recursos para pagar soldados para policiar a cidade vazia. As fábricas de vidro e faiança ainda estão funcionando. Acredito que esses camponeses queiram trabalhar nelas.

Ankhesenamon levantou-se e foi até a grade. O palácio do prazer etéreo de Maru-Aton estava passando, e ela pensou em dar uma olhada rápida no pavilhão além das árvores. Então, foi-se. Para o passado. A aduana do sul estava quase perto, e também o fim da longa extensão de altos rochedos que protegeram Akhetaton. Ankhesenamon olhou para trás. A cidade era uma miragem silenciosa de branco, verde e ouro bailando no nevoeiro cálido, ligada de modo tênue ao presente apenas pelo cordão de barcaças resplandecentes enfileiradas atrás. Ankhesenamon não desviou o olhar até que os rochedos e o rio flexível tirassem a cidade de sua vista.

A flotilha seguiu seu trajeto lentamente de volta a Tebas, transportando os corpos de Akhenaton e Tiye, que Ay planejara sepultar em Tebas. Os viajantes haviam embarcado com disposição, passando as longas horas no rio com festas no convés sob os dosséis, mas há muito a presença dos dois esquifes imperiais e a ansiedade quanto ao que os aguardava em Tebas acalmara a corte. O sono tornou-se espasmódico e incômodo. As mulheres mais impressionáveis entre os cortesãos começaram a ter presságios desfavoráveis, e muitas se sentiram oprimidas por um pressentimento. Teria sido melhor, sussurravam entre si, terem abandonado o amaldiçoado e sua mãe-esposa ao ardente silêncio dos rochedos. Decerto, estavam levando consigo uma mácula que infectaria Malkatta. Era de mau agouro perturbar o descanso dos mortos.

Bem à frente, a barcaça do faraó tocava os degraus do embarcadouro de Malkatta, as margens do rio começaram a ficar cobertas pela multidão que permanecia em reverência embaixo das palmeiras e, em seguida, se levantava para saudá-lo com vivas, e, quando seu capitão deu o comando que moveu a flotilha para o oeste, Tebas inteira pôde ser vista enchendo a margem leste, gritando e acotovelando-se em alívio delirante. As barcaças entraram no canal. Dragado, o imenso lago foi drenado e reenchido, os

A Décima Segunda Transformação   493

degraus do embarcadouro, reparados. Bandeiras tremulavam em mastros de madeira diante da imponente fachada do palácio. Conforme Tutankhamon e seu séquito desciam da rampa, sacerdotes em roupa branca esvoaçante liberavam nuvens de incenso aos céus, e a calçada estava já viscosa de leite e vinho. Junto ao altar portátil, um touro decorado com flores aguardava pacientemente o golpe derradeiro da faca do faraó.

Era mais do que uma volta ao lar. Era um retorno à razão, aos aspectos imutáveis de Ma'at e às cerimônias realizadas com uma alegria sem fim. Os cortesãos enchiam o palácio renovado, rindo e cantando. Aromas deliciosos saíam da cozinha. No harém, as novas mulheres misturavam-se com as antigas, seus aposentos eram uma desordem de pertences, pelos quais seus criados abriam caminho enquanto as próprias mulheres penetravam os jardins e apressavam-se em direção ao lago. As boas-vindas tumultuosas dos tebanos podiam ser ouvidas intermitentemente durante horas, uma arruaça ruidosa que atravessava o Nilo. O incenso formava colunas abundantes sobre Karnak. O banquete que Tutankhamon presidiu durante aquela noite continuou até o amanhecer, uma expressão de alegria e de ação de graças barulhenta e ao som de música. O faraó retirou-se a seus aposentos logo após a meia-noite, deixando-se cair no amplo divã de Amenhotep e em seus sonhos quase ao mesmo tempo. Quando despertou, enquanto Rá saudava o horizonte, Maya e seus assistentes começaram o canto de louvor do lado de fora:

— Salve, Encarnação Viva, erguendo-se enquanto Rá surge no leste! Salve, Fonte Imortal e Divina da Saúde do Egito!

Mais tarde, durante o dia, Tutankhamon encontrava-se em completa panóplia no santuário sombrio de Amon. Diante dele, o deus elevado, uma imagem modelada pelos próprios artistas de Tutankhamon e vestida em seu próprio ouro. Pratos das mais seletas guloseimas foram colocados a seus pés, e flores pendiam de seu pescoço. Brandamente, ele sorria a seu filho obediente enquanto os sacerdotes seguravam os incensórios, e Maya, resplandecente na pele de leopardo sacerdotal, inclinava-se em reverência diante dele.

— O sol daquele que conhece a Ti não se rende, ó Amon! — os cantores do templo entoavam essa canção no átrio. — O templo daquele que injuriou a Ti está na escuridão! — Não houve engano no triunfo maligno nas palavras. Tutankhamon ouvia sobriamente. Ele não tinha outro pai agora, a não ser Amon.

494   Pauline Gedge

Quando os corpos de Tiye e Akhenaton foram colocados juntos em uma sepultura preparada às pressas no vale a oeste de Tebas, todos que assistiam aos servos da necrópole atar a corda na entrada acreditaram estar testemunhando o derradeiro sepultamento do passado. Os nós foram cobertos de argila, o selo da necrópole foi pressionado neles, e as advertências solenes contra violação e roubo foram entoadas. A pequena cerimônia fora assistida apenas pelo casal real e por um punhado de cortesãos escolhidos. Enquanto, posteriormente, se dirigiam das sepulturas às suas liteiras, sentiram-se como se um fardo houvesse sido tirado de seus ombros. A última irreverência de uma administração condenada fora retificada.

Durante a viagem de volta ao palácio, Ankhesenamon parou no templo funerário do Filho de Hapu com oferendas para os profetas e oradores mais determinados à recuperação da vista de sua mãe. Ay, observando os delicados dedos reais espalhando os grãos de incenso sobre as chamas, pensou, impiedosamente, que o nobre falecido sentiria uma satisfação maliciosa em desconsiderar as orações fervorosas de Ankhesenamon. Ele fora contrariado, e, por consequência, suas terríveis profecias tinham se realizado. Não intercederia aos deuses pela esposa de um príncipe que mandara matar há tanto tempo; em vez disso, apreciaria as consequências da desobediência de seu senhor real.

Todavia, aqueles que viram o sepultamento da imperatriz e de seu filho como um sinal de que agora tudo estaria bem no Egito tiveram sua esperança ofuscada quando, logo em seguida, Ankhesenamon deu à luz uma menina natimorta. Os cortesãos observaram sua angústia com sorrisos.

— O sangue real é fino — murmuravam entre si. — Sua mãe dera ao Egito somente meninas, e ela não é fértil o suficiente para ter meninos. Os deuses ficaram cansados dessa casa afeminada. — Muitos olhos acompanharam em segredo o vaivém de Horemheb pelo palácio. O Representante do Faraó era vistoso, maduro e competente, um homem de ação entre crianças e velhos, porém, na cada vez mais satisfatória conduta política de Malkatta, não havia mais do que um tema diversionário, logo substituído por assuntos menos importantes.

Horemheb parecia ter se submetido sem problemas à sua posição subalterna. Quando não se encarregava de seus deveres como Representante do Faraó, podia ser encontrado no escritório do Escriba de Conferência ou com seus oficiais e homens nos quartéis. Ay teria privado

Horemheb de seu controle sobre os Seguidores do Faraó caso tivesse ousado, mas sabia que, como os deuses se fortaleciam novamente, os argumentos com os quais ele levara a melhor sobre Horemheb tinham menos poder a cada ano que passava. Ay admitiu para si mesmo que estava com medo do homem. Embora o Egito tivesse em Tutankhamon um jovem faraó, popular, que todos aprovavam, uma profunda e irrevogável mudança ocorrera desde os dias da magnificência de Osíris Amenhotep, quando o faraó era iluminado com divindade e, por trás da rigorosa formalidade do protocolo protetor, o deus governante, quaisquer que fossem suas fraquezas humanas, era infalível. Desde então, o Egito havia suportado um faraó que se provara não apenas enganado, mas também criminoso perante o universo, um homem contra o qual os próprios deuses haviam lutado, cuja falibilidade se tornara aparente até mesmo para qualquer camponês acometido pela pobreza.

Sem sua tradicional invulnerabilidade, o faraó não era mais intocável. Um dos governantes do Egito já não havia morrido por mãos violentas? *Não é que o faraó simplesmente não mais seja divino*, refletia Ay enquanto cumpria seus deveres durante os longos dias. *Sua divindade está agora escondida em sua carne, e todo o mundo sabe que sua carne sangrará ao toque de uma faca. Ninguém sabe disso melhor do que Horemheb. Quais são precisamente suas ambições? É a Coroa Dupla que brilha em suas fantasias ou simplesmente o sonho de um Egito ocupando posição de destaque mais uma vez como um poderoso império? Se for o império, então ele será paciente, e Tutankhamon não tem nada a temer. No entanto, se for a coroa, então ele simplesmente aguardará uma oportunidade para atacar, e, a menos que traia seus desígnios de alguma forma, serei impotente para prevenir uma tragédia.*

Mais tarde, naquele ano, chegou uma carta a Ay, vinda de Akhetaton. Ele a desenrolou e leu distraidamente, mas ficou pasmo de horror com seu conteúdo:

"Ela está morta", dizia. "Despertei uma manhã e a encontrei fria ao meu lado. Eu a enterrei nos rochedos. Deixo o Palácio Norte levando comigo somente aquilo que é meu. Vida longa e felicidades para você, regente." Estava assinado Tutmés, escultor. Ay deixou o pergaminho cair sobre a escrivaninha, e o som baixo que emitiu invocou uma torrente de lembranças. Nefertiti quando criança, sentada nua aos pés de Tey no

496   Pauline Gedge

jardim em um dia quente de verão em Akhmin, suas mãos cheias de contas de pouco valor, os olhos escuros assustados voltando para ele de forma questionadora assim que ele a chamara. Ele não sabia por que aquela cena insignificante ficara tão vívida em sua mente. Nefertiti, cheia de enfado e mau humor, tentando discutir com Mutnodjme, que nunca podia ser incomodada, a ponto de ficar contrariada. Nefertiti bem acima das cabeças de seus veneradores, indiferentemente formosa com a coroa do sol, a boca encarnada com um sorriso lânguido. Agora, enterrada, repousava oculta na escuridão, ao lado de um plebeu. Ay sabia que, quando ele se lamuriasse, seria pela menininha no jardim.

Ele pegou o pergaminho e foi para os aposentos da rainha, aguardando enquanto seu arauto obtinha permissão para entrar. Ankhesenamon saudou-o alegremente, usando uma capa branca bem larga, seu cabelo úmido e desalinhado. Sua pele morena brilhava com óleo fresco.

— Por favor, sente-se, vovô — fez o convite. — Acabei de sair do meu banho. O faraó diz que passo mais tempo me purificando do que um sacerdote. Ele me enviou novos brincos esta manhã. Gosta deles? — Ela os mostrou, e ele assentiu, forçando um sorriso. Seu próprio riso se desvaneceu. — Você me traz más notícias?

Como resposta, ele entregou a Ankhesenamon o pergaminho, observando em silêncio enquanto ela o examinava. Ela colocou o papiro de lado e sentou-se abruptamente na ponta do divã, puxando a capa à sua volta firmemente com as mãos.

— Odeio esses aposentos — disse ela após um instante. — Eu os odiava quando cruzei as portas. Eles são escuros, antigos e cheiram a pecados do passado. Tutankhamon acha que gosto deles e fica satisfeito porque a imperatriz Tiye viveu aqui, mas lembro somente que minha mãe dormia neste divã e caminhava por estes assoalhos. — Sua voz tremia. — Não durmo bem.

— Então, pelo amor de Set, conte a ele! Ele adora você, Majestade. Ele construirá uma nova ala para você!

— Não é de novos aposentos que preciso — disse com amargura. — Fui para a cama de meu pai quando tinha onze anos. Eu era inocente, Ay. Não compreendi aquilo. Mesmo o nascimento de minha filha não tirou a venda de meus olhos. O que meu pai fez a mim, a minhas irmãs, não foi contra a lei de Ma'at para um faraó, mas aqui, em Malkatta, percebo súbita e nitidamente que era mais do que a necessidade dinástica que o impelia.

Conhecendo esse fato mais secreto, julgo-me uma mulher velha, de má reputação, cujas lembranças agradáveis não se tornaram nada, a não ser mentiras. — Seus olhos encheram-se de lágrimas. — Tutmés não nos avisou até que fosse tarde demais para ir até ela e lamentar, para ficar com ela! Eu não entendo!

Ay não fez qualquer movimento para confortá-la, sabendo que seu orgulho impediria.

— Entendo — respondeu ele. — Ela era dele, não nossa. Ele a queria para si até o último instante. Não podia suportar a ideia do Palácio Norte cheio de cortesãos invadindo seu silêncio, e acho que teve motivos. Pedirei ao faraó que construa um templo mortuário para ela aqui.

Ela ergueu o queixo.

— Não é isso. Malkatta é um lugar solitário, ainda mais agora que ela se foi.

Ele colocou um braço nos ombros delicados dela.

— Ankhesenamon, você tem apenas dezessete anos; já é uma rainha, bela e amada. O futuro está cheio de promessa para todos nós. Não olhe para trás.

Ela se virou.

— Não posso evitar — disse friamente. — O passado não me deixará.

29

T ão logo Tutankhamon atingiu a maioridade, Ay renunciou à sua posição como regente, mas o relacionamento com o jovem rei, moldado desde a infância, permaneceu tão forte — o faraó consultava Ay a respeito de todos os assuntos e sempre lhe pedia conselhos — que ele continuou a manter o mais alto poder no Egito. Os cortesãos maravilhavam-se com sua longevidade, reconhecendo-a como um sinal de generosidade dos deuses aos quais ele restabelecera sua posição de destaque. Todavia, ao mesmo tempo, o ressentimento deles foi incitado, visto que o único meio de chegar ao faraó era por seu tio, e Ay recusou-se a autorizá-lo a delegar qualquer autoridade. Apesar de os vários ministros terem sido empossados novamente, foi-lhes negada ação independente, de forma que, embora Malkatta tivesse germinado, não floresceu.

Ankhesenamon engravidou mais uma vez e deu à luz outra menina natimorta. Ela suportou a humilhação corajosamente, amparada no fato de que nenhuma das esposas secundárias de Tutankhamon ou das concubinas fora capaz de engravidar de forma alguma. Entretanto, a preocupação com um sucessor começou a dominar as conversas dos cortesãos. O Egito precisava de um herdeiro, uma promessa de que Ma'at continuaria, de que seu tão recente restabelecimento frágil podia se tornar cada vez mais seguro. Não havia príncipe real prometido surgindo no harém, nenhuma nova geração de Avezinhas Hórus sobre as quais os olhares dos ministros, ansiosos, pudessem repousar. Em vez disso, aqueles olhos se dirigiram a Horemheb, que, ainda como Representante do Faraó, lembrava a todos, por seu preciso domínio do escritório no lugar de um herdeiro, que o futuro estava anulado.

Horemheb notava os olhares especulativos que o seguiam. Também sabia que Ay o temia por motivos que até o momento não tinham fundamento, dizia a si mesmo. O Egito fora bem-servido por Tutankhamon, embora não do jeito que o próprio Horemheb teria escolhido, e ele ficara contente em reverenciar a avaliação de Ay das necessidades do país e de suas soluções, tão logo observou o processo de recuperação iniciar. Estava satisfeito com sua nomeação à posição de Representante do Faraó — mesmo quando ficou evidente que Ay induzira a nomeação ao faraó, a fim de vigiar o comandante —, acreditando que, como tal, teria acesso irrestrito ao faraó, assim como o regente. Por acreditar que, com o passar do tempo, Tutankhamon voltaria sua atenção às questões militares, conforme Mutnodjme previra, ele estava contente.

Contudo, à medida que os anos se passavam e o Egito começava a reconquistar seu poder, o faraó não dava atenção a Horemheb, exceto àquelas questões sobre adoração e protocolo. Horemheb tentou, em diversas ocasiões, representar Tutankhamon em nome do exército, mas qualquer insinuação séria de mobilização de sua parte fora rejeitada. Com uma fúria crescente, Horemheb começou a entender que era, na realidade, Ay, e não o faraó, quem consistentemente impedia qualquer tentativa de reerguer o império. Ay contemplava cada vez mais o passado, quando o Egito havia sido fortemente independente, uma nação que negociava com outras, mas não tinha sonhos de conquista, satisfeita em se manter separada do resto do mundo pelo orgulho. O regente acreditava tanto na retidão de suas próprias políticas e na inconveniência de conquistar qualquer território pelos próximos anos — talvez para sempre — que persistia em reter seu jovem e maleável sobrinho sempre mais próximo a si.

Horemheb sentiu algum consolo ao pensar que, por matar Smenkhara, ele teria alcançado pelo menos dois objetivos: a reintegração de Amon e a volta da administração para Tebas. Contudo, sua esperança de que uma futura geração de príncipes reais voltaria a atenção a seu outro desejo, que estava mais próximo ao coração de Horemheb, definhou quando a rainha deu à luz sua segunda filha natimorta. Se não houvesse herdeiro nos próximos anos, Tutankhamon designaria algum jovem nobre entre os ministros que Ay escolhera para governar, sem dúvida um homem que compartilhasse a pacificidade que o faraó havia aprendido com seu tio. Então o Egito permaneceria, para sempre, na posição de inferioridade à qual declinara. A ideia era insuportável, mas Horemheb não estava totalmente pronto para permitir que a alternativa se formasse em sua mente até que tivesse feito todo o esforço para se assegurar de que o faraó nunca concordaria em considerar seu conselho.

Ele se defrontou com Tutankhamon enquanto o faraó caminhava pelo lago em uma noite muito quente de Mesore, aproximando-se dele sobre o gramado seco. Nakht-Min estava ao lado do faraó, o leque macio de plumas brancas de avestruz sobre seus ombros, e Ay dividia a proteção do abrigo. Outros membros da elite da corte seguiam, passeando de braços dados e conversando calmamente.

— Retire o abrigo — ordenou Tutankhamon aos criados. — Rá aproxima-se do horizonte, assim, é inútil. Tomarei um banho em um instante.
— Ele lançou um olhar neutro, carregado de *kohl*, no representante.
— Não é hora de discutir assuntos de política de Estado, Horemheb. Ainda está muito quente para pensar.

Horemheb ficou prostrado e, então, encarou o faraó com determinação.

— Então, Vossa Majestade me concederá uma audiência amanhã?

Tutankhamon suspirou e fez-se deslizar na cadeira colocada ao lado dele, acenando para seu séquito sentar no gramado.

— Não. Amanhã Nakht-Min e eu iremos caçar e, em seguida, temos de discutir os preparativos da comemoração do Ano-Novo. Leve seus problemas para meu tio.

Horemheb instalou-se de pernas cruzadas no chão e olhou para Ay. O sol estava se pondo atrás do regente, tornando difícil interpretar sua expressão.

— Eu já fiz isso, Imortal — disse com indiferença —, porém o regente e eu conversamos sem chegar a lugar algum. Sou seu leal representante e o comandante de seu exército. Meu pedido é pequeno.

— No entanto, premente, suponho. Bem, faça-o rápido.

Cuidadosamente, mas com respeito, Horemheb examinou o bonito rosto. Aos dezenove anos, Tutankhamon tinha os lábios sensuais, o nariz delicado de sua mãe e sua maneira incisiva de falar, porém os olhos graúdos, meigos, de seu pai, os quais raramente traíam qualquer pensamento íntimo. Ele teria se tornado um bom cortesão, agradável de admirar, com um senso de moda, uma habilidade de se relacionar com todos e competência para conversas triviais. Horemheb considerava-o imaturo e culpava Ay por não lhe conceder qualquer responsabilidade.

— Majestade, desejo muito sua permissão para levar metade da divisão do norte para recuperar Gaza. Como Vossa Majestade tem conhecimento, o Egito está pronto, mais uma vez, para se abrir ao comércio, e não podemos negociar sem Gaza. Temos de recuperá-la.

— Majestade — interrompeu Ay —, Horemheb sabe perfeitamente bem que os khatti podem interpretar um ataque a Gaza como o início de uma ofensiva por parte do Egito. Ainda não estamos prontos para isso.

— Estou me dirigindo a Hórus, não a você! — disse Horemheb com violência. — Mantenha-se longe disto, Ay! Você pensa e fala como um velho bobo e tagarela. — Assim que as palavras saíram de sua boca, ele se arrependeu. *Estou me tornando irritável,* afligiu-se com raiva. *É esta a arrogância da qual Mutnodjme me acusa?* Ele percebeu um sorriso condescendente romper a face papada de Ay. Tutankhamon olhou em volta brevemente ao súbito silêncio que pairou. O grupo de pessoas ouvia com avidez na expectativa de um escândalo.

— Você demonstra falta de respeito ao proferir insultos em minha sagrada presença — disse o faraó rispidamente. — Concordo com meu tio. É muito cedo para pensar em qualquer operação militar. Um movimento desses reavivaria os temores do povo. Somente agora ele está aprendendo a confiar nas bases da nova prosperidade que estamos lhe trazendo. A guerra retiraria isso dele.

— Não falo de guerra — contestou Horemheb estupidamente. — A captura de Gaza seria uma pequena e rápida invasão. E isso seria tudo.

— Seria? — Tutankhamon fitou seu olhar com astúcia. — Eu conheço seu desejo. Não estou preparado para permitir que você o realize.

Com uma fúria interior, Horemheb sabia que o deus estava uma vez mais repetindo as palavras de Ay.

— Se Vossa Majestade não escutar meu conselho, então pelo menos consulte alguns de seus outros ministros. Eles têm opinião.

A crítica implícita ferroou Tutankhamon. Ele se curvou à frente e atingiu Horemheb de leve no rosto com seu abanador de moscas.

— A menos que deseje ser deposto de seu comando, você faria bem em se retirar de minha vista — disse ele rapidamente. — Nunca gostei de você. Está dispensado. — O silêncio estava impregnado dos olhares de soslaio dos observadores. Pálido de humilhaçao, Horemheb levantou-se, reverenciou-o com rigidez e retirou-se, a cabeça erguida, os olhos de todos queimando em suas costas.

Horemheb passou o restante do dia no deserto atrás do palácio, gritando e açoitando os cavalos à medida que eles arrastavam sua biga pela areia, mas sua raiva ainda não havia diminuído ao anoitecer, quando retornou para casa. Ele não havia comido nada. O golpe do faraó com o abanador de moscas continuava a queimá-lo como uma forte chicotada de um cocheiro, e Horemheb andava para lá e para cá diante de Mutnodjme em seus aposentos, seus dedos alisando a marca invisível em sua face.

— Meu estômago dói por causa deles, Mutnodjme. Minha paciência está esgotada. Akhenaton, um príncipe a quem entreguei minha amizade;

502 Pauline Gedge

todavia, o que era ele? Um criminoso. Smenkhara, um pirralho pervertido e depravado. Tutankhamon, um brinquedo. Ele me agrediu. Eu! Não mereço tal recompensa por minha lealdade.

— Você fala de deuses — advertiu Mutnodjme. Ela relaxava de bruços no divã, nua, o rosto para o cata-vento.

— Deuses — zombou Horemheb. — Não houve nenhum deus no Egito desde Amenhotep. Aquele safado me atingiu!

— Foi o que você disse. — Ela girou vagarosamente sobre suas costas. — Contudo, acho que foi seu orgulho que ele atingiu, não seu rosto. Que importa? Não entendo essa raiva. Venha e faça amor comigo.

— Você é como todas as mulheres. Pensa com sua genitália — retrucou. — Onde está sua compaixão?

Mutnodjme sentou-se com um suspiro, arrumando as almofadas atrás de si.

— Temo por você — disse. — Nada lhe agrada mais. Você bebe demais, esbofeteia os criados, grita com todos. Por quê? A vida é boa.

— A vida é boa? Não, Mutnodjme, a vida não é boa. Existem grilhões em volta de meus pulsos. Sou um prisioneiro. Você me ouviu? — Ele arregalou os olhos para ela e, em seguida, abruptamente, atirou sua taça pela sala. O objeto atingiu uma lamparina de alabastro antes de se despedaçar na parede. Pedaços da pedra translúcida deslizaram pelo chão, e o óleo respingou no divã. Mutnodjme não recuou e olhou para ele fixamente. Ele estava respirando de forma ruidosa, os ombros curvados, e, de imediato, aproximou-se do divã, deixando-se cair e impelindo-a sob si mesmo. — Você está errada — sibilou em sua boca. — Isto ainda me satisfaz. — Por um momento, ela suportou seu beijo, porém, em seguida, friamente, o empurrou e saiu do divã.

— Isso não é prazer, e eu não estou disposta a fazer jogos violentos com você esta noite, Horemheb. Vou dormir no terraço. Chame uma concubina, se desejar ferir alguém. — Apanhando sua camisola com um gesto lento, ela saiu.

Por muito tempo, Horemheb ficou esparramado no divã, depois que Mutnodjme o deixara, os olhos abertos, o rosto pressionado nos lençóis, que cheiravam a seu perfume e ao miasma nauseante do óleo derramado. Estava com medo de pensar. De vez em quando, breves rajadas de ar quente atingiam-no vindas da abertura do cata-vento, fazendo com que o suor irrompesse mais uma vez. Ela estaria sentada ali, caída nas almofadas, sonolenta, mas vigilante a qualquer carícia da mesma brisa em sua pele

A Décima Segunda Transformação   503

brilhosa, seus olhos encobertos preguiçosamente, refletindo a luz estelar, seus sentidos alertas a todo movimento da noite. Talvez ela estivesse escutando música. Talvez ela já tivesse convocado seus companheiros noturnos para ajudá-la a passar a noite de verão jogando e tagarelando, ou apenas um amigo em cujos braços a pungência estranha, ardente, da escuridão pudesse ser intensificada. Ele se deixou imaginá-la com um homem lá em cima, os risos moderados, os sussurros, as figuras nuas escuras diante da sombra do cata-vento, mas, por fim, sua mente deteve a distração e pôs-se indiferente a esses pensamentos que deveriam ser ponderados.

De modo exaustivo, ele se arrastou para sentar. *A falta de respeito de Tutankhamon hoje não foi simplesmente a raiva de um deus direcionada a um súdito que abusara,* pensou ele. *Não. É um direito do faraó tratar e dispor de seu povo da forma que quiser. Aquela pancada com o abanador foi um símbolo de sua completa falta de consideração por meu posto e minhas opiniões. Não posso mais acreditar que o faraó alguma vez voltará sua atenção para mim, de forma que, por fim, eu possa estar autorizado a devolver a honra do Egito para ele. Agora, eu sei que, a menos que evite, irei para minha sepultura em Mênfis não tendo realizado nada para mim mesmo ou para o país que amo. O faraó nunca fará guerra. Se ele tivesse aceitado me escutar, eu teria, pouco a pouco, conquistado sua confiança e cooperação, mas o jovem foi envenenado contra mim.* A intensidade de seus pensamentos fez com que ele ficasse de pé e andasse até a janela, repousando os braços na soleira e inclinando-se para fora sobre o borrão opaco do canteiro de flores.

Não sou um homem violento. Não importa o que Mutnodjme pense, as crueldades necessárias de guerra não têm nada a ver com o desejo perverso de usar subterfúgios e destruir, um desejo que não tenho, um desejo que nenhum comandante pode nutrir. Então, o que eu quero? Eu traí a imperatriz por ouro e porque acreditava que meu prestígio com seu filho aumentaria. Assassinei Smenkhara para salvar o Egito de outra agonia. No entanto, matá-lo não me deixou mais próximo de obter prestígio com o Trono de Hórus. O que poderia? Não há sangue real em minhas veias, o que poderia me assegurar o respeito e a atenção do faraó. Ah, mas nas veias de Mutnodjme... É isso, então, o que eu realmente quero? A Coroa Dupla em minha cabeça? A chance de fazer com o Egito o que desejo? Gemeu ele, esfregando as palmas das mãos quentes em seu rosto. *Eu não quero matar novamente, mas certamente Amon deve olhar com desdém para o desprezível resíduo de sua família divina. Eu sou mais digno de ser*

504 Pauline Gedge

seu filho do que Tutankhamon, cujo verdadeiro sangue é imundo com o pecado de seus pais.

Oh, como você pôde inventar justificativas, escarneceu ele de si próprio sorrindo languidamente na escuridão. *Que absurdo piedoso você pode invocar! Você quer ser o faraó porque quer, sem pretexto. Supondo que mate Tutankhamon! Seria mais fácil do que da última vez. Os deuses não o puniram pelo que você fez. E, se eu realmente matá-lo, Ay fará uma oferta para o trono! Provavelmente, e eu não posso matar os dois. Os cortesãos aceitariam uma morte, mas não poderiam fechar os olhos diante de duas. Não posso continuar dessa forma, esperando, esperando, imaginando o que acontecerá ao Egito quando eu falecer e quando o faraó tiver morrido. Imaginando! Sabendo. Isso é o que me consome. Seria anarquia, miséria e carnificina. Deixe Tutankhamon comemorar seu Aniversário das Aparições no mês que vem no Ano-Novo. Até lá, eu terei maquinado algum tipo de plano, mas dessa vez não posso confiar em ninguém, a não ser em mim mesmo.*

Tendo sua mente desanuviado, ele ficou de repente com fome e, chamando um criado, pediu comida e mais vinho. Enquanto aguardava, pensou em Mutnodjme. Ele deveria confidenciar a ela? Não era necessário. Ela saberia.

A apresentação tradicional de benefícios para as celebrações do Ano-Novo naquele ano incluiu não somente uma embaixada da Núbia, mas também embaixadores da Alashia e da Babilônia, os primeiros estrangeiros que foram procurar a renovação de acordos comerciais desde o décimo segundo ano de reinado de Akhenaton. Ay, que enviara missões diplomáticas aos governantes daqueles países nos meses anteriores, estava extasiado. O Tesouro foi aberto, e o ouro, consumido abundantemente pela primeira vez desde que Tutankhamon herdara a confusão que seu predecessor deixara.

Seis semanas mais tarde, na metade de Paophi, o faraó aceitara sem grandes preocupações o convite de seu representante para uma caçada aos leões durante quatro dias. Horemheb realizara a prostração anual aos pés de seu senhor com a devida humildade. Sua coroa fora feita de eletro, suas flores, de lápis-lazúli. Sua oferenda foi um novo arco ornamentado com desenhos florais e debruado em ouro, assim como uma lança marchetada com pedaços prateados de papiro. Ele fora cuidadoso em não aparecer tão odioso em sua adoração e organizou a caçada: o convite a todos os ministros, a obtenção de diversas tendas de damasco, a adequação de bigas e cavalos dos estábulos das tropas de choque, a provisão de hordas de escravos para prepararem as diversas cestas de alimentos e servirem o vinho que mandou buscar de suas propriedades do Delta. Músicos foram contratados, e dançarinos, vistoriados. Sua única derrota foi Mutnodjme, que se recusara a ir.

— Detesto viver em tendas — afirmou. — Acaba-se comendo areia e despertando-se de manhã com as ancas doloridas daqueles divãs de viagem. Se você tivesse convidado o faraó para uma viagem de barco, seria diferente. Visitarei minha mãe em Akhmin enquanto a corte transpira sob as tendas estreitas, assim como bebe vinho arenoso e finge apreciá-lo.

— O que dirá a rainha? Ela será sua convidada.

— Não, meu marido — respondeu graciosamente. — Ankhesenamon será sua convidada. Ela me conhece bem. Ela entenderá por que não estou lá e, sem dúvida, estará desejando que não estivesse lá também.

— O que você quer dizer?

— Você está me agarrando com demasiada força — disse ela, e ele soltou seu pulso murmurando desculpas. — Quero dizer apenas o que digo. Ankhesenamon gosta de conforto. — Ela olhou para ele de maneira estranha. — Não cace de forma irresponsável, Horemheb. Apesar de seu temperamento infame, gosto muito de você. — Ela o deixou rapidamente, como se soubesse que ele desejava ser poupado de uma resposta. Era verdade o que ela dissera. Todos sabiam de sua aversão tanto a caçadas quanto a acampamentos e, portanto, não estranhariam sua ausência. No entanto, Horemheb se afligiu. Sua ausência poderia ser interpretada de forma errada mais tarde.

No dia da partida, o grupo de pessoas resplandecentes precipitou-se vagarosamente pelo deserto ocidental, atrás dos rochedos, levantando uma nuvem de poeira vermelha enquanto se movimentavam. Horemheb viajava em sua biga ao lado da pertencente ao faraó, em uma posição de honra, aparentemente afável e sorrindo, mas tenso por antecipação e medo. Ele não pôde elaborar um plano detalhado e sabia que deveria estar preparado para aproveitar qualquer oportunidade que surgisse. Tutankhamon estava animado, conversando e rindo sob o pequeno dossel que Nakht-Min mantinha sobre ele enquanto conduzia sua biga com habilidade instintiva. Ay seguia em uma liteira e, pela primeira vez, fora desconsiderado. Atrás deles, a corte estava desgarrada em suas próprias liteiras, e, na retaguarda, os seguranças reais tomavam conta das bigas vazias e das caixas de armas

506 Pauline Gedge

para todos aqueles que desejassem testar sua habilidade mais tarde. Após o percurso confortável de um dia, a multidão alcançou as tendas montadas rapidamente sobre a areia revolvida e aplanada, onde santuários também haviam sido montados, as cozinhas, preparadas, e os escravos entediados e desconfortáveis esperavam agachados ao lado de tapetes enrolados.

Depois que orações para uma caçada segura e vitoriosa foram realizadas naquela noite, o grupo se entregou à comida e à diversão. As vibrações de tambores e a lamúria das flautas tremulavam pelo deserto. Os dançarinos se mostravam sobre as chamas cintilantes enquanto os convidados perambulavam de tenda em tenda, taça na mão. A convite do faraó, Horemheb foi à tenda real para conversar. Ay estava ausente. Por diversas horas, o jovem rei e o comandante taciturno falaram do passado, do presente e de expectativas de Tutankhamon para o futuro. Horemheb descobriu-se quase gostando do jovem fútil, impulsivo, mas, apesar de tudo, não sentiu pesar pelo que deveria fazer. Era tarde demais para isso.

Horemheb esperou que dois dias transcorressem. Ele soltara os parafusos que prendiam ao eixo uma das rodas da biga de Tutankhamon, sabendo que eles seriam necessários para manter as rodas no lugar em piso tão irregular, e não achava que o faraó perceberia os tremores quase imperceptíveis da roda folgada na superfície do deserto. Somente a violência de uma veloz perseguição a soltaria.

Horemheb estava resignado a ver a caçada terminar sem infortúnio, se fosse necessário. Nesse tempo, os homens movimentaram-se tranquilamente pela areia próxima à parte traseira dos rochedos, nada avistando no primeiro dia e, no segundo, perdendo um leão que surgira de repente no alto das rochas e, em seguida, desaparecera.

Entretanto, na terceira manhã, uma fera dourada irrompeu da desordem das sombras matutinas na base dos rochedos e moveu-se rapidamente pela areia. Tutankhamon havia escolhido, como frequentemente fazia, dirigir sozinho. Com um grito, ele partiu e, então, baixou seu chicote severamente nos flancos dos cavalos. A biga saltou à frente. Horemheb, a garganta repentinamente seca, firmou suas pernas e suportou a velocidade de sua própria biga enquanto corria atrás do faraó. O restante dos caçadores, uns seis ou sete cortesãos, seguia mais lentamente, visto que o primeiro animal deveria ser abatido pelo faraó.

— Quebre, quebre — murmurou Horemheb entre os dentes cerrados enquanto seus olhos se estreitavam contra o vento quente e ele sentia seu saiote grudado às coxas. Conduzindo seus cavalos para a direita, de forma

A Décima Segunda Transformação   507

que não ficassem cegos pela areia lançada pelos animais de Tutankhamon, ele manteve posição.

Em seguida, seu coração saltou à boca. Uma das rodas bamboleou, soltou-se da biga e voou pela areia. Ele ouviu o faraó gritar, mais de surpresa que de medo. O eixo foi de encontro ao solo. Tutankhamon soltou as rédeas e gritou de pavor conforme voava muito alto, em cambalhota, golpeava os cavalos, confusos, que já tinham parado, e caía com um baque na areia. Horemheb olhou para trás. Ele e o faraó haviam se adiantado bem. Puxando brutalmente suas rédeas, saltou e correu, ajoelhando-se rapidamente, seus braços e pernas instáveis com o terror momentâneo. Para sua perplexidade, Tutankhamon abriu os olhos. Estava deitado ao lado dele, seu saiote amarelo-laranja rasgado, metade de seu capacete para fora, a respiração entrecortada. Ele estava apenas atordoado. Naquele momento, Horemheb devia ter se decidido a esperar ou talvez ter visto a preservação miraculosa do faraó como um sinal da proteção do deus. Contudo, um relance mostrou-lhe duas coisas: o solo continha pequenos pedaços de pedra espalhados, e, reluzindo malevolamente ao sol, a distância estava um dos pinos do eixo. Ele não hesitou. Os homens já corriam em sua direção, acenando e gritando. Agarrando o pino e a pedra, ele empurrou Tutankhamon pelo estômago. Um dedo procurou a concavidade na base da cabeça, exposta pelo capacete frouxo. O ângulo da cabeça não estava correto. Ele a inclinou um pouco, pôs a ponta do pino dourado na concavidade e, com um grunhido, bateu com a pedra nele. Houve breve resistência, e, em seguida, o pino deslizou para cima. O faraó fez um ruído muito pequeno, como o miado de um gatinho. Blasfemando com pressa, Horemheb arrebatou com violência o pino. Uma pequena quantidade de sangue verteu lentamente, diminuiu e verteu novamente. Ele esfregou a pedra no sangue, endireitou o capacete do faraó e girou o corpo sobre o dorso. Não tinha tempo de verificar se Tutankhamon estava morto. Largou a pedra, escondeu o pino na areia e virou-se. Os homens já estavam pulando de suas bigas e avançando. Os porta-liteiras de Ay corriam. O próprio Ay estava sentado ereto, esbofeteando-os.

— Onde está o médico? — bradou Horemheb, muito surpreso com a firmeza de sua voz. — Devemos tirar o faraó do sol. Acho que ele está seriamente ferido. — Ay desceu, respirando ruidosamente, esforçando-se entre os cortesãos para ficar insensível, o único som por um momento era de sua respiração dissonante. Percebendo o vestígio de sangue fresco no pescoço e em um ombro de Tutankhamon, ele cutucou a pedra manchada com um pé, em seguida se ajoelhou, colocando o ouvido no peito do faraó.

— Ele não está ferido... está morto! — sussurrou Ay. — Aconteceu tão rápido. Não posso acreditar. Você. — Ele apontou um dedo trêmulo para os porta-liteiras enquanto ficava em pé. — Coloque-o em minha liteira. É como o Príncipe Tutmés, há muitos anos — disse a Horemheb, sua voz fraca. — Tão rápido...

Horemheb andou até ele. Estava pálido e trôpego.

— Devemos ir até a rainha antes de qualquer um desta plebe — orientou, suas últimas poucas palavras sufocadas no fluxo de lamúria que irrompera enquanto as cortinas na liteira eram fechadas e o corpo, erguido.

— Tente se acalmar, Ay.

Ay assentiu. Juntos, andaram até a biga de Horemheb e subiram. Os guardiães desatrelavam os cavalos do veículo danificado de Tutankhamon e examinavam o eixo, o qual tinha se inclinado no impacto com o solo. Horemheb pegou as rédeas e, com um pequeno gesto, sobreveio uma explosão de alívio. Ele tinha conseguido. O faraó estava morto.

A notícia havia chegado a Ankhesenamon, e, enquanto os dois homens paravam em frente à sua tenda, ela saiu correndo, esquivando-se do braço admoestador de Ay, seus olhos arregalados de horror. Lançando-se ao chão em direção à liteira, ela separou as cortinas, em seguida, caiu de joelhos e começou a puxar os cabelos, desesperada.

— Cada um de seus filhos foi amaldiçoado! — soluçou. — E os deuses não ficarão satisfeitos até que eu esteja morta também. Sou a última! Tutankhamon, meu irmão, meu amor!

— Não, Majestade, é uma fantasia tola — disse Ay brandamente enquanto se inclinava sobre ela. No entanto, ela se recusou a ser consolada. Muito depois que a liteira desaparecera em seu caminho à Casa dos Mortos, e os criados, silenciosos, desarmaram as tendas, ela continuou ajoelhada no deserto, em lamentação, levantando areia com as mãos e deixando-a cair em sua cabeça. O espetáculo deprimiu aqueles que observavam sua tristeza. Havia algo respeitosamente trágico e desesperador na jovem rainha, seus delicados traços desfigurados, seus longos cabelos negros sujos de areia e amaldiçoando o vento quente do meio-dia, ajoelhando-se e agitando-se, enquanto, atrás dela, os rochedos tremeluziam em tom castanho por entre a neblina e acima o céu azul intenso, indiferente, expandido, infinitamente imenso.

A DÉCIMA SEGUNDA TRANSFORMAÇÃO 509

Durante os setenta dias de lamentação, o abalo do Egito cedeu à tristeza generalizada. As reformas pacíficas de Tutankhamon haviam conquistado, para ele, a veneração de todos os cidadãos que começavam a se sentir seguros sob seu governo. Agora, a segurança fora arrebatada, e sua tristeza, misturada com apreensão pelo futuro. Em Malkatta, os cortesãos recolheram-se atordoados em seus aposentos. Somente Ay, com uma inquietação que não podia definir, questionava o médico que respeitosamente havia examinado o corpo.

— Ele foi lançado contra uma pedra pontiaguda com uma força tremenda — disse o homem em resposta à indagação de Ay. — Havia um buraco profundo logo acima do pescoço. Que trágico ele ter sido atingido naquele ponto, apesar de eu não poder entender por que Hórus morreu tão rapidamente. Uma explosão no templo teria sido uma causa mais apropriada de morte imediata.

Era óbvio que o faraó já estava morto quando fora levado de volta ao palácio. O médico não havia examinado o corpo cuidadosamente quanto se Tutankhamon tivesse sobrevivido ao ferimento, e sua resposta não agradou a Ay. O Porta-Leque relembrava-se da imagem de Horemheb inclinado sobre o faraó, escondendo o corpo de vista, porém disse a si mesmo que sua suspeita era infundada. Ay tinha visões daquele momento, preocupado com ele em sua mente enquanto os dias de lamentação passavam, e, por mais que considerasse a questão, uma curiosa convicção se tornava mais firme: se Tutankhamon não tivesse atingido o comandante com o abanador de moscas naquele dia, não teria morrido.

Entretanto, assuntos mais urgentes demandavam a atenção de Ay. Tutankhamon, confiante na juventude, não havia pensado em um sucessor. Ay e Maya passavam longas horas em consulta um com o outro e com os vizires do Sul e do Norte, agitados.

— Não importa quem escolheremos — disse ele. — Todos nós sabemos que Horemheb ameaça essas deliberações. A qualquer custo, ele não deve receber a coroa. Amon não quer sua nova opulência canalizada para a guerra nem o povo. O exército está sob o comando de Horemheb, e temo que ele o use para tomar o trono se não pudermos tomar uma decisão. No entanto, ele agiria dessa forma se a coroa já tivesse passado para alguém? Essa é a questão.

Nenhum faraó desejaria governar à força, sem o apoio de Karnak, pensou Ay. *Não agora, não com as lembranças terríveis da rejeição de Amon ainda tão recentes. Qualquer encarnação que não tivesse a bênção de Maya*

510   Pauline Gedge

temeria uma maldição, um dedo acusatório do oráculo, uma revolta incentivada por sacerdotes. Mesmo Horemheb. Ay limpou a garganta.

— Eu proponho que a coroa seja dada a mim — sugeriu ele. — Vocês todos sabem que, sob meu controle, o Egito prosperou. Amon não tem nada a temer de mim. Sou velho, com poucos anos à frente, todavia, no passado, sempre fui fiel a todo faraó desde que minha irmã se casou com o grandioso Amenhotep. — Ele deliberadamente optara por lembrá-los de sua estreita conexão com seu cunhado. Observava com cuidado enquanto eles consideravam seu plano. Sabia que estavam ponderando. Com orgulho, ergueu a cabeça. — Pelo menos, isso dará a vocês tempo para procurar um herdeiro adequado. Você mesmo está velho, Maya. Lembre-se bem da imperatriz. Nem você nem eu viveremos por muito mais tempo. O vento que trouxe tanto infortúnio para o Egito está quase extinto. Uma nova era se aproxima de nós. Devemos preservar o que pudermos. Apoie-me e deixe-me ser deificado.

Os olhos ansiosos, cansados de Maya moveram-se e afastaram-se dele, e, enfim, ele se ajoelhou para beijar seus pés. A homenagem, contudo, não deu alegria a Ay. Em sua mente só havia as lembranças do rosto radiante de Tutankhamon, do desamparo sombrio de Smenkhara, da busca agonizante de Akhenaton pela verdade. Ele estava herdando a coroa que colocaria um peso invisível de desilusão e decadência em sua cabeça.

Naquela noite, após diversas horas despendidas redigindo um contrato de casamento na companhia de seu escriba e de dois vizires, Ay percorreu o tranquilo palácio até os aposentos de Ankhesenamon. Ele não podia explicar o sentido confuso de urgência que o estava compelindo, agora que a decisão fora tomada, de vê-la implementada. Somente sabia que, naquela noite, sua neta tinha de se tornar sua esposa, os selos precisavam ser, afixados, e os arautos, enviados. Os habitantes de Malkatta já sabiam do que estava para ocorrer, e as reverências que ele recebeu daqueles que teve oportunidade de encontrar nos corredores escuros eram subservientes demais. Acometido de uma súbita aversão, ele os ignorou.

Às portas de cedro de Ankhesenamon, seu camareiro cumprimentou-o educadamente, advertiu-o de que a rainha não estava recebendo visitas e desapareceu no aposento. Quando voltou, foi para reverenciar Ay à entrada. Ankhesenamon levantou-se da cadeira próxima ao divã e inclinou a cabeça para ele enquanto a reverenciava. Ela estava bem séria, usando um vestido de tecido branco que caía graciosamente ao chão, as mãos soltas ao lado do corpo. Estava sem maquiagem, os cabelos despenteados, os braços e dedos sem adornos. Estivera chorando, e seus olhos estavam inchados, mas as lágrimas haviam secado. Seu olhar alcançou o pergaminho em sua mão e, em seguida, seu rosto.

— Mencione seu assunto e depois saia — disse ela de maneira insípida.

— Você é o regente, Ay. Não pode me poupar dos problemas da nação?

— Não deste, eu temo, Majestade — respondeu, avançando através da fumaça de incenso espiralando do seu santuário. — Veja, não sou mais o regente. — Seu olhar, exausto, não indicou surpresa. Tão amavelmente quanto pôde, Ay revelou-lhe a decisão tomada e por quê. Então, mostrou o pergaminho. — Eu preciso de seu selo neste contrato de casamento, seus títulos e do sinote com seu nome. Será, obviamente, um casamento apenas formal, Ankhesenamon, de forma que eu seja legitimado. Estou muito velho para considerar ir para a cama com uma mulher de vinte e dois anos.

Desatentamente, ela o tomou, desenrolou-o e leu.

— Você sabe tão bem quanto eu que não tenho escolha nessa questão — disse ela sem vigor. — Entretanto, não me importo muito. Durante toda a minha vida, fui uma bugiganga circulando de mão em mão. A palma de sua mão não será diferente. Eu não devia ter esperado que os deuses me concedessem alguma felicidade com Tutankhamon. — Ela exclamou o nome dele, porém, rapidamente, controlou a voz. Indo até a mesa, pegou uma pena, mergulhou-a na tinta e, com diligência, escreveu seu nome e seus títulos. Aquecendo a cera e permitindo que alguns pingos caíssem, ela pegou o anel de sinete que estava ao lado da lamparina e o pressionou no pergaminho. — Aqui está. — Ela o atirou para Ay. — Espero que o Egito esteja satisfeito. Tey não ficará.

— Fará pouca diferença para ela ou para você, Majestade. Dou-lhe minha palavra.

— Por favor, saia, príncipe. — Ela deu as costas para ele.

Príncipe, pensou ele, surpreso. *Porque eu o sou agora*. O ridículo do título conferido tão naturalmente a um velho causou um ímpeto de calor em seu rosto. Ele a reverenciou com seus ombros rijos e saiu.

Ao contornar o corredor, ele quase colidiu com Horemheb.

— Aonde você vai? — deixou escapar por descuido.

Horemheb ergueu as sobrancelhas sob o capacete de galão branco e preto.

— Estou a caminho para oferecer minhas condolências à rainha, naturalmente.

512 Pauline Gedge

Uma suspeita terrível cresceu em Ay.

— Ela não verá ninguém além de mim esta noite. Certamente Mutnodjme poderia expressar mais adequadamente seu pesar.

— Talvez. — Os olhos negros insinuaram um deleite fugaz. — De qualquer forma, querido sogro, percebo que você atingiu o objetivo antes de mim. Acabei de ouvir a novidade de que está para se tornar um deus. Minhas felicitações. — Não havia nada agora a não ser aceitação e alguma cordialidade na face de Horemheb, e as suspeitas de Ay se tornaram uma certeza. Ele se encostou na parede, sentindo-se débil.

— Decerto, decerto — disse ele de maneira estúpida. — Você foi muito esperto a meu ver, comandante. Você realmente assassinou Tutankhamon no deserto.

Horemheb olhou rapidamente à sua volta. O corredor estava vazio. Ele se aproximou de Ay.

— Você está certo. Eu o matei, e é bom que você saiba, príncipe. Lembre-se bem disso. E não pense que pode se desfazer de mim com facilidade. Você não pode provar nada. Não há uma mão no Egito que será erguida contra mim agora. Pense. — Seus dedos tocaram a cicatriz no queixo quadrado. Seus olhos agitados percorreram o rosto de Ay com comiseração. — Somente eu me encontro entre seu comando e o caos que seguirá sua morte. Todos os que amam este país sabe disso. Estou ainda mais seguro do que você.

— E você não me tocará, não é? — disse Ay lentamente. — Você não precisa. Morrerei em paz neste ano, ou no próximo, e você subirá ao trono quando quiser. — O seu lábio se torceu. — Um soldado medíocre.

Horemheb sorriu de modo mesquinho para os olhos reumosos.

— Estou justificado diante dos deuses. Os ímpios estão todos mortos, e estou esperando para fazer uma limpeza geral no Egito de todo vestígio de suas presenças amaldiçoadas. Vida longa e prosperidade para você, Majestade — reverenciou-o e, virando-se, saiu lentamente. Estava exprimindo o desejo de uma corte cansada de governos irresponsáveis, com mortes e calamidades, e Ay sabia disso. Foi a verdade mais dura que jamais ouvira.

Quando Horemheb retornou à sua casa, Mutnodjme estava dormindo. Ele não a acordou. Arriando-se na cadeira próxima ao divã, ele se sentou de forma alternada, observando sua respiração tranquila e cochilando ligeiramente. Ao amanhecer, havia um tumulto. As portas estavam abertas, os fogos atiçados nas cozinhas, as orações matinais cantadas pelos sacerdotes de Horemheb na capela da residência. Contudo, Mutnodjme estava inativa até que o camareiro bateu à porta e entrou com uma bandeja de frutas e pão. O próprio Horemheb pegou a bandeja, aguardando sua esposa, cambaleante, ficar de pé para se sentar antes de colocá-la em seus joelhos e voltar à sua cadeira.

Mutnodjme bocejou, sentou-se olhando o vazio com os olhos intumescidos de sono, passou a língua sobre os dentes e fez uma careta. Ela bebericou a água fresca que fora retirada para ela de um grande jarro deixado a noite toda no corredor. Horemheb esperou. Por fim, ela fez um sinal com a cabeça, e ele se ergueu e levantou as cortinas da janela. Uma torrente de ar fresco matinal emanou quarto adentro juntamente com uma luz cintilante e o alarido dos pássaros. Mutnodjme piscou e virou a cabeça.

— Adormeci esperando você — disse ela. — Sinto muito.

— Não importa. — Ele pegou a cadeira novamente, cruzando os braços e observando-a servir-se cuidadosamente de uma fruta com os gestos distraídos e delicados, que conhecia tão bem enquanto despertava como uma flor murcha sob uma borrifada de água. Ele a havia amedrontado e aborrecido nos últimos tempos, mas, com a paciência e a coragem características, ela havia se recusado a ser ameaçada. Ele não sabia por que ainda a amava. Era mais do que a sensualidade indolente, animal, que envolvia todos os seus movimentos. Talvez sua introspecção, a indiferença a tudo, exceto às suas próprias necessidades, que criava uma aura de autossuficiência em volta dela que tanto os homens quanto as mulheres, por engano, viam como ameaça. — Mutnodjme, você já despertou totalmente agora? Pode ouvir o que tenho a dizer?

— Você tem que ser sério a essa hora? — Ela afastou a bandeja e recostou, sorrindo de modo assimétrico. — Prefiro discutir negócios à noite.

— Não se trata de negócios. Quero que você avise aos criados que comecem a empacotar seus pertences para partirmos. Após o funeral de Tutankhamon, nós vamos nos mudar para Mênfis.

— Por quê?

514   Pauline Gedge

— Por duas razões: Ay será faraó, e eu quero me retirar completamente de sua atenção. Ele me chamou de soldado medíocre a noite passada. Bem, é o que sou, apesar de minha fortuna e títulos, e me comportarei como tal. Viajarei pela fronteira, treinarei as divisões do Norte nas horas vagas, inspecionarei minhas colheitas e rebanhos e acolherei os soberanos locais. O Delta é, acima de tudo, onde meus ancestrais se estabeleceram.

— Parece dolorosamente enfadonho. — Ela olhou para ele de modo especulativo. — Você está com medo de meu pai?

— Não. Se ele for o estadista que acredito ser, ele não ousaria me tocar.

— Então, você quer cultivar o apoio dos oficiais que raramente o veem. Está tramando uma guerra civil, Horemheb?

Ele riu, surpreso.

— Novamente, não. É verdade que desejo que o exército saiba mais sobre seu comandante do que seu nome, mas é hora também de uma retirada temporária. Mutnodjme, você gostaria de ser uma rainha?

Ela o fitou boquiaberta e, em seguida, irrompeu em uma risada áspera.

— Não, obrigada, querido! A coroa da rainha não cairia bem sobre minha trança, e, além disso, as punições para as infidelidades de uma deusa são muito severas. No entanto, duvido que encontrarei amantes para me divertir nas províncias. Você vai declarar nossas propriedades um reino autônomo?

A contragosto, ele sorriu de sua alegria.

— Não deveria ter dito rainha — corrigiu-se. — Quis dizer imperatriz. Estou falando muito sério, Mutnodjme.

Sua risada definhou.

— Entendi suas razões para matar o pobre Smenkhara — disse ela sobriamente —, apesar de a consequência ter sido terrível. Acredito que você tenha o sangue de Tutankhamon em suas mãos, apesar de nunca ter lhe perguntado diretamente se você fora o responsável. Você é duas vezes assassino de um deus, Horemheb. Se matar mais uma vez, serei forçada a me divorciar de você, pegar tudo o que é meu e me afastar para Akhmin ou Djarukha. Ay é meu pai. Eu não poderia ignorar seu assassinato.

— Tenho sido sempre um homem duro — respondeu ele —, mas não sou brutalmente cruel. Juro por Amon que não ferirei seu pai. Não há necessidade.

— Não, suponho que não haja. Entretanto, se houvesse, você não hesitaria, não é?

Ele sacudiu a cabeça com hesitação.

— Se a opção se apresentasse a mim, não sei. Contudo, acho que decidiria manter você comigo acima de tudo.

— Você tem uma falsa expressão inocente em seus olhos — retrucou ela. — De qualquer forma, está seguro de tal decisão porque meu pai está muito velho. Não precisa dizer mais nada. Entendo tudo isso.

Ele se levantou, beijou-a rapidamente na testa e caminhou até a porta. Fazendo uma pausa, ele voltou, o rosto iluminado por uma disposição nociva que ela não havia percebido em anos.

— De qualquer maneira, está na hora de você raspar sua trança — caçoou ele. — Já está muito grisalha.

— E você, meu vaidoso comandante, deveria parar de gastar uma fortuna em maquiagem para o rosto e aceitar suas rugas. Por favor, avise os criados que esquentem a água de meu banho quando sair.

Ele sabia que podia confiar nela, sabia disso antes de perguntar indiretamente, mas seu coração de repente se iluminou ao sair caminhando por entre as colunas de seu pórtico ensolarado e no frescor da manhã. Eles iriam ao Norte e se estabeleceriam na casa surrada, inacabada, fora de Mênfis, que ele começara a construir enquanto era ainda um capitão. Ele daria andamento em sua sepultura inacabada em Saqqara, caminharia pelos canais de irrigação ao lado dos campos, discutiria táticas de guerra com seus oficiais nas doces noites frias de Mênfis, talvez redescobrisse alguns dos simples prazeres que desfrutara antes de a ambição ter tirado suas alegrias. Não seria suficiente, ele sabia disso. Nunca fora suficiente. Contudo, por enquanto, ele estaria contente.

30

O Guardião das Prerrogativas Reais ajoelhou-se para receber o cajado, o mangual e a cimitarra e, em reverência, beijou-os antes de colocá-los em seu peito dourado. Curvado, quase se dobrando, o maquiador subiu os degraus do trono e, murmurando uma desculpa, deu pancadinhas com um pano no suor do rosto do deus e, delicadamente, retocou o *kohl* preto em volta dos olhos. O grande salão aos poucos ficou repleto de cortesãos, embaixadores, ministros e governadores bem-vestidos, exaustos com as longas cerimônias matutinas. Ao pé do trono, o contingente de seguidores mantinha-se firme, seus olhares vigilantes examinando o salão, e os arautos convocando a todos para se prostrarem. O Porta-Sandálias ajoelhou-se pacientemente com a caixa vazia sobre o piso de cerâmica diante dele. À direita e à esquerda do trono, os Porta-Leques detinham os trêmulos símbolos brancos do direito inalienável do faraó a toda proteção, e, à frente, resplandecente com a pele de leopardo, o mal-humorado e velho Maya segurava incensórios sobre a multidão.

A conversa no salão era inconstante, esperançosa, os olhos pintados das pessoas reunidas lançavam-se com frequência ao trono. Virando-se, ele sorriu para Mutnodjme, rija com joias e vestido carregado de ouro, o disco solar, que estava entre os chifres e a dupla plumagem da coroa da imperatriz, brilhando intensamente sobre sua testa. Com a palma da mão pintada de hena vermelha, ele segurou o queixo, seus anéis reluzindo, e seus lábios largos abriram-se com um sorriso em retribuição. Ele insistira que ela recebesse a coroa da imperatriz durante a cerimônia não porque o império fora, até agora, reconquistado, mas como um sinal da reunião privilegiada que haveria. Ele deixou a mão cair e acenou para Nakht-Min. O Porta-Leque fez uma reverência.

— Quais desejos de Vossa Majestade?

— Hoje é tempo de recomeçar — disse Horemheb. — Antigos ministros são demitidos, novos ministros, nomeados, nobres, promovidos, prêmios, conferidos. É meu desejo divino que você seja liberado da posição de Porta-Leque da Mão Direita, Nakht-Min.

Nakht-Min esforçou-se para esconder seu abalo. Era a tarefa mais cobiçada no Egito e levava inevitavelmente à posição de Olhos e Ouvidos do Rei ou à de Escriba Pessoal do Faraó. Horemheb observava seu esforço para se controlar com um sorriso interior.

— Conforme Vossa Majestade deseja — conseguiu o homem responder. Horemheb riu.

— Eu tenho outra tarefa para você, general. Os seus quatro anos sob o reinado do faraó Osíris Ay fizeram com que você se esquecesse do que realmente é?

O rosto de Nakht-Min iluminou-se.

— Realmente, não, Grande Hórus.

— Bom. Quero que assuma o comando do exército. Três divisões estão baseadas no Delta. Está na hora de fazê-la seguir para o Sul da Síria. Esta é a primeira ordem de meu reinado. Estou prestes a tornar o jovem Ramsés Vizir do Sul, mas quero que ele seja seu assessor no momento. A posição de vizir é para fazê-lo feliz. Ele é um bom soldado.

Ele rebateu os agradecimentos de Nakht-Min, seu olhar dirigindo-se pensativamente ao fundo do salão, onde as embaixadas estavam concentradas, em Mênfis, para analisar as ações de uma nova administração. Horemheb notou o semblante sombrio do embaixador do Khatti enviado por seu novo governante, o filho de Suppiluliumas, Mursilis. Ele sorriu para si próprio. Mursilis estava prestes a receber mais do que cumprimentos refinados do Egito. Ele falou para Nakht-Min novamente:

— Que sua última tarefa como Porta-Leque seja chefiar meus arquitetos para projetar um pórtico triunfal para mim em Tebas. O templo de Nefertiti será demolido para fornecer os blocos da construção. O templo de Akhenaton em Karnak também será completamente destruído, e você pode informar que qualquer homem que precise de pedras para seus monumentos pode usar o que quiser da cidade inativa de Akhetaton, pois não haverá punição. — Ele fez um sinal aos arautos, que de imediato levantaram seus assistentes e começaram a aclamar seus títulos, e as pessoas abaixaram o rosto.

Horemheb examinou o povo em adoração com tranquila satisfação. *Assim, extirparei suas lembranças da face da Terra, pensou ele, e os deuses me perdoarão por tudo. Amanhã, voltaremos para Malkatta, e um novo dia surgirá para o Egito. Eu levarei a imperatriz Tiye da atmosfera poluída do seu filho e a colocarei na santidade da sepultura de seu verdadeiro marido. E Akhenaton? Eu o queimarei como o fogo purificador de*

518   Pauline Gedge

seu Aton. Meu desejo é a lei, visto que, enfim, eu me tornei um deus. Ele sentiu a mão de Mutnodjme roçar a dele e voltou a si. O povo havia se levantado e estava esperando pacientemente. Era tempo de recomeçar. Horemheb sentiu o peso da Coroa Dupla em sua cabeça. Ele limpou a garganta.

— Maya, apresente-se! — ordenou ele. — Ouça meu desejo para a Casa de Amon...